BASTEI
LÜBBE

Von John F. Case ist als Bastei Lübbe Taschenbuch erhältlich:

12875 Der Schatten des Herrn

John F.
CASE

Das erste der sieben Siegel

Thriller

Aus dem Eglischen von
Ulrike Wasel und Klaus Timmermann

BASTEI
LÜBBE

BASTEI LÜBBE TASCHENBUCH
Band 25917

Vollständige Taschenbuchausgabe

Bastei Lübbe Taschenbücher ist ein Imprimt
der Verlagsgruppe Lübbe

Titel der Originalausgabe: THE FIRST HORSEMAN
Originalverlag: Fawcett Columbine, New York

Einzig berechtigte Übersetzung aus dem Englischen
von Ulrike Wasel und Klaus Timmermann
Lizenzausgabe: Verlagsgruppe Lübbe GmbH & Co. KG,
Bergisch Gladbach
Umschlaggestaltung: Tanja Østlyngen
Satz: hanseatenSatz-bremen, Bremen
Druck und Verarbeitung: Elsnerdruck, Berlin
Printed in Germany, Oktober 2002
ISBN 3-404-25917-3

Sie finden uns im Internet unter
http://www.luebbe.de

Der Preis dieses Bandes versteht sich einschließlich
der gesetzlichen Mehrwertsteuer.

Dann sah ich: Das Lamm öffnete das erste der sieben Siegel; und ich hörte das erste der vier Lebewesen wie mit Donnerstimme rufen: Komm! Da sah ich EIN WEISSES PFERD; *und der, der auf ihm saß, hatte einen Bogen. Ein Kranz wurde ihm gegeben, und als Sieger zog er aus, um zu siegen.*

Die Offenbarung des Johannes

Prolog

Hudson Valley

11. November 1997

Tommy war nervös. Susannah merkte das, weil sie wusste, dass er sich gerne reden hörte, und jetzt hatte er schon seit achtzig Kilometern kein Wort mehr gesagt. Sie konnte es ihm nicht verübeln. Sie war auch nervös. Und aufgeregt. Und sie hatte Angst.

Es wurde allmählich dunkel, als sie den Taconic Parkway verließen und mit eingeschaltetem Licht durch sanft hügeliges Farmland fuhren, eine Landschaft wie von Ralph Lauren mit makellosen Häusern, die ganz bestimmt irgendwelchen Ärzten oder Anwälten gehörten. Es waren »Minianwesen« oder Enklaven mit Namen wie »Foxfield Meadows«, nur dass eigentlich nichts angebaut wurde, außer vielleicht sonnengetrocknete Tomaten oder Rucola.

Als sie am Omega Institute vorbeikamen, überlegte Susannah laut – was ist denn das? Und der Fahrer, Tommy, machte ein Geräusch wie eine Ente – *kwak-kwak-kwak*! Beide mussten sie lachen (etwas zu laut), und Susannah dachte, irgend so ein New-Age-Quatsch.

Das, was sie so nervös machte, das war die Sache mit den Zähnen, mit dem Zähne*ziehen*. Man konnte es drehen und wenden, wie man wollte, das mit dem Zähneziehen war irgendwie gruselig. Und falls sie geschnappt wurden, dann wären sie dran wegen ...

Nicht, dass sie diejenige sein würde, die es tun musste – sie konnte keiner Fliege was zuleide tun. Dafür war Vaughn zuständig, für die Zähne und die Finger. Und für die Spritzen. Das musste er auch machen, schließlich war er Arzt. (Und noch dazu ein guter, wie Tommy sagte. »Vaughn ist ein ›Old Blue‹, stimmt's, Vaughn?« Was immer das hieß.)

Trotzdem musste man sich doch fragen, wieso das mit den Zähnen unbedingt sein musste. Und das mit den Fingern. Wieso die beiden nicht einfach ... kaltmachen und wegschaffen? Oder, besser noch, sie liegen lassen?

Susannah dachte eine Weile darüber nach, dann zuckte sie die Achseln. Solange war unberechenbar, dachte sie und lächelte wissend. Manchmal machte er Sachen praktisch nur, um andere zu beeindrucken. Um eine Show abzuziehen. Um sie alle zu verunsichern.

Aber egal. Sie würden nicht geschnappt werden. Alles war durchgespielt worden, vom Klopfen an der Tür bis zu den Handfesseln, und es gab nichts, was sie nicht bedacht hatten.

Wie der gemietete Transporter von U-Haul. Der Wagen war Solanges Idee, und sie war genial, weil Vaughn, nachdem sie den Laderaum umgebaut hatten, so eine Art Operationsraum hatte. So konnte er seine Aufgabe noch während der Fahrt erledigen.

Und der Transporter war unauffällig. Weil die Wagen von U-Haul überall unterwegs waren. Überall in Amerika waren sie zu sehen. Sogar hier. Jeder benutzte sie.

Ihre Aufgabe war es, sich Einlass ins Haus zu verschaffen und, sobald sie drin war, dafür zu sorgen, dass die Bergmans nicht an ihre Pistole kamen. Sie hatte also eigentlich zwei Aufgaben, und der Grund, warum alle dachten, dass sie es schaffen konnte, war – sie bildete sich wirklich nichts darauf ein, es war einfach eine Tatsache –, dass sie »hübsch« war. Hübsch wie eine Cheerleaderin. Und schwanger. Sodass sie irgendwie verletzlich wirkte.

Und deshalb vertrauten auch fremde Menschen ihr. Was wichtig war. Die Bergmans waren nämlich völlig paranoid – als würde ihnen jemand nach dem Leben trachten. Susannah lächelte bei dem Gedanken. Wenn das keine Ironie des Schicksals war.

Aber vor allem war das Ganze beängstigend und schrecklich, und sie wünschte, sie wäre nicht dabei, aber es musste getan werden. Sie wusste, dass es getan werden musste, weil Solange es gesagt hatte, und Solange log nie. Niemals.

Und sie würden keine Schmerzen haben. Vaughn hatte gesagt, sie würden nicht das Geringste spüren. Bloß »einen Stich von der Nadel, wie von einer Biene«. Und das war's dann.

Natürlich nur, wenn nichts schief ging. Wenn sie zum Beispiel einen Dobermann hatten oder so. Aber nein, sie hatten keinen Hund, sonst hätte Lenny was davon gesagt. Lenny war der Sohn von den Bergmans, und wenn da ein Dobermann rumlief, hätte er es ihnen erzählt.

So wie Marty ihnen von der Pistole erzählt hatte. Marty war zwar nicht mit den Bergmans verwandt, aber er hatte mit ihnen zu tun. Er hatte gesagt, *Ich kann mir nicht vorstellen, dass der alte Wichser damit umgehen kann, aber er hat eine .38er Special, die er in der Diele aufbewahrt – in einem Tischchen, direkt unter dem Telefon, Ich hab ihn mal angesprochen auf seine »Kanone«, und er hat gesagt: »Wie bitte? Was für eine Kanone? Ich hab doch keine Kanone.« Und das sollte noch nicht mal ein Witz sein. Ich meine, der Typ lebt im vorigen Jahrhundert.*

Trotzdem ... was, wenn die Nadel abbrach oder die Frau anfing zu schreien? Dann würde das Chaos ausbrechen, und zwar schnell. Wie mit Riff – als sie noch klein war und er von einem Auto überfahren wurde und ihr Vater ihn mit seiner .22er von seinem Leiden erlösen wollte, aber vor lauter Nervosität das Herz nicht finden konnte. Und einfach immer weiter drauflosschoss.

Falls das passierte oder irgendwas in der Art, dann wäre alles voller Blut – und sie alle auch. Und eigentlich, *nach dem Gesetz*, war das, was sie vorhatten, Mord. Und für jemanden wie sie, mit ihrer katholischen Erziehung, auch wenn sie längst nicht mehr in der Kirche war, konnte es nichts Schlimmeres geben.

Denn Töten war unrecht. Das wusste sie. Ohne Wenn und Aber. Jemanden zu töten war unrecht –

Es sei denn ...

Es sei denn, man war Soldat. Und genau das waren sie – sie und Tommy und Vaughn und der Franzose im Laderaum. Sie waren Soldaten. Sogar Ritter. Genau wie bei den Kreuzzügen.

Susannah dachte über diesen Geheimen Krieg nach, Solanges Krieg, *ihren* Krieg, als der Blinker anfing zu ticken und der Transporter in eine zweispurige Landstraße einbog und ein Rudel Rehe aufschreckte, die am Straßenrand ästen.

Der verbeulte U-Haul-Transporter vibrierte und schaukelte hin und her, als er über die holprige Straße klapperte, an jedem Briefkasten langsamer wurde, dann wieder beschleunigte, wieder langsamer wurde, während der Fahrer die richtige Adresse suchte. Schließlich hielt der Wagen neben einem verrosteten Briefkasten mit der Aufschrift: BERGMAN

Eine ganze Weile starrte Tommy auf die silbrigen, aufgeklebten Buchstaben und murmelte etwas vor sich hin. Dann schaltete er die Scheinwerfer aus, setzte ein Stück zurück, legte den Vorwärtsgang ein und fuhr mit angehaltenem Atem in die lange Einfahrt.

Susannah rutschte unruhig auf ihrem Sitz hin und her und holte tief Luft. Beim Ausatmen machte sie ein stotterndes Geräusch, befeuchtete sich dann mit der Zunge die Lippen.

Langsam fuhr der Wagen knirschend über den Kies und näherte sich der Veranda eines weißen Farmhauses. Kurz davor, unter dem Schattendach einer Kastanie, stellte Tommy den Motor ab, die Beifahrertür ging auf, und Susannah stieg aus.

Sie war auffallend hübsch, jung und schwanger, mit großen braunen Augen und aschblondem Haar. Sie trug ein gelbes Sommerkleid unter einer abgetragenen grauen Strickjacke, die viel zu groß war und ihrem Vater gehört haben könnte. Sie warf dem Fahrer einen Blick zu, der besagte *Auf geht's*, atmete einmal tief durch und stieg die Treppe zur Veranda hoch, wobei sie kurz die

Töpfe mit Chrysanthemen auf beiden Seiten in Augenschein nahm.

Oben angekommen zögerte sie, von einem jähen Übelkeits- und Schwindelgefühl übermannt. Einen Augenblick lang zauderte sie vor der Tür. Schließlich klopfte sie – ganz leise, insgeheim hoffend, dass niemand zu Hause war.

Zunächst öffnete niemand, aber sie konnte von drinnen den Fernseher hören, und so klopfte sie erneut. Diesmal lauter. Und dann noch einmal, schlug beinahe gegen die Fliegentür.

Schließlich flog die Innentür auf, und eine Frau in den Fünfzigern spähte durch die verriegelte Fliegentür. »Ja?«, sagte sie fragend.

»Hi!«, erwiderte Susannah, die verlegen und schön zugleich aussah.

Martha Bergmans Blick richtete sich auf den schwangeren Bauch, wanderte dann zu dem U-Haul-Transporter, wo ein drahtiger junger Mann (der Mann der jungen Frau, so vermutete sie) ihr kurz zuwinkte. Der Wagen war an der Seite mit einer Señorita bemalt, einer spanischen Dame, die verschämt über den Rand ihres Fächers lugte. Die Firma U-Haul war dafür bekannt, dass sie ihre Wagen mit Szenen bemalte, die einen Hinweis darauf gaben, aus welcher Gegend sie kamen: Cowboys und Hummer und Wolkenkratzer. Martha folgerte, dass dieser Wagen aus New Mexico kam oder von irgendwo im Südwesten.

»Kann ich ihnen helfen?«, fragte Martha.

»Das hoffe ich«, erwiderte Susannah, während sie das Gewicht von einem Bein auf das andere verlagerte. »Wir haben uns total verfahren.«

Marthas Gesichtszüge entspannten sich. »Wohin wollen Sie denn?«

Die junge Frau schüttelte den Kopf und zuckte die Achseln. »Das ist das Problem. Wir haben den Zettel mit der Hausnummer verloren. Aber ich weiß, es ist eins von den Häusern hier – eins von den Häusern an der Boice Road.«

Martha verzog das Gesicht. »Die Straße ist sehr lang, meine Liebe.«

»Ich hatte gehofft – wenn ich vielleicht Ihr Telefon benutzen dürfte ... ich könnte meinen Bruder anrufen. Der ist nämlich schon in dem Haus.«

Martha runzelte unwillig die Stirn. Dann fiel ihr Blick auf Susannahs Bauch, und, auf einmal beruhigt, lächelte sie, entriegelte die Fliegentür und hielt sie auf. »Natürlich«, sagte sie. »Kommen Sie rein. Das Telefon ist da drüben, auf dem Tischchen.«

»Das ist sehr nett von Ihnen«, sagte Susannah, als sie in die Diele trat. »Und Donnerwetter – ein schönes Haus haben Sie!« Eigentlich hatte es große Ähnlichkeit mit dem Haus ihrer Eltern, mit falschen Orientteppichen auf den Hartholzdielen und viel kitschigem Krimskrams.

Aus dem Nebenzimmer übertönte eine dröhnende Männerstimme den Lärm des Fernsehers. »Martha! Was machst du denn? Du verpasst ja alles.«

»Ich komme gleich.«

»Mit wem redest du da?«, fragte der Mann.

»Hier ist eine junge Frau, die mal telefonieren muss«, antwortete Martha, wandte sich Susannah zu und seufzte schwer. »Die Jets spielen«, sagte sie zur Erklärung.

Susannah lächelte wissend und schüttelte den Kopf, als wollte sie sagen:

Männer! –, ging dann auf den Tisch mit dem Telefon zu. »Dauert nicht lange«, sagte sie und nahm den Hörer hoch. Von der älteren Frau abgewandt, wählte sie die Nummer des Handys hinten im Transporter und wartete. Es tickte einige Sekunden lang, dann kam ein schrilles Geräusch, und –

»Ja.« Es war Vaughn.

»Hiii!«, sagte Susannah übertrieben für Mrs. Bergman.

»Bist du drin?«

»Ja!« Und dann, genau wie sie es einstudiert hatten, ließ sie die Platte ablaufen, dass sie ganz in der Nähe seien oder es zumindest glaubten, aber die Nummer von dem neuen Haus verloren hätten – und wie war sie noch gleich?

»Was ist mit der Knarre?«

Susannah lächelte über ihre Schulter, während sie sprach, und zog fast beiläufig die Schublade des kleinen Tisches einen Spaltbreit auf. Als sie die .38er sah, sagte sie: »Hab ich! Kein Problem.«

»Bist du sicher?«

»Absolut.«

»Bin gleich da.«

Sie redete noch einige Sekunden weiter, nachdem Vaughn die Verbindung abgebrochen hatte, legte dann den Hörer wieder auf, drehte sich um und lehnte sich gegen das Tischchen.

»Na, das hat ja gut geklappt«, sagte Mrs. Bergman, obwohl ihr ein wenig unbehaglich zumute wurde, als die junge Frau blieb, wo sie war, vor dem Telefon. »Welches Haus ist es denn nun?«, fragte sie.

Susannah zuckte die Achseln, drehte sich erneut um, öffnete die Schublade und nahm die .38er heraus. Als sie die Reaktion der älteren Frau sah, hielt sie die Waffe auf den Rücken und lächelte. »Ihnen wird nichts passieren«, sagte sie. »Wirklich.« Sie dachte an Solange und daran, was er ihnen am Abend zuvor gesagt hätte: *Jagt ihnen bloß nicht zu viel Angst ein. Sie dürfen nicht in Panik geraten. Jedenfalls nicht gleich am Anfang.*

In diesem Augenblick kam Harry Bergman herein, mit finsterer Miene, ein Glas Wein in einer Hand und eine Zeitung in der anderen. An einer schwarzen Kordel um seinen Hals hing eine Brille. »Im Hof steht ein *Wagen*«, verkündete er, als wäre es das Erstaunlichste der Welt. Dann erst registrierte er Susannah und sagte überrascht: »Hallo?«

»Der gehört uns«, murmelte Susannah.

Harry blickte von der jungen Frau zu Martha und wieder zurück. »Was geht hier vor?«, fragte er angespannt, als er das Gesicht seiner Frau sah. Einen Moment lang sagte niemand etwas, und dann ertönte ein grelles Quietschen im Hof – wie Nägel auf einer Schiefertafel, und danach das Scheppern von Metall.

Martha fuhr zusammen.

»Was zum Teufel –«, sagte Harry.

»Das ist nur der Transporter«, erwiderte Susannah, bemüht beruhigend. »Das war die Hecktür. Die muss wohl mal geölt werden.«

»Ja«, sagte Harry, drehte sich um und machte einen Schritt auf das Tischchen neben Susannah zu.

»Nicht doch«, sagte sie leise und hielt die Browning in seine Richtung. »Das lassen Sie lieber.«

Harry erstarrte eigentlich nicht, er sank eher in sich zusammen, und währenddessen trat seine Frau vor ihn. »Lassen Sie ihn doch in Ruhe. Er ist nicht –«

»Martha –«, protestierte Harry.

»Nehmen Sie sich, was Sie wollen.«

»Vielen Dank«, sagte Susannah, »aber ... darum geht's nicht.«

Die Bergmans sahen sie verständnislos an, und sie hätte sich selbst in den Hintern treten können. Aber da ging auch schon die Fliegentür auf, und Vaughn kam herein, eine abgesägte Schrotflinte in der Hand, wie eine Aktentasche – ohne sie auf jemanden zu richten, was schließlich nicht nötig war. Der Franzose folgte direkt hinter ihm mit mehreren Plastikfesseln, wie sie die Polizei benutzt, wenn sie viele Leute auf einmal festnimmt. Tommy war draußen auf der Veranda und hielt Wache.

»Okay, jetzt hört mal gut zu«, sagte Vaughn. »Ihr macht genau, was wir euch sagen, dann seid ihr uns in zehn Minuten wieder los. Versprochen, okay?«

Harry Bergman legte einen Arm um seine Frau und nickte, nicht so sehr, weil er zustimmte, sondern weil er viel zu viel Angst hatte, etwas zu sagen.

Dann trat der Franzose mit den Handfesseln hinter sie, und mit einem unpassenden *»S'il vous plaît«* nahm er sachte Harrys Arm von der Schulter seiner Frau. Er zog die Arme des älteren Mannes nach hinten auf den Rücken, schlang die Plastikkordel um Harrys Handgelenke und zog fest zu. Danach wandte er sich der Frau zu und fesselte sie ebenfalls.

»Phantastisch«, sagte Vaughn und wandte sich Susannah zu. »Du weißt, was du zu tun hast, ja?«

Susannah nickte – rasche, ruckartige Bewegungen mit dem Kopf – und sah zu, wie die Bergmans nach draußen geführt wurden. Als sie durch die Tür gingen, hörte sie Vaughn sagen: »Übrigens, ich habe gestern mit eurem Sohn gesprochen und soll herzliche Grüße bestellen.«

Man konnte förmlich hören, wie sie nach Luft schnappten.

Dann schlug die Fliegengittertür zu, und Mr. Bergmans Stimme erhob sich, verängstigt und langsam anschwellend, wie ein kleiner Hund, der sein Revier vor einem Rottweiler verteidigt: »Was haben Sie vor? Wohin bringen Sie uns?« Und Vaughns Stimme, ruhig und sachlich: »Bloß zum Wagen ...«

Na ja, sozusagen, dachte Susannah, und ein Schauder durchlief sie, als sie ein Taschentuch hervorholte und die .38er abwischte. Dann legte sie die Pistole zurück in die Schublade und wischte ihre Fingerabdrücke von dem Holz und dem Telefon. Was noch? Sie sollte den Fernseher ausmachen und auch das Licht und die Haustür hinter sich zuziehen. Es sollte so aussehen, als wären sie bloß –

Plötzlich zerriss ein angstvolles, fast barbarisches Brüllen die Luft, ein prähistorischer Aufschrei blanken Entsetzens. Im gleichen Moment verstummten alle abendlichen Geräusche, und Susannah rannte erschrocken und unwillkürlich los, reagierte auf die primitive Anziehungskraft der Angst eines anderen Menschen.

Als sie gerade von der Veranda sprang, sah sie Tommy. Er kam von hinten um den Transporter herum, mit schnellem Schritt und gesenktem Kopf, den Mund geöffnet und hektisch blinzelnd. »Was ist passiert?«

Tommy schüttelte bloß den Kopf und setzte sich hinter das Lenkrad. »Geh da nicht hin«, sagte er.

Aber wie hätte sie das nicht tun können?

Als sie um die Ecke bog, sah sie den Mann – Mr. Bergman – auf der Erde, und sein Körper zitterte, als hinge er an einem unsichtbaren Starkstromkabel. Ein kurzes Stück dahinter lag die Frau auf dem Bauch in der Einfahrt. Der Franzose hielt sie fest, eine Hand in ihrem Nacken und ein Knie in ihr Kreuz gedrückt. Einen kurzen Augenblick lang trafen sich die Blicke von Susannah und der Frau, und es war, als erbebte die Nacht zwischen ihnen. Dann trat Vaughn über den noch zuckenden Körper des Mannes hinweg, hockte sich neben die Frau und verabreichte ihr eine Spritze hinten in die Schulter, durchstach das dünne Baumwollkleid, das sie trug.

Im selben Moment weiteten sich die Augen der Frau, verdrehten sich und wurden weiß. Die Verbindung zwischen ihr und Susannah, eine Doppelleitung aus Hass und Mitleid, zerriss, als zehn Kubikzentimeter pharmazeutisches Morphin in ihr Herz rauschten. Sie verkrampfte sich für einen langen Augenblick, erschlaffte dann genauso plötzlich wieder. Schließlich schwand auch die letzte Spannung aus ihrem Körper, und sie war tot.

Es dauerte eine Sekunde, bis Susannah merkte, dass sie immer noch die Luft anhielt. Als sie ausatmete, meinte sie erklären zu müssen, warum sie gekommen war. »Ich habe ein Geräusch gehört«, sagte sie.

Vaughn stand auf und nickte. »Das war der Typ. Er ist ausgeflippt, als er die Spritze sah.«

Der Franzose kletterte hinten in den Wagen, wo zwei Zweihundert-Liter-Fässer neben einem Metalltisch bereitstanden. Der Boden war mit schwarzen Polyäthylenbahnen bedeckt. An der Decke waren eine ganze Reihe Lampen befestigt, und der Franzose schaltete sie an. Dann sprang er wieder aus dem Transporter und schüttelte den Kopf. »Nein«, sagte er. »Das war nicht die Spritze. Es war der Wagen. Er hat das Plastik gesehen und Panik gekriegt.«

Vaughn zuckte die Achseln. »Egal. Hilf mir, die Frau reinzuschaffen.«

Der Franzose fasste den Körper der Frau an den Armen, während Vaughn die Füße nahm. Als sie sie hochhoben, warf Vaughn Susannah einen Blick zu. »Du hast gesehen, wie das Licht ausgegangen ist, nicht?«

Susannah blickte verwirrt. »Welches Licht?«

»Das Licht in ihren Augen«, sagte Vaughn. »Ihr habt euch beide angesehen, als es mit ihr zu Ende ging.«

Susannah nickte langsam. Ja, sie hatte es gesehen. Die Augen waren ... *schlaff* geworden. Die beiden Männer hievten die Leiche der Frau in den Laderaum.

Vaughn drehte sich zu Susannah um und sah sie mitfühlend an. »Ich habe es gesehen«, sagte er. »Ich habe es dir am Gesicht angesehen.«

»Was?«, fragte Susannah.

»Wie du reagiert hast. Es war, als ob ...« Seine Stimme verlor sich.

»Was?«, fragte Susannah fast so, als würde Vaughn mit ihr flirten.

Vaughn überlegte einen Moment, schüttelte den Kopf und lachte. »Es war ... kompliziert«, sagte er. »Es war *ungemein* kompliziert.« Dann bückte er sich, packte den toten Mann an den Armen und schleifte ihn zum Wagen.

Susannah konnte es nicht fassen – wie die Füße kleine Furchen in den Boden machten, so vollkommen parallel sahen sie aus, fast wie die Linien auf einem Blatt Papier.

1

Diamantberge

26. Januar 1998

Zuerst hörte er es nicht. Das Geräusch war weit weg und mehrere hundert Meter tiefer, ein fernes Grollen, das mit dem Wind dahinfegte. Kang stapfte langsam den Hang hoch, den Kopf gesenkt, achtete weder auf das Stöhnen des Windes noch auf das Geräusch, das die Böe in ihren Fängen mit sich trug.

Die Kälte machte ihn ungeschickt. Zweimal war er auf dem Eis ausgerutscht, und zweimal hatte er den Sturz mit den Händen abgefangen, die Finger in den verkrusteten Schnee geschlagen. Mit den Löchern in seinen Handschuhen war das, als würde er zerbrochenes Glas umklammern.

Trotzdem war er über sich selbst erstaunt, dass er überhaupt so weit gekommen war – und das mitten im Winter. Schließlich war er ein Krüppel. Aber zäh. Zäh, wie es nur Koreaner waren. Zwar waren auch schon andere vor ihm hier langgegangen – er war durch einen gespenstischen Wald geklettert, in dem von Tausenden Kiefern nur noch die Stümpfe übrig waren –, aber sie hatten zwei gesunde Beine gehabt.

Er hatte dagegen nur noch eins.

Die meisten Bäume waren vor Jahren gefällt worden, um daraus Feuerholz zu machen. Doch als er höher kam, sah Kang Kiefern, die sozusagen bei lebendigem Leibe geschält worden waren, die Rinde von den Stämmen abgezogen, um etwas Essbares zu haben. Zumindest etwas, was in den Hungerjahren als essbar durchging.

Das weiche Holz unmittelbar unter der Rinde füllte den Magen, war zwar nur schwer verdaulich, ließ sich aber gut kauen. Das nahm einem den quälenden Hunger – zumindest vorübergehend –, und aus der eigentlichen Rinde konnte man einen schwachen Tee brühen.

Doch andererseits starben die Bäume, wenn man ihnen die Rinde nahm, und das Land wurde verwundet.

Es waren in erster Linie die Frauen, die in die Berge gingen, um nach wilden Gräsern, Rinde und Feuerholz zu suchen. Auch Kangs Frau war, bevor die Krankheit sie ebenso dahinraffte wie so viele andere, diesen Hang hinaufgestiegen, ausgerüstet mit derselben Klappsäge, die er nun bei sich hatte, und mit demselben Seil.

Sie war es, die ihm gesagt hatte, dass er in diese Richtung gehen sollte. Obwohl es ein unglaublich steiler Weg war, hatte er sein Versprechen gehalten und war ihrem Rat gefolgt. Seit ihrem Tod hatte er diesen Marsch ein dutzendmal auf sich genommen und das gesammelte Holz gegen Kräuter, Reis und ein Paar alte Stiefel eingetauscht. Inzwischen kannte er die Berge oberhalb von Tasi-ko so gut wie die Risse in der Decke über seinem Bett.

Er blieb kurz stehen, um zu verschnaufen, und nahm das über ihm liegende Gelände in Augenschein, überlegte, wo er am besten über die Felsen kletterte, und entschied sich weit im Voraus, wo er bei jedem Schritt den Fuß aufsetzen würde. Sein Vorhaben war für ihn schwieriger, als es für andere gewesen wäre, weil eines seiner Beine vom Knie an aus Holz war und er nicht spüren konnte, wenn sich der Boden unter seinem Schritt veränderte.

Vor ihm erstreckte sich offenes Gelände, und er suchte sich vorsichtig einen Weg über das Schneefeld, damit er nicht in eine Spalte fiel. Schließlich erklomm er einen Grat und erreichte die Stelle, zu der er wollte, einen Hain aus kräftigen Kiefern, strotzend vor grünen Nadeln über dem Schnee.

Wie immer, wenn er hierherkam, blitzte das Gesicht seiner Frau vor ihm auf, und ihm kamen die Tränen. Dann torkelte er zu dem Wald, suchte sich einen jungen Baum, brach einen Zweig ab und saugte an dem Harz. Währenddessen hielt er nach einem geeigneten Baum Ausschau, den er mit einer Säge fällen und ins Dorf schleifen konnte.

Und in diesem Moment hörte er es, hörte es zum ersten Mal in der Stille der Kiefern: ein einzelnes, deutliches Geräusch, das auf dem Wind ritt, ein mechanisches Jaulen, das er augenblicklich erkannte.

Es war das Geräusch der Erlösung, der Klang der Rettung.

Kang humpelte zurück zu dem Grat und spähte den Hang hinab auf die Straße, wo ein Lkw-Konvoi in Richtung Tasi-ko rollte, winzig klein in der Ferne.

Es waren insgesamt sechs Truppentransporter, ein Jeep und zwei Sattelschlepper, auf deren Anhänger orangefarbene Bulldozer vertäut waren. Von seiner Position aus konnte Kang deutlich sehen, welchen Weg der Konvoi genommen hatte, während er sich durch das Tal schlängelte. Die Reifen mit den Schneeketten fraßen sich knirschend in den Schnee und das Eis und pflügten die Erde auf, sodass es fast den Anschein hatte, als hätten die Wagen eine Linie über die zerklüfteten Konturen des Landes gezogen.

Zum ersten Mal seit Wochen hoben sich Kangs Mundwinkel, und er lächelte. Vor Erleichterung grunzend, setzte er sich schwer in den Schnee, und mit einem kleinen Schraubenzieher, den er immer dabeihatte, zog er die Schrauben an seinem künstlichen Bein nach. Jetzt würde alles besser werden.

Schlimmer hätte es aber auch nicht mehr werden können. Es war der grässlichste Winter seit Menschengedenken, die lähmende Kälte hatte den Hunger in eine Hungersnot und die Hungersnot in eine Seuche verwandelt. In diesem Augenblick lagen einunddreißig Menschen – ein Viertel des Dorfes – auf dem Boden in der Fabrik, ihre Leichname wie Klafterholz gestapelt. (In dem Gebäude, das die Form eines Sarges hatte und aus Zement gebaut war, waren über zwanzig Jahre lang Besen – *gute* Besen – hergestellt worden. Jetzt, so dachte Kang, war es so tot wie seine Bewohner. Ohne Brennstoff waren die Drehmaschinen verstummt, während die Luft still und kalt wurde.)

Das von außen schon abschreckende Gebäude war innen der blanke Horror – eine provisorische Leichenhalle, gepflastert mit den Kadavern von Männern, Frauen und Kindern, deren mit Pusteln bedeckte Gliedmaßen in den Tagen vor Eintritt des Todes erschreckend blau angelaufen waren. Als einziger Sanitäter in Tasi-ko war es Kangs Aufgabe gewesen, die Leichen in die Fabrik zu tragen, wo sie auf ihre Beerdigung im Frühjahr warteten.

Bevor er eben die Lkws gesehen hatte, die sich auf das Dorf zu schlängelten, hatte Kang Zweifel gehegt, ob im Frühjahr überhaupt noch jemand da sein würde, um die Toten zu begraben. Und wenn ja, dann wäre er wohl kaum dieser Jemand gewesen, und falls doch, dann hätte er wahrscheinlich nicht mehr die Kraft gehabt, mit Spitzhacke und Schaufel zu arbeiten.

Jetzt fühlte er sich beschämt, beschämt wegen seiner Verbitterung. Irgendwann, vielleicht als seine Frau starb, hatte er sich dem Pessimismus hingegeben. Er war plötzlich überzeugt gewesen, dass die Außenwelt von dem Leiden in Tasi-ko entweder nichts wusste oder nichts wissen wollte, weil das Dorf abgelegen und unbedeutend war. Das waren subversive Gedanken, wie Kang sehr wohl wusste. Falls er sie jemandem offenbart hätte, hätte das die Widerstandskraft sämtlicher Einwohner schwächen können. Und die Gedanken waren nicht nur subversiv gewesen, sondern auch falsch. Das Leben eines Bauern in Tasi-ko war zweifellos genauso viel wert wie das eines Ingenieurs in Pjöngjang. Der Beweis war da, dort unten auf der Straße. Es war nur eine Frage der Zeit und der Verteilung der knappen Mittel gewesen.

Das Eintreffen der Armee war die Widerlegung seiner negativen Gedanken. Die Lkws brachten ganz bestimmt Nahrungsmittel und Medizin – und Ärzte, *richtige* Ärzte, keine Sanitäter wie ihn. Das waren Leute, die auf der Universität in Pjöngjang gewesen waren. Die würden wissen, was zu tun war.

Er dagegen hatte nichts tun können. Er musste mitansehen, wie die Dorfbevölkerung in nicht ganz einem Monat von einer Krankheit infiziert worden war, deren Symptome so heftig und seltsam waren, dass das Institut für Infektionskrankheiten in der Hauptstadt, sobald es davon erfuhr, einen Arzt nach Tasi-ko geschickt hatte.

Der Arzt war sehr klein und sehr alt gewesen – ein kompakter kleiner Gnom mit großen, gelben Schneidezähnen. Er rauchte ununterbrochen importierte Zigaretten, und wenn er sprach, brach es förmlich aus ihm heraus, woraufhin er wieder lange schwieg. Kang hatte gewusst, dass einer, der soviel raucht, ein wichtiger Mann sein musste, aber er hatte ihn trotzdem nicht ausstehen können.

Am Ende untersuchte der Arzt ein Dutzend Patienten, von denen vier inzwischen gestorben waren. Er notierte die Symptome und ließ sich von Kang den Verlauf der Krankheit schildern. Er nahm Blutproben von vier Dorfbewohnern und ließ zwei der Toten in Laken einwickeln und zur Autopsie in die Hauptstadt bringen.

Als der Arzt wieder abfuhr, fragte Kang ihn, was er denn nun während seiner Abwesenheit machen sollte, aber der alte Mann gab ihm keine Antwort. Er zündete sich wieder eine Zigarette an, lehnte sich aus dem Fenster seines Wagens und zeigte auf das Gebäude, wo die Toten aufgebahrt wurden. »Das war die spanische Dame«, sagte er. »Das alles war die spanische Dame!«

Zwar stand es Kang nicht zu, einem erfahrenen Arzt aus Pjöngjang zu widersprechen, aber er konnte nicht anders. Als der Wagen anfuhr, lief er neben ihm her. »Aber Genosse Doktor – das stimmt nicht! Wir hatten keine Touristen hier. Keine Ausländer –« Plötzlich beschleunigte der Wagen, und Kang rief hinterher: »Was kann ich tun?«

Der alte Mann warf ihm einen letzten Blick zu und schüttelte den Kopf. Kang blieb zurück auf der Straße und dachte, der Alte müsste verrückt sein.

Aber das alles spielte jetzt keine Rolle mehr. Der alte Mann war wieder da. Er brachte Medizin – und Bulldozer, um die Toten zu begraben.

Kang wusste, dass er eigentlich den Hang hinunterlaufen müsste, um den Soldaten zu helfen. Aber wegen der Kälte zögerte er. Ganz gleich, was für Medikamente und Nahrungsmittel die Armee auch brachte, Feuerholz war so gut wie nicht zu kriegen, und es wäre reine Verschwendung, wenn er nach der mühsamen Kletterei bei dieser Kälte mit leeren Händen zurückkäme.

Er ging die hundert Meter zurück zu dem Wäldchen, entschied sich für einen kleinen Baum, kniete sich in den Schnee und fing an, wie wild mit seiner Klappsäge den Stamm durchzusägen. Das Harz war zähflüssig und verklebte die Zähne der Säge, doch schließlich knickte der Baum um, und Kang rappelte sich hastig auf. Er band das Seil um die unteren Äste der Kiefer, wandte sich um und eilte zurück zu dem Bergkamm, den Baum hinter sich herschleifend.

Als er den Grat erreichte, blieb er stehen, um zu verschnaufen, und was er dann sah, verwirrte ihn. Etwa einen Kilometer südlich des Dorfes hielt die Hälfte des Konvois – drei Lkws und ein Sattelschlepper – mitten auf der Straße an und wartete. Die anderen Lkws fuhren weiter und rumpelten ins Dorf und dann ... durch das Dorf hindurch.

Bis auf den Jeep. Der Jeep fuhr auf den kleinen Platz, der in besseren Zeiten als Marktplatz für die Bauern aus der Gegend gedient hatte. Mit laufendem Motor stand er in der Kälte und zog die Dorfbewohner an wie ein Magnet Eisensplitter, doch Kang wusste, was die eigentliche Anziehung ausmachte: die Hoffnung auf Medizin, Nahrung und Nachrichten.

Kang wollte sich wieder in Bewegung setzen, doch dann zögerte er. Der Konvoi südlich vom Dorf hatte sich nicht von der Stelle gerührt. Die Lkws standen mitten auf der Straße, mit abgestelltem Motor, Soldaten lungerten herum, rauchten und hielten ihre Kalaschnikows bereit.

Und dort im Norden wiederholte sich die Szene. Die zweite Hälfte des Konvois blieb etwa einen Kilometer hinter Tasi-ko stehen. Soldaten sprangen hinten von den Lkws, standen herum und warteten.

Es war ein beunruhigender Anblick, selbst aus so großer Ferne auf dem Berg. Das Dorf wurde bestimmt unter Quarantäne gestellt. Und obwohl es Kang störte, dass Tasi-ko so isoliert wurde, musste er einsehen, dass es klug war. Was immer das für eine Seuche war, sie musste eingedämmt werden. Nach dem Verrat durch China, nach den verheerenden Überschwemmungen und einer Hungersnot würde sein Land wohl kaum eine weitere Katastrophe überstehen.

Wieder hatte er gefährliche, aufrührerische Gedanken. Aber was er dachte, war die Wahrheit. Und eine weitere Wahrheit war, dass er sehr müde war, und wenn er müde war, fehlte ihm die Energie, »den Garten seines Verstandes zu jäten«.

Diese Metapher hatte Kang in der Armee gelernt während seines sechsjährigen Dienstes als Sanitätsoffizier einer Aufklärungseinheit in der entmilitarisierten Zone. Manche Gedanken waren Blumen; andere waren Unkraut. Wieder andere waren Vipern. Alles richtig zu erkennen erforderte ständige Wachsamkeit.

Aber »ständige Wachsamkeit« verlangte mehr Energie, als Kang erübrigen konnte. Mit den Jahren hatte er zu viel verloren – sein Bein durch eine Landmine, seine Frau durch eine Krankheit. In den letzten Wochen hatte er kaum mehr als wildes Gras gegessen, und jetzt – jetzt war sein Verstand weiß Gott kein Garten, sondern eine Trümmerlandschaft. Kang kümmerte es einfach nicht mehr. Was konnte ihm die Welt denn schon noch antun?

Plötzlich knisterte ein elektrisches Megaphon und gellte über den Dorfplatz. Kang versuchte angestrengt mitzubekommen, was gesagt wurde, doch als die Worte den Hang hinauftrieben, wurden sie zu leise und unverständlich. Er konnte jedoch sehen, was sie bewirkten: Die Menschen wichen von dem Jeep zurück und verschwanden einer nach dem anderen in ihren Häusern. Bald darauf wirkte das Dorf – eine Ansammlung von baufälligen

Holzhäusern, umgeben von Brachfeldern und einer verlassenen Fabrik – unheimlich leer. Erst jetzt verließ der Jeep den Marktplatz und fuhr, eine weiße Abgaswolke hinter sich herziehend, nach Norden zu der zweiten Straßensperre.

Erst eine Quarantäne, dachte Kang, jetzt eine Ausgangssperre. Aber am helllichten Tag? Wieso? Und was war mit den Ärzten? Wo waren sie? Auf Kangs Gesicht, das so lange teilnahmslos gewesen war, zeigten sich tiefe Stirnrunzeln. Was er da sah, ergab keinen Sinn, und sein Instinkt riet ihm, auf der Hut zu sein. Obwohl nicht damit zu rechnen war, dass er von so weit unten entdeckt werden würde, zog er den roten Schal aus, den seine Frau ihm aus der Wolle eines alten Pullovers gestrickt hatte. Er stopfte den Schal in seine Jacke, setzte sich auf den Baum, den er gefällt hatte, brach einen Zweig ab und fing an, darauf zu kauen, während er die Straße beobachtete.

Im Verlauf der nächsten Stunde geschah nicht viel. Bis auf die Soldaten und die Barrikaden blieb die Straße nach Pjöngjang leer. Zu leer. Sie war nie übermäßig belebt, doch jetzt war sie wie ausgestorben. Kein einziges Auto, kein Lkw oder Fußgänger kam an der einen oder anderen Straßensperre an. Was nur bedeuten konnte, dass es noch andere Sperren geben musste, weiter vom Dorf entfernt, und dass die beiden, die er sah, einem ganz anderen Zweck dienten, als er angenommen hatte. Sie waren nicht dazu da, den Verkehr vom Dorf fernzuhalten. Sie waren dazu da, die Leute *im* Dorf zu halten.

Kangs Herz flatterte ihm in der Brust.

Und dann, ganz plötzlich, tat sich was. Wie auf ein Kommando rannten die Soldaten an beiden Blockaden zum Straßenrand und kauerten sich in die Gräben. Kang wusste nicht, was er davon halten sollte – selbst als er das Flugzeug sah, das über die Berge kam.

Wie jedes andere Flugzeug, das er je gesehen hatte, war es eine Militärmaschine. Die Aluminiumaußenhaut hatte eine mattbraune Farbe, die das Sonnenlicht beinahe zu verschlucken schien. Kang beobachtete, wie das Flugzeug sich Tasi-ko näherte, die Motoren dröhnend in der eisigen Luft. Plötzlich löste sich ein Stück vom Rumpf und fiel taumelnd auf das Dorf zu. Kang wollte nicht glauben, was er da sah. Das Flugzeug schwenkte nach Osten ab, richtete sich aus und beschleunigte auf den Horizont zu, während Kang unwillkürlich aufsprang.

Er öffnete den Mund, um zu rufen oder zu schreien – Richtung Flugzeug, Richtung Dorf, Richtung Soldaten –, aber es war zu spät. Die Welt *pulsierte*. Licht blitzte auf, und dann folgte ein tiefes *Wrrummmm*, das die Luft aus dem Himmel sog. Einen Wimpernschlag lang sah Kang, wie sich von Tasi-ko aus eine sengende Lichtwelle in alle Richtungen wälzte. Dann schlug eine Hitzeflut gegen den Bergkamm und rollte über ihn hinweg. Er schnappte nach Luft, noch einmal, dann begriff er voller Entsetzen, dass in der Luft keine Luft war – nur Hitze und der Geruch von brennendem Haar.

Die bringen alle um, dachte er. In seiner Panik rutschte er auf dem Eis aus und schlug hart, flach auf den Rücken. Ein Lichtschauer ergoss sich hinter seinen Augen, und irgendetwas knackte tief in seinem Kopf. Kangs Gesichtsfeld flimmerte, und das letzte, was er sah, bevor ihn seine Sinne verließen, war Tasiko, das in einem Flammenmeer erbebte.

Als er erwachte, war es dunkel, und in der Luft lag der beißende Geruch von Rauch. Sein Gesicht fühlte sich an, als wäre ihm die Haut von den Wangen geschält worden, und sein Hinterkopf dröhnte so rhythmisch wie eine Trommel. Mit den Fingern der rechten Hand befühlte er die schmerzende Stelle, direkt hinter dem rechten Ohr, und zog jäh die Hand zurück, schockiert über die blutende Beule. Einen Augenblick lang hob sich ihm der Magen, und ihm war, als würde ihm gleich die Brust von innen nach außen gekehrt. Aber nichts geschah.

Maschinen dröhnten in der Ferne, irgendwo links und ganz weit unten.

Unten. Wo war er?

Langsam setzte Kang sich auf und schaute sich um. Er war auf einem Berggrat, genau wie der oberhalb von Tasi-ko. Der Boden war eisglatt, und hier und da staken Baumstümpfe aus dem Schnee. Er drehte sich nach dem Lärm um und sah, wie Bulldozer über ein Schuttfeld vor- und zurückfuhren, im Scheinwerferlicht von einem halben Dutzend Lkws.

Er war auf einem Berg mit Blick auf eine Baustelle. Aber wie war er dorthin gekommen? Er hatte Holz geschlagen und ... Der Schmerz in seinem Kopf machte das Denken unmöglich. Ein Strom unvollständiger Bilder wand sich durch seinen Schädel: ein braunes Flugzeug, ein Jeep, das Gesicht seiner Frau – *Feuer.*

Er brauchte einen Arzt, und instinktiv rief er nach den Männern da unten. Aber natürlich konnten sie ihn nicht hören. Er rappelte sich auf und stieg den Hang hinab, schrie gegen den dröhnenden Lärm der Bulldozer an. Eine kleine Lawine Steine und Felsbrocken rollte ihm voraus, und als er näher kam, sah er zum ersten Mal, dass die Bauarbeiter ausschließlich Soldaten waren und dass die Soldaten Gasmasken trugen.

Seltsam.

Er war den Hang zur Hälfte hinabgestiegen, als einer der Soldaten ihn sah und anfing zu rufen. Erleichtert blieb Kang stehen, um zu verschnaufen, und inmitten einer Gruppe von Felsbrocken stehend, winkte er und rief zurück. Dann geschah etwas Sonderbares. Der Soldat hob seine Kalaschnikow in Brusthöhe und feuerte auf die für ausgebildete Soldaten typische Art und Weise los, mit kurzen Salven, die sich fast so anhörten wie der telegraphische Code, den Schiffe auf See verwenden.

Und während das geschah, dehnte sich der Augenblick aus. Plötzlich wusste Kang, wo er war – nämlich genau dort, wo er vermutet hatte: auf dem Berg oberhalb von Tasi-ko. Und dann schoss es ihm durch den Kopf: *Die bringen alle um.*

Der Felsbrocken neben ihm spuckte Steine, als 9-mm-Kugeln in ihn einschlugen. Doch Kang rührte sich nicht von der Stelle. Seine Augen waren in die Ferne gerichtet, ignorierten die auf ihn zulaufenden Soldaten, starrten stattdessen auf die Kraterlandschaft, die qualmend im Licht der Lkw-Scheinwerfer lag. Tasiko war verschwunden.

Die Erkenntnis beängstigte ihn noch mehr als die Gewehre, beängstigte ihn wie noch nie etwas in seinem Leben. Denn es war eine Angst, die keinen Ausgangspunkt hatte und die auf nichts gerichtet war. Sie kam von innen und außen zugleich. Es war blankes Entsetzen, rein und gewaltig, und es entströmte ihm wie Hitze einem Feuer.

Jäh aus seiner Erstarrung gerissen, drehte Kang sich um und lief los, kletterte von Stein zu Stein den Berghang hinauf, von einem Schatten zum nächsten. Hinter ihm verloren seine Verfolger allmählich an Boden, je tiefer sie in die kalte, dunkle und unbekannte Bergwelt kamen. Sie schwenkten ihre Taschenlampen in großen, nutzlosen Bögen. Bald war klar, dass sie keine Ahnung hatten, wohin er geflohen war, und dass sie sogar langsam fürchteten, sie selbst könnten sich verirren.

Dennoch rastete Kang nicht. Im Gegensatz zu sonst fühlte er sich alles andere als unbeholfen mit seinem Holzbein, sondern er bewegte sich mit fehlerfreier Effizienz voran, unsichtbar wie ein Schatten in der Nacht. Die Lungen brannten ihm, und seine Oberschenkelmuskeln hatten fast keine Kraft mehr, trotzdem ging er immer höher und höher in die Berge, bis die Stimmen der Soldaten nicht mehr zu hören waren und die Bulldozer verstummten.

Nach vier oder fünf Stunden in der klirrenden Kälte war sein Hemd schweißnass und sein Stumpf wund und blutig. Seine Finger waren steifgefroren, er hatte eine schwere Kopfverletzung, und sein Gesicht war mit Blasen bedeckt. Die Körperteile, die ihm keine Schmerzen bereiteten, waren abgestorben. So einfach war das.

Aber er ging weiter, und schließlich kam er zu einer Art Pfad, der bergab führte. Dem folgte er, und als der Morgen graute, hatte er das Gebirge hinter sich gelassen. Er erreichte die »Straße des Sieges« und folgte dieser Überlandstraße, ohne nachzudenken und ohne sich zu fragen, wohin sie wohl führte. Er machte sich nichts vor: Er wusste nicht, wohin, und ganz offensichtlich würde er bald sterben. Sehr wahrscheinlich würden ihm die letzten Kräfte ausgehen. Dann wollte er sich hinsetzen, um sich auszuruhen, und das war's dann. Wenn er Glück hatte, würde er einen Baum finden, gegen den er sich lehnen könnte ... er würde die Augen schließen ... und sich einfach fallen lassen.

Er freute sich darauf, so zu sterben, wie ein alter Mönch, der sich die Welt träumte. Doch das Bild weckte seine Lebensgeister erneut, und während er an der Straße entlangging, hielt er Ausschau nach einem geeigneten Baum. Dem Todesbaum. *Seinem* Baum.

Aber er fand ihn nicht. Es wurde Mittag, die Luft erwärmte sich, und nach und nach wurde es wieder Abend. Die Nacht brach herein, die Temperatur fiel, und Kang ging weiter und weiter.

Und so ging es einen zweiten Tag und dann einen dritten Tag. Instinktiv und ohne nachzudenken, stapfte Kang dem einzigen Ort entgegen, den er so gut kannte wie die Umgebung von Tasiko. Die Entmilitarisierte Zone zwischen Nord- und Südkorea. Die EMZ, ein scharf bewachtes Niemandsland von über hundertfünfzig Kilometern zwischen Gelbem Meer und Japanischem Meer, war Naturschutzgebiet und Todesstreifen zugleich. Von Tunneln durchzogen und mit Landminen übersät, war die Zone ein grünes Band in einem Meer aus Schlamm und Eis – friedlich, bewaldet und gefährlich. Das Tor zum Vampir-Süden.

Vielleicht würde er ja dort seinen Baum finden.

2

Eilmeldung

TELEGRAMMTEXT 98 SEOUL 008070

GEHEIM

INFO CIAE-04 DODE-OI INR-02

SEITE 01

VON: AMERIKANISCHE BOTSCHAFT SEOUL

AN: CIA LANGLEYVA SOFORT 8030

MAD WASHINGTON DC DRINGEND

IDENT.: ZUSTÄNDIGE VORGESETZTE, LEITER, OST-ASIEN/ SÜDKOREA

BETR.: ÜBERLÄUFER – KANG YONG-PU

BEZ.: SEOUL

1. GEHEIMER GESAMTTEXT
2. SÜDKOREA ANSP BERICHTET/FESTNAHME VON DVRK-BÜRGER KANG YONG-PU DURCH SÜDKOREAN. ARMEE AM 29.01.98 UM 04.00. KANG GIBT AN EMZ IN DERSELBEN NACHT VIA »EINSCHLEUSUNGSTUNNEL« CA. 43 KILOMETER WESTL. VON SEHYON-NI BETRETEN ZU HABEN.
3. KANG KRIEGSVERSEHRTER UND »SANITÄTER«. SAGT ÜBERGELAUFEN NACH MILITÄR. VORFALL IN TASI-KO.
4. ANSP HÄLT KANGS BEHAUPTUNG FÜR NICHT GLAUBWÜRDIG. INFOQUELLE »VELOZIPED« (PJÖNGJANG) MELDET KEINE MILITÄRAKTION IN II CORPS.

5. Kang als »instabil« eingeschätzt. Wirtschaftsflüchtling.
6. Empfohlene Schritte: keine (Rückführung betr. Person nach Anweisung via Transit EMZ)

Taylor Fitch lockerte die Krawatte am Hals, lehnte sich in seinem Schreibtischsessel zurück, seufzte und las das Telegramm zum drittem Mal an dem Nachmittag. Als ehemaliger Zeitungsreporter (na schön, das war eine Tarnung gewesen, aber er hatte *trotzdem* Artikel geschrieben) musste er grinsen über die Verwendung nicht erläuterter Akronyme. Wer wusste schon, dass das ANSP die »südkoreanische CIA« war – das sogenannte »Amt für nationale Sicherheitsplanung«? Wer wusste schon, dass DVRK für Demokratische Volksrepublik Korea stand (auch bekannt als die »Kommunisten«)?

Die Antwort lautete: so gut wie keiner. Und Fitch meinte damit nicht etwa die Öffentlichkeit. Er meinte die CIA.

Der CIA-Mann rieb sich übers Kinn und überlegte träge, ob er sich den Bart färben sollte. Er hatte ihn seit dem College, und er wurde allmählich grau, wie die Haare an seinen Schläfen. Das gefiel ihm nicht. Ja, er hasste es sogar (obwohl er, wie er zugeben musste, seine in letzter Zeit umfangreicher werdende Taille noch viel mehr hasste). Vielleicht sollte er einem Fitnessclub beitreten. Vielleicht –

Vielleicht sollte er sich aber auch mal auf seine Arbeit konzentrieren. Er könnte über fünfzig Pfund abnehmen, und das Telegramm läge noch immer hier. Er musste etwas damit machen.

Zum Beispiel könnte er es ... abheften. Einfach ab in die Akte damit. Schließlich war dieser Soundso niemand Besonderes. Er war kein Mitglied der Volksversammlung – beileibe nicht. Und wenn das Büro in Seoul nicht totalen Murks gemacht hatte, war dieser Kang noch nicht mal in der Koreanischen Arbeiterpartei. Er war lediglich so etwas wie ein Krankenpfleger – und dazu noch irgendwo auf dem Lande.

Tasi-ko. Wo in aller Welt ...?

Fitch schwenkte seinen Stuhl herum und sah auf die große Karte an der Wand hinter ihm. Es war eine Generalstabskarte von Nordkorea, die ganz unten eine alphabetische Liste der großen und kleineren Städte sowie der Dörfer hatte. Neben jedem Eintrag waren die Koordinaten mit den Längen- und Breitengraden, den Minuten und Sekunden angegeben.

Ausgangspunkt der Karte war die EMZ – eine dicke grüne Linie, die von Ost nach West am 38. Breitengrad entlang verlief. Nördlich der Linie markierten kleine rote Stecknadeln die Standorte der Infanterie- und Artillerieeinheiten der DVRK, während die Marinestützpunkte und Flugplätze mit blauen Reißzwecken gekennzeichnet waren.

Tasi-ko lag im Sektor K-7, also im II Corps, in den Ausläufern der Diamantberge, etwa hundertdreißig Kilometer nördlich der EMZ. Eine gottverlassene Gegend. Bloß ...

Irgendetwas war dort geschehen. Vielleicht aber auch nicht. Die Quelle in Pjöngjang wusste von keinem »Vorfall« und Fitch auch nicht. Aber das besagte nicht viel. Nordkorea war ein geheimnisvolles Land. Dort geschah vieles, worüber weder innerhalb noch außerhalb des Landes berichtet wurde. Das einzige, was sich wirklich zuverlässig sagen ließ, war, dass dieser Kang sein Leben aufs Spiel gesetzt hatte, um überzulaufen. Und obgleich es durchaus möglich war, dass die Hungersnot ihn zu dem Schritt getrieben hatte, wieso sollte er deshalb lügen? Wieso sollte er sich irgendeinen »Vorfall« aus den Fingern saugen, wo er doch einfach nur hätte sagen müssen: »Ich hatte Hunger«?

Also war vielleicht doch irgendwas geschehen. Aber was? Das Telegramm gab keinerlei Anhaltspunkte, und Fitch meinte den Grund zu kennen: Seoul hatte gar nicht erst gefragt – weil Seoul faul war.

Es war angeblich ein Eliteposten, aber die Wahrheit war, dass die Mitarbeiter dort die Hälfte der Zeit das entgegennahmen, was die Koreaner ihnen gaben, es abtippten und zurück nach

Langley, Virginia, schickten. Sie bearbeiteten die Informationen nicht. Sie stellten sie nicht in Frage. Sie gaben sie einfach weiter und marschierten ins nächste Bordell.

Fitch brummte vor sich hin und wandte sich wieder seinem Schreibtisch zu. Er zog die Tastatur näher an sich heran und setzte ein Telegramm mit folgendem Wortlaut auf:

WAS FÜR EIN »VORFALL«?

Dann drückte er die Verschlüsselungstaste, druckte das Ergebnis aus und schickte es mit seinem großen, roten Faxtelefon nach Seoul.

Die entschlüsselte Antwort lag am Morgen auf seinem Schreibtisch. Laut MOTOWN (wie »Seoul« sich gern selbst bezeichnete) behauptete Kang, dass Tasi-ko etwa zehn Tage zuvor vollständig zerstört worden war, und zwar angeblich durch eine Benzin-Luft-Bombe, die auf das Dorf abgeworfen worden war, nachdem Soldaten es einige Stunden zuvor abgeriegelt hatten. Kang war der einzige Überlebende, und das Dorf war von Bulldozern dem Erdboden gleichgemacht worden. Kein Stein war mehr auf dem anderen geblieben.

INFORMANT BEHAUPTET TASI-KO VON SEUCHE HEIMGESUCHT DIE (UNBEKANNTE) SPANISCHE FRAU EINGESCHLEPPT HATTE. BEHAUPTET DVRK-AKTION ERFOLGTE NACH INSPEKTION DURCH ARZT VON INSTITUT FÜR INFEKTIONSKRANKHEITEN IN PJÖNGJANG.

Was für eine spanische Frau? dachte Fitch. In Nordkorea gab es keine Spanierinnen. Und falls doch, dann höchstens so viele, wie es Banjos in Timo gab. Und überhaupt, woher wollten die wissen, wer die Seuche ausgelöst hatte?

Die Nachricht endete mit einem kurzen entlastenden Hinweis darauf, dass MOTOWN keine Möglichkeit habe, die Richtigkeit der Geschichte zu überprüfen – die schließlich von einer Quelle stammte, die in keiner Weise als zuverlässig betrachtet werden könne.

Sie hatten natürlich Recht, und Fitch musste zugeben, dass dieser Kang immer verrückter wirkte. Dennoch ... es schadete nichts, ein paar Anrufe zu tätigen. Man konnte ja schließlich nie wissen.

Was er brauchte, waren Fotos, Fotos von Tasi-ko (oder von dem, was davon noch übrig war). Und er wusste auch, wo er vielleicht welche bekommen konnte.

Die erste Anlaufstelle war das National Reconnaissance Office (NRO), eine CIA-»Filiale«, die ein Jahresbudget von sechs Milliarden Dollar hatte und von Spionagesatelliten aus Fotos mit hoher Auflösung machte. Leider verlangte das NRO, dass jeder Antrag auf Bildmaterial vom Verbindungsbüro der CIA abgesegnet wurde – was bedeutete, dass jeder Antragsteller ein Codewort haben musste, mit dem der Zugriff auf eines der speziellen Computerprogramme der CIA möglich war.

In diesem Fall gab es aber kein Programm und somit auch kein Codewort. Fitch hatte nur so eine Ahnung, und das reichte dem Mitarbeiter des Verbindungsbüros keineswegs.

Glücklicherweise war das Pentagon kooperativer als das NRO, und Fitch war sicher, dass er von der National Imagery & Mapping Agency (NIMA) bekommen würde, was er brauchte. Die NIMA war die einzige Stelle, die das Militär mit Satellitenaufnahmen versorgte, und sie hatte ein weitaus umfangreicheres Archiv als das NRO. Während das NRO sich auf ultrasensible Ziele wie beispielsweise Truppenentwicklungen und Atomreaktoren konzentrierte, hatte die NIMA ein weitaus größeres Aufgabenfeld.

Die NIMA kümmerte sich nicht nur um zahlreiche konventionelle militärische Belange, sondern war auch mit der gewaltigen Arbeit betraut, die Welt kartografisch zu erfassen – die ganze Welt –, und zwar dreidimensional; gleichzeitig musste sie laufend die Verlagerungen von Küstenlinien, Klimaveränderungen und landwirtschaftliche Entwicklungen auf jedem Kontinent verfolgen.

Und dieses letzte Aufgabengebiet war es, weshalb Fitch sich an die NIMA wandte und der zuständigen Mitarbeiterin sagte, was er suchte:

»Fotos.«

»Na, dann sind Sie hier genau richtig. Was für Fotos?«

»Nordkorea.«

Die Frau gab ein uneindeutiges Geräusch von sich, eine Art halbersticktes Grunzen.

»Heißt das ja?«

»Nun, kommt drauf an. Nordkorea ist groß.«

Fitch drehte sich auf seinem Stuhl um und suchte nach dem Kartenindex von Tasi-ko. »Ich habe hier die Koordinaten.«

»Lassen Sie hören.«

Er tat es.

»Um welchen Zeitraum geht es?«

»Also, genau genommen um zwei. Ich brauche Fotos, die in der letzten Woche aufgenommen wurden, und welche von vor einem Monat oder früher.«

»Davor und danach«, sagte die Frau.

»Genau.«

»Tja ... mal sehen, was ich finden kann, aber wenn es um eine Gegend in der finstersten Provinz geht – was für eine Auflösung brauchen Sie?«

»Da kann ich Sie trösten«, sagte Fitch. »Die Fotos müssen nicht besonders scharf sein. Geländeaufnahmen, mehr nicht. Hauptsache, ich kann einen Parkplatz von einem Reisfeld unterscheiden.«

»Oh, gut«, sagte die Frau erleichtert. »Das dürfte kein Problem sein. Ehrlich gesagt, solche Aufnahmen könnten Sie vermutlich sogar im Internet finden.«

»Ich habe keinen Internetanschluss«, sagte Fitch.

»Sollten Sie aber!«

»Nur über meine Leiche.«

»Wie meinen Sie das?«

»Aus Sicherheitsgründen. Die Computer sind hier nicht mit dem Telefonnetz verbunden.«

»Na ja, nur für alle Fälle: Wir haben www.nfka.com.« Pause. »Haben Sie verstanden?«, fragte sie.

»Ja«, erwiderte Fitch. »Hab ich. Aber bis ich mir einen Anschluss legen lasse, ist das alles rein akademisch.«

Die Fotos trafen am späten Nachmittag desselben Tages ein, überbracht von einem Boten des Pentagons, als Fitch sich gerade den Mantel anzog, um nach Hause zu gehen. Schon in der Tür stehend, riss er den Umschlag auf und nahm zwei Fotos im Format 28 x 35 heraus. Das erste war ein farbunechtes Landsat-Foto, das einen Sechsundneunzig-Grad-Bogen abdeckte – etwa drei Kilometer breit. Es zeigte eine Ansammlung von, wie es aussah, Betonhäusern, umgeben von Brachfeldern in den Ausläufern der Diamantberge. Auf der Rückseite waren Zeit, Datum und die Koordinaten vermerkt:

13:07:23 Z
13.1.97
38° 41' 16" N, 126° 54' 08" O

Das zweite war ein Schwarzweißfoto und trug auf der Rückseite einen Stempel, dem zu entnehmen war, dass es sich um das Produkt eines Luftwaffenaufklärungsprogramms handelte, dessen Kryptonym geschwärzt worden war. Das Foto war am 28. Januar aufgenommen worden und enthielt die gleichen Koordinaten wie das erste Foto. Und obwohl der Bogen anders war – nur dreizehn Grad –, war das Bild absolut eindeutig.

Es zeigte ein Feld. Umgeben von Schnee.

Fitchs Herzschlag beschleunigte sich, als er von dem einen Foto zum anderen blickte und wieder zurück. Er überprüfte die Koordinaten ein zweites Mal, aber es war eigentlich nicht erforderlich. Dieselbe zweispurige Straße, die auf dem Landsat-Foto durch das Dorf verlief, führte auch über den »Parkplatz«. Himmel, dachte er, es ist wie ein Zaubertrick. Erst sieht man es, und dann wieder nicht.

Und obwohl er wusste, was die Bilder bedeuteten – ein Massaker –, war ihm gleichzeitig klar, dass es sich für ihn auszahlen würde, die Entdeckung als Erster gemacht zu haben. Ein Orden vielleicht, oder wenigstens eine Belobigung. Und so kam es, während er in der Tür seines Büros stand, dass sich trotz des eindeutigen Beweises für Massenmord in seinen Händen ein kleines Grinsen auf seinem Mund abzeichnete.

Es dauerte fast achtundvierzig Stunden, bis die Abschrift der Befragung von Kang bei ihm eintraf. Der Text war noch immer auf Koreanisch verfasst: sechsundzwanzig Seiten, dazu, wie nicht anders zu erwarten, eine lahme Entschuldigung von MOTOWN (ihre Übersetzer, so hieß es, seien »alle überlastet«). Fitch hatte gehofft, allen Mitarbeitern der »Tasi-koArbeitsgruppe« (eine, wie er zugeben musste, etwas hochgestochene Bezeichnung) die Übersetzung geben zu können. Doch da das nicht möglich war, entschied er sich stattdessen, Harry Inoue zu sich zu bitten. Harry sprach fließend Koreanisch und noch vier weitere Sprachen.

Die Gruppe bestand aus fünf Leuten. Neben Fitch und Inoue waren da noch Janine Wasserman, eine erfahrene Ermittlerin, die gerade von einer Dienstreise nach Seoul ins Hauptquartier zurückgekehrt war; Allen Voorhis, ein talentierter Analytiker, der fast seit Beginn seiner beruflichen Laufbahn im National Photo Interpretation Center arbeitete; und Dr. George Karalekis, ein Arzt im Institute of Science & Technology.

Fitch begrüßte sie alle in dem kleinen Konferenzraum, den er für Freitag morgen reserviert hatte, und verteilte Kopien der Fotos, die er von der NIMA erhalten hatte. Dann fragte er Harry Inoue, wie schnell er die Abschrift der Kang-Vernehmung übersetzen könne.

»Kommt darauf an«, sagte Inoue. »Kann ich sie mit nach Hause nehmen?« Fitch schüttelte den Kopf, und Harry zuckte die Achseln. »Dann Dienstag.«

»Okay«, erwiderte Fitch. »Vielleicht könnten Sie jetzt schon mal einen Blick reinwerfen? Und grob sagen, was drin steht?«

Inoue nickte und fing an zu lesen.

Als alle Platz genommen hatten, erklärte Fitch, worum es ging. Er erzählte, dass ein Sanitäter namens Kang bei Nacht die Demarkationslinie überquert und mit einer Geschichte aufgewartet hatte, die einfach unglaublich wäre – wenn die vorliegenden Fotos sie nicht bestätigen würden. Aus irgendeinem Grund hatte die nordkoreanische Armee ein ganzes Dorf zerstört, noch dazu ein friedliches. Allem Anschein nach mit einer Benzin-Luft-Bombe. Wenn eine dreißig Jahre alte Volkszählung stimmte, dann waren über hundert Menschen getötet worden.

»Ich sehe keine Leichen«, sagte Voorhis, der durch den unteren Teil seiner Bifokalbrille auf die Fotos blickte. »Ich sehe nur jede Menge Schutt.«

Fitch nickte. »Richtig«, sagte er. »Kang könnte sich irren. Es ist durchaus möglich, dass sonst noch jemand überlebt hat.«

»Vielleicht alle«, sagte Wasserman.

Fitch blickte sie an. Sie war eine große, füllige Frau Ende dreißig mit einer rauen Stimme und durchdringenden blauen Augen. Ihre elegante Kleidung bestand nur aus Designerklamotten, wie Fitch vermutete. (Es hieß, sie hatte Vermögen und war mit den Guggenheims verwandt, oder mit den Rothschilds. Jedenfalls Familienkapital, und das jede Menge.) »Wie meinen Sie das?«, fragte er.

Wasserman zuckte mit den Schultern. »Es wäre nicht das erste Mal, dass die Nordkoreaner Menschen umsiedeln. Und es wäre auch nicht das erste Mal, dass sie irgendwas inszenieren.«

Fitch dachte darüber nach und sagte dann: »Könnte was dran sein. Vielleicht haben sie die Leute woanders angesiedelt. Vielleicht brauchten sie das Gelände, wo das Dorf stand, für andere

Zwecke. Aber Kang sagt etwas anderes. Und Kang ist unsere einzige Informationsquelle.«

Dr. Karalekis schaltete sich mit der nahe liegenden Frage ein: »Apropos, was sagt Mr. Kang denn nun eigentlich? Was war das Motiv für die ganze Zerstörungsaktion?«

Fitch wandte sich an Inoue und hob die Augenbrauen.

Inoue räusperte sich und beugte sich vor, die Augen weiter auf den Bericht vor sich geheftet. »Er sagt – und ich paraphrasiere –, dass das Dorf von einer Epidemie heimgesucht wurde. Und dass viele Bewohner bereits gestorben oder todkrank waren.«

»Sagt er, was die Todesursache war?«, fragte Karalekis.

Inoue schüttelte den Kopf und blätterte eine Seite um. »Nein. Er sagt, er hätte so etwas noch nie zuvor gesehen. Über vierzig Grad Fieber. Brandige Geschlechtsteile.« Er blickte Karalekis fragend an, dessen Gesicht keine Regung zeigte.

Inoue blätterte weiter. »Heftiges Erbrechen, Sturzblutungen – Mund, Nase, Augen ... guter Gott, hören Sie sich das an! Einige von ihnen sind blau angelaufen. ›Leuchtend blau‹.«

Karalekis nickte, ebenso für sich wie für die anderen.

»Verblüfft Sie das denn nicht?«, fragte Inoue. »Dass Leute blau anlaufen?«

Karalekis zuckte die Achseln. »Das gibt es. Es nennt sich ›Zyanose‹, Blausucht.«

Fitch wandte sich an den Arzt. »Sie wissen, wovon dieser Kang hier redet? Sagt Ihnen das was?«

Karalekis verdrehte die Augen. »Es könnte alles Mögliche sein.«

Fitch und Inoue starrten ihn an. Schließlich sagte Fitch: »Nein. Es könnte nicht ›alles Mögliche‹ sein. Es könnte zum Beispiel nicht eine gewöhnliche Erkältung sein. Es könnten keine Hämorrhoiden sein.«

Karalekis lachte in sich hinein. »Das habe ich auch nicht gemeint. Ich meinte, dass ich nicht weiß, inwieweit auf einen Beobachter wie Kang Verlass ist. Ich weiß weder, was er für eine Ausbildung hatte, noch –«

Wasserman beugte sich vor. »Könnten wir ... *bitte*? Ich verstehe nicht, was das damit zu tun hat, dass die nordkoreanische Armee ein Dorf zerstört haben soll. Also, einige Leute waren krank –«

»Offenbar schwer krank.«

»Na und?«

Inoue hob mahnend einen Finger in die Luft. »Moment«, sagte er und blätterte zwei Seiten weiter. »Hier heißt es: ›Sie wollten‹ ... das Wort, das dem am nächsten kommt, ist ›kauterisieren‹. Sie wollten das Dorf kauterisieren.«

»Und woher sollte Mr. Kang wissen, was die Armee für Motive hatte? Haben sie es ihm gesagt?«, fragte Wasserman.

Inoue blickte verlegen. »Nein«, antwortete er. »Sie haben Recht. Es ist bloß eine Vermutung. Aber er sagt, im Schnitt sei einer von drei, einer von vier seiner Patienten gestorben, als ein Arzt aus Pjöngjang eintraf. Und gleich danach, etwa eine Woche später, wurde das Dorf ... zerstört.«

»Deshalb meint er, sie hätten es ›kauterisiert‹.«

Inoue nickte. »Wie eine Wunde.«

»Und wenn sie gar nicht vorhatten, die Krankheit einzudämmen?«, fragte Wasserman. »Wenn sie sie bloß vertuschen wollten?«

»Wieso hätten sie sie vertuschen wollen?«, fragte Fitch.

»Weil die Wirtschaft am Boden liegt, die Fabriken geschlossen sind, die Leute hungern, nichts funktioniert«, erwiderte Wasserman. »Das letzte, was sie gebrauchen können, ist noch mehr schlechte Publicity.«

»Und Sie glauben, sie würden dafür hundert Leute umbringen?«

Wasserman dachte darüber nach. Schließlich sagte sie: »Klar.«

Karalekis wandte sich an Fitch, der entnervt aufstöhnte. »Was ist mit dem Arzt«, fragte Karalekis, »dieser Arzt aus Pjöngjang? Was hat er über die Epidemie gesagt?«

»Er hat gesagt –« Fitch blickte kurz zu Wasserman, und als er ihren skeptischen Blick sah, korrigierte er sich. »Verzeihung.

Wir wissen nicht, *was* der Arzt gesagt hat. Aber *laut Mr. Kang* hat der Arzt für die Geschichte eine, äh ... eine spanische Frau verantwortlich gemacht.«

Wasserman lachte laut auf, und Fitch knirschte mit den Zähnen.

»He! Ich gebe nur wieder, was dieser Kang gesagt hat!«

Im Zimmer wurde es still. Voorhis putzte sich die Nase, und Karalekis hustete, aber niemand wusste, was er sagen sollte. Schließlich brach Inoue das Schweigen.

»Genau genommen«, sagte er, »hat er das nicht.«

Fitch blickte verdutzt und verärgert zugleich. »Was hat er nicht?«

»Das gesagt.« Inoue tippte mit dem Finger auf die Abschrift vor sich. »Er hat nicht ›eine spanische Frau‹ gesagt. Er hat gesagt ›die spanische *Dame*‹. Er hat gesagt: ›Der Arzt hat der spanischen Dame die Schuld an allem gegeben.‹«

»Oh, na dann *entschuldigen Sie vielmals*«, sagte Fitch.

Inoue machte eine verlegene Geste, als wollte er sagen, er habe es ja nur gut gemeint, als er plötzlich merkte, dass Dr. Karalekis ihn anstarrte.

»Was ist?«, fragte er.

»Was haben Sie da gesagt – genau?«

Inoue blickte verlegen drein. »Sie meinen, was in der Abschrift steht?«

Karalekis nickte.

»Also, es ist nur eine Kleinigkeit, aber ... laut Mr. Kang hat der Arzt gesagt ...« Er blickte auf die entsprechende Seite. »›Der Arzt hat der spanischen Dame die Schuld an allem gegeben.‹«

»Die ›spanische Dame‹«, wiederholte Karalekis.

»Ja. Nach dem, was hier steht, hat er das gesagt.«

»*Nicht* – ›eine spanische Frau‹.«

Inoue schüttelte den Kopf. »Nein.«

Karalekis blickte dem Übersetzer einen langen Augenblick unverwandt in die Augen. Dann schluckte er schwer und wandte sich an Fitch. »Ich glaube, Sie rufen besser in Atlanta an«, sagte er.

»Atlanta? Wieso Atlanta?«, sagte Fitch.

»Da sitzt das CDC, das Center for Disease Control, unsere oberste Gesundheitsbehörde«, sagte Karalekis. »Wenn es stimmt, was euer Kang da sagt, dann könnten daran mehr Menschen sterben, als im Zweiten Weltkrieg ums Leben gekommen sind.«

3

In den Wochen darauf erhielt die »Tasi-ko-Arbeitsgruppe« einen eigenen Decknamen (BLINDSIDE) und wurde um zwei Mitglieder »verstärkt«, Dr. Irving Epstein, einen Grippespezialisten von den National Institutes of Health (NIH), und Neal Gleason, einen schlaksigen FBI-Agenten, der für die Kooperation mit der CIA zuständig war.

Fitch ging die Ernennung von Gleason genauso gegen den Strich, wie er sich über Epstein als neuen Mitarbeiter freute, aber er konnte nichts gegen den FBI-Mann tun. Gleasons Aufgabengebiet war es, mit der CIA in Sachen chemische und biologische Waffen zusammenzuarbeiten, was (theoretisch) eine Ausweitung des FBI-Auftrages bedeutete, das Land gegen interne terroristische Aktivitäten zu schützen. In Wahrheit (zumindest nach Fitchs Überzeugung) war Gleasons Teilnahme an der Arbeitsgruppe ein weiteres Beispiel dafür, wie rücksichtslos das FBI seit dem Ende des kalten Krieges versuchte, seinen Einfluss auszuweiten.

Gleason war auch nicht sonderlich an Fitchs kleinem Team interessiert. Er hatte Wichtigeres zu tun, denn er pendelte zweimal im Monat zwischen Washington und Amman hin und her, wo er sich regelmäßig mit amerikanischen Angehörigen der Inspektionsteams der Vereinten Nationen im nahegelegenen Irak traf. Wie zu erwarten, befand er sich fast permanent im Jetlag – ein Zustand, den er hinter gespielter Gelassenheit und einer Maui-Jim-Sonnenbrille verbarg.

Für den FBI-Mann war das Tasi-ko-Team nur eine von gut einem Dutzend Gruppen, deren Treffen er lediglich als »Gasthörer« besuchte (wenn er mal nicht gerade an irgendeinem Flughafen auf seinen Abflug wartete). »Betrachten Sie mich einfach als eine Fliege an der Wand«, sagte er zu Fitch. »Ich werde keinen Mucks von mir geben.« Und so war es auch meistens.

Epstein war da schon ein ganz anderes Kaliber. Er war ein kleiner, dicker, redseliger Mann von Anfang sechzig und kleidete sich mit Vorliebe im Stil der dreißiger Jahre, einschließlich Fliege, Hosenträger und Leinenanzug. Er fand es insgeheim spannend, der »Geheimwelt« (wenn auch nur leihweise) anzugehören, und es machte ihm sichtlich Spaß, die Feinheiten der Grippe im allgemeinen und der Spanischen Grippe im besonderen zu erläutern. Die »Spanische Dame«, so erklärte er, war ein Spitzname für die Krankheit, der in Spanien unzählige Menschen zum Opfer gefallen waren. Karikaturen aus der Zeit zeigten häufig eine aufreizende Frau in verlockender Pose – hinter deren Mantilla aus Spitze ein grinsender Schädel lauerte.

Mit Karten von Asien und einem Laserzeiger ausgerüstet, erklärte der Epidemiologe begeistert, dass das Influenzavirus empfindlich ist und sich ständig verändert. Je nach seiner Antigenstruktur -

»Seiner *was*?« Die Stimme gehörte Fitch, aber die Frage hätte auch von allen anderen kommen können – das heißt, von fast allen.

»Er meint die Proteinhülle«, erklärte Karalekis. »Die typischen Oberflächenmerkmale des Virus.«

Fitch grunzte.

»Je nach seiner Proteinhülle«, fuhr Epstein fort, »klassifiziert man das Virus als eins von drei Grundtypen: A, B und C. Es gibt noch andere, aber das sind die wichtigsten.«

Fitchs Stirn legte sich in Falten – er ließ sich nicht gern belehren –, aber Janine Wasserman hielt ihn mit einer sanften Berührung am Arm zurück.

»Innerhalb jedes dieser Typen«, sagte Epstein, »gibt es alles in allem eine unendliche Zahl von Varianten –«

»Wenn wir also von der Grippe sprechen«, warf Voorhis ein, »sprechen wir im Grunde von einer *Klasse* von Krankheiten.«

Epstein zuckte die Achseln. »Ich würde es zwar nicht so ausdrücken, aber so könnte man es durchaus sagen. Wichtig dabei ist, dass wir jedes Jahr einen neuen Impfstoff produzieren müssen, da durch die Mutation des Virus die pandemische Variante aus dem Vorjahr ihrer Nachfolgerin Platz macht.«

Epstein bedachte seine Zuhörer mit einem gütigen Lächeln, aber Fitch ließ sich nicht so einfach abspeisen. »Doc, Sie benutzen hier ständig Wörter –«

»Er meint das vorherrschende Virus, das sich auf der ganzen Welt ausbreitet«, sagte Karalekis.

»Wie eine Epidemie«, warf Voorhis ein.

Epstein schüttelte den Kopf. »Nein, eine Pandemie ist nicht ›wie eine Epidemie‹. Eine ›Pandemie‹ ist global. Eine Epidemie ist – wie im Falle von Tasi-ko – ein lokal begrenzter Ausbruch.«

»Damit hätten wir es – strenggenommen – mit einem nordkoreanischen Problem zu tun«, stellte Gleason klar.

Karalekis zog die Augenbrauen hoch. »Nun ja«, sagte er, »das *hätten* wir ... es sei denn ...«

»Es sei denn, die Epidemie breitet sich aus«, schloss Epstein. Einen Augenblick lang schenkten die beiden Ärzte einander ein warmes Lächeln.

Voorhis rutschte unbehaglich auf seinem Stuhl hin und her. »Aber manche Epidemien sind schlimmer als andere, nicht wahr? Je nach ... Virus.«

»Genau«, erwiderte Epstein. »Manche Viren sind virulenter als andere, und manchmal befallen sie verschiedene Bevölkerungsgruppen. Die Spanische Grippe hatte es auf junge Menschen abgesehen. Kinder. Jugendliche. Menschen unter dreißig.«

»Wieso das?«, fragte Wasserman.

Epstein schüttelte den Kopf. »Ich weiß nicht.«

Fitch blickte finster, und Karalekis sagte an ihn gerichtet: »Das weiß keiner.«

»Wieso nicht?«, fragte Fitch.

Karalekis zuckte die Achseln. »Weil sich die Forschung bislang nicht eingehend damit befasst hat.«

»Mit der *Grippe*?«, fragte Fitch.

»Nein. Mit diesem bestimmten Virus, um das es hier geht«, sagte Epstein. »Niemand hat es bisher unter einem Mikroskop gesehen.«

»Wieso nicht?«

»Weil Viren submikroskopisch sind. Sie sind nur unter einem Elektronenmikroskop zu erkennen, das erst 1937 erfunden wurde, also fast zwanzig Jahre nachdem die Krankheit ausgebrochen und wieder verschwunden war.«

»Dann hat also niemand das Virus je gesehen?«, fragte Fitch.

Karalekis nickte.

»Einschließlich der Koreaner?«, fügte Fitch hinzu.

Karalekis und Epstein blickten einander an. Dann sagte Epstein: »Ja ... einschließlich der Nordkoreaner.«

»Was bedeutet«, fuhr Fitch fort, »dass der Mann aus Pjöngjang –«

»Der Arzt«, ergänzte Wasserman.

»Was auch immer er ist. Es bedeutet, er hat eine Vermutung geäußert – als er die ›Spanische Dame‹ erwähnte, hat er eine Vermutung geäußert.«

»Nun ...« Karalekis dachte darüber nach.

»Es muss so gewesen sein«, sagte Fitch mit Nachdruck. »Sie haben eben gesagt –«

Epstein schüttelte den Kopf. »So einfach ist das nicht.«

Fitch blickte verwirrt. »Wieso nicht?«

»Weil er die Patienten gesehen hat. Weil er Symptome behandelt hat. Den Verlauf der Krankheit beobachtet hat.«

»Und auf *dieser* Grundlage«, sagte Karalekis beipflichtend, »hat er die Krankheit mit der Spanischen Grippe verglichen.«

Eine Weile sagte niemand etwas, dann ergriff Janine Wasserman das Wort. »Nicht unbedingt«, sagte sie. »Er hat keinen *Vergleich* angestellt. Er hat gesagt, es *sei* die Spanische Grippe. Punkt aus.«

Voorhis verdrehte die Augen. »Der Übersetzer sagt. Der Arzt sagt. Der Überläufer sagt.« Er hielt inne und blickte sich in der Runde um. »Bin ich hier der Einzige oder –«

Neal Gleason schnaubte herablassend, sah dann auf die Uhr und schob seinen Stuhl zurück. Mit gespielt bedauernder Miene stand er auf und sagte: »Das ist ja alles sehr interessant, aber ich habe um zwei Uhr einen Termin in der Marinewerft, also, äh ... halten Sie mich auf dem Laufenden, okay?« Und damit nahm er sein Jackett und verließ den Raum.

Wasserman schien nichts davon mitzubekommen. Sie beugte sich vor, stützte die Ellenbogen auf den Konferenztisch und tippte leicht mit den Fingerspitzen gegeneinander. Einmal, zweimal. Dreimal. Dann wandte sie sich stirnrunzelnd Karalekis zu und sagte: »Was mir zu denken gibt, George ... nun ja, vermutlich geht es Ihnen allen nicht anders, ist die Reaktion der Koreaner.«

»Natürlich.«

»Denn wenn ich mich nicht irre, lässt sich eine Grippeepidemie nicht dadurch eindämmen, dass man die Menschen tötet, die die Krankheit haben –«

»Wieso nicht?«, fragte Voorhis.

»Weil –«, setzte Epstein an.

»Es mehr als einen Vektor gibt«, erklärte Karalekis.

»Genau.«

Voorhis blickte von einem Arzt zum anderen, als würde er bei einem Tennismatch zusehen. Schließlich sagte er: »Was ist ein ›Vektor‹?«

»Ein Überträger«, sagte Epstein.

»Zum Beispiel?«, fragte Fitch.

»Menschen. Nagetiere. Enten«, antwortete Karalekis. »Bei der Grippe spielen Wildenten eine gewaltige Rolle«, sagte er, sich für das Thema erwärmend.

»Die Migration von Wasservögeln –«, hob Epstein an.

»Das ist der springende Punkt«, sagte Karalekis.

»Die erste Welle setzt fast immer in China ein«, fügte Epstein hinzu.

»Wieso das?«, fragte Voorhis.

»Dort sind die Wasservögel, dort ist die Bevölkerungsdichte so groß, wie es erforderlich ist, damit die Welle beginnen kann –«

»Es gibt zahlreiche Gründe«, bemerkte Karalekis, »aber es ist ein Glück für uns, dass es etwa ein Jahr dauert, bis ein neues Virus die Staaten erreicht. Somit haben wir Zeit, einen neuen Impfstoff herzustellen und die Bevölkerung zu schützen.«

Janine Wasserman räusperte sich. »Könnten wir wohl beim Thema bleiben ... wir sprachen über die Reaktion der Koreaner. Und dass sie einfach unlogisch ist.« Die beiden Ärzte machten ein langes Gesicht. Ihr Vortrag oder ihr Duett, oder was immer es war, hatte ihnen Spaß bereitet. »Und ich habe«, fuhr Wasserman fort, »über ihre Ungewissheit – oder ihre vermeintliche Ungewissheit –, dass es die Spanische Grippe sei und nicht irgendwas anderes in der Art, nachgedacht.«

Epstein und Karalekis öffneten den Mund, aber Fitch bedeutete ihnen mit einer leichten Handbewegung zu schweigen.

»Und da ist mir der Gedanke gekommen«, fuhr Wasserman fort, »dass den Nordkoreanern klar gewesen sein muss, dass sich die Ausbreitung einer solchen Krankheit wohl kaum verhindern lässt, indem sie die Einwohner von Tasi-ko umbringen.«

Die Ärzte blickten einander an. Schließlich gab Epstein ihr mit einem Nicken recht.

»Was sie getan haben, war also absolut irrational, es sei denn ... sie *wussten* ... dass es für den Ausbruch dieser speziellen Epidemie keine anderen Überträger gab. Dass es eine einmalige Geschichte war. Dass sie noch mal Schwein gehabt hatten.«

Karalekis spitzte die Lippen und machte ein saugendes Geräusch. »Mmmm«, sagte er. »Ich verstehe, was Sie sagen wollen.«

Epstein runzelte die Stirn, ehrlich verblüfft. Einen Augenblick lang wirkte er wie ein kleiner Junge, dem seine Mutter die Sachen seines Vaters angezogen hat. Er wandte sich von Wasserman zu Karalekis und sagte: »Was will sie sagen?«

Karalekis blickte starr auf den Tisch vor sich. »Mrs. Wasserman will damit sagen, dass möglicherweise ein Unfall passiert ist und dass das, was in Tasi-ko geschehen ist ... ein Versuch war, die Unfallfolgen einzudämmen.«

»Sie meinen, ein *Labor*unfall?«, fragte Epstein.

Karalekis blickte auf. »Genau. Andernfalls –«

»Hätten sie gewusst, dass sie gegen die Epidemie nichts hätten ausrichten können«, beendete Fitch den Satz. »Sie hätten es hinnehmen müssen. Sie hätten keine andere Wahl gehabt.«

Besorgnis breitete sich auf Epsteins Gesicht aus. »Aber ist das realistisch? Ich meine, wissen wir, ob die Nordkoreaner mit irgendwas in der Art experimentieren?«

Karalekis schnaubte verärgert. »Ja«, sagte er. »Das wissen wir allerdings. Sie haben eins der intensivsten Biowaffenentwicklungsprogramme der Welt. Allerdings haben wir in dem Land keine Inspektionsteams, deshalb kann ich Ihnen nicht sagen, wo die Labors sind. Aber wir wissen, dass sie ein Programm haben, und für ein Land wie Nordkorea ergibt das durchaus Sinn.«

»Wieso sagen Sie das?«, fragte Epstein.

»Weil«, sagte Karalekis, »biologische Waffen die kostengünstigsten Waffen der Welt sind. Sehen Sie es einmal so: Ein Nuklearwaffenprogramm kostet ein paar hundert Millionen – nur um es überhaupt auf die Beine zu stellen. Aber Milzbrand, Cholera und Typhus kann man in einer Garage herstellen – mit einfachsten Mitteln. Und man braucht keine Raketen, um sie abzufeuern. Dafür genügt jeder handelsübliche Sprühbehälter.«

»Ich werde Dr. Epstein ein Buch geben, wo er das alles nachlesen kann«, sagte Fitch ungeduldig. »Mich interessiert, ob es in der Nähe von Tasi-ko ein Waffenlabor gibt und wie es möglich ist, dass so etwas freigesetzt wird.«

Karalekis zuckte die Achseln. »Ein Unfall. Undichte Rohre. Es kommt nicht oft vor, aber es kommt vor.«

»Dritte Welt«, bemerkte Voorhis. »Ich wette, das passiert alle naselang.«

»Natürlich«, sagte Karalekis, »wenn es tatsächlich ein Unfall war ... und wenn es sich tatsächlich um die Spanische Grippe handelt ...«

»Ja?«, sagte Fitch.

»Nun, dann wirft das doch eine nicht unerhebliche Frage auf, nicht wahr?«

Epstein schnaubte. »Allerdings.«

Fitch blickte von einem Arzt zum anderen. »Und wie lautet die Frage?«

Karalekis hob die Augenbrauen. »Nun ... ich meine, wo kriegen sie sie her?«

Die Frage schwebte eine Weile in der Luft. Schließlich lachte Voorhis leise vor sich hin. »Sie nehmen uns auf die Schippe, nicht?«

»Wie bitte?«, fragte Karalekis.

»Sie nehmen uns auf den Arm.«

Jetzt blickte Karalekis verwirrt. »Nein«, sagte er. »Ganz und gar nicht. Wie kommen Sie darauf?«

»Na ja, weil ...«, Voorhis grinste übers ganze Gesicht. »Wir reden hier von der *Grippe*, Himmel Donnerwetter noch mal! Jeder kriegt sie. Es geht nicht um Ebola. Auch nicht ums Q-Fieber! Wieso sollten die Koreaner mit so was wie der Grippe herumspielen, wo sie doch was weiß ich haben? Milzbrand! Sarin! Es muss unzählige Sachen geben, die gefährlicher sind.«

Epstein und Karalekis blickten einander kurz an. Dann wandte sich Epstein wieder an Voorhis. »Ich glaube, Sie verstehen nicht ganz«, sagte er. »Die Sterblichkeitsrate bei der Spanischen Grippe –«

Voorhis blickte skeptisch. »Ich weiß, was Sie sagen wollen. Sie ist ein Monster. Aber sie ist nicht *giftig*. Man würde damit keine Armee angreifen.«

»Das stimmt«, bemerkte Karalekis. »Vermutlich nicht. Aber wenn man den Feind schwächen wollte – die Zivilbevölkerung systematisch angreifen –, dann wäre die Spanische Grippe ein äußerst effektives Mittel.«

Epstein schaltete sich ein. »Ich bin erst letzte Woche die Zahlen durchgegangen«, sagte er. »Nehmen wir zum Beispiel New York: Dort gibt es sechsundfünfzig Krankenhäuser mit Notaufnahme – achttausend Betten. Das ist alles! Oder fast: Es gibt noch ein paar Entseuchungswagen – *zwei* –, von denen jeder vielleicht drei Leute pro Stunde behandeln kann.« Er hielt inne. »Ein biologischer Angriff auf New York oder irgendeine Großstadt wäre ... katastrophal.«

»Der andere Aspekt der Grippe ist natürlich der, dass sie sich von allein ausbreitet«, sagte Karalekis. »Wenn sie einmal angefangen hat, setzt eine Art Kettenreaktion ein: Das Virus oder die Bakterie produziert immer mehr von sich. Wie bei einem Kernreaktor. Aber andererseits ist sie mit einer Neutronenbombe vergleichbar, denn sie fügt der Infrastruktur des Feindes keinerlei Schaden zu. Sie tötet die Menschen und lässt die Gebäude intakt.«

Voorhis brummte. »Also, wie tödlich ist das Zeug denn nun?«

»Tja«, erwiderte Karalekis, »mit dem richtigen Bazillus ... könnte man theoretisch eine Art biologischen Flächenbrand entfachen, der alle Menschen auf dem Planeten töten würde – es sei denn, sie sind immunisiert worden.«

»Verstehe«, sagte Voorhis. »Aber wir reden hier nicht ›theoretisch‹. Wir reden über diesen Bazillus in Nordkorea. Wie tödlich ist er?«

»Okay. Lassen Sie es mich mal so ausdrücken«, sagte Karalekis. »Im Herbst 1918 tötete die Spanische Grippe über eine halbe Million Amerikaner. Das ist mehr, als in den beiden Weltkriegen, Korea und Vietnam zusammen gestorben sind. *Und es hat nur vier Monate gedauert.*«

»Was ist mit der Pest?«, fragte Fitch. »Die muss doch noch schlimmer gewesen sein.«

Karalekis schaukelte hin und her, dachte über den Einwurf nach. »Möglich. Aber die Pest brauchte für das, was sie anrichtete, immerhin zwanzig Jahre. Die Spanische Grippe hat zwanzig oder dreißig Millionen Menschen in nur zwölf Monaten getötet.«

»Himmel«, flüsterte Fitch.

Epstein wandte sich an Voorhis. »Sie haben vorhin Ebola erwähnt«, sagte er. »Nun, dabei handelt es sich durchaus um eine fürchterliche Mikrobe, aber ... sie ist stabil. Und die Wahrheit ist, man kann sie sich nur schwer zuziehen.«

»So schwer wie Aids«, sagte Karalekis.

»Es muss zu einem Austausch von Körperflüssigkeiten kommen – und damit meine ich nicht niesen«, sagte Epstein weiter. »Aber bei der Grippe ... tja! Wie Sie eben gesagt haben: ›Jeder kriegt sie.‹«

»Und sie ist alles andere als stabil«, fügte Karalekis hinzu. »Wir haben für die Grippe im nächsten Jahr keinen Impfstoff –«

»Genauer gesagt«, sagte Epstein, »wir haben für die Grippe vom letzten Jahr keinen Impfstoff. Und die einfache Wahrheit ist die, dass die Spanische Dame das tödlichste Ereignis in der Geschichte der Medizin war.«

»Und das in ihrem natürlichen Zustand«, sagte Karalekis.

»Was meinen Sie mit ihrem ›natürlichen Zustand‹?«, fragte Fitch.

»Nun, ich spekuliere nur, aber ... wenn die Koreaner angefangen haben, mit dem Bazillus herumzuspielen, an den Genen herumzupfuschen ... könnten sie ein Chimärenvirus schaffen, das noch tödlicher ist.«

»Ein ›Chimärenvirus‹!«, stieß Voorhis hervor.

»Er redet von Genmanipulation – die Schaffung eines Monsters durch die Verschmelzung eines Bazillus mit einem anderen«, sagte Epstein.

»Ja, aber – für so was brauchte man doch ein mit allen Schikanen ausgestattetes Labor, oder?«, fragte Voorhis.

Epstein schüttelte den Kopf. »Die Gentechnologie schickt

Biochemiekästen an Schulen, um sie für ihre Sache zu begeistern. Oder man kann sie für vierzig Dollar kaufen.«

Niemand sagte etwas. Dann brach Fitch das Schweigen. »Sie wollen also damit sagen, dass wir ganz schön in der Scheiße stecken.«

»Laienhaft ausgedrückt«, erwiderte Epstein, »ja, das ist durchaus möglich.«

Während sie darüber nachdachten, stand Janine Wasserman auf und ging ganz gemächlich um den Tisch herum. Schließlich blieb sie vor der Karte von Nordkorea an der Wand stehen und studierte sie einen Augenblick. »Es gibt da zwei Probleme«, sagte sie nachdenklich. »Erstens müssen wir genau lokalisieren, wo sich der Unfall ereignet hat.«

»Dabei kann das Pentagon helfen«, sagte Fitch.

»Ich bin sicher, wir kriegen die Genehmigung, das Gebiet überfliegen zu lassen«, sagte Voorhis. »Mindestens mit U-2.«

Fitch nickte. »Und ECHELON.«

Alle pflichteten murmelnd bei, außer Epstein. »Was ist ›Echelon‹?«, fragte er und blickte von einem CIA-Mitarbeiter zum anderen.

Fitch rutschte unruhig auf seinem Stuhl, verärgert über den Lapsus, der ihm da im Beisein eines Außenstehenden unterlaufen war. Schließlich sagte er: »Das ist ... äh, ein Geheimprogramm«, erklärte er. »Ich hätte es nicht erwähnen dürfen.«

Tatsächlich war das ECHELON-Wörterbuchprogramm eine der sensibelsten und geheimsten Operationen des Nachrichtendienstes, ein weltweites elektronisches Abhörnetzwerk von erstaunlichen Ausmaßen. Durch die Verbindung von Satelliten und »Abhörstationen« mit einer Reihe leistungsstarker Simultanrechner konnten der US-Nachrichtendienst und seine Verbündeten praktisch alle elektronischen Meldungen auf der Welt abfangen und dekodieren – in Echtzeit, also während sie übermittelt wurden. Durch die Suche nach Schlüsselwörtern identifizierte und differenzierte dasselbe Programm daraufhin Nachrichten, die von Interesse waren.

»Also, was für Wörter nehmen wir?«, fragte Voorhis mit gespitztem Stift.

Fitch zuckte die Achseln. »Da gibt es nicht viele. ›Influenza‹ wird uns nicht weiterbringen ...«

»Ja, aber ... ›Influenza‹ und ›Nordkorea‹ oder ›Influenza‹ und ›Tasi-ko‹ ... alles mit Tasi-ko wäre vermutlich interessant.«

Fitch nickte. »Das müsste hinhauen.«

»Selbst wenn wir das Labor wirklich finden«, sagte Voorhis, »was machen wir dann? Schließlich liegt es in Nordkorea.«

»Wenn wir soweit sind, ist es eine diplomatische Angelegenheit. Das kann das Außenministerium regeln«, sagte Fitch.

»Was ist mit dem Impfstoff?«, fragte Wasserman. »Wie lange würde es dauern, einen zu entwickeln?«

Epstein antwortete zögerlich. »Sechs Monate. Alles in allem.«

»Könnten Sie es schneller schaffen, wenn es sein müsste?«

Epstein blickte Karalekis an, der die Brauen hochzog. Schließlich sagte Epstein: »Wenn wir es überhaupt schaffen können, dann vielleicht einen Monat schneller. Aber es ist so oder so eine rein hypothetische Frage. Man kann keinen Impfstoff produzieren ohne das Virus, und –«

Karalekis beendete den Satz. »Und das Virus haben wir nicht.«

Wasserman beugte sich vor und drückte Karalekis so fest die Schultern, dass er beinahe zusammengezuckt wäre. »Genau«, flüsterte sie, »das ist das zweite Problem. Ich denke, wir machen uns besser auf die Suche danach.«

Falls das Virus überhaupt zu finden war, dachte Karalekis, dann am ehesten in einem fensterlosen Gebäude auf dem Gelände des Walter Reed Army Medical Center in Bethesda, Maryland. Hier befand sich das Staatliche Gewerbedepot – oder wie es in der Sensationspresse manchmal genannt wurde, »die Todesbibliothek«. Es sah aus wie ein Lagerhaus und war voll mit Metallregalen, auf denen sich Kartons stapelten. In jedem Karton waren menschliche Gewebeproben, die in Formaldehyd eingelegt und mit kleinen Paraffinblöcken umhüllt waren. Insgesamt enthielt das Gebäude über 2,5 Millionen Stücke erkranktes, aber ruhendes Gewebe, das von Soldaten stammte, die in irgendwelchen Kriegen für ihr Land gefallen waren.

Karalekis vermutete, dass sich in dem einen oder anderen Wachsblock Spuren des Virus finden ließen. Und am ehesten in den Lungengewebeproben. Dabei handelte es sich um papierdünne Scheibchen, die man Soldaten entnommen hatte, die im Herbst 1918 an einer Atmungserkrankung gestorben waren. Doch selbst in diesen Fällen war die Wahrscheinlichkeit, eine nützliche Probe zu finden, verschwindend gering. Da sich das Influenzavirus bereits innerhalb von vierundzwanzig Stunden nach dem Tod seines Wirts allmählich zersetzt, war davon auszugehen, dass es, selbst wenn es gefunden wurde, vermutlich nicht für die Herstellung eines Impfstoffs taugen würde.

Dennoch musste der Versuch unternommen werden, und so geschah es. Gestützt durch eine entsprechende Verfügung, dass bestimmte Forschungen für den Erhalt der nationalen Sicherheit oberste Priorität hatten, initiierte Karalekis eine umfassende und zeitaufwendige Suche, die Jahre in Anspruch zu nehmen drohte. Mehr konnte er nicht tun. Er war nicht besonders zuversichtlich, dass die U-2-Aufklärungsflugzeuge irgendetwas finden würden. Biolabors ließen sich leicht tarnen. Und das ECHELON-programm, so umfangreich es auch war, arbeitete nur so effizient, wie der Feind unvorsichtig war. Falls die nordkoreanische Nachrichtenübermittlung Tasi-ko nicht erwähnte, würde ECHELON nichts ausspucken. Und die CIA stand im Regen.

Vielleicht aber auch nicht.

An einem strahlenden Nachmittag im Februar sah Karalekis, der an seinem Schreibtisch im Institute of Science & Technology saß, unerwartet Fitch in seiner Tür stehen.

»Ich glaube, Epstein hat unser kleines Problem gelöst«, sagte Fitch.

Karalekis blickte skeptisch. »Wiiirklich?!« Er zog das Wort in die Länge, als würde er es auf einer Wasserrutsche aussprechen.

»Ja, *wirklich.*« Fitch ließ sich auf einen Stuhl plumpsen und warf eine Akte auf Karalekis' Schreibtisch.

Der Arzt betrachtete sie misstrauisch. »Und was ist das ... bitte schön?«

»Ein Antrag auf Finanzierung eines Forschungsprojektes«, erwiderte Fitch. »Ein alter. Epstein hat mir davon erzählt, und ich habe mir von der National Science Foundation eine Kopie geben lassen.«

Karalekis blickte auf das Deckblatt:

»Suche nach ›A/Kopervik/10/18‹«
beantragt von
Dr. med. Benton Kicklighter (NIH)
Dr. Anne Adair (Georgetown University)

»›A-Kopervik, zehn-achtzehn‹«, sagte er. »Was zum Teufel bedeutet das?«

Fitch grinste. »Tja«, sagte er, »das, mein Freund, ist ja gerade der Knaller.«

»Ach ja?«

»Und ob«, sagte Fitch. »Wie immer sie es auch nennen wollen, die Spanische Grippe ist und bleibt die Spanische Grippe.«

Karalekis runzelte die Stirn. »Ich verstehe nicht ganz.«

»Schauen Sie, das hier ist ein Antrag auf Finanzierung eines Forschungsprojektes, ein *abgelehnter* Antrag, von einem Arzt an die NIH. Einem Typen namens Kicklighter und einer gewissen Adair. Wie sich herausstellt, gibt es da diese toten Bergarbeiter –«

»Toll.«

»– und die beiden wollen sie ausgraben. Sie liegen auf einem Friedhof irgendwo weit oben im nördlichen Polarkreis.«

»Und das soll uns weiterbringen ... *wie*?«, sagte Karalekis.

»Sie sind 1918 gestorben. Und laut dieser Akte ist es ganz offensichtlich, was sie getötet hat: Die Symptome sind klassisch. Hohes Fieber, Zyanose, Erbrechen und so weiter ... Und nach dem, was hier steht« – Fitch tippte mit dem Zeigefinger auf den Antrag, einmal, zweimal, dreimal – »liegen sie seitdem im Dauerfrost begraben.«

Karalekis beugte sich vor. »Wiirklich?!«, sagte er. »Im *Dauerfrost* ...« Er wiederholte das Wort, als würde er es zum ersten Mal aussprechen. »Und ... die glauben ...?«

Fitch zuckte die Achseln. »Sie wissen es nicht. Niemand weiß es. Solange sich keine Expedition auf die Suche macht, wird es sich nicht sagen lassen. Aber wie es aussieht, wimmelt es in der ganzen Gegend um Kopervik – irgendeine Geisterstadt, vermute ich – nur so von Eisbären. Eisbären, klar?«

»Ja. Na und?«

»Also haben sie sie sehr tief begraben«, sagte Fitch. »Und sehr sehr kalt.«

4

Murmansk

23. März 1998

Viertens«, sagte der große, schlaksige Mann, der vorn im Raum stand, »die Schneebrille.« Mit erhobener Hand ließ er eine Brille an einem Finger baumeln. »Gehen Sie unter gar keinen Umständen tagsüber ohne Brille nach draußen, nicht mal für eine Minute.«

Annie Adair warf beunruhigt einen Blick auf die lange Ausrüstungsliste. Wenn jedes einzelne Teil einen fünfzehnminütigen Vortrag erforderlich machte, und es sah ganz danach aus, mussten sie noch Stunden in diesem engen, stickigen Raum sitzen.

Der große Mann beugte sich vor, um zu demonstrieren, wie man die Brille am besten aufsetzte, wobei er übertrieben mit dem Kopf wackelte, damit die Gläser auch wirklich fest am Gesicht hafteten. Als er sich wieder aufrichtete, die schwarze, ballonartige Brille an Ort und Stelle, sah er aus wie ein übergroßes Insekt. »Sie sollte ganz eng sitzen – wie eine Badebrille«, führte er weiter aus. »Die Dichtungsmanschetten an den Schläfen sollten keinerlei Licht durchlassen.«

Annie unterdrückte ein Gähnen und warf Dr. Kicklighter einen Blick zu. Er war bekannt für seine Ungeduld, und den Anzeichen nach – gereiztes Wippen mit dem Fuß, Kauen an den Fingerknöcheln – war er kurz davor zu platzen. Und das konnte sie nicht zulassen. Doctor K konnte absolut nicht mit Menschen umgehen, und kollegiale Höflichkeit war für ihn ein Fremdwort. Er kapierte einfach nicht, dass es besser war, ein paar Stunden Langeweile zu ertragen, als die Menschen gegen sich aufzubringen, auf die man angewiesen war.

Und die einem schließlich einen Gefallen taten.

Eisbrecher waren normalerweise Jahre im voraus ausgebucht. Und einen zu finden, der unter der richtigen Flagge am richtigen Ort zum richtigen Zeitpunkt fuhr und darüber hinaus bereit war, die Kopervik-Expedition aufzunehmen, war ... nun ja, weiß Gott keine Selbstverständlichkeit. Und dennoch hatte sich irgendwie eins ins andere gefügt. Die Finanzierung, die sie vor über einem Jahr beantragt und an die sie schon nicht mehr geglaubt hatte, war plötzlich bewilligt worden – und wie durch ein Wunder hatten sie auch noch Platz an Bord der *Rex Mundi* gefunden, eines betagten Eisbrechers, den die National Oceanic and Atmospheric Administration (NOAA) angemietet hatte.

Wie Doctor K das zuwege gebracht hatte, war ihr ein Rätsel, aber sie hatte nicht die Absicht, einem geschenkten Gaul ins Maul zu schauen. Das eine Mal, als sie ihn fragte, setzte er ein rätselhaftes Grinsen auf und sagte: »Nun, Annie, wie es aussieht, haben wir Freunde auf höchster Ebene.« Und so musste es wohl sein: Unter anderem bedeutete Annies Fahrt auf der *Rex Mundi* nämlich, dass die Schneemänner – die Schnee- und Eisphysiker der NOAA – auf fünf Tage Landurlaub in Oslo würden verzichten müssen.

Was sie also nun wirklich nicht gebrauchen konnten, waren irgendwelche Reibereien mit den Physikern oder der Crew. Letztere stellte natürlich schon an sich ein Problem dar. Trotz der versprochenen großzügigen Sonderzulage hatten einige von der Crew das Schiff verlassen, als sie erfuhren, dass auf der Kopervik-Etappe Leichen exhumiert werden sollten. Es waren zwar Ersatzleute gefunden worden, aber das war nicht einfach gewesen. Seeleute, so hatte man ihnen gesagt, waren abergläubisch, wenn es darum ging, eine Ladung Leichen zu transportieren.

Der Mann mit der Schneebrille ließ sich weiter über Lichtbrechungswinkel und Sonnenintensität in der Arktis aus. Wäre es nach ihr gegangen, hätte Annie den ganzen Tag lang geduldig dagesessen, doch zu ihren Aufgaben als Schützling gehörte es nun mal, auch ihren Mentor vor Unbill zu bewahren. Doctor K konnte richtig beleidigend werden, und als sie sah, dass sein Fuß das Tempo erhöhte, schaltete sie sich plötzlich ein. »Ich denke, wir haben das soweit verstanden«, sagte sie mit einer, wie sie hoffte, heiteren und versöhnlichen Stimme.

»Wie bitte?« Der Schneemann konnte einfach nicht fassen, dass er unterbrochen worden war.

»Ich ... wir ... ich meine, wir haben verstanden, dass wir die Brille tragen sollen, wenn wir nach draußen gehen.« Annie täuschte unbeholfen ein Gähnen vor, in der Hoffnung, er würde es kapieren: *Die Leute sind müde. Sie haben einen Transatlantikflug hinter sich.*

Doch er blickte drein, als hätte er einen Schlag ins Gesicht bekommen. Sie wusste, dass sie gegen ein ungeschriebenes Gesetz verstoßen hatte – wenn Experten »Zivilisten« instruierten, sogar wenn diese Zivilisten selbst Wissenschaftler waren, wurde höfliche Aufmerksamkeit, wenn nicht gar Ehrerbietung erwartet. Dabei ging es um Revierverteidigung. Wenn Doctor K fachfremde Gäste in seinem Labor hätte und denen erklärte, wie man einen virösen Abstrich behandelte, würde er gespannte Aufmerksamkeit erwarten. Annie entfuhr ein kurzes, nervöses Lachen, aber sie fuhr unbeirrt fort: »Hören Sie, ich bin wirklich die Letzte, die Sie belehren müssen, was es heißt, schneeblind zu werden«, sagte sie atemlos. »Es ist mir nämlich selbst mal passiert.«

»Ach wirklich.«

»Ja. Beim Skifahren. Ich habe im Lift meine Brille verloren.« Gott, jetzt hörte sie sich wirklich wie eine Vollidiotin an. »Oberhalb der Baumgrenze konnte ich dann plötzlich nichts mehr sehen.«

Es entstand eine Pause, und dann nahm der Physiker einen beißenden Tonfall an. »Also, richtige Schneeblindheit hat eine ganz andere Dimension. Dabei geht es nicht bloß um Orientierungslosigkeit. Dabei geht es um Schmerzen, heftige Schmerzen – als wären ihre Augen mit zerriebenem Glas gefüllt. Es kann sein, dass Sie tage-, ja wochenlang außer Gefecht gesetzt sind, wenn ihre Augen zu lange ungeschützt waren.«

Einen Augenblick lang herrschte Stille, und dann setzte das Fußwippen wieder ein – wenn auch in einem langsameren Takt.

»Vermerkt«, sagte Doctor K mit kalter Stimme.

»Ausgezeichnet.« Der NOAA-Physiker zog sich die Brille vom Kopf – rote Striemen um die Augen – und nahm eine Neoprengesichtsmaske. »Fünftens. Sinkt die Temperatur unter –«

»Entschuldigen Sie«, unterbrach ihn Dr. Kicklighter, »ich weiß, es ist Ihr Job, aber – werden Sie das alles nicht noch einmal wiederholen müssen, wenn unser Schreiberling da ist? Wäre es nicht sinnvoller, auf ihn zu warten? Ich meine, für ihn ist es genauso wichtig wie für uns, dass er sein Sehvermögen und so weiter behält.«

»Was für ein Schreiberling?« Der Physiker funkelte sie verärgert an, und Annie dachte: So. Das war's jetzt. Er hasst uns.

»Ein Mann namens Daly –«

Es klopfte laut an der Tür, und ein dünner, blonder Mann trat ein, ohne auf eine Antwort zu warten. Annie erkannte in ihm den leitenden Physiker.

»Sie werden die Unterweisung an Bord fortsetzen müssen, Mark. Ein schwerer Sturm zieht in unsere Richtung, und der Kapitän sagt, wenn wir nicht in zwei Stunden hier wegkommen, hängen wir noch drei oder vier Tage im Hafen fest.«

»Wir stechen in See?«, fragte Doctor K. »Aber –«

Der blonde Mann zuckte die Achseln. »Wir machen, was der Kapitän sagt«, sagte er. »Er tut uns schließlich einen Gefallen. Wenn er wollte, müssten wir hier bleiben. Was hätten wir dann davon? Sie würden so schnell kein Schiff mehr bekommen.« Er hielt einen Augenblick inne, um seine Worte wirken zu lassen, und sagte dann grinsend: »Zwanzig Minuten! Dann steht der Bus vor Ihrem Hotel.«

Und damit war der blonde Mann auch schon wieder weg.

Mark, der Physiker, stopfte bereits die Ausrüstung in einen großen, blauen Matchbeutel.

»Aber ... was ist mit Frank Daly?«, fragte Annie.

»Wer ist Frank Daly?«, fragte Mark.

»Unser Schreiberling«, wiederholte Kicklighter.

»Wir hatten eine Abmachung«, sagte Annie. »Ich meine ... mein Gott, er kommt extra um die halbe Welt angereist!«

Mark blickte lächelnd auf, zuckte die Achseln und warf sich den Matchbeutel über die Schulter. »Ich schätze, Mr. Daly wird das Schiff verpassen.«

»Ist im Grunde ein Segen«, brummte Kicklighter, als er aufstand. »Wir brauchen ihn, wie wir einen vereiterten Zahn brauchen.«

Mark lachte vor sich hin und verschwand durch die Tür, während Annie zurückblieb und darüber nachdenken musste, wie paradox es doch war, dass Frank Daly nicht mitkam. Nach dem ganzen Hickhack, ob es wünschenswert (oder vielleicht unvermeidlich) war, dass ein Reporter die Expedition begleitete, würde er nun in Murmansk eintreffen – nur um festzustellen, dass die *Rex Mundi* nicht mehr da war.

Eine halbe Stunde später stand Annie vor ihrem Hotel und wartete auf den Bus, der sie alle zum Schiff bringen sollte. Die Luft war drückend, warm und reglos, voll stiller Feindseligkeit, sodass sich zu ihrer Frustration auch noch Furcht gesellte.

Sie hatte versucht, Daly zu erreichen, um ihm zu sagen, dass er nicht mehr kommen sollte. Aber die Verbindung war hundsmiserabel, und nun ...

Die Temperatur stieg von minus neun auf minus fünf Grad, und als sie die Docks erreichten, fegten Schneeflocken in einem feuchten und böigen Wind hin und her.

Sie war ein wenig ängstlich, als sie den schwankenden Steg betrat, der auf das Deck des Schiffes führte. Die dicken Seile, die als Handlauf dienten, waren glatt vom Eis, und als sie (versehentlich) nach unten schaute, sah sie nichts als schwarzes Wasser. Sie zögerte kurz, und Dr. Kicklighter fasste ihren Ellbogen und bugsierte sie weiter.

Dann war sie sicher auf Deck, und die beiden standen einen Augenblick lang da, die Hände an der Reling, und beobachteten, wie Plastikbecher immer wieder von den Wellen gegen die Kaimauer geworfen wurden.

»Wir sind hier am Rand der Welt«, sagte Kicklighter und nickte in Richtung Stadt. »So nennen die Einheimischen sie.«

Annie nickte höflich, aber sie wusste nicht, wovon er redete. »Was nennen sie so?«, fragte sie.

»›Murmansk‹ das bedeutet ›der Rand der Welt‹.« Seine Stirn kräuselte sich, und er hielt inne. »Vielleicht bedeutet es auch ›das Ende der Welt‹. Ich bin nicht sicher.«

Annie blickte ihn an. »Das ist aber ein himmelweiter Unterschied«, sagte sie und wurde rot, als sie Kicklighter lächeln sah.

Langsam hob er den Arm und winkte, der Wind zerrte am Stoff seines Parkas. »Stimmt«, sagte er zu niemand Speziellem und fügte hinzu: *»Bon voyage.«*

5

Archangelsk

23. März 1998

Frank Daly befand sich auf halber Strecke auf dem dreistündigen Flug von Moskau nach Murmansk, als die Maschine – eine Iljuschin-86 – anfing zu beben. Beunruhigt blickte er von seinem Laptop auf und sah durch das scheckige Fenster, dass die Maschine in eine Wolke geflogen war. Die Luft war beinahe undurchdringlich – doch er konnte die dunklen Konturen der Tragfläche ausmachen, während der Jet gespenstisch durch das Weiß drang.

Und dann wurde das Beben stärker und ging in heftiges Vibrieren über, das zu einem Rütteln eskalierte. Daly klappte seinen Computer zu, zog den Reißverschluss der wattierten Tasche zu, verstaute die Tasche in seinem Rucksack und keilte ihn unter den Sitz vor sich. Dann lehnte er sich zurück und dachte: Ich bin selbst schuld. Wenn wir abstürzen, dann weil ich Schicksal gespielt habe, wo ich doch eigentlich an der Spanischen Dame arbeiten sollte. Der Luftgott hatte was gegen Bummelanten, und jetzt ereilte ihn sein Schicksal. Es sei denn ...

Er glaubte nicht an Gott. Es sei denn ... na ja, unter den gegebenen Umständen. In einem Hurrikan in zehntausend Metern Höhe – was zum Teufel war das?

Der Jet scherte in westlicher Richtung aus, zitterte heftig, bockte und ächzte. Spiele niemals Schicksal in einem Flugzeug, sagte Daly sich, die Seiten seines Sitzes umklammernd. *Was habe ich mir da nur gedacht? Wie konnte ich das nur für einen Glücks-*

fall halten? Gedankenlos klopfte er mit den Knöcheln gegen die Armlehnen, dreimal und wieder dreimal. Das war bei ihm zu einem Ritual geworden, dessen Ursprung er längst vergessen hatte. Aber es schien schwarze Katzen von ihm fern zu halten. Und zerbrochene Spiegel ebenso.

Und abstürzende Flugzeuge. Zumindest hatte er noch nie in einem gesessen.

Dennoch war ihm klar, was es mit dieser Angewohnheit auf sich hatte. Es war eine abgekürzte Form des Gebets, das letzte Relikt einer katholischen Erziehung.

Ein massiger Mann mit einem buschigen Schnauzer auf dem Sitz am Gang stieß ein überraschend feminines »Ooooh!«, aus, warf Daly einen Blick blanker Panik zu, vergrub dann das Gesicht in den Händen. Augenblicke später war der Himmel dunkel, die Gepäckfächer öffneten sich klappernd, und die Deckenlämpchen gingen an und aus: *Bitte nicht rauchen! Bitte anschnallen! Bereitmachen zum Sterben!* Ein Tablett mit Getränken krachte zu Boden, ein Mann schrie auf, und die Maschine sackte ab, wackelte und senkte sich steil, kämpfte gegen die Turbulenzen um sie herum.

Und so ging es zehn Minuten weiter, während sich in der Kabine ein durchdringender Geruch von Erbrochenem ausbreitete. Wodkaflaschen und Bier- und Sodadosen rollten den Gang hinunter und unter die Sitze, ein Gepäckfach klappte auf, und Taschen purzelten heraus, was einige vor Schmerz oder Schreck aufschreien ließ.

Schließlich schwenkte Flug 16 nach Osten ab, wendete und flog nach Süden. Auf beiden Seiten des Ganges schluchzten Passagiere, während ein Mann hinten in der Maschine lauthals in einer Sprache sang, die Daly nicht erkannte. Der Geruch von Alkohol vermischte sich mit dem Gestank von Erbrochenem, was ein übelkeiterregendes Miasma erzeugte. Kurz darauf machten sich die Stewards forsch daran, wieder für Ordnung zu sorgen, kümmerten sich um die Verletzten, verstauten herumliegendes Gepäck, beruhigten hysterische Passagiere.

Es kam keinerlei Durchsage. Nur vereinzelter Applaus, als die Maschine eine halbe Stunde später krachend auf der Landebahn aufsetzte, einen Hüpfer machte, erneut heftig aufsetzte und donnernd abbremste. Durch das Fenster sah man, wie der Schnee seitlich an einem langen grauen Terminal vorbeistob, auf dem kyrillische Buchstaben aufgemalt waren.

»Wo sind wir?«, fragte Daly niemand Speziellen.

Die Antwort kam von mehreren Sitzen vor ihm, wo ein rotgesichtiger Australier über das Geplärre eines wütenden Babys hinwegrief: »Wir sind in Archangelsk, Kumpel. Verdammt, wir sind im gottverlassenen Archangelsk.«

Eine frustrierende Stunde lang versuchte Daly in Erfahrung zu bringen, wann die nächste Maschine nach Murmansk ging – was, wie sich herausstellte, das reinste Ratespiel war. Die Dame am Schalter von Aeroflot telefonierte zehn Minuten herum, bis sie erfuhr, dass die Rollbahnen in Murmansk geschlossen waren. »Ist Sturm«, erklärte sie, als hätte er das nicht schon längst selbst gemerkt.

»Und wie komme ich dann nach Murmansk?«, fragte er. »Ich muss unbedingt nach Murmansk.«

Die Frau zuckte die Achseln, schrieb dann die Telefonnummer und Adresse von zwei Reisebüros in der Stadt auf – Intourist und Sputnik. Dort würde er Informationen bekommen, sagte sie, über »Bus und Bahn«.

Vor dem öffentlichen Telefon in der Flughafenhalle war eine lange Schlange, also ging Daly nach draußen, um ein Taxi zu suchen. Überraschenderweise fand er fast sofort eins. Es war ein schwarzer ZIL mit zerbeulten Kotflügeln und einer Heizung, die ihm kalte Luft auf die Knie pustete. Winzige Schneekörnchen prasselten auf die Windschutzscheibe wie Schrotkugeln.

»Sie sprechen Englisch, nicht?«

Der Fahrer warf ihm im Rückspiegel einen Blick zu. »Klar«, sagte er. »Spreche alles.«

»Wie weit bis Murmansk?«

Der Fahrer zuckte die Achseln. »Vielleicht fünfhundert«, erwiderte er.

»Meilen?«

»Dollar. Rubel. Kilometer. Alles das gleiche. Weil sie nicht hinkommen.«

»Aber ich muss dahin!«

Der Fahrer lachte. »Irgendwann. Klar. Nicht heute.«

»Aber –«

Das Lächeln des Fahrers war so breit wie die Straße, und er zwinkerte im Rückspiegel. »Willkommen in Archangelsk«, sagte er. »Ist Tor zum Nordpol.«

Als sie die Innenstadt und das Reisebüro Sputnik erreichten, war es halb fünf am Nachmittag und stockdunkel – nicht verwunderlich so hoch oben im Norden. Laut Dalys Reiseführer lag Archangelsk nur fünfzig Kilometer südlich vom nördlichen Polarkreis.

Als er am Schalter stand, fasste er kurz Hoffnung. Die Sputnik-Mitarbeiterin lächelte ihm immer wieder aufmunternd zu, während sie telefonierte und nach irgendeiner Möglichkeit suchte, wie er von Archangelsk nach Murmansk kommen konnte. Einmal schien sie richtig aufgeregt. Ihr professionelles Lächeln wurde weicher, sie spreizte die Finger der linken Hand in der Luft, und es war offensichtlich, dass sie ein gutes Wort für ihn einlegte.

Doch dann erstarb diese Lebhaftigkeit, die Finger erschlafften, und die Mundwinkel fielen herab. Sie gab ein angewidertes *tsk* von sich und legte den Hörer auf. »Die Bahn ist geschlossen. Zwischen hier und Murmansk, auch zwischen hier und Moskau, auch überall nach Osten. Ist –«

»Ich weiß: großer Sturm.«

»Ja. Zuviel Schnee.« Sie zuckte die Achseln. »Ich denke, Sie bleiben ein oder zwei Tage hier.«

Daly stöhnte, aber es war unvermeidlich. »Was ist mit Hotelreservierungen? Können Sie –«

Die Frau schüttelte den Kopf. »Nur Bus und Bahn.« Daly

blickte offensichtlich so niedergeschlagen drein, dass die Frau Mitleid mit ihm bekam. Sie musterte ihn von oben bis unten, versuchte die teuren Schuhe und den Parka mit dem schäbigen Matchbeutel in Einklang zu bringen, den er bei sich hatte. Letzterer war khakifarben und aus Segeltuch. Er hatte Plastikverschlüsse, die wohl wie Leder aussehen sollten, es aber nicht taten, und auf der Lasche war mit Kugelschreiber sorgfältig ein plumpes Friedenssymbol aufgemalt.

Sie deutete auf das Friedenssymbol. »Ist für Tschetschenen?«, fragte sie.

Daly überlegte einen Moment. »Ja«, sagte er. »Vermutlich.«

Die Frau lächelte. »Versuchen Sie ›Excelsior‹«, sagte sie. »Ist hübsch – um die Ecke. Wird Ihnen gefallen.«

Das »Excelsior« war tatsächlich hübsch, aber auch komplett ausgebucht, also setzte er sich in die komfortable Hotelhalle und sah in seinem Reiseführer *Rußland, Ukraine & Weißrussland* nach. Was die Hotels betraf, gab das Buch nicht viel her. Die Unterkünfte in Archangelsk waren entweder »billig und scheußlich« oder »akzeptabel und teuer«. Für Daly, dessen Unkosten von einer Stiftung getragen wurden, war die Wahl klar oder hätte es zumindest sein sollen.

Doch wie er feststellen musste, waren die A&T-Hotels (wie er sie innerlich nannte) mit Ölunternehmern, Diamantenhändlern, Warenbörsenbrokern und Wirtschaftsgaunern aus aller Herren Ländern belegt. Archangelsk war allem Anschein nach die Ausgangsbasis für alle möglichen Risikokapitalisten, die darauf aus waren, Sibirien zu »erschließen«. Sein Gepäck durch den Schnee schleifend, marschierte er zu drei A&Ts, die alle ausgebucht waren. Schließlich schob er dem Mann an der Rezeption des »Puschkin« ein paar Dollar zu und bat ihn, ihm ein Zimmer zu besorgen – egal wo.

Es dauerte fast eine Stunde, doch am Ende verließ er die Lobby mit einem Zettel in der Hand: *»Tschernomorskaja« – Ulitsaja Temme 3.*

Der Türsteher blickte skeptisch, als Daly ihn bat, ihm ein Taxi zu besorgen, deutete vage auf das Wetter und schüttelte betrübt den Kopf. »Bus ist besser«, sagte er und zeigte in Richtung Haltestelle, einen halben Block entfernt, wo ein paar fröstelnde Gestalten unter einer flackernden Straßenlaterne standen und mit den verfrorenen Füßen stampften. Daly wollte schon auf einem Taxi beharren, doch der Türsteher blickte derart verwundert drein – fast schon gekränkt –, dass er es aufgab.

Er stapfte zur Bushaltestelle und dachte: Wäre Dad nicht stolz? Sein Alter Herr hatte ihn stets gewarnt, dass er es zu nichts bringen oder »nichts Anständiges aus sich machen« würde, solange er nicht lernte, den »Tatsachen ins Auge zu sehen« und einen kühlen Kopf zu bewahren. *Du musst dein irisches Temperament zügeln, Frankie. Sieh mich an.* Und an dieser Stelle klopfte er sich dann auf die eigene Brust. *Mein ganzes Leben arbeite ich für einen Hungerlohn, und wieso? Weil ich immer Recht haben muss. Weil ich mein Klugscheißer-Maul nicht halten. kann. Weil ich nie kapiert habe, dass es sich nicht lohnt, aus jeder Mücke einen Elefanten zu machen. Wie in dem Kenny-Rogers-Song über den Glücksspieler, der auch wissen muss, wann er besser klein beigibt.* Daly schüttelte den Kopf in Erinnerung daran, wie sehr sein Vater die Intelligenz und Klugheit von Kenny Rogers verehrte.

Inzwischen fror er allmählich ein, zunächst die Extremitäten: Zehen, Füße und Gesicht. Auf den Boden zu stampfen brachte auch nichts. Das einzige, was helfen konnte, war der Bus, und als er schließlich kam, stieg er sofort ein, sobald sich dessen Tür ruckartig geöffnet hatte. Der Fahrer blickte auf den Zettel in Dalys Hand, zeigte auf seine Uhr und beschrieb mit dem Zeigefinger einen Halbkreis. Eine halbe Stunde zum »Tschernomorskaja«.

Daly suchte sich einen Sitz möglichst nahe an den Heizungsschlitzen und nahm Platz. Und während er auf der Fahrt durch Archangelsk in dem klapprigen Bus durchgeschüttelt wurde, dessen Fenster so beschlagen und vereist waren, dass er sich vorkam wie in den Wolken, ging ihm der Song einfach nicht mehr aus dem Kopf, sodass er entnervt das Gesicht verzog.

Wie ein Hamster im Käfig drehte sich die Melodie im Kreis.

Man spielt mit den Karten, die einem zugeteilt werden, und die konnte man laut Kenny Rogers ausspielen, man konnte passen, man konnte weggehen oder ...

Was? Er überlegte kurz, und dann fiel es ihm wieder ein. *Ach ja, man konnte weglaufen.*

Als er ins Hotel kam, den Koffer in der Hand, fegte der Wind den Schnee beinahe horizontal durch die Luft, und der Strom war ausgefallen. Zumindest größtenteils. Ein Generator stampfte im Keller und lieferte gerade genug Saft, dass man noch sehen konnte, aber sonst nichts. Die wenigen Lampen, die brannten, wurden durch Kerzen verstärkt, die die schäbige Eingangshalle in finstere gelbe Trostlosigkeit tauchten, in der es nach Wachs roch.

Daly trat mit einem argwöhnischen Blick ein und schaute sich um. In einer Ecke der Lobby hockte eine mürrische Prostituierte, in Polyester gleichsam eingeschweißt, auf einer roten Kunststoffcouch und lackierte sich die Fingernägel. In der Nähe saß ein japanischer Geschäftsmann in einem ramponierten Sessel und blätterte in einem Comic-Heft, während drei junge Männer in schwarzen Lederjacken über einer Flasche Wodka miteinander stritten.

Daly füllte an der Rezeption eine Anmeldekarte aus und bezahlte in Dollar. Als der Mann an der Rezeption das Geld zählte, las Daly das handgeschriebene Schild hinter ihm an der Wand:

BRAUCHEN SIE GELD?
SIE KÖNNEN IHRE HABSELIGKEITEN
IN UNSEREM GESCHÄFT
IM ZWEITEN STOCK VERKAUFEN.
FAIRE PREISE!

Daly war verblüfft über die russische Kleptokratie, in der alles, was nicht niet- und nagelfest war, geklaut oder gekauft wurde. In Moskau hatten zwei Leute ihm seine Sonnenbrille abkaufen wollen, und ein Jugendlicher auf einem Moped hatte nach seiner Armbanduhr gegrapscht. Autofahrer nahmen ihre Scheibenwischer mit ins Restaurant und legten sie auf den Tisch wie zusätzliches Besteck. Nach zwei Tagen in der russischen Hauptstadt war Daly klar geworden, dass es nur eine Frage der Zeit war, bis jemand versuchen würde, ihn wegen seines Laptops umzubringen. Also tauschte er die teure Tragetasche aus Leder gegen einen schäbig aussehenden Matchbeutel ein. Der Laptop – ein ThinkPad für viertausend Dollar – passte bequem in die Segeltuchtasche, die in einem früheren Leben zweifellos als Behältnis für Buntstifte und Erdnussbuttersandwiches (oder was immer russische Kinder mittags aßen – Rote Bete vielleicht) gedient hatte.

Nach einer Weile gab er es auf, auf den Lift zu warten, und ging, den Schlüssel in der Hand, die Treppe hoch, die so dunkel war, dass er nervös wurde. Irgendwo zwischen dem zweiten und dritten Stock hörte er jemanden rufen. Der Lärm klang gedämpft und panisch, fern und nah zugleich. Nach einem Augenblick merkte er, dass die Rufe durch die Wand kamen, woraufhin sich ihm die Nackenhaare sträubten. Dann begriff er: Es war nichts Übernatürliches; jemand saß im Fahrstuhl fest. Mit einem Seufzer ging er denselben Weg zurück und sagte dem Mann an der Rezeption Bescheid, der achselzuckend die Handflächen zur Decke drehte. »Jeden Abend gleiches Problem«, sagte er mit leiser, rauer Stimme. »Ich erzähle Gästen von Stromsparpolitik. Aber ...« Er zuckte erneut die Achseln. »Eine Stunde, vielleicht zwei.«

Die armen Schweine, dachte Daly und beschloss, sich von Aufzügen fern zu halten. Sein Zimmer war im vierten Stock, und er brauchte eine Weile, bis er dahinterkam, wie man die Tür in dem düsteren Korridor öffnete.

Sobald er drinnen war, warf er seinen Koffer aufs Bett und betrachtete mit zunehmender Beklommenheit die fleckige Tapete, die gesprungenen Wandleuchter und schmuddeligen Deckenplatten. Ein Radiator klapperte an der Wand, fühlte sich aber kalt an. Das einzige Fenster ging auf einen Luftschacht, was zur Folge hatte, dass das Zimmer dunkler und vermutlich wärmer war als viele andere in dem Hotel. Dennoch hatte sich der Wind durch den Spalt zwischen Fensterbank und Fensterrahmen gezwängt, und auf dem abgewetzten Teppich lag eine kleine Pyramide aus körnigem Schnee. Daly betrachtete sie einen Augenblick, in der Hoffnung auf ein verräterisches Zeichen von Feuchtigkeit, sah dann aber ein, dass der Schnee nicht schmolz.

Er verschränkte die Arme, die Fäuste unter die Achseln geklemmt, und setzte sich auf die Bettkante. Er atmete kräftig aus, sah zu, wie sein Atem durch die Luft wirbelte, und zitterte.

Dennoch, dachte er, so kalt und ungemütlich ihm auch zumute war, es gab eine tröstliche Tatsache: Bei diesem Sturm würde zumindest die *Rex Mundi* nicht auslaufen.

6

77° 30' N, 20° 12' O

Annie stand an der Reling und blickte nervös nach vorn auf das Packeis. *Festlandeis,* korrigierte sie in Gedanken. Was bedeutete, dass es mit dem Land verbunden war.

Bring das nicht durcheinander, sagte sie sich.

Sie wollte keine Fehler machen, um den Schneemännern keinen Anlass zu geben, sie zu veralbern. Oder sie zumindest herablassend zu behandeln, mit amüsierten Blicken und hilfreichen Korrekturen. Sie konnte nicht gut mit so was umgehen. Sie kam sich dann dumm vor, bekam einen roten Kopf und wurde trotzig. Sie konnte nichts dagegen tun. Sie hatte immer zu hören bekommen, »das liegt in der Familie«. *Ein dünnes Fell.*

Und bis sie alt genug war, um zu verstehen, dass das nur eine Metapher war, hatte sie es für eine Krankheit gehalten, eine Krankheit, die sie geerbt hatte, zusammen mit den Wangenknochen ihrer Mutter. *Ein dünnes Fell.* Es klang wie etwas, das jederzeit Risse bekommen konnte. Wie Eis auf einem Teich.

Festlandeis. Überall.

Sie waren noch rechtzeitig vor dem Sturm weggekommen, und es war ein strahlender Tag, mit blauem Himmel und Temperaturen knapp über Null. Die *Rex Mundi* mahlte sich kriechend langsam durch das Eis, das Deck und die Aufbauten mit Frost überzogen. Das Schiff fuhr in Richtung Storfjord, eine Passage aus Wasser und Eis, das zwischen der vergletscherten Ostküste von Spitzbergen und der Westküste von Edgeøya trieb, einer kleineren Insel im norwegischen Meer.

Annie starrte auf den zerbröckelten Eisteppich, der sich vor dem Bug erstreckte, so weit das Auge reichte. Sie hielt nach einem dunklen Punkt Ausschau, dem ersten Anzeichen für das, was die Schneemänner eine »Rinne« nannten – eine Bresche im Eis, die sie in das tintenschwarze offene Gewässer bringen würde.

Und dann würden sie schneller vorankommen.

Trotz der zusätzlichen Tage, die sie dank ihrer überstürzten Abreise gewonnen hatten, machte sie sich wegen der Zeit und der Logistik Sorgen. Den ersten Teil der Reise – nordnordwestlich durch die Barentssee – hatten sie schnell geschafft. Murmansk blieb den ganzen Winter über eisfrei, da die Stadt von demselben Ausläufer der warmen Atlantikströmung umspült wurde, die die Route zur Westküste von Spitzbergen fast das ganze Jahr hindurch freihielt.

Doch kaum hatten sie nach Osten abgedreht in Richtung der Storfjord-Passage, da steckten sie auch schon im Packeis. Und sobald sie in den Fjord gelangten, war das Eis noch dicker geworden, was bedeutete, dass sie sich stundenlang durch Festlandeis kämpfen mussten und nur langsam vorankamen. Der Hubschrauber hatte sich wiederholt auf die Suche nach Rinnen gemacht, die sie zu den Wasserkanälen bringen würden, die durch das Eis flössen wie Bäche durch Schneefelder.

Aber jetzt hatten die Schneemänner dem ein Ende bereitet. Der Physiker, der auch als Pilot des Expeditionshubschraubers fungierte, beschloss, dass es besser war, Sprit zu sparen, um Nachschub zum Camp in Kopervik und wieder zurück zu bringen. Jetzt gab es nichts mehr zu tun, als sich durch das Eis zu pflügen und zu hoffen.

Abgesehen von den Rinnen gab es auch freie Wasserflächen, praktisch wie Seen inmitten des »ewigen Eises«. Die Seen entstanden, wie Annie gesagt wurde, mehr oder weniger regelmäßig jedes Jahr an denselben Stellen. Ihre Größe und Position wurden auf speziellen Karten verzeichnet. Sie hatte sich am Morgen eine angesehen. Einer von der Mannschaft hatte ihr gezeigt, wo genau sie offenes Gewässer erwarteten. Auf der Karte erschien es als lange, fiedrige Form, die sich landeinwärts auf einen der wenigen schwarzen Punkte auf Edgeøya zuwand – das Bergwerkscamp von Kopervik.

Das Problem war, dass die Karten erst seit wenigen Jahren angelegt wurden und daher niemand wusste, wann einer der »Seen« vielleicht verschwinden und wieder zu Eis werden würde. Wegen des Eises wurde die Geschwindigkeit der *Rex* auf ein Minimum dessen gedrosselt, was sie bei voller Fahrt schaffen konnte. Wenn sie also die ganze Strecke durch Eis mussten ... nun, dann würden sie lange brauchen.

Wenn sie allerdings in den nächsten zwei Stunden das offene Gewässer erreichten, würden sie mit etwas Glück gegen Abend ihren Ankerplatz erreichen und am Morgen an Land sein.

Gegen ihre Ungeduld war sie machtlos. Das Forschungsprojekt war ihre Idee gewesen, und sie war am Boden zerstört gewesen, als die National Science Foundation (NSF) den Antrag auf Finanzierung, trotz Doctor Ks Unterstützung, abgelehnt hatte. Nun da das Projekt doch noch genehmigt worden war, wollte sie die Forschungen durchführen – und zwar *jetzt.*

Es ging darum, dem Lungengewebe der Bergarbeiter viröse Proben zu entnehmen. Sie und Doctor K würden mit einer modernen Methode namens Polymere Kettenrekonstruktion oder PKR das Virus im Labor wiedererschaffen. Wenn sie Glück hatten und genug Material erzeugen konnten, um die Virusvariante zu züchten, die die Bergleute getötet hatte, konnten sie natürlich einen Impfstoff herstellen (für den Fall, dass jemals einer gebraucht wurde). Aber noch wichtiger (nach Annies Dafürhalten) war, dass sie imstande wären, Doctor Ks Theorie zu verifizieren, dass es einen Zusammenhang zwischen bestimmten Arten von Proteinhüllen und der Virulenz verschiedener Influenzavirustypen gab. Das wäre ein gewaltiger Durchbruch ...

Es hatte Annie sehr überrascht, dass es um die Jahrhundertwende auf dieser Erde noch so unwirtliche Gebiete gegeben hatte, dass sie keiner souveränen Nation angehörten, so beispielsweise (bis 1920) der Archipel Svalbard mit der Insel Spitzbergen. Bis zu dem Zeitpunkt, als der Archipel ein Teil von Norwegen wurde, waren die Inseln und damit die Bodenschätze praktisch jedem zugänglich, der bereit war, monatelange Dunkelheit und Isolation, ein lebensfeindliches Klima und die ständige Bedrohung durch Eisbären in Kauf zu nehmen. (Noch heute waren die Besucher von Svalbard in der Regel bewaffnet – und nicht mit .22ern. Sie bevorzugten Gewehre und Handfeuerwaffen vom Kaliber .45, damit sie sicher sein konnten, einen angreifenden Dreihundert-Kilo-Bären niederzustrecken.)

Svalbard war natürlich nicht gerade überreich an Bodenschätzen. Die Insel hatte eigentlich nur Kohle zu bieten. Ein amerikanischer Geschäftsmann namens John Longyear war der erste gewesen, der auf den Inseln Kohle abbaute. Er gründete 1906 die Arctic Coal Company, die auf Spitzbergen ein Bergwerk einrichtete, ein Ereignis, das einen regelrechten »Kohlerausch« auslöste und abenteuerlustige Briten, Dänen und Russen anlockte, die sich überall auf den Inseln auf die Suche nach Kohle machten.

Der zunächst einträgliche Kohleabbau wurde im Laufe der Zeit zunehmend teurer. Aber das war kaum der springende Punkt. Der eigentliche Schatz war der Archipel selbst, der an strategisch wichtiger Stelle den Eingang zur Barentssee hütete. Die Russen und Briten, Norweger und Dänen meldeten ihre Ansprüche auf weitaus mehr an als auf die Kohle in der Erde.

Schließlich setzten die Norweger sich durch, und zwar indem sie weiter Bergwerke betrieben wie das in Kopervik – ein nahezu unzugänglicher Außenposten, der am Ende die teuerste Kohle der Welt produzierte. Zumindest so lange, bis die Souveränitätsfrage schließlich zugunsten von Norwegen entschieden war, woraufhin das Bergwerk prompt stillgelegt wurde.

Jetzt, fast sechzig Jahre später, waren Annie und Doctor K hinter einem ganz anderen vergrabenen Schatz her: ein Virus, das so virulent und ansteckend war, dass es möglicherweise als Maßstab für alle anderen Viren dienen könnte. Es lag, so hofften sie wenigstens, knapp einen Meter tief im Permafrost, tief in den Lungen von fünf norwegischen Bergarbeitern, die achtzig Jahre zuvor an ihrem eigenen Sputum erstickt waren. Den akribischen Aufzeichnungen des lutherischen Geistlichen zufolge, der damals in Kopervik gelebt hatte, lagen die Leichname der Minenarbeiter in der westlichsten Ecke des Friedhofes, unmittelbar hinter der Kirche.

Natürlich würde das NOAA-Team Eiskernproben vom Permafrost nehmen müssen, bevor die Exhumierung stattfand. Falls die Eiskerne ergaben, dass es Schmelz-und-Tau-Zyklen gegeben hatte, würde entschieden werden müssen, ob die Arbeit überhaupt fortgesetzt werden sollte. Da das Influenzavirus sich rasch nach dem Tod seines Wirts zersetzt, wäre es sinnlos, die Toten zu exhumieren, wenn die Leichen irgendwann seit 1918 einmal aufgetaut waren.

Was, wenn man es recht bedachte, nicht unwahrscheinlich war.

Dieses verdammte Eis, dachte Annie, die auf den faltigen weißen Ozean blickte, in der Hoffnung, schwarzes Wasser zu entdecken. Doch es war nichts zu sehen, nur der kristallklare blaue Himmel und aufgetürmte Wellen, weiß wie Laken und genauso blendend.

Schließlich war dieses Projekt ihr Kind. Kein Wunder, dass sie ungeduldig war.

Sie war es, die, ermutigt durch Doctor K, fast ihre gesamte Freizeit dafür geopfert hatte, in Bergsiedlungen in so entlegenen Gegenden wie Chile, Sibirien und Tibet nach, wie Doctor K es nannte, »lebensfähigen Opfern« zu suchen.

Schließlich hatte sie in einer alten Ausgabe der *New York Times* etwas über Spitzbergen gelesen. In dem Artikel ging es um die russischen und norwegischen Ansprüche auf den Archipel

Svalbard. Fast beiläufig wurden die Kohlebergwerke der Region erwähnt, und dass die Spanische Grippe 1918 schlimm unter der dortigen Arbeiterschaft gewütet hatte. Das allein überraschte sie nicht, sondern vielmehr der Umstand, dass die Toten an Ort und Stelle begraben worden waren und nicht auf dem Festland. Neugierig geworden, forschte sie weiter nach und wusste bald mehr über die Bestattungspraktiken im eiskalten Norden, als sie je erwartet hatte.

Die Einheimischen betteten ihre Toten meist über der Erde zur letzten Ruhe und bereiteten Ihnen ein Hügelgrab aus Felsen und Steinen. Ein Grab auszuheben war unmöglich. Der Boden war bis zu einer Tiefe von ein, zwei Metern hart gefroren, und so war es besser, der Natur ihren Lauf zu lassen. Am Ende nahmen sich dann die Bären der Toten an.

Doch die Bergwerksfirmen hatten eine Alternative, und zwar Dynamit. Sie bohrten Löcher in die gefrorene Erde, steckten Dynamitstangen hinein und sprengten etwa ein Meter tiefe Gräber aus dem Boden. Was durchaus reichte: Weder Wärme noch Bären würden je an die Toten herankommen.

So hoffte Annie zumindest. Und mit Doctor Ks Erlaubnis hatte sie an die Bergwerksfirma geschrieben und sich nach den Gräbern erkundigt. Die Firma war im Zweiten Weltkrieg geschlossen worden, aber die Anwaltskanzlei, die deren Interessen vertrat, verwies sie an die Kirche, deren Pfarrer für die Bergleute in Kopervik und Longyearbyen zuständig war. Die Kirchenbücher enthielten die Namen der toten Arbeiter und ihrer Familienangehörigen, bei deren Nachfahren die Zustimmung für die Exhumierung (und anschließende erneute Beisetzung) ihrer Verwandten eingeholt wurde.

Doctor K hatte bei dem ganzen Unternehmen eine zwar passive, aber durchaus unterstützende Rolle gespielt. Und als das Fundament schließlich gelegt war, beantragte er die Finanzierung des Forschungsprojekts in ihrer beider Namen – mit abschlägigem Bescheid.

Alle hielten das Projekt für vielversprechend. Interessant.

Lohnenswert. Und für angebracht: In wissenschaftlichen Kreisen ging man davon aus, dass eine größere Mutation des Influenzavirus kurz bevorstand. Dergleichen geschah etwa alle dreißig Jahre, und es war »überfällig«. Man war sich ebenfalls darin einig, dass die erwartete Veränderung, »falls die Vergangenheit das Vorspiel war«, ein A-Virus hervorbringen würde – wie das der Spanischen Grippe. Es herrschte ebenfalls Übereinstimmung darin, dass Doctor Ks Theorie vielversprechend war und dass eine Probe von dem Virustyp des Jahres 1918 – falls sich eine finden ließe – nützliche Daten über den Zusammenhang von Virulenz und Antigenstruktur liefern könnte.

Falls Doctor K Recht hatte, ließen sich anhand des relativ auffälligen hakenähnlichen Fortsatzes an der Proteinhülle des Antigens die virulenteren Influenzavarianten erkennen. Unter Virologen war dieser Fortsatz (halb scherzhaft) als »Kicklighter-Horn« bekannt.

Noch heute kam der A-Typ in dem einen oder anderen Teil der Welt vor – und die Menschen, die mit dem Virus infiziert wurden, starben nicht massenweise. Doctor Ks Untersuchungen zu diesen Varianten bestätigten im Grunde seine Theorie: Ihnen fehlten der eher auffällige Haken und, wie er vorhergesagt hatte, die damit einhergehende Virulenz. Es war somit durchaus davon auszugehen, dass ein Blick auf die Virusvariante von 1918 – abgesehen davon, was für Erkenntnisse sich außerdem noch gewinnen ließen – seine Theorie bestätigen oder widerlegen würde.

Und so egoistisch es sich vielleicht auch anhörte, Annie konnte sich des Gedankens nicht erwehren, dass sie, wenn die Expedition von Erfolg gekrönt war, auf dem besten Weg zu einer Professur an der Georgetown University war.

Sie wäre sogar schon weiter gewesen, wenn der Finanzierungsantrag nicht einem denkbar schlechten Timing zum Opfer gefallen wäre. Nur einen Monat bevor der Antrag bei der National Science Foundation eingereicht wurde, hatte es im Arbor-Viren-Forschungslabor in Cambridge, Massachusetts, einen Unfall gegeben, der in der Öffentlichkeit für viel Wirbel gesorgt hatte. Ein Reagenzglas war in der Zentrifuge zerbrochen, und zwei Ärztinnen und ein Laborassistent hatten sich mit *Sabia* infiziert, einer häufig tödlich verlaufenden, mit Fieber und Blutungen einhergehenden Krankheit, die zuvor nur in Brasilien vorgekommen war. Zwar war der Vorfall sofort heruntergespielt worden, doch die Sensationspresse hatte Wind davon bekommen, mit dem Ergebnis, dass im Kongress eine Sondersitzung stattfand, die sich auf die NSF ausgesprochen abschreckend auswirkte. Aus Angst vor weiterer Kritik lehnte die Stiftung die Finanzierung einer Expedition ab, die im Grunde darauf abzielte, eines der gefährlichsten Viren in der Menschheitsgeschichte dem Vergessen zu entreißen.

Und nach einem Jahr, als Annie eigentlich schon gar nicht mehr an den Antrag dachte, wurde die Finanzierung plötzlich genehmigt – nicht von der NSF, sondern von einer kleinen Stiftung, die ihren Sitz in einem Haus hinter dem Obersten Bundesgericht hatte.

Annie hatte vorher nie von ihr gehört, ja, sie hatte nicht einmal gewusst, dass Doctor K den Antrag auch bei anderen potenziellen Geldgebern eingereicht hatte. Aber das war typisch für Doctor K. Er behielt Dinge für sich – vermutlich, um Annie vor weiteren Enttäuschungen zu bewahren. Was ihr nur Recht war.

Annie ließ das Fernglas sinken, noch während sie weiter nach vorn schaute und versuchte, mit bloßer Willenskraft eine Wasserrinne herbeizuzaubern. Aber da war keine. Nur Eis und Schnee und ...

Ein wirbelndes Muster, wie Prismen, die sich in ihrem Gesichtsfeld immer neu formten. Sie hatte darüber gelesen. Es war eine verbreitete Halluzination, und Annie wusste aufgrund ihrer vorbereitenden Lektüre in der Woche zuvor, dass das Phänomen erstmals von einem Polarforscher berichtet wurde, der im neunzehnten Jahrhundert mit seiner Crew Baffin Island zur Hälfte durchwandert hatte – nachdem ihr Schiff eingefroren und »wie eine Walnuss« vom Eis zerquetscht worden war.

Zumindest das würde nicht passieren; sie konnten unmöglich festfrieren. Die *Rex* war für die Arktis gebaut, und mit ihrem stahlverstärkten Rumpf und den kraftvollen Maschinen konnte sie vier bis sechs Meter dickes Eis durchpflügen.

Sie wünschte nur, das Schiff würde schneller vorankommen.

Annie kniff kurz die Augen zusammen, wie ihr geraten worden war, wenn sie Halluzinationen bekam. Bei dem Gedanken an den Polarforscher und seine Crew fröstelte sie. Zuerst hatten sie ihre Hunde gegessen, dann Stücke Segeltuch, dann Teile ihrer Kleidung. Ganz zuletzt aßen sie ihre Stiefel, und da hatten sie kaum noch Zähne im Mund. Das Tagebuch des Expeditionsleiters wurde von einer späteren Expedition gefunden. Es war in Ölpapier eingeschlagen und in einer Tabakdose verstaut worden. In dem Tagebuch schrieb der Leiter, dass Schuhleder sich saftig auf der Zunge anfühlte und dass er es ganz still im Mund behielt, bis es sich auflöste wie eine Hostie.

Und dann war er vermutlich gestorben.

Annie spürte eine Veränderung in der Luft, und sie blinzelte in die Ferne. Am Horizont waren Regenwolken, so sah es zumindest aus. Sie schaute durchs Fernglas, um es genauer sehen zu können, und ihre Hoffnung sank. Gewitterwolken zogen am blauen Himmel auf. Auch das noch. Wieder ein Sturm.

Trotz der Kleidungsschichten, die sie am Leibe trug – angefangen von Thermounterwäsche bis hin zu dem bauschigen, roten Michelin-Männchen-Parka, der ihr von der *Rex* zur Verfügung gestellt worden war –, durchlief sie ein Schauder. Sie fror, aber sie wollte nicht zurück in ihre Kajüte gehen, nicht einmal auf die warme Kommandobrücke. Sie hatte das abergläubische Gefühl, dass das offene Gewässer niemals kommen würde, wenn sie nicht weiter in die Ferne blickte. Und es musste kommen. *Bald.*

Ihr Blick wanderte hinab zum unteren Deck, wo Doctor K mit verschränkten Armen und verkniffenem Mund stand und den Horizont beobachtete. Er war vermutlich nervös – er musste nervös sein. In den nächsten Tagen stand viel für ihn auf dem Spiel. Aber er würde sich natürlich nichts anmerken lassen. Im Gegensatz zu ihr behielt er seine Gefühle für sich.

Bis auf seine beißende Intoleranz, wenn andere einen Fehler machten. An der Georgetown University und bei den NIH galt Kicklighter unbestritten als Koryphäe. Als Virologe war er einer der führenden Experten der Welt für Ribonukleinsäure-Viren. Er war als Kandidat für den Nobelpreis im Gespräch – das war nichts Neues –, aber er selbst wies den Gedanken von sich. »Ich bin nicht an Trophäen interessiert«, log er.

Als emeritierter Professor der Georgetown University war seine Unbeliebtheit legendär. Wenn jemand erfuhr, dass Annie seit ihrer Promotion seine Assistentin war, bekam sie oft zu hören: »Für den *Schinder* arbeiten Sie? Wie halten Sie das bloß aus?«

Er ist schüchtern, sagte sie dann. Er lebt in seiner eigenen Ideenwelt. Und ... er kann einfach nicht gut mit Menschen umgehen.

So konnte man es auch ausdrücken. Aber es stimmte schon, Doctor K war nie gemein. Er wurde nicht wütend. Und er war nicht nachtragend. Das Problem war nur, wenn man mit ihm zusammenarbeitete und seinen Gedankensprüngen nicht folgen konnte (was, ehrlich gesagt, viele Studenten nicht konnten), dann musste er innehalten und etwas erklären. Und dadurch ging ihm dann manchmal etwas verloren, und gerade das war manchmal wichtig.

Und wenn eine Frage zu einem besonders ungünstigen Zeitpunkt gestellt wurde, dann bekam er diesen Ausdruck im Gesicht, den seine Studenten so gerne nachahmten. Seine Schultern fielen herab, sein Kopf neigte sich zur Seite, und ganz langsam und geduldig fing er an zu erklären und sprach mit einer Stimme, die zuweilen so distanziert klang wie von einer Tonbandaufnahme – eine Aufnahme, die die Frage sezierte, als wäre sie ein

Frosch, und die falschen Voraussetzungen freilegte, die ihr zugrunde lagen.

So etwas war für den jeweiligen Fragesteller vernichtend, ja, aber Annie konnte sich in Doctor K hineinversetzen, verstand, dass er aus dem Konzept geriet und traurig war, dass ihn eine dumme Frage aus einem konstruktiven Gedankenfluss gerissen hatte.

So etwas würde sie natürlich niemals sagen – denn das würde sich anhören, als wollte sie angeben und signalisieren, dass wenigstens *sie* so clever war, Doctor Ks sprunghaften Gedankengängen zu folgen. Aber eigentlich ... dachte sie. Manchmal konnte sie ihm tatsächlich uneingeschränkt folgen, ganz gleich, was für Kapriolen sein Verstand schlug – und wenn er dann den Schwung verlor, konnte sie ihn wieder in Fahrt bringen. Und das war sehr belebend. Jedenfalls –

»Sie sollten reingehen, meine Liebe.«

Sie fuhr zusammen. Die Stimme ertönte direkt neben ihrem Ohr, mit der Folge, dass ihr das Herz heftig gegen die Brust schlug.

Sie würde sich nie daran gewöhnen – diese eigenartige Intimität, die die *Rex* einem aufzwang. Das Schiff machte einen erstaunlichen Lärm, während es knirschend durch das Eis brach »wie ein Riese, der Felsbrocken kaut« – das hatte sie irgendwo gelesen. Und es war nur das Geräusch vom Bug. Die Maschinen waren achtern, eine unaufhörlich startende Rakete, die die Decks zum Vibrieren brachte, während das Eis an den Seiten des Schiffes entlangschliff.

Die Besatzung war offenbar an den Krach gewöhnt, und die Schneemänner auch, die schließlich schon viele Male auf einem Eisbrecher mitgefahren waren. Die Crew der *Rex* bestand aus acht Mann, und sie alle verwendeten anscheinend eine Art Zeichensprache, sodass sie sich, wenn sie sich laut verständlich machen wollten, nicht mit irgendwelchen einleitenden Worten abgaben: sie senkten einfach den Kopf und schrien einem ins Ohr.

Es war eine sonderbare Intimität, den Atem des Mannes auf ihrer Haut zu spüren. Natürlich war sie so etwas nicht gewohnt. Selbst wenn sie damit rechnete, wenn einer von Ihnen den Kopf vorneigte, fuhr sie zurück, als wollte sie einem Kuss ausweichen. Und dann kam sie sich dumm vor. Und wurde rot, genau wie jetzt.

Es war Mark, der Eisphysiker. Er neigte wieder den Kopf, und diesmal wich sie kaum zurück. »Auf ihrer Wange bilden sich schon Frostflecken.«

Er richtete sich auf und legte einen behandschuhten Finger an seine Wange. Sie bedeutete ihm, sich vorzubeugen, damit sie ihm etwas sagen konnte, aber er schüttelte ungeduldig den Kopf und signalisierte ihr mit einer scheuchenden Bewegung, dass sie reingehen sollte. Sie zeigte auf Doctor K, aber Mark packte sie am Arm und schob sie in Richtung Tür.

Kurz darauf kam er hinterher. In der warmen Luft dampfte ihre Kleidung so stark, dass es aussah wie Rauch.

»Sind Sie etwa sein Babysitter?«, fragte er und deutete mit einem Nicken nach draußen.

»Er würde nicht merken, wenn er Frostbeulen kriegt. Ich wollte bloß –«

»*Sie* haben nicht gemerkt, dass Sie Frostbeulen kriegen.« Er nahm seine Schneebrille ab und inspizierte ihre Wange. »Nicht so schlimm. Und Sie können beruhigt sein – dem Professor geht es gut, ich habe nach ihm gesehen. Was haben Sie denn überhaupt da gemacht? Jemand hat mir gesagt, Sie wären schon über eine Stunde da draußen.«

»Ich habe nach Wasser Ausschau gehalten«, sagte sie.

»Ach, machen Sie sich deshalb keine Gedanken. Wir erreichen in einer halben Stunde Wasser – vielleicht früher.«

Sie bedachte ihn mit einem skeptischen Blick.

»Da ist ein Blink«, sagte er.

Sie sah ihn nur an, unsicher, ob er sie verschaukeln wollte. »Ein Blink«, wiederholte sie.

»Sie sind so misstrauisch! Kommen Sie«, sagte er, nahm sie am

Arm und führte sie zu einem Bullauge. »Sehen Sie sich den Himmel an, direkt über dem Horizont. Sehen Sie die dunklen Formen?«

Annie nickte. »Wir kriegen ein Unwetter«, sagte sie.

Mark schüttelte den Kopf. »Wir kriegen kein Unwetter. Und das dahinten sind keine Wolken. Wie ich Ihnen dauernd klarmachen will, hier schneit es nicht oft. In Atlanta schneit es öfter. Die Arktis ist eine Wüste.«

Annie spähte durch das Fernglas, das leicht getönt war, damit man nicht geblendet wurde. »Wieso sagen Sie, das sind keine Wolken? Schauen Sie sie doch an! Es *sind* Wolken.«

»Das ist ein Widerschein. Bei Eis und Schnee gibt es Temperaturschichten in der Luft – und das verursacht bizarre Lichtbrechungen. Häufig kann man über den Horizont hinausblicken.«

»Sicher«, sagte sie. »Und an einem klaren Tag kann man sogar die Zukunft sehen, was?«

»Ich meine es ernst. Wenn man von Eis umgeben ist und die Bedingungen richtig sind, sieht man in der Ferne das Wasser, direkt hinter dem Horizont, wie es vom Himmel reflektiert wird. Wenn man im Wasser ist, kann man Eis sehen – was einmal die wichtigere Verwendung des Phänomens war. Früher wurde auf den Schiffen jemand am Bug postiert, der den Himmel beobachtete, um nach Eisbergen Ausschau zu halten.« Er deutete nach vorn. »Das nennt man ›Blink‹. Wasserblink. Eisblink. Schneeblink. Das dahinten – das ist ein Wasserblink. In einer Stunde sind wir auf dem offenen Meer. Sie werden schon sehen.«

Sie glaubte es eigentlich erst, als es geschah. Sie war in ihrer Kajüte und zog sich trockene Sachen an, als eine jähe Stille ihr fast das Herz stocken ließ. Unvermittelt hatte das Eis den Weg freigegeben, das Knirschen der Eisblöcke hörte auf, und die Welt – die ganze Welt – glitt sanft dahin, als hätte ein Bohrer ein dickes Brett durchstoßen.

Lächelnd ließ sie sich rückwärts auf ihre Koje fallen und schloss die Augen. Es war fast so, als könnte sie es sehen: die reine, scharfe Kontur des schrägen Bugs, der durch das offene Wasser schnitt, das dunkle Meer, auf dem sich die wogende, phosphoreszierende Gischt teilte.

Und kurz davor, fast zum Greifen nahe: Kopervik. Das Virus. Und ihre Zukunft.

7

Archangelsk

24. März 1998

Ist weg.«

»Nein«, sagte Daly, »das muss ein Irrtum sein.« Der Schneesturm hatte sich noch nicht gelegt, also musste der Mitarbeiter der Reederei Polarsk sich irren. »Sie sollte zwar gestern auslaufen, aber, verstehen sie – ich hatte keine Möglichkeit, nach Murmansk zu kommen.«

Der junge Mann hörte geduldig zu, wickelte sich eine lange fettige Haarsträhne um den Zeigefinger. Dann wiederholte er, was er gesagt hatte: »Ist weg.«

»Aber – es ist Sturm. Da tobt ein Hurrikan, verdammt noch mal! Bei dem Wetter läuft doch kein Schiff aus!«

Der junge Mann seufzte, strich ein zusammengerolltes Faxblatt auf dem Schreibtisch vor sich glatt und legte den Finger neben eine Zeile mitten auf der Seite. »Ich verstehe Sie ja, Mann, aber dieses Schiff ist ein Eisbrecher – es fährt *vor* dem Sturm ab.«

»Was?« Daly war ebenso verdutzt über die lässige Sprache des Angestellten wie über das, was er gesagt hatte. Zum ersten Mal fiel ihm auf, dass der junge Mann einen Ohrring trug.

»Ja«, sagte er. »Sie legte um elf Uhr ab – gestern.«

Daly fuhr sich mit der Hand durchs Haar und lehnte sich auf dem Stuhl zurück. Er hatte das Gefühl, dass der junge Mann seiner Sache sicher war. Und dann begriff er: Er hatte das Schiff nicht nur verpasst, sondern es war bereits ausgelaufen, *noch bevor er eigentlich hätte ankommen sollen.*

Was ihn stinksauer machte. Er hatte die ganze Zeit ein schlechtes Gewissen gehabt, weil Kicklighter und Adair seinetwegen warten mussten – dass sie sich fragen würden, wo er blieb und so weiter –, und musste jetzt erfahren, dass sie ihn abgeschrieben hatten, einfach so. Als hätte er vor einem Kino in Washington gestanden und nicht im »Tschernomorskaja« gehockt – in diesem verdammten »Tschernomorskaja« – in Archangelsk!

»Kann ich hier irgendwo ein Fax abschicken?«

»Nicht auf die *Rex Mundi.*« Der junge Mann schüttelte den Kopf. »Ist nicht möglich.«

»Wieso nicht?«

»Weil ... es ein Schiff ist.« Er zuckte die Achseln. »Sie müssen Telex schicken.«

»Telex?« Daly wusste nicht mal genau, was ein Telex war. Irgend so was wie ein Telegramm oder so. Aber er sagte: »Okay, ich schicke ein Telex. Wo kann ich das machen?«

Das Hauptpostamt sei direkt um die Ecke auf der *ulitsa Woskresinia.* Und es sei noch dazu ein gutes. Als Daly das Büro der Reederei verließ, sprang ihn die Kälte an wie ein Kettenhund. Einen Augenblick lang war ihm, als würde er auf der Stelle zu Eis erstarren. Das war nicht so eine Kälte, wie es sie in den Staaten gab, dachte er. Es war eine Kälte, die es nirgendwo gab. Sie kam direkt aus der Hölle, und noch während er dastand, wie gelähmt, saugte sie ihm die Seele aus.

Ein steifer Wind blies von Norden her, direkt aus Murmansk, fegte ihm körnigen Schnee ins Gesicht, der sich anfühlte wie eine Mischung aus Eis und Sand. Schaudernd zog er die Schultern hoch, drückte den Kragen seines Parkas enger an den Hals und stolperte vorwärts. Einen Fuß vorsichtig vor den anderen setzend, bewegte er sich über die Eisscholle, die wohl der Bürgersteig sein sollte, und ging den Hügel hinab in Richtung auf den zugefrorenen Fluss.

Es dämmerte, und er konnte nicht viel sehen. Die Straße lag links von ihm, aber eigentlich erahnte er sie nur. Das Kinn auf die Brust gedrückt, befand er sich in einer monochromen Welt, folgte den Straßenlaternen in Richtung *dvina.* Die Metallpfosten unter den Lampen waren mit Schnee bedeckt und kaum zu erkennen; das Licht hing in der Luft wie durch Zauberei, blass und verschwommen, und schaukelte in einem grauen Wind.

In der Nähe rangierte ein Schneepflug vor und zurück auf dem Platz, dem *ploschtschad Lenina,* schob den Schnee an jeder Ecke zu einem Wall auf. Könnte sein, dass ich eine Weile hier bleiben muss, dachte Daly und biss die Zähne gegen die Kälte zusammen.

Vor dem Postamt angekommen, stieg er die vereiste Treppe zur Tür hoch, riss sie auf und trat in einen warmen Kokon, der nach nasser Wolle, Schweiß und billigem Tabak roch. Männer und Frauen mit roten Gesichtern liefen in unförmiger Kleidung umher und stellten sich vor nummerierten Schaltern an. Daly ging von einer Person zur anderen und fragte: »Telex? Telex?« Aber niemand schien ihn zu verstehen. Schließlich nahm ein Mann mit Pelzmütze ihn am Ärmel und erklärte ihm in perfektem und akzentfreiem Englisch, wie er ein Telex schicken konnte.

Daly ging zu einem der hinteren Schalter und verfasste eine Nachricht auf der Rückseite eines Briefumschlags vom »New Worid Aster Hotel« in Schanghai.

DR. BENTON F. KICKLIGHTER
KOPERVIK-EXPEDITION
SCHIFF REX MUNDI
FREQ 333-80

ES IST EIN DUNKLER UND STÜRMISCHER TAG.
SITZE FEST IN ARCHANGELSK.
TREFFE SIE IN HAMMERFEST AM 28.
FRANK DALY

Er las die Nachricht noch einmal und wollte unbedingt noch etwas hinzufügen, irgendetwas Gemeines und Vorwurfsvolles, weil man ihn sitzen gelassen hatte. Doch obgleich er privat bis in alle Ewigkeit nachtragend und stur sein konnte, hatte er sich diszipliniert, im beruflichen Leben nicht zu jammern. Zumindest wenn es nichts brachte.

Er las die Nachricht erneut, runzelte die Stirn und zerknüllte den Zettel. Zunächst einmal wurden die Gebühren pro Wort berechnet, und sie waren so hoch, dass es besser war, nur Substantive und Verben zu verwenden. Außerdem war Kicklighter sicherlich nicht der Typ, der Spaß vertrug. Er hätte nichts übrig für eine Formulierung wie »Es ist ein dunkler und stürmischer Tag«. Im Gegenteil, in den wenigen Gesprächen mit ihm hatte er den Eindruck gewonnen, dass der Professor ein arrogantes Arschloch war, der unheilbar an GMS litt – Großmannssucht. Was hatte er doch noch zu ihm gesagt?

Ehrlich gesagt, Mr. Daly, halte ich nicht viel von euch Journalisten. Ihr habt in der Regel eine beschränkte Konzentrationsfähigkeit.

Und dann hatte er Daly und die ganze Zunft der Journalisten mit einem einzigen Zungenschnalzen abgetan. Daly hatte sich arg zusammenreißen müssen, um den Mund zu halten. Vor gar nicht so langer Zeit hätte er erwidert, dass Virologen ihn auch nicht sonderlich beeindrucken würden – sie hätten angeblich einen kurzen Schwanz. Doch stattdessen hatte er mit den Schultern gezuckt und mit beschämter Miene die Hoffnung geäußert, der Professor würde ihm eine Chance geben, sich zu bewähren.

Er suchte nach einem neuen Stück Papier, und da er keins fand, strich er den Umschlag von dem chinesischen Hotel glatt und bearbeitete die bereits geschriebene Nachricht:

SITZE FEST ARCHANGELSK.
TREFFPUNKT HAMMERFEST. DALY

Das ist besser, dachte er. Fünf Wörter und nur den Nachnamen. *Daly.* Wie Charlemagne, nur auf irisch.

Ihm kam der Gedanke, dass er vielleicht auch Anne Adair als Adressatin angeben sollte ... aber nein. Die Expedition war zwar ihre Idee gewesen (laut *Record* des Medizinischen Forschungsinstitutes), doch sie war nun mal nur Kicklighters Assistentin. Großmannssüchtige waren pedantisch, wenn es ums Protokoll ging – auch oder erst recht, wenn es einen Protegé betraf. Es war also besser, er ließ ihren Namen weg.

Mit dem Umschlag in der Hand stellte Daly sich ans Ende der langen Schlange vor dem Telexschalter. Von der birnenförmigen Frau vor ihm stieg Dunst auf, und in der Luft lag ein beißender Geruch nach türkischen Zigaretten. Schuhe schlurften und quietschten auf dem nassen Holzboden. Hin und wieder hörte er amerikanische und englische Stimmen in dem Lärm, aber er konnte nicht sehen, von wem sie kamen. Die Schlange bewegte sich nach langen, unruhigen Wartephasen immer schubweise bloß einen halben Meter weiter. Aber das war eigentlich auch egal. Er konnte ohnehin nicht weg, und das wohl für mehrere Tage.

Nachdem er das Telex aufgegeben hatte, schaute er noch einmal im Reisebüro Sputnik rein und buchte einen Flug nach Hammerfest in Norwegen. Um dem Sturm Gelegenheit zu geben, sich auszutoben, und damit der Flughafen von Archangelsk genug Zeit hatte, seine Rollbahnen vom Schnee und seine Iljuschins vom Eis zu befreien, entschied er sich für einen Flug in drei Tagen – womit er in Hammerfest wäre, bevor die *Rex* zurückerwartet wurde.

Anschließend hatte er nichts mehr zu tun, als zum »Tschernomorskaja« zurückzugehen – und zu arbeiten.

In seinem Zimmer zog er den Laptop aus dem Matchbeutel und zögerte. Er hatte zwar den erforderlichen Transformator und den Adapter für die Steckdose, aber er wollte beides nicht benutzen. Nicht bei dem Strom hier: Andauernd flackerte die Deckenlampe wie ein Stern, der kurz davor ist, zur Nova zu werden. Wenn er den Laptop an die Steckdose anschloss, riskierte er einen Festplattenschaden. Er benutzte lieber den Akku. Wenn er den Mantel anbehielt, konnte er arbeiten, bis ihm die Finger vor Kälte steif wurden oder der Akku keinen Saft mehr hatte, je nachdem, was als erstes passierte.

Er rückte einen Stuhl an den Schreibtisch, setzte sich und schaltete den Computer ein. Als der endlich bereit war, ging er ins Datenverzeichnis und rief die Interviewnotizen auf, die er in der Woche zuvor in Schanghai geschrieben hatte.

Liu Shin-Li – Dr. med., Univ. Peking, Dr. Johns Hopkins, Leiter, Infl.-Abteil., Inst. für Allerg. & Infekt.-Krankheiten, Schanghai. Aufsatz, »die Spanische Dame in China: ein historischer Überblick« (Ost-West-Zeitschrift für Epidemiologie). 1918:10 Millionen Opfer (allein in Indien!). I. Weltkrieg. Russische Revol. »Abweichung« vs. »Mutation«. Epidemie, Pandemie. Typ-A-Veränderung »längst überfällig«. Nächstes Jahr? S-L: »Ich möchte keine Spekul. abgeben. Interess. Bazillus.«

Daly war nach Schanghai geflogen, um Shin-Li zu interviewen, der in China als der führende Epidemiologe galt – und China war das Epizentrum sämtlicher Influenzapandemien in der Geschichte der Menschheit.

Das Interview ging über knapp fünf Seiten, und auf weiteren zehn Seiten waren diverse Dinge vermerkt: ein kurzer Bericht über einen Besuch von Daly auf einem chinesischen Bauernhof, Auszüge aus verschiedenen Fachartikeln, die er in den Laptop eingescannt hatte, und schließlich der Artikel, durch den er überhaupt erst auf die Kopervik-Expedition aufmerksam geworden war.

Letzterer war eine zwei Absätze umfassende Notiz im *Record*, dem vierzehntägig erscheinenden internen Mitteilungsblatt der National Institutes of Health:

Leiter der Grippeabteilung besucht Arktis

Daly drückte die Bild-nach-unten-Taste, lehnte sich zurück und ging die Notizen Bildschirm für Bildschirm durch. Ihm schwebte eine dreiteilige Artikelserie vor. Zunächst zirka zweitausend Wörter, Grundsätzliches über Influenzaviren und die »Spanische Dame« im besonderen – dann in Teil zwei die Expedition nach Edgeøya. Der Titel sollte lauten: »Vergessene Gräber geben ihr Geheimnis preis«. Im letzten Teil dann würde er über Kicklighters Arbeit und seine Proteinhüllen-Theorie berichten.

Wenn alles glatt ging, würde der Artikel vielleicht im *Harper's* oder im *Smithsonian* abgedruckt, und mit dem veröffentlichten Artikel würde er versuchen, einen Vertrag für ein Buch zu bekommen. Worum es ihm eigentlich ging: Er wollte den Sprung vom Reporter zum Autor schaffen. Für sich allein arbeiten, mit anderen Worten: nicht mehr für jemand anders.

Das einzige Problem war nur, dass er das Schiff in Murmansk verpasst hatte, und nun würde er auch nicht dabei sein, wenn die »vergessenen Gräber ihr Geheimnis preisgaben«. Somit würde er viel von dem Kolorit verlieren, das er sich erhofft hatte, es sei denn, er könnte eine Möglichkeit finden, die Geschichte aus der Sicht von jemand anders zu erzählen.

Anne Adair käme dafür in Frage. Oder vielleicht jemand von der Crew oder die NOAA-Wissenschaftler. Sie könnten etwas über die Kälte, die Maschinen und den Permafrost erzählen, die schreckliche Einsamkeit einer Insel im nördlichsten Teil der norwegischen See.

Aber es wäre besser gewesen – wem wollte er was vormachen? Es wäre sehr viel besser gewesen, er wäre bei der Öffnung der Gräber dabei gewesen. Mit einem lauten Brummen beugte Daly sich vor und tippte *Teil I.* Dann drückte er die Return-Taste und machte sich an den Vorspann seines Artikels. Eine halbe Stunde später war ihm endlich ein Anfang gelungen, den er ganz passabel fand:

> (Schanghai) Sie nannten sie die »Spanische Dame«, obwohl die Bezeichnung alles andere als zutreffend war. Ihre Wurzeln

lagen nämlich in China, nicht in Spanien, und eine Dame war sie weiß Gott nicht; sie war eine Killerin. Denn nachdem sie in die Staaten gekommen war, tötete sie innerhalb von wenigen Monaten mehr Amerikaner, als im Ersten Weltkrieg ums Leben gekommen waren. Und dabei fing das Miststück gerade erst an.

Daly verschränkte die Arme und lehnte sich zurück. Lächelnd las er, was er geschrieben hatte, und dachte: Nicht schlecht. Guter Aufhänger. Nur dass er damit nicht durchkommen würde. Nicht mit so einer Zeile. Sie war zu frech. Eine Grimasse schneidend, ersetzte er »das Miststück« durch »sie« und tippte weiter.

Dr. Liu Shin-Li, Leiter der Influenzaabteilung im Institut für Allergien und Infektionskrankheiten von Schanghai sagt, »die Spanische Grippe war eine der tödlichsten Pandemien der Menschheitsgeschichte und tötete dreißig Millionen Menschen auf der ganzen Erde«.

Daly runzelte die Stirn und dachte: *Schön wär's.* Shin-Lis Englisch war bei weitem nicht so gut, wie das Zitat glauben machte. Aber ... so ungefähr hatte er das gesagt.

Die Geschwindigkeit, mit der die Krankheit tötete, war ebenso verblüffend, wie das Virus tödlich war. In Westport, Connecticut, brach eine Frau beim Bridge tot zusammen. In Chicago winkte ein Mann am Straßenrand ein Taxi heran und starb, bevor er die Tür öffnen konnte. In London wehrte ein Torwart mit einer Parade den Ball ab – und war tot, als er auf den Boden aufschlug.

Alle diese Leute waren angeblich bei guter Gesundheit – bis sie starben. Doch Millionen andere hatten weniger »Glück«, denn sie litten unter etlichen Symptomen, die so vielfältig waren, dass es den Anschein hatte, als wäre ein Dutzend Krankheiten im Spiel.

Ein Arzt in New York berichtete, dass seine Patienten »blau wie Heidelbeeren« seien und Blut spuckten. Häufige Symptome waren über vierzig Grad Fieber, Sturzblutungen aus der Nase, langanhaltendes Erbrechen und extremer Durchfall. In vielen Fällen kam es zu brandigen Genitalien, Leukopenie (eine Art umgekehrte Leukämie), plötzlicher Erblindung und zum totalen Hörverlust.

Die Patienten schrien bei der geringsten Berührung vor Schmerzen auf, und die Ärzte standen bei dieser Krankheit, deren Symptome die von vielen anderen schrecklichen Erkrankungen nachahmten, vor einem Rätsel. In einem Militärstützpunkt wurden Hunderte von Soldaten irrtümlich gegen Chlorgasvergiftung behandelt, weil sie die entsprechenden Symptome zeigten. Andernorts wurden die Erkrankten am Blinddarm operiert oder auf Lungenentzündung, Cholera, Ruhr, Typhus oder Dreitagefieber behandelt.

Die meisten Opfer, so stellte man schließlich fest, hatten sich förmlich zu Tode gehustet, waren an einer Mischung aus Blut und Schleim erstickt, weil ihre Lungen sich zu einer Masse wie »Johannisbeergelee« auflösten.

Das Akkulämpchen am Computer blinkte, und Daly sah auf seine Uhr. Es war kurz nach sieben, und er wurde langsam hungrig. Doch er kam mit dem Artikel gut voran, und außerdem war es draußen eiskalt. Er tippte weiter.

Laut Dr. Shin-Li »beginnt die Ausbreitung des Virus zunächst bei den Wildenten, und davon haben wir hier in China mehr als sonstwo auf der Welt. Damit nicht genug – weil wir Hühner, Enten und Schweine zusammen züchten, kann das Virus von einer Tierart zur anderen hin und her wechseln, wobei es sich verändert.«

Weil die Influenza ihre Form verändert und Tiere ständig Viren austauschen, kommt es häufig zu Mutationen. Im Gegensatz zu den äußerst stabilen Mikroben wie Pocken und Polio

ist die Influenza ein RNS-Virus mit einer segmentierten chemischen Struktur, die durch äußerst schwache Verbindungen zusammengehalten wird. Da dem Virus die DNS-Funktion fehlt, die vor Mutationen schützt, »ordnet es sich selbst« in seinen Wirtstieren ständig neu an. Das bedeutet, dass Segmente abbrechen und sich mit anderen Segmenten wieder verbinden und neue Grippevarianten erzeugen.
Aufgrund dieses Charakteristikums ist die Wissenschaft gezwungen, jedes Jahr einen neuen Impfstoff zu entwickeln.

Das Akkulämpchen leuchtete jetzt ununterbrochen, und Daly rechnete sich aus, dass ihm noch zehn Minuten blieben, bis der Laptop keine Energie mehr hatte.

Gegenstand der Untersuchung von Dr. Benton Kicklighter ist die Erforschung der Gründe, warum die Spanische Grippe die tödlichste Influenzaart überhaupt ist.

Das Akkulämpchen flackerte, der Computer gab einen Piepton von sich, und Daly fuhr zusammen. Er hatte noch etwa eine Minute, bevor der Laptop abstürzte, aber er wollte nicht aufhören. Jetzt kam er nämlich zu dem Teil der Geschichte, der ihm Kopfzerbrechen bereitete, der für ihn keinen Sinn ergab. Es ging um die Expedition und den Grund, warum sie durchgeführt wurde. Wenn er am Computer blieb und darüber schrieb oder es wenigstens versuchte, wäre er vielleicht in der Lage, sich einen Reim darauf zu machen. Zumindest müsste er seine Verwirrung artikulieren können – was der erste Schritt wäre, die Story hinzukriegen.

Aber nicht jetzt. Wieder ertönte ein Piepen, und mit einem Seufzer speicherte Daly die Datei ab und schaltete den Computer aus. Dann steckte er ihn in seinen Matchbeutel, den er unter das Bett schob. Seine Finger waren steif, und ihm knurrte der Magen, obwohl ihm, als er den Schnee sah, der sich vor seinem Fenster türmte, und das Heulen des Sturms im Luftschacht hörte, der Appetit verging. Wie es aussah, würde er im Keller des »Tschernomorskaja« essen müssen.

Wieso lief ihm bei diesem Gedanken nicht das Herz vor Freude über?

8

78° 20’ N, 22° 14’ O

Annie wachte abrupt auf, wurde aus einem so tiefen Schlaf ins Bewusstsein gerissen, dass sie förmlich nach Luft schnappen musste, als sie die Augen aufschlug und feststellte, auf der Welt zu sein. Sie sprang auf, lief über den Korridor zum Hauptdeck, die Schneebrille in der Hand. Gespannt darauf, wo sie gerade waren, lehnte sie sich gegen die Metalltür, die auf das Deck führte, stieß sie auf und trat hinaus – wo die kalte Luft ihr ins Gesicht fuhr wie das Blitzlicht eines Paparazzo. Mit einem Mal war sie wacher als je zuvor in ihrem Leben und wie erstarrt – ihre Gedanken zerstoben explosionsartig in alle Richtungen, wie eine Pusteblume im Wind.

Eisberge! Aber was für ein fades Wort für das, was sich ausnahm wie schwimmende Eispaläste. Die *Rex* segelte durch eine Flotille treibender blauer Berge. Und sie waren ganz anders, als sie erwartet hatte, keine großen Eiswürfel, die auf dem dunklen Wasser tanzten, sondern architektonische Wunder, von Wind und Wasser zu komplexen und verschlungenen Formen gemeißelt. Da waren parabolische Kurven, gotische Türme, gedrechselte Säulen, glänzende Bergkämme und wellige Hänge, hochragende Berge aus Eis. Und alle waren sie aus einem durchscheinenden Material, das mit dem Eis, das sie kannte, nichts gemein hatte, sondern in einem reinen Blau, einem himmlischen Licht erstrahlte, wie von innen beleuchtet.

Es war das Blau von Montego Bay und das Blau, das auf die

Statuen in den kleinen Gärten der Bostoner Vorstädte gemalt wurde, um die Gewänder der Jungfrau Maria darzustellen. Es war das reinste Blaugrün, in dem man die Wände von Swimmingpools strich. Und es war das strahlende, unnatürliche Blau, das, sich auf den Dächern von Polizeifahrzeugen drehend, einen Tatort gespenstisch erhellte.

Kurz vor Sonnenuntergang erreichten sie ihren Ankerplatz, und Annie konnte die Küste von Edgeøya sehen – eine zerfurchte, ins Meer geduckte Insel, deren trostlose Küste von einer gezackten Linie schwarzer Felsen markiert war. Eine Stunde nachdem der Anker gesetzt worden war, aßen sie und Doctor K, die Schneemänner und der Kapitän zusammen in der Kapitänsmesse zu Abend.

Der Kapitän war ein großer Lette mit frischem Gesicht und schütterem Haar, das er sich in Strähnen quer über den Kopf kämmte. Annie mochte ihn, aber jetzt am Tisch war sie gedämpfter Stimmung. Ihre Begeisterung und ihr Erstaunen über die Arktis waren dem Gefühl gewichen, dass sie alle einfach nicht dort sein sollten, nicht dorthin gehörten, dass es viel zu schön war. Die leere, vollkommene Landschaft mit ihrer kargen Farbpalette, die klare Luft, die durchdringende Stille – all das wurde durch die Primärfarben ihrer Parkas, die Wolke Dieselabgase, die über dem Schiff hing, den banalen Lärm, den ihre Anwesenheit erzeugte, zerstört.

»Was ist los?«, fragte der Kapitän, das fleischige Gesicht vom Wein gerötet.

Annie schüttelte den Kopf. »Ich weiß nicht. Nichts. Es ist bloß – ich habe das Gefühl, dass wir Eindringlinge sind.«

Doctor K schmunzelte. »Und die Bergleute? Die waren dann wohl auch Eindringlinge.«

»Ja, die auch«, sagte sie, schüttelte dann den Kopf, als ein stämmiger Matrose mit einer Servierplatte mit Leber und Zwiebeln neben sie trat. »Ich habe keinen Hunger. Danke.«

»Die Bergleute müssten Ihnen eigentlich leid tun«, sagte einer der Physiker. »Ich meine, die Jungs waren schließlich keine Forscher. Ihre Arbeit hatte nichts Ruhmverheißendes. Sie waren *Bergleute.* Sie haben also den ganzen Tag in einem Loch gesteckt, und wenn sie rauskamen – waren sie *hier.*«

Der Kapitän nickte. Er hatte ein paar Flaschen spanischen Sekt mitgebracht, um auf ihre Ankunft in Edgeøya anzustoßen. Er entkorkte eine, beugte sich über den Tisch und goss allen ein. »Dieser Ort ist die Hölle«, sagte er lapidar.

Der Physiker, ein Gewichtheber namens Brian, der zugleich auch der Hubschrauberpilot des Schiffs war, lachte und nippte an seinem Sekt. »Na«, warf er ein, »das würde ich nun nicht gerade sagen. Für die Hölle ist es hier vielleicht ein bisschen *kühl.*«

Der Kapitän schüttelte den Kopf. »Nein, da bin ich anderer Meinung«, sagte er. »Die Temperatur ist genau richtig.«

»Und woher wissen sie das?«

»Dante«, sagte Annie.

Alle am Tisch blickten sie an. Der Kapitän lächelte und nickte ihr anerkennend zu, während er die Flasche auf den Tisch stellte.

Brian runzelte die Stirn. »Versteh ich nicht.«

»Die junge Lady hat Recht«, sagte der Kapitän. »Dante – das ist der Höllenexperte.«

»Ach, sie meinen den *Dichter*«, sagte Brian.

Mark, der Anne an Deck wegen der Erfrierungserscheinungen gewarnt hatte, schaltete sich ein: »Ich dachte, das wäre Milton.«

Der Kapitän schüttelte den Kopf. »Nein, Milton ist der Teufelsexperte. Dante ist der Höllenexperte.«

»Und ... worauf wollen Sie hinaus?«, fragte Brian.

»Ganz einfach. Aber ... vielleicht kann die junge Lady es besser erklären?«

Annie fühlte sich überrumpelt, aber ihr blieb keine andere Wahl: Sie hatte ihr großes Mundwerk aufgerissen, und jetzt musste sie auch Farbe bekennen.

»Also ... im Inferno – im neunten Höllenkreis, wo es am

schlimmsten ist – ist ein Eispalast. Kein Feuer, sondern – das Gegenteil, ein Ort, wo es immer kalt ist. Wie hier. Mein Literaturlehrer«, sagte sie und spürte, wie sie rot wurde, »hielt den Gedanken – dass die Hölle kalt ist – für sehr alt ... für ein Relikt aus der Eiszeit – als Feuer Leben bedeutete und die Kälte Tod brachte.«

Der Kapitän nickte. »Ich fahre drei-, viermal im Jahr nach Spitzbergen, aber nie nach Edgeøya«, sagte er, während er sich ein zweites Glas von dem billigen Sekt eingoss. »Und jedes Mal denke ich: ›Wir haben hier nichts zu suchen‹. Der Mensch ist nicht dafür bestimmt, hier zu sein. Kein Wesen ist das.«

Mark lachte. »Na, hoffen wir, dass die NOAA das nicht herausfindet, sonst sind wir alle unseren Job los.«

»Und ich sage Ihnen«, fuhr der Kapitän fort, »wenn ich dieses Gefühl habe, bin ich besonders auf der Hut.«

»Und wieso, Captain?« Doctor K blickte aufrichtig interessiert.

»Weil – das ist so etwas wie ein Alarmsignal in meinem Blut. Als könnten Eis oder Wasser ihr Spiel mit dem Schiff treiben, vielleicht. Und ich spüre das – ganz stark –, wenn wir zu den Siedlungen kommen.«

»Himmel, Captain, vielleicht sind Sie ja nicht der Richtige für den Job«, witzelte Brian und warf einen vielsagenden Blick in Annies Richtung. »Vielleicht wären Sie auf dem Traumschiff besser aufgehoben.«

Der Kapitän sah einen Augenblick lang verblüfft aus, und dann wurde seine Miene wieder ernst. »Es ist hart hier. Ihre Bergleute haben das am eigenen Leib erfahren.«

»Allerdings«, sagte Kicklighter, »aber nicht die Arktis hat sie getötet, sondern ein Krankheitserreger. Und er hätte sie überall getötet. Sie wären in Paris, Oslo, egal wo gestorben. Sehr viele Menschen sind gestorben.«

Mark wandte sich an Doctor K. »Sie sprechen von der Spanischen Grippe, nicht wahr?« Kicklighter nickte. »Mein Urgroßvater ist daran gestorben. Und einer seiner Brüder. Meine Großmutter hat gesagt, es sei einfach nichts mehr zu machen gewesen.«

»Man wusste ja nicht mal, was es war«, sagte Annie. »Das Virus war unter dem Mikroskop nicht zu erkennen. Und selbst wenn –«

»Sie hätten eine bessere Chance gehabt, wenn Sie von einem Löwen angegriffen worden wären, als mit dem Virus in der Lunge«, sagte Kicklighter.

Brian lehnte sich zurück. »Ooooh«, sagte er. »Löwen und Tiger und Bären – du meine Güte!«

Mark lachte, und Annie wurde rot. Der Professor blinzelte mehrmals rasch, als hätte er den Faden verloren. Schließlich rang er sich ein schwaches Lächeln ab. »Allerdings«, sagte er.

Sie machen sich über ihn lustig, dachte Annie, und damit im Grunde auch über sie. Nicht, dass Doctor K sich dadurch beirren ließ. Der Professor war gegen Spott immun, war sich seiner selbst so sicher, dass es ihm eigentlich egal war, was andere dachten. Und nun, da er mit dem Essen fertig war, faltete er seine Serviette zusammen, schob seinen Stuhl zurück und stand auf. Er nickte dem Kapitän zu und sagte: »So ... morgen ist ein großer Tag.«

Er war schon halb zur Tür hinaus, als er stehenblieb, sich umdrehte und in seine Jacketttasche griff. »Bevor ich's vergesse«, sagte er. »Das hier ist gestern gekommen.« Er nahm einen Zettel aus seiner Tasche und reichte ihn Annie. »Es war wohl der Schneesturm«, fügte er hinzu. Dann winkte er kurz und war verschwunden.

Annie entfaltete den Zettel und blickte auf die Nachricht:

SITZE FEST ARCHANGELSK.
TREFFPUNKT HAMMERFEST. DALY

»Schätze, der Löwenbändiger braucht seinen Schlaf«, sagte Brian.

Annies Gesicht wurde plötzlich warm. »Lachen sie ruhig«,

sagte sie, »aber er ist in seinem Job der Beste auf der Welt. Und wenn Sie glauben, dafür braucht man keinen Mut, dann haben sie keine Ahnung von den Krankheitserregern, mit denen er zu tun hat.« Sie steckte das Telex in ihre Tasche.

»Ach ja?«

Ihr Gesicht glühte jetzt, und sie wusste, dass ihr der Wein in den Kopf gestiegen war. »Ich wäre an ihrer Stelle nicht so blasiert«, sagte sie, »erst recht, wenn Sie nicht wissen, worauf Sie sich hier einlassen.«

»Einlassen?« Brian runzelte die Stirn, und Mark blickte sie fragend an.

Annie spielte mit ihrer Serviette. »So habe ich das nicht gemeint«, sagte sie. »Ich meinte, wenn Sie nicht wissen, wovon Sie reden.« *Gott, das hörte sich noch schlimmer an.* Verwirrt drehte sie sich der Bedienung zu, die mit einer Kanne Kaffee neben ihr stand. »Bitte«, sagte sie mit einer Stimme, die viel zu laut und fröhlich klang.

Brian fixierte sie weiter. »Ich wusste nicht, dass wir uns auf irgendwas *einlassen*«, sagte er.

»Das tun wir auch nicht.«

»Ich meine, ich habe gedacht, wir würden bloß ein paar Leichensäcke ausbuddeln.«

»Stimmt«, erwiderte Annie viel zu schnell. Sie nippte zweimal an ihrem Kaffee und merkte, dass Mark und Brian Blicke austauschten. Dann faltete sie ihre Serviette zusammen und schob ihren Stuhl zurück. »Ich denke, ich schau mir mal das Nordlicht an«, sagte sie, während sie ihren Parka nahm.

»Gute Idee«, bemerkte der Kapitän, stand mit einer kleinen Verbeugung auf, öffnete die Tür und hielt sie für Annie auf.

Annies Herz schlug wie eine Trommel, als sie über den Korridor nach draußen ging. Das Lügen fiel ihr nicht leicht. Sie konnte eigentlich so gut wie gar nicht lügen. Und wenn sie einmal lügen musste, machte sie sich schleunigst davon, so wie jetzt.

Die Wahrheit war, dass die Expedition nicht ganz ungefährlich war. Obwohl sie alle denkbaren Vorsichtsmaßnahmen getroffen hatten, bestand immer die – wenn auch geringe – Möglichkeit, dass das Virus noch aktiv war und dass es irgendwie freigesetzt wurde. Und wenn das passierte, dann wären alle an Bord des Schiffes in Gefahr. In diesem Sinne ließen sie sich tatsächlich auf etwas ein, obgleich es unwahrscheinlich war, dass der Extremfall wirklich eintrat.

Annie stand an der Reling, die Augen auf das Nordlicht gerichtet, das hinter dem Horizont flimmerte, ein wogender grüner Vorhang, der zu den Sternen aufstieg.

Sie war sich ihrer Sache plötzlich nicht mehr sicher. Zwar hatte Doctor K das Forschungsprojekt beantragt, aber die Expedition war ihre Idee gewesen. Zugegeben, ohne Doctor Ks Unterstützung wäre das Ganze nie zustande gekommen, aber ohne *sie,* Annie, wäre die Expedition erst gar nicht denkbar gewesen.

Wenn also irgendetwas schief ging und die Hälfte der Menschheit starb ... dann wäre sie dafür verantwortlich.

Annie stieß einen verzweifelten Laut aus. Es war ausgeschlossen, dass das Virus freigesetzt wurde. Selbst wenn die *Rex* einen totalen Stromausfall hatte und die Generatoren im Kühlraum versagten, die Leichentransportkisten waren hermetisch verschlossen, und die Leichen selbst sollten in formalingetränkte Laken gewickelt werden. Selbst wenn das Schiff einen Eisberg rammte und *sank,* würden die Leichen nirgendwohin gelangen. Selbst wenn die Fische sie sich nicht holten, die *Rex* befand sich mitten im arktischen Kreis, einer sich im Uhrzeigersinn bewegenden Strömung, die um den Nordpol zirkuliert: Alles, was über Bord ginge, würde für alle Zeiten um die Spitze der Erde treiben und das in Temperaturen unter dem Gefrierpunkt.

Somit bestand eigentlich kein Grund zur Besorgnis. Das wusste sie, und die Stiftung ebenfalls. Sonst hätte sie das Forschungsprojekt bestimmt nicht doch noch bewilligt. Die einzige realistische Sorge war demnach, dass sich die Expedition als Zeitverschwendung erweisen könnte. Angenommen, die Leichen lagen zu dicht unter der Erdoberfläche? Angenommen, sie kamen nach Washington zurück und stellten fest, dass sie zuwenig viröses Material hatten, um damit zu arbeiten? Dann hätte sie nicht nur die Zeit aller Beteiligten verschwendet, sondern obendrein auch noch einen dicken Batzen Stiftungsgelder.

Ihre Gedanken waren aufgewühlt, und das blieb auch so. Als sie später in ihrer Koje lag, die Augen schloss und versuchte einzuschlafen, musste sie an Frank Daly denken. In gewisser Weise war Daly ihre Schuld. In ihrer Begeisterung hatte sie ihm zugeredet, die Expedition zu begleiten, und musste dann erfahren, dass Doctor K die Idee entsetzlich fand. Sie hätte das Angebot ja rückgängig gemacht, aber Doctor K wollte nichts davon hören: »Das würde ihn nur misstrauisch machen«, hatte er gesagt. Als hätten sie irgendetwas zu verbergen.

Und dass sie jetzt, nachdem er die lange Reise auf sich genommen hatte, ohne ihn aufgebrochen waren – nun, das reinste Desaster.

Irgendwie würden sie das wieder gutmachen. Dafür würde sie schon sorgen. Doch bis dahin gab es viel zu tun.

Sie drehte sich auf die Seite, zog das Kissen ans Kinn und stellte sich den Ablauf des nächsten Tages vor. Sie würde im Morgengrauen aufstehen, sich ihre Thermowäsche und den Schneeanzug anziehen, in der Messe eine Tasse Kaffee trinken und Doctor K helfen, die Ausrüstung zusammenzustellen. Anschließend würden sie und die anderen mit Schneemobilen zum Lager in Kopervik fahren. Die Schneemänner meinten, die Fahrt würde ungefähr eine Stunde dauern. In der Zwischenzeit würden Brian und Doctor K damit anfangen, die Ausrüstung per Hubschrauber nach und nach zum Camp zu transportieren.

Und die Ausrüstung war gewaltig – die Jamesway-Hütte, die als Hauptquartier dienen würde, ein paar Zelte, zwei tragbare Generatoren, drei Fässer Diesel. Außerdem Kisten mit Verpflegung und Kochutensilien, Gewehre und Munition zum Schutz gegen Bären, Maurerwerkzeuge zum Graben sowie Presslufthammer und Schaufeln, eine Palette Leichentransportkisten, Seile und einen Behälter mit formalingetränkten Laken.

Falls Doctor K Recht hatte, würde die Ausgrabung der Särge etwa drei Tage in Anspruch nehmen, vorausgesetzt, sie lagen nicht tiefer als einen Meter in der Erde.

Sie erinnerte sich nicht, dass sie eingeschlafen war, aber das musste sie wohl, denn ganz plötzlich war es Morgen. Sie saß in dem Sessel neben ihrer Koje, mit einem Buch auf dem Schoß – ihr fiel wieder ein, dass sie mitten in der Nacht aufgestanden war. Auf den Knien hatte sie eine Decke, und über ihrer rechten Schulter brannte eine Lampe, deren Licht völlig unnötig war, denn es war taghell. Unwillkürlich drehte sie den Kopf zum Bullauge, und als sie den Himmel sah, blinzelte sie zweimal, rappelte sich dann auf wie eine Sechsjährige am Weihnachtsmorgen. Sie duschte so schnell wie nie zuvor in ihrem Leben, achtete darauf, dass ihre Haare trocken blieben, zog ihre Thermowäsche an und stieg in den Schneeanzug. Augenblicke später stand sie auf Deck und setzte sich die Schneebrille auf.

»Wir haben Probleme, Schlafmütze.«

»Was?«

Brian huschte an ihr vorbei und eilte in Richtung Hubschrauber. »Probleme«, sagte er über die Schulter.

»Womit?«

Der Physiker ging weiter und zeigte, ohne sich umzudrehen, wortlos auf die Brücke. Zunächst verstand Annie nicht, doch dann sah sie es: Die Schiffsflagge stand horizontal und knatterte im Wind.

Während er auf den Hubschrauber zuschritt, breitete Brian die Arme aus wie Flügel und schwenkte sie hin und her. »Wind!«, rief er.

Anne erschrak. Sie verstand nichts von Hubschraubern. Wie viel Wind war zuviel?

»Keine Sorge«, sagte Mark, der mit einem Becher Kaffee zu ihr kam. »Hier, der ist für Sie.«

»Danke.«

»Es wird besser, nicht schlimmer.«

»Sind Sie sicher?«, fragte sie und nahm, den Becher in beiden Händen haltend, ein paar Schlucke.

»Ich habe den Wetterbericht gesehen.«

»Aber –«

»Brian dramatisiert gern. Er möchte, dass alle denken, er holt für Sie die Kastanien aus dem Feuer, auch wenn das Feuer aus ist.«

»Dann wird der Wind also –«

»Vergessen Sie den Wind einfach.«

Eine Stunde später waren sie auf dem Eis, eine Karawane leuchtend roter Schneemobile, die heulend über den gefrorenen Boden surrten, direkt in die Morgensonne hinein. Sie saßen jeweils zu zweit in jedem Snow-Cat, aber der Lärm war so ohrenbetäubend, dass Gespräche unmöglich waren. Annie störte es nicht. Es war der größte Tag in ihrem Leben. Ein Eisbär begleitete sie ein gutes Stück, trabte etwa im Abstand von hundert Schritten westlich von Ihnen, Weiß auf Weiß. Und dann, ganz plötzlich, war er weg, verschwunden wie der Rauch eines abgebrannten Streichholzes.

Es war nichts zu sehen. Es war alles zu sehen.

Auf halber Strecke nach Kopervik flog der Schiffshubschrauber langsam über sie hinweg. Seine Rotorblätter zerhackten die Luft. Annie winkte, und eine Sekunde lang war ihr, als ob der Hubschrauber antwortete, auf seinem Weg zu der verlassenen Siedlung einen kleinen Schwenk machte.

Kurz darauf erreichten sie ein weites Schneefeld mit tiefen Spalten, Löchern und Vertiefungen, die sie ohne weiteres hätten verschlucken können. Auf Marks Anweisung hin fuhren sie ein Stück nach Westen zurück und machten einen langen Umweg nach Norden, um dem Feld auszuweichen.

Endlich, etwa zwei Stunden nachdem sie vom Schiff aufgebrochen waren, fuhren sie schließlich dröhnend in Kopervik ein.

Es war, wie Annie es sich vorgestellt hatte, ein Geistercamp. Und viel zu sehen gab es auch nicht. Eine dunkelgraue, fensterlose Kirche aus Holz mit einem kleinen Turm, eine ordentliche Reihe Hütten und ein Berg Ölfässer. Durch die Siedlung hindurch bis zu einem Bergwerksschacht neben einem unauffälligen weißen Hügel verlief eine gefrorene Piste.

Jetzt da sie endlich vor Ort war, durchlief Annie ein Schauer der Erregung beim ersten Anblick der kühlen Leere des Camps, wusste sie doch, welche Geheimnisse es barg. Sie stand auf, schaute sich um und sah zu ihrer Überraschung Brians Hubschrauber auf dem Eis stehen, der darauf wartete, entladen zu werden.

Annie lachte. »Auf geht's«, sagte sie zu den Schneemännern und deutete auf den Helikopter. »Wir haben jede Menge Arbeit!«

Der Friedhof lag hinter der Kirche, und in ihrer Ungeduld, einen Blick darauf zu werfen, stieß sie beinahe mit Doctor K zusammen, der um das Gebäude herum kam.

»Hoppla!«, sagte sie und lachte überrascht. »Tut mir leid! Ich wollte bloß –« Der Ausdruck auf seinem Gesicht ließ sie erstarren, und einen langen Augenblick war sie nicht einmal sicher, dass er sie erkannte.

»Annie«, sagte er dann und streckte die Hand nach ihrem Arm aus.

Er wirkte so todunglücklich, dass sie es mit der Angst bekam, und sie wich zurück. »Was ist los?«, fragte sie, ohne es wirklich wissen zu wollen.

Doctor K suchte nach Worten, wandte sich dann frustriert ab. »Etwas Schreckliches ist passiert«, sagte er.

Annies Magen verkrampfte sich. »Was denn?«

Doctor K drehte sich dem Friedhof zu, deutete dann mit einem Nicken über ihre Schulter auf die Seitenwand der Kirche.

Annie drehte sich um. Erst jetzt sah sie, dass die dunkelgraue, mit Schindeln verkleidete Wand mit weißer Farbe beschmiert war. Graffiti? dachte sie. Am Nordpol? Sie blinzelte verwundert und trat von der Kirche zurück, um die Wand besser sehen zu können.

Sie hob den Blick und sah, dass die plumpen Farbstriche ein einziges Bild ergaben, eine primitive Zeichnung, die sie an Picassos *Guernica* erinnerte.

»Das ist ein Pferd«, sagte sie, sprach das Offensichtliche aus, während ihr Gesicht sich verfinsterte, als sie die wilden Augen, die gebleckten Zähne und die geblähten Nüstern des Tieres sah.

Einen Augenblick lang sagten beide kein Wort. »Irgendjemand war hier«, sagte Anne. »Nicht wahr?«

Doctor Ks Schultern sackten herab. »Ja«, sagte er. »Irgendjemand war hier.«

9

Hammerfest, Norwegen

27. März 1998

Obwohl die reine Flugzeit nur dreieinhalb Stunden betrug, brauchte Frank Daly über anderthalb Tage von Archangelsk nach Hammerfest. Außer für die erste Etappe bis Murmansk gab es keine täglichen Anschlussflüge. Von Murmansk nach Tromsø ging nur dienstags bis freitags eine Maschine, aber von Tromsø nach Hammerfest konnte man nur am Wochenende fliegen.

Doch das war egal. Er hatte ausreichend Zeit. Die *Rex Mundi* würde frühestens in zwei Tagen einlaufen, und dann wäre er bereits dort. Was immer auch passierte (und über dem Nordatlantik näherte sich schon wieder ein Sturm), er würde das Schiff nicht ein zweites Mal versäumen.

Und er war froh, endlich dem »Tschernomorskaja« den Rücken gekehrt zu haben. Im Vergleich dazu war sogar die Flughafenlounge in Murmansk eine Verbesserung gewesen. Obwohl er fast einen ganzen Tag in sich zusammengesunken auf einem harten Plastikstuhl verbracht hatte, immer wieder aufgeschreckt durch unverständliche Lautsprecherdurchsagen, hatte er es warm gehabt. Und das konnte er von den Tagen in Archangelsk weiß Gott nicht behaupten.

So blickte er schließlich, als der Jet der Norsk Transport durch die Wolken stieß, auf sein Ziel hinab: Hammerfest. Aus der Luft wirkte die Stadt ordentlich und sauber, eine Ansammlung von adretten, kleinen Gebäuden, die sich am Rand einer glatten grauen See zusammendrängten. Als die Maschine sich in die Kurve legte, konnte er sehen, dass der Hafen, gesäumt von kleinen Gebäuden, im Windschatten einer hohen Klippe lag und dass etliche Schiffe an den Docks vertäut waren. Drei lange Kais ragten ins Meer hinaus, wo Fischer- und Vergnügungsboote an ihren Liegeplätzen dümpelten.

Zumindest aus der Luft erinnerte die Stadt ihn an das Weihnachtsdorf seiner Mutter, eine umfangreiche Sammlung von Keramikgebäuden, -bäumen und -figürchen, die jedes Jahr liebevoll auf einer Fläche aus makellosem Baumwollschnee arrangiert wurden. Niemand – nicht einmal die Lieblingsnichten oder Cousinen, die zu Besuch kamen – durfte das Dorf oder irgendeinen seiner Bewohner berühren. In den winzigen Fenstern jedes Hauses und Ladens funkelte Licht; die Spiegelfläche des Teichs war stets glänzend und makellos. Jede Figur hatte ihren festen Platz, der niemals verändert wurde – jedes Jahr sangen dieselben Figuren Weihnachtslieder vor immer demselben Haus, während ein großer Mann beladen mit Geschenken den Gehweg zu dem alten georgianischen Stadthaus hocheilte.

Seine Mutter wischte täglich den Staub von den Häusern, und schon als Kind begriff Frank, dass das Dorf für sie eine Gegenwelt war. Im Gegensatz zu ihrem Leben in einem beengten Doppelhaus, kaum anderthalb Kilometer in Windrichtung von einer Raffinerie entfernt, stellte seine Mutter sich vor, sie würde in einem dieser hübschen kleinen Häuser wohnen und Plätzchen backen.

Das Dorf war eine ideale und geordnete Welt, wo der Schnee stets weiß war und niemand am Samstag vorbeikam, um irgendwelche Raten zu kassieren. Es war so eine Stadt, eine Weihnachtsstadt, wo die Väter mit Blumen nach Hause kamen und kein Mann zu tief ins Glas schaute oder seine Frau betrog.

Daly rutschte unbehaglich in seinem Sitz hin und her, als das Dorf zum Flugzeug emporstieg. Er wollte nicht an seine Kindheit erinnert werden. Und überhaupt, seine Mutter war inzwischen gestorben, und das Weihnachtsdorf lag verstaut auf Tante

Dellas Speicher. Es hatte ihn erstaunt, wie die Schwestern seiner Mutter nach ihrem Tod über das Haus hergefallen waren. Sie hatten alle Formalitäten erledigt, als »Frank senior« nicht aufzufinden war. (Was kein Wunder war, weil er sich drüben in Breezewood tage- und nächtelang mit einer Tänzerin amüsiert hatte – wie hätte er da erfahren sollen, dass seine Frau tot war?) Und als er dann höchstselbst auf der Beerdigung erschienen war, wie betäubt vor schlechtem Gewissen wie vor Trauer, hatte er sich plötzlich und untypischerweise äußerst großzügig gezeigt. »Hier«, hatte er gesagt, als er die Habseligkeiten seiner Frau verteilte, »Dottie würde wollen, dass du es bekommst – was sollen ich und Frank junior auch mit einem Weihnachtsdorf anfangen?«

Später war er dann wieder ganz der alte, machte den »verrückten Schwestern« bittere Vorwürfe, sie hätten »Dotties weltliche Habe« geplündert. Wie zu erwarten, gewannen die »Sammelobjekte« seiner Mutter, die von allen immer als »das Gerumpel im Keller« bezeichnet worden waren, sprunghaft an Wert – aber da waren sie bereits verschwunden. »Aufgeteilt«, wie Frank senior sagte.

Kurz vor der Landung ließ der Eindruck einer Weihnachtsidylle nach, und als er von Bord ging, sah Frank, dass Hammerfest alles andere als vollkommen war. Der Schnee war ruß- und sandbesprenkelt, und Dieselschwaden hingen in der Luft. Was ihm aus fünfzehnhundert Metern Höhe wie ein Weihnachtsdorf erschienen war, entpuppte sich nun als eine ganz gewöhnliche, ziemlich moderne Stadt. Später erfuhr er, dass die Stadt im Zweiten Weltkrieg von den Nazis besetzt gewesen war und der Hafen als Stützpunkt für U-Boote gedient hatte, die von dort ihre Angriffe in den Nordatlantik starteten. Als die Deutschen schließlich vertrieben wurden, steckten sie die Stadt in Brand, sodass fast nichts mehr aus der Zeit vor dem Krieg übrig war.

Außer vielleicht der Mann an der Rezeption im Hotel »Aurora«, ein bleicher über Siebzigjähriger, der darauf bestand, Frank das Gepäck aufs Zimmer zu bringen. Dort packte Frank seine Taschen aus, nahm eine lange heiße Dusche und ging wieder nach unten in die Lobby.

Laut dem Zeitplan, den Annie Adair ihm gegeben hatte, würde die *Rex* frühestens am Samstag aus Kopervik zurückkehren. Damit hätte er eigentlich zwei freie Tage, doch nach allem, was geschehen war, hielt er es für ratsam, sich zu erkundigen, wie weit das Schiff noch entfernt war. Frank fragte an der Rezeption, wo das Büro des Hafenmeisters war, und der alte Mann gab ihm eine Hochglanzbroschüre mit einem Stadtplan auf der Rückseite.

»Es ist gleich hier«, sagte er und zog eine Linie von Sie *befinden sich hier* zu einer Straßenecke in der Nähe des Hafens.

Draußen war es fünf Grad über Null und bedeckt; die Sonne war nur noch ein matter Schimmer am Horizont. Die Luft war klamm, und von Westen her blies ein rauer Wind, der nach Meer roch. Obwohl der Hafen nur zehn Minuten vom »Aurora« entfernt war, kam Frank völlig durchgefroren dort an.

Und er war überrascht. Der Hafen war größer und belebter, als er erwartet hatte. Er ließ den Blick schweifen und sah zu, wie ein riesiger Kran über einen kroatischen Frachter schwenkte und mit klirrendem Getöse dessen Containerfracht entlud. Lagerhäuser säumten die Straße, die den Kai entlangführte, und Fischkutter schaukelten in dem plötzlich unruhigen Wasser. Über ihm krächzten Möwen, die in der böigen Luft kreisten, und in der Nähe spülte eine Frau in Arbeitskleidung mit einem Wasserschlauch glitzernde Fischschuppen vom Kai ins Meer.

Vor der Hafenmeisterei klapperte eine Metallplatte im Wind, die an das Speisekartenschild eines Restaurants erinnerte. Daran befestigt war eine gedruckte Liste mit den für den Tag geltenden Ankunfts- und Abfahrtszeiten, den Namen der Schiffe, ihren Flaggen und Heimathäfen. Er las sie träge durch – die *Anelise,* die *Goran Kovasič,* die *Stella Norske* –, ohne damit zu rechnen, dass die *Rex Mundi* aufgeführt war, da es sich offenbar um einen täglich wechselnden Fahrplan handelte. Aber da stand sie:

Amkomft 1250	Skip *Klara*	Hammerfest
Amkomft 0240	Skip *Rex Mundi*	Murmansk

Er sah auf seine Uhr. Es war kurz vor halb zwei. Wenn hier kein Fehler vorlag, dann würde die *Rex* zwei Tage früher eintreffen als planmäßig vorgesehen, und zwar in etwa anderthalb Stunden. Er eilte ins Büro des Hafenmeisters, um zu fragen, ob der Plan stimmte, und wenn ja, wo das Schiff anlegen würde.

Er hatte einen alten Seebären mit Lesebrille und roter Gesichtsfarbe erwartet, doch der Hafenmeister entpuppte sich als ein junger Mann mit langem schwarzen Haar, das so straff nach hinten zu einem Pferdeschwanz gebunden war, dass seine Augen einen asiatisch schrägen Blick hatten. Er saß vor einem lädierten Monitor, die Füße auf dem Schreibtisch, und las im *Rolling Stone.* Die in der Decke eingelassenen Lampen beleuchteten die blonden Haaransätze dicht über der Kopfhaut.

»Ich habe mir den Fahrplan angesehen«, sagte Frank.

Der junge Mann blickte auf. »Ja?«

»Und da steht, da steht was von einem Schiff, die *Rex Mundi* ...«

Der junge Mann warf einen Blick auf den Monitor und nickte. »Ja, ein Eisbrecher. Der Lotse ist bereits an Bord.«

»Dann ist das also kein Fehler ...«

Der Pferdeschwanz schwang von links nach rechts. »Die *Rex* ist in einer Stunde an Kai C. Durch die Tür, nach rechts, dann bis ganz ans Ende.«

Frank konnte es nicht fassen. Er hätte sie wieder verpassen können. Wofür hielten die sich denn, verdammt noch mal? Wie kamen sie dazu, ihm nicht Bescheid zu geben, dass ihr Zeitplan sich wieder geändert hatte? Was, wenn er nicht nach Hammerfest gekommen wäre? Was, wenn er in Archangelsk oder Murmansk geblieben wäre? Was glaubten sie denn, wer er war? Irgendein Trottel auf Vergnügungsreise?

Er hatte alle Beteiligten gewissenhaft über alles informiert. Er hatte der Stiftung seine Fax- und Telefonnummer sowie die Ankunfts- und Abreisezeiten mitgeteilt – alles, was wichtig war. Und dann hatte er dafür gesorgt, dass die Informationen nicht nur an das Schiff weitergeleitet wurden, sondern auch an Kicklighters Büro in den NIH. Somit mussten sie gewusst haben, wo er war und wie sie ihn erreichen konnten.

Und jetzt wollten sie ihn einfach ausbooten und ihn behandeln wie einen unerfahrenen Reporter von irgendeinem Skandalblättchen. Was er eigentlich tun sollte, dachte Frank, als er türknallend die Hafenmeisterei verließ, war seine Sachen packen und nach Hause fahren. Das Ganze einfach vergessen – so was hatte er doch wirklich nicht nötig.

Aber eigentlich war es sein Fehler. Er hätte den Mund halten sollen, aber stattdessen hatte er die Story überall angepriesen. Allen erzählt (und vor allem dem Leiter der Stiftung, Fletcher Harrison Coe), wie interessant sie sei. Wie wichtig. Wie *aufregend.* Und dank ihm freute sich die Stiftung nun auf eine dreiteilige Serie mit Abdrucken in der *Post*, der *Times* und Gott weiß wo sonst noch. Wahrscheinlich war Coe jetzt gerade mit irgendwelchen Redaktionsleitern im Century oder Kosmos Club essen und erzählte Ihnen, was für ein fantastischer Artikel das werden würde (und obendrein, was für ein wunderbarer Reporter Frank Daly war). Wenn er also jetzt zurück nach Washington kam mit nichts anderem in der Tasche als einem Cocktailstäbchen von Aeroflot und einer Ansichtskarte vom »Tschernomorskaja«, dann wären alle ganz schön enttäuscht.

Von *ihm.*

Und es wäre Ihnen verdammt gleichgültig, wessen »Schuld« es war.

Und deshalb erschien es ihm plötzlich ungeheuer wichtig, dabeizusein, wenn die *Rex* anlegte. Er brauchte Fotos. Wenn er schon keine Aufnahmen von der Exhumierung auf Edgeøya kriegen konnte, dann zumindest davon, wie Kicklighter und Adair die Gangway herunterkamen und die Leichenkisten entladen wurden.

Im Hotel angekommen, nahm er immer zwei Stufen auf einmal zu seinem Zimmer im ersten Stock. Er riss seinen Koffer aus dem Schrank, warf ihn aufs Bett, nahm die Nikon heraus, die er im Monat zuvor gekauft hatte, und spulte den Film darin zurück. Er wollte einen neuen Film eingelegt haben, wenn das Schiff einlief, weil die Fotos, die er in den letzten Wochen gemacht hatte, überwiegend unbrauchbar waren – Schnappschüsse von Schanghai und so weiter. Die einzigen Bilder, die er ganz sicher verwenden würde, waren welche von Shin-Li, den er in dessen Büro fotografiert hatte, umwölkt von Zigarettenrauchfahnen.

Bei dem Gedanken, was für Aufnahmen ihm entgangen waren, wurde ihm regelrecht schlecht: die *Rex Mundi*, wie sie durchs Eis krachte, das Deck weiß überzogen; Adair, wie sie neben den geöffneten Gräbern stand und wunderschön aussah –

Nein, das war nicht richtig.

Adair, wie sie neben den geöffneten Gräbern stand und *intelligent* aussah, während die Särge der Bergleute aus der Erde geholt wurden. Außerdem, Kicklighter. Kopervik. Hubschrauberfotos. Und wer weiß, was noch? Angreifende Eisbären.

Er musste sich mit dem begnügen, was er am Kai vor die Linse bekam. Aber eines musste er unbedingt fotografieren, nämlich das Entladen der Leichenkisten. Wahrscheinlich würden die Kisten, auf einer Palette gestapelt, mit einem Kran aus dem Bauch des Schiffes gehoben. Dann würde die Palette in einen norwegischen Militärlaster geladen und zum Luftwaffenstützpunkt in Tromsø gebracht, wo eine C-131 bereitstand, um sie in die Staaten zu fliegen. Wenn er schon keine Aufnahmen von Kopervik hatte, dieses Foto war einfach unverzichtbar.

Aber zunächst musste er sich wieder beruhigen. Es würde nichts bringen, wenn er gleich auf Kicklighter losging, und außerdem hatte er im letzten Monat viel zuviel Geld ausgegeben, um sich, wie er zugeben musste, mit Vorliebe gehörig ins eigene Fleisch zu schneiden.

Also holte er tief Luft, rang sich ein irres Lächeln ab und eilte die Treppe hinab in die Lobby und auf die Straße. Eine Minute später kam er an Kai B vorbei, und als er um eine Ecke bog, sah er sie – die *Rex Mundi,* die im Kielwasser eines fetten Schleppers in den Hafen glitt.

Erneut war Frank verblüfft. Der Name mochte ja »König der Welt« oder so bedeuten, aber es war das hässlichste Schiff, das er je gesehen hatte. Der wulstige schwarze Bug war mit Roststreifen überzogen – das nautische Äquivalent eines Totschlägers. Die Aufbauten etwa in der Mitte des Schiffes sahen aus wie ein billiges Motel, das jemand auf das Deck aufgeschraubt hatte.

Die *Rex* legte mit dröhnenden Maschinen am Kai an, und Matrosen liefen hektisch umher. Frank fing an, Fotos zu machen, hielt dann inne, um zuzusehen, wie die Männer an Deck den Arbeitern am Kai armdicke Seile zuwarfen. Es war wirklich ein schöner Anblick, die kraftvolle Präzision, mit der die Seeleute arbeiteten, die aufgewickelten Taue, die sich in wabernden Spiralen entrollten –

»Hvor tror du du skal?«

Die Stimme ließ ihn zusammenfahren, und auch die Hand auf seinem Arm – die er abschüttelte, als er zurückwich. »Herrgott noch mal«, sagte Frank, »Sie sollten eine Glocke tragen oder so!«

Es waren zwei – junge Burschen in khakifarbenen Uniformen mit roten Armbinden –, und sie blickten finster.

»Er du engelsk?«

Frank nickte. »Fast. Amerikaner.«

Der erste Uniformierte überließ dem zweiten das Sagen, und der zweite trat vor und entschuldigte sich auf eine Weise, die keinen Zweifel daran ließ, dass es ihm nicht leid tat. »Ich bedaure ... Sie können hier nicht bleiben.«

Frank legte den Kopf schief. »Wirklich«, sagte er. Sie sahen aus wie von der Militärpolizei: dumm, blond, stämmig, Bürstenhaarschnitt. Beide trugen eine Pistole in einem Lacklederhalfter, sodass Frank Mühe hatte, sie ernst zu nehmen. »Wieso nicht?«, fragte er.

Der Polizist machte eine finstere Miene, holte tief Luft, drohte mit dem Zeigefinger wie ein Lehrer, der seiner Klasse die Leviten liest. »Bedaure – wir müssen sperren ...« Die Miene wurde noch finsterer, und seine Stimme brach frustriert ab.

»Den Kai?«, half Frank ihm auf die Sprünge.

»Ja!«, sagte der Polizist. »Bedaure, wir müssen den *Kai* für die Öffentlichkeit sperren. Die Öffentlichkeit darf hier nicht durch!«

Frank zuckte die Achseln. »Ich hole jemanden ab«, sagte er und fügte hinzu, »und außerdem, ich bin nicht die Öffentlichkeit. Ich bin Journalist.«

Die beiden beratschlagten sich flüsternd auf Norwegisch, dann wandte sich der *Engelsk* sprechende Militärpolizist wieder an ihn. »Sie müssen warten«, sagte er, drehte sich auf dem Absatz um und ging zu einem wartenden Jeep.

»Daly!«, rief Frank. »Frank Daly. Sagen Sie ihnen, ich gehöre zu Kicklighter. *Doctor* Kicklighter.«

Genau in dem Augenblick, als er das sagte, bog ein BMW um die Ecke, gefolgt von einem großen Mercedes. Am Kotflügel des BMW flatterte eine amerikanische Flagge, wie Kinder sie auf Paraden schwenken, und beide Wagen hatten getönte Scheiben. Langsam rollten sie auf den Kai zu und hielten an. Inmitten der Gabelstapler, Kräne und Hafenfahrzeuge wirkten sie äußerst fehl am Platze.

»Wer ist das?«, fragte Daly, als niemand ausstieg.

Der Soldat schnitt eine Grimasse und wippte auf den Fußballen. Sein Kollege sprach lebhaft in ein Handy, das er aus dem Jeep genommen hatte. Schließlich warf er das Handy in den Wagen und kam zurück.

»Tut mir leid«, sagte er, »aber Kai C ist versperrt.«

»Gesperrt«, korrigierte Frank.

»Entschuldigung?«

»Sie meinen, Kai C gesperrt. Sie haben gesagt –«

Der Militärpolizist schüttelte den Kopf und beugte sich ihm böse grinsend zu. »Danke«, sagte er, so nah, dass Frank schon überlegte, ihm ein Pfefferminzbonbon anzubieten.

»Nichts zu danken.« Aber wieso sich mit ihm anlegen? Es würde nichts bringen. Der Bursche machte nur seine Arbeit. Schließlich war er bei der Militärpolizei.

Was Frank jetzt doch ins Grübeln brachte. Was hatten Soldaten an den Docks zu suchen, die öffentlich sind, und was hatte das mit der *Rex* zu tun? Und wieso war ein Wagen von der Botschaft da?

»He, hören Sie«, sagte er im versöhnlichen Ton, »Sie haben denen doch gesagt, dass ich ›Daly‹ heiße, nicht? Sie haben Ihnen meinen Namen genannt?« Er redete nur, um Zeit zu schinden. Wenn er Kicklighter oder Adair sah, würden sie sich vielleicht einschalten.

»Ja«, sagte der Polizist. »Niemand hat je von Ihnen gehört.«

»Oh.« Sie müssten jeden Moment auftauchen, dachte Frank. Die Leinen waren an den gigantischen Pflöcken vertäut, und man hatte eine Gangway zur Seite des Schiffes gebracht, wo sie jetzt an Ort und Stelle manövriert wurde. Irgendwer musste jetzt auftauchen.

Vielleicht aber auch nicht. Plötzlich öffneten sich die Wagentüren, und ein halbes Dutzend Männer traten in den windigen Nachmittag hinaus. Auf Daly wirkte das Ganze wie einstudiert, als hätten sie es geprobt – ein Eindruck, der durch das Äußere der Männer noch verstärkt wurde.

Jeder von Ihnen trug einen dunklen Anzug und Mantel. Frank musste nicht erst auf ihre Füße blicken, um zu wissen, dass schwarze Lederschuhe über den Kai gingen; davon war auszugehen. Und es war fast bedrohlich, aber ebenso komisch, wie sie da so plötzlich auftauchten – am helllichten Tag – und dastanden, in diesem Aufzug, unter freiem Himmel. Solche Typen bekam man sonst nicht zu sehen. Nicht in der finstersten Provinz, nicht in *Norwegen.* Auf der Wall Street, ja. Auf der K

Street in Washington – um die Mittagszeit –, vielleicht. In Hammerfest? Und nicht auf einer Beerdigung? Wohl kaum, dachte Daly und sah zu, wie die Männer, miteinander plaudernd, die Gangway hochgingen. Im Nu waren sie im Innern des Schiffes verschwunden.

»Bitte«, sagte der Militärpolizist. »Gehen Sie jetzt?«

Frank nickte, aber er rührte sich nicht von der Stelle. »Ja, aber ... was ist denn da los?«, fragte er. »Wer waren die?«

Der Soldat schüttelte den Kopf, und sein Partner sagte etwas auf Norwegisch zu ihm. Es klang ungeduldig, und Frank war sich ziemlich sicher, dass er es übersetzen konnte: *Sehen wir zu, dass der Spinner verschwindet.*

»Sie müssen gehen.«

»Hat es da einen Unfall gegeben?« Der Gedanke war ihm zuvor nicht gekommen, und jetzt da er ihn hatte, rührte sich etwas in seiner Brust. Zu seiner Beunruhigung war es die Art von gespannter Sorge, die man sich um Menschen macht, die man gern hat. War Adair etwas passiert?

Das jetzt nicht auch noch, dachte Frank. Ich hab schon genug Probleme.

Und dann sah er sie – das heißt, er sah eine kleine Gestalt mit blondem Haar, die zwischen zwei von den Anzügen die Gangway herunterkam. Kicklighter war direkt hinter ihr, sein Silberschopf und roter Parka stachen aus den vielen eleganten Anzügen hervor.

Anne sprach über die Schulter mit einem schlaksigen Amerikaner in einem anthrazitfarbenen Mantel und, wie es aussah, einer Maui-Jim-Brille. Hinter ihr geriet Kicklighter ins Stolpern und wurde prompt von den beiden Männern, die ihn flankierten, aufgerichtet.

Maui Jim kam Frank bekannt vor. Er hatte das selbstsichere Gebaren eines Mannes, der es gewohnt war, durch Polizeiabsperrungen zu gehen. Er war groß und gepflegt und hatte rötliches Haar, und Frank hätte schwören können, ihn schon einmal gesehen zu haben – aber wo?

Sie hatten jetzt die Gangway verlassen und gingen auf die Autos zu.

»Dr. Adair! He!« Als sie ihn nicht zu hören schien, wollte er ihr nachgehen, wurde aber abrupt aufgehalten von dem Englisch sprechenden Militärpolizisten, der ihm den ausgestreckten Arm vor die Brust hielt. »Zurück!«

»Dr. Adair – Herrgott noch mal!« Diesmal blickte sie auf, und ihre Augen wurden größer, als sie ihn erkannte. *Frank.* Er sah, wie ihre Lippen den Namen formten, als Maui Jim die hintere Tür des Mercedes öffnete und Annie mit einer Hand auf ihrer Schulter, die andere auf ihrem Kopf in den Wagen bugsierte. Als wäre sie eine Kriminelle.

Dann ging er um den Mercedes herum auf die andere Seite. Er öffnete die Tür und war schon halb eingestiegen, als er zögerte und Frank direkt anblickte. Und in dem Moment erkannte Frank ihn.

»Gleason!« *Du Arschloch – was machst du denn hier?*

Plötzlich setzten die Wagen zurück, und Frank sah Annies Gesicht im Rückfenster, als das Auto vorbeirollte. Sie hatte einen Ausdruck im Gesicht, den er nicht ganz deuten konnte. Angst. Verwirrung. Eine Art stummes Flehen.

Und dann stand Frank da und starrte den davonfahrenden Wagen nach, bis sie auf die Hafenstraße einbogen und beschleunigten.

Er konnte es nicht fassen. Er war den weiten Weg bis zur Hölle und zurück geflogen, und jetzt – wollte nicht mal jemand mit ihm reden. Er hatte fast viertausend Dollar für Hotels und Flugtickets ausgegeben und –

Verdammt noch mal! Da fahren sie! Mit Gleason!

Als er zum Hotel zurückging, die Kamera an der Seite schwingend, bekam er vor lauter Wut nichts um sich herum mit. Die Kälte, die Möwen, das grelle Licht, alles verschwand. Und dann war er da und stand an der Rezeption.

»Haben Sie eine Liste mit den Hotels in der Stadt?«

Der Empfangschef blickte zu ihm auf. »Gefällt Ihnen ihr Zimmer nicht?«

Frank biss sich auf die Lippe. Der alte Mann sah aufrichtig gekränkt aus. »Doch«, sagte er. »Das Zimmer ist in Ordnung. Ich suche eine Freundin.«

Die Erleichterung des Mannes und das Lächeln, das gleich darauf folgte, erinnerten Frank an eine Illustration in einem Kinderbuch. Gepetto, dachte er. Ich spreche mit Gepetto.

»Ich denke, das Fremdenverkehrsbüro wird eine Liste haben«, sagte der alte Mann und beschrieb ihm den Weg.

Sobald er eine Liste mit den Hotels hatte, telefonierte er die nächsten anderthalb Stunden herum. Weder Kicklighter noch Adair waren in irgendeinem Hotel oder Gästehaus in Hammerfest angemeldet.

Er rief in Washington in der National Science Foundation und bei den NIH an, aber auch dort konnte ihm niemand sagen, wo Kicklighter wohnte. »Ich glaube nicht, dass er in einem *Hotel* ist«, sagte eine Mitarbeiterin. »Ich glaube, er ist in einem Zelt auf Spitzbergen oder irgendwo anders in der Gegend.«

Als er nicht mehr weiterwusste, fiel ihm etwas ein, das Adair ihm über den Eisbrecher gesagt hatte, dass er von der NOAA gechartert worden war. Bei seinem fünften Anruf in Washington an dem Nachmittag (wer scherte sich um die Kosten? er war ohnehin so gut wie pleite) fragte er sich durch die Bürokratie durch, bis er jemanden am Apparat hatte, der am selben Nachmittag mit einem Eisphysiker namens Mark gesprochen hatte. »Sie wohnen in einem Hotel namens ›Skandia‹. Oder ›Sandia‹. Jedenfalls so ähnlich.«

Es war das »Skandia«, und als Frank mit dem Taxi zu dem Hotel fuhr, wurde ihm zweierlei klar. Erstens, Annie hatte Angst. Soviel wenigstens stand fest, nach ihrem Blick zu urteilen. Zweitens, irgendetwas war passiert, sonst wären sie nicht schon zurück. Der Kai wäre nicht gesperrt worden. Und Neal Gleason wäre nicht in Hammerfest und würde andere nicht auf Autorücksitze stoßen.

Frank war Gleason drei- oder viermal begegnet, als er mal zwei Jahre lang über die nationale Sicherheit berichtet hatte. Gleason war keine zuverlässige Quelle – damals und heute nicht. Im Gegenteil, das eine Mal, dass Gleason ihm was gesteckt hatte, war es falsch gewesen – sogar eine Lüge, die Frank fast seinen Job gekostet hätte. Deshalb war Gleason für ihn ein Arschloch. Und nicht bloß irgendein Arschloch, sondern die Sorte Arschloch, die sehr wahrscheinlich keinen blassen Schimmer von Epidemiologie hatte.

Aber von Terrorismus verstand Gleason was. Wenn Frank sich recht erinnerte, war er so etwas wie ein Verbindungsmann. Er hatte ein Büro in Washington, in einem dieser komischen kleinen Gebäude mit Kameras am Dach. FBI/CIA – irgend so was. Er würde sich kundig machen, wenn er wieder zu Hause war, aber allein schon das Wissen, dass Gleason hier war, gab ihm ein besseres Gefühl. Denn Gleason ging nur dorthin, wo es Probleme gab, und Probleme bedeuteten Nachrichten.

Im »Skandia« angekommen, hatte er im Nu zwei von den NOAA-Leuten ausgemacht. Sie waren in der Hotelbar und aßen *Gravlax* und Hering und tranken Bier. Er kam mehr oder weniger gleich zur Sache, erzählte Ihnen, wer er war und was er hier machte. Überaus freundlich gab er eine Runde aus und spulte seine Geschichte ab, wobei er detailliert erzählte, was er alles durchgemacht hatte, nur um »versetzt zu werden, und das nicht einmal, sondern gleich zweimal. Also, was ist da draußen passiert?«

Die Physiker tauschten Blicke aus. Schließlich sagte der namens Mark: »Ich würde ihnen ja gerne helfen, aber –«

»Wir könnten Schwierigkeiten kriegen.«

»Die Sache ist heikel«, erklärte Mark.

Frank ließ sich das Wort auf der Zunge zergehen, als würde er den Geschmack testen. »Heikel«, wiederholte er.

»Ja.« Die Wissenschaftler blickten einander an und nickten: Es war genau das treffende Wort. »Wir dürfen nicht darüber sprechen«, sagte Brian.

»Wir sind gewissermaßen zum Stillschweigen verpflichtet«, fügte Mark hinzu.

Frank nickte verständnisvoll. »Deshalb war wohl auch das FBI da. Die haben viel mit heiklen Sachen zu tun. Ich und Neal, wir kennen uns ja schon eine ganze Weile.«

»Wer ist Neal?«, fragte Brian.

»Gleason«, erwiderte Frank. »Der Typ mit der Sonnenbrille.«

Brian nickte bestätigend. »Und der ist beim FBI?«

»Ja«, sagte Frank. »Hat er euch nichts davon gesagt?«

Mark schüttelte den Kopf. »Er hat sich nicht mal vorgestellt. Ich hatte den Eindruck, die wären alle von der Botschaft.«

Frank schüttelte den Kopf. »Nee, nee. Neal ist beim FBI und nirgendwo anders.«

Er wollte sie mit Small talk bei Laune halten und so lange eine Runde nach der anderen ausgeben, bis sie wieder auf Kopervik zu sprechen kamen – was einfach passieren musste, und wenn es die ganze Nacht dauerte. Also protzte er ungeniert mit Prominenten, die er irgendwann kennen gelernt hatte, und tratschte unterhaltsam drauflos. »In St. Albans wurde er ›Al God‹ genannt.«

»Wer?«, fragte Brian.

»Der Vizepräsident«, sagte Mark. »Er meint den Vizepräsidenten.«

»Der *Vereinigten Staaten!?«*

»Ja doch.«

»Aber was ist St. Albans?«, fragte Brian und leerte seinen dritten halben Liter an dem Abend.

»Ein College«, sagte Frank. »Noch ein Bier?«

»Nein, ich –«

»Ober!«

Frank fragte Mark, wie er bei der NOAA gelandet war, und hörte sich aufmerksam eine langatmige Erklärung an, in der eine Freundin, die Ozeanographie studiert hatte, ebenso eine Rolle spielte wie auch ein Praktikum in Glacier Bay, Alaska. Sie sprachen über die globale Klimaerwärmung und das Ross-Eisschelf, das in einem besorgniserregenden Maße »kalbte«. Um neun Uhr wusste er, dass Brian einen geistig zurückgebliebenen Bruder hatte, und um zehn, dass Mark sich zweimal den Tripper geholt hatte – einmal auf dem College und einmal auf einer Indienreise. »Zum Glück nicht den weichen Schanker«, sagte Brian lallend.

Zuhören war eine Kunst, und Frank war ein Genie darin. Die Leute waren ihm gegenüber offen, weil er verständnisvoll war – was immer sie auch sagten, er verstand es. Er hörte auch die Zwischentöne.

»Also ... Kopervik – wie war's da?«

Mark lachte in sich hinein. Er konnte einiges vertragen – im Gegensatz zu Brian.

»Ich meine nicht den Geheimkram«, sagte Frank, »worum es dabei auch immer geht. Ich meine Kopervik. Wie ist Kopervik?«

Brian bekam nicht mehr viel mit. »Es war verschneit«, sagte er. »Jede Menge Schnee überall.«

»Wirklich!«, sagte Frank.

»Und ob!«

»Wahnsinn«, sagte Frank, hielt dann inne und setzte wieder an. »Ihr seid also da angekommen, und es war verschneit, und ...« Er wusste nicht genau, wie er weitermachen sollte. »Und – also, was habt ihr da entdeckt?«

Brian musterte ihn über den Rand seines Glases hinweg. »Sie sind ganz schön hartnäckig, was?«

Frank nickte. »Das stimmt.«

»Na ja«, sagte er und formulierte die Worte mit übertriebener Sorgfalt, »Hartnäckigkeit ist ein wichtiger Charakterzug, und der verdient es, belohnt zu werden.«

»Ich bin froh, dass Sie das so sehen«, sagte Frank.

»Also, ich sage ihnen, was wir entdeckt haben«, sagte Brian und beugte sich über den Tisch, während er Marks Protestversuch mit einer Handbewegung abtat. »Wir haben –«

»Brian!«, sagte Mark.

»– ein großes ... weißes ... Pferd entdeckt.«

»Herrgott!«, sagte Mark vorwurfsvoll und stand auf.

»Ein *was?*«, fragte Frank, der Brian unverwandt in die Augen blickte.

»Ein Pferd«, wiederholte Brian.

»Wir müssen gehen«, sagte Mark und fasste seinen Freund am Arm. »Wir müssen morgen um sechs aufstehen.«

»*Ich* muss nicht um sechs aufstehen«, widersprach Brian betrunken.

Mark zog ihn auf die Beine. »Doch, du auch«, sagte er. »Wir alle.«

»Was für ein Pferd?«, fragte Frank.

Mark schüttelte energisch den Kopf und warf ein paar Dollarscheine auf den Tisch. Dann bugsierte er Brian in Richtung Ausgang.

»Ein großes«, rief Brian, bevor die Tür hinter ihm zufiel. »So groß wie eine Kirche!« Dann lachte er.

Und dann waren sie weg.

10

Washington, D.C.

31. März1998

Im Grunde, dachte Frank, ist Washington eine Art politischer Themenpark. Überall Monumente, alte Stadthäuser, Gedenktafeln, Statuen und Parks. Man war von »Geschichte« umgeben, sodass man, ob man nun wollte oder nicht, auf Schritt und Tritt mit der Vergangenheit konfrontiert wurde.

Da ist Reagan angeschossen worden, dachte er wohl zum hundertsten Mal, da drüben, vor dem »Hilton«. Oder, da vorne ist die Stripperin »Argentine Firecracker« im Tidal Basin baden gegangen, mit diesem Kongressabgeordneten, wie hieß er noch gleich, ach ja, Wilbur Mills (lange her). Frank bog nach links in die Massachusetts Avenue ein und fuhr gleich darauf in den Kreisverkehr am Sheridan Circle. Und genau hier, dachte er, direkt vor mir, wurde Orlando Letelier durch eine Autobombe in die Luft gejagt. Genau hier. Direkt ... unter ... meinen ... Rädern.

Während ihm diese Gedanken und Bilder noch durch den Kopf gingen, manövrierte er seinen Wagen durch den Stadtverkehr und hielt nach einem Parkplatz Ausschau, der nicht allzu weit vom Kosmos Club entfernt war.

Der Wagen war ein weißer Saab mit Heckklappe, ein 1990er Marketingfehler, den er neu gekauft hatte, kurz nachdem er die Stelle bei der *Post* bekommen hatte. Seine damalige Freundin – Monica Kingston – behauptete, neue Autos machten sie sinnlich, und sie meinte, das hinge mit den »Pheromonen des Geldes« zusammen. Eine Behauptung, die sie gleich darauf veranschaulichen oder beweisen wollte, was beinahe zur Folge hatte, dass er den Saab, nur wenige Minuten nachdem er ihn beim Händler abgeholt hatte, zu Schrott gefahren hätte.

Nun war Monica für ihn Geschichte und er für sie. Das Auto war alt und ständig in der Werkstatt. Er hätte es längst verkauft, aber er hing daran. Und außerdem fuhr es wie der Teufel.

Es war kein Parkplatz zu finden. FedEx-Laster und Pkws mit diplomatischen Kennzeichen hatten jede Lücke besetzt. Außerdem war er etwa vier Blocks vom Kosmos Club entfernt, und obwohl er an fünf Tagen die Woche zehn Kilometer im hohen Tempo joggte, ging er aus irgendeinem Grund niemals irgendwohin zu Fuß. Nicht, wenn es sich vermeiden ließ. (Und normalerweise ließ es sich vermeiden, obgleich er dadurch, wie jetzt, in der Regel zu spät kam.)

Dann sah er ihn.

Einen überlangen Lincoln, etwas kleiner als ein Flugzeugträger, der aus einem Parkplatz mit geköpfter Parkuhr etwa zwei Blocks vom Club entfernt ausscherte. Reflexschnell wie ein nach dem Ball hechtender Torwart wendete Frank auf der Straße, wodurch er eine Kakophonie von Flüchen und Hupen auslöste. Er parkte ein, zog den Zündschlüssel ab, sprang aus dem Wagen, knallte die Tür zu und joggte elegant zu der alten Villa, in der der Club untergebracht war. Er brauchte weniger als eine Minute, um die breite und vornehme Treppe zu erreichen.

Es war ein großer und angenehmer Vorraum, wo Gäste auf ihre Gastgeber warten mussten, die natürlich Mitglieder des Clubs waren. Ein halbes Dutzend Couchs und ebenso viele Clubsessel waren in dem Raum verteilt. Die meisten davon waren mit Männern in einem bestimmten Alter besetzt, die eine bestimmte Art von Anzug trugen. Fast alle lasen sie die *Times*, doch der eine oder andere sprach leise in ein Handy. Die Wände waren, wie Frank bemerkte, mit Fotos vom alten Washington und von alten Washingtoner Bürgern und Bürgerinnen gesäumt – distinguierte Männer und Frauen, deren Gemeinsamkeit die Mitgliedschaft im Club war.

Im Grunde mochte er keine Clubs, aber der Kosmos war anders. (Zumindest ein wenig anders.) Eines seiner Ziele war die Förderung von Kunst und Wissenschaft, und unter seinen Mitgliedern waren fast ebenso viele Biologen und Schriftsteller wie Anwälte und Beamte des Auswärtigen Dienstes.

Somit hätte Frank sich eigentlich wohl fühlen müssen, aber in Wahrheit war er nervös. Sein Gastgeber Fletcher Harrison Coe, von Haus aus Arabist und ehemaliger Botschafter im Jemen, hatte große Hoffnungen in die Serie gesetzt, an der Frank arbeitete – ein Umstand, der wahrscheinlich für eine Enttäuschung sorgen würde.

Weil er, natürlich, in Hammerfest nichts erreicht hatte.

Er war drei Tage in Norwegen geblieben, hatte aber keinen von der Besatzung der *Rex* zu fassen gekriegt. Außerdem hatte er es nicht geschafft, an Bord des Schiffes zu gelangen. Und es war ihm auch nicht gelungen, das einzige Gespräch fortzuführen, das er überhaupt gehabt hatte – das mit den NOAA-Physikern, die beide abgereist waren. Und da er Kicklighter und Adair nirgendwo ausfindig machen konnte, hatte er es schließlich aufgegeben und seine Spesen zusammengerechnet, während er auf die Maschine nach Tromsø, Oslo und in die Staaten wartete.

Und die Spesen beliefen sich auf ein stattliches Sümmchen. Neunzehn Tage unterwegs. Fast dreitausend Dollar für Flugtickets, zweitausend für Hotels, sechshundert und noch was für Essen und Bewirtung. Außerdem Wäsche, Bus, Bahn und Taxis, Telefonate und ... alles in allem etwas über sechstausend Dollar.

Er hatte die Abrechnung per E-Mail an die Stiftung geschickt und gehofft, sie würde im Äther verloren gehen. Aber mitnichten, und jetzt war er hier, vielleicht zehn Minuten zu spät, auf Coes Einladung hin.

»Da sind Sie ja!« Jennifer Hartwig glitt durch die Tür wie eine Walküre durch ein Altenheim. Eine *Times* nach der anderen senkte sich in den Raum. »Sie sind zu spät! Küsschen!« Flüchtige Wangenküsse und dann das blendende Lächeln mit der strahlenden Aura von ererbtem Vermögen.

»Sagen Sie«, raunte Frank ihr zu, als sie sich bei ihm einhakte, »waren Sie die einzige Blondine in Harvard, oder gab es noch andere?«

Sie lachte und drückte ihm den Arm.

»Nein, wirklich«, sagte er, »Sie sind perfekt.«

Sie lachte erneut und sagte: »Danke, und wissen Sie was? Sie stecken in Schwierigkeiten. Er hat ihre Spesenabrechnung gesehen.«

»Oh.«

Jennifer erledigte die täglich anfallenden Arbeiten der Stiftung. Sie sorgte dafür, dass die Stipendiaten ihre Forschungsgelder und Spesenschecks bekamen, wo auch immer sie gerade waren, und dass die Stiftungszeitung pünktlich erschien – sechsmal im Jahr. Sie beantwortete Anträge, koordinierte die Jurymitglieder beim jährlichen Wettbewerb und fungierte als Gastgeberin, wenn die »Graduierten« der Stiftung zu einer Vollversammlung eingeladen wurden.

Unversehens befanden sie sich auch schon im Speisesaal, umgeben von vornehmem Gemurmel, steuerten an den einzelnen Tischen vorbei zu demjenigen, an dem Fletcher Harrison Coe saß, der jetzt aufstand, um Frank die Hand zu reichen.

»Willkommen zu Hause, Frank!«

»Tut mir leid, dass ich mich verspätet habe«, sagte Frank. »Ich konnte keinen Parkplatz finden –«

»Das sind die Diplomaten«, erwiderte Coe, während er sich auf seinen Stuhl sinken ließ. »Die sind überall.« Er hielt inne, nahm einen Stift aus seiner Hemdtasche und begann, ihre Speisenbestellung auszufüllen. »Also! Was nehmen Sie?«

Frank öffnete die Speisekarte und blickte darauf. Das Steak war bestimmt fantastisch. Und der Hackbraten *chasseur* ... »Ich nehme den Gemüseteller«, sagte er und lächelte Coe an (der, wie er wusste, Vegetarier war).

»Ausgezeichnet!«, sagte Coe, der es rasch aufschrieb. »Ich wusste gar nicht, dass Sie Vegetarier sind, Frank.«

»Ich auch nicht«, sagte Jennifer ein wenig skeptisch.

Frank zuckte die Achseln. »Na ja, ich versuche, weniger rotes Fleisch zu essen.«

»Ein guter Anfang«, bemerkte Coe. »Man muss ja nicht gleich eingefleischter Vegetarier werden.« Er legte eine Kunstpause ein, lachte dann über seinen eigenen Witz, winkte einem älteren Ober und gab ihm den Speisezettel.

Es folgte ein Zwischenspiel mit höflichem Geplauder, und Frank erzählte komische Geschichten, die er erlebt hatte – von dem haarsträubenden Flug nach Murmansk beziehungsweise Archangelsk, vom Hotel »Tschernomorskaja« und den »Gespenstern«, die sich als im Fahrstuhl eingeschlossene Gäste entpuppten. Dann gab Coe Anekdoten zum besten, erzählte aus seiner Zeit als Botschafter und später als Kolumnist bei der *Times* (»der in London«).

Die Gemüseteller kamen und gleich darauf das Steak für Jennifer, über das sie sich gierig wie ein Dingo hermachte. Inzwischen waren über zwanzig Minuten vergangen, seit Frank im Club eingetroffen war, und zu seiner Überraschung genoss er das gesellige Zusammensein. Er erzählte eine amüsante Geschichte von einer Schlange, die in der Küche eines Restaurants in Schanghai frei herumgekrochen war, und Coe eine wohl ein wenig übertriebene Anekdote von einem verdorbenen Ei, das ihm einmal in Qatar serviert worden war.

Seine Assistentin lachte, und Coe lehnte sich mit einem zufriedenen Lächeln zurück. »Naaaaa ...«, sagte er, Frank anblickend, »wann kriegen wir denn nun ihre wunderbare Serie zu sehen?«

Jennifer lächelte breit und klimperte mit den Augen. »Ja, wann?«, fragte sie.

Das Schweigen war so bedeutungsschwanger, dass es sich gut

eine Stunde hätte hinziehen können. Frank faltete mit ungewöhnlicher Sorgfalt seine Serviette zusammen, räusperte sich und beugte sich vor. Dann holte er tief Luft, fiel auf seinem Stuhl zurück und sagte: »Tja ...«

Coe runzelte die Stirn, und Jennifer machte anscheinend Dehnübungen mit ihren Augen, die vor lauter Schadenfreude doppelt so groß wurden.

»Ist er fertig?«, fragte Coe. »Der *erste* Teil?«

Frank blickte ihn eine ganze Weile an. Schließlich sagte er: »Nein.«

Coe rieb sich das Kinn. »Oh ... ach du je.«

»Es hat Probleme gegeben«, erklärte Frank, obwohl das auf der Hand lag.

»Mmmm.« Der Sriftungsleiter wandte den Blick ab, plötzlich distanziert. Nach einem Moment sah er Jennifer an, dann wieder Frank. »Tja, ich denke, wir können es noch ein wenig verschieben, aber –«

»Ich meine, wir sollten die Sache vielleicht ganz aufgeben«, sagte Frank. »Die Serie, meine ich.«

»Hmmm«, sagte Coe und winkte dem Kellner. »Wir hätten gern einen Kaffee, Franklin. Koffeinfreien für mich. Cappuccino für Ms. Hartwig. Frank?«

»Einen normalen.«

Als der Kellner gegangen war, wandte Coe sich wieder Frank zu. »Also, ich muss schon sagen, das ist ... ärgerlich.«

Frank verzog das Gesicht. »Ich weiß.«

»Wir hatten eigentlich schon beschlossen, den ersten Teil als Aufmacher der Mai-Ausgabe zu bringen. Jetzt ... tja, müssen wir uns wohl was anderes überlegen.«

Frank verzog das Gesicht zu einer Grimasse, die Bedauern ausdrücken sollte.

»Was haben wir sonst noch, Jennifer?«

Sie dachte nach. »Es ist alles ziemlich dürftig. Marquardts Artikel über die Taliban. Aber ich glaube, er hat keine Fotos, und überhaupt ist die Sache nicht gerade aktuell. Dann noch

Coronas Story über Teenager in den Slums von L.A. Die ist zwar ganz gut, aber ...«

»Was mir Kopfzerbrechen bereitet«, unterbrach Coe sie, »ist, dass Sie soviel Zeit auf die Story verwandt haben. Wie viel? Einen Monat? Sechs Wochen?«

»Zwei Monate«, sagte Frank. »Etwa zwei Monate.«

»Tja, natürlich kommt so was schon mal vor, aber – Sie haben ein Vermögen ausgegeben, Frank.«

»Ich weiß.«

»Und?«

Beim Kaffee erzählte er ihnen, dass er das Schiff von Murmansk nach Kopervik verpasst hatte und Kicklighter und Adair dann plötzlich in Hammerfest nicht aufzufinden waren. »Ich habe also einen ganz guten Aufhänger über die Grippe, aber nichts darüber, was sie tatsächlich in Kopervik gefunden haben.«

Coe nahm einen letzten, genüsslichen Bissen grüne Bohnen, nippte an seinem Kaffee und schüttelte den Kopf. »Also, ich finde, die sind ihnen eine Erklärung schuldig – das ist das Mindeste. Was sagen Sie?«

»Sie sagen, sie sind ›nicht im Hause‹.«

»Verstehe ...«

»Aber damit kommen sie bei mir nicht durch. Ich werde Kicklighter die Tür einrennen, wenn's sein muss, bis zum Sankt-Nimmerleins-Tag.«

Der ältere Mann nickte zerstreut. »Das ist ja alles schön und gut, aber ... ich weiß nicht, ob Sie ihre Zeit nicht besser nutzen sollten.« Dann beugte er sich vor, als wollte er ihm etwas Vertrauliches sagen. »Das Problem ist, ich bin leider ein ziemlicher Fan ...«

Frank zuckte zusammen. Er wusste, was kommen würde. »Was für ein Fan?«, fragte er.

»Also, ehrlich gesagt, Frank – ein Fan von *Ihnen.* Und ich muss gestehen, ich habe ... ich habe sozusagen ... mit ungelegten Eiern gehandelt.«

Frank warf ihm einen verwirrten Blick zu.

»Die Sache ist die: Ich habe leider mit dem einen oder anderen Chefredakteur über die Serie geplaudert ... und sie sind *sehr* interessiert –«

»Großer Gott«, stöhnte Frank. »Mit wem?«

»Vom *Atlantic*«, erwiderte Coe, »von der *Times.* Natürlich von der *Post* – aber die *Post* ist schließlich leicht zu begeistern.«

Frank seufzte.

»Ich war sogar mit dem Idioten von *Vanity Fair* essen, aber – nun ja, ich fürchte, es wird da einige – Enttäuschungen geben.« Er sprach das Wort so aus, als wäre es ein Synonym für »Häme«.

Zu mehr ließ Coe sich so gut wie nie hinreißen, wenn er jemandem eins auf den Deckel gab. Er erging sich in Anspielungen, wobei sich das Eigentliche im Unterton oder zwischen den Zeilen verbarg. Hin und wieder äußerte er sich sehr hintersinnig, sodass seine Absichten nur schwer zu enträtseln waren. Doch in diesem Fall war die Deutung einfach: Frank hatte die unverzeihliche Sünde begangen, Coe wie einen Idioten aussehen zu lassen. Er, Frank, war für die ungelegten Eier verantwortlich. Oder anders ausgedrückt, er war ein Versager. Und nicht nur irgendein Versager, sondern ein Eliteversager. Die Johnson Foundation sichtete jedes Jahr Tausende von Bewerbungen und wählte daraus ein halbes Dutzend Stipendiaten aus, ein wahres Sprungbrett für journalistische Karrieren. Alles in allem hatte Frank sich ganz gut bewährt, und dann auf dem Weg nach Murmansk hatte er versagt.

»Hören Sie – die Sache ist noch nicht gestorben«, sagte er zu seiner eigenen Überraschung.

Coe blickte skeptisch.

»Der erste Teil ist wirklich gut. Ich kann ihn innerhalb von ein, zwei Tagen fertig kriegen.«

»Und wie wollen Sie das schaffen?«

»Er steht praktisch schon. Ich habe in China daran gearbeitet, und dann in Europa. Es ist ein solider Artikel, der direkt in das Thema einführt.«

»Worum geht's?«, fragte Coe.

»Um Antigenmutation. Die ist nämlich überfällig, und wenn sie kommt, dann wird das eine schlimme Geschichte. Wenn ich das erklärt habe, gehe ich auf die Hintergründe ein, Wildenten, Viren im Allgemeinen und das Virus von 1918 im Besonderen. Ich erläutere, wie Impfstoffe hergestellt werden, und damit sind wir wieder bei der Antigenmutation – und der Suche nach der Spanischen Grippe. An dieser Stelle kommen Kicklighter und Adair ins Spiel – und *cut*. Fortsetzung folgt.«

Zu seiner Überraschung mischte Jennifer sich ein. »Was ich nicht verstehe, ist Folgendes: Falls die Spanische Grippe wirklich wiederkäme, wäre das dann nicht eine Art Antiklimax? Ich meine, sie würde diesmal doch nicht so viele Menschen töten. Die medizinische Versorgung ist heute sehr viel besser. Oder nicht? Ich meine, früher sind die Leute an Scharlach gestorben ...«

Frank schüttelte den Kopf. »Nein«, sagte er, »wenn ein Influenzavirus – wie das der Spanischen Grippe – aufträte, wäre die Situation nicht viel besser als 1918.«

»Im Ernst? Wieso?«

»Weil es keinen Impfstoff gibt. Und es handelt sich um eine so ansteckende Krankheit, dass sie die Leute in Massengräbern bestattet haben.«

»Wie in Indien?«, fragte Jennifer.

»Nein«, erwiderte Frank. »Wie in Philadelphia.«

»Ja, aber was Sie da vorschlagen«, sagte Coe und tat den Gedanken mit einer schwungvollen Handbewegung ab, »ist eine einteilige Serie. Darauf läuft es doch hinaus.«

Frank lächelte schwach. »Nein, ich mache auch einen zweiten Teil für Sie. Aber ich weiß nicht, wovon der handelt. Noch nicht. Das finde ich schon noch raus.«

Coe brummte. »Wir wollen's hoffen. Was anderes bleibt uns ja auch kaum übrig.«

Frank schüttelte den Kopf. »Nein, irgendwas ist da im Busch. Annie war unglaublich hilfsbereit –«

»Wer ist Annie?«, fragte Jennifer.

»Dr. Adair. Sie hat sich große Mühe gegeben. Ich meine, sie hat mich mit Shin-Li in Kontakt gebracht, sie hat mir geholfen, Termine beim CDC, der obersten Gesundheitsbehörde, zu bekommen. Und als zweifelhaft war, ob ich auf dem Eisbrecher mitfahren könnte, hat sie sich für mich stark gemacht.«

»Und hat es sich dann anders überlegt«, sagte Coe. »Passiert dauernd.« Der Stiftungsleiter blickte auf die Uhr, hob dann eine manikürte Hand und kritzelte in der Luft, um zu sagen, dass er die Rechnung wollte.

»Ich glaube nicht, dass sie ihre Meinung geändert hat«, sagte Frank. »Irgendwas ist da passiert. In Kopervik. Ich weiß es.«

»Ach ja?« Coe zog einen Elfenbeinzahnstocher aus einem kleinen ledernen Schlüsseletui. »Wie können Sie sich da so sicher sein? Sie waren schließlich nicht dabei.« Er fing an, auf dem Zahnstocher zu kauen.

»Stimmt, aber ich war in Hammerfest. Und da war noch jemand anderes – und das ist interessant.«

»Von wem reden Sie?«, fragte Coe mit skeptischem Unterton. Der Ober kam mit der Rechnung, und Coe zeichnete sie ab.

»Neal Gleason«, antwortete Frank.

Coe blinzelte ein-, zweimal, überlegte und gab dann auf. Er drehte seine Handflächen zur Decke. »Und wer ist das?«, fragte er.

»Er ist beim FBI, ein Verbindungsmann zur CIA. Er ist in der Abteilung für nationale Sicherheit – ein ziemlich gespenstischer Verein. Wofür er genau zuständig ist, bleibt geheim, aber wie es aussieht, ist er der Ermittler für MVWs.«

»Und das heißt?«, fragte Jennifer.

»Massenvernichtungswaffen.«

Coe wurde bleich. »Sie meinen, zum Beispiel ... Atombomben?«

Frank nickte. »Ja, aber – nicht nur. Auch chemische und biologische Waffen.«

»Und dieser Mann war in Hammerfest?«, fragte Coe.

»Er war am Kai«, erwiderte Frank. »Er war auf dem Schiff. Er hat Kicklighter und Adair in einen Wagen bugsiert. Und seitdem haben sie nicht mehr mit mir gesprochen. Direkt nachdem Gleason aufgetaucht ist.«

»Interessant«, sagte Coe. »Aber ... ich möchte einfach nicht noch mehr Geld aufs Spiel setzen.«

Frank nickte zustimmend. Was blieb ihm anderes übrig?

»Dennoch«, sagte Coe, »Sie meinen, wir könnten Teil eins haben –«

»In zwei Tagen. Höchstens drei.«

»Mhm.« Coe zog eine Taschenuhr aus seiner Weste, blickte darauf und erhob sich. »Termin«, sagte er und eilte hinaus.

Am Eingang zur Lobby warf Coe sich einen etwas abgetragenen Kamelhaarmantel über und wickelte sich sorgfältig einen Chenilleschal um den Hals. In der Nähe ging Jennifer auf und ab und sprach in ein winziges Handy, das aussah wie aus echtem Walnussholz.

Coe legte den Kopf schräg und sah Frank an. »Wissen Sie, je mehr ich darüber nachdenke ...« Eine lange Pause.

»Ja?«

Ein freundliches Lächeln. »Ich denke, ein Teil wird vermutlich reichen. Diesen ganzen Geheimkram mit der Arktis brauchen Sie nicht.«

»Aber –«

»Man muss seine Verluste minimieren, finden Sie nicht?«

»Ich denke, Gleasons Beteiligung –«

»Nun, das kommt noch hinzu, nicht?« Coe zog sich weiche Lederhandschuhe über.

»Wie meinen Sie das?«

Coe wirkte gequält. »Ich meine, wenn Sie der Sache nachgehen, werden Sie Nachforschungen anstellen müssen.«

»Ist das *schlecht?*«

Coe blickte weg, holte dann tief Luft. »Die Zeiten haben sich geändert. Wir müssen uns ihnen anpassen.« Coe runzelte für den Bruchteil einer Sekunde die Stirn, klatschte dann in die Hände.

»*Ciao*«, sagte er, drehte sich um und ging zu der wartenden Limousine, dicht gefolgt von Jennifer.

Als Frank ihnen nachschaute, stellte sich ein schwarzer Pförtner neben ihn, wippte auf den Fußballen, die Hände auf dem Rücken, die Augen auf die Straße gerichtet. Schließlich wandte er sich Frank zu und sagte: »Und wie geht es uns heute, Sir?«

Einen langen Augenblick wusste Frank nicht, was er sagen sollte. Also ging er den Weg des geringsten Widerstandes und sagte die Wahrheit: »Uns geht's beschissen.«

Das Gesicht des Pförtners erhellte sich zu einem Lächeln. »Ja, Sir! Stimmt genau, und so ist es uns schon immer gegangen!«

Nach Russland und Norwegen kam Frank seine Washingtoner Wohnung wie ein Palast vor. Sie lag am Mintwood Place in Adams-Morgan, einer sozial und ethnisch bunt gemischten Gegend, die im Reiseführer als »*hip* und lebendig« bezeichnet wurde – was soviel hieß wie, dass es jede Menge gute und exotische Restaurants, ein paar interessante Kneipen und praktisch keine Parkplätze gab.

Selbst am helllichten Tag wimmelte es auf den Straßen nur so vonYuppies auf der Suche nach *yebeg wat*, *pupusas* und *nasi goreng*. Punker mit rabenschwarzen Haaren und bleichen Gesichtern lungerten auf den Bürgersteigen, während sich Salvadorianer zu Dreier- oder Vierergruppen versammelten, um gemeinsam eine Flasche zu leeren oder ein Geschäft zu machen. Kofferradios dröhnten um die Wette.

Die Wohnung war schon fast unanständig groß – er hatte sie, lange bevor das Viertel schick wurde, gemietet. Sie hatte hohe Fenster, jede Menge unverputzte Ziegelwände und eine Zweitausend-Dollar-Stereoanlage, die ihm zweimal gestohlen worden war (aber in den letzten drei Jahren nicht mehr). Die Zimmer waren groß und waren einmal modern eingerichtet gewesen. Jetzt wirkten sie fast spartanisch, was darauf zurückzuführen war, dass die sehr attraktive Alice Holcombe die meisten Möbel mitgenommen hatte, als sie auszog. (Das war vor sechs Monaten gewesen, und Frank war dazu nichts anderes eingefallen als *Na ja ...*)

Er zündete die Gasflamme unter dem Teekessel an, nahm den Telefonhörer und rief seine Mailbox an. Es waren keine wichtigen Anrufe eingegangen – schon gar keiner von Kicklighter oder Adair. Eine Einladung zum Abendessen. Eine Einladung zum Poker. Anrufe von Freunden, die sich »nur mal melden wollten«, und welche von Informanten und Möchtegerninformanten, darunter einer, der behauptete, den Mord an Kennedy gelöst zu haben »und noch *mehr*!«. Der letzte Anruf war eine Erinnerung daran, dass er am Montagabend um neun zum Hallenfußball verabredet war.

Frank löffelte Kaffeepulver in eine Filtertüte, sah dann die Post durch, als das Wasser im Kessel zu sieden begann.

Es war nichts Besonderes darunter: das *Journal of Scientific Exploration,* der *Economist,* eine Rechnung von Visa, ein Kontoauszug von Crestar und jede Menge Reklame, die das Papier nicht wert war.

Als der Kessel schließlich pfiff, goss er ein wenig Wasser auf das Kaffeemehl und wartete, bis die ersten schwarzen Tropfen in die Tasse fielen. Dann goss er mehr nach und wartete etwas länger. Tatsache war: Er war einer großen Story auf der Spur. Da war er sich absolut sicher. Obwohl er nicht genau sagen konnte, worum es bei der Sache ging, war da draußen etwas im Gange, und daran war nicht zu rütteln. Er konnte es undeutlich vor seinem geistigen Auge sehen: wie ein schwarzes Loch, das sich indirekt durch das Verhalten von Objekten offenbart, die von ihm angezogen werden – Objekte, die verschwinden.

Objekte wie Kicklighter und Adair.

Am Nachmittag setzte er sich an den langen Holztisch, der ihm als Schreibtisch diente, und schrieb auf Briefpapier von der *Washington Post* einen Formbrief an eine ganze Buchstabensuppe von Bundesbehörden: BI, CIA, CDC, NOAA sowie das Pentagon und das Außenministerium. Jeder Brief war an das zuständige Büro für Informationen und Geheimhaltung der jeweiligen Behörde gerichtet und begann mit dem gleichen Wortlaut:

> Sehr geehrte Damen und Herren,
>
> mit folgendem Antrag berufe ich mich auf das »Gesetz zur Informationsfreiheit« (5 U.S.C.,552).
> Ich bitte um die Freigabe von sämtlichen Informationen oder Unterlagen, die im Zusammenhang mit der Expedition von Dr. Benton Kicklighter und Dr. Anne Adair stehen, die kürzlich an Bord der *Rex Mundi*, eines norwegischen Eisbrechers, von der russischen Stadt Murmansk zum Archipel Svalbard gefahren sind. Soweit ich unterrichtet bin, fand die Expedition unter der Schirmherrschaft der National Science Foundation (NSF) statt, mit dem Ziel, die Leichname von fünf Bergleuten in dem Dorf Kopervik zu exhumieren. Das Schiff verließ Murmansk am oder um den 23. März und kehrte fünf Tage später nach Hammerfest (Norwegen) zurück.

Des Weiteren bat er in dem Brief um schnellstmögliche Erledigung seines Antrags, da er im öffentlichen Interesse liege. Als er den Brief geschrieben hatte, setzte er, als wäre ihm der Gedanke erst nachträglich gekommen, Folgendes darunter:

cc: Williams & Connolly

Dabei handelte es sich um die Anwaltskanzlei, die für die *Post* arbeitete. Eigentlich wäre es nicht erforderlich gewesen, die Kanzlei zu erwähnen, da Regierungsbehörden gesetzlich verpflichtet waren, Anträge binnen zehn Tagen zu erfüllen. In der Praxis jedoch untergruben die Behörden die Absicht der Gesetzgebung, indem sie lediglich den Eingang des Briefes bestätigten, ohne die beantragten Unterlagen herauszurücken. Das war häufig der Fall, wenn die Antragsteller normale Bürger waren, die im Eigeninteresse handelten und nicht wussten, dass sie die Herausgabe einklagen konnten. Frank wollte signalisieren, dass er (und die *Post)* bereit waren, vor Gericht zu gehen.

Als er die Briefe ausgedruckt hatte, brachte er sie zur Post an der Columbia Road. Es war ein kurzer Fußweg, aber ein abwechslungsreicher, denn er kam an einem Mann vorbei, der aufblasbare Gummitiere verkaufte, an Geschäften, die sich auf Nostalgietoaster, Lavalampen und skurrile Masken spezialisiert hatten, an einem neuen äthiopischen Restaurant, einer In-Kneipe namens »Millie & Al's«.

Der Mann hinter dem Postschalter war ein fröhlicher Jamaikaner, der ein blaues Taschentuch auf dem Kopf hatte, dessen Zipfel zu akkuraten kleinen Knoten gebunden waren. »Was haben wir denn da, Mister?«

Frank gab ihm die Briefe.

»Hochoffizielle Sachen!«, rief der Jamaikaner, als er nacheinander einen schrägen Blick auf die Adressen warf. »Donnerlittchen! Ssi-Aii-eh! EffBii-Aii! Pent-a-gonn!« Er blickte auf. »Interessantes Leben, Mann!« Lachend nahm er Franks Geld entgegen, gab Wechselgeld zurück und warf die Briefe in den Postsack hinter sich. »Wir danken für Ihr Vertrauen. Der nächste, bitte!«

In den folgenden Tagen tätigte Frank Telefonanrufe und arbeitete an der Influenzastory – und zwar für ihn noch immer an »Teil eins«.

Die Anrufe gingen immer an dieselben drei Leute, immer mit dem gleichen Ergebnis. Neal Gleason war nicht im Büro, und Kicklighter war nicht an seinem Schreibtisch. Adair war einfach nirgends aufzufinden, doch ihr Anrufbeantworter nahm seine Nachrichten auf. Gleasons Privatnummer stand nicht im Telefonbuch, und die von Kicklighter auch nicht. Zweimal bekam Frank den Wissenschaftler spätabends an den Apparat, aber der alte Mann sagte jedes Mal nur »Hallo?«. Woraufhin er auflegte – woraufhin er sich eine Geheimnummer geben ließ.

Als er die Influenzastory fertig hatte, ließ er sie per Kurier zur

Stiftung in der K Street bringen. Am nächsten Nachmittag rief Coe an und sagte, dass ihm der Artikel gut gefiel und dass er meinte, »ein zweiter Teil wäre nicht erforderlich«.

»Wunderbar«, sagte Frank. »Das denke ich auch.«

Es entstand eine Pause, die Coe gleich darauf mit einer Frage füllte. »Was steht als nächstes an? Nichts Kostspieliges, hoffe ich.«

»Ich hab mir überlegt, ich fahre nach New Mexico«, erwiderte Frank. »Schreibe einen Artikel über das *Sin-Nombre*-Virus, besuche Taos, rede mit den Leuten vom Gesundheitsamt. Ist eine gute Story.«

Coe klang erleichtert. »Ausgezeichnet«, sagte er. »Ich freu mich schon drauf.«

»Ja, Sir.«

Aber Frank reiste nicht sofort ab. Am Montagabend fuhr er nach Springfield, wo er mit Bekannten Hallenfußball spielte. Es war ein heißumkämpftes Match gegen eine peruanische Mannschaft, die fast ebenso hart wie gut spielte. Frank schoss zwei Tore, doch der Sieg ging an die anderen, und er fuhr voller blauer Flecken, aber gut gelaunt nach Hause.

Am selben Abend rief er etwa zum zehntenmal innerhalb einer Woche bei Annie an, und zu seiner Verblüffung meldete sie sich. »Ich versuche schon die ganze Zeit, Sie zu erreichen«, sagte er.

»Ich weiß. Ich bin gerade erst nach Hause gekommen. Ich habe meine Eltern besucht – es waren acht Nachrichten von Ihnen auf dem Anrufbeantworter.« In ihrer Stimme lag keine Verärgerung, keine Ungeduld, nur so etwas wie verlegenes Bedauern.

»Hätten Sie zurückgerufen?«

Nach einem langen Schweigen am anderen Ende der Leitung sagte sie: »Na ja ... ich denke ... ich denke, es gibt eigentlich nichts zu sagen. Außer – es tut mir leid, dass Sie soviel Mühe hatten. Aber, ehrlich gesagt, bringt es nichts, darüber zu reden.«

»Tja«, sagte Frank, »ich finde doch. Es ist eine wichtige Story.« Sie schwieg so lange, dass er schließlich nachsetzte: »Dr. Adair?«

»Ja ...«

»Ich sagte, es ist eine wichtige Story.«

»Ich weiß. Ich hab's gehört. Es ist bloß – ich kann Ihnen nicht dabei helfen.«

»Also – Sie könnten schon. Aber Sie tun es nicht. Und ich muss wissen, warum.«

»Tja ...« Sie war so lange still, dass er schon glaubte, sie hätte aufgelegt. Dann: »Ich muss Schluss machen.«

»Aber das ist einfach unverschämt!«

Der Vorwurf verblüffte sie, und Frank musste sich eingestehen, dass er so etwas nie und nimmer zu Gleason gesagt hätte. »Was?«, fragte sie.

»Es ist unverschämt!«, antwortete er. »Wenn man es recht überlegt ... ich meine, ich bin wegen dieser Geschichte um den halben Erdball gereist. Ich habe ein Vermögen ausgegeben. Und jetzt wollen Sie nicht mal mit mir *reden*.«

»Ich kann nicht.«

»Wieso nicht?«

»Ich kann einfach nicht.«

»Wegen Gleason, stimmt's?«

Zum ersten Mal hatte er Gleason erwähnt, und sie war überrascht. »Was?«

»Ich sagte, wegen Gleason, stimmt's? *Neal* Gleason.«

»Ich muss jetzt Schluss machen.«

»Und das ist alles? Mehr haben Sie nicht zu sagen – ›Ich muss jetzt Schluss machen‹?«

»Nein, wirklich –«

»Sind Sie vielleicht verpflichtet zur ... wie sagt man noch?« Ihm fiel das Wort nicht ein. »Geheimhaltung oder so?«

Sie schwieg erneut.

»Hören Sie, Dr. Adair –«

»Annie.«

»Hä?«

»Nennen Sie mich einfach Annie, wie alle anderen.«

»Okay. *Annie.* Die Sache ist die, ich habe wirklich gedacht, wir kämen gut miteinander aus. Ich meine, vor diesem ganzen ...« Er brach ab. Das Wort, das ihm auf der Zunge lag, war »Scheiß«, aber er wollte sich ihr gegenüber nicht im Ton vergreifen. »Sie waren so hilfsbereit! So nett!«

»Danke«, sagte sie. Und dann einen Augenblick später: »Wahrscheinlich.«

Frank lachte. »Also, wie wär's mit einem gemeinsamen Abendessen?«

»Abendessen?«

»Wir vergessen Spitzbergen. Wir gehen schön essen. Sie sagen, wann. Sie sagen, wo. Einzige Bedingung – kein kanadisches Restaurant.«

Das Telefon war einen Augenblick lang still, und dann: »Das ist lustig, aber ... ich denke nicht. Ich meine, unter den Umständen halte ich das für eine nicht so gute Idee.«

Sie klang, als würde sie es aufrichtig bedauern, was ihn ermutigte nachzuhaken. »Was für Umstände?«, fragte er. »Ich weiß nichts von irgendwelchen Umständen.«

Jetzt musste sie lachen. »Na ja, Sie möchten, dass ich Ihnen was erzähle, und – ich kann nicht.«

»Sie ›können nicht‹. Das heißt also. Sie haben tatsächlich irgendwas unterschrieben!«

Ein genervtes Seufzen blies durch den Hörer. »Ich muss Schluss machen«, sagte sie. »Und überhaupt, das hier bringt nichts. Es geht nicht.«

»Legen Sie nicht auf!«, sagte er. »Ich muss es doch wenigstens versuchen dürfen.«

»Sie sollten mit Dr. Kicklighter reden.«

»Gute Idee!«, erwiderte Frank. »Dr. Kicklighter! Warum bin ich da nicht von allein drauf gekommen – nur, ich bin drauf gekommen. Und das Problem ist, er hat offenbar sein Telefon zerhackt.«

»Tut mir leid. Er hat sehr viel zu tun.«

»Wir haben alle viel zu tun. Sie haben viel zu tun! Ich habe viel zu tun! Sogar Gleason hat viel zu tun!«

»Ich weiß, aber ... Ich muss jetzt wirklich Schluss machen. Wirklich!«

»Warum?«

Er konnte hören, wie sie tief Luft holte. »Weil ich ein Hähnchen im Backofen habe, und es brennt schon an, und während wir uns hier unterhalten, füllt sich meine Wohnung allmählich mit Rauch, und wenn ich mich nicht sofort darum kümmere, schlägt der Rauchmelder Alarm, und die Feuerwehr kommt und dann die Polizei, und dann verliere ich meine Wohnung, und dann lande ich auf der Straße und erfriere – wollen Sie das etwa?«

Frank überlegte. »Nein«, sagte er schließlich. »Aber ich bin in einer Woche wieder da – und ich denke, wir sollten wirklich zusammen essen gehen.«

11

Los Angeles

11. April 1998

Susannah rückte die Windeltasche zurecht, setzte sich das Baby auf die Hüfte und klappte den neuen Buggy zusammen. Sie hatte jetzt den Dreh raus. Man trat auf einen Hebel, und der Buggy faltete sich zusammen, kinderleicht. Eine Asiatin hinter ihr hielt für sie den Buggy fest, als sie in den Bus der Linie 20 einstieg.

»Ich stelle ihn hier hin«, sagte die Frau, als Susannah das Fahrgeld bezahlte. »Okay?« Sie stellte den Buggy in eine Gepäcknische direkt hinter dem Fahrer.

»Vielen Dank«, sagte Susannah und schenkte der Frau ein breites, dankbares Lächeln.

»Ihr Kleiner ist richtig süß.« Die Frau reichte dem Fahrer ihr Ticket.

»Ja, nicht?« Susannah senkte den Kopf und rieb ihre Nase an der des Babys. »Er ist ein richtiges Püppchen«, sang sie. »Was ist er doch für ein süßes kleines Püppchen.«

Sie bat den Fahrer, ihr zu sagen, wenn sie auf dem Wilshire Boulevard waren, nahm dann vorn am Gang Platz und stellte die Windeltasche auf den Sitz neben sich, damit niemand sich dort hinsetzte. Dann berührte sie mit dem Finger die Stupsnase des Kleinen und drückte sie ganz sacht. Das brachte ihn immer zum Lachen, und er gluckste und lächelte, sodass seine Grübchen zum Vorschein kamen. »Wie bist du nur so süß geworden?«, fragte sie und wiegte den Kopf vor und zurück. »Sag schon. Wie? Hmmmm?«

Sie blickte zum Fenster hinaus, an dem L.A. vorbeiglitt, und ließ Stephen auf und ab wippen, ganz leicht, damit er nicht quengelte. Einfach unglaublich, wie zubetoniert die Stadt war! Oder wie heruntergekommen die meisten Häuser waren. Und die Palmen – wozu waren die denn eigentlich gut? Sie waren dünn und kerzengerade, und sie spendeten eigentlich keinen Schatten. Sie standen einfach nur da, an der Straße, wie eine Reihe von Enttäuschungen.

Was wirklich schade war, denn mit Palmen verband sie immer romantische Vorstellungen – sie beugten sich im Wind an einem elfenbeinfarbenen Strand, ein paar Meter vom Wasser entfernt. Blaues Wasser. Und ein wolkenloser Himmel. Aber hier in L.A., im wirklichen Leben, in der Wüste gestrandet, von Beton umgeben, waren sie ... ja was?

Potthässlich. Ja genau, und das war das einzig treffende Wort dafür. Potthässlich. Und überhaupt, wenn man sie fragte, war die ganze Landschaft ernüchternd – selbst hier, nicht weit von Beverly Hills, wo eigentlich alles perfekt sein müsste, aber das war es nicht – es war ernüchternd. Auch wenn der Bus nicht gerade durch die schönsten Viertel fuhr ...

Sie war schon eine ganze Weile mit verschiedenen Bussen unterwegs. Das war jetzt der vierte, mit dem sie und Stephen durch die Gegend fuhren.

Jetzt kräuselte sich das Gesicht des kleinen Jungen, und er machte *äh-äh-äh,* und sie wusste ohnehin schon, dass es Zeit war, ihn zu stillen, weil ihre Brüste sich allmählich so prall anfühlten. Sie sollte ihn besser gleich stillen, damit ihre Milch nicht austrat, das wäre nämlich schlecht, weil die Sachen, die sie anhatte, nur für heute waren (sie hatte die Schildchen und so weiter reingesteckt, damit sie nicht zu sehen waren).

Adeline war mit ihnen in der Pentagon City Mall einkaufen gewesen, nicht weit von ihrem sicheren Haus in den Potomac Towers. Es war ein Ausdruck von Adeline – »unser sicheres Haus« –, obwohl es eigentlich nur eine Wohnung mit zwei Schlafzimmern war. Aber ganz gleich, wie man sie nannte, die

Wohnung war echt *cool.* Dazu gab es ein neues Auto, ein Bankkonto und, was das allertollste war, eine neue Identität. Wenn Susannah in der Wohnung war (und nach Rhinebeck war sie schon oft da gewesen), war sie »Mrs. Elliott Ambrose«. Was ihr gefiel, weil es sich vornehm anhörte. Vornehmer zumindest als Susannah Demjanuk.

Jedenfalls war die Wohnung praktisch – nicht weit vom Einkaufszentrum und nicht weit vom Flughafen. Sie hatten sich dort andere Sachen angezogen, und wenn sie wieder dort waren, würden sie sich noch einmal umziehen. Und die Sachen zurückgeben, nur ein ganz kleines bisschen benutzt.

Die Kleidung war deshalb wichtig, weil man das ist, was man anhat. Das sagte Solange. Er sagte, wenn man sich gut genug kleidete, war das so, als wäre man unsichtbar – zumindest was die Cops anging und Leute vom Sicherheitsdienst und so weiter. Wenn man sich richtig kleidete, ließen sie einen in Ruhe. Das war praktisch ein *Gesetz.*

Jedenfalls waren die Sachen echt teuer – das Kostüm allein kostete mehr als das Flugticket –, und es war einfach unsinnig, sie zu kaufen. Erst recht, wenn man sie leihen konnte.

Die meisten Sachen kaufte sie in Secondhandläden. Auf diese Weise taten sie was für den Umweltschutz, und sie verschwendeten kein Geld, das sie für wichtigere Dinge ausgeben konnten (zum Beispiel für eine gute Zentrifuge). Sogar Baumwolle – die ja als umweltfreundliches, natürliches Material galt – Baumwolle herstellen war wie ... nach Öl bohren oder so. Also im Grunde Umweltverschmutzung! Aber mit ihrer Methode konnte Belinda oder irgendwer von den anderen in der Abteilung für Sondereinsätze alles zurückbringen, sobald sie und Tommy von der Pazifikküste heimkehrten.

Susannah ließ den Blick durch den Bus schweifen. Im Grunde war ein Bus gar kein so schlechter Ort, um ein Baby zu stillen. Die Sitze waren so hoch, dass man sich einigermaßen verstecken konnte, und er war nicht sehr voll besetzt.

Stephen gab kleine, nasse, schmatzende Geräusche von sich,

als er trank. Nach einigen Minuten legte sie ihn an die andere Brust an, während L.A. am Fenster vorbeiglitt. Es zog weiß Gott langsam vorbei. Der Verkehr war dicht, und manchmal verging eine ganze Ampelphase, ohne dass sie von der Stelle kamen: rot, grün, gelb, rot, *hallo?* Aber keiner hupte; die Fahrer waren es offenbar gewohnt. Kein Wunder, dass der Himmel eine so eklig graue Farbe hatte.

Als der Fahrer sagte, »nächster Halt Wilshire Boulevard«, hatte sie ihre Bluse bereits wieder zugeknöpft und Stephen sein Bäuerchen gemacht. Sie faltete die Stoffwindel zusammen, auf der sie Stephen immer sein Bäuerchen machen ließ, steckte sie zurück in die Windeltasche und nahm dann aus dem kleinen wattierten Fach unten in der Tasche eine Glühbirne, bückte sich und legte sie auf den Boden, wo sie sie mit dem Fuß festhielt.

Praktisch im selben Moment, als sie aufstand und die Birne losließ, gab der Fahrer Gas, um einen in der zweiten Reihe parkenden Wagen zu überholen, und fuhr dann an die Bushaltestelle. Sie hörte, wie die Glühbirne über den Boden rollte, als sie nach vorne zum Busausstieg ging.

Natürlich wusste sie nicht, wann und wo die Glühbirne zerbrechen würde. Vielleicht rollte sie den ganzen Tag herum, oder vielleicht platzte sie auch schon, bevor Susannah ausgestiegen war. Es war nicht vorherzusagen. Nicht wirklich.

Auch aus diesem Grund mochte Solange die Glühbirnenmethode. Sie funktionierte nach dem Zufallsprinzip, sagte er, wie die Natur.

Als sie ausgestiegen war, wusste sie nicht, wo sie war – Norden, Süden, Osten, Westen. Sie könnte überall sein. Also ging sie zu einer rothaarigen Frau hinüber, die an einem Tisch vor einem Café saß, nur wenige Schritte von der Bushaltestelle entfernt.

»Entschuldigen Sie?«

Die Frau blickte von einem kleinen ledernen Notizbuch auf, in das sie geschrieben hatte. Ihr Gesicht hatte einen verblüfften Ausdruck.

»Wissen Sie, wo der Rodeo Drive ist?« Susannah setzte Stephen von einer Hüfte auf die andere.

Die Frau musterte sie von oben bis unten – als würde sie sich ausrechnen, wie viel Susannah für ihr Outfit ausgegeben hatte, oder, schlimmer noch, als bezweifelte sie, dass ihr die Sachen wirklich gehörten. Dann seufzte sie und ließ den Blick zur Straßenecke schweifen. »Hier gleich rechts«, sagte sie.

Susannah lächelte dankbar.

»Übrigens«, fügte die Frau hinzu, wobei ihr Gesicht sich zu einem bösartigen Lächeln verzog, sodass Susannah am liebsten eine Glühbirne hervorgeholt und sie nach dem Miststück geworfen hätte, »es heißt Roh-*day*-oh Drive. Nicht Roa-dy-oh.«

»Vielen Dank«, sagte Susannah und ging in die Richtung, die ihr die Frau genannt hatte. Woher sollte *sie* wissen, dass es nicht so ausgesprochen wurde, wie es nahelag? Rodeo. Eben wie ein. *Ro*-de-oh. Schließlich war sie hier im Westen, oder?

Frauen taxierten andere Frauen mehr als Männer, obwohl Männer sie anders taxierten. Außer schwulen Männern, die sie genauso taxierten, wie Frauen es taten. Bei Männern, die dich anmachen wollten, änderte es auch nichts, wenn du ein Baby dabei hattest. In Wahrheit taten ihr die vielen bewundernden Blicke sogar gut. Sie hatte das Übergewicht von der Schwangerschaft verloren, und in diesem tollen Outfit sah sie richtig gut aus. Und sie hatte jetzt sogar eine noch bessere Figur, wo ihre Brüste so groß waren vom Stillen. Besser als Implantate. Und Stephen war so niedlich, dass die Leute einfach nicht den Blick von ihnen beiden abwenden konnten.

Es war so ein gutes Gefühl, dass sie beinahe wünschte, es wäre ihr richtiges Leben. Den Rodeo Drive hinunterzugehen, das Baby in seinem nagelneuen Buggy zu schieben, nichts Besseres zu tun zu haben, als einen Schaufensterbummel zu machen und darüber nachzudenken, irgendwo einen Happen zu essen. Die Schaufenster waren so sauber, die Scheiben waren – nicht bloß durchsichtig, sondern richtig unsichtbar. Und die Geschäfte waren so edel, bei der Hälfte von ihnen brauchte man einen Termin, um überhaupt reinzukommen. Und alles war in den Auslagen so arrangiert, als wäre es etwas Heiliges. Brillen lagen in Vitrinen, die sich drehten, damit sie von allen Seiten zu sehen waren, wie kostbare Juwelen. Und in einem Schaufenster lag eine Handtasche. Eine einzige Handtasche, mehr nicht!

Alles schimmerte und glänzte, sogar die Leute.

Susannah überprüfte ihr Aussehen, betrachtete ihr Spiegelbild in der Schaufensterscheibe. Und siehe da! Sie passte hierher, ja wirklich – sie sah aus wie die Frau von jemandem, einem Produzenten oder so. Oder vielleicht auch, als wäre sie selbst eine Produzentin, die mit ihrem Baby einkaufen ging, auf der Suche nach Ohrringen oder einem Teppich.

Ein gutes Gefühl.

Es war sogar ein so gutes Gefühl, dass sie schon ein schlechtes Gewissen bekam. Aber Solange hatte ihre Route persönlich ausgearbeitet, mit Hilfe dieser kleinen Stadtpläne im Computer. Sie wusste also genau, welche Busse sie nehmen und durch welche Viertel sie gehen sollte. Alles Übrige war ihr überlassen. Sie konnte die Glühbirnen deponieren, wo sie wollte – in einem Bus, einer Mülltonne, im Rinnstein neben einem parkenden Wagen –, Hauptsache im richtigen Stadtviertel.

Nur so war sichergestellt, dass sie die Ergebnisse überprüfen konnten. Und außerdem waren es ausschließlich Viertel von Wohlhabenden, denn, nun ja ... wer verbrauchte die meisten Bodenschätze? Wer richtete den größten Schaden an?

Und hier war praktisch der Bauch der Bestie, genau hier – das Schickimickizentrum, wie Solange es nannte. Vielleicht aber auch nicht. Aber so was in der Art. Das Zentrum der Verschwendungssucht. Genau hier, auf dem Rodeo Drive.

Roh-*day*-oh Drive.

Es war bloß noch eine Glühbirne übrig. Sie hatten nämlich nur etwa ein Dutzend hergestellt. Susannah blieb auf dem Gehweg vor dem »Bijan's« stehen, rückte den kleinen Schirm zurecht, der Stephens Augen vor der Sonne schützte. Dann griff sie in die Windeltasche, nahm die Glühbirne heraus, ging damit auf die Straße und legte sie vorsichtig neben den Rinnstein, wo ganz sicher ein Auto darüber fahren würde.

Aus der anderen Richtung kam eine Gruppe von Leuten, lachend. Sie hatten große weiße Zähne und einen raubgierigen Blick, sodass sie am liebsten sofort auf die Glühbirne getreten wäre. Aber sie tat es nicht – nicht etwa weil ihr dann schlecht werden würde, sondern weil sie Schuhe anhatte, die bei Joan & David hundertzweiundneunzig Dollar kosteten, und dann konnte man sie nicht mehr zurückbringen.

Was bedeutete, sie würde sie behalten müssen.

12

Washington, D. C.

17. April 1998

Es war Mitte April, und die Stadt erstrahlte im Frühling. Bei seiner Rückkehr aus Santa Fe merkte Frank, dass der Winter sich verabschiedet hatte. Alles war wie verwandelt. Die Straßen und Parks und Grünstreifen waren ein Tulpen- und Azaleenmeer, und die Sträucher standen in voller Blüte.

In seiner Wohnung angekommen, warf er den Koffer aufs Bett, zog sich T-Shirt und Laufschuhe an und ging joggen, um seine steifen Glieder nach dem langen Flug wieder in Schwung zu bringen. Er lief durch den Rock Creek Park und folgte dem Fahrradweg. Unweit des Zoos war der schwarze Asphalt über einen halben Kilometer hinweg mit abgefallenen Kirschblütenblättern übersät. Immer mal wieder löste eine Windböe einen Schauer Blütenblätter aus, die wie Konfetti durch die Luft wirbelten. Vergiss Paris, dachte er. Einige wenige Wochen im Frühling war Washington die schönste Stadt der Welt.

Vielleicht kam es ihm aber auch nur so vor, weil er die letzten zwei Wochen in Pick-ups durch die Wüste gebraust war, wo es nichts als Sand und Steine und Gestrüpp gegeben hatte. Ein einzelner Busch Spanischer Flieder wäre ihm wie ein Wunder erschienen.

Er hatte ein Ärzteteam begleitet, das in der Gegend von Four Corners, also dem Punkt, wo sich die Grenzen von Arizona, Colorado, Utah und New Mexico berühren, daran arbeitete, einen Ausbruch des Hanta-Virus einzudämmen. Bislang gab es erst zwei Fälle, die über hundertfünfzig Kilometer voneinander entfernt aufgetreten waren, aber bei einem Virus, das siebzig Prozent der Infizierten tötet, wollte niemand ein Risiko eingehen.

Manchmal lagen die überprüften Haushalte auf Reservatsgebiet und manchmal nicht. In jedem Fall war es schwierig, die Erlaubnis zu bekommen, Fallen aufzustellen, Blutproben zu nehmen oder Häuser zu inspizieren.

– Sie wollen mein Haus auf Mäusescheiße kontrollieren? Wer sind Sie denn überhaupt?

– Wir versuchen, eine Epidemie zu verhindern – wie es '93 hier eine gegeben hat.

– Und die Mäuse ... verursachen sie?

– Ja. In gewisser Weise. Es ist ein Virus. Die Mäuse *verbreiten* es.

– Ach nee. Und wie heißt das Virus?

– *Sin Nombre.*

– Das soll der Name sein? Ohne-Namen-Virus?

– Ganz genau.

– Sie wollen mich wohl verscheißern ...

Einige Leute erinnerten sich an '93. Das Fieber. Die Panik. Die Sterbenden. Sie wussten mehr über *Sin Nombre,* als ihnen lieb war, und sie fanden den Namen nicht lustig. Aber diejenigen, die damals nicht dabei waren oder nichts mitbekommen hatten, konnten mit dem Namen nichts anfangen und setzten eine Miene auf, die sagte. *Das glauben Sie doch selbst nicht. Was Besseres fällt ihnen wohl nicht ein – eine Krankheit, für die es nicht mal einen Namen gibt!*

Andere reagierten misstrauisch.

– Sie wollen mich auf Antikörper testen? Wenn es um HIV geht, dann sagen Sie es doch gleich, und kommen Sie mir nicht mit so einem *Sin-Nombre*-Scheiß.

Am Ende bekamen die Ärzte, was sie wollten, und es kam zu keinem ernsthaften Ausbruch der Krankheit – nur die beiden Fälle. Doch es war interessanter Stoff, und die Story ging Frank leicht von der Hand. Das Wichtigste war, dachte er, dass der Artikel Coe glücklich machen und ihm selbst ausreichend Bewegungsfreiheit geben würde, um der Story nachzugehen, die ihn eigentlich interessierte.

Er duschte, setzte sich dann an seinen Computer und machte seine Spesenabrechnung. Er tippte eine Aufstellung und steckte das Blatt zusammen mit den Quittungen in einen Umschlag, den er am Morgen an Jennifer schicken würde.

Dann schob er die Diskette von seinem Laptop in das Laufwerk des großen Computers und kopierte die Dateien seiner Reise. Er rief *Nombre 1* auf und las seine Notizen durch, legte dann eine neue Datei an, *Nombre 2.* Er arbeitete etwa eine Stunde an der Story, aber das war das höchste der Gefühle: Es war Frühling, und es zog ihn nach draußen.

Also kopierte er die Dateien auf eine Diskette, schaltete den Computer aus und ging in die Küche. Er öffnete den Kühlschrank und suchte nach der Diskettenbox, die er hinter der Milch aufbewahrte. Es war, so wusste er, eine sonderbare Praxis, seine Sicherheitskopien dort zu verstauen – aber sie war effektiv. Im Kühlschrank war es kalt, aber es fror nicht, und was noch wichtiger war: Er war isoliert. Falls ein Feuer ausbrach, würde seinen Dateien nichts passieren.

Es war später Nachmittag, das Sonnenlicht fiel schräg durchs Fenster, als er zum Telefon griff und Annie Adair anrief.

»Hallo?«

»Ich bin's, Frank Daly.«

»Oh!« Eine Pause. »Hi.« Zwischen den beiden Silben, zwischen dem »Oh« und dem »Hi«, veränderte sich ihre Stimme, von Begeisterung zu Argwohn.

Sie plauderten ein wenig. Wie es ihm ergangen war. Wie es ihr ergangen war. Hatte sie den Artikel erhalten, den er ihr geschickt hatte? Über die Grippe?

»Oh, ja! Er ist *gut*«, sagte sie. »Ich bin beeindruckt.«

Es dauerte eine Weile, aber irgendwie brachte er es dann über die Lippen: »Ich hab mir gedacht ... Na ja, vielleicht könnten wir zusammen ausgehen – irgendwo was essen.«

»Ich weiß nicht«, sagte sie. »Das ist, glaub ich, keine so gute Idee.«

»Wieso nicht?«

»Weil ... na ja, weil ich immer noch nicht mit Ihnen reden kann.«

»Aber das tun Sie doch! Wir reden gerade miteinander.«

»Sie wissen schon, was ich meine. Ich meine ... über Kopervik. Hammerfest. Den ganzen Kram.«

»Sie glauben, dass ich deshalb angerufen habe?«

»O ja.«

»Mein Gott, Sie sind ja ganz schön misstrauisch! Kopervik! Sie denken, ich will über Kopervik reden?«

»O ja.«

»Ach! Kopervik ... ich sag ihnen was – wie wär's, wenn ich versprechen würde, über nichts von alledem zu reden?«

»Ich denke, ich würde Ihnen nicht glauben. Sie erscheinen mir ziemlich hartnäckig.«

»Hartnäckig? Ich? Nie und nimmer. Nicht hartnäckig. Hungrig. Und wenn ich es schwöre? Feierlich. Wenn ich Ihnen mein Wort gebe?«

Ein nervöses Lachen verriet ihm, dass sie darüber nachdachte.

»Okay – wissen Sie was? Ich schwöre auf einen ganzen Stapel Bibeln.«

Ein kleines Kichern.

»Was sagen Sie dazu? Bibeln!«

»Sie machen mir keinen religiösen Eindruck.«

»Okay ... stimmt. Bin ich auch nicht. Wie wär's dann mit *Gravity's Rainbow*? *Gray's Anatomy*! Sagen Sie, welche Bücher, ich stapele sie und schwöre drauf!«

Schweigen am anderen Ende der Leitung. Dann: »Aber ...« Ein Seufzer. »Ich weiß, dass Sie noch immer was über die Expedition erfahren möchten. Wäre bei mir nicht anders.«

»Vertrauen Sie mir. Ich habe den Artikel fertig«, sagte er. »Sie haben ihn gelesen. Jetzt schreibe ich über die größeren und besseren Infektionen.«

»Zum Beispiel?«

»*Sin Nombre.* Ich komme gerade aus New Mexico.«

»Wirklich?«

Er schaltete um in seine salbungsvollste Nachrichtensprecherstimme und las von dem Blatt vor ihm ab. »›Noch vor Anfang des Winters machten sich Gesundheitsexperten im Gebiet von Four Corners Sorgen, dass *Peromyscus maniculatus* sich gefährlich stark vermehrte. Besser bekannt als die Gemeine Weißfußmaus ...‹« Er hielt inne. »Möchten Sie mehr hören?«

»Nein.«

»Okay, also, gehen wir essen?«

»Tja ...«

Er fasste die Wörter »tja« oder »vielleicht« immer als Zustimmung auf. *Sag nicht nein,* hatte er seine Mutter früher immer angefleht, *sag vielleicht.* »Großartig!«, sagte er. »Passt ihnen Freitag? Ich weiß, Freitagabend ist sehr beliebt, aber ... Ich hol Sie um halb acht ab!« Ohne ihr Zeit zum Antworten zu lassen, legte er auf und dachte, wenn sie nicht will, ruft sie mich an. Und wenn sie meine Nummer nicht rauskriegt, wird sie einfach nicht da sein.

Annie wohnte nicht weit von ihm, in einem Stadthaus in Mount Pleasant, zusammen mit einer Frau namens Indu aus Kansas und einem selbstständigen Computer-Freak aus Caracas. »Die arbeiten beide heute Abend«, sagte sie und lachte. »Wir drei sind richtige Workaholics.«

Er hatte länger für die Parkplatzsuche gebraucht als für die eigentliche Fahrt, und das sagte er ihr, als er die Tür des Saabs öffnete.

»Dann gehen wir doch zu Fuß«, sagte sie.

Und so geschah es.

Es war ein warmer, regnerischer Tag gewesen. Die Bürgersteige waren nass und sauber, die Rinnsteine nicht wie sonst voller Abfall. Gemeinsam schlenderten sie durch die wenigen Straßen zwischen Mount Pleasant und Adams-Morgan, vorbei an angeheiterten Grüppchen und in zweiter Reihe parkenden Polizeiwagen, vorbei an »Kenny's Bar-B-Que« und der Unification Church. Die Luft war angefüllt mit Geißblatt- und Alkoholduft, mit Salsa und Rap.

»Erzählen Sie mir von Ihrer Reise«, sagte sie. »Was hat Ihr Interesse für *Sin Nombre* geweckt?«

»Der Name. Der hört sich so gespenstisch an ... vielleicht weil er das Gegenteil ist von dem, was man über New York sagt.«

»Nämlich?«

»Na ja – dass man ihm gleich zwei Namen geben musste, weil es so toll ist. Aber dieses Virus ist so bösartig, dass man ihm nicht mal *einen* Namen geben wollte.«

»Ich habe mich immer gefragt, warum man es so genannt hat«, sagte Annie.

»Das kann ich Ihnen sagen!«

»Toll!«

»Aber Sie werden enttäuscht sein.«

»Wieso?«

»Weil die Namensgebung mit politischer Korrektheit zu tun hat«, erwiderte Frank. »Früher lautete der Name Muerto-Cañon-Virus, nach der Gegend, wo es zum ersten Mal aufgetreten ist. Aber das war nicht haltbar, weil der Cañon in einem Navajo-Reservat liegt, und die Navajo haben einen Heidenaufstand gemacht, weil ein Virus nach dem Cañon benannt wurde.«

»Wieso denn das?«

»Weil dort ein Massaker stattgefunden hat – vor hundert Jahren, Weiße haben Indianer getötet. Nun tötete das Virus sie, und es war nicht gerade sensibel, das Virus nach diesem Blutbad zu benennen. Ich meine, genauso könnte man das Tay-Sachs-Syndrom ›Auschwitz-Krankheit‹ nennen.«

»Wie ging's weiter?«

»Es wurde in ›Four-Corners-Virus‹ umbenannt.«

»Das macht Sinn«, sagte Annie. »Krankheiten werden oft nach dem Ort benannt, wo sie zum ersten Mal aufgetreten sind.«

»Hongkong-Grippe, Marburg, Ebola –«

»Genau.«

»Alles Ortsnamen«, sagte Frank. »Mit einer Ausnahme, Ebola ist ein Fluss – zumindest soviel ich weiß. Jedenfalls, als es auf einmal Four-Corners-Virus genannt wurde, gingen die Einheimischen auf die Barrikaden. Die Handelskammer, die Fremdenverkehrsämter – ich meine, ihr Standpunkt ist durchaus nachvollziehbar. Das wäre ja so, als würde man in einer Stadt namens ›Polioville‹ wohnen.« Annie lachte. »Also hatte das Virus doch keinen Namen, und schließlich nannte man es dann ›Ohne-Namen-Virus‹.«

»Nur dass es übersetzt wurde.«

»Ja. Ich denke, man hatte auch ein sensibles Gespür für Sprache.«

Sie gingen schließlich in ein äthiopisches Restaurant namens »Meskerem«. Es gab weder Besteck noch Stühle. Sie saßen auf Lederkissen und aßen einen scharfen Eintopf mit den Händen, indem sie sich Fleischstückchen und Gemüse mit Hilfe eines schwammigen Sauerteigbrotes namens *injera* von dem Servierteller in den Mund schaufelten. Es war ein Abendessen, das dazu angetan war, eine entspannte Intimität zu erzeugen, doch Annie blieb reserviert. Sie wirkte, als würde sie sofort Reißaus nehmen, sobald er Kopervik erwähnte.

Also vermied er das Thema. Sie sprachen über die Behördenpolitik im Umgang mit Krankheiten, und nach einer Weile wurde Annie gesprächiger.

»Sie würden es nicht glauben«, sagte sie. »Wenn irgendwo Cholera, Typhus, Diphtherie, egal was ausbricht, sogar die Pest, wird die Weltgesundheitsorganisation und die oberste Gesundheitsbehörde und Gott weiß wer verständigt. Aber gibt das Außenministerium die Informationen raus? So gut wie nie. Selbst wenn Thailand sich vor Geschlechtskrankheiten nicht mehr retten kann oder in Bolivien die Cholera ausbricht, das wird alles als Politikum gesehen – ein Angriff auf das betreffende Land.«

»Man sollte meinen, die Gesundheit von Menschen müsste ihnen mehr am Herzen liegen.«

»Und die andere Sache ist die: Jede Krankheit hat ihre eigene Lobby. Deshalb richtet sich die Finanzierung von Forschungsprojekten weniger danach, ob sie dem Wohl der Mehrheit zugute kommen, als danach ... was weiß ich ... wer am besten die Werbetrommel für seine Sache rühren kann.«

»Halten Sie das für schlecht?«

Sie zuckte die Achseln. »Es ist einfach so. Man kann es den Leuten nicht verübeln. Es geht ihnen unendlich nahe, wenn die Menschen leiden, die sie lieben, aber gleichzeitig sind die zur Verfügung stehenden Gelder begrenzt, also ...«

Sie hatte feine Gesichtszüge, lange Beine und die Haltung einer Tänzerin. Sie war so hübsch, dass nicht nur Franks Augen ihr folgten, als sie auf dem Weg zur Toilette an den vollbesetzten Tischen vorbeiging. Und dennoch hatte Frank, als er sie in den NIH kennenlernte, schon nach fünfzehn Minuten gewusst, dass sie nicht die Psyche einer hübschen Frau hatte. Komplimente machten sie verlegen, und sie konnte nicht flirten, zumindest schien es ihm so. Sie war scheu und schüchtern und schreckte bei dem kleinsten Körperkontakt zurück.

Sie hatte etwas Naives an sich, das er umso überraschender fand, als sie, wie Frank wusste, eine brillante Wissenschaftlerin war. Einerseits war sie vermutlich ein Genie, und andererseits war sie weniger abgebrüht als die Sechstklässler, mit denen er an der Hine Middle School gesprochen hatte (im Rahmen einer Schulreportage für die *Post*).

Doch so schwer sie sich auch mit Small Talk tat, sie hatte Humor und sprach gern über ihre Arbeit. Und ihr Lachen war vielversprechend: ein unbekümmertes Kichern, das manchmal mit ihr durchging.

Also stellte er sich ganz auf sie ein und beschränkte sich auf die Dinge, bei denen sie sich wohl fühlte, hörte ihr aufmerksam zu und vermied alles andere. Und es funktionierte. Er konnte förmlich fühlen, wie sie lockerer wurde, weicher, als die Anspannung verschwand. Diese Eigenschaft hatte er mit seinem Vater gemein, eine Flexibilität, die es ihm ermöglichte, für jeden, mit dem er zusammen war, die perfekte Folie zu werden, ob er die Person nun verführen oder ihr Informationen entlocken wollte. Diese seine »Gabe« bereitete ihm manchmal Kopfzerbrechen.

Aber nicht einmal der Gedanke an seinen Vater – von dem er sich sein ganzes Leben lang zu distanzieren suchte – konnte ihn davon abhalten, sich bei Annie Adair ins Zeug zu legen. Als sie zurückkam und wieder Platz genommen hatte, beugte er sich vor und nahm ihre Hand. Es entstand ein verlegener Augenblick, in dem sie reflexartig versuchte, ihre Hand zurückzuziehen, aber er hielt sie fest.

»Moment«, sagte er. »Ich will nicht aufdringlich werden, sondern mir nur ihre Handfläche ansehen.«

»Wieso?«, fragte sie, offensichtlich voller Argwohn, er wollte sich vielleicht über sie lustig machen.

»Um Ihnen aus der Hand zu lesen.«

»Seien Sie nicht albern«, sagte sie – aber ihre Hand entspannte sich.

Er streichelte ihren Handteller und dann jeden Finger. »Sie glauben also, ich kann nicht aus der Hand lesen?«

»Ja.«

»Tja, ich kann's aber.«

Sie kicherte. »Und wo haben Sie diese Fähigkeit erworben? Auf der Handleseschule?«

»Ich muss doch sehr bitten«, sagte er in einem gespielt offiziellen Ton, »wir sagen nicht ›Handleseschule‹; das Institut heißt Schule für Chiromantie. Auf der ›Handleseschule‹ lernt man Blindenschrift.«

Ein Kichern.

»Und nein, ich habe keinen Abschluss gemacht. Aber ich habe

mal für eine Zeitschrift einen Artikel über eine Handleserin geschrieben.«

»Wirklich?«

»Ja. Sie haben bestimmt schon mal so ein Schild gesehen. Wie eine große rote Hand mit Zahlen drauf, und es hängt für gewöhnlich im Fenster eines kleinen weißen Hauses, direkt am Highway, zwischen einem Laden, in dem Flaggen repariert werden, und einem Geschäft für Aquarienzubehör. Und ich habe mir gedacht: ›Was sind das wohl für Leute, die da hingehen?‹«

»Fischzüchter, würde ich meinen. Und Leute mit Flaggen.«

»Und Leute mit Handflächen«, stimmte Frank zu. »Jedenfalls habe ich mit einer gewissen Madame Rurak gesprochen – das Orakel von Hyattstown. Und mit ihrer Erlaubnis habe ich einige ihrer Kunden interviewt. Und wie sich herausstellt, hat sie eine richtig bunte Kundschaft. Es sind die gleichen Leute, die zu Chiropraktikern gehen, nur dass sie deren Psyche ›einrenkt‹, nicht deren Rückenwirbel.«

»Und war das Ganze – na ja – bloß ausgemachter Mumpitz?«

Er zuckte die Achseln, streichelte weiter ihre Handfläche und starrte darauf. »Ich weiß nicht. Sie hat zwar nicht gerade die Lottozahlen verraten. Sie war intensiv, wissen Sie, richtig konzentriert, aber alles, was sie sagte, war eher allgemein.«

»Wie Zeitungshoroskope.«

Frank verzog das Gesicht. »Aua.«

Sie lachte. »Und was, glauben Sie, hat es ihnen gebracht? Den Leuten, die zu der Frau gegangen sind?«

»Ich hatte den Eindruck, dass sie alle bester Laune waren, wenn sie wieder gingen. Ich denke, sie hat ihnen etwas Tröstliches gesagt, darüber, wie ihr Leben verlaufen ist. Sie hat gesagt, es steht genau hier, hier in ihrer Handfläche, da steht es bereits geschrieben. Ganz gleich, was Sie gemacht haben und hätten, es wäre alles genau so gekommen. Sie hätten sich mit zehn einen Computer kaufen können, Sie hätten Gitarre lernen können, Sie hätten Sherry Dudley fragen können, ob sie mit ihnen zum

Schulball geht – und nichts hätte irgendetwas geändert. Es war nämlich alles schon ganz früh festgelegt: die Lebenslinie, die Liebeslinie. Den Leuten hat's gefallen. Anscheinend hat es sie entlastet.«

Sie lachte. »Und wer war Sherry Dudley?«

»Darüber darf ich nicht sprechen«, murmelte er.

Sie kicherte wieder. »Aber Sie glauben doch nicht an so was, oder?«

»An was?« Er krümmte ihr nacheinander die Finger und strich sie wieder gerade. »Sie meinen, an das Schicksal?« Er beugte sich über ihre Hand und schaute eindringlich darauf. »Natürlich. Ich seeehe ... jemand ... Neues! Jemand Neues in Ihrem Leben.«

»Wirklich?«, sagte sie, die Stimme voller Skepsis.

»Ja. Und es wird wunderschön werden. Sie sollten alles tun, was diese Person sagt.«

»Und ist diese Person vielleicht groß, dunkel und gut aussehend?«

Er erforschte weiter die Hand. »Nun, ja – er ist eindeutig groß und – hmmm – sieht nicht schlecht aus! Wirklich nicht schlecht. Aber ...« Er schüttelte den Kopf und runzelte die Stirn. »Nicht sehr dunkel. Eher ... ach, ich weiß nicht genau – irisch oder so. Blaue Augen. Ein Herz aus Gold. Erwähnt nie Kopervik. So in etwa.«

»Verstehe.«

»Und da ist noch was. Eine unglaublich detaillierte Linie. Ja, dieser Bursche hat eine sentimentale Bindung an sein Auto, das er eigentlich verkaufen sollte.« Er blickte zu ihr hoch.

»Und ist das Auto ein Saab?« Sie kicherte. »Rein zufällig?«

Er blickte auf ihre Hand. »Ich glaube, es ist tatsächlich ein Saab! Erstaunlich. Sie sollten Wahrsagerin werden! Ich meine, Sie brauchen dafür nicht mal eine Hand – mein Gott, Sie sind ja ein Naturtalent.«

Sie gingen zu »Bob's«, um ein Eis zu essen. Irgendwann kamen sie auf das Thema Familie. Ihre war ganz anders als seine, mit einem Stammbaum, der bis zur *Mayflower* zurückreichte, New-England-Clan, viele Akademiker und erfolgreiche Finanzleute.

»Sie arrangieren dauernd irgendwelche Wohltätigkeitsbälle. Für meine Mutter eine Gelegenheit, ein Heidengeld für Kleidung auszugeben, ohne ein schlechtes Gewissen haben zu müssen.«

»Mit dem legendären ›Familienvermögen‹?«

»Sozusagen. Aber so legendär auch wieder nicht. Granddad hat während der Depression mit Spekulationsgeschäften ordentlich abgesahnt. Geben und Nehmen. Er hat ›genommen‹. Und Ihre Familie?«

»Ehrlich gesagt ... ich habe keine Familie – ich meine, keine richtige.«

Annie runzelte die Stirn. »Jeder hat eine Familie.«

Er zuckte die Achseln. »Ich habe ein paar Tanten und Cousinen, aber wir haben keinen Kontakt. Keine Geschwister. Mom ist tot. Dad und ich haben uns zerstritten.«

»Das ist traurig.«

»Eigentlich nicht«, sagte er. »Sie würden es verstehen, wenn Sie meinen Alten Herrn kennen würden.«

Sie gingen zurück zu ihrem Haus. Es war kühler, und am Horizont grollte ein Gewitter. Sie war jetzt unbefangener im Umgang mit ihm, entspannter, lehnte sich ab und zu gegen ihn, berührte ihn am Arm, wenn sie besonders engagiert redete.

Selbst er fand seine Zurückhaltung erstaunlich. Nicht ein Wort über Kopervik, bis auf ein einziges Mal, und das war im Scherz. Und als sie dann vor ihrer Haustür standen und sie eine Einladung stammelte, doch noch auf einen Sprung reinzukommen – »ich könnte uns einen Kaffee machen« –, lehnte er ab. Wenn er mitginge, würde er seine Hände nicht von ihr lassen können. Und das könnte wunderbar werden – oder problematisch.

Und so standen sie vor der Tür, ein wenig verlegen, bis er sagte: »Also, es war ein toller Abend, ich rufe Sie an« – und mit einem Wink zum Abschied drehte er sich um und ging die Stufen hinab zu seinem Saab.

Auf der Fahrt nach Hause hörte er Jazz im Radio und dachte über den Abend mit Annie Adair nach. Er wusste, seine Zurückhaltung würde sich bei ihr auszahlen, aber in welcher Weise sie sich auszahlen würde, wusste er nicht. War es Annie, die er wollte – oder ging es ihm um Kopervik? Er konnte es nicht mit Sicherheit sagen. Er fühlte sich von ihr angezogen, aber schließlich fühlte er sich von vielen Frauen angezogen. Und dann wieder fühlte er sich von ihr nicht nur *angezogen.* Er mochte sie. Sie war sympathisch und klug und lustig ...

Er wollte beides: Annie und Kopervik. Kopervik und Annie.

Die Reihenfolge war egal.

In der Woche danach erhielt Frank Standardantwortschreiben von etlichen Behörden, die den Eingang seiner Anfrage auf der Grundlage des Gesetzes zur Informationsfreiheit bestätigten. Kurz darauf bekam er noch eine Antwort, einen ziemlich dicken Umschlag.

Es war ein Päckchen von der National Science Foundation, und auch ohne es geöffnet zu haben, wusste Frank, dass das darin befindliche Material enttäuschend sein würde. Sonst wäre es ihm nicht so schnell zugeschickt worden.

Trotzdem, er musste es lesen – *schließlich konnte man ja nie wissen.*

Er setzte sich an den Küchentisch, öffnete den Umschlag und zog sechzig Seiten Unterlagen heraus. Zuoberst war ein Brief, der besagte, dass mit dem zugesandten Material seinem Antrag vollständig Genüge geleistet worden sei und dass es keine weiteren Sendungen geben würde. Auf zwei anhängenden Blättern wurden die verschiedenen Fälle erläutert, in denen einer Anfrage unter Berufung auf das Gesetz zur Informationsfreiheit nicht entsprochen werden musste.

Die ersten siebenundfünfzig Seiten bestanden überwiegend aus dem ursprünglichen Antrag auf Finanzierung eines Forschungsprojektes, den Kicklighter und Adair zwei Jahre zuvor an die NSF gestellt hatten. Frank überflog den Antrag von Anfang bis Ende, doch er enthielt nichts, was er nicht schon wusste.

Damit blieben noch drei Seiten übrig.

Die erste war ein Ablehnungsschreiben vom 11. Januar 1997 mit dem Briefkopf der National Science Foundation, adressiert an Dr. Kicklighter, und es begann mit folgendem Wortlaut:

> Wir bedauern, dass die Stiftung sich gezwungen sieht, Ihren Antrag auf Finanzierung eines Forschungsprojektes (Aktenzeichen 96-14739) abzulehnen. Sollten sich die Forschungsprioritäten ändern oder zusätzliche Gelder zur Verfügung stehen ...

Nichts Neues.

Die nächste Seite war ebenfalls ein Brief, allerdings jüngeren Datums, nämlich vom 17. Februar 1998. Er war an den Leiter der NSF adressiert und mit »Herzlichst« unterzeichnet. Aber das war alles. Sonst war nichts zu lesen, denn jede Zeile des Briefes – einschließlich des Briefkopfes – war mit schwarzem Markierstift geschwärzt worden. Am Rand hatte der zuständige Sachbearbeiter »B (I)« geschrieben.

Bingo.

Frank musste nicht erst auf den Erläuterungsblättern nachsehen, um zu wissen, dass die Ausnahme B (I) Angelegenheiten der nationalen Sicherheit vorbehalten war. Das war die Bestätigung dessen, worauf Neal Gleasons Anwesenheit in Hammerfest hingedeutet hatte – dass es bei der Kopervik-Expedition um mehr ging als um »reine Forschung«.

Und das wiederum erklärte vermutlich, warum Kicklighter plötzlich nicht mehr zu erreichen war und warum Annie sich weigerte, über Kopervik oder über das, was sich dort ereignet hatte, zu sprechen. Wenn es sich um eine Sache der nationalen Sicherheit handelte, hatten sie sich vermutlich zu Stillschweigen verpflichten müssen.

Aber warum? Der Forschungsprojektantrag lag direkt vor ihm, in vollständiger Fassung, ohne dass ein Wort unkenntlich gemacht worden war. Sämtliche Aspekte und Ziele der Expedition waren darin detailliert erläutert. Hier stand schwarz auf weiß, worum es bei der Expedition ging. Warum also eine Schweigeverpflichtung – es sei denn, es ging noch um etwas anderes, etwas, von dem in dem Antrag nichts erwähnt wurde.

Frank starrte auf den geschwärzten Brief. Er konnte von überall kommen: FBI, CIA, das Pentagon – es war nicht zu erkennen.

Frustriert nahm er sich die letzte Seite in dem Stoß Papiere vor. Es war wiederum ein Brief, datiert auf den 23. Februar 1998 und ebenfalls an den Leiter der NSF adressiert.

In drei kurzen Sätzen dankte der Verfasser dem Leiter für seine Hilfe und verkündete, die Stiftung sei »glücklich, Ihnen mitteilen zu können, dass die Kicklighter-Adair-Expedition nach Kopervik genehmigt worden ist«. Der Brief war unterzeichnet:

Ihr sehr ergebener
Lloyd Kolp
Geschäftsführender Leiter

Frank blickte auf den Briefkopf:

THE COMPASS TRUST

Die Büros der Stiftung waren in McLean, etwa drei Querstraßen von der CIA entfernt. Was natürlich nichts besagte. Zumindest nicht unbedingt.

Aber A. Lloyd Kolp? Was machte er, wenn er nicht gerade Leiter des Compass Trust war?

Frank lehnte sich zurück, die Briefe vor sich auf dem Tisch, von links nach rechts chronologisch geordnet. Zuerst die NSF-Ablehnung von Kicklighters Antrag. Dann verstreichen anderthalb Jahre, und mit einem Mal kommt irgendwer vom Geheimdienst ins Spiel. *Wie*, wissen wir nicht. *Mit welchem Ziel*, wissen wir nicht. Aber er ist da. Und eine Woche später erhält die NSF einen Brief, in dem dem Leiter für seine Hilfe *(was für Hilfe?)* gedankt wird und gleichzeitig die Entscheidung der Stiftung angekündigt wird, die Expedition zu genehmigen.

Stand der zweite Brief mit dem dritten in Zusammenhang? *Man konnte nie wissen ...*

Zum Verrücktwerden, dachte Frank. Es war, als wollte man ein Puzzle zusammensetzen, obwohl die Hälfte der Teile fehlte.

Er lehnte sich zurück und schaute an die Decke. Der Ventilator drehte sich langsam. Franks Blick fiel auf den Kalender neben dem Telefon. Die Tage, an denen er joggen gegangen war, waren umkringelt. Vielleicht sollte er jetzt joggen gehen, aber ...

Er hatte keine Lust dazu. Der Himmel war bedeckt, und es war abzusehen, dass es bald schütten würde. Es war nur eine Frage der Zeit. Er ging zu seinem Schreibtisch und schaltete den Computer ein.

Er hatte noch immer Zugang zum Informationsdienst Nexis, dank der *Post* (oder, genauer gesagt, dank seiner Fähigkeit, das Passwort in der Setup-Datei in seinem Computer im Büro zu knacken). Er war froh, dass er das getan hatte, weil der Service unglaublich teuer und das Internet alles andere als ein nützlicher Ersatz war. Wenn er im Internet Näheres über den Compass Trust herausfinden wollte, würden ihm vermutlich Unmengen von Informationen über Orientierungslauf angeboten, die er erst aussortieren müsste.

Nexis brachte einen direkt dahin, wo man hinwollte – ohne Umwege.

Die Datenbank war gewaltig – praktisch jede Zeitung und Zeitschrift der Welt, von der *Times* bis zum *Journal of Robotics*, und sogar bis zu zwanzig, dreißig Jahre zurück. Frank musste lediglich den Teil der Daten auswählen, den er brauchte (»Nachrichten«) und die Begriffe eingeben, die er suchte: *Compass Trust* UND *Stiftung*. Dreißig Sekunden später hatte er eine Liste sämtlicher Artikel, in denen die Begriffe vorkamen.

Es waren elf Belegstellen, die bis 1981 zurückreichten. Mehrere davon wiederholten sich oder waren Nachdrucke von Nachrichtenagenturmeldungen. Doch die relevanten Informationen ergaben unter dem Strich, dass es sich bei dem Compass Trust um eine Stiftung handelte, die von J. Kendrick Mellowes, »einem konservativen Philanthropen«, gegründet worden war.

Frank lächelte über die Bezeichnung. Mellowes war zweifelsohne ein Philanthrop, aber er war auch (und zwar in erster Linie) ein »Geheimdienstgroupie«, der für die Berufung in den »Beratungsausschuss des Präsidenten zu ausländischen Geheimdienstaktivitäten« ein Vermögen hingeblättert hatte.

Frank ging zurück zum Hauptmenü und startete eine neue Suche – diesmal nach »A. Lloyd Kolp«. Sekunden später erschien eine Liste mit fünf Artikeln.

Der jüngste war drei Jahre alt. Er berichtete, dass Gen. A. Lloyd Kolp seinen Posten als Chef des Army Medical Research Institute of infectious Diseases (AMRIID) verließ. Nach einem Urlaub mit der Familie wollte der General die Geschäftsführung des Compass Trust übernehmen.

Frank lehnte sich zurück und stieß einen Seufzer aus. Er wusste, wer Kolp war. Und auch ohne sich die anderen Artikel anzusehen, wusste er, was drin stand. Er überflog die Überschriften, um zu sehen, ob er Recht hatte, und sah sich bestätigt:

AMRIID-LEITER BEHAUPTET: AFFENVIRUS KEINE GEFAHR
Forschungsinstitut in Reston desinfiziert:
Kolp besucht Anlage

Der General war ein oder zwei Wochen in den Schlagzeilen gewesen, als AMRIID zu Hilfe gerufen wurde, um ein privates Primatenforschungsinstitut in Reston, Virginia, abzuriegeln und zu desinfizieren. Affen waren zu Dutzenden gestorben, und man hatte befürchtet, dass eine schreckliche Krankheit ausbrechen könnte.

Kolp und seine Leute hatten sich der Sache heldenhaft angenommen. Die Befürchtungen der Öffentlichkeit waren zerstreut worden. Und am Ende hatte irgendwer ein Buch über den Vorfall geschrieben.

Aber Frank wusste, dass AMRIID eine dunklere Geschichte hatte. Hinter dem Institut mit seinem umständlichen Akronym verbarg sich ein älterer und einfacherer Name: »Fort Detrick«. Detrick war das zentrale Forschungslabor des Pentagons für biologische Waffen gewesen, nur wenige Kilometer von Camp David entfernt und in unmittelbarer Nähe von einer großen Neubausiedlung gelegen.

Es diente natürlich nur reinen Verteidigungszwecken – so zumindest die Version, die der Öffentlichkeit unterbreitet wurde. Doch die Wahrheit war, dass keine Nation Abwehrmaßnahmen gegen solche Waffen entwickeln konnte, wenn sie nicht wusste, um was für Waffen es sich handelte, wie sie funktionierten und wo ihre möglichen Grenzen lagen.

Die Folge war, dass die Waffen selbst gebaut und getestet werden mussten.

Und daher arbeiteten die Forscher des Pentagons mit einigen der gefährlichsten Giftstoffe und Viren der Erde: Botulin, Rizin, Lungenmilzbrand, Lungenpest.

Gewaltige Geldmittel waren in die sogenannte »Waffenentwicklung mittels biologischer Wirkstoffe« geflossen. Wissenschaftlerteams erforschten verschiedene Verbreitungsmethoden, um die eine mit der höchsten »Erfolgsgarantie« zu finden. Andere arbeiteten an Mikroverkapselungstechniken, um zu verhindern, dass biologische Wirkstoffe beim Kontakt mit Wasser, Hitze oder Luft an Wirkungskraft verloren.

Wieder andere Forscher wandten ihr ganzes Talent darauf an, die tödliche Wirkung von Bakterien und Viren zu verstärken, und suchten nach Faktoren zur Mortalitätssteigerung. Andere erzeugten mittels der DNS-Technologie durch die Neuanordnung von Genen neue und gefährlichere Krankheitserreger.

Das alles geschah im Namen der Selbstverteidigung. Da andere Länder möglicherweise biologische Waffen entwickelten, waren die Vereinigten Staaten gezwungen, das Gleiche zu tun, damit sie nötigenfalls Gegenmittel erfinden und auf den Angriffsfall vorbereitet sein konnten. Manche glaubten, dass die Forschungen nach wie vor betrieben wurden, obwohl Staatsverträge solches untersagten, aber wer konnte das schon mit Sicherheit sagen?

Frank trommelte mit den Fingern auf seinem Schreibtisch. Detrick, Kolp. Und Mellowes. Der Compass Trust. Man musste kein Genie sein, um sich auszurechnen, dass der Geheimdienst bei der Kopervik-Expedition seine Finger im Spiel gehabt hatte. Und Annie – was war mit ihr? Wusste sie davon? Aber wieso nicht? Die Expedition war schließlich ihre Idee gewesen.

Er klickte auf »Drucken« und wartete, bis die Artikel ausgespuckt wurden.

Es war nur so eine Ahnung – er konnte eigentlich nichts beweisen –, aber er kannte sich gut genug mit solchen Dingen aus, um zu mutmaßen, dass der Compass Trust eine Scheinorganisation zur Finanzierung von Projekten war, die das Pentagon und die CIA »an den Büchern vorbei« durchführen wollten.

Die Frage war: warum diese Expedition? Und warum jetzt? Warum sollte das Pentagon *heimlich* ein Projekt finanzieren, um ein seit langem verschollenes – und sehr gefährliches – Virus aus dem Dauerfrostboden zu bergen? Die Antwort schien auf der Hand zu liegen: weil das Projekt illegal war oder gegen irgendeinen Vertrag verstieß, wie beispielsweise den, der Bakterienforschung zu Kriegsführungszwecken verbot.

Erst als er den Computer abschaltete, merkte er, dass es angefangen hatte zu regnen und dass er inzwischen fast im Dunkeln saß. Er lehnte sich zurück, seufzte und überlegte, dass die Dunkelheit genau seiner Stimmung entsprach.

Herrgott noch mal, dachte er, Annie! Wie konntest du nur, Baby?

13

Er saß auf der Treppe vor ihrem Haus, als sie den Gehweg hinaufkam.

Sie trug ein blaues Kostüm, dessen Rock bis zu den Knien ging, rote Schuhe und eine passende rote Handtasche. Sie las in der *Post* und ging mit kleinen schlurfenden Schritten, damit sie nicht darauf achten musste, wo sie langging.

Er hatte sie schon einmal in diesem Stil gekleidet gesehen, an dem Tag, als sie sich kennen gelernt hatten, in ihrem Büro in den NIH. Sie hatte ihren Laborkittel ausgezogen, und ein ähnliches Kostüm wie jetzt war zum Vorschein gekommen – die Aufmachung einer Hausfrau aus der Vorstadt, anonym und langweilig. So professionell und selbstsicher sie auch in ihrer weißen Laborkleidung wirkte, sie scheiterte kläglich, wenn sie versuchte, sich als erfolgreiche Karrierefrau auszustaffieren. Im Grunde erweckte sie den anrührenden, aber unverkennbaren Eindruck eines kleinen Mädchens, das sich als Erwachsene verkleidet.

»Frank!«, sagte sie, als sie ihn endlich bemerkte. Herzliches, offenes Lächeln. »Hiiiiii.«

Er stand auf. »Hallo ...«

Seine Stimme sagte ihr, dass etwas nicht stimmte. »Was ist los?«, fragte sie.

Er dachte nach. »Tja«, sagte er, »das ist kompliziert.«

In der warmen Frühlingsluft setzten sie sich zusammen auf

die Treppe. Annie faltete die Zeitung auf ihrem Schoß zusammen und sah ihn an.

»Ich habe bei einigen Behörden einen Antrag auf Herausgabe von Informationen gestellt«, sagte Frank. »Über die Expedition.«

Annie stöhnte auf und verdrehte die Augen. »Ich dachte, wir wollten nicht darüber reden.«

»Ich habe Material zugeschickt bekommen. Ich denke, Sie sollten es sich ansehen.«

Sie blickte weg, verärgert, weil er sich nicht an ihre Abmachung hielt.

»Ich weiß, was Sie jetzt sagen wollen«, sagte Frank, »aber ich finde wirklich, Sie sollten mich bis zu Ende anhören. Wirklich.«

Mit einem Seufzer und einem entnervt nachsichtigen Blick wandte sie sich ihm zu. »Schießen Sie los«, sagte sie mit einer Stimme, die ebenso gelassen wie ausdruckslos klang.

Er zeigte ihr den Brief mit der B (I)-Zensur *(Na und? Ich weiß nicht, was das soll.)* und den nächsten, vom Compass Trust *(Lassen Sie mal sehen ... wer ist A. Lloyd Kolp?).* Er erzählte ihr, wer Kolp war, und erklärte, was es mit Mellowes auf sich hatte. Sie war jetzt interessiert – sogar aufgeregt. *Doctor K hat gesagt, die NSF würde uns finanzieren – von dieser Compass-Sache hat er nichts erwähnt.*

Als Frank fertig war, steckte er die Papiere in seine Aktentasche. »Sie haben von alldem nichts gewusst, stimmt's?«

Sie hatte die Lippen zusammengepresst, als ob sie gleich weinen würde, und schüttelte den Kopf.

»Also ...« Er griff nach ihrer Hand, aber sie zog sie zurück und saß da, die Ellbogen auf den Knien, das Gesicht in den Händen vergraben. »Ich hatte gehofft, wir könnten reden – über das, was in Kopervik passiert ist. Über Neal Gleason und so weiter.«

Sie presste sich die Handballen auf die Augen und bewegte den Kopf hin und her. Er sah dunkle Flecken auf ihrem Rock und wusste, dass sie weinte. Schließlich sagte sie: »Wer ist Neal Gleason?«

»Der Mann, der Sie in Hammerfest vom Schiff abgeholt und in den Wagen bugsiert hat. Er ist beim FBI.«

Sie holte tief Luft und erhob sich. »Ich muss rein«, sagte sie.

Frank wollte sie festhalten, aber sie riss sich los. »Annie –«

»Ich kann nicht darüber reden.«

»Hören Sie, Annie, das ist eine Story, die in die Zeitungen muss – und sie wird Schlagzeilen machen. Die Öffentlichkeit muss davon erfahren. Sie können nicht den Kopf in den Sand stecken.«

Sie blieb vor der Tür stehen. »Ich weiß«, sagte sie.

»Also, warum –«

»Es ist nicht so, wie Sie glauben.«

»Was meinen Sie?«

»Ich muss rein.«

»Nein, einen Moment noch. Was haben Sie eben gemeint? Die Expedition wurde vom Geheimdienst gefördert. Keine Frage. Das lässt sich an fünf Fingern abzählen. Als die NSF Ihren Antrag ablehnte –«

Annie schüttelte den Kopf.

»– ist Kicklighter zur CIA gegangen.«

»Nein. Ist er nicht. So ist es nicht gewesen.«

»Okay, dann ist die CIA eben zu *Ihnen* gekommen! Was macht das für einen Unterschied? Der springende Punkt ist doch der, dass es um Biowaffenforschung geht – und das ist illegal. Ich kann mir nicht vorstellen, dass Sie da mit drinstecken.«

»Tu ich auch nicht. Und es ist auch nicht so, wie Sie glauben.«

»Ach, hören Sie doch auf, Annie – man hat Sie benutzt. *Ich* weiß es – aber das wird ihnen sonst niemand glauben. *Reden* Sie mit mir!«

Sie schüttelte traurig den Kopf und wischte sich mit dem Handrücken über die Augen. »Ich kann nicht ...« Sie holte einen Schlüssel aus ihrer Handtasche, öffnete die Tür und wollte ins Haus gehen. Plötzlich sanken ihre Schultern herab, und sie drehte sich zu ihm um. »Es war neulich wirklich ein wunderschöner Abend mit Ihnen«, sagte sie. Dann brach sie in Tränen aus, ging ins Haus und schloss die Tür hinter sich.

Er saß an seinem Schreibtisch, trommelte mit den Fingern aufs Holz und versuchte, sich auf alles einen Reim zu machen, doch Annies Zurückhaltung ergab für ihn einfach keinen Sinn. Was konnte er sonst noch tun? Nach einer halben Stunde sah er auf den Bildschirm, wo die Dinge aufgelistet waren, die er noch erledigen wollte. Es war eine sehr kurze Liste:

1. Kolp anrufen
2. Flugpapiere überprüfen

Punkt eins war eine Pflichtübung in defensivem Journalismus. Kolp anzurufen würde ihn nicht weiterbringen. Der Mann würde sehr wahrscheinlich nicht reden. Aber versuchen musste er es, sonst würden die Anwälte ihn in der Luft zerreißen, sobald die Story veröffentlicht wurde. *Sie haben den Mann nicht angerufen? Sie sind einfach davon ausgegangen, dass er nicht reden würde?*

Also rief er bei Kolp an, und es lief in etwa so, wie er erwartet hatte.

»Der General ist im Moment nicht in seinem Büro. Können Sie mir sagen, worum es geht?« Wie jede gute Vorzimmerdame versuchte Kolps Sekretärin Informationen aus ihm herauszulocken, während sie gleichzeitig ihren Boss abschirmte.

»Mein Name ist Frank Daly. Von der *Post.* Na ja, eigentlich bin ich derzeit beurlaubt und arbeite für eine Stiftung ... Ja, ja, ich weiß, es ist kompliziert, also – sagen Sie ihm einfach, es geht um Kopervik.«

Dann legte er auf und nahm Punkt zwei der Liste in Angriff: Flugpapiere überprüfen.

Er wollte wissen, was mit den Leichen der Bergleute geschehen war – wohin man sie gebracht hatte und wie sie dort hingekommen waren. Die NSF hatte Kicklighters Antrag abgelehnt, weil sie zu hohe Risiken befürchtete. Und da Frank sich für die von Annie getroffenen Vorsichtsmaßnahmen interessiert hatte, konnte er sich gut daran erinnern, was ihrer Darstellung nach auf Kopervik passieren sollte.

Zunächst einmal sollten die Wissenschaftler in Hochsicherheitsschutzanzügen die Leichname aus den Särgen nehmen, in formalingetränkte Laken einwickeln und in hermetisch verschließbare Überführungskisten legen. Ein Hubschrauber würde die Kisten dann zur *Rex Mundi* transportieren, wo sie im Laderaum, genauer gesagt im Kühlraum, bei einer Dauertemperatur von minus fünfzehn Grad für die Dauer des Transportes aufbewahrt werden sollten. Nach der Ankunft in Hammerfest stand ein Hubschrauber bereit, um die Kisten zum Militärflugplatz in Tromsø zu fliegen. Dort würde die Expedition von einer C-131-Militärtransportmaschine abgeholt, die ohne Ladung aus Bosnien kam, um zurück in die Staaten zu fliegen. Die C-131, die ebenfalls mit Kühlgeräten ausgerüstet war, sollte Annie, Kicklighter und die Leichentransportkisten zum Luftwaffenstützpunkt in Dover, Delaware, fliegen. Sobald die Formalitäten erledigt und die Leichname durch den Zoll waren, würden sie dann in einem mit Kühlgeräten ausgestatteten Laster zu den NIH gebracht.

So sollte es ablaufen, zumindest nach Franks Informationen. Aber war es auch so abgelaufen? Oder waren die Leichen woanders hingebracht worden – nach Fort Detrick zum Beispiel?

Frank ging in sein Adressenverzeichnis und suchte die Nummer des Informationsbüros des Pentagons heraus. Die Frau, mit der er sprach – Captain Marcia Devlin –, war forsch und effizient. Sie sagte, sie würde binnen einer Stunde zurückrufen, was sie auch tat.

»Ich habe die Informationen, die Sie suchen«, sagte sie.

»Wunderbar.«

»C-131 ... Abflug in Tuzia um 06.00, achtundzwanzigster März, Landung Tromsø, 14.25, am selben Tag. Nahm fünf Passagiere an Bord, neunundzwanzigster März. Abflug Tromsø um 05.00, Ankunft Andrews, acht Stunden später. Am neunundzwanzigsten März.«

»Sie haben gerade Andrews gesagt. Sie meinen aber doch wohl Dover, oder?«

»Nein, Sir. Ich meine, was ich gesagt habe. Sie waren um 13.00 in Andrews.«

Frank dachte darüber nach. »Dann haben sie es sich anders überlegt«, sagte er.

»Bitte?«

»Ich sagte, sie müssen es sich anders überlegt haben. Sie wollten nach Dover.«

»Da bin ich überfragt. Ich kann Ihnen nur sagen, dass sie auf Andrews gelandet sind.«

Frank seufzte. »Tja, vielen Dank. Wenn Sie mir jetzt wohl die Namen der Passagiere geben würden –«

»Das darf ich nicht.«

Frank heuchelte Überraschung. »Ach? Und weshalb nicht?«

»Diese Informationen müssen vertraulich behandelt werden.«

»Sie meinen, sie sind geheim.«

»Nein, Sir, ich meine, sie sind *vertraulich*.«

Frank dankte ihr für ihre Hilfe, legte auf und dachte darüber nach, was er erfahren hatte. Es waren fünf Passagiere – Kicklighter, Adair, Gleason und ... wer?

Er nahm das Telefonbuch aus seiner Schreibtischschublade und rief die Nummer des Luftwaffenstützpunktes Andrews, Maryland, an. Die Zentrale verband ihn mit dem Presseoffizier Sergeant Raymond Garcia.

Frank stellte sich vor und sagte: »Captain Devlin hat mir den Tipp gegeben, bei Ihnen anzurufen. Sie arbeitet im Informationsbüro des Pentagons.«

»Ja, Sir.«

»Also, ich schreibe einen Artikel für die *Post*«, log er, »und ... äh, Marcia – ich meine, Captain Devlin – meinte, Sie könnten mir helfen.«

»Tja, wenn ich kann ...«

»Es geht darum, wie der Zoll mit dem Militär verfährt ...«

»Und da interessieren Sie sich für den Luftwaffenstützpunkt Andrews?« Garcias Stimme klang argwöhnisch.

»Eigentlich nicht. Er liegt eben nur ganz in meiner Nähe – daher ist es um einiges einfacher für mich, mich an euch zu wenden als an einen Stützpunkt in Alaska.«

»Und was möchten Sie genau?«

»Einige Flugpapiere einsehen.«

»Was für Flugpapiere?«

»Ach, ich weiß nicht – spielt eigentlich keine Rolle. Die vom letzten Monat würden es tun. Sofern sie typisch sind. War der letzte Monat ziemlich typisch?«

»Sie meinen, für Flüge aus dem Ausland?«

»Ja.«

»Ich weiß nicht. Schätze, ja. Wahrscheinlich.«

»Tja, also dann wäre März ganz gut.«

»Aber ... wonach suchen Sie denn eigentlich?« Frank kam der Gedanke, dass Sergeant Garcia nur zwei Tonlagen zu haben schien: Verwirrung und Argwohn.

»Ich möchte mir nur ansehen, wie stark der Flugverkehr im Allgemeinen ist, und mir vielleicht ein Bild machen, was für Sachen das Militär so durch den Zoll bringt – und wie das abläuft. Ich meine, es werden Waffen und medizinische Geräte sein – aber doch bestimmt auch persönliche Dinge.«

»Und darum geht's in ihrem Artikel?« Der Sergeant klang skeptisch.

»Ja«, sagte Frank. »Genau darum.«

»Mhm. Hört sich ziemlich langweilig an.«

Na toll, dachte Frank. Ich telefoniere mit einem Journalistengegner. »Ich werde ziemlich viel Originalzitate bringen.«

»Tja ...«

»Aber ich muss beispielsweise Folgendes wissen: Führt jede Militärmaschine eine Passagier- und Ladungsliste?«

»Auf jeden Fall.«

»Und bekommt der Zoll die zu sehen?«

»Natürlich.«

»Und was ist mit der Öffentlichkeit? Wenn ich zum Beispiel die Märzlisten einsehen wollte, wäre das möglich?«

»Ich nehm es an.«

»Interessant«, sagte Frank.

»Es sei denn, es ist ein Geheimflug. Davon haben wir einige.«

»Aber Sie könnten die von den übrigen unterscheiden, nicht?«

»Sicher.«

»Dann würde ich gern persönlich bei Ihnen vorbeischauen. Ich brauche lediglich die Listen von einem einzigen Monat. März wäre schön.«

Es dauerte drei Tage, aber schließlich konnte Sergeant Garcia keinen Grund finden, Franks Bitte abzuschlagen, und so traf er alle nötigen Vorbereitungen. Frank war sicher, dass das Informationsbüro des Pentagons in der Zwischenzeit sämtliche Flugpapiere vom März durchging, um sie auf irgendwelche Peinlichkeiten hin zu überprüfen: ein Kongressabgeordneter, der mit präkolumbianischer Kunst aus Peru gekommen war, ein General mit einer Vorliebe für dänische Pornographie, ein CIA-Flug, der erst gar nicht durch den Zoll gegangen war.

Während Frank über die Allenton Road nach Andrews fuhr, überlegte er, was er möglicherweise finden würde. Falls die Flugpapiere da waren, die er suchte, würde er sehen, wer die Leichname durch den Zoll gebracht hatte und wohin sie transportiert worden waren. Er würde ebenfalls erfahren, wer die Passagiere vier und fünf gewesen waren. Und wenn die Papiere nicht da waren ... tja, auch das wäre aufschlussreich. Es würde bedeuten, dass die Papiere von den anderen getrennt worden waren, weil der Flug geheim oder sonstwie brisant gewesen war.

Am Haupttor von Andrews gab ihm ein Uniformierter einen Passierschein, eine Parkplakette und eine Karte vom Stützpunkt, winkte ihn dann durch in Richtung auf das Gebäude des Hauptquartiers.

Sergeant Raymond Garcia entpuppte sich als kleiner Mann mit einem Spektrum von Gesichtsausdrücken, die so einstudiert wirkten, dass er sie, da war Daly sicher, vor dem Spiegel geübt hatte. Als er Frank sah, legte er die Hände auf den Rücken, presste die Lippen zusammen und sagte sein Sprüchlein auf. Dabei wippte er in seinen blankgeputzten Schuhen vor und zurück.

»Wie Sie sich gewiss denken können, ist auch der Armee die Tatsache bewusst, dass das militärische Transportwesen nicht absolut vor Missbrauch geschützt ist. Aber ich kann Ihnen versichern, dass solche Missbrauchsfälle äußerst selten vorkommen. Wir arbeiten eng mit der Zollbehörde zusammen.« Schräggelegter Kopf. Bedeutungsvoller Blick.

Das war so gut einstudiert, dass Frank unter anderen Umständen ganz gern die Story recherchiert hätte, die der Grund für dieses Dementi war. Doch im Moment wollte er Garcia einfach nur beruhigen.

»Ich bin nicht auf der Suche nach irgendwelchen Leichen im Keller, Sergeant. Ich schreibe einen ganz allgemeinen Artikel – und es geht dabei weniger um die Armee als um den Zoll und dessen großes Aufgabengebiet.«

Schließlich wurde er in einen kleinen, neonbeleuchteten Raum eskortiert, wo ein Tisch und ein Stuhl auf ihn warteten. Auf dem Tisch lag ein Stapel Papiere, und daneben stand ein Glas Instantkaffee mit einem Plastiklöffel.

»Kaffee?«, fragte Garcia.

Frank nickte, und kurz darauf kam der Sergeant mit einem Plastikbecher wieder. »Weidmannsheil«, sagte er, als er ihm den Becher reichte. Dann drehte er sich auf dem Absatz um und schloss die Tür hinter sich.

In den nächsten fünf Minuten tat Frank so, als würde er die Flugpapiere durchgehen. Aber er wusste, was er wollte. Die Akten waren chronologisch geordnet, und er brauchte nicht einmal eine Minute, um zu finden, was er suchte.

Flug 1251 von Tuzia nach Tromsø am 28. März. Dann am

nächsten Tag von Tromsø nach Andrews. Die Landezeit war mit 13.13 angegeben.

Franks Augen wanderten zu der Spalte »Passagiere«.

Da standen fünf Namen, und zwar in alphabetischer Ordnung:

Adair, Anne
Fitch, Taylor
Gleason, Neal
Karalekis, Dr. George
Kicklighter, Dr. Benton

Er schrieb die Namen auf, die er nicht kannte. Karalekis war vermutlich ein Arzt an den NIH. Fitch konnte Gott weiß was sein. FBI, CIA ...

Er nahm sich die zweite Seite der Flugpapiere vor, wo die Ladung aufgeführt war, und einen Augenblick lang glaubte er, es müsse ein Irrtum vorliegen.

Der Laderaum war leer, bis auf ein paar Computer und das Gepäck der Crew und ihrer Passagiere.

Frank nahm einen großen Schluck Kaffee und schaute wieder darauf. Keine Rede von Leichentransportkisten oder von irgendwelchen sterblichen Überresten. *Seite 2 von 2,* stand da.

Er sah die anderen Flugpapiere durch, ob es noch einen Flug von Tromsø gegeben hatte, entweder am selben oder am nächsten Tag oder am übernächsten. Nichts. Nirgendwo Leichentransportkisten.

Er war immer wieder begeistert, wie gut der Saab auf der Straße lag (wenn er nicht gerade in der Werkstatt war). Der Wagen hatte eine großartige Kurvenlage, und wenn Frank nicht schon acht Punkte auf seinem Strafkonto für Verkehrssünden gehabt hätte, hätte er auf dem Rückweg nach Washington ordentlich Gas gegeben.

Also beherrschte er sich. Er hielt die Tachonadel genau auf

neunzig Kilometer, und das war auch ganz gut so, denn er war mit seinen Gedanken nicht bei der Sache. Keine Leichen. Was konnte das zu bedeuten haben?

Eigentlich alles Mögliche. Vielleicht waren die Kisten mit einer anderen Maschine transportiert worden. Vielleicht hatte es am norwegischen Zoll eine Verzögerung gegeben, sodass sie erst im April in die Staaten gebracht werden konnten. Vielleicht hatte es ein gewaltiges, noch nie dagewesenes Tauwetter gegeben, und die Leichen waren verwest. Vielleicht hatte es auf Edgeøya einen Eskimo-Sommer gegeben.

Oder Bären. Annie hatte ihm von den Bären erzählt, und dass die Bergleute Gräber mit Dynamit aushoben, damit sie so tief waren, dass die Bären nicht rankamen. Vielleicht waren die Gräber nicht tief genug gewesen. Außerdem gab es in der Arktis den sogenannten »Frosthub«, und es konnte passieren, dass Objekte an die Oberfläche kamen. Er erinnerte sich, dass Annie ihm davon erzählt hatte.

Er fuhr am RFK-Stadion vorbei und kam in das Verkehrschaos um das Kapitol.

Die Schmelz-und-Tau-Zyklen im Permafrost – das, so wusste er von Annie, gehörte zu den Tests, die sie vor Ort machen wollten. Falls die Leichen irgendwann im Laufe der vergangenen achtzig Jahre aufgetaut waren, wäre das Virus nicht mehr zu untersuchen, und es wäre sinnlos, die Leichen in die Staaten zu bringen. Aber falls dem so gewesen war, warum hatte Annie nichts davon gesagt? Wieso die ganze Geheimnistuerei?

Und es gab auch noch eine andere Möglichkeit. Statt die Leichen ganz mitzunehmen, hatten Annie und Kicklighter sich vielleicht einfach für Kernproben entschieden. Sie hatte ihm sogar erzählt, wie das funktionierte. Dabei wurden mit Hilfe eines Spezialbohrers zylindrische Teile aus den Lungen und den wichtigsten Organen entnommen.

Das Problem bei dieser Erklärung war, dass auf der Liste mit dem Gepäck der Passagiere nichts von »Gewebeproben« oder medizinischen Geräten oder dergleichen stand. Und das Problem bei all den anderen Erklärungen war, dass sie nicht erklärten, warum Neal Gleason da gewesen war, was der Compass Trust damit zu tun hatte oder warum er, Frank, in Hammerfest und danach so radikal abgeblockt worden war.

Am Abend hatte er ein Fußballspiel – in einer Halle im Sportsplex in Springfield. Die übliche Truppe war vollständig versammelt, und wie immer hatte niemand in seinem Team genau das gleiche T-Shirt an. Sie spielten gegen eine hispanische Mannschaft, von der die meisten in der Weltbank arbeiteten. Alle trugen sie identische grelle Farben – eigentliche Uniformen, mit kniehohen Strümpfen! –, Während Franks Kameraden in T-Shirts herumstanden, die ... irgendwie dunkel waren. Überwiegend.

»Was soll das heißen, es ist nicht blau! Da ist Blau *drin*!«

»He, Schiedsrichter! *Es gris!* Er soll sich ein anderes anziehen.«

»Es ist nicht *gris,* du Arsch. Was soll das heißen, *gris?«*

Als das Spiel unentschieden endete, gingen die beiden Mannschaften nach oben, um Bier zu trinken und die anderen Teams zu ärgern, die unten spielten. Es machte Spaß, wie immer, denn es war die einzige Zeit, in der er nicht nachdenken musste – zumindest über nichts Wichtiges. Die *Washington Post* war weit weg, keine Gedanken über seinen Vater, kein Fletcher Harrison Coe, kein Neal Gleason, keine Leichentransportkisten. Nur ein Dutzend Männer, die etwas taten, was ihnen Spaß machte und worin sie ziemlich gut waren. Es hatte keine tiefere Bedeutung, und gerade deshalb war es so wichtig.

Gegen zehn Uhr verabschiedete er sich und ging nach draußen zum Parkplatz. Er fühlte sich gut, was ihn überraschte, denn sobald er das Gebäude verließ, fiel ihm wieder ein, dass er an einem toten Punkt angelangt war. Er hatte keinen Schimmer, was er als nächstes tun sollte. Wegen Kopervik. Oder Annie. Oder beiden. Und mit einem Mal war es wieder von Belang.

Aber es war eine herrliche Nacht, und er stand einen Augenblick lang neben dem Saab und genoss sie. Ein Flugzeug kroch am Horizont vorbei, bewegte sich unglaublich langsam. Frank sah eine Weile zu und kam zu dem Schluss, dass es kein Flugzeug war. Es musste ein Komet sein, dachte er. Oder ...

Die Panoptikon Satellite Corporation lag in Herndon, Virginia, nur drei Kilometer vom Dulles Airport entfernt. Sie war ein kommerzielles Unternehmen, das Aufklärungs-Satellitenfotos von hoher Bildqualität verkaufte. Ihre Kundschaft waren allerlei Drittweltländer, die sich keine eigenen Satelliten leisten konnten, Firmen, die Bodenschätze abbauten, Umweltschutzgruppen, Agrarunternehmen, Fischereibetriebe und die Medien.

Und ihre Leistungen waren nicht billig. Frank hatte ein schlechtes Gewissen, dass er das Geld der Stiftung für eine Story ausgab, die er eigentlich fallen lassen sollte, aber er würde nicht aus eigener Tasche zahlen – und die Sache war schließlich wichtig.

Er sagte der Mitarbeiterin, was er wollte, nannte ihr die Koordinaten von Kopervik und das Datum, an dem, wie er sich ausgerechnet hatte, die *Rex Mundi* in Edgeøya eingetroffen war. Die Mitarbeiterin gab die Informationen in ihren Computer ein, wartete einige Sekunden und sagte: »Kein Problem. Wir haben den Archipel Svalbard zweimal am Tag fotografiert, und wie es aussieht, haben wir Archivaufnahmen von den letzten drei Jahren.«

Zwanzig Minuten später kam sie mit einem Schwarzweißfoto im Format 90 x 120 wieder, das noch ein wenig feucht war. Entlang des oberen rechten Randes waren in einer Reihe Datum und Zeit und die Positionskoordinaten abgedruckt. Sie legte das Foto auf einen Tisch und beschwerte die Ecken mit filzbeschichteten Gewichten.

Sie betrachteten es gemeinsam.

Nach einem Augenblick lachte sie und sagte: »Schauen sie mal.« Ihr Zeigefinger deutete auf ein längliches Wölkchen in der Nähe der rechten Ecke des Bogens.

Frank blinzelte. »Was?«

»Das da.« Sie legte einen langen, geschwungenen und sorgfältig bemalten Fingernagel neben die ovale Form, die zunächst aussah wie ein Fehler im Papier. »Eisbär«, sagte sie. »Ich habe schon mal welche gesehen.« Sie setzte eine Fotolupe auf das Bild und sagte, er solle durchgucken.

Sie hatte Recht. Es war ein Bär. Aber er interessierte sich mehr für Kopervik selbst – die Gebäude, die Kirche und den Hubschrauber. Mit der Lupe war zu erkennen, dass der Hubschrauber in einem Schneenebel stand, den er mit seinen Rotoren aufwirbelte. Sie mussten sich gedreht haben, als das Foto geschossen wurde.

Er sah sich erneut das Dorf an und konnte zwischen den übrigen Häusern die Form einer kleinen Kapelle ausmachen, mit einem gekappten, aber erkennbaren Turm. Und nicht weit von der Kapelle vereinzelte dunkle Punkte. Vermutlich Annie und Kicklighter und die Jungs von der NOAA.

Sie standen als Grüppchen in der Nähe einer dunklen Fläche, wo die Schneedecke nicht mehr einheitlich war. Jetzt da er sich an die Vogelperspektive gewöhnt hatte, begriff er, dass es der Friedhof neben der Kapelle war. Er konnte die Steinmauer drum herum erkennen, deren quadratische Form deutlich auszumachen war, selbst unter dem Schnee. Mit dem Vergrößerungsglas sah er in regelmäßigen Abständen Kleckse, sicherlich die Grabsteine, und daneben einen dunklen Bereich, der verwischt wirkte. Das waren Kisten oder Baumstämme, ein Haufen Bauholz oder –

Särge. Ein Haufen Särge.

Er runzelte die Stirn. Genau das hatte er zu sehen erwartet, und dennoch ... Irgendwas an der Szene störte ihn. Er trommelte leicht mit den Fingern auf den Tisch und starrte einige Minuten weiter auf das Satellitenfoto, verschob die Lupe, um sich die eine oder andere Stelle genauer anzusehen, doch er konnte dem Foto keine weiteren Informationen entlocken. Er sah auf das oben am Rand aufgedruckte Datum und schüttelte erneut den Kopf. Er war auf dieses Datum gekommen, indem er von der Ankunft der *Rex Mundi* in Hammerfest zurückgerechnet hatte.

Es war eine Dreitagereise, also ... war die Expedition allem Anschein nach ihrem Zeitplan voraus gewesen. Offenbar hatte die Exhumierung nicht so lange gedauert, wie sie gedacht hatten. Das Foto hier war eindeutig von ihrem letzten Tag auf Edgeøya. Sonst wären sie erst an einem späteren Tag in Hammerfest gewesen. Außerdem waren keine Arbeitszelte zu sehen, also mussten die Zelte bereits wieder auf der *Rex Mundi* gewesen sein. Und die übrige Ausrüstung ebenfalls, denn auch davon war nichts zu sehen.

Er schob die Lupe über den Hubschrauber und suchte nach den Leichenkisten, aber der ganze Bereich war durch das Schneegewirbel verschwommen. Und außerdem, dachte er, hätte die Crew wohl kaum zuerst die Ausrüstung verstaut und dann die Kisten mit den Leichnamen geholt. Die hätten sie wohl als erstes in den Kühlraum aufs Schiff gebracht.

Er nahm die filzbezogenen Gewichte von den Ecken und sah zu, wie sich das Foto zu einem Zylinder zusammenrollte. Die Mitarbeiterin rollte es gekonnt so eng zusammen, dass es in die Kartonröhre mit dem Panoptikon-Logo darauf passte. Sie drückte eine Plastikkappe auf das offene Ende und schrieb eine Rechnung über 289,46 Dollar.

Er war schon auf halbem Weg nach Hause, als ihm die Erleuchtung kam. Irgendwo in Bandarland, kurz vor der Chain Bridge Road, dachte er: *Moment mal* – und trat auf die Bremse. Der Typ hinter ihm flippte aus, aber Frank wendete bereits und fuhr zurück nach Herndon.

»Ich möchte noch was probieren«, sagte er zu der Mitarbeiterin.

»Wie bitte?«

»Dieselben Koordinaten, nur einen Monat früher. Achtundzwanzigster Februar, so um den Dreh ...«

Sie blickte ihn an, zuckte die Achseln und tippte auf ihrer Tastatur.

Eine halbe Stunde später schaute er auf das zweite Foto – genau das gleiche wie das erste, aber ohne den Hubschrauber, Annie und ihre Freunde.

Er schob die Lupe über den Friedhof. Die dunklen Aufwerfungen waren da, der Stapel Särge. Er sah auf das Datum, nur sicherheitshalber und um sich zu vergewissern, dass die Mitarbeiterin ihn nicht missverstanden hatte. Aber da stand es: 11.47, 28. Februar 1998. Als Annie und Kicklighter noch in den Vereinigten Staaten waren. Und dennoch – die Leichen waren bereits verschwunden und die Särge auf einen Haufen gestapelt.

Weil ihm diese Möglichkeit plötzlich klar geworden war, hatte er vor der Chain Bridge kehrtgemacht. Bis dahin hatte er für alles eine einleuchtende Erklärung gefunden. Vorzeitige Ankunft in Hammerfest? Na ja, dann war in Kopervik wohl alles schneller gegangen als erwartet.

Was ihn schließlich stutzig gemacht hatte, waren die Särge. Wie sie dagelegen hatten, in einem unordentlichen Haufen. Annie hatte ihm erzählt, wie aufwendig es gewesen war, die Erlaubnis für die Exhumierung zu erhalten. Zunächst hatte sie die Bergleute identifizieren müssen, ihre Familien auffinden, sich mit ihnen in Verbindung setzen, um die Einwilligung für die Ausgrabung ihrer Angehörigen einzuholen, dann die lutherische Kirche überzeugen, dass es im öffentlichen Interesse liege, ihren Friedhof aufzureißen. Er wusste, dass die sterblichen Überreste der Bergleute, sobald die NIH ihre Arbeit abgeschlossen hatten, schließlich wieder auf dem Festland bestattet werden sollten.

Es war alles so korrekt abgelaufen und schon fast übertrieben pietätvoll. Er konnte sich einfach nicht vorstellen, dass Annie so behutsam vorgehen und dann die Särge auf einen Haufen werfen würde wie ausrangiertes Holz.

Jemand anders war also zuerst in Kopervik gewesen. Und

hatte die Bergleute mitgenommen. Er dachte kurz darüber nach, ging dann noch einmal zu der Mitarbeiterin.

»Dritte Runde«, sagte er. »Einen Monat früher. Zwanzigster Januar wäre schön.«

Sie blickte ihn an. »Also wissen Sie – die wenigsten Leute werden hierbei nicht süchtig.« Sie tippte das neue Datum in ihren Computer ein und schüttelte den Kopf. »Ich würde jedenfalls nicht den Januar nehmen – nicht auf diesem Breitengrad. Es sei denn, Sie sind an Infrarotaufnahmen interessiert.«

»Wieso?«

»Da ist es *dunkel*, den ganzen Tag. Wenn da Lichter wären, könnten Sie sie erkennen, aber –«

Frank schüttelte den Kopf. »Nein, es ist eine Geisterstadt.«

»Also ...?«

»Versuchen Sie den zwanzigsten November.«

Als er drei Stunden später fertig war, belief sich die Rechnung auf zweitausendachthundert Dollar.

Er war immer einen Monat weiter zurückgegangen, bis er das gefunden hatte, was, wie er wusste, da sein musste: die Schneedecke unberührt, die Gräber intakt. Das Datum war der 20. August 1997.

Damit war klar, dass die Leichen zwischen dem 20. August und dem 20. September aus den Gräbern geholt worden waren, denn an letzterem Datum sah der Friedhof genauso aus wie in den folgenden Monaten bis zu Annies Ankunft mit dem Hubschrauber.

Sobald er den zeitlichen Rahmen kannte, musste er nur noch den genauen Tag der Exhumierung eingrenzen, der sich schließlich als der 9. September herausstellte.

Auf dem Friedhof stand ein kleiner Kran, ein Schneemobil und ein rechteckiges Zelt. Hinter der Kirche stand ein Hubschrauber, und auf dem Friedhof befanden sich etwa ein Dutzend Leute. So oft und so angestrengt er auch durch die Lupe schaute, er konnte einfach keine der verschwommenen und grobkörnigen Gestalten erkennen, die an den Gräbern standen.

Er bewegte die Lupe zu dem Hubschrauber, der aufgrund seiner Größe minimal besser zu erkennen war. Er hatte die Form einer Libelle und stand im Schnee, vielleicht zwanzig Meter von der Kirche entfernt. Frank spähte auf den Rumpf und suchte nach irgendwelchen Erkennungszeichen, doch ohne Erfolg. Die Auflösung war einfach nicht gut genug. Ermüdet lehnte er sich auf seinem Stuhl zurück und rieb sich die Augen.

Als er sie einen Moment später wieder öffnete, sah er etwas – vielleicht war es nur Einbildung –, etwas, das er vorher noch nicht gesehen hatte: ein Gitter. Oder genauer gesagt eine *Art* Gitter – hinten am Rumpf des Hubschraubers. Er nahm das Vergrößerungsglas, hielt es über das Foto, hob und senkte es, um die beste Schärfe zu bekommen.

Aber vergeblich. Was immer er gesehen hatte oder meinte, gesehen zu haben, verlor sich hinter der dicken Linse der Lupe, die Linien und Ränder stoben auseinander, als wäre das Vergrößerungsglas eine Zentrifuge. Frustriert stand er auf und ging zur Kasse. Halb benommen und noch immer darüber nachgrübelnd, wie das, was er herausgefunden hatte, einzuordnen war, bezahlte er die Rechnung mit seiner Visacard und ging nach draußen zum Wagen, mit einer dicken Paketröhre voller Satellitenfotos unter dem Arm.

Zumindest wusste er jetzt, was wann und wo geschehen war. Irgendwer war vor Annie und der *Rex* in Kopervik gewesen. Deshalb war Gleason da gewesen, als das Schiff anlegte. Deshalb waren sie mit leeren Händen zurückgekehrt. Und deshalb war um die ganze Geschichte herum eine Mauer des Schweigens errichtet worden.

Es waren nur noch zwei Fragen offen.

Wer? Und *warum?*

14

Jemand war ihnen zuvorgekommen. Als die Expedition den Friedhof erreichte, waren die Leichen verschwunden.

Er saß in seinem Wagen auf der Chain Bridge, ohne sich von der Stelle zu bewegen, und nahm die CD, die gerade spielte, gar nicht richtig wahr – ein Kap Verde-Blues. Er starrte geradeaus auf die lange Reihe von Rücklichtern, deren Spiegelungen den nassen Asphalt wie Blutlachen bedeckten. Der Verkehr stand still. Seine Scheibenwischer fegten hin und her. Dann und wann zuckte ein Blitz durch die Regenvorhänge.

Er dachte, dass irgendwo weiter vorn ein Unfall sein musste. Er dachte, dass er sich neue Scheibenwischer besorgen sollte. Er dachte: Die Heckscheibe beschlägt. Aber worüber er anscheinend nicht nachdenken konnte, war die Frage, was seine Entdeckung in der Panoptikon Satellite Corporation eigentlich bedeutete. Stattdessen hatte er weiterhin nur die Bilder vor Augen: die Anhäufung von rechteckigen Formen der durcheinanderliegenden Särge, die dunklen verwischten Flecke der ausgehobenen Gräber.

Er *wollte* nicht denken, das war einer der Gründe. Er war einer ganz normalen Story auf der Spur gewesen, dem detektivischen Bravourstückchen, in dem der unerschrockene Reporter eine unheilige Allianz zwischen Wissenschaft und Militär aufdeckt. Er hatte geglaubt zu wissen, worum es bei dieser Story ging, doch plötzlich war sein Bezugsrahmen verschwunden, und jetzt war er ratlos. Und außerdem bekam er es allmählich mit der Angst.

Er trommelte mit den Fingerspitzen aufs Lenkrad. *Wer? Warum?*

Einerseits erklärten die Bilder vieles: Kicklighters niedergeschlagen schleppender Gang, als er die Gangway von der *Rex* herunterkam, Annies Reh-im-Scheinwerferlicht-Blick und ihre Weigerung, über Kopervik zu sprechen, Neal Gleasons Anwesenheit in Hammerfest. Sie erklärten die Verbindung zum Pentagon, die Finanzierung durch den Compass Trust. Andererseits ... nein, mitnichten. Eigentlich erklärten sie überhaupt nichts.

Die Wagenschlange vor ihm bewegte sich nicht, und in der Ferne konnte er Sirenengeheul hören. Er versuchte, seine Gedanken zu den Satellitenfotos zu ordnen. Hauptsächlich waren es keine Gedanken, sondern Fragen, die immer gleichen Fragen: *Wer* hatte die Gräber ausgehoben und *warum*?

Grabungen im Permafrost waren so schwierig wie in hartem Gestein – man brauchte Tage, um voranzukommen, selbst mit Spezialgerät. Und Kopervik war so abgelegen, dass es genauso gut auf einem anderen Planeten liegen könnte. Was bedeutete, dass es sich wohl kaum um Grabräuberei handelte. Jemand – und zwar jemand mit einem sehr dicken Portemonnaie – wollte die Leichname haben. Und der einzige Grund, diese besonderen Leichen haben zu wollen, war der, an das Virus ranzukommen, das sie in sich bargen. Was wiederum nur bedeuten konnte, dass die Leute, die die Leichname gestohlen hatten, dieses Virus züchten wollten, genau wie Kicklighter und Adair es vorgehabt hatten.

Aber *wozu*?

Bestimmt nicht, um die Proteinhüllen zu untersuchen. Annie hätte von jeder derartigen Expedition nach Kopervik gewusst. Da sie die gesamte Grundlagenforschung gemacht hatte, wäre sie aus Gründen der kollegialen Höflichkeit konsultiert und vielleicht sogar zur Teilnahme eingeladen worden. Und wenn schon nicht Annie, dann hätte doch zumindest die National Science Foundation davon gewusst. Ebenso die Vertreter der Bergbaugesellschaft und die Familien, die ihre Erlaubnis erteilt hatten, die Leichen zu exhumieren.

Was also hatte das Ganze zu bedeuten?

Er überlegte, ob vielleicht ein Pharmaunternehmen an dem Virus interessiert war, um einen Impfstoff zu entwickeln. Aber welches Unternehmen würde denn schon einen Impfstoff gegen einen Erreger herstellen wollen, den es gar nicht gab oder den es nur im ewigen Eis der Arktis gab? Wohl keines. Niemand würde so etwas tun.

Wer dann? Und *warum?*

Warum ein Influenzavirus in seinen Besitz bringen, das wegen seiner Virulenz gefürchtet war? Tja, so schwer war die Frage nicht, dachte er. Wenn jemand dieses Virus nicht zu Studienzwecken brauchte und auch keinen Impfstoff entwickeln wollte, dann blieb als einziger Grund für die Bergung der Leichen der, das Virus als biologische Waffe zu benutzen.

Und was für eine Waffe! Da sie durch Tröpfcheninfektion übertragen wurde, war sie ungemein ansteckend, und damit nicht genug –

Ein Hupen von hinten riss Frank aus seinen Gedanken, und er sah, dass zwischen ihm und den blassroten Augen des Wagens vor ihm eine Lücke von zwanzig Metern entstanden war. Der Verkehr setzte sich endlich wieder in Bewegung. Er beugte sich im Sitz nach vorn, auf der mittlerweile fast undurchsichtigen Windschutzscheibe perlte der peitschende Regen. Er fuhr die Arizona Avenue hinauf und bog in die Nebraska Avenue ein. Am Ward Circle platschten Studenten der American University unbesonnen und durchnässt über die vielspurige Kreuzung.

Wer? Das Militär kam am ehesten in Frage, aber wie er herausgefunden hatte,war das Militär – oder zumindest der Geheimdienst – ja heimlicher Geldgeber der Expedition gewesen. Und sie hätten bestimmt kein Geld gegeben, wenn sie die Leichen bereits exhumiert hatten.

Dann Terroristen. Das würde natürlich erklären, warum Neal Gleason in der Sache mitmischte. Aber nein. Angesichts der Geldmittel, die vonnöten waren, um eine Expedition nach Kopervik auszurüsten – eine Expedition, die unter Umständen nur ein paar Frostbeulen eingebracht hatte –, war einer der gefährlichen Böse-Jungs-Staaten wahrscheinlicher. Iran, Irak, Libyen. Die üblichen Verdächtigen.

Aber das glaubte er nicht. Irgendwas an seinen Überlegungen stimmte nicht, irgendwas hatte er übersehen. Aber was?

Zwei Querstraßen von seiner Wohnung entfernt hielt er an und kaufte sich rasch eine Portion Reis und *bistec al pasilla.* Zu Hause angekommen, warf er die Satellitenfotos auf den Couchtisch, setzte sich vor den Fernseher und schaltete die Kanäle durch, bis er das Spiel der Bullets oder Wizards oder wie sie sich diese Woche gerade nannten, gefunden hatte. Er sah, wie Strickland einen verdeckten Pass an Webber abspielte, der einen Rückwärtsjam riskierte. Attraktives Spiel, bis der Spielstand eingeblendet wurde und er sah, dass Indiana mit sechzehn Punkten vorn lag.

Er schaltete den Apparat ab. Er konnte sich ohnehin nicht richtig konzentrieren. Die Satellitenfotos gingen ihm nicht aus dem Kopf, und er wurde das Gefühl nicht los, dass irgendwas daran keinen Sinn ergab. Aber *was?*

Vielleicht kam er ja dahinter, wenn er seine Notizen und Unterlagen über das Grippevirus noch einmal durchging. Er konnte sich doch beim Essen ein paar seiner Interviewbänder anhören. Vielleicht halfen die seinem Gedächtnis auf die Sprünge. Er kramte die Schachtel mit den Kassetten durch, bis er fand, was er suchte – *Influenza /Adair Gespräch 8.3.98* –, und legte das Band ein. Dann holte er sich ein Bier und eine Flasche Yucateco-Sauce und lauschte aufmerksam.

»Es ist unbeabsichtigt. Sie benutzen Wirtszellen, um sich zu reproduzieren. Die Tatsache, dass sie einen krank machen, ist ein Nebeneffekt. Das ideale Virus würde niemanden krank machen.«

»Nein? Ich dachte, das wäre ihr Daseinszweck.«
(Lachen) »Nein, sie haben den gleichen Daseinszweck wie wir – biologisch betrachtet. Sie wollen sich vervielfältigen. Und wenn sie dabei ihren Wirt töten, ist das uneffektiv.«

Er schüttelte den Kopf. Wie sollte er finden, was er suchte, wenn er nicht wusste, was es war? Er betätigte den Schnellvorlauf. Annie sagte:

»Das Pockenvirus ist so unempfindlich, das könnten Sie auf ein Blatt Papier geben und in einen Aktenschrank packen, und es könnte Jahrzehnte darin überleben. Jahrhunderte. Das bereitet Archäologen Sorgen, wissen sie, wenn sie Mumien ausgraben.«
»Aber das Grippevirus –«
»Ist damit nicht zu vergleichen.«

Er schaltete das Gerät aus und stand auf. Das Band brachte ihn nicht weiter. Er wollte sich lieber mit der Quelle selbst unterhalten.

Von der Straße führten ein paar Stufen zu Annies Haus hinauf. Er setzte sich auf die oberste Stufe und wartete eine halbe Stunde. Schließlich kam sie die Treppe hinauf, lachend, im Gespräch mit einer kleinen, dunkelhaarigen Frau. Beide schleppten sie Plastiktüten voller Lebensmittel. Diesmal trug sie Sandalen, ein verwaschenes rotes T-Shirt und eine Jeans mit ausgefransten Knien. Irgendwie wusste er, dass die Knie tatsächlich vom vielen Tragen durchgescheuert waren und nicht, weil es gerade Mode war. Die kleinere Frau bemerkte ihn zuerst und hielt Annie am Arm fest. Annie blieb stehen, ihr Lachen erstarb, auf ihrem Gesicht spiegelten sich in rascher Folge einige interessante Empfindungen wider – eine Nanosekunde lang schien sie wirklich erfreut, ihn zu sehen –, bevor sich ein argwöhnisches Lächeln durchsetzte.

»Haben Sie das noch öfter vor? Wenn ja, könnte demnächst vielleicht ein Abendessen auf Sie warten«, sagte sie.

»Ich wollte Ihnen was zeigen«, sagte Frank und klopfte auf die Röhre mit den Satellitenfotos.

»Okay«, sagte Annie.

Die andere Frau blieb an der Tür stehen und zeigte ungehemmt ihre Neugier. Endlich stellte Annie sie einander vor. »Frank – Indu. Indu wohnt mit mir zusammen.«

»Und Frank?«, erkundigte Indu sich knapp.

»Frank ist Journalist«, erwiderte Annie.

Indu bedachte Frank mit einem schrägen Lächeln, warf Annie einen amüsierten Blick zu und ging ins Haus.

Annie drehte sich zu Frank um. »Was wollten Sie mir zeigen?«

»Satellitenshots.«

»Was?«

»Satellitenfotos. Aus der Vogelperspektive ...«

»Wovon?«

»Kopervik. Sechsundzwanzigster März, gegen ein Uhr nachmittags. Sie sehen aus wie ein Pünktchen.«

»Ist das ihr Ernst?«

Frank nickte. »Ich weiß jetzt, was ihr gefunden habt.«

Annie betrachtete ihn kühl, überlegte, ob das ein Trick war, und wenn ja, wie er sie so dermaßen unterschätzen konnte. »Ehrlich?!«, sagte sie, und ihre Stimme triefte förmlich vor Sarkasmus.

»Jawohl.«

»Und was haben wir gefunden?«

»Bupkis.«

»Was?«

»Die Leichname waren weg. Irgendwer war vor euch da.«

Sie sah ihn lange an, dann bat sie ihn ins Haus. »Ich denke, wir sollten darüber nicht hier draußen auf der Straße sprechen.«

Und selbst drinnen, als das Foto schon mit Büchern an den

Ecken beschwert auf dem Tisch lag, zögerte sie noch immer, etwas dazu zu sagen.

»Ich bin sicher, dass Gleason Sie gezwungen hat, irgendwas zu unterschreiben«, sagte Frank. »Aber das müsste doch jetzt wohl irrelevant sein – es sei denn, Sie halten mit etwas hinterm Berg.« Er zeigte auf das Satellitenfoto. »Oder ist das schon alles?«

Sie neigte den Kopf. »So ziemlich«, sagte sie. »Ich war wie unter Schock. Und das bin ich wohl immer noch.«

Er holte das zweite Foto aus der Röhre, legte es auf das erste und beschwerte die Ecken erneut mit Büchern.

»Das hier wurde einige Monate früher aufgenommen«, sagte Frank. »Am zwanzigsten August.« Der Schnee war jungfräulich unberührt. »Und das hier«, fuhr er fort, während er das dritte Foto entrollte, »war am neunten September.« Er legte das dritte Bild auf die beiden anderen und beschwerte es. »Da ist es passiert«, sagte er.

Sie starrten lange auf das Foto. Der Erdboden war aufgebrochen, die Särge lagen auf einem Haufen. Ein Hubschrauber stand im Schnee, nicht weit von der Kirche entfernt. Schließlich sagte Annie: »Dann waren sie also schon Monate weg, bevor wir gekommen sind.«

Er nickte.

»Wer war es?«, fragte sie.

Frank sah sie an, als wollte er sagen, *wenn ich das wüsste ...*

Das Telefon klingelte und klingelte erneut. Keiner von beiden rührte sich, bis Indu von oben rief, Annies Mutter sei am Apparat. Annie verzog das Gesicht und schlug die Augen gen Himmel, doch sobald sie den Hörer in der Hand hielt, wurde deutlich, dass ihre Mutter zugleich auch ihre beste Freundin war. Das Gespräch zwischen den beiden war vertraut und angeregt, mädchenhaft und liebevoll.

»O neiiiin«, sagte Annie. »Du machst Witze.«

Während sie sich unterhielten, dachte Frank: Vielleicht sollte ich die Sache jetzt bringen, die Story einfach schreiben – und nicht versuchen, sie zu *lösen*. Auch ohne alle Fragen geklärt zu haben, war es eine echte Titelgeschichte. Eine Topstory. Und wenn er sie veröffentlichte, würden die Geheimdienstler irgendwie reagieren müssen. Gleason & Co. konnten vielleicht ihm ausweichen, aber nicht der gesamten amerikanischen Presse.

Andererseits, sobald die Story erschien, würde sie nicht mehr ihm gehören. Da war es schon besser, so lange zu warten, bis er sicher war, wirklich alles versucht zu haben. Und dessen war er sich nicht sicher – ganz und gar nicht. Es gab noch immer Dinge, die er tun konnte, Fragen, auf die er eine Antwort zu finden hoffte. Zum Beispiel: Welche Art von Waffe konnte man mit der Spanischen Grippe produzieren? Es gab Leute, die ihm darauf eine Antwort geben konnten – tatsächlich kannte er jemanden, der ihm das sagen konnte. Er hatte ihn auf einer Konferenz zum Thema Terrorismus kennen gelernt. Vor zwei Jahren, in Baltimore. Er sah noch immer das Gesicht vor sich. Ein breites Gesicht, hohe Wangenknochen, schwarzes Haar. Komischer Name. Ein irgendwie komischer Name. Wie hieß der Typ noch gleich?

Annie ging aus dem Zimmer, und als sie wieder hereinkam, hielt sie ihren Kontaktlinsenbehälter in der Hand. Während sie weiter mit ihrer Mutter sprach, nahm sie sich die Linsen aus den Augen. Als sie zu Frank aufsah, bemerkte er, dass sie den irren, verschwommenen Blick eines extrem kurzsichtigen Menschen hatte.

Er winkte ihr leicht zu, als wollte er sagen: *Hier bin ich* – und sah, dass sie lächelte.

»Ich muss jetzt Schluss machen«, sagte sie ins Telefon. »Ich hab dich lieb!« Sie küsste den Hörer sogar, bevor sie ihn zurück auf die Gabel legte. Sie kam zum Tisch zurück, rieb sich mit den Knöcheln die Augen und starrte dann kurzsichtig auf das Satellitenfoto.

»Ich mach mich auf die Socken«, sagte Frank. »Es gibt viel zu tun.« Er wollte die Bücher von den Bilderecken nehmen, doch Annie hielt seinen Arm fest.

»Moment, Moment, Moment«, sagte sie. »Nicht so schnell.«

Frank sah zuerst sie an, dann das Foto. Schließlich sagte er: »Was?«

Sie zeigte auf den Hubschrauber. Von oben aufgenommen wirkte der Rumpf wie eine Art länglicher Tropfen, und die dunklen Rotorblätter hoben sich deutlich gegen den Schnee ab. »Schauen Sie mal da«, sagte sie.

Frank legte den Kopf schief und blinzelte. »Was denn? Den Hubschrauber?«

»Die Streifen«, sagte sie.

Frank starrte noch angestrengter auf das Foto. »Was für Streifen?«

»Auf dem Rumpf.«

Er sah genau hin und schüttelte den Kopf. »Ich sehe keine Streifen.«

»Da.« Sie zeigte auf ein paar verwischte Punkte am Rumpfende.

Er fixierte die Stelle. »Ich seh immer noch nichts«, sagte er.

»Das ist eine amerikanische Flagge.«

»Das kann nicht sein!«

»Sie müssen die Augen zusammenkneifen!«

Er kniff die Augen zusammen. Beugte sich vor.

»Ich verbringe die Hälfte meines Lebens so, sitze im Dunkeln und starre durch ein Elektronenmikroskop auf Bilder, die noch viel undeutlicher sind als das da. Es ist eine Flagge«, wiederholte sie. »Eine amerikanische Flagge.« Sie ergriff seine Hand und beschrieb mit seinem Zeigefinger ein winziges Rechteck in der Luft über dem Foto. »Die Streifen verlaufen so«, sagte sie und zeichnete parallele Linien über dem Rumpf. »Sehen Sie?«

Sie hatte Recht. Es war das »Gitter«, das er gesehen hatte oder gemeint hatte zu sehen. Die parallelen Linien waren Streifen, und wenn man gezielt danach suchte, waren sie kaum zu übersehen – mit einem Vergrößerungsglas aber unmöglich zu erkennen.

»Jetzt bin ich total durcheinander«, sagte Frank. »Das ergibt keinen Sinn. Überhaupt keinen.«

»Meinen Sie, das ist ein Militärhubschrauber?«

Er schüttelte den Kopf. »Könnte sein. Vielleicht aber auch nicht. Er könnte auch von einem Schiff kommen, das unter amerikanischer Flagge fährt.«

Annie hockte sich auf einen Stuhl. »Das versteh ich nicht«, sagte sie und unterdrückte ein Gähnen.

»Eine Frage«, sagte er und nickte Richtung Foto. »Wenn Kopervik hier war, wo war dann euer Schiff– die *Rex Mundi*?«

Sie überlegte einen Moment und deutete dann auf einen Punkt auf dem Tisch, ungefähr einen halben Meter links von dem Foto. »Hier irgendwo. Wir mussten mit Schneemobilen rüberfahren. Das hat lange gedauert.«

Er fixierte die Punkte noch ein Weilchen länger und vergewisserte sich, dass sie tatsächlich Streifen bildeten. Dann schob er die Bücher von den Fotos, sodass diese sich aufrollten. Schließlich steckte er sie zurück in die Röhre. Er überlegte, ob er noch einmal zu Panoptikon fahren sollte, um möglicherweise Fotos vom Ankerplatz des Schiffes zu bekommen. »Hatte der Hafen einen Namen?«, fragte er.

Annie schüttelte den Kopf. »Das war kein richtiger Hafen. Und einen Namen hatte die Stelle ganz bestimmt nicht. Wir haben einfach irgendwo geankert.«

Damit war diese Idee wohl vom Tisch, dachte er insgeheim erleichtert. Seine Visacard war hoffnungslos überzogen, und er hatte ernste Zweifel, ob die Stiftung Verständnis dafür zeigen würde, dass er bereits soviel Geld ausgegeben hatte – geschweige denn, dass sie bereit wäre, einen zweiten Versuch zu finanzieren.

Annie brachte ihn zur Tür, gähnte erneut und sagte entschuldigend: »Ich bin seit sechs Uhr auf.«

»Da gibt es ein gutes Gegenmittel, wissen Sie.« Plötzlich hatte er das Verlangen, sie zu küssen. Aber als er sich zu ihr vorbeugte, fuhr sie zurück, redete wie ein Wasserfall und beteuerte, wie froh sie sei, dass er nun alles wisse, was sie wisse, dass es endlich nicht mehr diese Mauer des Schweigens zwischen ihnen gebe, und er solle sie doch *bitte* anrufen und über alles auf dem Laufenden halten, was er herausfinde. Dann zerrte sie ihn zur Tür und schob ihn mehr oder weniger mit sanfter Gewalt nach draußen. Er kam sich vor wie damals auf der High School.

Der Typ mit dem komischen Namen war Thomas R. Deer, und das Komische daran war, dass das R. für »Running« stand. Er war ein breitschultriger Sioux aus Montana und Experte für chemische und biologische Waffen. Sein Büro lag im sechsten Stock des National Security Studies Institute, gleich gegenüber der U-Bahn-Haltestelle Bethesda.

Frank nannte der Dame am Empfang seinen Namen, nahm in dem elegant eingerichteten Vorzimmer Platz und verkürzte sich die Wartezeit damit, im *Economist* zu blättern.

Er hatte Deer auf einer Konferenz zum Thema »Urbaner Schutz vor Bioterrorismus: Krisenmanagement und Konsequenzen« kennen gelernt, die vom Army War College gesponsert worden war. Die meiste Zeit war für Reden draufgegangen, die muskelbepackte Trottel vom Pentagon und seriöse Wissenschaftler von privaten Forschungsinstituten hielten. Es gab Vorträge von Vertretern des Weißen Hauses, der Ministerien für Agrarwirtschaft, Justiz und Verteidigung wie auch von Repräsentanten der Rüstungsindustrie. Eine Frau aus dem FBI-Labor steuerte ihr Scherflein ebenso bei wie jemand von der Organisation der Notfallärzte. Frank jedoch interessierte sich vor allem für diejenigen, die weit weniger wortgewandt und weitaus stärker gefährdet waren. Es waren die Vertreter derjenigen, die als erste reagieren mussten – beispielsweise der Chef der Feuerwehr von Arlington, die Krankenschwester aus Fairfax, der besorgt dreinblickende Mann vom New Yorker Amt für Katastrophenschutz.

Sie waren es, die ihren Kopf würden hinhalten müssen, und sie waren alles andere als optimistisch. Die ersten, die bei einem chemischen Angriff Hilfe leisten mussten, würden ihm aller

Wahrscheinlichkeit nach selbst zum Opfer fallen. Und was konnten sie schon tun? Es gab nur eine begrenzte Anzahl von Rettungswagen und Krankenhausbetten, nur begrenzt Platz im Leichenschauhaus. Sobald ein Rettungswagen im Einsatz gewesen war, musste er dekontaminiert werden – was bedeutete, dass er nicht mehr zur Verfügung stand. Das gleiche galt für die Räume der Notaufnahmen und für das Personal, das darin arbeitete: Wie effizient würden die Leute wohl arbeiten können, wenn sie Schutzanzüge trugen? Die traurige Wahrheit war: Ein Gasangriff auf ein einziges New Yorker Hochhaus würde innerhalb einer Stunde das gesamte Gesundheitssystem der Stadt lahm legen.

Und ein biologischer Angriff wäre noch schlimmer, weil die Katastrophe erst nach Tagen offensichtlich würde, wenn die Notaufnahmen der Opfer nicht mehr Herr würden – bis es zu spät wäre und man nur noch die Toten begraben konnte. Oder sie verbrennen. Und je nachdem, welches Bakterium verwendet wurde, wäre zu diesem Zeitpunkt auch das Krankenhauspersonal schon längst tödlich erkrankt.

Es war eine von den Konferenzen, die man nicht mehr vergaß.

»Frank?« Deer beugte sich durch die Tür, todschick in einem Anzug, der aussah wie von Armani. »Hab ich mir doch gedacht, dass Sie das sind! Kommen Sie mit.«

Sie schritten über einen mit Teppich ausgelegten Gang, plauderten über die *Washington Post* und ein kleines In-Restaurant am Eastern Market, wo man die besten Krabbenomeletts der Stadt bekam. Als sie sein Büro betraten, deutete Deer auf einen Ledersessel und ließ sich selbst hinter einem wuchtigen Mahagonischreibtisch nieder. Die Fensterfront in seinem Rücken bot einen weiten Blick über Washington.

Sie plauderten noch ein Weilchen länger, erzählten, was sich bei ihnen beruflich getan hatte, sprachen über die Dienstreisen, die sie in den letzten zwei Jahren unternommen hatten. Schließlich kam Deer zur Sache. »Was kann ich für Sie tun?«, fragte er.

Frank zuckte die Achseln. »Ich arbeite an einer ziemlich

außergewöhnlichen Story, und ich hatte gehofft, Sie könnten mir vielleicht weiterhelfen.« In knapp zehn Minuten erzählte er ihm, worum es ging, und schilderte die Ereignisse so, dass sie einer gewissen Heiterkeit nicht entbehrten. Er begann mit seinem Flug nach Murmansk und seinem Aufenthalt im »Tschernomorskaja«. Deer musste lachen, als Frank das Hotel beschrieb, doch im weiteren Verlauf der Geschichte legte seine Stirn sich allmählich in Falten.

»Sind Sie sicher, dass das FBI von der Sache weiß?«, fragte Deer.

Frank nickte. »Ja, die wissen Bescheid. Das Pentagon ebenfalls.«

»Okay. Also wer hat die Leichen gestohlen?«

»Ich weiß es nicht«, erwiderte Frank. »Eine Zeit lang habe ich an –«

»Die Iraker gedacht.«

Frank sah ihn erstaunt an. »Woher wissen Sie das?«

»Weil das jeder denkt. Alle denken immer, die Iraker waren es, ganz egal was.«

»Aber Sie denken das nicht.«

»Nein. Was sollten die damit anfangen wollen?«

Frank zuckte die Achseln. »Ich weiß nicht. Weil das Virus so tödlich ist ...«

Deer war nicht überzeugt. »Tödlich ist ein relativer Begriff«, sagte er. »Und bei einem pathogenen Stoff wie dem Grippevirus gäbe es jede Menge Vorarbeiten zu leisten, um daraus eine Waffe zu machen. Und es wäre gar nicht so einfach –«

»Was meinen Sie mit ›daraus eine Waffe machen‹?«

»Unterschiedliche Viren haben unterschiedliche Eigenschaften. Manche sind praktisch unzerstörbar, während andere sofort absterben. Wenn man ein Virus als Waffe benutzen will, muss man eine besonders virulente Variante davon heranzüchten. Man müsste die Faktoren steigern, die wir als ›mortalitätssteigernd‹ bezeichnen. Man müsste die beste Verbreitungsmethode finden. Und es gibt Dutzende von Bazillen und Toxinen, die erschöpfend erforscht sind – und nicht schwer zu kriegen. Man müsste nicht extra bis in die Arktis fahren.«

»Was sind das für Bazillen und Toxine?«

»Milzbrand. Botulin.«

Frank notierte sich die Namen. »Kann man die kaufen?«

Jetzt musste Deer die Achseln zucken. »Wer in einem Universitätslabor arbeitet oder einem kommerziellen Labor oder wer sich einen falschen Briefkopf zulegt und *behauptet*, er wäre Wissenschaftler, kann sich alles, was er will, bequem mit der Post zuschicken lassen. Q-Fieber,Tularämie, Pest – man kriegt alles zugesandt, mit der Paketpost. Was ich damit sagen will, ist: Warum sollte einer das Rad neu erfinden wollen, wenn er nach einer biologischen Waffe sucht? Die allgemein zugängliche Literatur ist voller Informationen – einschließlich Informationen über Verteilersysteme.«

»Als da wären?« Frank kritzelte eifrig in sein Notizbuch.

»Spraydosen. Zecken. Fledermäuse. Bomben –«

»Fledermäuse?«

»Natürlich, Fledermäuse! Auch Tauben. Und Delphine.«

»Wie macht man –«

»Man schnallt es ihnen an.«

»Was denn?«

»Kleine Porzellanbomben.«

»Sie machen Witze.«

Deer sah ihm unverwandt in die Augen. »Sehe ich so aus?«

Frank rutschte in seinem Sessel hin und her. »Also was hatten Sie noch mal über das Grippevirus gesagt?«

»Dass es keine besonders gute Waffe abgeben würde. Nein.«

»Warum nicht?«

»Also«, sagte Deer, »zunächst einmal: Wenn man einen Krieg führt, hat man es mit militärischen Einheiten auf dem Schlachtfeld zu tun. Da würde man natürlich etwas nehmen, das sofort Wirkung zeigt – etwas, das die Leute umhaut. Wie zum Beispiel Gas.«

»Und wenn man es auf die Zivilbevölkerung abgesehen hat?«

»Sie meinen wie Saddam bei den Kurden?«

»Ja«, nickte Frank. »So in etwa. Oder bei einem terroristischen Anschlag.«

Deer drehte sich mit seinem Sessel um und schaute über Washington. »Dann würde man trotzdem etwas nehmen, das man kontrollieren kann – mit dem man seine Macht demonstrieren kann, ohne gleich den ganzen Planeten zu entvölkern.«

»Zum Beispiel?«

»Lungenmilzbrand. Mit Lungenmilzbrand könnte man schon ziemlich hohe Forderungen stellen.«

»Warum? Was ist daran so besonders?«

»Tja, das ist eine grausame Infektion, die den Menschen fürchterliche Angst einjagt. Und es ist ein Bazillus, mit dem man arbeiten kann. Man kann den Menschen zeigen, was man tun könnte und womit man *aufhören* könnte, was genauso wichtig ist.«

»Man würde also ein Exempel statuieren, indem man eine Großstadt auslöscht –«

»Oder eine Kleinstadt. Oder auch nur ein bestimmtes Gebäude. Man müsste gar nicht viel machen, um die Aufmerksamkeit der Leute zu erregen. Bei Lungenmilzbrand darf man die Toten nicht mal begraben. Man muss sie verbrennen.«

»Warum?«

»Weil der Infektionsträger etwa so empfindlich wie ein Pflasterstein ist, nämlich eine Spore. Man könnte sie abkochen, und es würde nichts bewirken.«

Frank nickte. »Verstanden. Und bei der Grippe ...?«

»Die Spanische Grippe ist eine Pandemie. Und damit wären wir wieder bei dem, was ich vorhin gesagt habe, nämlich dass tödlich ein relativer Begriff ist. Das Ebolavirus beispielsweise hat eine wesentlich höhere Mortalitätsrate als die Spanische Grippe. Tatsächlich tötet es fast jeden, der infiziert wird. Aber es ist gar nicht so einfach, sich damit zu infizieren, und deshalb sterben letztlich doch nicht so viele Menschen daran. Bei der Spanischen Grippe dagegen haben wir eine ziemlich niedrige

Mortalitätsrate, aber sie ist extrem ansteckend. Wenn man natürlich mit ihr rumspielen würde ...«

»Was meinen Sie mit ›rumspielen‹?«

»Na ja, sie genetisch manipulieren. Theoretisch könnte man sie mit irgendwas anderem kombinieren, einem pathogenen Stoff, der wesentlich tödlicher wäre.«

»Zum Beispiel?«

Der Wissenschaftler wiegte den Kopf hin und her, erwog die Möglichkeiten. »Kobragift.«

»Wie bitte?!«

»Klar. Dann würden Sie sich nicht bloß eine Grippe einfangen, sondern auch einen Schlangenbiss in die Lunge.«

»Um Gottes willen!«, entfuhr es Frank.

Deer nickte. »O ja«, sagte er, »es ist ein gefährliches Geschäft. Aber ich glaube nicht, dass *Ihre* Leute so was vorhaben – ich meine die Leute, die sich oben in der Arktis die Leichen unter den Nagel gerissen haben.«

»Warum nicht?«

»Nun ja, wenn sie so etwas vorhätten, dann brauchten sie kein besonders gefährliches Grippevirus, das noch dazu so schwer zu bekommen ist. Sie könnten nehmen, was gerade so im Umlauf ist. Sie könnten eine gewöhnliche Erkältung nehmen. Aber das ist nicht das Entscheidende«, fügte Deer hinzu. »Entscheidend ist: Die Grippe kriegt jeder. Und man kann sie nicht kontrollieren. Wenn man sie also als Waffe verwenden würde, könnte man Millionen Menschen damit töten – zig Millionen.«

»Genau das meine ich doch«, antwortete Frank. »Deshalb bin ich ja so besorgt.«

»Aber wer sollte so etwas tun wollen, und wieso?«, fragte Deer.

Frank überlegte. »Keine Ahnung«, sagte er schließlich.

Deer verschränkte die Hände im Nacken und lehnte sich im Sessel zurück. »Ich vermute, diejenigen, die die Leichen ausgegraben haben, wollten sie für die Forschung. Wahrscheinlich irgendein Pharmaunternehmen – eins von den kleineren. Eine ziemlich kopflose Aktion.«

»Glauben Sie wirklich?«, fragte Frank.

»Ja, das glaube ich.«

»Und Gleason?«

»Ich weiß nicht – das FBI steckt seine Nase überall rein. Die Expedition ist immerhin gescheitert, wurde regelrecht an der Nase herumgeführt, und die FBI-Leute wollten einfach feststellen, was genau da passiert ist.«

Frank dachte darüber nach. Schließlich sagte er: »Wahrscheinlich haben Sie Recht.«

Deer nickte, dann drehte er seinen Sessel einen Viertelkreis herum. »Andererseits«, sinnierte er, »wenn da einer Rache nehmen will ... wenn einer richtig wütend ist auf die Welt ...«

Frank runzelte die Stirn und beugte sich vor. »Wer zum Beispiel?«

Deer zuckte die Achseln. »Ach, ich weiß nicht. Wie wäre es denn beispielsweise mit den Sioux?«

»Die Sioux«, wiederholte Frank, unsicher, ob er veralbert werden sollte.

»Wir verstehen nicht viel von Eisbrechern«, redete Deer weiter, »aber ... es gibt einige unter uns, die ziemlich sauer sind.«

Frank konnte ihn nur noch anstarren.

Dann verzog sich Running Deers Pokergesicht, und er grinste von einem Ohr zum anderen. *»Verarscht ...«*

15

Alexandria, Virginia

Seit sechs Tagen waren sie nun schon zur Untätigkeit verdammt, und Tommy hatte Sehnsucht nach Susannah. Er war es gewohnt, regelmäßig mit ihr zu schlafen, und der fehlende Sex machte ihn nervös. Trotz Yoga und Meditationsübungen und trotz der Entspannungstechniken, die ihnen während der Ausbildung eingetrichtert worden waren, kriegte er seine Nerven einfach nicht unter Kontrolle. Das schlimmste dabei war, dass er eigentlich gar keinen Grund hatte, nervös zu sein. Soviel war klar. Es war bloß ein Test, mehr nicht. Nur eine kleine Bootsfahrt.

Vielleicht zerrte ja das dauernde hin und her an seinen Nerven. Wenn es so aussah, als würde es gleich losgehen, so wie jetzt, geriet er richtig unter Hochspannung. Machte sich unnütze Gedanken, aber irgendwie konnte er sich nicht dagegen wehren, dass sie sich in sein Hirn schlichen. Was, wenn der Motor nicht ansprang? Was, wenn es im Jachthafen irgendwelchen Ärger gab? Was, wenn die Küstenwache auftauchte? Er war für das Boot verantwortlich. Test hin oder her, er wollte jedenfalls nicht, dass es seine Schuld war, wenn die ganze Sache schief ging. Also brachte er sich selbst auf Hochtouren, und wenn dann beschlossen wurde, alles wieder abzublasen – was mittlerweile schon *dreimal* passiert war –, verfiel er wieder in Trübsal. Aber er war nervös-trübselig, mit all der Energie, die sich in ihm aufgestaut hatte. Außerdem konnte er den Wetterkanal langsam nicht mehr sehen, auch wenn Belinda und Vaughn darauf bestanden, ihn die ganze Zeit zu sehen. Noch ein weiteres Tief, das sich als grüne pulsierende Masse Richtung Mittelatlantik schob, und er würde kotzen.

Natürlich hatte die Generalprobe wie am Schnürchen geklappt. Von A bis Z. Es hatte keinerlei Probleme gegeben, trotz Tommys insgeheimer Befürchtung, dass sich die Düse der Zerstäubervorrichtung, die er selbst in der Werkstatt gebaut hatte, verstopfen könnte. Im Grunde bestand die Apparatur aus einer Hochleistungsdruckpumpe, die er an ein handelsübliches Pestizidsprühgerät angeschlossen hatte. Eine Kreuzung zwischen Rasendüngerverteiler und Schneekanone. Das Ding sah aus wie eine Wasserkanone und funktionierte wie geschmiert. Als sie Tommys selbstgebautes Wunderwerk auf dem Anwesen in Placid ausprobierten, hatte es das speziell angefertigte Gerät, das Solange bestellt hatte und das von jemandem entwickelt worden war, der sich »Aerosoldesigner« schimpfte, was auch immer das sein sollte, bei weitem übertroffen. Er hörte förmlich noch immer den Stolz in Susannahs Stimme: »Tommy kann einfach alles bauen.« Solange hatte ihn mit einem strahlenden Lächeln bedacht und ihm das größte Lob überhaupt gezollt: »Gut gemacht.«

Obwohl die Generalprobe reibungslos gelaufen war, kamen sie seitdem über die Fahrt zum Jachthafen einfach nicht hinaus, ohne dass der Wind drehte oder dass unversehens ein paar Regentropfen auf die Scheibe klatschten. Und das bedeutete dann, zurück vor den Fernseher und den Wetterkanal einschalten, und er war so verdammt gelangweilt, dass er hätte heulen können.

»Würdest du das bitte lassen?«, sagte Belinda und warf ihm einen genervten Blick zu.

»Was?«

»Die Wipperei mit dem Fuß.«

»Kann ich jetzt nicht mal mehr mit dem Fuß wippen? Ich *muss* mit dem Fuß wippen.« Er stand auf und legte eine kleine

Steppeinlage aufs Parkett, mit rhythmisch schlackernden Beinen. Zum Schluss verbeugte er sich übertrieben tief vor ihr. »Ich hab's nun mal im Blut.«

Belinda lächelte; sie hatte irgendwie die Neigung, ihn zu bemuttern. Sie nannte ihn Tommy-O. Sie konnte gar nicht richtig böse werden.

»Lass den Quatsch«, sagte Vaughn in seiner ausdruckslosen New-England-Stimme. Aber eigentlich störte es ihn gar nicht. Nichts störte Vaughn. Er tat nur so, als würde es ihn stören, damit er sich auf Belindas Seite schlagen konnte. »Wir versuchen uns zu konzentrieren.«

»'tschuldigung.«

Die beiden hatten es gut. Sie langweilten sich nicht. Sie mussten arbeiten. Belinda war stellvertretende Leiterin der Einheit für Sondereinsätze, und sie hatte alle Hände voll zu tun. Schon allein die Kommunikation mit dem Hauptquartier war ein Riesenakt. Jede gesendete Botschaft musste dreifach verschlüsselt werden – die Verschlüsselung einer Verschlüsselung einer Verschlüsselung –, wobei drei unterschiedliche Algorithmen verwendet wurden, von denen jeder hundertachtundzwanzig Elemente hatte.

Tommy wusste nicht so richtig, was ein Algorithmus war oder was die Anzahl der Elemente zu besagen hatte. Aber hundertachtundzwanzig war viel. Das war ihm klar.

Außerdem war Belinda kontrollgeil, was zur Folge hatte, dass sie überall mitmischen und über alles informiert sein wollte, und zwar ständig. Wenn sie nicht gerade schlief oder trainierte, telefonierte sie entweder über ihr Handy oder sie hockte vor ihrem Laptop.

Und Vaughn war genauso beschäftigt wie sie. Den ganzen Tag saß er auf dem Bett und tippte in seinen Laptop. Was er da machte? Er redete nicht wie ein normaler Mensch, deshalb war das gar nicht so leicht zu sagen. Aber Tommy fragte ihn gerne, nur um ihn reden zu hören.

»He, Vaughn, was machst du gerade?«

»Ich berechne Ausbreitungsprognosen.«

Und dann, eine halbe Stunde später: »He, Vaughn ...«

»Untersuchungen zum Aufbau eines bestimmten Toxins.«

»Welches denn?«

»Getreideschwarzrost.«

Und fünf Minuten später blickte er dann über Vaughns Schulter auf den Laptopbildschirm. »Was ist das?«

»Die Abdrift von Sprühschleiertröpfchen.«

Manchmal schwatzten Belinda und Vaughn angeregt über irgendwelche Dinge, die überhaupt keinen Sinn ergaben. Wenn die Technikfreaks ins Plaudern gerieten, nannte Susannah das »Wortsuppe«. Ihr schien das gar nichts auszumachen, aber *er* fühlte sich dann ausgeschlossen. Und jetzt wo er die ganze Zeit mit ihnen auf engem Raum zusammenhockte, kam er sich vor wie ein Fisch auf dem Trockenen. Ihm fehlte seine Werkstatt. Ihm fehlte Susannah. Ihm fehlten alle anderen, die auf dem Anwesen lebten. Ihm fehlte die freie Natur. Wohingegen Belinda und Vaughn kaum mitbekamen, wo sie waren. Sie hätten in einem Schrank eingesperrt arbeiten können.

Vaughn war schon ein komischer Kauz. So abgehoben, dass er schon fast nicht mehr wie ein echter Mensch wirkte. Susannah hatte ihm mal erzählt, dass sie Vaughn am Arm berührt hatte, bloß um zu sehen, ob er sich kalt anfühlte.

Belinda stand auf, reckte sich, nahm die Fernbedienung und stellte den Wetterkanal ein. Der Typ rasselte zwar noch die Angaben für den Mittleren Westen runter, aber Belinda war schon zu einer Entscheidung gelangt, wohl aufgrund von irgendwelchen Informationen aus ihrem Computer.

»Es sieht gut aus«, sagte sie. »Heute Mittag geht's los.«

»Du bist der Boss«, erwiderte Tommy.

Er vertrieb sich die Zeit bis dahin mit Liegestütz, Sit-ups, Kniebeugen, Yoga. Er absolvierte sein mentales Training. Er absolvierte sein Selbstprüfungsritual und stellte fest, dass er randvoll war mit negativen Gedanken! Er machte Vaughn schlecht. Fühlte sich überlegen. War stolz auf seine Zerstäuberapparatur.

Maulte über Langeweile. Jammerte nach Sex. Er machte die Blaues-Wasser-Meditationsübung, die fast immer funktionierte, doch obwohl er total konzentriert war, hörte er, wie Vaughn sagte: »O Mann! Überprüf das mal!« Das muss ja was Weltbewegendes sein, dass er sich so eine Reaktion abringt, dachte Tommy, aber dann riss er sich zusammen. Blaues Wasser! Konzentration! An die Arbeit! Er ließ das blaue Wasser im Geist langsam höher steigen, bis kein Platz mehr übrig war, nicht einmal für einen einzigen Gedanken. Alles war blau. Ein gedankenloser Ozean.

Tommy war sozusagen mit Booten groß geworden, deshalb gehörte er zum Team. In jedem Bootshafen fühlte er sich wie zu Hause, er kannte sich aus mit Knoten und Seilen, mit Schiffsmotoren, Docks und Anlegeplätzen. Die anderen ließen ihn einfach schalten und walten, und da er wusste, was er zu tun hatte, und die beiden anderen aussahen wie Touristen, achtete im Jachthafen Belle Haven keiner auf sie. Das Boot war vor drei Wochen angemietet und von Virginia Beach hergeschleppt worden. Vor zwei Wochen hatte Tommy selbst die tragbaren Gestelle für die Wasserkanonen gebaut. Er und Vaughn hatten die Ausrüstung – verstaut in Kühlboxen und Jutetaschen – an Bord geschleppt. Belinda saß an Deck und cremte sich mit Sonnenschutz ein. In null Komma nichts hatte er die *Sundancer* aus dem Becken gesteuert und manövrierte sie durch das viel befahrene Gebiet um den Hafen herum. Kurz darauf waren sie in offenem Fahrwasser auf dem Potomac und fuhren Richtung Zentrum von Washington.

Der Himmel war bedeckt, und auf dem Fluss waren nur wenige Boote unterwegs. Für einen Dienstag ganz normal. Die Operation war für die Mittagszeit geplant, weil die Leute dann aus ihren Büros kamen, Restaurants ansteuerten und auf der Mall spazieren gingen oder joggten.

Über ihnen erklang das Dröhnen von Düsenflugzeugen im Landeanflug auf den National Airport. Mitten auf dem Fluss, als sie den Flughafen auf der einen Seite hatten und den East Potomac Park auf der anderen, stellte Tommy den Motor ab und ließ die *Sundancer* treiben. Dann baute er die tragbaren Gestelle auf, während Vaughn und Belinda so taten, als würden sie angeln. Als alles an Ort und Stelle war, ließ er den Motor wieder an und fuhr weiter flussaufwärts, immer näher und näher an das Ufer in Höhe der Mall.

Es waren viele Leute unterwegs. Er sah Jogger und Inline-Skater, Biker und Golfer, Touristen und Mütter mit ihren Buggys. Ein kleines Motorboot fuhr steuerbord an ihnen vorbei. Ein paar Kinder mit Schwimmwesten winkten. Er winkte zurück.

Belinda hatte unzählige Berechnungen angestellt, aber in Wahrheit war die Operation gar nicht so kompliziert. Die wichtigsten Variablen waren Luftfeuchtigkeit, Windrichtung und die Entfernung des Bootes zum Ufer. Der Druck der Wasserkanone war vorgegeben, ebenso wie der Flugbogen – optimal ausgerichtet für die Verteilung des Tröpfchenschleiers. Je näher sie dem Ufer kamen, desto größer wurde ihre Eindringtiefe, und desto mehr Menschen wurden erfasst. Der Wind war jedoch die kritischste Variable, weil er sich nicht verändern durfte und aus einer von zwei Richtungen kommen musste: entweder Nordosten oder Südwesten. Sobald er sich drehte, würden sie die Operation abbrechen müssen.

Das Boot fuhr in ungefähr nördlicher Richtung den Potomac hinauf. Das bedeutete, dass sie sich, falls der Wind aus Nordosten kam, so weit wie möglich dem Ufer auf der Virginiaseite annähern und ihre Ladung auf das Pentagon abfeuern würden. Wenn der Wind jedoch aus Südwesten wehte, so wie heute, mussten sie dicht an das Ufer auf der Seite des Regierungsviertels ranfahren und ihre Munition in die Luft zwischen Washington Monument und Lincoln Memorial abschießen.

Falls die Eindringtiefe ausreichte, würde der Sprühschleier sogar das Weiße Haus erreichen, und der Präsident würde anfangen zu niesen, so wie alle anderen. Das wäre natürlich zum Schreien komisch, aber Tommy hätte lieber das Pentagon eingenebelt. Schließlich war es nur ein Testlauf, und ihm gefiel die Vorstellung, die Militärs mal ordentlich aufzumischen.

Trotzdem hatten sie ein paar gute Ziele, auch wenn der Wind aus Südwesten kam. Sie würden in Höhe der Brücke, über die die 14th Street führte, anfangen zu sprühen. Damit deckten sie alles zwischen dem Jefferson Memorial und dem Kennedy Center ab. Beispielsweise das Vietnam Veterans Memorial und die Sportanlagen hinter dem Tidal Basin.

Ein Supercoup, wenn es nicht bloß ein Test wäre.

Als sie die Brücke erreichten, auf der sich der Verkehr staute, ging Tommy nach achtern, um die Sprühkanone bereitzumachen. Während Belinda das Boot steuerte, zeigte er Vaughn genau, was er zu tun hatte, dann ging er nach unten und schaltete alles ein.

Und es funktionierte absolut perfekt. Man konnte den Strahl kaum sehen, so fein war der Nebel. Er schoss in einem hohen Bogen in den Himmel und verschwand dann, einen Regenbogen zurücklassend. »Es klappt, Mann!«

Belinda lachte, und Vaughn sagte das, was er immer sagte, wenn er begeistert war: »Junge, Junge.«

Aus Freude über den Erfolg hob Tommy spontan die rechte Hand, damit Vaughn es ihm gleichtat.

Vaughn hielt die flache Hand dicht neben das Gesicht, als wollte er auf die Bibel schwören, und als Tommy ihm klatschend auf die Handfläche schlug, wippte die Hand nach hinten, schlaff wie ein Handschuh.

So ein Vollidiot, dachte Tommy, der Typ hat wirklich von *nix* eine Ahnung.

16

Es war Annies Idee gewesen, auf der Mall zu joggen.

Normalerweise lief er direkt am Fluss entlang oder durch den Rock Creek Park, aber die breiten Spazierwege auf der Mall waren eine nette Abwechslung – wenn auch ein wenig übervölkert. Und man konnte sich bequem unterhalten, weil man nicht bei Steigungen außer Atem geriet.

Er mochte die Art, wie Annie lief. Wenn sie ging, wirkte sie ein wenig linkisch, wie ein verlegenes Schulmädchen, das vor die Klasse gerufen worden war. Aber ihr Laufstil war ganz anders. Sie bewegte sich leicht und anmutig, und ihre langen Beine glitten wie schwerelos über den Boden.

Als sie das Lincoln Memorial erreichten, sprinteten sie Seite an Seite die Stufen hinauf. Oben angekommen, wandten sie sich um und genossen, um Atem ringend, den Blick auf die Aussicht, durch die sie eben noch gejoggt waren.

»Das sieht aus wie von Seurat«, sagte Annie.

»Der mit den vielen Punkten.«

»Nachmittag –«

»... auf der Insel La Grande Jatte.«

Überall waren Menschen; in Autos, auf Fahrrädern und Inline-Skates. Sie joggten und machten Picknick. Sie schlenderten am Potomac entlang. Flugzeuge dröhnten über sie hinweg zum National Airport. Motorboote durchpflügten den breiten Fluss. Und überall waren Monumente: Washington, Lincoln, Jefferson und Einstein. Das Vietnam Veterans Memorial. Das lang gezogene Wasserbecken der Mall und dahinter: das Kapitol.

Auf dem Rückweg kamen sie auf halber Strecke an einem improvisierten Spielfeld vorbei, wo zwei Mannschaften mit leidenschaftlichem Einsatz Football spielten. Als sie gerade daran vorbeiliefen, flog der Ball nach einem Fehlpass über die Außenlinie, prallte einige Male vom Boden ab und kullerte dann Richtung Straße.

»Holt ihr mal den Ball?«, rief jemand.

Instinktiv hob Frank den Ball auf und warf ihn dem Quarterback zu. Es war ein perfekter Pass, und der Ball flog wie an der Schnur gezogen vierzig Meter weit ins Feld.

»Wow!«, rief der Mann, als das Footballei ihm gegen die Brust prallte. »Willst du mitspielen?« Frank schüttelte den Kopf, winkte leicht und trabte weiter.

»Wir könnten spielen«, sagte Annie. »Wenn Sie wollen.«

»Nee ... Ich spiel nicht gern Football.«

»Hätte ich nicht gedacht. Das war ja fast wie bei einem Profi.«

Er zuckte die Achseln. »Ich hab früher mal gespielt«, sagte er.

»Sie können aber richtig gut werfen.«

Er zog das Tempo ein wenig an, sodass sie gezwungen war aufzuholen. Sie wollte ja nur nett sein, aber ... er wollte nicht darüber reden. Beim Football musste er immer an seinen Vater denken, und ... *Ob er überhaupt noch am Leben ist?* Die Frage war schon beinahe müßig.

Eine Weile liefen sie schweigend weiter, und Annie wunderte sich über seine Verstimmung. Schließlich wechselte sie das Thema, was auch immer das unausgesprochene Thema zuvor gewesen war. »Und?«, setzte sie an. »Ist es vorbei?«

»Was?«

»Die Kopervik-Geschichte. Sie sind in einer Sackgasse gelandet, stimmt's?«

»Nein!«, entgegnete er gekränkt. »Ich stecke nicht in einer Sackgasse.«

»Ja, aber was können Sie denn noch machen?«

»Vieles.«

»Zum Beispiel?«

»Den Anhaltspunkten weiter nachgehen.«

»Welchen Anhaltspunkten?«, fragte sie.

Er schielte zu ihr hinüber. *Gute Frage.* »Ich weiß nicht. Da sind so einige.«

Annie lachte. Dann wich sie einem Teenager auf einem Fahrrad aus, holte Frank ein und wiederholte die Frage: »Welche Anhaltspunkte?«, wollte sie wissen und sah ihn dabei an.

»Machen Sie einen auf Torquemada?«, fragte Frank zurück.

»Ich bin bloß neugierig«, sagte sie.

»Okay ... die Flagge!«, schlug Frank vor. »Die Flagge ist ein Anhaltspunkt.«

»Die auf dem Hubschrauber?«

»Genau.«

Sie überlegte beim Laufen und sagte dann: »Wie wollen Sie denn damit weiterkommen?«

Frank verdrehte die Augen, im Laufen eine ausgesprochen uneffektive Geste. »Es ist eine amerikanische Flagge«, sagte er. »Also handelt es sich vermutlich um ein amerikanisches Schiff. Und deshalb könnten die Leichen in einem amerikanischen Hafen angekommen sein.«

»Jaaaa?«

»Wenn ja, müsste es jedenfalls Unterlagen dazu geben«, sagte Frank.

»Es sei denn, sie haben sie eingeschmuggelt.«

»Vielleicht war es aber gar nicht so einfach, sie ins Land zu schmuggeln. Jedenfalls nicht, wenn sie gekühlt werden mussten.«

»Und das mussten sie!«, rief Annie so laut und deutlich, dass ein entgegenkommendes Paar sie anstarrte. Sie wurde rot und senkte die Stimme. »Ich meine, sie mussten gekühlt werden, wenn das Virus erhalten bleiben sollte.«

»Und nachdem sie sie in den Staaten hatten ...«

»... brauchten sie ein Labor, um mit dem Virus zu arbeiten.«

»Was für eine Art von Labor?«, fragte Frank.

Er bekam nicht sofort eine Antwort. Sie überlegte, und beim Überlegen wurde sie langsamer. Frank passte sein Tempo entsprechend an.

»Nehmen wir an, sie hatten einen Kühlraum, wie eine riesige Tiefkühltruhe.« Sie ging jetzt und er auch. »Sie könnten Proben aus den Leichnamen entnehmen – zuerst aus den Lungen – und jeweils nur mit kleinen Gewebeproben arbeiten. Auf diese Weise würden sie keine Schutzanzüge brauchen. Sie könnten mit Handschuheingriffen arbeiten.« Sie runzelte die Stirn.

»Womit?«, fragte er nach.

Sie schüttelte den Kopf und lachte leise, fast traurig. »Gott! Ich fasse es nicht!«

»Was denn?«

»Ich mache mir doch tatsächlich Sorgen um sie. Ich musste gerade denken – ich meine, hoffentlich wissen die, dass man auch im Kühlraum bei der Probenentnahme vorsichtig sein muss. Einige Instrumente könnten warm werden, und wenn das passiert, kann das Virus freigesetzt werden.« Sie schüttelte den Kopf. »Tut mir leid. Ich plappere wirres Zeug. Ich habe nur gedacht: ›Hoffentlich wissen die überhaupt, was sie da machen.‹ Aber tu ich das eigentlich?«

»Tom Deer meint, es waren Leute von einem Pharmaunternehmen«, sagte Frank.

Annie blickte skeptisch.

Als sie die Treppe vor dem Kapitol erreichten, rannten sie die Stufen hinauf und kamen völlig außer Atem oben an – obwohl Annie noch genug Energie hatte, die Arme hoch in die Luft zu recken und triumphierend von einem Bein auf das andere zu hüpfen – wie Sylvester Stallone in *Rocky*.

Im Wagen, auf dem Rückweg zu ihrer Wohnung, nahm sie das Gespräch da wieder auf, wo sie es abgebrochen hatten.

»Also!«, sagte sie. »Was wollen Sie denn nun wegen der Flagge unternehmen?«

»Nun ja«, antwortete Frank. »Als Erstes habe ich mal das

Außenministerium angerufen und denen erzählt, dass ich einen Artikel darüber schreibe, was passiert, wenn Amerikaner im Ausland sterben. Wie ihre Leichen zurück in die Staaten überführt werden.«

»Es waren aber Norweger«, wandte Annie ein.

»Jaja, aber wenn man sie als Amerikaner ausgegeben hat ... Ich meine –«

»Okay. Was dann?«

»Tja, es gibt da alle möglichen Vorschriften, da werden Totenscheine verlangt, für den Transport sind bestimmte Behältnisse erforderlich, die müssen auf eine bestimmte Art versiegelt sein ... Weiß der Himmel was noch alles. Jedenfalls habe ich die Zollbehörde angerufen, die die Rückführung sterblicher Überreste in die Vereinigten Staaten überwacht.«

»Und?«

»Wir haben eine Zeit lang um den heißen Brei herumgeredet, und dann habe ich einfach gefragt.«

»*Was* gefragt?«

»Ob irgendwer fünf Leichname ins Land gebracht hat und wie ich die finden könnte.« Ein Polizeiwagen raste mit halsbrecherischer Geschwindigkeit vorbei. »Mann! Haben Sie den gesehen?« Frank hielt vor einer Ampel. Der Saab ging aus, und er musste ihn mehrmals neu starten und kräftig mit dem Gaspedal pumpen, um ihn wieder zum Laufen zu kriegen.

»Und was haben sie gesagt?«, fragte Annie.

»Wer?«

»Die vom Zoll.«

»Wozu?«

Sie schlug ihm leicht auf den Arm. *»Die Leichen!«*

»Ach so. Sie haben gesagt, ich sollte die Hafenämter anrufen.«

»Welche Hafenämter?«

»Alle«, erwiderte er.

»Alle?«

»Jawohl. Bis ich die Leichen gefunden habe.«

»Donnerwetter.«

»Sie haben mir eine Liste gefaxt.«

»Und das wollen Sie wirklich machen? Jedes einzelne Hafenamt anrufen?«

»Natürlich«, sagte Frank. »Ich werde mich erkundigen, ob im Herbst irgendwelche Leichname angekommen sind.«

»Himmel! So was könnte ich nie. Ich hasse es, Leute anzurufen, die ich nicht kenne.«

Frank zuckte die Achseln. »Das ist das tägliche Geschäft eines Reporters.«

»Ich weiß, aber ... so was nenne ich hartnäckig!«

Er lachte. »O ja, ich bin ein echter Terrier.«

Auf seinem Anrufbeantworter waren zwei Nachrichten, und sie kamen aus den entgegengesetzten Ecken seiner allzu realen Welt.

Die erste Stimme war die von Fletcher Harrison Coe. Mit seiner für Long Island typischen gedehnten Sprache schaffte er es, Franks Namen in einen vielsilbigen Ausdruck stiller Anerkennung zu verwandeln.

»Fraa-ann-nnk. Fletcher Coe am Apparat. Ich rufe an, weil wir noch immer auf den Artikel über *Sin Nombre* warten, den Sie uns versprochen haben. Für diese Ausgabe versprochen, dachte ich zumindest. Ich weiß natürlich, dass Sie sehr beschäftigt sind, aber ... ich bin doch ein wenig in Sorge wegen dieser erstaunlich hohen *Kosten* und ... nun ja, wenn wir so gar kein *Ergebnis* von Ihnen bekommen, bringt uns das ein wenig in Verlegenheit. Schließlich wollen wir für unser Geld was sehen. Wär schön, wenn Sie sich melden würden, ja?«

Gott, jetzt würde er den Artikel über New Mexico in Windeseile runterschreiben müssen. Er konnte Jennifer oder Coe nicht anrufen und ihnen mit lahmen Ausreden kommen; er musste es einfach schaffen. Und das würde er auch. Wenn er die halbe

Nacht durcharbeitete und morgen sehr früh weitermachte, konnte er es vielleicht bis morgen Nachmittag schaffen.

Er löschte die Nachricht und spielte die nächste ab.

Onkel Sid lebte in einer völlig anderen Welt als Fletcher Harrison Coe, und er hielt sich auch an andere gesellschaftliche Regeln. Das bedeutete unter anderem, dass er sich nicht vorstellte. Musste er auch nicht. Eine Nachricht auf den Anrufbeantworter zu sprechen schien bei Onkel Sid den Wunsch auszulösen, alles Wichtige lautstark runterzurattern, ohne zwischendurch auch einmal Luft zu holen:

»Frankie? Bist du da? Wo bist du? Hör mal! Ich weiß Bescheid über diesen Mist mit deinem Vater, und du hast allen Grund, stinksauer zu sein, das versteh ich ja, aber ich hab einfach gedacht, du solltest wissen – er ist ein zäher alter Brocken, aber das ist jetzt schon sein zweiter Herzinfarkt, verflucht noch mal, und es sieht nicht gut aus, Frankie, der Herzmuskel ist schwer geschädigt, und ich weiß nicht, ob er das übersteht. Wenn er rauskriegt, dass ich dich angerufen habe, scheißt er mich zusammen, aber ich hab mir gedacht, dass du vielleicht doch für ihn dasein willst, verstehst du? Es sind mittlerweile zehn Jahre, verflucht noch mal. Willst du denn wirklich bis ins nächste Jahrhundert stur bleiben? Na, jedenfalls liegt er auf Intensiv, im Krankenhaus St. Mary's.« (Pause, Papier raschelte, eine Faust krachte auf eine harte Oberfläche.) »Verdammt, ich find die blöde Nummer jetzt nicht, aber die kriegst du bei der Auskunft. St. Mary's!«

Und dann kam ein Piepton, und er war weg.

Das hat mir gerade noch gefehlt. Ausgerechnet jetzt ... Ärger stieg in ihm auf, und einen Moment lang genoss er ihn richtig. Dann schämte er sich. *Das nenne ich egozentrisch. Ich bin ja schon genauso schlimm wie der Alte Herr.*

Er holte sich ein Bier aus der Küche und setzte sich damit im Wohnzimmer vor den Computer. Er schaltete ihn an, und während das Windows-Programm hochfuhr, nippte er an seinem Bier.

Er dachte nicht oft an seine Familie. Eigentlich dachte er überhaupt nicht an sie. Sie alle waren Teil seiner Kindheit, und seine Kindheit war schon lange vorbei.

Eine einsame Klaviernote gefolgt von einem Harfenakkord verkündete ihm, dass der Computer arbeitsbereit war. Er ging ins Textverarbeitungsprogramm und lud seine Notizen zu *Sin Nombre*.

Was hatte Sid gesagt? »Dass du vielleicht doch für ihn dasein willst«! Toll, dachte Frank. Als ob er je für uns dagewesen wäre.

»Uns«, das waren er und seine Mutter, Sigrid, geborene Leverkuhn, ehemals Schönheitskönigin und die große High-School-Liebe des besten Footballspielers, den Kerwick High je gehabt hatte. (Ta-daa!)

Frank ging seine Notizen durch und suchte nach einem Zitat von einem der Indianer, mit denen er im Taos Pueblo gesprochen hatte.

Die Ehe war ein riesiger Fehlschlag gewesen. Entstanden war sie im jugendlichen Überschwang, doch ebenso wie die besten Jahre des Alten Herrn war auch die Ehe zusehends verblasst. Als Big Frank nach zwei »Saisons« an der Penn State University und doppelt so vielen Knieoperationen nach Kerwick zurückkehrte, sah er aus wie einer, der den Krieg verloren hat, und er fühlte sich auch so.

Seine Braut kam mit ihm.

Und dann wurde Frankie geboren, und das war's dann. Die Zukunft war Vergangenheit – so schien es zumindest –, und alle Träume des Alten Herrn waren nur noch Schall und Rauch. Er gab auf, dachte Frank. Er bekam es einfach mit der Angst und gab auf. Himmel, dabei war er gerade erst zwanzig.

Und er war so gut wie nie da. Wenn er nicht im Elektrizitätswerk arbeitete, wo er einen Job als Installateur hatte, hing er mit seinen Kumpels in »Ryan's Bar & Grill« rum – oder stieg den Kellnerinnen nach.

Was unter anderem bedeutete, dass Frank von seiner Mutter großgezogen wurde. Sie wohnten in einem heruntergekommenen Haus in einem Arbeiterviertel. Vor jedem Haus an ihrer Straße war ein zimmergroßes Rasenstück (oder häufiger noch ein Rechteck aus festgetretenem Dreck) – außer vor dem Haus der Dalys und von ein paar anderen, die richtige Gärten hatten. Der Garten war Sigrids ganzer Stolz, und als kleiner Junge half Frank ihr gerne bei der Arbeit darin.

Obwohl er nicht gerade viel Zeit dafür hatte. Schon als er noch klein war, arbeitete Frank – schaufelte Schnee, mähte Rasen, machte Besorgungen. Und dann, als er alt genug war, arbeitete er an den Wochenenden bei Safeway. Von morgens neun bis abends neun packte er die Einkäufe der Kunden in Tüten und füllte Regale auf. In den Sommerferien arbeitete er vierzig Stunden die Woche im Elektrizitätswerk, heizte die Dampfkessel. Jeden Freitag überreichte er seiner Mutter seinen Gehaltsscheck, und selbst der Alte Herr musste zugeben, dass Frankie sich so ziemlich selbst finanzierte.

Und das tat er, obwohl gesagt werden muss, dass er mit recht guten Anlagen ausgestattet war. Von seiner Mutter hatte er die Liebe zu Büchern und ein fast fotografisches Gedächtnis geerbt, eine Kombination, die ihn zu einem hervorragenden Schüler machte. Seine Tanten sagten gern, er sei Sigrid »wie aus dem Gesicht geschnitten«, aber das war Wunschdenken. Sie hatte ihm ihre meergrünen Augen und hohen schrägen Wangenknochen mitgegeben, doch im Grunde war es sein Lächeln, das die Menschen an sie erinnerte. Dieses leicht scheue Anheben der Wangen hatte etwas Verschmitztes an sich, das in seinen Augen aufblitzte und allen, die es sahen, eine gleichsam verschwörerische Zuneigung abverlangte.

Alles Übrige hatte er von seinem Vater. Er war sehnig und knochig, und das dunkelbraune Haar fiel ihm in die Stirn. Mit seinen einsfünfundachtzig wog er gerade mal zweiundsiebzig Kilo – ein langer Lulatsch, dessen rechter Arm von den Lokalzeitungen mit einer Schrotflinte verglichen wurde.

Als einziger von den Neulingen an der High School wurde er gleich im Footballteam aufgenommen und war schon im zweiten Jahr Quarterback. Seine Ergebnisse waren beeindruckend und wurden von Spiel zu Spiel immer besser. Es dauerte nicht lange, und der Alte Herr tauchte mit seinen Kumpels bei Heim- und Auswärtsspielen als Zuschauer auf. Sie ließen die Flaschen kreisen und grölten die Schulhymne. Der Stolz seines Vaters war offensichtlich – vor allem, als sein Sohn einen Fünfundsechzig-Meter-Pass warf, der nicht nur das Spiel entschied, sondern auch den High-School-Rekord für Pennsylvania brach. Alle Welt wusste, dass Frank eine goldene Zukunft als College-Footballer erwartete – als er plötzlich aufhörte zu spielen.

Frank lehnte sich im Sessel zurück und starrte auf den Bildschirm. Es war Abend, und er hatte noch kein Wort geschrieben. Autoscheinwerfer glitten an der Wand hoch, breiteten sich fächerartig über die Decke aus, rasten an der gegenüberliegenden Wand wieder nach unten und verschwanden im Teppich.

Dass ich mit Football aufgehört habe, dachte er, war wirklich bescheuert.

Es tat ihm nicht etwa leid. Schließlich brach es dem Alten Herrn das Herz – und darum war es ihm ja gegangen.

Es geschah gegen Ende seines zweiten Jahres auf der High School: Seine Mutter erkrankte an einer Infektion der Atemwege, die sich zu einer Lungenentzündung auswuchs. Als Frank aus der Schule nach Hause kam, war sie zusammengebrochen und lag auf dem Küchenboden. Er war erst fünfzehn, aber er trug sie zum Wagen, und nachdem er die Autoschlüssel gefunden hatte, raste er bei dichtem Verkehr zur Notaufnahme – wo ihn die Krankenschwester wieder nach Hause schickte, um die Krankenversicherungsunterlagen zu holen, die sie brauchte.

Und er tat es. Als er mit den Versicherungsscheinen wieder im Krankenhaus eingetroffen war, schickten sie ihn noch einmal nach Hause, um Zahnbürste, Nachthemd und Morgenrock für seine Mutter zu holen. Nachdem er auch das erledigt hatte, rief er bei »Ryan's Bar & Grill« an und fragte nach seinem Vater. Er erklärte dem Barkeeper, dass es ein echter Notfall sei und es um Leben und Tod ginge, damit der den Alten Herrn nicht verleugnete, wie schon so oft.

Tut mir leid, Frankie, ich hab ihn seit Tagen nicht gesehen. Aber ich hör mich mal um. Sag deiner Mutter, sie soll sich nicht unterkriegen lassen.

Er verbrachte die Nacht auf einem unbequemen Stuhl im grell erleuchteten Wartezimmer der Notaufnahme. Über ihm flimmerte ein Fernseher mit miesem Empfang, aus dem schlechte Witze und hektische Musik krächzten. Seine Mutter lag auf der Intensivstation, und die Ärzte blickten besorgt drein. *Sie ist sehr krank, Junge. Gibt es irgendeine Möglichkeit, deinen Vater zu erreichen?*

Die ganze Zeit über dachte Frank, dass sie wieder gesund werden würde, weil ja schließlich kein Mensch mehr an Lungenentzündung starb. Oder doch? Nein. Natürlich nicht. Bis auf diejenigen, die es doch taten.

Er blieb drei Tage lang bei seiner Mutter, hielt ihre Hand, wartete darauf, dass seine Tanten kamen. Und als sie kamen, war es fast noch schlimmer. Sie regten sich nur ständig darüber auf, dass sein Vater nicht da war, und schmiedeten Pläne, was sie tun würden, wenn Sigrid wieder gesund war. Aber ... sie wurde nicht wieder gesund.

Der Alte Herr kam während der Totenwache. *Ich hatte beruflich zu tun*, nuschelte er, und sein Atem stank nach Pfefferminz. Frank stürzte sich auf ihn, aber Onkel Sid ging dazwischen. *Niemals darfst du die Hand gegen deinen Vater erheben*, sagte er.

Im Herbst jenes Jahres hörte Frank auf, Football zu spielen. Er machte kein großes Aufheben darum: Er ging einfach nicht mehr zum Training. Damals priesen die Lokalzeitungen die Mannschaft von Kerwick als »das beste Team aller Zeiten«, und pro Woche riefen mindestens zwei College-Trainer an. Frank erklärte ihnen höflich, dass er nicht mehr Football spiele.

Was ist los, Junge? Bist du verletzt?

Nein, alles in Ordnung.

Dann ... versteh ich das nicht.

Ich spiele einfach nicht mehr. Ich bin irgendwie ... mit anderen Dingen beschäftigt.

Was für »andere Dinge«?

Ich lese. Arbeite im Supermarkt.

Das soll doch wohl ein Witz sein, oder?

Nein.

Dann brauchst du ganz sicher eine Therapie – je eher, desto besser. Such dir professionelle Hilfe.

Sein Schultrainer kam vorbei – mehrmals –, aber schließlich gab er auf. Er musste sich um seine Mannschaft kümmern, und mittlerweile hatte Kerwick schon drei Spiele gewonnen. Irgendwann dämmerte es dann allen, dass die Kerwick High School Frank nicht unbedingt brauchte. Sie hatten, auch ohne ihn, ein Klasseteam.

Aber darauf kam es nicht an. Es kam natürlich darauf an, seinem Vater das Herz zu brechen, ihn dafür zu bestrafen, dass er sein eigenes Leben vor so vielen Jahren einfach weggeworfen hatte, und dafür, dass er seine Frau im Wartesaal ihrer Ehe sitzen gelassen hatte.

Football war das Beste gewesen, das der Alte Herr in seinem Leben gehabt hatte, die Quelle aller Hoffnungen und Erwartungen. Wenn er seinen Sohn spielen sah, war das wie eine Wiedererweckung. Und zu sehen, dass er aufgab, war eine zweite Beerdigung.

Sie sprachen nie richtig darüber, obwohl Frank sah, dass sein Vater es liebend gern getan hätte. Aber nach dem Tode seiner Mutter sprachen sie eigentlich überhaupt nicht mehr miteinander – bis auf Belanglosigkeiten: *Weißt du, wo die Schneeschaufel ist? Brauchst du den Wagen? Ich fahr für ein paar Tage weg.*

Als er im letzten Schuljahr war, hatte Frank schon längst beschlossen, Kerwick zu verlassen. Eine Ironie des Schicksals wollte es, dass sich ihm die Möglichkeit dazu bot, weil er ein Stipendium gewann, das nur Schülern gewährt wurde, deren Eltern Mitglied in der Gewerkschaft waren, der sein Vater angehörte.

Die University of California in Berkeley lag so weit entfernt, wie es überhaupt möglich war, um ohne Schiff von zu Hause wegzukommen. Er verlebte dort friedliche vier Jahre, studierte Geisteswissenschaften und belegte etliche Seminare über Kreatives Schreiben. Außerdem entdeckte er dort seine Liebe zur Biologie, sodass er eine Zeit lang ernsthaft überlegte, im Anschluss noch Medizin zu studieren. Aber da er nun mal so dicht an der Armutsgrenze aufgewachsen war, schreckte er vor den gewaltigen Schulden zurück, die ein Medizinstudium mit sich gebracht hätte. Als er '89 sein Examen machte, kehrte er zurück an die Ostküste, um sich dort Arbeit zu suchen.

Und er fand sie in New York City als Redakteur bei der *Alliance*, einer russisch-englischen Zeitung, die im russischen Viertel in Brighton Beach erschien. Schon bald veröffentlichte er Artikel über dieses »Klein-Odessa« in der *Village Voice* und im *Boston Globe Magazine*. 1992 hatte er bereits Preise für kritischen und investigativen Journalismus gewonnen. Letzteres für eine Serie über Benzinschmuggel, der von aus Russland emigrierten Gangstern kontrolliert wurde. An diesem Punkt seiner Karriere bewarb er sich dann erfolgreich um eine Anstellung bei der *Washington. Post*. Seine Arbeit in der Abteilung für Lokales, bei der er über Polizeiaktionen und Gerichtsverhandlungen berichtete, brachte ihm schon bald eine Beförderung in die exotischere Abteilung »Nationale Sicherheit« ein. Auch da hatte er sich gut geschlagen, aber als er noch dabei war, sich ein gutes Netzwerk von Informanten aufzubauen, wurde er erneut versetzt. Diesmal sollte er über den Präsidentschaftswahlkampf berichten. Auch das war im Grunde eine Beförderung, aber keine, mit der er glücklich war. Die Arbeit als politischer Berichterstatter beschränkte sich auf die Beschäftigung mit Postenrangeleien und Mauscheleien, mit Klatsch und Tratsch.

Was ihn zur Johnson Foundation getrieben hatte, war die Aussicht auf eine weitere Beförderung. Er sollte im Weißen

Haus über die Präsidentenfamilie berichten, aber diesmal in Form von »Features«. Diese Vorstellung entsetzte ihn derart, dass er sich für das Johnson-Stipendium bewarb. Sein vorgeschlagenes Projekt sollte die Erkundung der »schönen neuen Welt« bislang unbekannter Viren sein.

Auf diese Weise konnte er sich ein Jahr bei der *Post* beurlauben lassen, ohne gleich den Boden unter den Füßen zu verlieren. Und derweil konnte er sich Gedanken darüber machen, wer er eigentlich war und was er eigentlich tun wollte – während er über ein Thema schrieb, das ihn ehrlich interessierte.

Während Frank die Lichter der Autoscheinwerfer beobachtete, die über die Decke glitten, dachte er darüber nach, wer er im Moment eigentlich war. War er wirklich jemand, der, wie sein Onkel Sid es ausgedrückt hatte, »bis ins nächste Jahrhundert stur« blieb? Vielleicht. Wahrscheinlich. Es sah jedenfalls ganz danach aus.

Aber dann dachte er, verdammt, was soll's, vielleicht ist der Zeitpunkt ja doch gekommen. Er griff nach dem Telefon und wählte die Nummer der Auskunft in Kerwick.

Es ertönte ein Rufton, und dann sagte eine Frauenstimme: »Die von ihnen gewählte Vorwahl hat sich geändert. Die neue Nummer lautet …«

Mein Gott, dachte er, es war wirklich lange her. Sie hatten die Vorwahl für seine Kindheit geändert.

17

Als er sich am nächsten Morgen seinen Kaffee kochte und am Küchentisch die *Washington Post* las, fühlte er sich erschöpft.

Er hatte bis drei Uhr nachts an dem Artikel über *Sin Nombre* gearbeitet, war aber noch immer nicht fertig. Leider nicht, denn heute war der zweite Freitag im Monat und somit Abgabeschluss für das Mitteilungsblatt der Johnson Foundation. Wenn er allerdings nicht heute die Hafenämter anrief, würde er bis Montag warten müssen.

Einen kurzen Moment erwog er, in der Foundation Bescheid zu sagen, dass er seinen Artikel später abgeben würde; sein Vater liege auf der Intensivstation und ...

Nein. Er würde die Krankheit seines Vaters nicht als Ausrede benutzen, um den Abgabetermin zu verschieben. So mies war er denn doch nicht. Stattdessen wollte er bis Mittag an dem *Sin-Nombre*-Artikel arbeiten – besser gesagt, *bis er ihn fertig hatte* – und dann anfangen, die Häfen anzurufen. Und was seinen Vater betraf ... da würde er später anrufen.

Um zwei Uhr steckte der Artikel im Rucksack eines Fahrradkuriers und war unterwegs zu Jennifer Hartwig. Das Begleitschreiben zu der Story beinhaltete die kleinlaute Bitte, ihm die bislang angelaufenen Kosten zu erstatten.

Ich hätte nie gedacht, dass meine gute Fee eine fast einsachtzig große Kalifornierin ist, dachte Frank.

Das Thai-Restaurant lieferte ihm ein Mittagessen, das er direkt aus der Verpackung aß, während er sich durch die Liste der Hafenämter arbeitete.

Es war eine mühselige Angelegenheit und vermutlich reine Zeitverschwendung. Aber es war auch die einzige Spur, die er hatte. Also stürzte er sich in die Arbeit, und nach einem halben Dutzend Anrufe konnte er sein Sprüchlein wie in Trance runterbeten.

Wie schnell er eine Antwort bekam, hing von der Intelligenz und Kooperationsbereitschaft der Person am anderen Ende ab. Manchmal bekam er schon nach einer Minute die erwünschte Auskunft. Manchmal brauchte er zehn Minuten, bis er sich, vor Ungeduld mit den Fingern auf dem Schreibtisch trommelnd, die schwachsinnigen Aufzählungen unerwünschter Alternativen der automatisierten Telefonzentralen angehört hatte.

Außerdem waren erstaunlich viele Leute »nicht an ihrem Platz«, sprachen gerade »auf der anderen Leitung«, waren »zum Mittagessen« oder einfach »nicht im Hause«. Trotzdem hatte er um vier Uhr nachmittags schon neunzehn Häfen erreicht, von denen elf definitiv ausgeschlossen werden konnten. Entweder hatten sie im ganzen letzten Jahr keinerlei Leichenüberführungen gehabt, oder falls doch, so waren sie vor September 1997 erfolgt. Damit blieben aber noch immer Dutzende von Häfen, die er anrufen musste.

Er stand auf und reckte sich. Das konnte noch ewig dauern.

Und dann hatte er Glück.

Das Telefon läutete, und eine Frau namens Phyllis, die im Bostoner Hafen arbeitete, war am Apparat. Mit sachlicher Stimme teilte sie ihm mit, dass der Hafen im vergangenen Jahr acht Rückführungen sterblicher Überreste von Amerikanern abgewickelt habe – fünf davon zur gleichen Zeit.

Frank setzte sich so abrupt auf, dass die Kaffeetasse klapperte. »Ganz sicher?«, fragte er.

»Aber ja, mein Bester! Das weiß ich noch sehr genau. Es war nämlich höchst ungewöhnlich.«

»Wieso das?«

»Na ja, zunächst mal die Anzahl der Leichname – das war das eine. Und dann, dass sie per Schiff kamen. Normalerweise erfolgen Rückführungen per Flugzeug – aber es handelte sich um Opfer eines Unfalls auf See.«

»Haben Sie den Namen des Schiffes?«

»Die *Crystal Dragon*. Ich hab noch gedacht, was für ein hübscher Name!«

Frank wollte ihr danken, aber sie fiel ihm ins Wort.

»Das ist schließlich mein Job. Das sind alles Unterlagen, die der Öffentlichkeit zugänglich sind. Wenn Sie mir jetzt ihre Faxnummer geben, schicke ich Ihnen die näheren Einzelheiten.«

Fünf Minuten später schoben sich acht Seiten mit Dokumenten aus dem Faxgerät. Er bekam eine Liste mit den Namen der Toten sowie die Totenscheine, die allesamt von dem Schiffsarzt, einem gewissen Dr. Peter Guidry, unterzeichnet waren. Todesursache war in allen Fällen Ertrinken.

Ein unterschriebener und eindrucksvoll abgestempelter Brief von einem Beamten im Auswärtigen Dienst an der amerikanischen Botschaft in Reykjavik gab als Todesursache »Unfall auf hoher See« an und erteilte die Genehmigung, dass »die sterblichen Überreste ohne die üblichen beglaubigten Sterbeurkunden den amerikanischen Zoll passieren« durften. Außerdem verfügte das Dokument, dass die Leichname nach ihrer Ankunft in Boston einem lizenzierten Leichenbestatter überstellt werden sollten, der für das Bestattungsunternehmen J.S. Bell's Funeral Home in Saugus, Massachusetts, tätig war.

Da sich die Todesfälle auf hoher See ereignet hatten, war es Aufgabe des Leichenbestatters, »die Vollständigkeit der sterblichen Überreste« zu überprüfen und zu bestätigen, wonach sie dann in seine Obhut übergeben werden sollten.

Ein Dokument beglaubigte, dass dies geschehen war. Unterschrieben war es von einem Leichenbestatter, dessen Namen Frank nicht lesen konnte, und gegengezeichnet von einem Zollbeamten, der aber nur seine Initialen daruntergesetzt hatte. Aus seinem Gespräch mit dem Mann vom Außenministerium wusste Frank, dass dieses Verfahren so ziemlich normal war. Vielleicht, so dachte er, hat J.S. Bell's eine Art Vertrag mit dem Hafen von Boston, dass sie alle Leichenüberführungen abwickeln, die dort anfallen.

Er betrachtete die Liste mit den Namen, die alphabetisch geordnet waren:

Leonard Bergman, 22
Arturo Garcia, 26
Thomas O'Reilly, 39
Ross D. Stevens, 52
Christopher Yates, 27

Keiner der Namen sagte ihm etwas. Was ihm allerdings auffiel, war, dass alle Toten aus derselben Stadt stammten: Lake Placid, New York.

Wie konnte das sein? Vielleicht waren sie Männer von der freiwilligen Feuerwehr gewesen, die eine Reise gewonnen hatten, oder Vertreter für ein Versandhaus oder ...

Das glaube ich nicht, dachte er. Es sei denn, das ist kein verrückter Zufall, sondern ein Volltreffer. Die Satellitenfotos bewiesen, dass die Leichen der Bergleute am 9. September in Kopervik exhumiert worden waren. Das Datum auf den Totenscheinen vor ihm lautete: 12. September. Vier Tage später waren die sterblichen Überreste in Boston eingetroffen.

Er überlegte, was er als nächstes tun sollte, und die Antwort war klar: *Nur die Ruhe bewahren, nichts überstürzen. Du weißt ja immer noch nicht, worum es eigentlich geht.*

Er ließ sich die Nummer des Bestattungsunternehmens J.S. Bells in Saugus geben und wählte sie.

Laut Annie mussten sich die Leichen der Bergleute stark verändert haben. Nach achtzig Jahren in der Erde war eine gewisse Austrocknung zu erwarten. *Soll das heißen, dass sie wie Mumien aussehen?*

Nein, erwiderte sie. *Eher so wie Lebensmittel, die zu lange in der Tiefkühlung liegen. Nach einer Weile verändert sich die Form von Hähnchenbrust, weil das Fleisch Feuchtigkeit verliert. Genauso verändert sich Eiscreme, und Kadaver eben auch. Nach zirka einem Monat sind selbst Eiswürfel nur noch halb so groß.*

Das war aufschlussreich. Die eingefallenen Augen, die vorstehenden Rippen, die nach hinten gezogenen Lippen. Die Leichen mussten die Hälfte ihres Gewichts verloren haben – was niemand verstecken könnte. Ein Leichenbestatter musste das sofort sehen.

Beim dritten Klingeln hob eine Frau ab, und als sie hörte, dass Frank Reporter war, teilte sie ihm mit, sie habe »nichts Neues« für ihn.

»Wie bitte?«, sagte Frank verwirrt.

»Sie sind doch für die Nachrufe zuständig, oder?«

»Nein«, erwiderte Frank. »Ich schreibe keine Nachrufe. Ich ... ich arbeite für die *Post*.«

»Die *Washington Post*?«

»Ja.«

»Ach. Oh! Normalerweise rufen uns nur die Lokalzeitungen an, aber – würden Sie einen Moment dranbleiben?«

Es dauerte allerdings fast sechs Minuten, bis sich eine Männerstimme meldete, und in dieser Zeit hatte Frank den Anruf auf Lautsprecher geschaltet. Dann: »Malcolm Bell hier.«

Frank hechtete zum Hörer.

»Hallo! Ja, mein Name ist Frank Daly von der *Washington Post*.«

Pause. »Was kann ich für Sie tun, Mr. Daly?«

»Frank«, verbesserte er und kam sich dabei selbst ein bisschen aufdringlich vor. »Ich schreibe gerade an einer Story, die ... na ja, sie ist ein wenig ungewöhnlich, weil ... also, es geht um Todesfälle, die, äh, schon länger her sind ... einige Ertrunkene, und ... ich habe Grund zu der Annahme, dass ... Sie sich um die sterblichen Überreste gekümmert haben.«

»Ja?«

Frank stockte, suchte nach einer möglichst taktvollen Formulierung seiner Frage. »Nun, wie schon gesagt, es handelt sich um Ertrunkene.«

»Ich verstehe.«

»Genau, und ... wie gesagt, es war ein Unfall ... zumindest glauben wir, dass es ein Unfall war ... auf hoher See. Auf einem Schiff namens *Crystal Dragon*.«

»Der Name *Crystal Dragon* sagt mir was, Mr. Daly. Wie lautet ihre Frage?«

»Tja, also, was ich fragen wollte – und ich weiß, das klingt seltsam, aber – waren die Verstorbenen ... Lassen Sie es mich anders ausdrücken: War an den Leichnamen irgendetwas Ungewöhnliches?«

Nach einer langen Pause antwortete Bell entschuldigend: »Tut mir leid, Mr. Daly, aber wir sind zur Diskretion verpflichtet. Wir haben unsere Vorschriften und ... nun ja, wie Sie sich bestimmt denken können, steht es uns nicht an, über das Aussehen der Verstorbenen zu sprechen – jedenfalls nicht mit der Presse. Schließlich müssen wir gewisse Rücksichten nehmen.«

»Ich verstehe schon, aber –«

»Wenn Sie mir erklären würden, *wieso* Sie das interessiert, könnte ich ihnen vielleicht helfen. Sie sagten, Sie arbeiten an einem Artikel?«

»Richtig ...« Frank spürte, dass sich das Blatt gewendet hatte. Von Bell würde er mit Sicherheit nichts erfahren.

»Und Sie sind bei der *Post* ...«

»Ja, nun –«

»Ich würde wirklich gern wissen, warum die *Post* sich für etwas interessiert, das vor so langer Zeit und so weit weg passiert ist. Verstehen Sie, was ich meine?«

»Natürlich.« Allmählich hatte Frank das ungute Gefühl, dass er derjenige war, der ausgefragt wurde. »Aber, äh ... nun denn, tut mir leid, dass ich Sie belästigt habe.«

»Das war doch keine Belästigung. Ich würde Ihnen gerne weiterhelfen. Wenn Sie mir Ihre Nummer geben würden –«

Frank fiel ihm ins Wort: »Ich kriege gerade ein Gespräch auf der anderen Leitung. Würden Sie einen Moment warten? Ich muss nur eben sehen, wer das ist.« Er drückte die Stummtaste und zählte bis zehn. Schließlich sagte er zu Bell: »Hören Sie, das ist ein wichtiges Gespräch. Kann ich Sie morgen wieder anrufen?«

»Ja natürlich, aber – Ihr Name war ›Daly‹, richtig?«

Irgendwann im Verlauf des Gesprächs mit dem Leichenbestatter hatte Frank ein ungutes Gefühl beschlichen. Ein sehr ungutes Gefühl. Und er war selbst daran schuld. Er war zu ungeduldig gewesen. Er war immer zu ungeduldig! Wenn er an einer wirklich interessanten Story arbeitete und eine heiße Spur hatte, neigte er dazu, sich Hals über Kopf darauf zu stürzen – statt zunächst einmal alles in Ruhe zu durchdenken. Sich eine Strategie zurechtzulegen. Zu entscheiden, in welcher Reihenfolge er wo anrufen sollte. Sonst passierte es nämlich schnell, dass man den Leuten mehr erzählte, als man von ihnen erfuhr. Und manchmal sprach man auch mit den falschen Leuten – und genau das war ihm eben passiert.

Denn schließlich hätte er sich denken können, dass jemand, der fünf tote Norweger unter dem Vorwand, sie seien bei einem Unfall auf hoher See ums Leben gekommen, in die Vereinigten Staaten schaffen wollte, einen Leichenbestatter brauchte, dem er vertrauen konnte, um die Leichen durch den Zoll zu bringen. Und das war natürlich Mr. Bell, der mindestens genauso neugierig war wie Frank. Ja *natürlich, aber – Ihr Name war »Daly«, richtig?*

Wütend auf sich selbst, schaltete er den Computer ein und rief Nexis auf – was er natürlich vor dem Anruf bei dem Bestattungsunternehmen hätte tun sollen. Wenn fünf Amerikaner auf hoher See umkamen, dann war das eine *Nachricht* wert.

Er tippte seine Kennnummer und das Passwort ein und klickte das *Nachrichten*-Icon an. Eine neue Seite erschien auf dem Bildschirm, und er füllte die Suchanfrage aus.

Es dauerte zirka zehn Sekunden, bis die Meldung erschien, dass siebenundzwanzig »Hits« gefunden worden waren. Er ging die Liste durch. Der erste Hit war ein Artikel aus dem *Boston Globe* vom 16. September. Der letzte stammte aus der *Albany Times Union* vom 5. März. Er rief die erste Story auf; sie trug die Überschrift:

STURM IM ATLANTIK FORDERT FÜNF MENSCHENLEBEN

Nach Aussage des Kapitäns der *Crystal Dragon* war das Schiff auf einer Ost-West-Atlantiküberquerung gewesen und ein Besatzungsmitglied bei hohem Seegang über Bord gefallen. Vier weitere hatten mit einem Rettungsboot versucht, ihm zu Hilfe zu eilen, doch das Boot kenterte. Obwohl alle Männer Schwimmwesten trugen, ertranken sie. Da die Männer Schwimmwesten trugen und das Schiff mit einem Hubschrauber ausgestattet war, konnten die Leichname später geborgen werden.

Im letzten Absatz wurde erläutert, dass die *Crystal Dragon* ein Missionsschiff sei und dem »Tempel des Lichts« gehöre, einer neuen Sekte, deren Zentrale in Lake Placid lag. Unter der Führung eines charismatischen Heilers namens Luc Solange unterhielt der »Tempel« Wellness-Zentren in Big Sur und Cabo San Lucas. Angeblich waren die Verunglückten allesamt Mitglieder der Sekte gewesen, und es war geplant, eine kollektive Trauerfeier abzuhalten.

Franks Neugier war geweckt, doch Nexis war teuer, und eigentlich durfte er es gar nicht benutzen. Jedenfalls nicht während er zu Hause und beurlaubt war. Mit geübtem Auge überflog er die Artikel, so schnell er konnte, und speicherte sie auf seiner Festplatte. Dann meldete er sich ab und druckte sie aus.

Während der Drucker noch arbeitete, rief er das Krankenhaus St. Mary's an. Die Krankenschwester teilte ihm mit, dass der Zustand seines Vaters nach wie vor kritisch sei.

»Kann ich mit ihm reden?«, fragte Frank.

»Nein!«, raunzte sie, »das können Sie nicht. Der Mann ist

schwer krank. Er steht unter Beruhigungsmitteln. Er ist intubiert.«

»Verstehe.«

»Sie sagten, Sie sind mit ihm verwandt?«

»Ich bin sein Sohn. Würden Sie ihm sagen, dass ich angerufen habe?«

»Ihm sagen, dass Sie *angerufen* haben? Mehr nicht?« Ihr Tonfall sprach Bände, was sie von seiner Sohnesliebe hielt. »Ich soll ihm bloß sagen, dass sein *Sohn* angerufen hat?«

»Ja. Sagen Sie ihm, ich bin unterwegs.«

18

Madison, Wisconsin

Madison, ach, Madison im Frühling!

Unter einem strahlendblauen Himmel trottete Andrew den Bascom Hill hinauf, belebt von dem linden Lüftchen nach monatelangem Frost. Es war zwar noch nicht warm genug für kurze Hosen, aber der ganze Hang war übersät mit jungen Frauen, die auf dem Rücken lagen und sich in der Sonne rekelten, ihre weißen Beine blass im hellgrünen Gras.

Wie viele andere Studenten aus seinem Bekanntenkreis hatte Andrew einen Teilzeitjob, um seine Studiengebühren und das Lehrmaterial bezahlen zu können. Studenten taten fast alles, um Geld zu verdienen. Er kannte Kommilitoninnen – ehrgeizige Studentinnen –, die sich als Tänzerinnen in Oben-ohne-Bars was dazu verdienten, und andere, die auf Kindergeburtstagen als Clowns auftraten. Er kannte sogar einen Typen, der im Sommer mit einer fahrbaren Würstchenbude unterwegs war. Klasse!

Andrew arbeitete fünfzehn Stunden die Woche als studentische Hilfskraft. Wann immer möglich, versuchte die Univerwaltung, den Studenten Jobs zu geben, die mit ihren Interessen übereinstimmten (vorausgesetzt, diese Interessen ließen sich irgendwie feststellen, was nicht immer der Fall war). Im Allgemeinen jedoch arbeiteten beispielsweise Studenten der Bibliothekswissenschaft im Magazin. Studenten der Theaterwissenschaft verkauften Eintrittskarten an der Kasse der Studentengewerkschaft. Und Studenten der Agrarwissenschaft arbeiteten in der legendären Eisdiele der Uni.

Andrew hatte als Maschinenbaustudent einen Job im Dampfheizwerk bekommen, wo er chemische Zusätze in die Kesselspeisepumpe füllte und technische Zeichnungen anfertigte, um den Verlauf der Rohrstränge zu verbessern oder den Austausch veralteter Teile in der Anlage selbst zu erleichtern. Wie für viele andere große Institutionen, darunter auch Krankenhäuser und Militärstützpunkte, war es für die Universität sehr viel kostengünstiger, mit Dampf zu heizen als mit Strom.

Andrew ging den Hügel hinab Richtung Westcampus, wo das Heizwerk Walnut Street lag. Auf den Bürgersteigen drängten sich die Studenten auf dem Weg von oder zu irgendwelchen Seminaren, und er kam nur langsam voran. Aber das machte nichts: Er hatte jede Menge Zeit.

Trotzdem war er nervös. Obwohl es bloß ein Test war – wenn man ihn dabei erwischte, wie er etwas anderes als Amertrol in die Kesselspeisepumpe füllte, konnte er einpacken. Und was, wenn viele Leute krank wurden, richtig krank – konnten sie ihm dann auf die Schliche kommen?

Er dachte darüber nach. Nein, entschied er. Das war ja das Tolle daran.

Der andere Grund für seine Nervosität war der, dass er seine Sache gut machen wollte. Solange verließ sich auf ihn. Das hatte die Frau von der Einheit für Sondereinsätze gesagt, und er glaubte es. Vor zwei Wochen hatte sie plötzlich vor seiner Tür gestanden, unangekündigt, einen Walkman in der Hand. »Das sollst du dir anhören«, hatte sie gesagt und ihm den Kopfhörer gereicht.

Und dann erklang Solanges Stimme tief in seinem Kopf und sagte: *Andrew ... die Frau heißt Belinda, und ich möchte, dass du genau das tust, was sie dir sagt.* Keine Frage, dass es Solange war. Andrew hatte seiner Stimme unzählige Male gelauscht – im Radio, Fernsehen, auf Kassetten. Diese Stimme war unverwechselbar, so einmalig wie ein Hurrikan. Und als er hörte, dass Solange ihn persönlich mit Namen ansprach, mit ihm redete, als seien sie alte Freunde, klopfte ihm das Herz vor Freude bis zum Hals. *Wir brauchen deine Hilfe im Geheimen Krieg. Es geht um alles, und du bist der Einzige, der das tun kann. Lass mich nicht im Stich, Andrew. Lass mich nicht im Stich, mein Freund.*

Bis zu diesem Moment hätte er es nie für möglich gehalten, dass irgendwer auf dem Anwesen – und schon gar nicht Solange – überhaupt von seiner Existenz wusste. Er hatte Schecks geschickt, natürlich, und alle notwendigen Veröffentlichungen bestellt. Er hatte an Seminaren teilgenommen und sich seine Chakras im Wellness-Zentrum in Big Sur aufeinander abstimmen lassen. Aber er war nie auf dem Anwesen selbst gewesen, und er hatte auch noch nie jemanden kennen gelernt, der im »Tempel« eine wichtige Position inne hatte. Bis jetzt.

Und trotzdem hatte Belinda alles über ihn gewusst, sogar Dinge, die er selbst nicht gewusst hatte – bis sie sie ihm offenbarte. *Solange sagt, ihr wart in einem früheren Leben Brüder. Ist das möglich, Andrew? Hast du das gespürt?*

Und ob er das gespürt hatte!

Er passierte das Footballstadion, ging durch das Sicherheitstor des Heizwerks und zum Umkleideraum. Er hängte seinen Rucksack und die Jacke in den Spind, nahm seine rote Schutzkleidung heraus und zog sie sich über die Jeans und das Hemd. Die Schutzkleidung war weit und hatte eine große Tasche, in die die Thermosflasche bequem hineinpasste.

Die Thermosflasche sah aus wie eine von diesen schicken verchromten Dingern, die man bei »Starbuck's« kaufen kann. Und falls ihn einer fragte, würde er genau das sagen.

Die Anlage war schon irgendwie toll, obwohl nur wenige Leute wussten, wie sie funktionierte oder was für Leistungen sie wirklich erbrachte. Die meisten – selbst Ingenieure – dachten, dass sie ein geschlossenes System wäre, um im Winter die Wärmeversorgung zu sichern. Aber das stimmte nicht. Der auf rund vierhundert Grad aufgeheizte Dampf wurde das ganze Jahr über benutzt. Über das kilometerlange Leitungssystem heizte er im

Winter, betrieb im Sommer die Klimaanlagen und lieferte ganzjährig warmes Wasser. Und das System war alles andere als geschlossen, denn der überschüssige Dampf wurde über unterirdische Ablassöffnungen, die auf dem ganzen Campus verteilt waren, ins Freie geleitet.

Ohne diese Öffnungen wäre das System nicht funktionsfähig gewesen, weil sie die sogenannten »Wasserhämmer« verhinderten. Leute, die zu Hause Zentralheizungen hatten, kannten dieses Phänomen. Wasserhämmer waren im Grunde durch Kondensation hervorgerufene Druckschwankungen, die durch die Leitungen jagten und sie erbeben und pochen ließen. Um diesen Missstand in einem Privathaus zu beheben, entlüftete man die Rohrleitungen und glich den Druck aus. Aber das, was in einem privaten Heizsystem lediglich ärgerlich war, stellte in einem industriellen System, das Heißdampf verwendete, ein Problem von einer völlig anderen Größenordnung dar. Dort konnten unkontrollierte Wasserhämmer soviel Druck aufbauen, dass sie die Leitungen zum Platzen brachten und einen Dampfgeysir in die Luft jagten, der sich augenblicklich auf das Eintausendsiebenhundertfache seines ursprünglichen Volumens ausdehnen würde. Anders ausgedrückt, er würde explodieren. Und jedem den Kopf abreißen, der sich irgendwo in der Nähe befand.

Die Ablassöffnungen verhinderten dies, indem sie kontinuierlich und automatisch kleine Dampfmengen abgaben, sodass in sämtlichen Rohrleitungen ein gleichmäßiger Druck herrschte. Der »Entspannungsdampf« wurde in die Abwasserkanalisation unter der Universität geleitet, von wo aus er durch die Gullys ins Freie gelangte.

»He, Drew, wie läuft's denn so?« Steve Belinsky, einer der Elektroingenieure, riss seine Spindtür auf und fing an, seine Schutzkleidung auszuziehen.

»Kann nicht klagen«, sagte Andrew. »Schöner Tag.«

»Super. Ich denke, ich fahr zum Angeln – rüber nach Monona.«

»Hoffe, die Viecher beißen.«

»Ist mir eigentlich egal. Da draußen auf dem See ... mit ein paar Bierchen ... was interessieren einen da die Fische?«

»Und die ganze Zeit über lässt du mich hier im Bauch des Wales im Stich.«

»Du Ärmster«, sagte Belinsky und knallte die Spindtür zu. »Bis dann, Kumpel.«

Andrew schloss die Spindtür, verdrehte die Rädchen an dem Zahlenschloss und ging zum Büro, um sich die Checkliste für seinen Arbeitstag abzuholen. Als erstes ging er zur Kesselspeisepumpe, wo es zu seinen Aufgaben gehörte, den Zusatz von Amertrol ins Wasser zu kontrollieren. Diese Chemikalie bildete eine harzige Masse, die Unreinheiten wie Kalk und Kieselerde gegen die valente Anziehungskraft der Leitungsrohre festhielt und so verhinderte, dass sich mineralische Ablagerungen an den Rohrinnenwänden bildeten, die den Dampfdurchlass erschwert hätten.

Er würde den Inhalt der Thermosflasche gleichzeitig mit dem Amertrol in den Wasserzulauf geben. Es würde nur ein paar Sekunden dauern, und es bestand kaum Gefahr, dass ihn irgendjemand dabei beobachten würde. Im gesamten Werk waren nur fünf Arbeiter beschäftigt.

Solange sagt, ihr wart in einem früheren Leben Brüder. Ist das möglich, Andrew? Hast du das gespürt?

Und ob er das gespürt hatte! Er spürte es sogar jetzt, in diesem Moment.

19

Frank hatte die ganze Woche an einer Grippe laboriert, ebenso wie Annie.

Er war schlapp, verschnupft und hatte Gliederschmerzen, und es schien einfach nicht besser werden zu wollen. Die Grippe hatte ihn drei Tage lang völlig außer Gefecht gesetzt, und erst jetzt fühlte er sich allmählich wieder auf dem Weg der Besserung. In der *Post* stand, dass die ganze Stadt von der Grippewelle erfasst worden war: Ein halbes Dutzend Schulen waren geschlossen worden, und im Kongress hatte man Schwierigkeiten, die beschlussfähige Mitgliederzahl zusammenzubekommen.

Und das, obwohl die typischen Erkältungsmonate doch schon seit Wochen vorüber waren. Im Übrigen war nicht nur Washington betroffen. Auch Los Angeles hatte Ähnliches zu vermelden. Man nannte es die »Beverly-Hills-Grippe«, weil diese Gegend am ärgsten betroffen war. Frank hatte einen Beitrag darüber in den Abendnachrichten gesehen. Der Reporter saß in der Polo Lounge, umgeben von leeren Tischen. Am Ende des Beitrags bestellte er sich einen Teller Hühnersuppe und zwinkerte in die Kamera. Spaßig, dachte Frank und putzte sich zum x-tenmal die Nase.

Er schüttelte den Kopf, um einen klaren Gedanken fassen zu können, und fing an, die ausgedruckten Nexis-Texte durchzusehen, eine von AP zusammengestellte Sammlung von Artikeln verschiedener Zeitungen. Größtenteils war die Geschichte stets die gleiche – knappere Versionen des Artikels aus dem *Globe*.

Er las sich alles mehrmals durch, aber es steckte nicht viel drin. Wenn ihm überhaupt etwas auffiel, dann die Tatsache, wie nichts sagend die Artikel waren. Es gab keine Interviews mit Augenzeugen, keine Zitate von anderen Seeleuten, die den Sturm beschrieben, die Höhe der Wellen oder den Moment, als das Rettungsboot kenterte.

Er fand nur die Darstellung des Kapitäns, die knapp und anscheinend auch schlüssig war.

Frank (vielmehr dem Journalisten in ihm) kam es noch merkwürdiger vor, dass es keine *lokale* Berichterstattung gegeben hatte. Der *Lake Placid Sentinel*, von dem man hätte erwarten können, dass er die Story auf der ersten Seite bringen würde, tat genau das Gegenteil. Er brachte nur eine Kurzmeldung unter der Rubrik »Aus aller Welt« und behandelte den Unfall wie eine Überschwemmung in Bangladesch und nicht wie das, was er war: nämlich eine Katastrophe vor der eigenen Haustür.

Die einzige Ausnahme war eine Artikelserie von einem Mann namens Eric Overbeck, der für das *Rhinebeck Times-Journal* schrieb. Er schilderte die Seelenqualen von Martha und Harry Bergman, die Eltern von einem der ertrunkenen Seeleute.

FAMILIE DARF NICHT AN TRAUERFEIER TEILNEHMEN
Eltern drängen auf Untersuchung
Ehepaar aus Rhinebeck verklagt Sekte auf Herausgabe der sterblichen Überreste seines Sohnes

Den Artikeln zufolge waren die Bergmans empört über die ihrer Meinung nach schlampige Untersuchung der Umstände, die zum Tode ihres Sohnes geführt hatten. »Anscheinend begnügen sich alle damit, was diese Leute erzählen«, sagte der Vater, »nur ich nicht. Mir reicht das nicht. Ganz und gar nicht! Und ich werde weiter meinen Mund aufmachen.« Die Zeitung brachte ein Foto des Sohnes, eines gut aussehenden jungen Mannes, der

»sein Studium ein Jahr vor dem Examen abgebrochen hatte, um dem ›Tempel des Lichts‹ beizutreten«. Die Bergmans hatten schließlich einen Privatdetektiv engagiert, der in der Sache ermitteln sollte. Zudem hatten sie sich einen Anwalt genommen und die Staatsanwaltschaft von Dutchess County bedrängt, diese »Kirche«, die ihre Zentrale in Lake Placid hatte, genauer unter die Lupe zu nehmen.

Offensichtlich waren diese Bergmans die richtigen Ansprechpartner für ihn. Dann kam er zum letzten Artikel.

UNIDENTIFIZIERTER TORSO
MÖGLICHERWEISE FRAU AUS RHINEBECK

ALBANY – Der Torso, der letzte Woche in einem Waldgebiet in den Adirondacks gefunden wurde, ist möglicherweise der von Martha Bergman, einer Einwohnerin von Rhinebeck, die vor fast sechs Monaten gemeinsam mit ihrem Mann Harold spurlos verschwand. Die Polizei hat Meldungen bestätigt, dass es sich bei dem Torso um den einer Frau handelt, die Mrs. Bergmans Alter und Gewicht hatte. Anhand von dermatologischen Berichten, die von Mrs. Bergmans Arzt zur Verfügung gestellt wurden, konnte zwar festgestellt werden, dass spezifische Kennzeichen von Mrs. Bergman mit denen der Leiche übereinstimmen; dennoch gaben Vertreter der Staatsanwaltschaft zu bedenken, dass die fortgeschrittene Verwesung des Leichnams eine eindeutige Identifizierung unmöglich mache. »Ohne Kopf und Hände ist es äußerst schwierig, eine positive Identifizierung vorzunehmen«, sagte die Polizeisprecherin Marilyn Savarese. »Wir können weder Zahnbefunde noch Fingerabdrücke vergleichen. Allerdings werden derzeit DNS-Tests vorgenommen, wobei wir Material benutzen, das aus dem Wohnhaus der Bergmans stammt.« Die Ergebnisse dieser Tests werden vermutlich erst in einigen Wochen vorliegen.

Mrs. Bergman und ihr Gatte Harold verschwanden unter ungeklärten Umständen im November. Die Polizei steht vor ei-

nem Rätsel, zumal im Haus der Bergmans keinerlei Spuren von Gewaltanwendung gefunden wurden.
Angeblich litten die Bergmans seit dem Tod ihres Sohnes, eines Anhängers der Sekte »Tempel des Lichts«, unter Depressionen.

Ein nachdenkliches Brummen grollte in Franks Kehle.

Es drückte zugleich Begreifen und eine Warnung an ihn selbst aus – eine leise Mischung aus *Heureka* und *oh-o*.

Allmählich fing das Ganze an Sinn zu machen, und umso mehr bereute er seine Elefant-im-Porzellanladen-Methode bei den Recherchen. Er hätte geduldiger sein müssen. Wieder hörte er die Stimme des Bestatters: *Ihr Name war »Daly«, richtig?*

Ja, allerdings. Und hätten Sie auch noch gerne meine Adresse? Oder soll ich mich lieber gleich selbst erschießen? Wenn ich dann tot bin, können Sie mir gern den Kopf abschneiden – ganz wie Sie möchten!

Wieder machte er das Geräusch, diesmal ein bisschen lauter und ein bisschen länger. Mmmnnnn.

Ein seltsames Geräusch, wenn man genau hinhörte. Eine Art Muhen. Aber ein verängstigtes Muhen.

Er konnte nichts beweisen, aber er glaubte nun zu wissen, was passiert war. Aus was für Gründen auch immer hatte der »Tempel des Lichts« die Leichname aus Kopervik geholt und einen Unfall auf See vorgetäuscht. Die Körper der Bergleute waren dann in Leichensäcke verstaut und mit den Namen der ertrunkenen Seeleute versehen worden – die noch immer an Bord des Schiffes waren, versteckt oder ... tot. Vielleicht waren sie aber auch überhaupt nie an Bord gewesen. Auftritt des Bestatters, Bell ...

Alles lief nach Plan, bis die Bergmans auf eine genauere Untersuchung drängten. *Anscheinend begnügen sich alle damit, was diese Leute erzählen, nur ich nicht.* In der Tat. Ein Totenschein hatte Harry Bergman nicht gereicht. Er hatte eine Autopsie verlangt.

Und anscheinend hatte er endlich bei der Staatsanwaltschaft

ein offenes Ohr gefunden – als Bergman verschwand.

Frank suchte nach dem Ausdruck der Artikel aus dem *Times-Journal.* Wie hieß der Reporter? Overbeck. Er war der einzige, der mehr als nur einen Beitrag geschrieben hatte.

Er rief die Auskunft an und stieß auf einen E. Overbeck, der in einer Stadt namens Port Ewen am Hudson wohnte. Er wählte die Nummer.

Eine Mädchenstimme meldete sich nach dem zweiten Klingeln. »Hallo?«

»Ist Eric da?«

»Ja, Moment. Oh! Wer ist denn da?«

»Frank Daly!«

Es gab ein Geräusch, als sie den Hörer hinlegte, und Frank hörte sie vom Telefon weggehen. Von fern klang ihre Stimme: »Daddy! *Daddy!* Telefon!«

Frank bekam noch mit, was die beiden zueinander sagten, als sie wieder in Hörweite kamen: »Ich weiß nicht«, sagte die Kleine ungeduldig. »Frag ihn doch selbst.«

»Hallo?«

»Eric Overbeck?«

»Ja?« Zögerlich.

»Mein Name ist Frank Daly. Ich bin Reporter bei der *Post.*« (Na ja, in gewisser Weise. Es klang jedenfalls sehr viel überzeugender als *Ich bin bei der* Post, *aber beurlaubt.*)

»*Oh*, ja, klar! Was kann ich für Sie tun?«

Frank hörte dem Mann an der Stimme an, wie beeindruckt er war. Schön zu wissen, dass die Zeitung noch immer soviel Ansehen genoss. »Tja, so genau weiß ich das ehrlich gesagt gar nicht. Ich arbeite an einem Beitrag, der mit ein paar von Ihren Artikeln zusammenhängt. Ich denke, ich habe wohl gehofft, Sie könnten mir ein paar Tipps geben.«

»Sie meinen das AKW, stimmt's?« Er klang aufgeregt. Sogar glücklich.

»Äh, nein«, erwiderte Frank. »Nein, eigentlich rufe ich wegen der Bergmans an. Sie haben da ein paar Artikel geschrieben –«

»Ja.«

Hundertachtzig Grad.

Overbecks Stimme klang nicht mehr nach eifrigem Reporter, der darauf erpicht war, seinen Namen in der *Post* zu lesen. Eher wie jemand, der gerade per Gerichtsbeschluss dazu verdonnert worden war, öffentlich gegen die Hisbollah auszusagen. »Hören Sie«, sagte Overbeck, »ich würde Ihnen ja gerne helfen, aber ich bin gerade sehr beschäftigt.«

»Es wird nicht lange dauern.«

»Tut mir leid. Ich habe wirklich keine Zeit.«

»Aber –«

»Versuchen Sie nicht, mich zu überzeugen«, sagte Overbeck. »Ich will einfach keinen Ärger, okay? Die Zeitung, für die ich arbeite, hat eine Auflage von zweitausend. Wenn wir vom ›Tempel‹ verklagt werden, bin ich meinen Job los. So einfach ist das.«

»Haben die gedroht, Sie zu verklagen?«

»Dazu sage ich gar nichts.«

»Haben sie gedroht –«

»Ich muss Schluss machen«, sagte Overbeck.

Und dann war er weg.

Frank versuchte, ihn erneut anzurufen, aber die Leitung war besetzt. Und das blieb sie auch, bis klar war, dass der Hörer neben dem Apparat lag.

Er ging in die Küche und holte sich eine Flasche Negra Modelo aus dem Kühlschrank. Zurück im Wohnzimmer, rief er Annie an und erzählte ihr, was er gemacht und gehört und sich überlegt hatte.

»Sie meinen also, die haben sie umgebracht«, sagte sie. Es war keine Frage.

»Jawohl«, sagte er. »Ich bin ziemlich sicher.« Langes Schweigen am anderen Ende. »Kann ich vorbeikommen?«, fragte er. Die Leitung blieb stumm.

»Heute Abend besser nicht«, sagte sie. »Ich bin noch immer ziemlich schlapp. Vielleicht morgen.«

Sie schwiegen beide, aber keiner legte auf.

Schließlich fragte sie: »Was nun?«

Er zuckte die Achseln. Wortlos. Dann lachte er, weil sie es ja nicht sehen konnte. »Ich werde ein paar Leute anrufen. Den Staatsanwalt von Dutchess County. Einen PD in Poughkeepsie.«

»Einen was?«

»Einen Privatdetektiv. Der hat für die Bergmans gearbeitet. Er heißt Kramer. Martin Kramer.« Er stockte. »Und dann ... mein Vater ist krank, also –«

»Oh, nein!«

»Ich werde ihn wohl besuchen müssen.«

Am Nachmittag des folgenden Tages stand er in der Eingangshalle des Krankenhauses St. Mary's und wartete darauf, Blickkontakt mit einem menschlichen Wesen zu bekommen. Der Wachmann schien mit seinen Gedanken irgendwo auf dem Mars zu sein; etliche Krankenpfleger und Schwestern hasteten ein und aus, ohne ihn anzusehen. Die Frau am Empfang, die unter dem matten Neonlicht aussah, als müsste sie selbst eingeliefert werden, beendete schließlich ihr langatmiges Telefongespräch und blickte zu ihm hoch.

»Kann ich Ihnen helfen?«

»Da bin ich sicher«, sagte er mit einer Wärme in der Stimme, die ein Lächeln auf ihr Gesicht zauberte. Er erklärte, dass sein Vater auf der Intensivstation lag und er selbst gerade erst von außerhalb eingetroffen war. »Ich würde ihn gern sehen. Erfahren, wie es ihm geht.« Sie rief irgendwo an und schickte ihn dann, lächelnd, hinauf zum Schwesternzimmer.

Die Krankenhausflure riefen ihm seine Mutter in Erinnerung, und die Erinnerung wurde stärker, als die Schwester ihn bat, in einem Wartezimmer am Ende des Ganges Platz zu nehmen, in dem schon zwei andere Leute saßen – eine Blondine um die fünfzig in einer grell pinkfarbenen Jogginghose und einem Sweatshirt mit Pailletten besetzt, die den Schriftzug *Atlantic City!* ergaben.

Die andere Person war ein müde aussehender Mann, der einen öligen Overall trug. Auf der Brust war ein elliptischer blauer Kreis aufgedruckt und darin der Name des Mannes: RAYMOND. Ihre Köpfe flogen hoch, als Frank durch die Tür trat, und er sah die Furcht in ihren Gesichtern aufscheinen, bevor sie zu Erleichterung verblasste. Ein Blick auf ihn hatte genügt, und sie wussten, dass er kein Überbringer von Nachrichten war, weder von guten noch von schlechten.

Es war derselbe Raum, in dem er gewartet hatte, als seine Mutter im Sterben lag, vor vierzehn Jahren.

Und das Gefühl war das gleiche. Die Luft war schwer vor Angst und Hoffnung, während aus dem Fernseher an der Wand falsches Gelächter pulsierte. Zu dritt blickten sie auf den Bildschirm, ohne etwas zu sehen, jeder mit sich selbst beschäftigt.

Schließlich kam eine Schwester herein.

»Ist hier jemand für Mr. Daly?«

Zum ersten Mal wurde Frank bewusst, dass die Frau in der pinkfarbenen Hose irgendwas mit seinem Vater zu tun hatte, denn sie standen beide gleichzeitig auf, verblüfften sich gegenseitig. Argwöhnisch betrachteten sie einander kurz, dann wandten sie sich der Schwester zu.

»Der Doktor kommt gleich«, erklärte sie, »aber ich kann Ihnen jetzt schon sagen, dass sich die Herztätigkeit stabilisiert hat.« Ein kurzes Tätscheln auf den Arm der Frau und ein aufmunterndes Lächeln. »Es geht ihm besser.« Daraufhin packte die Frau Franks Hand und drückte sie so fest, dass es weh tat.

»Ich bin Daphne«, sagte sie und eröffnete ihm dann, sie sei die *Frau* seines Vaters.

»Aha«, sagte Frank völlig perplex. »Ich bin Frankie.«

»Oh«, sie runzelte die Stirn, gewann die Fassung wieder und strich ihm über den Ärmel. »Alles in Ordnung mit dir?«

Er fragte sich, ob das Stirnrunzeln auf sein Aussehen oder seine Identität zurückzuführen war. Da es keine Möglichkeit gab, das herauszufinden, sagte er: »Ja, mir geht's gut. Ich erhol mich gerade von einer Grippe.«

»Die geht zur Zeit um«, meinte sie.

Sie hatten einander nicht viel zu sagen, und beide waren sie froh, als der Doktor kam, um ihnen mitzuteilen, dass »Francis« offenbar auf dem Weg der Besserung sei, aber nach wie vor noch sehr krank. »Er hat Schindluder mit seiner Gesundheit getrieben«, sagte der Doktor. »Aber trotzdem ist er stark wie ein Bulle. Vielleicht wird ihm das ja eine Lehre sein. Wir wollen es hoffen.«

Er wollte nur einem von ihnen einen Besuch erlauben, und Frank ließ Daphne sofort den Vortritt. Aber sie wehrte ab: »Du hast ihn so lange nicht gesehen«, sagte sie. »Ich finde es besser, wenn *du* reingehst.«

»Nein, ist schon gut –«

Sie wandte ihm den Rücken zu und nahm eine abgegriffene Ausgabe von *People* in die Hand. »Es geht mich zwar nichts an«, sagte sie, »aber ich finde, es ist wirklich Zeit, dass du ihn siehst.« Dann setzte sie sich, und ihm blieb keine andere Wahl, als reinzugehen.

Und das tat er.

Der Alte Herr lag auf dem Rücken, das Gesicht zur Decke. Aus seiner Nase kamen Schläuche, und unter dem Nachthemd schlängelte sich ein Katheterabfluss hervor. Im linken Arm steckte eine Infusionsnadel, und er hatte dichte Stoppeln auf Kinn und Wangen. Die Augen waren dunkel, und sein Atem kam stoßweise.

Himmel, dachte Frank.

Er nahm einen Stuhl und zog ihn näher ans Bett. Minuten verstrichen. Die Augen seines Vaters waren zwar geöffnet, aber er war nicht sicher, ob der Alte Herr tatsächlich bei Bewusstsein war. Das Gesicht zeigte keine Regung, und die Augen waren wie Glas. Dann sank der Kopf zur Seite, und die Augen des Alten Herrn blickten in Franks.

»Hi«, sagte Frank.

Der Alte Herr blinzelte.

Wieder verging eine lange Zeit. Es war offensichtlich, dass der

Alte Herr nicht sprechen konnte, und ebenso offensichtlich, dass Frank nicht wusste, was er sagen sollte. Schließlich streckte er den Arm aus und nahm die Hand seines Vaters. Er war erstaunt, wie rau sie sich anfühlte, aber er wusste auch, wieso. Nach all den Jahren im Kesselraum waren die Hände des Alten Herrn wie aus Asbest. Frank hielt die Hand umschlossen, drückte sie sacht und hörte sich selbst für sie beide sprechen: »Es tut mir leid«, sagte er. »Es tut mir leid, dass es soviel ... Unglück gegeben hat.«

Der Alte Herr blinzelte ein zweites Mal. Dann wurde der Griff seiner Hand in der seines Sohnes fester, und er zog Frank näher zu sich heran. Sein Kopf kippte zur Seite, als er die Achseln heben wollte, und die Mundwinkel hoben sich leicht zu einem *Was-will-man-machen?*-Lächeln.

Einen Moment lang hätte Frank schwören können, dass er Tränen in den Augen des Alten Herrn sah, aber dann fiel ihm auf, dass es umgekehrt war. Wie ein Berg, der sich erhebt, so dröhnte ihm das Herz in der Brust, und er hatte das Gefühl, eine Rasierklinge verschluckt zu haben.

Der Alte Herr wandte den Blick ab, und bald war alles wieder normal. Sie blieben lange so, Hand in Hand, schweigend, sich gegenseitig haltend. Franks Kindheit huschte an seinem geistigen Auge vorbei, und er sah seine Mutter und den Kesselraum, den Schulhof, den Tante-Emma-Laden, den Garten, das Footballfeld – *Himmel*!

Und dann keuchte der Alte Herr und stieß Luft aus, *Puff*, und dann war es vorbei.

Daphne lud ihn ein, im Haus zu wohnen – »Du kannst dein altes Bett haben, dein Dad hat mir immer verboten, es auszurangieren« –, aber Frank lehnte ab und beteuerte, er habe bereits für sein Zimmer im »Red Roof Inn« bezahlt. Aber an der Totenwache kam er nicht vorbei, die sich als eine Art offenes Haus für fröhliche Trauergäste erwies. Als er vor dem Haus eintraf, das für ihn noch immer sein »Zuhause« war, stellte er traurig fest, dass der Garten völlig verwahrlost war, die Rosen unbeschnitten, die Blüten vom letzten Jahr noch immer auf den Stängeln. Er trat ins Haus und sah sofort, dass Daphne dem Wohnzimmer ihren Zauber aufgezwungen hatte: Ein mandeläugiges Waisenkind starrte tränenumflort auf den Großbildschirm des Fernsehers und die Ledercouch.

Dieser wenig verheißungsvolle Auftakt wurde jedoch rasch durch etwas anderes verdrängt, als nämlich die Freunde seines Vaters ihn zu sich in die Küche einluden.

»Hol dir 'nen Stuhl, Frankie!«

»Ich hoffe, du musst den Sarg nicht bezahlen, mein Junge! Hast du je schon mal so ein Ding gesehen?«

»Ich kann dir sagen, Frank, ich hab gedacht, das wäre die *Titanic.*«

»Gebt dem kleinen Frank mal ein Bier – er sieht ein bisschen grün im Gesicht aus!«

»Mit allen Schikanen«, sagte einer. »Ein Mahagoni-Lexus – hätte deinem Vater bestimmt gefallen!«

»Setz dich, Frankie – zum Donnerwetter, du machst mich richtig müde. Hast du ihn schon gesehen? Rausgeputzt wie J. Edgar Hoover ...«

Und Onkel Sid: »Bin mir gar nicht sicher, ob er das wirklich war! So gut hat er nie ausgesehen!«

»Der Mann hat Recht! Seit wann hat dein Vater so rosige Bäckchen?«

»Nie«, sagte Frank.

»Und so glatt rasiert kenne ich ihn auch nicht!«

Und so ging es weiter, die Frauen standen im Wohnzimmer und redeten pietätvoll miteinander, und die Unterhaltung in der Küche floß zwanglos dahin. Hier und da eine Anekdote, lautes Gelächter, Hände, die auf den Tisch klatschten. Noch eine Runde Bier. Noch ein Histörchen, noch mehr Lachen. Die Frauen warfen von Zeit zu Zeit einen Blick in die Küche, schauten streng drein oder verdrehten irritiert die Augen.

Er blieb bis zehn Uhr abends, und bis dahin erfuhr er mehr

über den Alten Herrn als in all den Jahren zuvor. Als er den Freunden seines Vaters zuhörte, begriff er allmählich, und zum ersten Mal, dass man diesen Mann mit den großen Schwächen auch hätte lieben können. Und ihm aus dieser Liebe heraus vielleicht sogar hätte vergeben können.

Am nächsten Morgen fuhr er neben der laut weinenden Daphne im Trauergeleit zum Friedhof Holy Cross. Dort hielt Pater Morales eine kurze Ansprache. Frank warf eine Hand voll Erde auf den Sarg. Und dann war es Zeit, nach Hause zu fahren.

»Aber du musst doch noch seine Sachen durchsehen«, sagte Daphne. »Vielleicht willst du das eine oder andere – ich meine, du verstehst schon, *behalten*.«

Es erschien ihm leichter, mit ihr zum Haus zurückzufahren, als mit ihr zu debattieren, und so tat er es.

»Die Sachen sind im Schlafzimmer«, sagte sie. »Nicht gerade viel. Er war kein großer Sammler.«

Frank ging ins Schlafzimmer, wo die Kleidung des Alten Herrn ordentlich gestapelt auf dem Bett lag. Ein paar abgetragene Sportjacketts, ein halbes Dutzend Hosen auf Drahtbügeln, zwei Schachteln mit Hemden, frisch aus der Reinigung, und ein dunkelblauer Mantel. Mit einem unbehaglichen Gefühl probierte Frank den Mantel an und stellte zu seinem Erstaunen fest, dass er ihm um die Schultern spannte. Er hatte immer geglaubt, sein Vater sei kräftiger als er. Doch offenbar nicht.

Er legte den Mantel zurück aufs Bett und ging zur Kommode hinüber. In den Schubladen, die er eine nach der anderen herauszog, fand er das übliche – T-Shirts und Unterwäsche, Socken und Polohemden, ein paar Pullover und Sweatshirts. Eine alte Timex lag oben auf der Kommode und daneben eine abgegriffene Brieftasche.

Er kam sich vor wie ein Dieb, als er die Brieftasche aufklappte und hineinsah. Sie enthielt zwölf Dollar in bar, Führerschein, zwei Kreditkarten, Versicherungsunterlagen, Scheckkarte. Sein Gewerkschaftsausweis war auch da. Und ganz hinten, da wo

Daphne es nicht so schnell sehen würde, steckte ein Schwarzweißfoto von Franks Mutter.

Er nahm das Bild heraus und tat es in seine eigene Brieftasche, dann schaute er sich noch ein letztes Mal um. Mehr war nicht da.

»Ich muss zurück an die Arbeit«, sagte er.

»Natürlich, aber –«

»Melde dich ... du weißt, wenn ich irgendwas für dich tun kann.«

»Aber willst du denn gar nichts von den Sachen?«, fragte sie.

Frank schüttelte den Kopf. »Nein, ich denke nicht. Du solltest sie der Wohlfahrt spenden.« Er stand neben der Tür.

»Tja, die Bücher musst du dir aber noch ansehen«, sagte sie. »Es wäre nicht richtig, sie einfach wegzuwerfen.«

»Welche Bücher?«, fragte er.

Sie ging aus dem Zimmer und kehrte kurz darauf mit drei übergroßen Alben zurück – wie man sie für Fotos benutzt. Alle drei waren in weinrotes Lederimitat eingebunden und hatten einen umlaufenden Goldrand. Sie reichte sie ihm, und er schlug neugierig das oberste auf.

Auf der ersten Seite war der erste Artikel von ihm, bei dem er namentlich genannt worden war. Ein langer Beitrag in der *Alliance* über orthodoxe Juden unter den Emigranten in Brighton Beach. Dann kamen die Artikel, die er für die *Village Voice* geschrieben hatte, und dann sein allererster für die *Post*. Der vergilbte Zeitungsausschnitt war sorgfältig mit der Schere herausgetrennt und mit durchsichtigem Klebeband befestigt worden. Rechts davon stand mit blauem Kugelschreiber das Datum: 16. Juli 1992.

Frank war sprachlos. In diesen drei Alben waren wohl Hunderte von Artikeln – tatsächlich jeder Beitrag, den er je veröffentlicht hatte. Er sah Daphne an, die traurig die Schultern hochzog. »Wie?«, fragte er.

»Er hat sie ... einfach *abonniert*«, sagte sie. »Immer alles abonniert.«

Er hatte Annie am Abend der Totenwache von Kerwick aus angerufen, daher wusste sie bereits von seinem Vater, als er wieder in Washington eintraf.

»Wie fühlen Sie sich?«, fragte sie.

»Na ja, ganz gut. Ich bin froh, dass ich hingefahren bin. Und wie fühlen Sie sich?«

»Sie meinen, mit der Grippe?«

»Ja.«

»Ich glaube, so allmählich gibt sie auf«, sagte Annie. »Ich gehe jedenfalls wieder arbeiten. Gibt's irgendwas Neues?«

»Ich habe noch mal das Material durchgesehen, das ich über die Leute gesammelt habe, die ertrunken sind oder angeblich ertrunken sind, und das ist ganz interessant.«

»Inwiefern?«, fragte sie.

»Also, zunächst einmal sind die Nachrufe alle gleich. Als hätte sie ein und dieselbe Person wie am Fließband produziert, und ich vermute, dem war auch so. Dann die Familien – ich bin endlich dazu gekommen, sie anzurufen.«

»Und was haben sie gesagt?«

»Die erste, die ich erreicht habe, war O'Reillys Schwester Megan, die – wie sich herausgestellt hat – Mitglied beim ›Tempel des Lichts‹ ist. Genau wie ihr Bruder.«

»Ha!«, sagte Annie.

»Und dann wären da Mr. und Mrs. Garcia, die Eltern von Arturo. Ebenfalls Mitglieder.«

»Wirklich?!«

»Allerdings, aber das habe ich erst rausgefunden, *nachdem* ich mit ihnen geredet hatte. Der Staatsanwalt von Dutchess County hat mir erzählt, dass sie voll drauf sind.«

»Was soll das heißen, ›voll drauf‹?«, fragte Annie.

»Na ja«, sagte Frank. »Eben, dass sie da richtig mitmischen. Wobei es sich hier natürlich um eine Sekte handelt, und deshalb –«

»Hab schon verstanden.«

»Okay. Jedenfalls haben die beiden richtig seltsam reagiert.

Ich meine, sie waren feindselig. Sie mochten meine Fragen nicht und hatten selbst eine ganze Menge Fragen an mich. ›*Nein*, wir finden nicht, dass an dem Unfall auf der *Crystal Dragon* irgendwas *eigenartig* war. Und *nein*, wir haben keinen Grund zu der Annahme, dass Arturo oder Thomas noch leben! Wie, sagten Sie, war noch mal Ihr Name? Und ihre Telefonnummer? Wer ist Ihr Vorgesetzter?‹ Sie meinten, ich würde sie mit meinem Anruf aufgrund ihres Glaubens schikanieren. Ist das zu fassen? Ich meine, würden *Sie* so reagieren, wenn Sie angerufen würden?«

»Natürlich nicht«, erwiderte Annie. »Aber was war mit den anderen?«

»Tja, das ist die Kehrseite der Medaille. Ich habe mit Ross Stevens' Tochter gesprochen – übrigens, der Bursche war nicht mehr ganz so jung, schon zweiundfünfzig – und mit Chris Yates' Mutter. Und bei den beiden war es völlig anders.«

»Wie denn?«

»Nun ... die wollten nicht mit mir sprechen. Ich meine, überhaupt nicht.«

»Weil es ihnen ... zu weh tat?«

»Nein. Weil sie eine Heidenangst hatten.«

Annie verstummte.

»Ich weiß ja, dass ich vielleicht voreilige Schlüsse ziehe«, fuhr Frank fort, »aber – die Eltern, die sich nicht zufrieden gegeben haben und eine Untersuchung wollten – die Bergmans – tja, die sind spurlos verschwunden, nicht wahr? Ich meine, wenn das stimmt, was der Staatsanwalt sagt, waren sie wie vom Erdboden verschluckt, bis ... bis man diesen ...«

»Torso gefunden hat«, sagte Annie. »In den Zeitungen war die Rede von einem ›Torso‹.«

Eine Weile herrschte Schweigen, dann sagte Frank: »Ich denke, ich fahre mal da hoch in den Norden.«

»Ich finde, Sie sollten wirklich nicht –«

»Ich fahre.«

Langes Schweigen, dann: »Frank?«

»Was?«

»Was ist dieser ›Tempel des Lichts‹ eigentlich? Was sind das für Leute?«

Er überlegte einen Moment, lauschte ihrem Atem am anderen Ende der Leitung. »Ich weiß nicht«, sagte er. »Vielleicht sind das ganz normale Leute. Aber ich glaube es nicht.«

20

Er fuhr vom New Jersey Turnpike auf die Interstate 287, nahm dann den Highway, der durch New York bis zur kanadischen Grenze verläuft, überquerte den Hudson bei Poughkeepsie und fuhr auf der Hauptstraße in die Stadt. Er hielt nach einem Restaurant namens »Fernacci's« Ausschau. Als er es gefunden hatte, parkte er auf dem Parkplatz nebenan, stellte den Motor ab und lehnte sich zurück. Es war halb sieben, und er sollte Martin Kramer um sieben Uhr dort treffen.

Anstatt im Restaurant zu warten, schlug er den Sportteil der *Post* auf und fing an zu lesen.

Zwanzig Minuten später kam ein neuer schwarzer Jaguar auf den Parkplatz gefahren. Es war ein XJ-12 mit einem Armaturenbrett aus Walnussholz und, so vermutete Frank, mit Sitzen, die aus den Häuten chinesischer Schwerverbrecher gemacht worden waren. Ein untersetzter Mann stieg aus und betrachtete ihn fragend.

»Sind Sie Daly?«, fragte er.

»Ja«, antwortete Frank.

»Marty Kramer. Freut mich.«

Sie schüttelten sich die Hand und gingen ins Restaurant, das erstaunlich schick und auf zirka sechzehn Grad klimatisiert war. Viel Fliesen und Holz, und leise *Turandot* im Hintergrund. Der Empfangschef führte sie zu einem Ecktisch, und sie nahmen Platz.

»Schöner Schlitten«, sagte Frank mit einem Blick hinüber zum Parkplatz.

Kramer zuckte die Achseln. »Er bringt mich hin, wo ich hin will.«

Er war ein kleiner, hühnerbrüstiger Mann mit einer Hakennase, schiefen Zähnen und glitzernden schwarzen Augen. Sein dunkles Haar war kurz geschnitten und borstig und glänzte pomadig. »He, Mario!«, rief er. »Was muss man tun, damit man hier was zu trinken kriegt?«

Lächelnd kam der Kellner mit der Weinkarte und wies sie zusätzlich auf die Spezialitäten hin. Dann nahm er ihre Getränkebestellung entgegen und verschwand so, wie er gekommen war.

Im Verlauf der folgenden Stunde arbeiteten sie sich durch zwei Drinks hindurch (die Knicks gegen die Wizards); zwei Portionen Carpaccio (Clinton gegen Starr); mindestens ein ganzes Brot, in Scheiben geschnitten und mit Olivenöl beträufelt (Trainingskost beim Zehn-Kilometer-Langlauf); und ihren Hauptgang: Ossobuco für Kramer und Tortellini für Frank.

Kramer erwies sich als interessanter Erzähler und guter Zuhörer, aber als schlechter Informant. Nach fünfundfünfzig Minuten Plauderei hatte Frank noch so gut wie nichts über Kramers Arbeit für die Bergmans erfahren – und das sagte er auch.

»Wissen Sie«, stellte er fest, »Sie haben mir noch gar nichts erzählt.«

Kramer lächelte: »Was wollen Sie wissen?«

»Nun«, sagte Frank und füllte ihre Gläser erneut mit Montepulciano, »zunächst einmal: Wurden die Bergmans ermordet? Was meinen Sie?«

Kramer legte das Gesicht in Falten, wiegte den Kopf hin und her und sagte: »Hören Sie, ich habe ein Problem. Wenn mein Name in die Zeitungen gerät, verliere ich Klienten. So einfach ist das. Und ist ja auch klar. Ich habe Ihnen doch meine Karte gegeben? Was steht da drauf?«

»Da steht, dass Sie Privatdetektiv sind.«

»Genau. *Privatdetektiv*.«

»Vertrauen Sie mir, das bleibt alles unter uns.«

Kramer grinste spöttisch. »Vertrauen Sie mir ...«

Frank lächelte. »Ich meine es ernst.«

Kramer zwinkerte ihm vielsagend zu. »Sind Sie sicher?«

Statt einer Antwort faltete Frank die Hände vor der Brust. »Absolut.«

Kramer seufzte, kapitulierte offensichtlich vor Franks Beharrlichkeit. »Okay«, sagte er und legte seine Serviette beiseite. »Ich riskier's. Was wollen Sie wissen?«

»Alles, was Sie mir über die Bergmans erzählen können«, erwiderte Frank.

Der Detektiv lehnte sich zurück und überlegte. Schließlich sagte er: »Zwei Spinner.«

Frank lachte, dann erstarb sein Lächeln. »Wieso?«

»Na, was ist denn eigentlich passiert? Der Sohn der Bergmans ist weggelaufen und zum Zirkus gegangen. Na und?«

»Ja, aber ... als die Eltern Sie engagiert haben, war der Sohn schon tot. Es ging also nicht darum, einen Vermissten zu finden.«

Kramer spitzte die Lippen zu einem fleischigen Knoten der Skepsis. »Das stimmt nicht ganz«, sagte er. »Die sind, ungefähr sechs Monate nachdem der Junge zum ›Tempel‹ gegangen war, zu mir gekommen. Das ist zwei Jahre her.«

»Und was wollten sie von Ihnen?«, fragte Frank.

»Ich sollte ihn kidnappen. So haben sie es zwar nicht genannt, aber sie haben es gemeint. Die hatten schon einen Psychofritzen engagiert, der ihn wieder ›entprogrammieren‹ sollte.«

»Und was haben Sie gemacht?«, fragte Frank.

Kramer zuckte die Achseln. »Ich habe mich umgesehen. Ein paar Fragen gestellt. Soweit ich sagen konnte, ging es dem Jungen gut. Er war ganz happy. Also bin ich abgesprungen. Hab ihnen gesagt, dass es nicht ginge.«

»Und nachdem er ertrunken war? Haben sie Sie noch mal engagiert?«

Kramer sah einen Moment aus, als sei ihm unbehaglich zumute, dann beugte er sich vor: »Was ich nicht verstehe, ist: Wieso interessiert Sie das überhaupt? Ich meine, das ist nicht gerade eine Story von landesweitem Interesse, und die *Post* erscheint in Washington – deshalb kapier ich das nicht. Wonach suchen Sie eigentlich?«

»Nach der Wahrheit.«

Kramer schnaubte verächtlich. »Dann sollten Sie wohl lieber Krischnamurti probieren.«

»Sehr lustig«, sagte Frank.

»Jetzt mal im Ernst. Sind Sie Polizeireporter oder was?«

»Nein.«

»Was denn?«

»Ich arbeite an einem medizinischen Artikel, aber das ist eine komplizierte Geschichte. Und um Ihre Frage zu beantworten, ich glaube, man kann sagen, dass ich herausfinden möchte, ob die Leute auf dem Schiff –«

»Die *Crystal Dragon*?«

»Ja«, sagte Frank. »Ob diese Leute wirklich ertrunken sind oder nicht. Weil sie das nämlich meiner Meinung nach möglicherweise nicht sind. Vielleicht war die ganze Sache getürkt. Und falls ich mich irre und sie wirklich ertrunken sind, dann war es vielleicht Mord.«

Kramer starrte ihn eine ganze Weile an, nippte an seinem Montepulciano und sagte dann: »Wo waren wir?«

Frank musste einen Moment überlegen. »Sie haben gesagt, dass Sie zweimal für die Bergmans gearbeitet haben. Einmal als ihr Sohn sich der Sekte anschloss ...«

»Und nachdem er ertrunken war«, sagte der Detektiv. »Das war dann unentgeltlich.« Anscheinend waren Franks Augenbrauen in die Höhe geschnellt, denn Kramer schob hastig eine Erklärung nach. »Sie haben mir leid getan. Und wahrscheinlich habe ich mich auch ein bisschen schuldig gefühlt. Ich weiß nicht ... vielleicht hätte ich damals ja doch versuchen sollen, den Jungen da rauszuholen.« Er blickte reuig. »Außerdem war es nicht viel Arbeit«, fuhr er fort. »Ich habe mit ein paar Leuten von dem Schiff geredet –«

»Und wie waren die?«

»Kooperativ. Kamen mir nicht so vor, als hätten sie was zu verbergen.«

Erneut hatte Frank wohl skeptisch dreingeblickt, denn Kramer beugte sich zu ihm vor und sagte: »Hören Sie, die Sache war so. Wenn es um den ›Tempel‹ ging, waren die Bergmans geradezu verrückt. Man konnte gar nicht mit ihnen darüber reden. Sie sagten zwar, sie hätten selbst ›religiöse Überzeugungen‹, aber der Junge hätte eine ›Gehirnwäsche‹ hinter sich, der Junge wäre in einer ›Sekte‹. Was sagt Ihnen das?«

»Ich weiß nicht«, antwortete Frank.

»Sie waren *bigott*«, erklärte Kramer. »Und *paranoid*. Meine Güte, dass sie nicht unter den Teppich geguckt und nach Landminen gesucht haben, war alles. Sämtliche Telefone waren angezapft. Da waren Leute, die das Haus beobachteten ... Gütiger Himmel, sie haben sich sogar eine Pistole gekauft! Die haben sie in der Diele aufbewahrt, für den Fall, dass einer einbrechen wollte.« Kramer lachte.

»Was für eine Pistole?«, wollte Frank wissen.

Kramer zuckte die Achseln. »Weiß nicht genau. Ich glaube, es war eine .38er.«

Frank runzelte die Stirn. »Also –«

»Begreifen Sie, worauf es hinauslief? Sie wollten jemanden, dem sie die Schuld geben konnten. Sie *brauchten* einen Schuldigen. Sonst hätten sie nämlich sich selbst die Schuld geben müssen – verstehen Sie, was ich sagen will?«

»Dann glauben Sie also, dass dem ›Tempel‹ nichts vorzuwerfen war?«

Kramer schüttelte den Kopf. »Ich weiß nicht, vielleicht hätten sie sogar vor Gericht gehen können. Möglicherweise hätten die Schiffseigner irgendwie haftbar gemacht werden können – nicht genug Rettungsübungen, so was in der Art. Aber darum geht es nicht. Ich will Ihnen klarmachen, dass man in meinem Gewerbe viele Leute trifft, die irgendwelchen Fantastereien nachjagen. Die Hälfte? Ich könnte sagen, stecken Sie Ihr Portemonnaie wieder ein, ich weiß jetzt schon, dass ich Ihnen das nicht geben kann, was Sie möchten. Ich meine – denken Sie doch nur an all die Vermissten im Vietnamkrieg. Wenn man die Angehörigen fragt, dann gibt es keine Vermissten, bloß jede Menge ›geheime Gefangene‹. Oder den Absturz der TWA-Maschine. War das ein *Unfall*? Scheiße, nein. Das war eine Rakete, eine Bombe, ein Wartungsfehler – irgendwas. Wenn man nämlich mit Angehörigen zu tun hat, gibt es nie so was wie einen *Unfall*. Der Verlust muss einen Grund haben, es muss jemanden geben, den man zur Verantwortung ziehen kann. Sie brauchen irgendeine Art von Vergeltung – Geld, Rache, egal. Ansonsten hat es keinerlei Bedeutung. Dann ist es purer Zufall. Und an dem Punkt beginnt die Gralssuche. Dann geht es nicht mehr darum, was passiert ist, sondern um irgendwas anderes. Und ob einem das nun gefällt oder nicht, damit verdiene ich viel Geld.«

»Und Sie meinen, das war auch bei den Bergmans so?«

»Das *weiß* ich.«

»Und was ist mit der Leiche, die man gefunden hat?«

»Sie meinen in den Adirondacks?«

Frank nickte.

Kramer zuckte die Achseln. »Man weiß noch nicht, ob es die Bergman ist.«

Frank pflichtete ihm bei. »Aber ... wenn doch?«

Kramer blickte finster, überlegte. »Ich weiß nicht, vielleicht haben Sie Recht. Vielleicht hat der ›Tempel‹ sie um die Ecke gebracht. Ich kann zwar keine *Beweise* dafür sehen, aber ...«

»Wenn es nicht der ›Tempel‹ war ...?«

»Sagen wir mal so: Ich finde, die Staatsanwaltschaft sollte sich auf die Suche nach *Mister* Bergman machen.«

Die Andeutung kam für Frank überraschend. »Sie denken ...«

Der Detektiv beugte sich vor und senkte die Stimme. »Die Bergmans hatten ganz schön Probleme.«

»Was für Probleme?«, hakte Frank nach.

»Probleme, die jedenfalls nichts mit ihrem Junior zu tun hatten«, erwiderte der Detektiv. Frank wollte etwas sagen, aber

Kramer kam ihm zuvor. »Ich will nicht zuviel behaupten, aber – wollen Sie wissen, was ich gehört habe? Bergman hat einen ganzen Batzen Geld auf die Cayman Inseln geschafft, ganz kurz bevor er und seine Frau verschwanden.«

»Davon wusste ich nichts«, sagte Frank.

Kramer nickte. »Haben Sie schon mit Tuttle gesprochen?«

»Sie meinen den von der Staatsanwaltschaft in Placid?«

»Ja.«

»Nur am Telefon«, sagte Frank.

»Sie könnten ihn wohl danach fragen, aber ich glaub nicht, dass er Ihnen viel erzählen wird. Das ist eine wichtige Spur, an der sie dran sind.«

Frank nippte an seinem Wein und dachte nach. Dann schlug er einen anderen Kurs ein. »Was ist mit der Exhumierung? Ist die je ...?«

Der Detektiv schüttelte den Kopf. »Nein, die ist auf dem Instanzenweg hängen geblieben. Die County hatte sie schon angeordnet, aber der ›Tempel‹ hatte Einspruch eingelegt. Ich meine, sie hatten die Dokumente des Jungen. Unterschrieben und versiegelt. Notariell beglaubigt. Sein Testament. *Seine* Unterschrift, keine Frage. Er wollte dort beerdigt werden, und er wollte nicht, dass seine sterblichen Überreste ›entweiht‹ werden. Das hatte er sogar in seinem Testament ausdrücklich geäußert. Und dann verschwinden Mom und Pop von der Bildfläche, und – peng – war die Frage nur noch rein akademisch.«

Der Kellner kam mit der Rechnung, und Frank reichte ihm seine Visacard, unsicher, ob sie nicht vielleicht schon gesperrt war. »Meinen Sie, sie könnten mir die Namen der Leute von der *Crystal Dragon* nennen, mit denen Sie gesprochen haben?«, fragte er. »Vielleicht könnte ich mich auch mal mit denen unterhalten.«

Kramer spitzte die Lippen. »Ich denke, ja«, sagte er. »Geben Sie mir Ihre Faxnummer, dann schicke ich Ihnen meine Memos.«

Frank nannte ihm die Nummer und fragte: »Wie ist es denn da oben? In Placid.«

Kramer schüttelte den Kopf. »Weiß nicht. Es ist ... gepflegt. Ziemlich gut organisiert. Ganz offensichtlich haben die Leutchen ordentlich Geld. Der Anführer ist ein Spinner, aber – was soll's, es macht sie glücklich.«

Sie verabschiedeten sich auf dem Parkplatz, Kramer bedankte sich für die Einladung zum Essen und versprach, sich zu melden, sobald irgendwas auf seinem »Radarschirm« auftauchte. Dann stieg er in den Jaguar, der brüllend ansprang, rollte vom Parkplatz, winkte kurz über die Schulter und verschwand im fließenden Verkehr.

Frank sah ihm nach, dann stieg er in seinen Saab und ließ sich das Gespräch noch einmal durch den Kopf gehen. Vielleicht sagte Kramer ja die Wahrheit, aber Frank schien es, als hätte der Privatdetektiv eine bestimmte Absicht verfolgt, nämlich die Geschichte herunterzuspielen. Warum sollte er das tun, fragte sich Frank. Die meisten Detektive waren ganz wild auf Publicity. Je häufiger ihr Name in den Zeitungen auftauchte, desto mehr Kunden hatten sie.

Als er vom Parkplatz Richtung Norden fuhr, bereute er, dass er soviel über seine Nachforschungen preisgegeben hatte, vor allem seinen Verdacht wegen der Ertrunkenen. Und er bereute es sogar noch mehr, als er nur wenige Querstraßen vom Restaurant entfernt Kramers Jaguar auf dem Parkplatz neben einem Schnellimbiss stehen sah und den Detektiv selbst, wie er aufgeregt in das Münztelefon daneben sprach.

Frank wurde langsamer und vergewisserte sich, dass es wirklich Kramer war, dann fuhr er weiter. Hoffentlich geht es dabei nicht um mich, dachte er.

21

Daytona Beach, Florida

Wie die meisten seiner Nachbarn in Pine Creek war auch Gene Oberdorfer Rentner. Etwa vier Monate zuvor war er aus Lake Placid nach Florida gezogen, fest entschlossen, nie wieder einen Winter im eiskalten Norden über sich ergehen zu lassen.

Pine Creek, das um einen Golfplatz herum gebaut worden war und zwei bewachte Einfahrten hatte, unterschied sich eigentlich nicht von vielen anderen Siedlungen in Florida. Aber in gewisser Hinsicht war es etwas ganz Besonderes, und das wurde jedem klar, der zwischen dem siebten und achten Loch auf dem Golfplatz unterwegs war. Neben dem durch Streifen auf dem Asphalt markierten Übergang über eine, wie es aussah, kleine Straße stand ein Holzschild mit der Aufschrift:

FLUGZEUGE HABEN VORFAHRT

In Florida, wie überall sonst auf der Welt, bevorzugen Bauplaner unbebautes Land, weil es Abrisskosten spart. Folglich hatten sie das Gebiet von Pine Creek jahrelang ignoriert, weil sie den mittendrin liegenden Flugplatz aus dem Zweiten Weltkrieg als Hindernis betrachteten. Für sie waren die Rollbahnen nur zusätzliche Kostenfaktoren – etwas, das man hätte abtragen müssen. Was eine Menge Arbeit und schweres Gerät erforderte.

Aber wo andere nur Schwierigkeiten sahen, entdeckte der

Bauplaner, der Pine Creek schließlich gestaltete, eine günstige Gelegenheit. Er nannte seine Schöpfung *Pine Creek Fly-In* und schuf ein regelrechtes Paradies für die Besitzer kleiner Flugzeuge – für Leute wie John Travolta und Gene Oberdorfer. Der Haupthangar des kleinen Flughafens und die Abstellplätze auf dem Vorfeld waren nichts Besonderes – eigentlich ganz ähnlich wie auf dem kleinen Flugplatz, wo Oberdorfer seine Cessna früher untergestellt hatte.

Einmalig an Pine Creek war das System von Rollbahnen, die bis vor die Wohnhäuser führten, und die Hangars, die aussahen wie zu groß geratene Garagen. Leute wie Oberdorfer konnten so bequem in ihr Flugzeug steigen wie andere Leute in ihre Autos. Eine Minute später konnte er schon aus seiner Einfahrt auf die Rollbahn einbiegen und fünf Minuten später in der Luft sein.

Das Ganze war also wie geschaffen für Oberdorfer, dessen Mission sowohl ein kleines Flugzeug als auch einen privaten Hangar erforderte.

Wie üblich stand er um halb sechs auf, machte seine Morgengymnastik und -meditationen und ging dann zum Clubhaus, um pünktlich um sieben mit seinen neuen Bekannten eine Runde Golf zu spielen. Meistens machte ihm das Golfspielen Spaß, obwohl er ehrlich gesagt nicht besonders gut war. Und heute war er noch dazu unkonzentriert. Der Wetterbericht hatte keinen Regen gemeldet, nun jedoch bauten sich allmählich Wolken am Horizont auf, und das bereitete ihm Sorge.

Andererseits, dachte er, als er mit seinem Schläger einen Schauer aus Erde und Gras in die Luft beförderte, falls es tatsächlich keinen Regen gab, wären die Wetterbedingungen nahezu perfekt. Temperaturen um die achtundzwanzig Grad, hohe Luftfeuchtigkeit, leichter Ostwind. So wichtig war es eigentlich auch nicht. Er konnte es heute machen oder auch morgen. Die Entscheidung lag bei ihm, solange die Bedingungen stimmten. Trotzdem, die Frage ging ihm nicht aus dem Kopf. Und sein Spiel litt unter der fehlenden Konzentration. Besonders die kurzen Schläge. Seine Drives waren erbärmlich und sein Putting einfach schauderhaft.

»Verdammt«, sagte er, als sein Ball am vierzehnten Loch ins Rough segelte. »Habt ihr was dagegen, wenn ich einen Freischlag nehme?«

Die Frage löste lautes Gejohle aus. »Ein Freischlag kann dich auch nicht mehr retten, Obie«, scherzte ein Mann namens Johnson. »Wie wär's stattdessen mit 'ner Runde Freibier für alle?«

Gegen Mittag waren sie im Clubhaus beim Lunch – auf seine Kosten, weil er am neunten Loch so unglaublich mies gespielt hatte. Um zwei war er wieder zu Hause. Das Wetter hielt, das Barometer war stabil, der Wind unverändert. Eine Stunde später war er in seinem Hangar und überprüfte die Ausrüstung ungefähr zum zehnten Mal.

Aufgrund der Tatsache, dass er einen privaten Hangar besaß, war es ein Kinderspiel gewesen, das Flugzeug entsprechend aufzurüsten. Die Geräte zum Bestäuben großer Felder sind recht simpel und bestehen im Grunde nur aus verschiedenen Rohrleitungen, die an der hinteren Kante der Tragflächen angebracht werden. In diese Röhren waren zwanzig Zerstäuberdüsen eingesetzt worden, und das Ganze funktionierte gut. Alles, was er brauchte, hatte er in einem Heimwerkermarkt bekommen.

Der Kanister selbst war ziemlich groß, aber er passte auf den Passagiersitz hinter ihm. Das Teil kam aus der Schweiz und war anscheinend für die Bekämpfung irgendwelcher Schädlinge im Berner Oberland gedacht gewesen. Die Zentrale hatte ihn besorgt, und das war gut so. Die Zerstäubungsdichte war vorgegeben, und es gab einen eingebauten Luftkompressor. Er musste ihn lediglich aufladen, das Ding mit Wasser füllen und das Material dazugeben. War er erst in der Luft, würde sich auf Knopfdruck ein feiner Schleier hinter dem Flugzeug ausbreiten.

Er wartete bis halb fünf. Wie die meisten kleinen Flugplätze verfügte auch Pine Creek nicht über Instrumente, um Starts und Landungen zu überwachen. Für Kurzflüge musste man noch nicht mal einen Flugplan einreichen. Ein paar von den stolzen

Flugzeugbesitzern – vor allem diejenigen mit Oldtimer-Modellen – stiegen manchmal auf, um Loopings und Rollen zu fliegen. Aber zur Zeit war niemand in der Luft, zumindest sah er keinen. Und es gab keine Wartezeit auf der Startbahn. (Eigentlich musste man nur an den Wochenenden vor dem Start Schlange stehen.)

Er verstaute den Kanister auf dem Passagiersitz und drapierte seine Jacke darüber. Dann ging er seine Checkliste durch, trat zurück und bewunderte sein handwerkliches Geschick. Wirklich, die Düsen und Rohrleitungen waren kaum zu sehen, selbst auf diese kurze Entfernung.

Draußen hing der Windsack schlaff herab, und nur gelegentlich wurde er von einer leichten Brise bewegt. Am Himmel war weit und breit kein Flugzeug zu sehen, außer einer Verkehrsmaschine auf dem Weg nach Süden.

Aus der Vogelperspektive war deutlich zu erkennen, dass dieser Teil Floridas mittlerweile fast vollständig erschlossen war. In der Ferne sah man Richtung Orlando noch ein paar Farmen mit leuchtendgrünen Flächen frischen Grases drum herum, doch abgesehen davon und außer einigen Golfplätzen und einem Grünstreifen am Bach entlang erstreckten sich, so weit das Auge reichte, in alle Richtungen Siedlungen und Einkaufszentren. Das war auch gut so. Denn für den Test brauchte er eine hohe Bevölkerungsdichte.

Der Ozean war nur sechs Kilometer von Pine Creek entfernt, und wenige Minuten später flog Oberdorfer bereits über die Wohnanlagen und Hotels direkt am Strand. Er hatte vor, eine »Linearbestäubung« vorzunehmen, was nichts anderes hieß, als dass er eine kleine Menge Material auf einer durchgängigen Linie versprühen wollte, im Vertrauen darauf, dass ein günstiger Wind den Impfstoff ins Landesinnere tragen würde.

Es bestand jedenfalls keine Gefahr, das Ziel zu verfehlen.

Direkt unter ihm schoben sich Autos am hellen Strand entlang. Ihre Zahl übertraf sogar die der Schwimmer. Die Stadt hatte zwar die Strandzeiten ein wenig verkürzt, aber die Zufahrt an sich nicht verboten – was ihn ungemein ärgerte. Die Hälfte des

Planeten war zubetoniert, und diese Idioten mussten bis zum Strand fahren!

Da konnte einem doch die Galle überlaufen.

Er ging tiefer, griff nach hinten und betätigte den Schalter, um den Luftkompressor in Gang zu setzen. *Los geht's!* dachte er, als das Flugzeug den Strand entlangschwebte, der Kompressor vor sich hin stampfte und ein feiner Nebel sich fächerförmig von den Tragflügelkanten ausbreitete.

22

Cal Tuttle saß Frank gegenüber auf der anderen Seite des Schreibtisches, und hinter ihm hing die Fahne seines Amtes. Staatsanwalt Tuttle, ein teiggesichtiger Mann Ende vierzig, war nicht gerade redselig.

Frank fragte ihn, wie der Torso gefunden worden war.

»Hund von Campern.«

»Waren Sie überrascht?«

Tuttle neigte den Kopf und sah ihn an. »Dass im Wald eine enthauptete Frau mit abgeschnittenen Händen gefunden wurde?« Er überlegte einen Moment und zuckte dann die Achseln. »Eigentlich nicht.«

»Haben Sie die Leiche gleich nach dem Fund mit den Bergmans in Verbindung gebracht?«

»Nein.«

»Warum nicht?«

»Es gab nichts, um eine Verbindung herzustellen.« Er machte mit Zunge und Gaumen ein leise schmatzendes Geräusch. »Die DNS-Tests dauern eine Weile. Dann wissen wir mehr.«

»Könnten Sie mir die Namen der Camper nennen?«

»Nein, ich glaube, das wäre denen nicht recht. Der Hund hieß jedenfalls Taz.«

»Danke. Aber Sie halten in dieser Sache Kontakt mit den Ermittlungsbehörden von Dutchess County, richtig?«

»Wenn Sie das sagen.«

»Nun ja, es wäre schon eine Meldung wert, wenn Sie es nicht täten«, entgegnete Frank leicht gereizt.

Tuttle schmunzelte, dass er Frank allmählich aus der Ruhe brachte.

»Ich habe gehört, dass Harry Bergman mit dem Tod seiner Frau in Verbindung gebracht wird«, sagte Frank und achtete auf Tuttles Reaktion. »Stimmt das?«

Ein bedauerndes Lächeln. »Ach«, erwiderte Tuttle, »das ist ja ganz was Neues.«

»Tatsächlich?«

»Ja«, sagte der Staatsanwalt. »Das ist mir bislang noch nicht zu Ohren gekommen.«

Frank runzelte die Stirn. Wenn Tuttle kein genialer Schauspieler war, sagte er die Wahrheit. »Nun ja, vielleicht war meine Quelle falsch informiert.«

»Das denke ich auch.«

Frank beschloss, einen anderen Kurs einzuschlagen. »Was ist mit dem ›Tempel‹?«

»Was soll damit sein?«

»Ich weiß nicht. Was sind das für Leute?«

Tuttle sagte achselzuckend: »Die bleiben ziemlich unter sich. Wir kriegen sie nicht oft zu Gesicht.«

Frank seufzte. Seit fast einer halben Stunde versuchte er, mit diesem Staatsanwalt ein vernünftiges Gespräch zu führen, und allmählich hatte er es satt. Also legte er seinen Stift beiseite und fragte Tuttle, ob er ihm den Weg zur Zentrale des »Tempels des Lichts« beschreiben könnte.

Tuttle zeichnete eine kleine Karte auf einen Zettel und schob ihn über den Schreibtisch. »Wahrscheinlich lassen die Sie gar nicht rein«, sagte er und schüttelte Frank die Hand.

»Warum nicht?«

Wieder zuckte Tuttle die Achseln. »Unnahbar.«

Und wirklich, sie ließen ihn nicht rein – nur bis zum Besucherzentrum.

Es war in einem mit weißen Schindeln verkleideten Haus außerhalb des Anwesens untergebracht. Rund zweihundert Meter weiter konnte Frank ein schmiedeeisernes Tor und ein kleines steinernes Wachhäuschen sehen. Das Tor war offensichtlich geschlossen, also hielt er vor dem Besucherzentrum, hob den Türklopfer, der wie eine Ananas geformt war, und ließ ihn fallen. Einmal. Zweimal. Noch mal.

Eine freundliche junge Frau öffnete die Tür und bat ihn herein. Er zeigte ihr seinen Presseausweis und sagte: »Ich hatte gehofft, mir das Anwesen ansehen zu können, aber das Tor ist geschlossen.«

Die Frau entschuldigte sich und erklärte, dass das Tor immer geschlossen sei: Ohne vorherige Anmeldung dürfe niemand das Grundstück betreten.

»Wen kann ich denn anrufen, um einen Termin zu bekommen?«, fragte Frank.

»Ich fürchte, den müssen Sie vorher schriftlich beantragen«, antwortete sie.

»Sie meinen, ich kann mit niemandem sprechen?«

»Derzeit nicht.«

»Was ist denn mit ihm?«, fragte Frank und deutete mit dem Kinn auf ein Foto an der Wand. Das Bild zeigte einen Mann Mitte dreißig, der auf einem Berg stand und in die Kamera lachte. Hinter und unter ihm lag die Welt.

»Das ist Solange«, sagte sie mit einem Lächeln. »Ich glaube nicht, dass er zur Verfügung steht. Aber da Sie Journalist sind, könnten Sie unser Büro für Öffentlichkeitsarbeit anrufen – nur ich glaube, da ist heute keiner. Soweit ich weiß, sind alle auf einer Demo in Buffalo.«

»Aber –«

»Wir haben eine Website – Sie könnten ihnen eine E-Mail schicken, wenn Sie möchten. Sie müssen nur unsere Website aufrufen und dann ›Öffentlichkeitsarbeit‹ anklicken.« Sie reichte ihm eine Broschüre, die auf steifem grauen Papier gedruckt war. »Da steht alles drin«, sagte sie, »die Postanschrift und die E-Mail-Adresse.«

Er dankte ihr.

»Und wenn Sie sich ein bisschen umschauen möchten, unser Besucherzentrum hat drei Abteilungen: Inspiration, Information und den Laden. Aber Sie müssen sich beeilen«, fügte sie entschuldigend hinzu, »wir schließen in einer halben Stunde.«

Frank versprach, sich zu beeilen.

Das Erste, was ihm auffiel, als er den »Inspirationsraum« betrat, war der Geruch von Weihrauch und brennenden Kerzen. Dann sah er das auffällige Schwarzweißfoto, das die gesamte rückwärtige Wand einnahm.

Es zeigte einen Mann – Solange – am Strand, der genau an der Wasserlinie entlangging, die Hosenbeine hochgekrempelt, einen Hund neben sich, der Himmel strahlend hell. Über ihm segelten Möwen in der Luft, und ein kalligraphisches Spruchband gebot: FOLGE MIR. WANDLE IM LICHT.

Als Frank näher an das Bild herantrat, fiel ihm erstmals die Musik auf. Ein Knabenchor sang eine betörende Melodie in einer Sprache, die er nicht identifizieren konnte. Rumänisch oder Bulgarisch oder so. Die klaren Stimmen umfingen ihn, erfüllten die Luft. *Klasse Sound*, dachte Frank.

Die Wände des Raumes waren mit weichem grauen Stoff bezogen und rundherum mit kleinen Fotografien behängt, jede ungefähr im Posterformat. Wie das große Bild waren sie schön gerahmt und kunstvoll ausgeleuchtet. Frank betrachtete die Motive der Fotos: ein Spinngewebe mit Tautropfen darin; ein lichtdurchfluteter Kiefernwald; Kinder, die Hand in Hand dem Sonnenuntergang entgegengingen.

Was allen Bildern gemein war, so erkannte er, war *Licht* – wunderbar fotografiertes Licht. Frank ging von einem Exponat zum anderen, schritt durch den Wasserfall der Musik. Er fühlte sich ... *gut*. Ja, sogar irgendwie erbaut.

Zu ein paar Fotos – denen mit Solange – gab es Tonmaterial. Frank nahm sich einen Kopfhörer und drückte auf einen Knopf.

Er betrachtete ein Foto von Solange, der in einem Weizenfeld stand. Er hatte die Sonne im Rücken, und fast sah es so aus, als hätte er einen Heiligenschein. Und auch der Weizen war in Sonnenlicht getaucht, auf den Ährenspitzen funkelten Lichtersterne. Als Frank den Knopf drückte, schien sich der Weizen zu bewegen, zu wogen und sich zu biegen, wie vom Wind. Er beugte sich vor und sah, dass das Bild selbst unbeweglich blieb, dass aber dahinter eine Vorrichtung sein musste, die das Licht funkeln und schimmern ließ. Über die Kopfhörer kam plötzlich das Rauschen von Wind in einem Feld, was die Wirkung noch steigerte. Und dann sprach eine Stimme über den Wind hinweg.

»Und Gott sprach: Es lasse die Erde aufgehen Gras und Kraut, das Samen bringe, und fruchtbare Bäume auf Erden, die ein jeder nach seiner Art Früchte tragen, in denen ihr Same ist. Und es geschah so. Und die Erde ließ aufgehen Gras und Kraut, das Samen bringt, ein jedes nach seiner Art, und Bäume, die da Früchte tragen, in denen ihr Same ist, ein jeder nach seiner Art. Und Gott sah, dass es gut war. Da ward aus Abend und Morgen der dritte Tag.« [I. Mose I, 11–13]

Frank ging an einigen weiteren Bildern vorbei und nahm das nächste Kopfhörerpaar. Er stand jetzt vor einer Lagerfeuersszene. Solange war neben dem Feuer unter einem sternenübersäten Himmel. Diesmal kam das Prasseln des Feuers vom Band – und wie der Weizen, so schien das Feuer zu glimmen und sich zu bewegen. Ebenso die Sterne, die heller leuchteten, als die Stimme in seinen Ohren erklang:

»Und Gott machte zwei große Lichter: ein großes Licht, das den Tag regiere, und ein kleines Licht, das die Nacht regiere ...« [I.Mose I, 16]

Ah, dachte Frank. Die Genesis. Er beschleunigte seinen Rundgang und sah sich darin bestätigt, dass die verschiedenen Bilder die Schöpfungsgeschichte wiedergeben sollten. Ziemlich geschickt, dachte er.

Er beeilte sich, in den »Laden« zu kommen. Hier wurden Vitamine, Seifen, ätherische Öle für Aromatherapie, Kerzen und dergleichen mehr angeboten. Esoterische Bücher und Kassetten nahmen eine ganze Wand ein. Klassische Musik lief– Pachelbel, dachte er. Die Brünette, die ihn am Eingang begrüßt hatte, stand hinter der Theke und verpackte gerade die Einkäufe einer Frau mittleren Alters mit Zöpfen. »Möchten Sie irgendwas kaufen?«, rief sie. »Wir schließen nämlich in« – sie warf einen Blick auf ihre Uhr – »oje, zwei Minuten!«

Er zögerte und hastete dann in den Informationsraum. Er hatte gerade noch Zeit für einen raschen Rundumblick. Er sah jede Menge Grafiken und Schaubilder und Landkarten, noch mehr Audiomaterial, für das zahlreiche Kopfhörer auf einer Holztheke bereitlagen. Ein Exponat bestand aus einer Karte der Vereinigten Staaten, auf der viele winzige Lichtlein glommen. Auf einem Tisch in der Mitte war unter der Überschrift ERWÄRMUNG ein dicker Globus zu sehen, in dem ein Thermometer steckte. Von der Decke hing eine »Bevölkerungsuhr«, die aussah wie eine Bombe. Sie tickte geräuschvoll, und ihre digitalen Zahlen rasten schneller, als das menschliche Auge wahrnehmen konnte. Auf einer Wand brannte der brasilianische Regenwald. Auf der gegenüberliegenden Wand war ein Kiefernwald bis auf wenige Zentimeter über dem Boden abgeholzt worden.

»Wir haben jetzt geschlossen«, sagte die Brünette mit ihrer liebenswerten, freundlichen Stimme. »Aber Sie können gern morgen wiederkommen. Wir haben ab neun geöffnet.«

Sie gab ihm eine kleine Plastiktüte mit »ein paar Pröbchen. Probieren Sie mal das Mango-Duschgel«, sagte sie, während sie ihn zur Tür geleitete. »Es ist phantastisch.« Auf dem Weg nach draußen steckte er noch rasch ein paar Broschüren ein.

Er hatte eigentlich gehofft, es noch bis Washington zu schaffen, doch gegen neun Uhr auf dem New Jersey Turnpike merkte er, dass er einnickte. Die Hupe eines Sattelschleppers ließ ihn verschreckt zusammenzucken, und er beschloss, sich ein Motel zu suchen.

Wenige Kilometer südlich von Cherry Hill fand er eines. Es

erinnerte irgendwie an *Psycho* und hatte eine separate Bar. Der strohgedeckte Eingang der Bar wurde von Schildern flankiert, auf denen zu lesen war:

VINNIE & THE GEE-GNOMES!
NUR HIER IM LEAKY TLKL!

Sein Zimmer war ganz in Rosttönen gehalten: orangefarbene Wände, Vorhänge, Tagesdecke, Teppich. Neben dem Bett hatte jemand mit der Faust durch die Gipskartonwand geschlagen. Es war eine von den Absteigen, in denen man einen Stuhl unter den Türknauf klemmt. Das tat er denn auch und ging unter die Dusche.

Das Mango-Duschgel war toll.

Erfrischt holte er seinen Laptop raus und machte sich ein paar kurze Notizen zu den Interviews mit Kramer und Tuttle und zu seiner halben Stunde im Besucherzentrum. Als er das Geschriebene durchlas, wurde ihm klar, was für eine Pleite die Fahrt gewesen war.

Wenn er Kramer glaubte, dann jagte er Hirngespinsten hinterher. Und wieso sollte er Kramer *nicht* glauben? Schließlich war Kramer näher an der Geschichte dran als sonstwer. Er kannte die Bergmans, wusste um die Probleme, die sie mit ihrem Sohn gehabt hatten – und er hatte sogar Leute auf dem Schiff befragt. Seiner Meinung nach war nichts an der Sache dran. Seine Klienten waren genauso hirnverbrannt gewesen wie die Leute vom »Tempel«, vielleicht sogar noch durchgedrehter.

Andererseits ... Tuttle hatte ehrlich überrascht gewirkt, als er ihn gefragt hatte, ob ein Verdacht gegen Harry Bergman bestand, für den Tod seiner Frau verantwortlich zu sein. Was hatte er gesagt? *Das ist ja ganz was Neues*, mit reichlich Sarkasmus in der Stimme. Und doch, wenn man Kramer glaubte, war das eine wichtige Spur.

Entscheidend waren die Worte *wenn man Kramer glaubte*. Tat er das? Frank überlegte. Warum sollte der Mann lügen, fragte er sich. Und die Antwort drängte sich wie von selbst auf: schönes Auto.

Was natürlich nichts zu bedeuten hatte. Er war wieder da, wo er angefangen hatte – in einem billigen Motel mit horrenden Ausgaben und ohne echte Story. Er könnte genausogut noch im »Tschernomorskaja« sitzen.

Über die Tastatur gebeugt, tippte er die Worte: *»Tempel des Lichts« – Besucherzentrum.* Dann nahm er die Broschüre zur Hand und tippte die verschiedenen Angaben zum »Tempel« ab: Adresse, Fax, Telefon, Website, E-Mail. Sonst noch was Wichtiges? Eigentlich nicht. Außer dass sie anscheinend viel Geld hatten. Ein »Flaggschiff«. Und einen Hubschrauber. Und ein »Anwesen«.

Wo kam das Geld her, fragte er sich. Das Duschgel war zwar toll, aber wieviel Geld konnte man mit so was verdienen? Schließlich verkauften sie das Zeug ja nicht landesweit in Supermärkten.

Er fragte sich, wie ihre Website wohl aussah, und schloss den Laptop ans Telefonnetz an. Als er AOL anklickte, dachte er: Frank Daly, der Cyberspace-Schnüffler.

Die Homepage des »Tempels« brauchte ungefähr dreißig Sekunden, um sich aufzubauen, das Bild der Erde – aus dem Weltraum aufgenommen. Doch statt der wahllosen Wolkenschleier, die über dem altvertrauten »blauen Kiesel« wirbelten, hatte der Künstler die Wolken zu einem gespenstisch stilisierten Bild verdichtet: ein sich aufbäumendes weißes Pferd mit wildem Blick. *Tempel des Lichts* leuchtete pulsierend in ständig wechselnden Farben. Unter dem Schriftzug war eine Vielzahl kleinerer Kästchen, jedes mit einem Bild versehen. Er klickte das erste an: Solange und der Hund am Strand. Es war das gleiche Bild, das er im Inspirationsraum des Besucherzentrums gesehen hatte.

Es gab nicht viel her. Der Text stellte den Leiter des »Tempels« vor, Luc Solange, »ein widerwilliger Guru der Ökologiebewegung« und »eine führende Gestalt offensiven Umweltschutzes«. Die erklärte Mission des »Tempels« war es, »die Harmonie zwischen der Mutter Erde und dem Kind Mensch wiederherzustellen«. Solange hielt angeblich häufig Vorträge in den Wellness-Zentren des »Tempels« in Big Sur, Taos, Cabo San Lucas und anderen »Stätten spiritueller Konvergenz«. Man konnte diese Vorträge ebenso aufrufen wie Informationen zu den Wellness-Zentren.

Andere Seiten boten Optionen an wie »Envirogeddon« und »Entschlüsselte Offenbarungen«, wobei letzteres Solanges Deutung der sieben Siegel war. Frank warf einen kurzen Blick hinein und stellte fest, dass es sich um eine schwer verständliche, gelehrte Arbeit mit vielen Fußnoten handelte, die mit Verweisen auf Numerologie und Kabbala durchsetzt war. Er rief eine andere Seite auf, »Drachenmärchen«, und sah, wie sich die Umrisse eines großen Schiffes, das durch hohe Wellen schnitt, langsam auf seinem Monitor aufbauten. Er klickte das Schiff an, bekam aber eine Fehlermeldung, derzufolge die Seite nicht gefunden werden konnte. Er ging zurück.

Ein »Buch der Tage« zeigte Bilder von lächelnden »Templern« bei der Arbeit, beim Spiel und en famille. Es gab Bestellformulare für die »EcoVita«-Produkte des »Tempels« (Aromatherapie und Ernährungszusätze) sowie für dessen Publikationen. Zum guten Schluss wurden Links zu anderen Websites angeboten, darunter die von »Earth First« und »Peta«, und »ein Brief von Lukas«, der die Leser aufforderte, dem »Tempel« in seinem Kampf um die Rettung des Planeten beizustehen.

Frank sah auf die Uhr und verließ das Internet. Es war halb elf, und er wollte Annie noch anrufen, bevor sie schlafen ging.

»Hallooo«, sagte sie, und es klang, als wäre sie froh, seine Stimme zu hören. »Wo sind Sie?«

»In New Jersey. Mein Zimmer ist völlig orange. Ich komme mir vor, als würde ich in einem Kürbis stecken.«

Sie lachte und machte einen Witz über Disneys Cinderella. Dann wurde sie ernst. »Also, wie ist es gelaufen?«

Er erzählte ihr von Kramer und dem Besucherzentrum und fügte hinzu, dass er sich gerade die Website des »Tempels« angesehen habe. »Vielleicht wollen Sie mal reinschauen«, sagte er, »ist schon interessant – wenn man auf so was steht.«

»Ich seh's mir mal an«, erwiderte sie. »Vielleicht geh ich aber auch ins Bett.«

Sie unterhielten sich noch ein paar Minuten über nichts Besonderes, dann legten sie auf, und Frank stand vor der Wahl, entweder schlafen zu gehen oder es doch noch mit den Gee-Gnomes zu versuchen.

Es war weit nach Mitternacht, fast eins, als das Telefon klingelte und ihn aus einem tiefen REM-Schlaf riss. »Wa ...?«

»Frank? Ich bin's, Annie.«

»Hallo«, nuschelte er und schaltete das Licht an.

»Aufwachen!«

»Ich *bin* wach«, sagte er und sah sich wild im Zimmer um. »Ich habe bloß ... geschlafen. Jetzt bin ich wach.« Er stockte. »Wieso bin ich wach?«

»Sie müssen nach Hause kommen.«

»Tu ich. Werde ich. Morgen bin ich zurück. Ich meine, am Nachmittag. So gegen zwei.«

»Nein«, sagte sie, »Sie müssen jetzt gleich kommen. Sofort!«

Da war etwas in ihrer Stimme – Angst, Begeisterung, eine Mischung aus beidem. »Alles in Ordnung?«, fragte er, schlug die Decke zurück und schwang die Beine aus dem Bett.

»Ja«, sagte sie. »Mir geht's gut. Aber ich habe mir die Website angesehen –«

»Welche?«

»Die vom ›Tempel‹.«

»Ach so.«

»Und sie sind es!«, sagte sie. »Es ist der ›Tempel‹.«

»Natürlich ist es der ›Tempel‹. Ist schließlich ihre Website. Wovon reden sie eigentlich?«

»Sie sind ein Genie«, erklärte Annie. »Sie hatten Recht. Die vom ›Tempel‹ haben die Leichen mitgenommen!«

»Und das steht in der Website?«

»Nein! Ich meine, ja, in gewisser Weise. Das Pferd ist auf der Website!«, sagte Annie.

»Welches Pferd?«

»Das weiße Pferd – mit dem irren Blick. Es gehört zu ihrem Logo.«

»Sie meinen ... das vor der Erde?«, fragte Frank. »Mit den Wolken und so?«

»Jawohl!«

Er überlegte. »Na und?«, sagte er schließlich. »Es ist bloß ein Pferd.«

»Es ist das *gleiche* Pferd«, klärte Annie ihn auf.

»Das gleiche wie was?«

»Das Pferd in Kopervik. Da war ein Pferd auf die Kirche gemalt – ein großes Pferd –, aber es war ein Graffiti. Und es hat uns irgendwie Angst gemacht. Und als ich jetzt das Pferd auf der Website gesehen hab – das ist wie ihre Unterschrift. Sie haben die Leichen gestohlen und ihr Zeichen auf der Kirche hinterlassen!« Sie verstummte einen Moment, dann: »Frank!«

»Was?«

»Warum sollte eine ... religiöse Gruppe ... so etwas machen? Ein Virus. Ich meine –«

»Ich weiß nicht«, sagte er.

»Aber wir müssen das jemandem sagen, stimmt's?«

»Ja. Sicher.«

»Aber ... wem?«

Er dachte nach, aber es gab keine andere Wahl. »Gleason«, sagte er. »Wir müssen es diesem verdammten Gleason sagen.«

23

Er packte seine Sachen zusammen und fuhr durch die Nacht Richtung Washington, wo er kurz nach vier Uhr am Morgen ankam. Wundersamerweise fand er ganz in der Nähe seiner Wohnung einen Parkplatz.

Zu Hause angekommen, wusste er nicht recht, wie er die Zeit totschlagen sollte. Er hatte versprochen, Annie ganz früh abzuholen – um sieben – und mit ihr zum FBI zu fahren. Was bedeutete, dass er sich noch für zwei Stündchen aufs Ohr legen könnte.

In der Gasse hinter seinem Wohnhaus hörte er die Müllmänner mit den Tonnen herumpoltern. Ich sollte lieber duschen, dachte er. Ein paar Notizen machen, die Satellitenfotos zusammensuchen. Kaffee kochen.

Fünf Minuten später stand er unter der Dusche und ließ sich das heiße Wasser auf den Nacken prasseln. Und dann fiel es ihm ein.

Heute kommt die Müllabfuhr gar nicht. Die kommt donnerstags. Wir haben Dienstag. Und außerdem, die Müllmänner kamen zwar früh, aber doch nicht so früh. Er sah auf die Uhr. Halb fünf.

Er stand einen Moment wie erstarrt und dachte nach, dann stellte er die Dusche ab. Er stieg aus der Kabine, wickelte sich ein Handtuch um die Hüfte und ging zum Küchenfenster, das auf die rückwärtige Gasse ging.

Zwei Männer warfen Müllbeutel hinten in einen Transporter von der Mietwagenfirma U-Haul. Was die städtische Müllabfuhr bestimmt nicht getan hätte. Die Missstände in der Verwaltung waren zwar bekannt, aber Frank war sicher, dass es so weit denn doch noch nicht gekommen war. Noch nicht, jedenfalls.

Sie zerrten die Müllbeutel aus dem Container, der zu seinem Apartmenthaus gehörte, und schleuderten sie in den Transporter. Der Container gegenüber blieb voll, ebenso die anderen weiter oben. Worauf haben die es wohl abgesehen, dachte er, und dann sah er plötzlich wieder Kramer vor sich, wie er neben dem Schnellimbiss stand und hektisch telefonierte.

Die klauen meinen Müll, dachte er. Nein. Das kann nicht sein. Trotzdem ... ansonsten wohnten bei ihm im Haus nur noch die Lehrerin Charlotte Seltzer und Carlos Rubini, der im Wohnungsamt arbeitete. Warum sollte sich jemand für deren Müll interessieren? Und trotzdem ...

Er öffnete das Fenster und lehnte sich hinaus: »He!«, rief er. »Was machen Sie denn da?«

Die beiden Männer erstarrten und blickten dann langsam zu ihm hoch. Sie schienen sich einen Moment zu beratschlagen, gingen dann seelenruhig zum Transporter, warfen die Beutel, die sie noch in den Händen hielten, hinten rein und schlossen die quietschende Tür. Geruhsam gingen sie nach vorn zum Führerhaus, stiegen ein und fuhren davon.

Frank versuchte das Nummernschild zu erkennen, aber es war zu weit weg. Dann bog der Transporter um die Ecke und war verschwunden.

Stöhnend überlegte Frank, was in seinem Müll gewesen sein mochte. Orangenschalen und Papiertaschentücher, Artikelentwürfe, Transkripte von Interviews, leere Milchtüten und verschimmeltes Brot, Notizen und Steuerformulare ... O Gott, er sollte sich wirklich einen Schredder besorgen.

Neal Gleasons Büro lag in einer Gegend der Stadt – man konnte unmöglich von Stadtviertel sprechen –, die Buzzard Point genannt wurde. Seit Frank nach Washington gekommen war, sprach alle Welt davon, dass gerade dieses Gebiet als nächstes eine wunderbare urbane Renaissance erleben würde. Angesichts seiner Lage nah am Fluss und nur wenige Minuten vom Kapitol entfernt, schwebte den Planern so etwas vor wie das modernisierte Hafengebiet von Baltimore: ein Edelviertel direkt am Wasser, mit einer breiten Promenade, Apartmenthäusern, Hotels, Restaurants und teuren Geschäften.

Doch trotz der vielen Pläne und Architektenmodelle schien sich Buzzard Point einfach nicht zu verändern. Die Straßen waren voller Schlaglöcher und so oft ausgebessert, dass sie wie handgemacht aussahen. Zwischen einer Hand voll hässlicher Betonbürogebäude und leer stehenden Grundstücken versteckte sich hier und dort ein kleines Unternehmen. Ihnen allen war das trutzig wehrhafte Aussehen gemein, das offenbar aus dieser Gegend nicht wegzudenken war.

Es gab Tante-Emma-Läden mit Metalltüren zum Schutz vor Einbrechern, Spirituosengeschäfte, wo die Verkäufer hinter kugelsicheren Glaswänden standen, und bunkerähnliche Friseurläden. An den Tankstellen drängelten sich Kinder, die gegen Trinkgeld die Windschutzscheibe putzen oder den Wagen volltanken wollten.

Frank war nicht ganz wohl dabei, den Wagen hier auf der Straße abzustellen, aber wie sich herausstellte, gab es keine andere Möglichkeit. Hierher verirrten sich nicht so viele Besucher, dass sich ein bewachter Parkplatz gelohnt hätte.

Das FBI-Gebäude war einer von diesen gesichtslosen Kästen aus den fünfziger Jahren mit einer uniformen Reihe von zu klein geratenen Fenstern pro Stockwerk. Drinnen war es auch nicht besser: fleckiger blauer Nadelfilzboden und Akustikdecken, deren Platten bereits brüchig waren und durchhingen. Zwei bewaffnete und uniformierte Männer überwachten den Eingang. Einer stand an der Tür, und der andere saß hinter einer Theke aus Holzimitat gleich neben einem Drehkreuz. Man musste an dem ersten vorbeigehen und einige Zeit bei dem zweiten verbringen, bis man die Erlaubnis bekam, zu den dahinterliegenden Fahrstühlen vorzudringen.

Der Mann hinter der Theke rief Gleasons Büro an, forderte sie auf, ihre Namen in eine Liste einzutragen, schaute in Annies Handtasche, untersuchte Franks Aktenkoffer und zog die Kappe von der Rolle, in der die Satellitenfotos waren. Dann schrieb er ungelenk ihre Namen und den von Gleason auf kleine rechteckige Stücke aus gelbem Pappkarton, schob diese in Plastikhüllen und wies sie an, sie an ihrer Kleidung festzustecken. Eine massige Frau kam aus einem der Fahrstühle hinter dem Drehkreuz, und sie durften durchgehen. Die Frau geleitete sie nach oben in einen Vorraum mit ein paar aprikosenfarbenen Plastiksesseln. Gerahmte Drucke mit Blumenpastellen zierten die Wände.

Sie mussten nicht lange warten. Gleason kam heraus und bedeutete ihnen wortlos, in sein Büro vorauszugehen. Der FBI-Mann war in Hemdsärmeln, und als er um seinen Schreibtisch herumging, war die Pistole in seinem Schulterhalfter deutlich zu sehen. Seine Augen waren blass und erstaunlich blau. Fast babyblau. Frank dachte, dass er den Mann zuvor noch nie ohne seine Sonnenbrille gesehen hatte.

»Nun«, sagte Gleason. »Sie wollten mit mir reden? Reden Sie.«

»Ich weiß, dass Sie in Hammerfest waren«, begann Frank und wollte die Satellitenfotos hervorholen.

»Hmmm«, sagte Gleason. »Anschauungsmaterial. Sehr hübsch, aber ich habe eigentlich keine Zeit für einen Bildervortrag. Beschränken Sie sich doch bitte auf die mündliche Darstellung, und fassen Sie sich kurz, ja?«

Frank hatte vergessen, was für ein Arschloch Gleason doch war. »Ich wollte ihnen klarmachen, dass Dr. Adair mir nichts gesagt hat«, stellte er fest. »Ich habe aus anderen Quellen erfahren, was mit den Leichen passiert ist.«

Gleason nickte und beschrieb dann mit dem Zeigefinger der rechten Hand einen kleinen Kreis in der Luft. Frank sollte sich beeilen. Also lieferte Frank ihm eine verkürzte Darstellung und schloss mit der Feststellung, dass das auf die Kirchenmauer in Kopervik gemalte Pferd Annies Meinung nach mit dem Bild auf der Website des »Tempels« identisch war.

Gleason applaudierte langsam und gemächlich. »Faszinierend«, sagte er.

Annie warf Frank einen verwunderten Blick zu.

»Sie hören sich aber nicht so an, als wären Sie fasziniert«, sagte Frank.

»Nun ja, ehrlich gesagt, ich begreife nicht ganz, wieso Sie gedacht haben, das würde mich interessieren«, erwiderte Gleason. »Ich will ihnen was sagen. Ihnen beiden. Friedhöfe in Norwegen fallen nicht in den Zuständigkeitsbereich des FBI. Und selbst wenn, wir ermitteln nicht gegen religiöse Gruppen.«

»Aber«, wandte Annie ein, »Sie waren doch dabei. Sie –«

»Ich glaube, Dr. Adair will damit sagen, dass wir beide *wissen*, dass das FBI an dem Fall arbeitet, und wir dachten, Sie –«

»Und ich sage *Dr.* Adair, dass die Diskussion dieser Angelegenheit eine Verletzung der von ihr unterzeichneten eidesstattlichen Verpflichtung zur Verschwiegenheit ist und dass ich sie dafür strafrechtlich verfolgen kann.«

»Was?« Annie war empört. Ihre Wangen glühten, als käme sie gerade vom Schlittschuhlaufen ins Warme. »Ich habe ihm nichts erzählt«, sagte sie. »Aber was spielt das überhaupt für eine Rolle? Verstehen Sie denn nicht? Diese Gruppierung hat die Leichen entwendet und ist jetzt im Besitz des Virus und –«

Gleason hob die Stimme und ließ sie gleichzeitig schneidender klingen:

»Das geht Sie überhaupt nichts an, Dr. Adair. Und was Sie betrifft, Mr. Daly, so denke ich wirklich, es wäre in Ihrem Interesse, wenn Sie die Finger von der Sache lassen – oder Sie landen alle beide im Knast.«

»Ich glaube. Sie übersehen da was, *Neal*. Ich habe nämlich überhaupt nichts unterschrieben.«

»Sie müssen auch nichts unterschreiben, Sie Klugscheißer.

Wir haben Gesetze – darunter auch welche gegen Landesverrat.«

Gleason plusterte sich nur auf. Diese Anspielung auf Landesverrat konnte nicht sein Ernst sein. Aber bei diesem Drohspiel konnten die zwei mitmischen.

Franks Augenbrauen schnellten hoch. »*Landesverrat?* Vielleicht steckt da ja doch noch eine dickere Story hinter, als ich gedacht hatte. Ich hab gar nicht gewusst, dass wir Krieg haben. Aber vielleicht haben Sie sich ja verplappert. In diesem Fall sollten wir uns vielleicht unserer verfassungsmäßigen Rechte vergewissern. Mir scheint nämlich, *Neal*, dass diese ›Geheimhaltungspflicht‹ schon in der Vergangenheit nicht so toll funktioniert hat. Ich meine, man denke nur mal an die Pentagon-Papiere –«

Gleason stand auf und sagte: »Danke für Ihre Hilfe.« Er nickte in Richtung Tür. »Das Gespräch ist beendet.«

»Moment mal«, sagte Annie. »Ich verstehe das nicht. Ich meine, die Sache ist völlig –«

»Ich sagte: Das Gespräch ist beendet.«

Annie stand auf, ihr Gesicht glühte noch immer. Frank packte die Unterlagen wieder in seine Aktentasche und verschloss die Rolle mit den Fotos. Dann stand er auf, nahm Annie am Arm und ging hinaus.

Sie sprachen kaum ein Wort, bis sie wieder draußen auf der Straße waren. »Können die das wirklich machen?«, fragte Annie. »Was soll das alles?«

Frank sah zum Himmel, der bedeckt war mit schnell ziehenden Wolken. Der Fluss sah metallic-grau aus. »Das bedeutet, dass sie an dem Fall dran sind und nicht wollen, dass wir ihnen bei ihren Untersuchungen dazwischenfunken. Mehr nicht.«

Annie überlegte einen Moment. »Das ist doch gut, oder? Ich meine, dass sie an dem Fall dran sind.«

Frank zuckte die Achseln. »So ungemein beruhigend finde ich es nicht gerade.«

»Warum denn nicht? Das FBI! Die verstehen was davon.«

»Meinen Sie, die hätten den Unabomber je erwischt, wenn seine Familie ihn nicht schließlich ans Messer geliefert hätte?«

Ein dicker Regentropfen klatschte auf den Bürgersteig. Dann noch einer. Und noch einer.

»Ich hätte gedacht, Mr. Gleason würde zumindest wissen wollen, was wir wissen«, sagte Annie.

»Nennen Sie ihn nicht ›Mr. Gleason‹.«

»Wie soll ich ihn denn nennen?«

Frank sah sie schräg an und schüttelte dann den Kopf. »Ich bin wahrscheinlich nicht gerade die beste Adresse für diese Frage.«

Annie lächelte. »Verstehe«, sagte sie.

24

Die Idee, mit Stern zu sprechen, kam von Annie.

Er war Doktorand an der theologischen Fakultät in Georgetown und schrieb an einer Dissertation über neue Religionen (oder so ähnlich). Sie waren ein paar Mal miteinander ausgegangen (»nur auf einen Kaffee oder ins Kino«, sagte Annie), hatten sich aber seit zwei Jahren aus den Augen verloren. Vor wenigen Wochen war sie ihm zufällig auf der Connecticut Avenue in der Schlange an der Theke eines Selbstbedienungscafés begegnet. Wie er erzählte, saß er noch immer an seiner Arbeit und gab einen »mehr oder weniger vierteljährlichen« Rundbrief namens *Armageddon Watch* heraus. Er beschäftigte sich mit Sekten und neuen Religionen, mit Gehirnwäsche und dem Tausendjährigen Reich. *Ich bin Experte für Bekloppte*, scherzte er. Woraufhin sie irgendwas Witziges über ihr Spezialgebiet sagen wollte, nämlich »Bazillen«, aber dann war sie an der Reihe und musste sich entscheiden, ob sie nun Cappuccino oder Milchkaffee wollte, und –

Dann war er weg.

»Ich könnte mir denken, dass er einiges über den ›Tempel‹ weiß«, sagte Annie. »Das fällt doch in sein Ressort.«

Frank fand auch, dass sie mit ihm reden sollten.

Sie fanden Stern im Telefonbuch. Er wohnte außerhalb von Georgetown, an der Reservoir Road. Annie rief ihn an, und Stern lud sie zu sich ein.

»Stört es dich, wenn ich einen Bekannten mitbringe? Wir arbeiten gewissermaßen gemeinsam an einem Projekt.«

Nein, sagte er, es störe ihn nicht. Und tatsächlich erwies sich Stern als der vollendete Gastgeber. Nachdem er sie an der Haustür seines schäbigen Mietshauses begrüßt hatte, kochte er eine Kanne schwarzen Tee und bestärkte Frank in seiner Neugier hinsichtlich der vielen Bücher in der Wohnung. Sie lagen in Stapeln, große und kleine, auf jeder erdenklichen Fläche: auf dem Boden, den Tischen, den Fensterbrettern, den Heizkörpern – überall, nur nicht auf Bücherregalen (von denen es keine gab).

Er war älter, als Frank erwartet hatte – kein junger Bursche, sondern ein Mann Ende zwanzig. Er hatte wässrigblaue Augen, und sein Haar, das sich bereits lichtete, war entweder zu lang oder zu kurz, je nachdem was für eine Frisur beabsichtigt gewesen war. Er trug Stiefel und Jeans und ein weites Flanellhemd, und er lächelte viel.

Frank und Annie saßen auf der Kante einer abgewetzten Couch mit einem schönen grünen Bezug und schlürften ihren Tee.

»Ben ist genial«, sagte Annie, um ihn in Stimmung zu bringen. »Seine Dissertation ist fantastisch.«

Stern schmunzelte. »›Fantastisch‹ passt gut. Das Ding ist jetzt sechshundert Seiten lang, und ich bin dem Ende nicht näher als am ersten Tag vor drei Jahren.«

Frank verzog mitfühlend das Gesicht. »Das Problem kenne ich«, sagte er. »Ich arbeite seit vier Monaten an ein und derselben Story.«

»Das Blöde ist: Je mehr man weiß, desto komplizierter wird alles – also rückt das Ende in immer weitere Ferne. Wie bei den Zenonischen Paradoxien«, sagte Ben, »nur dass es nicht um Mathematik geht, sondern um Prosa.«

»Annie hat gesagt, sie schreiben über Sekten.«

Stern neigte sich nach rechts und links und rollte die Schultern, während er die Frage überdachte. »Ich denke, das kann man so sagen. Sekten, neue Religionen – wie man sie bezeichnet, hängt vom persönlichen Standpunkt ab.«

»Und wie lautet Ihre These?«

Stern zuckte die Achseln. »Je mehr sich alles ändert, desto mehr bleibt alles, wie es war.«

»Ach ja?«

Stern lächelte. »Es ist eine komparative Studie – die Taboriten und ›Mankind United‹.«

Frank schüttelte den Kopf. »Noch nie gehört.«

Stern rutschte verlegen in seinem Sessel hin und her, als wäre er dabei erwischt worden, wie er eine UFO-Zeitschrift las. »Das ist in etwa so, als wollte man Äpfel mit Birnen vergleichen«, sagte er. »Ich meine, sie sind sehr unterschiedlich, aber auch ... aber auch sehr ähnlich. Die Taboriten waren im fünfzehnten Jahrhundert eine religiöse Splittergruppe in Böhmen. Sie erklärten dem Klerus den Krieg und predigten eine Art von proaktivem Glauben an das Tausendjährige Reich Christi.«

»Wie bitte?«, fragte Annie. »Was –«

»Sie fanden, es sei ihre Aufgabe, das Tausendjährige Reich vorzubereiten, anstatt einfach nur rumzusitzen und zu warten, dass es kommt.«

»Und wie bereitet man das Tausendjährige Reich vor?«, fragte Frank.

»Man reinigt die Welt von der Sünde. Und das haben sie auch versucht, mit allen möglichen Werkzeugen, die sie gerade zur Hand hatten – Dolch, Spieß, Katapult, Armbrust. Man kann von Glück sagen, dass sie noch keine Bomben hatten.«

»Die haben also wahllos Menschen umgebracht?«, fragte Annie.

Sterns Augenbrauen schnellten hoch, und er zog eine Packung Camel aus der Brusttasche. Er zündete sich eine Zigarette an, nahm einen tiefen Zug und sagte: »Sie haben *Sünder* getötet. Schließlich waren sie Vorbereiter des Tausendjährigen Reiches Christi auf Erden. Es war ihre Aufgabe, ihre Pflicht, ihre *religiöse* Pflicht, jeden zu massakrieren, der nicht zu ihrer Bewegung dazugehörte. Daran konnte man nämlich feststellen, dass er ein Sünder war. Das waren Fremde. Und deshalb wurden sie getötet. Und so wurde die Erde gereinigt.«

»Mein Gott«, sagte Frank.

»Genau.«

Mit gespielt grimmiger Miene beugte sich Stern über den Überseekoffer, der als Couchtisch diente, und packte Annies Handgelenk. Mit einem bedrohlichen Zischen, das nur durch den halbkomischen Versuch abgemildert wurde, einen tschechischen Akzent nachzuahmen, flüsterte der nicht mehr ganz junge Doktorand: »Verflucht sei, wer sein Schwert nicht am Blute der Feinde Christi labt. Kein Mitleid für den Satan. Keine Gnade für das Böse. So spricht Jan der Fromme.«

»Wow«, sagte Annie, zog ihren Arm zurück und rieb sich das Handgelenk.

»Und die anderen Typen?«, fragte Frank.

Stern blickte einen Moment verwirrt drein und sagte dann: »Ach – Sie meinen ›Mankind United‹. Die waren ... anders.«

»Sie haben gesagt, sie waren ähnlich.«

»Nun ja. Aber sie waren fünfhundert Jahre auseinander, hinzu kommt die Entfernung, wie groß sie auch sein mag, vom mittelalterlichen Prag nach Santa Monica während der Weltwirtschaftskrise.«

»Ziemlich groß, würde ich meinen«, sagte Frank.

»Ich auch«, pflichtete Annie bei.

»›Mankind United‹ entstand in den frühen dreißiger Jahren«, sagte Stern. »Angeführt wurden sie von einem Mann namens Arthur Bell, der eine Verschwörungstheorie über ›unsere heimlichen Meister, die internationalen Bankiers‹ ausheckte.«

»Aha«, meinte Frank. »Es geht also wieder mal um die Juden.«

Stern lachte. »Sie haben recht! Er war ein fanatischer Antisemit. Aber er berief sich auf das Tausendjährige Reich Christi, genau wie die Taboriten. Nur dass die Utopie für ihn eher mit Klimaanlagen als mit Landreform zu tun hatte.«

Annie kicherte.

»Doch er hatte dieselben Vorstellungen. Er sagte, es würde ein Blutbad geben, eine Naturkatastrophe, an die sich ein Armageddon-artiger Krieg anschließen würde, der die *meisten* Menschen auf der Welt – wie viele genau, weiß ich nicht – töten würde. Und das wäre gut so, weil damit auf die Neue Zeit vorbereitet würde. Auch bekannt unter dem Namen ›Tausendjähriges Reich‹. Nach diesem Krieg hätte jeder eine Klimaanlage, ein Haus für fünfundzwanzigtausend Dollar und eine Sechzehn-StundenWoche – es sei denn, man wollte sich zur Ruhe setzen, dann bekäme man natürlich Rente.«

»Nix dagegen«, scherzte Frank.

»Es gab viele Leute, die nix dagegen hatten. Bell wurde jedenfalls reich.«

»Sie schreiben also darüber«, fasste Frank zusammen, »dass diese beiden Burschen, Jan der Fromme und Arthur der Klimatisierte, den gleichen Traum hatten.«

»Genau«, sagte Stern. »Die beiden – und Millionen andere durch die Jahrhunderte hinweg. Sie alle hatten – oder haben – den gleichen dämlichen Traum. Noch einen Schluck Tee?«

»Gerne«, sagte Frank.

Stern füllte seine Tasse auf und wandte sich dann Annie zu. »So«, sagte er in einem *Nun-zur-Sache*-Tonfall, »was liegt an?«

»Wieso?«, fragte sie.

»Na ja«, sagte Stern, »ich weiß, dass du nicht angerufen hast, um mir zu sagen, wie gern du mich hast – und überhaupt, du hast gesagt, dass du an etwas arbeitest. Dass du und Frank *zusammen* an etwas arbeitet.«

»Ach so, ja«, erwiderte Annie. »Das tun wir. Wir arbeiten an dieser ... Sache.« Dann sah sie Frank an, lächelnd, und kam einem Augenklimpern so nahe, wie es einer Mikrobiologin nur möglich ist. Der schwarze Peter war wieder mal bei ihm gelandet.

Frank seufzte und räusperte sich. »Wir interessieren uns für den ›Tempel des Lichts‹.«

Einen Augenblick lang schien es Stern die Sprache verschlagen zu haben. Sein Körper verkrampfte sich kaum merklich, dann lehnte er sich in seinem Sessel zurück und betrachtete sie starr. Lange Zeit sagte er gar nichts. Endlich sah er Annie an, mit einem Blick, als hätte jemand versucht, ihm eine Rolex für fünfzig Dollar anzudrehen. »Was soll das?«, fragte er.

Annie blinzelte. Frank runzelte die Stirn. »Was meinst du damit?«, fragte sie zurück.

»Was ich damit meine? Meine Güte, Annie. Ich hab dich – wie lange? – zwei Jahre oder so nicht gesehen. Und dann rufst du mich aus heiterem Himmel an und sagst: ›Ach, übrigens! Das ist mein Bekannter, und wir interessieren uns für den Tempel des Lichts.‹ Soll das ein Scherz sein?«

»Nein«, sagte Frank, »das ist kein Scherz.«

Bis dahin hatte Stern Annie angesehen. Jetzt wandte er sich abrupt Frank zu. »Von wem kommen Sie?«, fragte er nüchtern.

»Von wem ich komme?«, wiederholte Frank. »Ich *komme* von niemandem. Ich bin mit Annie gekommen.«

»Er schreibt für die *Post*«, sagte Annie.

»Ach wirklich!« Stern legte den Kopf schief. »Wie ist Ihre Telefonnummer?«

»Meine Telefonnummer?«

»Jawohl! Bei der Arbeit. Was passiert wohl, wenn ich bei der *Post* anrufe?«

»Tja, eigentlich bin ich derzeit beurlaubt.«

Stern verdrehte die Augen. »Für wie blöd haltet ihr mich?«

»Ehrlich! Sehen Sie.« Frank holte sein Portemonnaie heraus und zeigte ihm seinen Presseausweis und seine Personalkarte von der *Washington Post*.

»So was kann doch jeder fälschen«, sagte Stern. »Das ist rein gar nichts wert.«

»Stimmt! Und das beweist, dass es echt ist: Die *Post* ist nämlich kniepig«, sagte Frank.

»Das ist doch lächerlich«, erklärte Annie. »Ich bin's, Ben! Was denkst du denn bloß?«

Stern ignorierte sie, sah weiter Frank an. »Wenn Sie beurlaubt sind, was machen Sie dann zur Zeit?«

»Ich habe ein Sam-Johnson-Stipendium.«

»Und was ist das?«

»Es gibt jedes Jahr so eine Art Ausschreibung. Journalisten legen Exposés vor, in denen sie darlegen, was sie machen würden, wenn sie ein Jahr über das schreiben könnten, was sie wirklich interessiert. Ich habe so ein Exposé eingereicht und ... es hat ihnen gefallen.«

Stern sah ihn unverwandt an. »Und das war über den ›Tempel des Lichts‹?«

»Nein«, antwortete Frank, »es geht um neuartige Viren.«

Die Furchen auf Sterns Stirn wurden noch tiefer.

»Sie können die Foundation anrufen. Sie steht im Telefonbuch.«

»Und wie soll ich wissen, dass der Verein keine Tarnung ist?«, fragte Stern.

»Die Johnson Foundation? Für wen denn?«

»Für den ›Tempel‹.«

»Den ›Tempel‹?!«

»Wieso nicht? Der ›Tempel‹ zahlt einem halben Dutzend Stiftungen Geld – dem Institut für religiöse Erfahrung, der Gaia-Stiftung. Sie machen keinen Hehl daraus, weil es gute Publicity bringt.«

»Mag ja sein. Aber *diese* Stiftung bekommt jedenfalls kein Geld von ihnen. Glauben Sie mir. Der alte Coe würde glatt einen Herzinfarkt kriegen.«

Stern betrachtete ihn weiter eindringlich, dann nickte er, als hätte er soeben eine Entscheidung gefällt. »Ich will euch was zeigen«, sagte er. Er stand auf, ging durch das Zimmer zum Schreibtisch, der am Fenster stand. Nachdem er einen Stapel Papiere beiseite geschoben hatte, nahm er ein Exemplar seines Rundbriefs in die Hand und kehrte damit zum Sessel zurück. »Seht euch das an«, sagte er und warf den Rundbrief auf den Überseekoffer zwischen ihnen. Dann setzte er sich wieder.

Es war die Frühjahrsausgabe des *Armageddon Watch* – zweiunddreißig Seiten dickes Papier, in der Mitte geheftet. Auf dem Titelblatt wurden Berichte angekündigt über Scientology im Internet, eine Santeria-Sekte im westlichen Louisiana und einen südindischen Ashram, in dem Gehirnwäsche betrieben wurde.

Frank überflog die Seiten, bis er zu Seite acht kam. Dort entdeckte er, eingebettet in eine Kolumne mit der Überschrift PERSONALIA, ein Bild von Luc Solange, der in die Sonne blinzelte und ein Steuerrad umklammert hielt, vermutlich das der *Crystal Dragon*. Darunter stand: *Steuermann.*

Frank zeigte es Annie. »Er sieht gut aus«, sagte sie, fast ein wenig erstaunt.

Unter dem Foto war ein kurzer Text:

> Ein seltener Schnappschuss vom Guru des »Tempels des Lichts«, Luc Solange, auf hoher See an Bord seines Flaggschiffs, der *Crystal Dragon*. Nach fünfzehn Jahren in den USA ist der gebürtige Schweizer Solange erneut unterwegs. Im vergangenen November reiste er beispielsweise nach Tokio, wo er vor der Organisation »Chosen Soren« eine Rede hielt. *(Foto: Anonym)*

»Nicht schlecht«, sagte Frank.

»Ich habe dreihunderteinundvierzig Abonnenten«, erklärte Stern. »Die meisten sind Theologen und Eltern. Ein paar Journalisten, der eine oder andere Privatdetektiv – und natürlich die Sekten selbst. Das sind Abonnenten mit Postfach-Anschriften.«

»Haben Sie viel über den ›Tempel‹ geschrieben?«, fragte Frank.

Stern schüttelte den Kopf. »Das ist der erste Beitrag seit mehr als einem Jahr. Ich klopfe sozusagen auf den Busch.«

»Wie meinst du das?«, fragte Annie.

»Ich meine, dass es gefährlich ist«, antwortete Stern. »Es ist anstrengend. Darauf habe ich keine Lust mehr.« Er zögerte einen Moment, dann fuhr er fort: »Weißt du noch, wann wir das letzte Mal verabredet waren?«

Annie nickte. »Da habe ich gerade den Antrag auf Finanzierung meines Forschungsprojektes eingereicht. Vor zwei Jahren.«

Stern nickte. »Ach ja, was ist denn daraus geworden?«

Annie schielte zu Frank hinüber. »Abgelehnt.«

Stern verzog mitfühlend das Gesicht. »Pech. Jedenfalls habe ich damals das letzte Mal was über den ›Tempel‹ geschrieben – bis jetzt.«

»Worüber haben Sie denn beim ersten Mal geschrieben?«, erkundigte sich Frank.

»Das lag in der Richtung, über die wir vorhin gesprochen haben. Ich habe Verbindungen zwischen Solange und früheren Sektenführern gezogen und Ähnlichkeiten aufgezeigt. Ich habe ihn als ›säkularen Apokalyptiker‹ bezeichnet, der die Zehn Gebote durch die Prinzipien radikaler Ökologie ersetzt hat. Und er redet nicht nur, er will sie herbeiführen.«

»Was herbeiführen?«

»Die Apokalypse. Armageddon. Ganz wie man will. In seinen Schriften behauptet Solange, er sei die letzte ›welthistorische‹ Gestalt ...«

»Was meinen Sie damit?«

»Jesus, Buddha –«

»Solange«, warf Annie ein.

»Genau. Und seine Bedeutung liegt genau in diesem Umstand. Er ist die Hebamme der Endzeit. Zumindest behauptet er das.«

»Aber warum will das überhaupt jemand sein?«, fragte Annie.

Sterns Augenbrauen hüpften auf und nieder. »Solange sieht die Dinge nicht wie unsereiner. Seine Weltsicht ist ökozentrisch.«

»Die Erde zuerst«, sagte Frank.

»Genau. Nicht der Mensch spielt die wichtigste Rolle, sondern die Natur. Ihm geht es um die Wiederherstellung des Garten Eden – was unter anderem das Ende der industrialisierten Zivilisation bedeutet.«

»Klingt gefährlich«, bemerkte Frank.

»Darauf könnt ihr wetten. Deshalb nennen sie ihn ja auch den ›Ersten Reiter‹.«

»Der Erste Reiter?«, wiederholte Annie.

Stern nickte. »Ja. Der Erste Reiter der Apokalypse.«

Alle drei versanken sie eine Weile in Schweigen und nippten still an ihrem Tee. Dann sagte Frank: »Und was ist denn nun mit Ihnen passiert? Ich meine, zwischen Ihnen und denen? Sie haben vorhin gesagt, dass Sie mit der Veröffentlichung des Fotos ein wenig ›auf den Busch klopfen‹ wollten.«

»Nun ja«, sagte Stern. »Der Artikel, den ich damals geschrieben habe, war ziemlich unverblümt. Im Grunde war es eine Zusammenfassung dessen, was andere – vor allem Journalisten – schon geschrieben hatten. Außerdem habe ich das Ganze in eine historische Perspektive gerückt, wie ich sie euch vorhin dargestellt habe. Das einzige wirklich neue Material stammte aus ein paar Berichten, die ich von einem Bekannten im kalifornischen Justizministerium zur Verfügung gestellt bekam. Dessen Sohn war zehn Jahre zuvor bei den ›Children of God‹ verschwunden, und seitdem setzt sich der Vater aktiv gegen neue Religionen ein. Jedenfalls ... sie haben mich aufs Korn genommen.«

»Wer hat dich aufs Korn genommen?«

»Der ›Tempel‹. Oder, wie sie sich manchmal selbst nennen, ›die Sanftmütigen‹. Sie haben angefangen, mich zu beobachten.«

»Ist nicht wahr.«

»Doch«, sagte Stern. »Es war wie im Film. Ich wurde *beschattet*. Sechzehn Stunden am Tag stand ein Wagen vor meiner Wohnung. Von morgens sechs bis abends zehn, sieben Tage die Woche.«

»Klingt teuer«, bemerkte Frank trocken.

»Ich fühlte mich *geschmeichelt*. Ich machte mich über sie lustig, wenn ich an dem Wagen vorbeikam. Dann haben sie meinen Hund umgebracht.«

»*Was?*«

»O neiiin«, sagte Annie. »Doch nicht deinen goldigen Labrador? Bitte nicht Brownie!«

»Irgendwer hat ihm ein vergiftetes Steak gegeben. Du weißt ja, wie er war. Er hat einfach alles gefressen, bloß kein Hundefutter. Der arme Kerl ... Und dann fingen die nächtlichen Anrufe an. Ich habe ein paar Mal die Nummer ändern lassen, dann hatte ich sogar eine Geheimnummer – es half nichts. Schließlich hab ich immer den Stecker rausgezogen. Als nächstes tauchten dann Leute bei mir im Büro auf und schrien mich an. Ich meine, mit diesen Menschen konnte man einfach nicht reden.«

»Wie sahen die aus?«, fragte Frank.

»Wie Studenten. Ganz normal. Das einzig Abnorme an ihnen war, dass sie mich anbrüllten – und mit Blut rumspritzten.«

Annie wurde bleich.

»Einmal kam eine Frau in die Bibliothek gerannt, zerrte einen kleinen Jungen hinter sich her und kreischte, sie hätte mich mit ihm ›erwischt‹! Direkt danach kriegten ein paar Leute an meiner Fakultät E-Mails, darunter auch mein Doktorvater.«

»Was für E-Mails?«, fragte Frank.

»Ach, so richtig kindisches Zeug. Hassbriefe. Ich meine, einer der Mitarbeiter bei uns ist schwul – das weiß jeder, also bekam er schwulenfeindliche Hetztiraden. Und mein Doktorvater ist Afroamerikaner, und was meint ihr, was sie ihm geschickt haben? Irgendwelchen Scheiß über christliche Identität!«

»Und Ihr Name stand drauf?«

»Nein, dazu sind sie zu geschickt. Sie hatten mit ›Weiße Rächer‹ oder ähnlich unterschrieben. Aber das war egal, weil sie es über meinen Computer abgeschickt hatten, und die Polizei konnte das zurückverfolgen.«

»Wie konnten sie es denn über Ihren Computer schicken?«, fragte Frank.

»Ganz einfach«, erwiderte Stern. »Sie sind in die Wohnung eingebrochen, als ich nicht da war, haben die E-Mails geschickt, und das war's.«

»Wie furchtbar«, sagte Annie.

»Ich bin *festgenommen* worden«, fuhr Stern fort. »Ich sollte angeklagt werden! Wegen Diskriminierung! Könnt ihr euch das vorstellen?«

»Aber Sie sind aus der Sache rausgekommen«, sagte Frank.

Stern nickte und lachte dann. »Jawohl, die haben Mist gebaut. Ich hatte nämlich gerade mein Seminar gegeben, als die E-Mails verschickt wurden. Es stand in der Kopfzeile: Donnerstag, vierzehn Uhr fünfzehn. Ich konnte es gar nicht geschickt haben.«

»Und wie ging es weiter?«

»Gar nicht. Die Polizei hat die ›Tempel‹-Anwälte kontaktiert, und wisst ihr, was die gesagt haben? Die haben gesagt, ich wäre so verrückt, wahrscheinlich hätte ich selbst meinen eigenen Hund vergiftet. Und dann haben sie gesagt, ›vielleicht hat er ja die Zeitangabe im Computer geändert‹ – was tatsächlich nicht schwer wäre. Hätte ich natürlich machen können, aber – warum soviel Mühe, wenn ich die Briefe doch einfach über ein anonymes Mailsystem hätte schicken können, bei dem es gar keine Kopfzeile gibt?«

»Und damit war der Spuk dann vorbei?«, fragte Frank.

Stern schüttelte den Kopf. »Nein. Es ging noch Monate so weiter. Sie haben für mich einen Nachsendeantrag bei der Post gestellt – sodass meine Post plötzlich verschwand, was besonders unangenehm war, weil plötzlich jemand anfing, meine Visacard und Mastercard zu belasten.«

»Womit denn?«, fragte Annie.

»Mit peinlichem Zeugs, Sachen, die einen in echte Schwierigkeiten bringen können – schon allein weil man auf den Mailinglisten steht. Gewaltpornographie. Chemikalien, mit denen man Speed herstellen kann, und so weiter. Ich hatte tausend Dollar für Anrufe bei 900er Nummern und ein Abonnement für den Rundbrief der Gesellschaft ›Mann-liebt-Boy‹ und den der ›Church of the Mountain‹.«

»Was ist denn das?«, fragte Annie.

»Ein Nazi-Verein. Aber versteht ihr, ich hatte eine ganze Reihe von Inkassofirmen auf dem Hals, ganz zu schweigen von der Drogen- und der Zollfahndung.«

Annie verdrehte die Augen.

»Dann haben sie eine Verleumdungsklage gegen mich angestrengt ...«

»Warum?«, fragte Frank.

»Warum nicht? Sie konnten es sich doch leisten. Und mich hat es Kopf und Kragen gekostet, sie abzuschmettern.«

»Und dann?«

»Dann nichts mehr. Sie haben einfach aufgehört.«

»Aufgehört?«, wiederholte Annie.

»Ja. Einfach ... aufgehört. Als hätten sie sich hinreichend verständlich gemacht und würden sich nun wieder wichtigeren Dingen zuwenden. Ich glaube, es war eine Warnung.«

»Mein Gott«, wisperte Frank.

»Deshalb bin ich ein bisschen paranoid«, fügte Stern hinzu. »Ich meine, da bringe ich Solange mal wieder im Rundbrief – und, peng, taucht *ihr* auf und erkundigt euch nach dem ›Tempel‹. Ihr seht, was ich mitgemacht habe.«

Frank nickte. »Ja«, sagte er, »allerdings.«

»Ich mach noch mal Tee«, sagte Annie und stand auf. Wortlos nahm sie die Teekanne von dem Koffer und ging damit in die Küche.

Stern sah Frank an. »Wissen Sie«, sagte er, »das Einzige, was sie nicht versucht haben, war, mich umzubringen.«

»Ja, aber ... es ist noch nicht aller Tage Abend.«

»Aber sie hätten mich erledigt. Ich meine, wenn ich für sie nicht bloß ein kleines Ärgernis gewesen wäre.«

»Glauben Sie wirklich?«

»Ich weiß es. Und ich erwähne das nur, weil – ich weiß nicht, was Sie und Annie vorhaben –«

Frank wollte etwas sagen, aber Stern fiel ihm ins Wort.

»– *und ich will es auch nicht wissen*. Ich denke nur, Sie sollten vorsichtig sein. Um Annies willen.«

»Das werde ich«, sagte Frank. »Ich mag sie nämlich sehr.« Er schwieg einen Moment, dann sprach er weiter. »Aber was uns am ehesten weiterhelfen würde, wären Informationen.«

Stern zuckte die Achseln. »Was kann ich euch sagen? Wie viel wisst ihr?«

»Solange ist Schweizer.«

Stern nickte. »1982 ist er in die Staaten gekommen. Man sagt, dass er pleite war.«

»Warum hat er sein Land verlassen?«

»Ich denke, er wollte eine größere Spielwiese. Wahrscheinlich war die Schweiz ihm für seine Ziele zu eng geworden. Und dann ging ungefähr zur selben Zeit sein Unternehmen bankrott.«

»Was war das für ein Unternehmen?«

»Er hatte eine homöopathische Klinik in Montreux, und zwei seiner Patienten sind an Nierenversagen gestorben. Irgendeine Kräutermedizin hatte versagt.«

»Also kam er nach Amerika.«

»Ja. Und er eröffnete eine Klinik in Los Angeles. Lief ganz gut. Er hat sich in der Umweltpolitik engagiert und eine Gruppe ins Leben gerufen, die sich ›Verdure‹ nannte, ein bisschen wie ›Earth First‹, nur wesentlich undurchsichtiger. Die Presse wurde auf ihn aufmerksam, seine Anhängerschaft wuchs. Er fing an, Vorträge im ganzen Land und im Ausland zu halten.«

»Und dann?«

Sterns Zigarette war schon lange aus, also zündete er sich eine neue an und blies einen langen Rauchstrahl in die Luft über Franks Kopf.

»Nun ja, sein Einfluss wurde größer. Und größer. Ich glaube, es war 1992, da kam ein Typ, der früher bei der Moon-Sekte war, und übernahm das Rekrutierungsamt.«

»Was soll das heißen, ›Amt‹?«

»Sie haben für alles ein ›Amt‹: Finanzen, Rekrutierung, Geheimdienst.«

»Geheimdienst?«

Stern nickte. »Die haben einen internen Geheimdienst, wie er effektiver nicht sein könnte. Jedenfalls dieser Typ von den Moonies – ich meine, der früher bei den Moonies war, kommt also an, setzt sich hin und entwickelt eine völlig neue Rekrutierungsstrategie. Plötzlich sind sie richtig aggressiv. *Und diabolisch.* Und sie haben es besonders auf zwei Gruppen abgesehen: Leute in den Zwanzigern, weil die die nötige Energie haben; und Leute in den Achtzigern, weil die das nötige Geld haben. Sie gründen Nonprofit-Organisationen, um unverheirateten Müttern zu ›helfen‹, ›beraten‹ Jugendliche mit Drogenproblemen und ›kümmern‹ sich um alte Menschen. In Wirklichkeit geht es ihnen natürlich nur darum, Kontakt zu möglichst vielen hilfsbedürftigen Menschen zu bekommen – weil die nämlich am ehesten zu gewinnen sind. Sie haben sogar in einem halben Dutzend Städten Clubs für einsame Herzen gegründet, um Treffen zu ermöglichen zwischen Mitgliedern und Menschen, die sie für ihre Zwecke begeistern wollen.«

»Ich verstehe, warum Sie das als ›diabolisch‹ bezeichnen«, sagte Frank.

»Es war verblüffend. Die haben zehntausend Dollar für eine Datenbank bezahlt, die nur verkrachte Existenzen enthielt. Ich meine Leute, die bis über beide Ohren verschuldet waren. Sie haben sich deren finanzielle Situation angeguckt und zu jedem einzelnen ein Dossier angelegt. Dann sind sie zu denen nach Hause gegangen, haben an die Tür geklopft und ihnen einen Ausweg angeboten. ›Du bist ein Opfer‹, haben sie gesagt. ›Es ist nicht dein Fehler. Amerika ist dafür verantwortlich. Amerika wird vom Konsum terrorisiert! Pack deine Sachen, verbrenne deine Rechnungen, und komm zu uns. Wir geben dir einen Job, Freunde und ein Zuhause.‹ Und das haben sie auch getan. Nur haben sie dabei ganz vergessen zu erwähnen, dass der Job unbezahlt war und das Zuhause ein Schlafsaal, in dem jeweils vier Leute untergebracht waren. Aber das spielte dann ohnehin keine Rolle mehr. Die Leute waren mittlerweile von jeder Tussi oder jedem Typen der Organisation bis zum Gehtnichtmehr vernascht worden und freuten sich schon, wenn sie jede zweite Nacht mal vier Stunden schlafen konnten!« Stern hielt inne und atmete einmal tief durch. »Es war eine gottverdammt effektive Rekrutierungsmaschine«, sagte er. »Sie hatten den kritischen Punkt erreicht. Kurz zuvor war das dieses Okologiegrüppchen namens ›Verdure‹ gewesen, mit, wenn's hoch kommt, zweihundert Mitgliedern, und schon zwei Jahre später gibt es Tausende von Menschen, die mit glasigen Augen rumlaufen und sich ›Tempel des Lichts‹ schimpfen.«

»Wo ist der Zucker?«, rief Annie aus der Küche.

»Keiner mehr da«, sagte Stern.

»Wie viele Mitglieder hat denn nun der ›Tempel‹?«, wollte Frank wissen.

»Ihren Angaben nach?«, fragte Stern zurück. »Dreißigtausend. Aber in Wahrheit? Vielleicht ein Viertel davon. Aber selbst bei dieser Anzahl gibt es einen inneren und einen äußeren Zirkel.«

»Und wie funktioniert das?«

»Wie man erwarten würde. Die im inneren Zirkel sind Hardliner – arbeiten rund um die Uhr. Vielleicht tausend Leute verteilt auf rund sechs Städte. Plus die auf dem Anwesen. Da haben sie zirka dreihundert.«

»Wo?«

»Auf dem Anwesen – in der Nähe von Lake Placid. Sie haben eine ehemalige Schule gekauft und zu ihrer Zentrale umfunktioniert.«

»Und der äußere Zirkel?«

»Das sind Leute, die Schecks schicken, den Rundbrief abonniert haben und Solanges Vitaminpillen kaufen.«

»Erzähl uns mehr davon«, sagte Annie, die mit der Teekanne auf einem Tablett wieder ins Zimmer kam. »Erzähl uns von der Vitaminfabrik auf dem Anwesen.« Sie stellte das Tablett auf den Überseekoffer, goss sich Tee ein und ging mit ihrer Tasse hinüber zum Fenster.

»So exotisch ist die gar nicht«, sagte Stern. »Ich meine, sie machen homöopathische Mittelchen und Produkte für die Aromatherapie. Ginseng. Zedernöl. Und die Vitamine.«

»Bringt das viel ein?«

»Einiges. Außerdem haben sie Patente.«

»Worauf?«, fragte Annie und wandte sich vom Fenster ab.

»So Sachen zur verzögerten Freisetzung von bestimmten Chemikalien. Die werden in Polymere gehüllt, damit sie sich unterschiedlich schnell auflösen.«

»Was zum Beispiel? Was für Chemikalien?«, fragte Frank.

»Alle möglichen. Schmerzmittel. Insulin. B-12. Was ihr wollt. Wie diese kleinen bunten Dinger in manchen Kapseln, nur noch kleiner.«

»Er meint Mikrovermantelungen«, sagte Annie, die zum Fenster hinausstarrte, über die Schulter.

»Genau. Hab ich doch gesagt, oder? Na jedenfalls«, fuhr Stern fort, »ich hab Frank vorhin schon erzählt, dass es einen inneren Zirkel gibt – und darin dann noch mal einen inneren Zirkel! Und das müsst ihr wissen, weil ihr nämlich mit denen zu tun bekommen werdet – die Abteilung für besondere Angelegenheiten.«

»Was ist das?«, fragte Frank.

»Spione«, erwiderte Stern. »Der interne Geheimdienst des ›Tempels‹. Und die sind gut, sehr professionell. Äußerst verschwiegen und finanziell üppig ausgestattet. Außerdem haben sie eine Menge Externe auf ihrer Gehaltsliste – Privatdetektive, Journalisten, Cops, Akademiker ... was ihr wollt.«

»Klingt beeindruckend.«

»Und ob. Der reinste Albtraum. Und dann haben sie noch ihre Spezialteams.«

»Wofür? Zum Bierholen?«

Stern lächelte schwach. »Nein«, sagte er. »Für Entführungen.«

»Das ist doch wohl ein Witz?«

Stern schüttelte den Kopf. »Versteht ihr denn nicht: Wenn ihr euch mit denen anlegt, nehmen sie euch ins Visier. Und eines Tages wacht ihr dann auf, und – *peng!* – seid ihr weg.«

»Das kann ich ja nun gar nicht leiden«, sagte Frank und rührte in seinem Tee. »Ich werde immer richtig sauer, wenn ich verschwinde.«

»Das ist nicht lustig«, sagte Stern.

Frank nickte. »Ich lache ja auch nicht. Aber noch mal zurück zu der Geldfrage ... womit machen sie die meisten Profite? Vitamine? Patente?«

Stern schüttelte den Kopf. »Nein.«

»Plus die Spenden«, sagte Frank. »Von den Mitgliedern. Und ich vermute, dass sie auch noch Beiträge verlangen –«

»Das ist nicht der springende Punkt«, sagte Stern. »Die richtig dicke Knete kommt woanders her.«

Frank sah ihn verwundert an. »Woher denn?«

Stern drückte seine Zigarette aus und zündete sich sofort eine neue an. »›Chosen Soren‹«, sagte er.

Frank überlegte einen Moment, dann erinnerte er sich an den Namen: »Ach, dieser japanische Verein«, sagte er. »Der im Rundschreiben erwähnt wurde.«

»Stimmt«, antwortete Stern. »Nur dass ›Chosen Soren‹ keine japanische Organisation ist. Sie besteht aus Koreanern, die in Japan arbeiten. Hauptsächlich Nordkoreaner. Sie machen die miesesten Arbeiten für die Japaner und schicken Unsummen nach Hause. Dabei fallen enorme Währungsgewinne an.«

»Und von denen kriegt der ›Tempel‹ sein Geld?«

Stern nickte. »Das meiste jedenfalls.«

Frank war verblüfft. »Aber ... *warum*?«

»Ich weiß es nicht«, antwortete Stern, »aber seit 1995 haben sie von den Koreanern fünfzig Millionen Dollar gekriegt.«

»Woher wissen Sie das?«

»Zollberichte. Hab ich vom Justizministerium in Kalifornien bekommen. Die haben einen Typen erwischt, der einen regelrechten Rundflug gemacht hatte – Los Angeles, Tokio, Genf und zurück nach Los Angeles. Und so weiter. Vermutlich haben sie jede Menge Bargeld bei ihm sichergestellt, das er eigentlich nicht hätte haben sollen. Jedenfalls haben sie ihn verhört, und er hat gesungen. Hat Ihnen alles erzählt.«

»Nämlich?«

»Dass er Geld, und zwar viel Geld, verschoben hat, damit keiner mehr feststellen konnte, wo es ursprünglich herkam.«

»Und das war ... ›Chosen Soren‹-Geld?«

»Ja.«

»Wo ist der Typ jetzt?«

Stern blies einen Rauchkringel Richtung Decke. »Die haben Mist gebaut. Anstatt den Fall weiterzuverfolgen, haben sie ihn ausgewiesen. Er steigt also in Tokio aus dem Flugzeug, und das war's. Er ist nie aus der Gepäckabfertigung rausgekommen. Seine Frau steht da mit zwei Kindern, genau hinter der Passkontrolle und – nichts. Sie haben bloß noch seinen Koffer gefunden, auf einem Wägelchen in der Abfertigungshalle. Ende der Geschichte.«

»Sonst keine Spur von ihm?«

»Nein. Wie gesagt: Ende der Geschichte.«

»He!« Der Ausruf kam von Annie. Sie stand mit ihrer Teetasse am Fenster und hatte sich leicht vorgebeugt, um irgendwem draußen etwas zuzurufen. *»He!«*

»Was ist denn?«, fragte Frank und ging rasch zu ihr rüber.

»Da ist jemand an Ihrem Wagen.«

Er zog den Vorhang beiseite und sah, dass sie Recht hatte. Der Saab parkte am Straßenrand vor dem Mietshaus, und die Fahrertür war offen. Eine Frau in einem blauen Kleid lehnte sich gerade ins Innere des Wagens.

»Gleich wieder da«, sagte Frank, und ohne auf Annie zu warten, war er schon aus der Wohnung, am Fahrstuhl vorbei und die Treppe hinunter, immer zwei Stufen auf einmal nehmend. Wenige Sekunden später hastete er durch die Eingangshalle und hinaus auf die Straße. Die Wagentür war jetzt geschlossen und die Frau zirka zwanzig Meter entfernt. Sie schob einen Buggy auf die nächste Straßenecke zu.

»Moment mal!«, rief er und trabte hinter ihr her. »Hallo, Sie da! *Moment bitte*!«

Die Frau wandte sich um und hob eine Hand, um ihre Augen gegen das Sonnenlicht abzuschirmen. Er sah, dass sie jung war – sehr jung –, eine sommersprossige, ländliche Schönheit. »Hi«, sagte sie und schenkte ihm ein freundlich strahlendes Lächeln.

Erstaunt stellte er fest, dass er um Atem rang, eher vor Aufregung als vor Anstrengung, und er sprach abgehackt. »Verzeihen Sie, dass ich so geschrien habe, aber – ich hab da vorhin aus dem Fenster geschaut –, und Sie waren – nun ja – Sie waren in meinem Wagen.«

Das Lächeln wurde noch breiter. »Das war *Ihr* Wagen?«, fragte sie und bewegte dabei den Buggy vor und zurück, um das Baby bei Laune zu halten.

»Ja«, sagte Frank und kam sich im Scheinwerferstrahl ihrer Freundlichkeit ein wenig albern vor.

»Ach! Ich habe das Licht für sie ausgemacht. Sie hatten es angelassen.«

»Wirklich?« Er überlegte kurz. »Das kann ich mir nicht vorstellen. Wieso hätte ich denn das Licht anmachen sollen? Es ist doch helllichter –«

Sie schüttelte den Kopf, und er sah, dass sie grüne Augen hatte. »Ich weiß nicht. Sind Sie vielleicht durch einen Tunnel gefahren oder so?«

Das Baby gluckste, und Frank schielte in seine Richtung. Er konnte nicht sagen, ob es ein Junge oder ein Mädchen war, aber wie seine Mutter war es einfach entzückend. »Ein süßes Kind«, sagte er.

»Danke!«, sagte sie und neigte kokett den Kopf. Dann wandte sie sich um und setzte den Kinderwagen sacht in Bewegung. »Ich muss weiter«, sagte sie. »Papa kommt bald nach Hause.«

»Äh, ja ... vielen Dank für Ihre Hilfe«, sagte Frank.

Als er zu Sterns Wohnung zurückging, sah er, dass die Scheinwerfer aus waren – was natürlich gut war (obwohl die Batterie vielleicht trotzdem schon tot war). Er würde es gleich ausprobieren, aber zuerst musste er Annie holen.

»Wer war das?«, fragte sie.

»Ich weiß nicht. Ich muss das Licht angelassen haben. Sie hat es ausgemacht.«

»Mir ist nicht aufgefallen, dass das Licht noch brannte.«

Frank zuckte die Achseln. »Na ja, jedenfalls gut, dass sie es gesehen hat ...« Er drehte sich zu Stern um und reichte ihm die Hand. »Wir müssen los«, sagte er. »Aber ... vielen Dank für Ihre Hilfe – ehrlich.«

»Kein Problem.«

»Darf ich Sie gegebenenfalls noch mal belästigen?«

»Tja«, sagte Stern nachdenklich. »Wenn es sein muss ... aber wenn Sie sich wirklich mit dem ›Tempel‹ anlegen, rufen Sie mich nicht von zu Hause aus an. Und kommen Sie um Himmels willen nicht einfach so vorbei. Schicken Sie Rauchsignale oder etwas in der Art.«

Frank lachte.

Als sie in Richtung Auto gingen, sagte Annie kopfschüttelnd: »Ich bin mir sicher, dass Sie das Licht *nicht* angelassen haben.«

»Also schön. Ich hab das Licht nicht angelassen, na und? Haben Sie zugehört, was er erzählt hat? Über diesen ›Chosen‹-Verein? Fünfzig Millionen Dollar? Warum bloß?«

»Ich weiß nicht«, sagte Annie. »Ich mache mir mehr Sorgen wegen dieser Vitamingeschichte oder was sich dahinter verbirgt.«

Er öffnete die Wagentür und schob sich hinters Lenkrad. Annie sagte gerade irgendwas über Mikrovermantelungen, als er den Zündschlüssel ins Schloss steckte.

Der Saab sprang mit einem Aufheulen an, aber das Geräusch wurde beinahe von Franks Stimme übertönt: »Verdammt, was ist das denn?«

Annie drehte sich zu ihm um und sah, dass er seine Hände anstarrte – die, wie das Lenkrad, mit einer durchsichtigen Schmiere bedeckt waren.

»Was ist?«, fragte Annie.

Er hielt die geöffneten Hände hoch, wie ein katholischer Heiliger. »Keine Ahnung«, sagte er. »Da ist irgendwas Schleimiges. Geben Sie mir doch mal ein Papiertuch von hinten, ja?«

Annie griff nach hinten, wo eine Rolle Küchenpapier auf dem Boden lag. Dann half sie ihm, die Schmiere von seinen Fingern und dem Lenkrad zu wischen. Als sie fertig waren, stopfte Frank die Tücher unter den Vordersitz, schaltete in den ersten Gang und fuhr los, zu Annies Haus in Mount Pleasant.

»Das war diese Frau«, sagte Annie.

»Was war sie?«

»Sie hat das Zeug aufs Lenkrad geschmiert, oder was meinen Sie?«

»Ich weiß nicht. Ich meine, es war eklig.«

Annie durchlief ein Schauder. »Da stimmt was nicht.«

»Sie hatte ein Baby bei sich. Wahrscheinlich ist es nur irgend so ein Babyzeug«, sagte Frank. »Was sie an den Fingern hatte.«

Die Fahrt zu Annies Haus dauerte rund zwanzig Minuten, und als sie dort ankamen, fühlte er sich irgendwie schlecht.

»Alles in Ordnung?«, fragte sie.

Er nickte. »Ja ja, alles in Ordnung. Bloß ein bisschen geschafft. Ich hab den ganzen Tag noch nichts gegessen.«

Annie musterte ihn skeptisch, als sie aus dem Wagen stieg. Dann wandte sie sich um und lehnte sich durchs offene Fenster. »Ganz ehrlich?«, fragte sie.

»Ja. Wahrscheinlich zu viel Tee oder so.«

Und dann fuhr er weiter, schlängelte sich durch den dichten Verkehr Richtung Columbia Road, vorbei an Kneipen und Nightclubs und Polizeiwagen ... Er musste auf so vieles achten – beispielsweise auf die Betrunkenen an der Ecke, auf die Hunde und den Kiosk.

Als er die Columbia Road erreichte, bemerkte er verwundert, dass er schwitzte, säuerlichen kalten Schweiß, als bekäme er Fieber. Und er fühlte sich wirklich gar nicht gut. Sein Herz raste, und er hatte so ein zittriges Gefühl in Magen und Brust – wie Lampenfieber, nur dass es nichts gab, wovor er Lampenfieber hätte haben müssen. Er saß in seinem Wagen, und das Adrenalin kochte völlig grundlos in ihm hoch. Er fuhr auch nicht schnell. Tatsächlich fuhr er – wie viel? Zehn Kilometer die Stunde.

Kein Wunder, dass ihn alle anhupten.

Irgendwas stimmte nicht, und er wusste auch was: Plötzlich war er sich jeder Möglichkeit bewusst, und in jeder Möglichkeit sah er eine Gefahr. Wenn er beispielsweise das Steuer ein wenig nach links drehte, würde der Wagen auf die Gegenfahrbahn gelangen und einen Unfall verursachen. Dabei war unwichtig, dass es ja keinen Grund für ihn gab, das Steuer nach links zu drehen. Entscheidend war: Er könnte es. Und diese Möglichkeit war beängstigend, weil natürlich viele Menschen verletzt würden. Und wenn er den Wagen vor dem Herumreißen des Lenkrads noch beschleunigen würde, könnte er bis auf den Bürgersteig fliegen und Gott weiß wie viele Menschen ins Verderben reißen.

Das reinste Blutbad.

Die Angst, die er empfand, war wie ein Schwindelgefühl, irrational und unkontrollierbar. Jeder kann auf einer geraden Linie gehen, aber wenn man versucht, das auf einem Balkongeländer in dreißig Meter Höhe zu machen, stürzt man unweigerlich ab.

Und so fühlte er sich jetzt, wie kurz vor dem »Absturz«, als zöge sein Verstand ihn über ein unsichtbares Geländer. Das Autofahren war unermesslich schwierig – wie wenn man versucht, sich gleichzeitig den Bauch zu reiben und den Kopf zu tätscheln. So vieles konnte so leicht schiefgehen, mit katastrophalen Folgen. Wieso machten das alle einfach so? Wie konnten sie auf so viele Dinge gleichzeitig achten? Auf den Tacho und die Schaltung, auf Kupplung, Bremse und Gas – andere Autos, Ampeln, Menschen, die kreuz und quer über die Straße liefen. Der Tacho! Die Welt war eine Flutwelle aus Orten und Ereignissen, und sie schäumte vor lauter möglichen Folgen.

Und ich ertrinke darin, dachte Frank.

Ein weiteres Problem war, dass ein wesentlicher Teil von ihm fehlte – seine *Haltung* zur Welt, oder seine Sicht der Welt. Es war, als hätte er etwas vergessen, und zwar nicht, *wer* er war, sondern *wie* es war, er zu sein. Nicht die Fakten zu sich selbst, sondern die Bedeutung dieser Fakten.

Plötzlich wusste er, was es war: Er hatte seinen Blickwinkel vergessen. Er hatte vergessen, wie es war, Frank Daly zu sein, und nun konnte er sich nicht vorstellen, dieses Wissen je wiederzuerlangen. Der gesamte Sprachschatz seines Seins war ihm abhanden gekommen, sodass es ihm schien, um er selbst zu sein, müsste er eine Sprache sprechen, die er nie erlernt hatte. Sie war ihm nicht zugänglich. *Er* war sich nicht zugänglich.

Und diese Erkenntnis erfüllte ihn mit einem Grauen, das umso tiefer reichte, als es unentrinnbar war – es kam von innen, von einem Ort, wo Frank hätte sein sollen und wo jetzt nichts war. Ein Vakuum.

Er wusste natürlich, was passiert war. Er war unter Drogen gesetzt worden. Von Stern oder Annie oder auch von der jungen Frau, die er in seinem Auto erwischt hatte. Die sommersprossige Mommy mit dem strahlenden Lächeln. Aber dieses Wissen war keineswegs tröstlich. Wer auch immer es getan hatte, dieser Jemand hatte ihm alles genommen, sodass nun nichts mehr da war. Es war nichts mehr von *ihm* da. Und er wusste, dass es nie wieder besser werden würde, denn das, was er verloren hatte, war ungefähr so greifbar – und schwer fassbar – wie Weltzeit.

Er brauchte unglaublich lange, um zurück zu seiner Wohnung zu kommen – wo er hingehörte.

Also trat er das Gaspedal bis zum Anschlag durch. Der Saab schoss auf die Gegenfahrbahn und jagte über die stark befahrene Straße, den Verkehr zerteilend, wie ein sich öffnender Reißverschluss. Ein Mann im seriösen Anzug hechtete Richtung Rinnstein, überall gellten Hupen. Häuser und Geschäfte flogen förmlich vorbei.

Er musste ins Bett. Im Bett wäre er in Sicherheit. Aber zuerst musste er den Wagen parken. Und unter den gegebenen Umständen war das völlig unmöglich. Selbst wenn er eine Parklücke gefunden hätte, den Saab abzustellen wäre ungefähr so schwierig gewesen, wie das Spaceshuttle anzudocken, eine Tonne Stahl durch drei Dimensionen zu manövrieren, und das nur unter Verwendung von Händen und Füßen. Ausgeschlossen. Das konnte keiner. Also trat er mit beiden Füßen auf die Bremse, sodass der Wagen schlingernd mitten auf der Straße stehen blieb.

Bevor er ausstieg, schaltete er noch das Licht ein, damit er das Auto später leichter wiederfinden konnte.

Er war überrascht, wie benebelt er sich fühlte. Als säße sein Kopf auf einem Kugellager. Vom Bürgersteig kam ein Mann auf ihn zu und sprach leise in Spanisch auf ihn ein. Dann wich der Mann zurück, von irgendetwas in Franks Augen eingeschüchtert.

Einen Moment später (oder vielleicht auch mehr – vielleicht war es eine Stunde später) stand er in seiner Wohnung und hörte die Nachrichten auf seiner Voicemail ab.

»Frank! Hier ist Jennifer. Diese Ausgaben für Satellitenfotos ... soll das ein Witz sein? Melden Sie sich bitte.«

Und die nächste Nachricht:

»He, Frank! Ich bin's, Onkel Sid. Hör mal, wir sind alle tief traurig wegen deinem Dad, aber – he, es war schön, dich mal wiederzusehen, und ... na du weißt schon, lass dich mal wieder blicken!«

Und die dritte Nachricht, von einer Frau, die ihm alles Gute wünschen wollte:

»Hallo! Wir sind uns heute Nachmittag begegnet, wissen sie noch? Ich wollte bloß sagen, gute Reise – und, ach ja! Wenn Sie wieder zurückkommen wollen und bleiben wollen, sollten Sie vielleicht anfangen, an etwas anderem zu arbeiten!«

Und dann klingelte das Telefon, und der Anrufbeantworter sprang an, und Annie meldete sich: »Frank – ich bin's. Ich mache mir Sorgen wegen diesem *Zeug* auf dem Lenkrad. Rufen Sie mich zurück, okay? Oder vielleicht komme ich einfach vorbei ... Sind Sie da? Melden Sie sich doch!«

Wohl kaum. Das Telefon pulsierte, hob und senkte sich wie eine Ameisenkönigin, die im Dunkeln atmete. Und seine Hände *– Gott, seine Hände! Er konnte so entsetzliche Dinge mit seinen Händen tun ...*

25

Anwesen des »Tempels des Lichts«, Lake Placid

23. Mai 1998

Die Zentrale des »Tempels« befand sich auf dem Campus einer ehemaligen Privatschule. Das großzügige Gelände lag rund dreißig Kilometer außerhalb von Lake Placid hinter einem imposanten rostigen Eisenflügeltor in einem langgezogenen geschlängelten Tal.

Eine asphaltierte Zufahrt wandte sich vom Tor durch einen Fichtenwald bis zu einer kleinen Lichtung, die als Parkplatz diente. Von dort führte ein Kiespfad weiter durch dunklen Wald und mündete auf eine gepflegte Wiese, wo ein stiller Teich am Fuß eines sanft ansteigenden Hanges lag.

Am westlichen Rand dieser Wiese erhoben sich einige weiße Häuschen, in denen früher die Lehrer der Schule gewohnt hatten und die jetzt für die Führungspersönlichkeiten des »Tempels« reserviert waren. Ganz in der Nähe waren zwei baufällige Schlafsäle für die einfachen Befehlsempfänger des inneren Zirkels.

Eindrucksvoller waren dagegen die Laboratorien. Dabei handelte es sich um einen ganzen Komplex aus hypermodernen Glas- und Stahl-Bauten, in denen die Krankenstation, die Kantine, Verwaltungsbüros, Forschungslabors und Produktionsstätten untergebracht waren. Von hier aus wurden die internationalen Aktivitäten des »Tempels« geleitet sowie Vitaminpräparate, homöopathische Medikamente und Aromatherapiebedarf hergestellt.

Ganz oben am Hang, mit Blick auf die Schlafsäle und Laboratorien, erhob sich das Haus des ehemaligen Schuldirektors, eine wunderbar restaurierte Tudor-Villa mit Sprossenfenstern und einer umlaufenden weinumrankten Pergola. Sie war die Residenz von Solange und das Sanktuarium des »Tempels«.

Susannah saß auf der gefliesten Terrasse unter einem Baldachin aus pinkfarbenen Glyzinen, bestaunte die grandiose Bergwelt und wünschte, ihre Nervosität würde sich legen. Das Problem war nur, dass sie nicht wusste, warum sie herbestellt worden war. Und das machte sie nervös, denn es kursierten Gerüchte über die Terrasse und die Dinge, die hier geschahen.

Aber es waren eben nur *Gerüchte,* beruhigte sie sich selbst.

In Wahrheit war es fast immer ein gutes Zeichen, wenn man in die Zentrale des »Tempels« bestellt wurde. Gelegentlich arrangierte Solange Ehen zwischen den Mitgliedern, und wenn er das tat, gab er dies immer auf dieser Terrasse bekannt. Ebenfalls auf dieser Terrasse wurden Belohnungen überreicht und Sonderaufgaben verteilt. Und das, so dachte Susannah, musste der Grund dafür sein, warum *sie* hier war – ein guter. Warum auch sonst? Sie hatte alles getan, was man ihr aufgetragen hatte – in Rhinebeck, Los Angeles und Washington –, und alles hatte reibungslos geklappt. Andererseits galt das gleiche fürTommy und Vaughn und die Übrigen. Warum also war nur sie auf das Anwesen bestellt worden? Warum war sie die einzige aus ihrem Team, die hier auf der Terrasse saß?

Verschämt, denn sie stillte den kleinen Stephen, blickte sie zu Solange auf, der Belinda gerade nach einem Abtrünnigen befragte.

»Und wie habt ihr ihn gefunden?«

»Durch die Detektive. Er war irgendwo in einem Motel und hat wohl einen Fehler gemacht.«

»Was für einen?«

»Er hat zu Hause angerufen. Sie rufen immer zu Hause an. Wie E. T.«

Solange nickte erfreut. »Und Kramer hat das Telefon abgehört?«

Belinda nickte. »Er hat da so einen Telefonfreak an der Hand, der wohl die Leitung angezapft hat. Vielleicht hat er aber auch die Nummer, wo der Anruf herkam, irgendwie geknackt. Jedenfalls haben sie ihn in einem Motel in New Jersey geschnappt.«

»Und wo ist er jetzt?«, fragte Solange.

Belinda deutete mit dem Kinn in Richtung Laborkomplex. »Krankenstation. Der Doc hat ihn so mit Barbituraten vollgepumpt, dass er nicht mehr ansprechbar ist. Wenn du mit ihm reden willst, müssten sie ihn erst wieder aufpäppeln.«

Solange schüttelte den Kopf. »Nein, lasst ihn so.«

Er ist so toll, dachte Susannah. Wie er so dasteht, den Kopf nach hinten geneigt, die Augen halb geschlossen, wie ein Jazzmusiker, der dem Solo eines anderen Künstlers lauscht, und wenn er sich bewegt, dann auf den Fußballen, wie ein Footballspieler, der sich ein wenig zurückfallen lässt.

Er ist wie eine Katze, dachte Susannah. Ein geschmeidiger Kater.

Solange war gut einsachtzig groß und schlank. Er trug eine verwaschene Jeans, Trekkingschuhe und ein weißes Hemd, dessen Ärmel er bis zu den Ellbogen hochgekrempelt hatte. Bartstoppeln zeichneten sich als dunkler Schatten auf Kinn und Wangen ab, und sein pechschwarzes Haar hätte mal wieder geschnitten werden können. Achataugen unter buschigen, graumelierten Brauen.

Was für Augen, dachte Susannah. Da kommt seine Macht her – es liegt nicht daran, was er sagt, sondern an der Art, wie er einen ansieht, wenn er es sagt, als wollte er einem zu verstehen geben: *Du bist der einzige Mensch, der es versteht, der es* wirklich *versteht.* Und wenn man das hörte oder sah oder spürte, dann, ja, dann war es fast so, als würde man sich verlieben.

Was leicht passieren konnte. Solange war der attraktivste Mann, den Susannah je gesehen hatte – nicht, dass er wirklich gutaussehend war. Jedenfalls nicht im herkömmlichen Sinne des Wortes. Seine Nase, die er sich vor langer Zeit einmal gebrochen hatte und nie gerichtet worden war, bewahrte ihn davor, ein

Schönling zu sein. Die Folge war eine Adlernase, die seinem Gesicht im Zusammenspiel mit den Augen einen raubtierartigen Zug verlieh, selbst wenn er lachte.

Und dann seine Stimme. Tief wie ein Bergwerk, mit leichtem Akzent und einer seltsam betörenden Intonation. Während Susannah ihn reden sah, ihn sprechen hörte, ihn mit ihren Augen spürte, wusste sie, dass sie einen bedeutenden Menschen vor sich hatte. Oder gleich eine Vielzahl von bedeutenden Menschen. Zu verschiedenen Zeiten hatten die Zeitungen ihn mit Hitler, dem Rattenfänger von Hameln, John Muir und Koot Houmi (wer auch immer das war – das wollte sie noch nachschlagen) verglichen.

Und die anderen teilten ihre Gefühle. Wie sie waren alle von Solange fasziniert (und ein ganz klein wenig verängstigt).

Auf der Terrasse waren fünfzehn von Ihnen, dazu der kleine Stephen, Susannah und ihr Guru. Jeder von Ihnen gehörte zum »Personal«, was bedeutete, dass sie ihr Leben ganz und gar im Wirkungskreis der Organisation verbrachten. Alle waren sie irgendwann schon einmal auf der *Crystal Dragon* mitgefahren, und seitdem teilten sie Tisch und Bett miteinander, konspirative Wohnungen und Codes, Geheimnisse und Verbrechen. Sie waren Vollzeitkommunarden, und sie bedeuteten einander alles – Familie, Liebhaber, Schiffsgenossen, Freunde. Sie hatten nur einander und besaßen nichts, bis auf das, was allen gemeinsam gehörte. Selbst die Vergangenheit des Einzelnen gehörte nicht mehr ihm selbst, denn sie alle hatten den gleichen symbolischen Geburtstag – der Tag, an dem sie ins »Personal« aufgenommen worden waren.

Während das Baby an ihrer Brust saugte, wanderten Susannahs Augen von einem zum anderen. Mit Ausnahme ihrer selbst waren alle Anwesenden entweder Abteilungsleiter oder stellvertretende Abteilungsleiter.

Innerhalb des »Tempels« waren diese Leute legendär, und Susannah kannte fast alle von Ihnen. Der hagere Mann mit den nikotingelben Fingern war Saul, der die Abteilung leitete, in der sie selbst arbeitete, nämlich die für besondere Angelegenheiten. Rechts und links von ihm saßen seine Stellvertreter – Antonio, Belinda und Jane –, die für Forschung, Sondereinsätze und Security zuständig waren.

Veroushka, von der es hieß, sie sei Solanges Geliebte, und die so sexy war, dass Tommy behauptete, er könne sie »quer durchs Zimmer riechen«, war für Rekrutierung zuständig.

Abgesehen von Veroushka und dem Team von der Abteilung für besondere Angelegenheiten waren die Leiter und stellvertretenden Leiter der Abteilung für Finanzen und Kommunikation anwesend sowie die führenden Köpfe der Verwaltung, der technischen Abteilung und der Rechtsabteilung. Susannah wusste zwar, wer sie waren, kannte aber ihre Namen nicht, zumindest nicht alle.

Und einen der Anwesenden hatte sie überhaupt noch nie gesehen, einen Japaner oder so, der ganz offensichtlich nicht zu ihnen gehörte. Er trug einen dunklen Anzug, weißes Hemd und Krawatte und hielt sich abseits. Ein stiller Beobachter.

»Was ist mit den Eltern?«, fragte Solange.

Belinda wandte sich zu einem schlaksigen jungen Mann um, der mit dem Rücken an die Wand gelehnt dasaß und gelangweilt dreinblickte. »Fred?«

»Sie wissen, dass er hier ist«, sagte der Anwalt, »aber sie können nichts machen. Er muss sie nicht sehen oder mit Ihnen sprechen. Er ist dreiundzwanzig. Außerdem habe ich eine eidesstattliche Versicherung von ihm, in der er erklärt, dass alles in Ordnung ist – besser gesagt, ich werde sie haben, sobald sie geschrieben ist.«

»Und du meinst, er unterschreibt?«

»Er hat sie schon vor fünf Jahren unterschrieben, als er ins ›Personal‹ aufgenommen wurde. Jeder hat so eine Versicherung unterschrieben. Mehr als eine. Jetzt müssen wir nur noch das Datum einsetzen und uns überlegen, was genau drinstehen soll.«

»Gut!«, sagte Solange, klatschte in die Hände und drehte sich um. »Wer ist jetzt dran? Avram! Was hast du zu berichten?«

Der Leiter der technischen Abteilung war ein schielender russischer Flüchtling mit schlimmer Schuppenflechte. Während er seine Bifokalbrille mit seinem Hemdzipfel putzte, räusperte er sich und blickte kurzsichtig in Solanges Richtung. Dann lächelte er. »Wir können loslegen.«

Solange starrte ihn verblüfft an. »Machst du Witze?«

»Nein. Obwohl ich, wenn du gestattest, mal eines sagen muss: Das war nicht einfach. Seit fast acht Monaten arbeiten wir rund um die Uhr – und zwar ausschließlich daran. Wir hatten Probleme mit den Temperaturen. Wir hatten Probleme mit Zuständigkeiten und der Disziplin bei dem einen oder anderen Mitarbeiter. Und der Impfstoff!« Er stockte und sah jeden einzelnen auf der Terrasse eindringlich an. »Habt ihr eine Ahnung, wie schwierig es ist, zwanzigtausend befruchtete Eier zu kaufen, ohne die Aufmerksamkeit der Gesundheitsbehörden zu erregen?«

Solange und die anderen lachten, Avram schmunzelte.

»Aber ... ja!«, schloss er. »Wir können morgen mit der Impfung beginnen. Wann immer du willst.«

Solange schloss einen Moment die Augen. »Und die Dame?«, fragte er.

Avram setzte sich die Brille wieder auf die Nase und blinzelte zweimal kurz, während seine Augen sich fokussierten. »Die Dame ist stärker denn je«, sagte er. »Und sie gedeiht prächtig.«

»Du sagst, sie ist stärker denn je. Dann ist das deine *Theorie*.«

Avram schüttelte den Kopf. »Nein. Das ist eine Tatsache.«

»Aber wie kannst du das wissen?«

»Weil wir Tests gemacht haben – nicht draußen, aber im Labor. Und die Ergebnisse sind eindeutig. Wir haben die Mortalitätsrate um den Faktor fünf erhöht.«

»Wie?«

Avram legte den Kopf schräg und musterte Solange. »Willst du eine technische Erklärung?«

»Erzähl's mir einfach«, befahl Solange.

Avram zuckte die Achseln. »Im Oktober hatten wir die Genome analysiert. Von da an haben wir versucht, eine Möglichkeit zu finden – wie soll ich sagen – eine Möglichkeit zu finden, das Virus zu *tarnen*, um es für das Immunsystem unsichtbar zu machen, oder fast unsichtbar.«

»Und?«

»Wir haben's geschafft.«

»Wie denn?«

Avram seufzte auf, stolz auf seine Leistung, aber unwillig, sie Laien zu erläutern. *»Trial and Error«*, sagte er. »Wir haben rausgefunden, dass wir das Virus durch die Entfernung eines speziellen DNS-Segmentes dazu bringen können, ein Sekret abzusondern, das seine Antigene tarnt und sie so vor den Antikörpern verbirgt. Sozusagen als trüge das Virus einen Teflonmantel. Die Sialinsäurerezeptoren können es nicht binden, und wenn das nicht geschieht, gibt es auch keine Abwehrreaktion. Die Hälfte der Zeit bleibt das Virus demzufolge unbemerkt.«

»Das bedeutet für die Mortalitätsrate ...«

»Eine Steigerung um zirka fünfundfünfzig Prozent.«

Lange sagte niemand etwas. Schließlich rief Solange: »Okay! Dann fangen wir morgen mit der Impfung an. Jeder hier auf dem Anwesen, was?«

Avram nickte. »Ich kümmere mich darum«, sagte er.

Mit einer schwungvollen Kopfbewegung warf sich Solange das Haar aus dem Gesicht. »Und Mr. Kim?«, fragte er, wobei er die Hände wie zum Gebet zusammenlegte und sich übertrieben ehrfürchtig vor dem Asiaten verneigte.

»In zwei Tagen kann ich ein Paket für ihn fertig machen«, antwortete Avram und kratzte sich im Nacken.

»Okay«, sagte Solange mit einem breiten Grinsen. »Sind sie einverstanden, Mr. Kim?«

Der Koreaner sah ihn ausdruckslos an. Er hatte offensichtlich kein Wort verstanden.

»Zwei Tage«, sagte Solange langsam und hielt zwei Finger hoch. »Dann ...« Seine Hand glitt nach unten wie ein Flugzeug im Sturzflug. »Pjöngjang.«

Kim lächelte verstehend und nickte heiter.

Veroushka hob die Hand, und Solange nickte ihr zu. »Was ist mit unseren Leuten im Ausland?«, fragte sie. »Ich habe Rekruteure in Russland, Israel, Frankreich – und noch in ein paar anderen Ländern. Ich rede hier von *unseren* Leuten. Was machen wir mit Ihnen? Holen wir sie nach Hause?«

Bevor Solange antworten konnte, schaltete sich Belinda ein. »Es ist kostengünstiger, wenn wir sie aufsuchen. Gib mir eine Liste, wer wo ist, und ich schicke noch am selben Tag eine Kurierfrau los. Innerhalb von einer Woche können wir sie alle geimpft haben.«

Veroushka runzelte die Stirn. »Ich weiß nicht ... vielleicht sollten wir sie doch herbeiordern. Ich meine, wie soll die Frau durch den Zoll kommen?«

»Wir besorgen uns ein notariell beglaubigtes Schreiben, in dem steht, dass sie Diabetes hat«, erwiderte Belinda, »und transportieren den Impfstoff in Insulinampullen. Ich glaube nicht, dass man ihr Schwierigkeiten machen wird.«

»Okay«, sagte Solange. »Kommen wir zum nächsten Punkt der Tagesordnung.« Lächelnd wandte er sich Susannah zu und streckte ihr den Arm entgegen, damit sie aufstand.

»Susannah?«

Ihr blieb fast das Herz stehen. Der kleine Stephen nahm den Kopf von ihrer Brust, und einen Moment lang sah es so aus, als wollte er anfangen zu weinen. Sie reichte ihn Belinda, stand auf und knöpfte ihre Bluse zu.

»Mein Gott, Mädchen!«, sagte Solange. »Schau dich an! Du bist *schön*!«

Susannahs Wangen glühten, und sie schlug die Augen nieder.

»Saul – warum hast du mir nicht gesagt, wie toll sie aussieht, hä? Wofür habe ich eigentlich eine Aufklärungsabteilung, wenn ich solche Geheimnisse nicht erfahre?« Er legte den linken Arm um ihre Schultern und zog sie an sich heran.

»Ich hab dir die Berichte geschickt«, sagte Saul lächelnd. »Und Belinda hat sie abgezeichnet.«

»Ja gut«, sagte Solange. »Aber nur *Berichte* – das nächste Mal will ich Fotos sehen. Jetzt hört mal: Ich habe die Berichte gelesen und weiß, was sie geleistet hat. Und ich werde den Namen dieser Kleinen hier abändern, und zwar in ›Bond‹. Okay? Susannah Bond. Bist du einverstanden, *ma chère*?«

Susannah nickte, verlegen, weil alle Blicke auf ihr ruhten, und aufgeregt, weil Solange seinen Arm um sie gelegt hatte.

»Ich kann euch sagen«, sprach er mit seinem weichen Akzent weiter, »diese Kleine hier kennt keine Skrupel. Wenn ich euch erzählen würde, was sie getan hat, müsste ich euch umbringen!« Er lachte, und die anderen fielen ein. »Im Ernst. Das macht selbst mir Angst!«

Noch mehr Gelächter.

»Aber ...« Er schleuderte das Wort in die Luft wie eine Granate. »Es gibt da ein Problem.«

Susannah blieb zum zweiten Mal in wenigen Minuten fast das Herz stehen. »Wa – was für ein Problem?«, fragte sie und blickte zu Solange hoch.

Er schüttelte bedauernd den Kopf. »Der kleine Junge«, sagte er.

Plötzlich wusste Susannah, warum sie hier war, was nicht stimmte, was sie falsch gemacht hatte. Wer im »Tempel« aufgenommen wurde, verabschiedete sich von der Idee, Kinder zu haben, weil die Menschen ohnehin ... wie sagte Solange immer? *Mega-expandierten!* Sie überwucherten die ganze Erde. Wie Ungeziefer. Und das war das allergrößte Problem, aber ...

»Aber –«

»Pssst!«, zischte Solange leise und zog sie noch enger an sich. Sie hätte nicht gedacht, dass er so stark war. »Keine Entschuldigungen. Ich habe dir doch gesagt, *ma chère:* Du bist eine Heldin! Du wirst immer eine Heldin sein – also red jetzt bloß keinen Scheiß, klar?«

Sie nickte.

Er nahm seinen Arm von ihren Schultern und ging zu einer Art Holzkiste hinüber, die Susannah zuvor nicht bemerkt hatte.

Er klappte den Deckel hoch, griff hinein und holte eine Hand voll durchsichtiger Plastikmüllbeutel heraus. Nacheinander verteilte er sie an die Leute, die auf der Terrasse saßen.

Ohne nachzudenken, griff Susannah nach einem Beutel, doch Solange schüttelte den Kopf. »Für dich nicht, *ma chère.* Für die anderen.«

Rasch trat er zu Belinda, nahm ihr den kleinen Stephen vom Arm, schüttelte einen der Beutel auf und steckte das Baby hinein. Dann drehte er den Beutel in der Hand und knotete ihn fest zu. »Nimm«, sagte er und reichte ihn Belinda.

Susannah war fassungslos. Sie brachte kein Wort heraus, als Stephens gedämpfte Schreie durch das Plastik drangen. Sie konnte ihn darin sehen, wie er strampelte, die Temperatur in die Höhe trieb, sodass das transparente Plastik beschlug und undurchsichtig wurde. Ihre Knie knickten ein, doch Solange ergriff ihren Arm und stützte sie.

»Du musst stark sein«, sagte er. »Für den Kleinen – das ist wichtig, *ma chère.*« Dann wandte er sich an die anderen. »Los«, sagte er. »Alle außer Susannah und Mr. Kim.«

Einer nach dem anderen stülpten sich ihre Freunde die Plastikbeutel über den Kopf und banden sie am Hals zu. Entsetzt sah Susannah, wie die Beutel sich aufblähten und wieder zusammenzogen, wie sie um Wangen und Nasen klebten und sich dann erneut bauschten.

Solange ging noch einmal zu der Holzkiste, griff ein zweites Mal hinein und kam mit zwei Boxhandschuhpaaren zurück. Er warf Susannah eins zu und bedeutete ihr, die Handschuhe anzuziehen. Er selbst streifte sich das andere Paar über.

»Die Sache ist kompliziert«, erklärte Solange, während er seine Hände in die Handschuhe steckte. »Erde, sie ist die Mutter – heilig. So wie das Leben. Das ist unsere Religion. Das wissen wir. Aber wir wissen auch, dass wir dabei sind, sie zu töten – du und ich – wir töten sie, und wir töten ihre Kinder – die Millionen unterschiedlichen Spezies, die sie hervorbringt. (Du musst nicht extra einen Knoten machen, *ma chère.* Steck einfach nur die

Hände rein.) Wir haben die Atmosphäre durchlöchert, das Grundwasser vergiftet, den Boden verdorben, die Wälder zerstört. Und wenn du jetzt diese Beutel siehst, kannst du dir vielleicht vorstellen, wie die Erde sich fühlt, wie es ist, unter Plastik begraben zu werden, an den eigenen Ausdünstungen zu ersticken. Wenn ich dir sage, dass Zivilisation Mord ist, wirst du dich vielleicht daran erinnern.« Solange klatschte in die Hände und fing an zu tänzeln.

»Darf ich Stephen bitte rausholen?«, fragte Susannah. »Ich glaube, das ist nicht gut für ihn.«

»Aber, *ma chère,* das ist doch gerade der Punkt. Ich glaube, er ist nicht gut für *uns.* Oder glaubst du das etwa? He – du weißt doch genauso gut wie ich, was das größte Problem ist. Die Überbevölkerung, nicht wahr? Es gibt zu viele von uns. Und trotzdem lieferst du uns einen weiteren Räuber, den es zu ernähren gilt. Was hast du dir bloß dabei gedacht? *Womit* hast du gedacht?«

Susannah schüttelte den Kopf. Solange war jetzt zwischen ihr und Stephen, und sie konnte ihn nicht mehr sehen.

»Wenn er von einer anderen wäre, *ma chère,* würde ich ihn wie ein Kätzchen ertränken. Als Exempel. Aber er ist von dir, und deshalb verrate ich dir jetzt, was wir machen werden: Wir werden um ihn boxen! Eine Runde. Drei Minuten. Und wenn du danach noch auf den Beinen bist, darfst du ihn retten, *ma chère,* okay? Aber wenn nicht, tja, dann wird er wohl bleiben, wo er ist.«

»Aber – ich kann das nicht. Ich weiß gar nicht, *wie*!« Panik wallte in ihr auf.

»Ich bringe es dir bei. Wichtig ist, dass wir endlich anfangen, verstehst du? Denn bis dahin ist alles reine Zeitverschwendung, hä?«

Susannah nickte.

»Okay, also es geht los. Ein kleiner Punch. Komm schon, *ma chère,* wie du schon gesagt hast: Ich glaube, es ist nicht gut für ihn.«

Sie schlug nach ihm, und Solange machte einen graziösen Schritt zur Seite, schielte dabei auf seine Armbanduhr. »Okay, das war ein Anfang, aber kein besonders guter. Schlag *durch* mich hindurch, *ma chère* – nicht nach mir. Los!«

Sie konnte kämpfen. Sie war mit drei Brüdern aufgewachsen, und einer von Ihnen war ein richtiger Raufbold gewesen. Aber sie konnte sich nicht auf Solange konzentrieren. Es kostete sie all ihre Kraft, nicht zu Belinda hinüberzurennen und –

Sterne! Plötzlich sah sie Sterne. Mit einem linken Haken ließ Solange ihren Kopf nach hinten fliegen und verpasste ihr dann eine rechte Gerade, von der ihr ein Lichtblitz durch die Augen fuhr. Sie taumelte rückwärts, ungläubig. Niemals hatte ihr Bruder sie so geschlagen.

»Halt die Fäuste oben, *ma chère,* und komm näher an mich ran. Meine Reichweite ist größer als deine. Komm schon! Denk doch mal nach! Komm in meine Arme.«

Sie schmeckte Blut im Mund, und Tränen brannten ihr in den Augen. *Was hatte er gesagt? Dass sie stehen musste? Auf den Beinen bleiben? Wegen Stephen?*

Solange landete einen linken Haken auf ihrer Schulter, dann schlug er mit rechts, aber sie wich aus, sprang zurück. »Gut so! Noch zwei Minuten!«

Er hat gesagt, er würde ihn da lassen, wo er ist. Er hat gesagt, er würde ihn in dem Beutel lassen.

»Nicht schlecht«, sagte Solange, »aber du musst in den Nahkampf, *ma chère,* sonst hast du keine Chance. Ich bin zu groß für dich.«

Sie bewegte sich kreisförmig um ihn herum, versuchte, außerhalb seiner Reichweite zu bleiben, schaffte es aber nicht richtig. Er schnitt ihr immer wieder den Weg ab, erwischte sie mit einer schnellen Folge von Seitwärtshaken an den Oberarmen.

»Lauf niemals weg, wenn du angegriffen wirst, *ma chère.* Das ist eine wichtige Regel. Wenn jemand dich verfolgt, verfolge ihn. Sonst ...« Mitten im Satz attackierte er, traf sie mit drei wuchtigen Schlägen, die ihr die Zähne lockerten und den Mund mit

Blut füllten. Dann beugte er blitzschnell den Oberkörper vor, machte einen Schritt nach vorn und schlug sie so hart in die Magengrube, dass sie das Gefühl hatte, das stumpfe Ende eines Telefonpfahls wäre durch sie hindurchgerammt worden.

Plötzlich war sie auf allen vieren, bekam keine Luft, würgte vor Schmerzen.

»Noch eine Minute und zwanzig Sekunden!«, sagte Solange über ihr. »Na los, Susannah, steh auf! Sonst gibt's eine Nachspielzeit.«

Sie bekam noch immer keine Luft, aber sie tat, was er ihr sagte: Sie wuchtete sich von den Fliesen hoch, warf sich ihm mit eingezogenem Kopf in die Arme und umklammerte ihn. Damit hatte er nicht gerechnet, und sie nutzte seine Verblüffung, indem sie ihn zweimal schlug und beim zweiten Mal sogar sein Kinn erwischte.

Sie hielt ihn, so fest sie konnte, umklammert, verschränkte die Hände hinter seinem Rücken. Zusammen drehten sie sich einmal im Kreis, und sie sah die Gesichter ihrer Freunde in den Beuteln pulsieren. Sie beobachteten sie.

Aber irgend etwas fehlte, und während sie verzweifelt kämpfte, um den sehr viel stärkeren Solange weiter in ihrer Umklammerung zu halten, erkannte sie, was das war, und sie geriet in Panik: Der kleine Stephen weinte nicht mehr.

»Noch dreißig Sekunden, *ma chère!* Enttäusch mich nicht!« Sie hielt ihn fest, doch mit einer jähen Bewegung drehte er sich plötzlich von ihr weg. Und dann zielte er nur noch auf ihren Kopf, auf Mund, Nase, Kinn, Wangen, eine Gerade nach der anderen, sodass sie unter der Wucht der Schläge über die Terrasse kreiselte. Es regnete Sterne in ihren Augen, und ihr Gesicht glühte unter den Schlägen.

Sie hielt sich kaum noch auf den Beinen, schwankte wie unter Schock auf zitternden Knien hin und her. Langsam hob sie einen Handschuh vors Gesicht und berührte ihre Wange, als wollte sie sich vergewissern, dass ihr Gesicht noch da war. Und benommen sah sie, wie er den rechten Arm kreisen ließ wie ein Quarterback beim Football vor dem alles entscheidenden Wurf, oder wie eine Zeichentrickfigur, die ihr einen Hieb verpassen wollte, der sie in den Weltraum schicken würde.

Und dann lachte er, trat auf sie zu, und wie ein Bräutigam bei einer Hochzeit nahm er sie in die Arme und hob sie hoch. »Nicht schlecht, *ma chère*, gar nicht schlecht.« Er wandte sich den anderen zu und rief mit einem Lausbubengrinsen: »Was macht ihr denn da mit den Tüten auf dem Kopf? Seid ihr so hässlich? Nehmt sie ab! Was seid ihr nur für alberne Leute!«

Und so wurden die Beutel abgenommen, und alle lachten und keuchten gleichzeitig, während Mr. Kim applaudierte und Susannah neben dem kleinen Stephen auf die Knie sank und verzweifelt und blutig mit den Fingern den Beutel aufriss.

Einen Augenblick später lag der Junge in ihren Armen, voller Leben brüllend, und sie war so glücklich, sie brach in Tränen aus und dachte mit einem hingebungsvollen Blick Richtung Solange: *Danke, danke, danke, danke ...*

26

Ich bin um fünf wieder da«, sagte Annie. »Ruf mich an, wenn dir komisch wird – versprochen?«

Frank saß in Annies Wohnzimmer im Sessel vor dem Fernseher und schaute sich eine morgendliche Nachrichtensendung an. Zuerst hatte er das Gefühl, die Sprecherin hätte Annies Stimme, obwohl er wusste, dass das nicht stimmen konnte.

»Frank?«

Er runzelte die Stirn und beugte sich näher zum Fernseher hin. Die Sprecherin sagte etwas, aber es kam ihm viel zu langsam vor, bis ihre Worte in seinem Hirn anlangten. Er hatte das Gefühl, einen ausländischen Film zu sehen, der nicht lippensynchron war.

»Alles in Ordnung mit dir?«

Er wandte sich Annie zu. Ihre Worte schienen mit einer kleinen, aber signifikanten Verzögerung in seinem Hirn anzukommen, als telefonierte sie aus Tokio.

»Tipptopp«, sagte er und drehte sich wieder Richtung Fernseher.

»Vielleicht sollte ich doch lieber noch einen Tag zu Hause bleiben. Ganz ehrlich.«

»Es geht mir gut«, sagte Frank.

Und wundersamerweise stimmte das auch, denn er war wieder mal in eine jener Zeitblasen geistiger Klarheit geglitten, die er als »normal« erkannte. Die Ärzte versicherten ihm, dass die

Nachwirkungen der Droge in den kommenden Tagen immer schwächer werden und »Anfälle« immer seltener auftreten würden, dass er immer längere Phasen relativen Wohlbefindens erleben würde. Nur noch ein paar Tage, und er müsste eigentlich völlig genesen sein – obwohl ein gelegentlicher Rückfall nicht ganz auszuschließen war.

»Bist du sicher?«, fragte Annie. Sie wollte zur Arbeit und hatte sich eines ihrer Kindergärtnerinnen-Outfits angezogen. »Ich weiß nicht.« Als sie sich hinunterbeugte, um ihm einen Kuss zu geben, zog er sie zu sich in den Sessel und verzog schmerzlich das Gesicht, als er das Gewicht ihres Körpers spürte.

»Geh nicht«, sagte er schwach. »Mir wird doch ganz komisch.«

Sie kicherte. »Frank ...«

»Schon gut. Raus mit dir.«

Nach Franks Drogenrausch war er in der psychiatrischen Klinik in Georgetown gelandet. Dort war man bestens ausgerüstet, um mit jemandem fertig zu werden, der geradezu beängstigende Halluzinationen hatte. Er hatte die Sanitäter angegriffen, die auf Annies panischen Anruf hin gekommen waren – ein Vorfall, den er als den verzweifelten Versuch in Erinnerung hatte, vor Männern zu fliehen, die ihn zu Boden drückten, um ihn zu zerstückeln. Als Polizisten eintrafen, um ihn unter Kontrolle zu bringen, hatte er auch die wie ein Berserker attackiert. Der Saab wurde von der Columbia Road abgeschleppt, wo er einen denkwürdigen Stau verursacht hatte.

Annie hatte den ganzen Tag unter Aufbringung all ihrer Hartnäckigkeit gebraucht, um die Ordnungskräfte davon zu überzeugen, dass Frank tatsächlich *Opfer* eines Verbrechens war und kein Drogensüchtiger, der wegen Widerstands gegen die Staatsgewalt belangt werden müsste. Der Saab wurde sichergestellt und nach Fingerabdrücken untersucht. Außerdem wurde die lederne Lenkradverkleidung entfernt und ins Labor geschickt.

Man kam zu dem Schluss, dass die Droge – die als psychotrope Substanz namens BZ identifiziert worden war – mit Hilfe eines gewerblichen Lösungsmittels verabreicht worden war – von Sportlern mitunter als eine Art Superliniment benutzt –, das direkt in den Blutkreislauf und das tiefer liegende Gewebe eindrang. Mit Hilfe dieses Mittels konnten Arzneistoffe – oder eben auch Gifte – transdermal verabreicht werden.

Nach vier Tagen in der geschlossenen Abteilung war Frank in ein normales Krankenzimmer verlegt worden. Nach zwei weiteren Tagen ließen sie ihn gehen, wenn auch vollgepumpt mit Tranquilizern, um die Nachwirkungen einer, wie es in seiner Akte hieß, »unfreiwilligen akuten, nicht genau bestimmbaren Rauschmittelvergiftung« zu lindern.

Sein Körper hatte die unvermeidlichen Auswirkungen einer gewaltsamen Freiheitsbeschränkung durch vier ausgewachsene Männer zu spüren bekommen. Aber zumindest pinkelte er kein Blut mehr. Er schlurfte zum Badezimmer wie ein alter Mann, spritzte sich Wasser ins Gesicht und betrachtete sich im Spiegel. Am ersten Tag nach dem »Zwischenfall« hatte sein Gesicht ausgesehen wie ein Klumpen Hackfleisch. Mittlerweile waren die Schwellungen abgeklungen, und nur um ein Auge herum war die Haut immer noch aufgedunsen und blassgrün verfärbt. Mit blauen Streifen. In der Vertiefung über dem Kinn war zu sehen, wo er genäht worden war, nachdem er sich durch die Unterlippe gebissen hatte.

Abgesehen von seinem malträtierten Gesicht hatte er noch zwei gebrochene Rippen davongetragen, als einer seiner Retter sich etwas zu schwungvoll auf ihn geworfen hatte. Außerdem waren Daumen und Mittelfinger der rechten Hand – die er bei dem Versuch, den Sanitätern zu entkommen, durchs Küchenfenster gerammt hatte – genäht, geschient und bandagiert.

Wenn er schon gerade eine seiner »klaren« Phasen hatte, sollte er auch arbeiten, dachte er. Er ging langsam die Treppe zu Annies Zimmer hinauf. Mit der verletzten Hand war es schwierig, zu tippen oder die Maus zu bedienen, aber irgendwie ging es doch. Allerdings konnte er unmöglich am Laptop arbeiten, den Annie für ihn aus seiner Wohnung geholt hatte.

Gestern hatte er sich das Gespräch mit Tom Deer ausdrucken lassen, und während Annies Computer startete, überflog er es erneut.

Deer: Damit könnte man niemandem Furcht einflößen. Man könnte sie nur einsetzen. Und dann würden die Vögel sie weitertragen. Wenn man beispielsweise in Peking eine erste Welle auslöst, ist die im Handumdrehen einmal rund um den Globus – PENG!

Frank trommelte mit den Fingern auf dem Tisch.

Deer: Die Grippe kriegt jeder. Und man kann sie nicht kontrollieren. Wenn man sie also als Waffe verwenden würde, könnte man Millionen Menschen damit töten – zig Millionen.
Deer: Aber wer sollte so etwas tun wollen, und wieso?
Deer: Man könnte sie nicht mehr aufhalten.

Frank erinnerte sich, dass Deer ihn gegen Ende des Gesprächs mit seiner Bemerkung über die Sioux auf den Arm genommen hatte. Was hatte er noch mal gesagt? Es fiel ihm nicht mehr ein, und er blätterte nach.

Deer: Andererseits, wenn da einer Rache nehmen will ... wenn einer richtig wütend ist auf die Welt ...

Wütend auf die Welt. Je mehr er über den »Tempel des Lichts« – oder zumindest über dessen Anführer – erfuhr, desto deutlicher wurde ihm, dass die Gruppe ganz sicher »wütend auf die Welt« war. Und Frank wusste, dass das Töten von »zig Millionen« Menschen eine Großtat wäre, wenn es nach Solange ging. Tatsächlich wäre damit ein großer Schritt getan, das wieder zu korrigieren, was Solange als »die Verseuchung durch eine Amok laufende Spezies« nannte. Und diese Spezies war natürlich die Menschheit.

Annies Computer spielte die kitschige kleine Windows-Fanfare, und Frank rief seine Dateien auf.

Am Vortag hatte er ein paar Stunden im Net gesurft und Websites aufgerufen, die irgendwie mit dem »Tempel des Lichts« zu tun hatten. Seine Ergebnisse hatte er in einem Dokument zusammengefasst, das er »Übersicht« genannt hatte.

»Tempel«/Solange

Le Monde: »Tempel des Lichts« Anfang der siebziger Jahre in Lausanne gegründet. Ursprünglich: »Académie des Recherches et de la Connaissance des Hautes Sciences« – ARCH. 1979: Zwei Mitglieder werfen Bombe in die Kirche von Einsiedeln; Protest gegen den Widerstand des Papstes gegen Empfängnisverhütung. 1980: Ein Mitglied nach Attentat auf den Leiter der Schweizer Atombehörde wegen Mordes verurteilt. Weitere Zwischenfälle, darunter Angriffe auf Umweltschutzverbände, die von Solange als »unzureichend militant« diffamiert wurden. Nach dem ungeklärten Tod eines liberalen Politikers, der Solange als einen »fanatischen Bazillus in der grünen Bewegung« bezeichnet hatte, verschwand ARCH und sein Anführer aus der Öffentlichkeit.
Zwei Jahre später tauchte die Organisation in San Francisco als »Tempel des Lichts« wieder auf, eine neugegründete »Religion« unter Führung von Luc Solange.
Nach *U. S. News & World Report:* Solange »lieferte eine bizarre Mischung aus Mystik und ›radikaler Ökologie‹ und gewann damit eine Anhängerschaft mit bemerkenswert hohem Ausbildungsstand«. Die »Missionare« des »Tempels« waren »vor allem an den naturwissenschaftlichen Fachbereichen der besten Universitäten Amerikas aktiv«.

Unter der Überschrift »›Tempel‹ und Finanzen« listete er auf, wie sich das Anwerben von Wissenschaftlern bezahlt gemacht hatte, und zwar sowohl durch den Verkauf der Eco-Vita-Produkte als auch durch die hohen Gebühreneinnahmen aus den Patenten im Besitz des »Tempels«. Er notierte, dass die lukrativsten Patente im Wert von jährlich rund zehn Millionen Dollar Mikrovermantelungstechnologien betrafen, die an Pharmaunternehmen verpachtet worden waren. Er zitierte Annie:

> Adair (12.5.98): »Im Prinzip werden bei der Mikrovermantelung sehr kleine Partikel mit Schutzhüllen umschlossen, die sich nach einer gewissen Zeit auflösen. Auf diese Weise können biologische Wirkstoffe auch unter Bedingungen überleben – beispielsweise in der Magensäure oder bei hohen Temperaturen –, unter denen sie normalerweise absterben würden.«

Er gähnte und runzelte die Stirn. Seine Konzentration war hin; sie wurde mal stärker, mal schwächer, wie ein schwindendes Funksignal. *Stern,* dachte er. Ich sollte Stern anrufen.

Und das hatte er schon. Dreimal bereits, aber bis jetzt hatte Stern nicht zurückgerufen. Er sollte mal nach ihm sehen. Schließlich war er vor dem Wohnhaus des Doktoranden vergiftet worden, also musste die Frau gewusst haben, bei wem er gewesen war.

Aber er wollte jetzt nicht zu ihm rüberfahren. Er war zu müde, und außerdem konnte er sich gar nicht mehr konzentrieren. Er würde morgen nach Stern sehen, oder übermorgen, und sich überzeugen, dass es ihm gutging.

Die Polizei war inzwischen seit drei oder vier Tagen mit seinem Wagen fertig, und gestern hatten sie ihm telefonisch mitgeteilt, dass er das Fahrzeug abholen müsse. Ab Montag, so erklärte der Beamte, würde man ihm täglich zwanzig Dollar Parkgebühr berechnen. Außerdem musste er noch den Abschleppdienst bezahlen, er war empört und kam sich vor, als würde man ihn ein zweites Mal vergewaltigen.

Am Donnerstag sah sein Auge fast normal aus, und die Fäden in der Lippe waren gezogen worden. Da er keine Gefahr mehr für sich und andere war, holte er den Saab ab und zahlte.

Als Annie nach Atlanta fuhr, um dort an der jährlichen Tagung der Influenza-Experten teilzunehmen, einem Ereignis, das sie »Großes Grippepalaver« nannte, kam es ihm eigenartig vor, ohne sie in ihrer Wohnung zu bleiben, und so zog er wieder in seine eigenen vier Wände. Indu war nie richtig warm mit ihm geworden. Annie meinte, das sei wahrscheinlich darauf zurückzuführen, dass Frank in der zweiten Nacht, die er frisch aus dem Krankenhaus in ihrer Wohnung verbracht hatte, irrtümlich in Indus Zimmer geraten war und sich zu ihr ins Bett gelegt hatte.

Wie er schließlich in *Annies* Bett gelandet war, wie sie zum Liebespaar geworden waren – dieses Ereignis war irgendwo in der Nebelbank seiner Erinnerung verloren, wo es vielleicht für immer bleiben würde. Manchmal bekam er eine Ahnung davon, den Schatten einer Erinnerung. Ein- oder zweimal sah er undeutlich ihr besorgtes Gesicht, das sich über ihn beugte und das plötzlich froh aufleuchtete, wenn er ihren Namen aussprach. Und dann konnte er sehen, wie sie sanft ein feuchtes Tuch auf seine Stirn legte, und er erinnerte sich, dass sie neben ihm ins Bett geschlüpft war, spürte noch ihren warmen Körper ausgestreckt neben sich. Doch dann wurde die Erinnerung nebulös und löste sich auf. Zweimal sprach sie von ihrem »ersten Mal«, einmal mit einem glücklichen verträumten Blick in den Augen, das andere Mal mit einem leicht verruchten Lachen. Er lächelte nur, weil es ganz offensichtlich nicht angebracht war *nachzufragen.* Außerdem war es irgendwie spaßig – wenngleich verwirrend –, der Phantasie freien Lauf zu lassen ... Im Bett war Annie überraschend ungehemmt und leidenschaftlich, oder zumindest so leidenschaftlich, wie seine Verletzungen es zuließen.

Stern hatte noch immer nicht auf seine Anrufe reagiert, und so stattete Frank auf dem Weg von der Polizeigarage der Wohnung des Doktoranden einen Besuch ab.

Und obwohl Stern nicht zu Hause war, gab es auch keinen Hinweis darauf, dass er verschwunden sein könnte. Keine Stapel von Zeitungen oder Post.

Er klopfte an der Nachbarstür.

Ein dünner Schwarzer mit Drahtbrille öffnete. Nein, sagte er, er hatte Stern nicht gesehen. »Muss verreist sein, weil ich keine Musik höre. Der mag Musik, das kann ich Ihnen sagen. Für meinen Geschmack mag er sie zu sehr.«

Frank ließ nicht locker. »Hat er Sie je gebeten, na, beispielsweise seine Blumen zu gießen oder seine Post entgegenzunehmen oder so?«

Sterns Nachbar starrte ihn an. »Ben hat keine Blumen. Der ist doch kein Blumentyp. Ich hab doch schon gesagt, dass er ein Musiktyp ist. Was mit der Post ist, weiß ich nicht. Ich glaube, er hat irgendwo ein Postfach.« Er beäugte Frank neugierig. »Wie gut kennen Sie Ben?«

»Eigentlich gar nicht«, musste Frank zugeben.

Der schlanke Mann machte eine kreisende Bewegung mit dem Zeigefinger neben der Schläfe. »Ben ist ein bisschen *ungewöhnlich«*, sagte er.

Als Frank nach Hause kam, hatte er einen Anruf von Annie auf seiner Voicemail.

»Hi, Frank, ich bin hier in Atlanta.« (Pause.) »Ich rufe an, weil ... etwas ganz Seltsames passiert ist. Und ich glaube, das könnte ... Na jedenfalls hat es in verschiedenen Teilen des Landes ungewöhnliche Grippe-Epidemien gegeben – ungewöhnlich deshalb, weil es nicht die richtige Jahreszeit dafür ist, verstehst du? Ich hab mir nicht sehr viel dabei gedacht, bis ich hierhergekommen bin. Aber es ist eine *Archivgrippe.«* (Pause.) »Ich will damit sagen, dass ... ach, ich wünschte, du wärst hier, ich spreche so ungern auf Band. Jedenfalls kann das, was passiert ist, kein natürlicher Zufall sein, weil –«

An der Stelle hatte sich das Band abgeschaltet. Die zweite Nachricht begann:

»Weil es nämlich völlig ausgeschlossen ist, dass diese Grippe an vier verschiedenen Stellen auftauchen kann! Und dann ist da noch was ...« (Tiefes Luftholen, Seufzen.) »Das ist mir einfach zu frustrierend. Ich bin morgen zurück. Wir können ja dann darüber reden.«

Frank spielte beide Nachrichten noch einmal ab und runzelte die Stirn. Was zum Teufel war eine »Archivgrippe«?

Am nächsten Mittag traf er sie gegen eins zu Hause an. »Ich telefoniere gerade«, sagte sie und sauste zurück in die Küche. Er folgte ihr. »Sieh dir das da schon mal an«, sagte sie mit der Hand über der Sprechmuschel und deutete mit dem Kinn auf ein paar Unterlagen auf dem Küchentisch. »Noch nicht«, sagte sie dann erneut ins Telefon. »Ich fahr sofort rüber ins Labor, sobald ich ein wenig Atem geschöpft hab.«

Bei den Unterlagen handelte es sich um zwei Ausgaben eines Blattes, das sich *WRMM* nannte und vom Center for Disease Control herausgegeben wurde. Die Abkürzung stand für »Wöchentlicher Report zur Morbidität und Mortalität«.

Auf der ersten Seite stand unter der Balkenüberschrift »Epidemiologische Notizen und Berichte«:

AUSBRÜCHE VON INFLUENZA A

KALIFORNIEN – Am 18. April dieses Jahres veranlasste das kalifornische Gesundheitsministerium eine Untersuchung des Ausbruchs einer akuten Atemwegserkrankung, die von Ärzten, Notpraxen und Krankenhäusern im Großgebiet Los Angeles gemeldet worden war. In der Zeit vom 4. – 11. April wurden 1395 Fälle belegt. Bei 1011 von Ihnen wurde eine Temperatur von über 37,8° sowie Husten festgestellt. Die

Patienten waren zwischen 34 und 99 Jahre alt. 68 mussten stationär behandelt werden; bei neun wurden röntgenologisch Anzeichen von Lungenentzündung diagnostiziert. Ähnliche Symptome traten bei 27 von 142 Mitarbeitern der behandelnden Institute auf. Bei vielen Patienten war eine ungewöhnlich langwierige akute Phase sowie eine abgeschwächte Rekonvaleszenzphase zu verzeichnen.

Tests mit vom CDC zur Verfügung gestellten Reagenzien der Influenza-Variante, die 1997/98 zirkulierte, erbrachten keine abschließende Identifizierung. Behandlung erfolgte mit Amantadine.

Annie kritzelte etwas auf einen Block Papier.

»Vielleicht heute Abend«, sagte sie. »Wenn ich Glück habe. Klar, egal wann.«

Frank blätterte die *WRMMs*, weiter durch, konzentrierte sich auf die Teile, die von Influenza-Ausbrüchen berichteten. Außer in Kalifornien hatte es ähnliche Fälle in Washington, D.C.; Madison, Wisconsin; und Daytona Beach, Florida, gegeben.

»Danke, Ozzie. Ja«, sagte Annie. Sie legte auf und ließ sich auf den Stuhl ihm gegenüber sinken. Sie sah sehr müde aus. »Was machen wir nur?«, fragte sie. »Dafür gibt es keine *medizinische* Lösung. Es gibt nicht genug Amantadine, um die Bevölkerung von Washington zu schützen, geschweige denn –«

»Wovon redest du denn?«, fragte Frank. »Eine Menge Leute haben die Grippe gekriegt. Das kann nicht *unsere* Grippe sein, weil sie nicht krank genug geworden sind. Es ist niemand gestorben. Also ... warum die Aufregung?«

»Stimmt. Es ist nicht unsere Grippe. Noch nicht. Aber diese Leute, die krank geworden sind – die hatten nicht bloß die *Grippe*, Frank. Zunächst einmal sind Grippefälle im April selten und im Mai – Wisconsin und Florida – extrem selten. Ehrlich gesagt, ist das der einzige Grund, warum wir überhaupt was gemerkt haben. Bei dem ersten Ausbruch, dem in Los Angeles, hat man anfänglich noch nicht mal auf Grippe hin untersucht. Wenn der ein oder zwei Monate früher gewesen wäre, hätten wir heute noch keine Ahnung, dass es sich überhaupt um dieses seltsame Grippevirus gehandelt hat.«

»Was soll das heißen, dass sie nicht einfach bloß die Grippe hatten?«

»Sie hatten eine *Archiv*grippe, das hab ich dir doch schon am Telefon gesagt.«

»Was ist –«

Sie war aufgestanden und tigerte hin und her. »Ich habe gerade mit einem Bekannten vom CDC gesprochen. Die meisten von uns haben Zugriff auf eine Genom-Datenbank, die die Nukleotidenstränge der Influenzavarianten speichert. Damit können wir aufzeichnen, was es bereits gab, vergleichende Untersuchungen anstellen, neue Varianten entdecken. Die Ergebnisse aus Wisconsin und Florida liegen jetzt vor, und sie entsprechen genau den Ergebnissen aus Los Angeles und Washington. Alle Erkrankten, Frank – Menschen in vier geographisch weit auseinanderliegenden Gebieten –, haben eine Grippe gehabt, die genetisch identisch ist mit einer Variante namens –« sie hielt inne, um einen Blick auf den Block neben dem Telefon zu werfen. »A/Peking/2/82.« Sie hob beide Arme. »So etwas gibt es einfach nicht.«

»Warum nicht? Was ist ›A/Peking –‹«

»Das ist eine Grippevariante, die erstmals in China entdeckt wurde. Im Februar 1982. Und jetzt ist sie wieder hier. Aber das ist unmöglich, Frank. Die Influenza ist in einem Zustand ständiger Mutation. Das ist typisch für sie. Sie ist instabil. Sie mutiert. Man findet keine *exakten Repliken* von sechzehn Jahre alten Varianten.«

»Haben wir aber.«

»Am CDC ist das die Sensation und das Rätsel des Tages. Nach dem ersten Ausbruch in Los Angeles haben sie gedacht, es wäre ein Laborunfall gewesen, und die Epidemiologen haben sämtlichen Labors die Hölle heiß gemacht, um die Quelle zu finden.«

»Wieso?«

»Na ja, Virologen, pharmazeutische Labors, Epidemiologen, Leute, die Impfstoffe herstellen – wir alle arbeiten gelegentlich mit alten Grippevarianten, um sie zu studieren. Und gelegentlich passiert dabei eine unbeabsichtigte Freisetzung. Ist schon vorgekommen. Das war die einzige logische Erklärung für den Ausbruch in Los Angeles – bis dieselbe Variante auch in Washington auftauchte. Und dann in Wisconsin. Und dann in Florida.«

»Aber wenn Leute, die sich in Los Angeles infiziert hatten, irgendwo anders hingeflogen sind? Wäre das keine mögliche Erklärung?«

»Nein, weil das Muster nicht stimmt. Wenn es so gewesen wäre, hätte es hier und da kleine Infektionshäufungen gegeben. Die hat es wahrscheinlich sogar gegeben. Aber das ist keinem aufgefallen, weil die Leute nicht ernsthaft krank geworden sind. Und da es nicht in die Grippezeit fiel, sind die meisten Fälle wahrscheinlich einfach nur als Atemwegsinfektionen behandelt worden. Diese Ausbrüche dagegen –« Sie nahm die *WRMMs* vom Tisch. »Keiner davon wurde durch einen Infektionsträger oder einen ganzen Jumbo-Jet voller Infektionsträger ausgelöst. Sieh dir mal die Zahlen aus Madison an. Das waren zweitausendachthundert Fälle innerhalb einer einzigen Woche. Und der Anfang erfolgt nicht stufenweise, es fängt nicht mit ein paar Fällen an und baut sich dann langsam auf. Nein, es war *peng* – alle auf einmal. Und in Florida waren es fast ebenso viele Fälle, und es ist genauso abgelaufen. Und dann sieh dir mal die Zahlen hier aus Washington an. *Fast viertausend erfasste Fälle!* Mein Gott, wahrscheinlich ist es das, was wir beide uns auch eingefangen hatten!«

»Ist das viel?«

»Ja, das ist viel. Das ist verdammt viel. Weil das nur die Spitze des Eisbergs ist. Die meisten Menschen mit einer leichten Grippe gehen nämlich gar nicht zum Arzt.«

»Worum handelt es sich also?«

»Um *Tests*«

»Was für Tests?«

»Das sind Verteilertests gewesen.«

»Was?!«

Sie zeigte auf die *WRMMs.* »Und so haben sie rausgefunden, welche Methode die erfolgreichste war. Das CDC veröffentlicht das jede Woche im Internet. Der ›Tempel‹ musste noch nicht mal Auswertungen machen, sondern lediglich in den *WRMMs,* nachlesen, wie es gelaufen ist und welches Verfahren zur höchsten Infektionszahl geführt hat.« Sie hielt die Blätter hoch und schüttelte sie in der Luft. »Und der Gewinner ist: die Hauptstadt unseres schönen Landes. Washington, D.C.!«

»Wie haben sie das gemacht? Das Virus verbreitet, meine ich.«

»Da gibt es viele Möglichkeiten. Man muss es nur irgendwie in die Luft bringen. Das kannst du mit einem Flugzeug, einem Auto machen – du könntest es von irgendeinem Dach werfen.« Sie seufzte. »Wenn es einmal in der Luft ist, wird es eingeatmet.« Sie holte tief Luft. »Ich weiß nicht, was wir machen sollen. Vielleicht wenn wir mit Gleason sprechen –«

»Genau. Aber wieso habe ich bloß nicht so richtig Vertrauen zu ihm? Wenn ich mich recht entsinne, hat er das letzte Mal, als wir an seine Tür klopften, damit gedroht, uns wegen Landesverrats vor Gericht zu bringen.«

»Aber wenn wir die Unterlagen mitbringen, die du seitdem zusammengetragen hast, und diese *WRMMs,* und vielleicht wenn ich mit Doctor K spreche – und ihn überreden kann mitzukommen.« Sie schlug die Augen zur Decke. »Ich werde Doctor K das Logo des ›Tempels‹ zeigen – das Pferd! Er wird sich an das in Kopervik erinnern. Und er war auch in Atlanta. Er ist über diese Ausbrüche ebenso verwundert wie alle anderen. Falls Gleason nicht auf mich hören will, vielleicht hört er ja auf Doctor K. Vielleicht sogar Benny Stern – er könnte ihm einiges über den ›Tempel‹ erzählen.«

»Stern scheint verreist zu sein.«

»Trotzdem finde ich, wir müssen es versuchen. Bei Gleason, meine ich.« Sie sah auf die Uhr. »Ich gehe jetzt ins Labor und seh mir die Proben an, die ich mitgebracht habe.«

»Wozu das?«

»Weil mir da was seltsam vorkommt.«

»Was denn?«

Sie nahm die *WRMMs* zur Hand. »Wo war es? Hier.« Sie las laut vor: »›Bei vielen Patienten war eine ungewöhnlich langwierige akute Phase sowie eine abgeschwächte Rekonvaleszenzphase zu verzeichnen.‹ Das heißt, dass viele Kranke nicht so schnell wieder gesund werden, wie sie eigentlich müssten. Die Symptome *schleppen sich.* Irgendetwas sorgt also dafür, dass sich die Infektion hält, oder hindert das Immunsystem daran, aktiv zu werden. Fast so, als wäre das Virus irgendwie getarnt.«

»Ist so was denn möglich?«

Sie presste die Augen zu und öffnete sie wieder. »Ich fürchte, dass diejenigen, die das gemacht haben, die Genome manipuliert haben, sodass die Immunreaktion des Körpers behindert wird. Bei A/Peking/2/82 macht das nicht viel. Das war eine recht harmlose Variante. Aber wenn sie das mit der Grippe von 1918 gemacht haben ...«

»Was dann?«

Sie starrte ihn an.

»Annie. *Was dann*?«

»Dann würde sie fast jeden umbringen, der daran erkrankt. Die einzige Rettung wäre eine weltweite Immunisierung.« Es entstand eine kurze Pause, und dann lächelte Annie, fuchtelte wild mit der Hand in der Luft und fing an, viel zu schnell zu reden. »Wahrscheinlich bin ich bloß paranoid. Vielleicht war die Peking-Variante eine besonders langwierige Grippe, und wir haben nur nicht genug Daten darüber, weil sie so harmlos war.« Sie stockte. »Aber ich will mir das mal ansehen – denn eines ist jedenfalls sicher.« Sie schlug auf die WRMMs. »Das hier waren *Tests*!«

»Ich rufe Gleason an«, sagte Frank.

Auf dem Weg zurück in seine Wohnung hielt Frank an einem Imbissstand und aß rasch etwas zu Mittag. Während Annie im

Labor war, wollte er seine Notizen über den »Tempel« ausdrucken und eine umfassende Darstellung der Ereignisse und Beweise formulieren, die selbst Gleason nicht mehr ignorieren konnte.

Und wenn der stur blieb, sollten sie sich vielleicht an das Nationale Amt für Katastrophenschutz wenden. Tom Deer anrufen. Irgendwas.

Seine Tür war auf.

Zuerst dachte er, er hätte vielleicht vergessen abzuschließen. Doch dann betrat er den Raum, der als Schlaf- und Arbeitszimmer diente, und brauchte trotzdem noch eine Sekunde, um zu erkennen, was nicht stimmte. Seine Tastatur war da, sein Monitor war da, sein Drucker war da – aber sein Rechner war verschwunden. Ebenso sein Laptop. Sein Aktenschrank war leer. Sein Zip-Laufwerk war weg. Nirgendwo waren irgendwelche Disketten zu sehen – sein komplettes Archiv gestohlen.

»Scheiße«, sagte er und blieb wie angewurzelt auf dem Fleck stehen. Er dachte, wie viel von seinem *Leben* jetzt fehlte. Er war weniger besorgt wegen seiner derzeitigen Arbeit – jedenfalls nicht sehr –, weil das meiste davon auf den Sicherheitsdisketten sein würde, die er im Kühlschrank aufbewahrte. Es ging ihm um alles andere. Seine persönlichen Briefe. Seinen Terminkalender. Sein Adressbuch. Steuerunterlagen.

Wut stieg in ihm auf. Es war ein primitives, kraftvolles Gefühl, vielleicht vergleichbar mit den Empfindungen eines Hundes oder Wolfes, der in seinen Bau zurückkehrt und die Witterung eines Eindringlings aufnimmt. Wenn er ein Hund gewesen wäre, hätte sich sein Nackenfell gesträubt.

Stattdessen zeigte er die konditionierte Reaktion eines Bürgers des ausgehenden zwanzigsten Jahrhunderts: Er eilte zum Telefon, um den Diebstahl bei der Polizei zu melden. Natürlich würde das nichts nützen. Aber das machte man nun mal, und es war für ihn nicht das erstemal, denn drei Jahre zuvor waren ihm seine Stereoanlage und der Fernseher geklaut worden. Er rechnete nicht damit, dass die Polizei sein gestohlenes Eigentum wiederfinden und die Diebe bestrafen würde. Er rief an, weil die Versicherung einen Polizeibericht verlangte, sonst würde sie nicht zahlen.

Erst in dem Augenblick, als er nach dem Telefon griff, dämmerte ihm, dass das hier kein normaler Einbruch gewesen war, dass der Diebstahl von *informierten* Leuten verübt worden war, dass Fernseher, Monitor, Stereoanlage und Lautsprecher sie nicht interessiert hatten. In dem Bruchteil einer Sekunde, als er diesen Gedanken fasste, wusste er, wer dahinter steckte.

Und just in dem Moment, als er den Hörer abhob, um die Polizei anzurufen, krachte ihm etwas auf den Hinterkopf, und er ging zu Boden. Im Fallen schlug sein Kopf auf den Telefontisch, und Funken sprühten ihm vor den Augen.

Eine Sekunde später war ein Mann über ihm, und Frank konnte seinen Atem spüren. Ein Arm legte sich um seinen Hals, und er roch etwas ekelhaft Süßliches, einen Krankenhausgeruch, der nur von Chloroform stammen konnte. Eine Hand legte sich über seinen Mund und presste ihm einen feuchten Lappen ins Gesicht.

Frank schlug um sich. Wand sich. Kämpfte. Doch schließlich wurde er ruhig und hielt die Luft an.

Es kam ihm so vor, als läge er lange so da, aber es konnten nur relativ wenige Sekunden gewesen sein. Seine Lungen waren in heller Panik, sein Herz dröhnte, aber er spürte, dass sein Angreifer die Umklammerung lockerte, nur ein wenig, gerade genug.

Frank erwachte unter ihm zu Leben, stieß seinen Kopf in das Gesicht des Mannes, sodass der nach hinten kippte. Dann sprang er auf und wollte den Burschen mit einem Fußtritt erledigen, solange er noch am Boden lag. Aber der Mann war zu schnell und Frank zu benommen. Der Eindringling wich dem Tritt aus, rollte ein Stück weg und sprang auf.

Frank sah schwarze Jeans und T-Shirt, rotbraunes Haar und ein rundliches Gesicht mit einem hellroten Blutfleck um Mund und Nase. Frank stürzte sich auf ihn, aber seine schmerzenden

Rippen verlangsamten die Attacke, und er konnte sich nicht richtig aufrichten. Der Mann war vor ihm an der Tür und riss sie auf. »Claude!«, rief er, dann war er draußen und knallte die Tür hinter sich zu.

Frank fasste nach dem Türknauf, doch er ließ sich nicht drehen. Sein Gegner hielt die Tür von der anderen Seite zu, bis sie einen Moment später nach innen aufschwang, sodass Frank die Türkante gegen die Stirn bekam. Er taumelte rückwärts und sah im Türrahmen das blutige Gesicht seines Angreifers und hinter ihm einen weiteren Mann, dunkel und finster dreinblickend. Chloroformgestank lag in der Luft.

Die Angst trieb ihn nach vorn, aber seine Footballerfahrung rettete ihn. Er wusste, wie man attackiert. Er sah das runde Gesicht in der Tür und den anderen Mann dahinter, sah den Chloroformlappen in seiner Hand – und er senkte den Kopf und rannte in sie hinein.

Der Angriff überraschte sie; sie verloren das Gleichgewicht und taumelten nach hinten, Richtung Treppenabsatz. Er drängte sie immer weiter, bis sie schließlich alle drei in einem Gewirr aus angeschlagenen Köpfen und wild rudernden Armen die Treppe hinunterpolterten.

Dann schlich sich eine unsichere Stimme in den Tumult: »He! Verdammt, was ist denn hier los?«

Franks Angreifer rappelten sich auf, kaum dass sie unten angekommen waren. Sie sprangen Richtung Haustür und stießen Carlos – Franks Nachbarn – beiseite, dem die Einkaufstüten aus der Hand flogen. »He!«, krähte er.

Frank zog sich am Treppengeländer hoch und stürmte auf die Straße hinaus, aber es war zu spät. Er sah die Männer in einen schwarzen Kleintransporter springen, der ein Stückchen entfernt in zweiter Reihe parkte. Er rannte hinterher, hoffte, das Nummernschild lesen zu können, als der Wagen losfuhr und davonbrauste.

»Mein Gott«, stöhnte er. Als hätte er nicht schon genug Schmerzen gehabt.

Carlos kam angelaufen, einen Salatkopf in der Hand und heftig schnaufend. »Frank«, sagte er in einem flehentlichen Ton, »was ist hier los?«

27

Ozzie Vilas hatte im CDC bereits die meisten vorbereitenden Arbeiten erledigt, und Annie war ihm dafür dankbar.

Ein Elektronenmikroskop erfasst eine Fläche von ungefähr einem Millionstel Millimeter. Viren sind außerordentlich winzig – so würden beispielsweise mehrere Millionen Viren auf ein Komma passen. Im Gewebe oder Blut waren sie jedoch verteilt, und außerdem hing die vorhandene Anzahl von der jeweiligen Infektionsphase ab. Um ein Virus ohne frustrierende und zeitraubende Sucharbeit betrachten zu können, wurden Virenstämme gezüchtet, häufig in Gewebeschichten aus Nierenzellen von Affen, und dann durch den Einsatz von Hochgeschwindigkeitszentrifugen konzentriert. Manchmal wurden Viren durch ein Verfahren, das sich PKR nannte, nachgebildet.

Der Virenstamm, den Ozzie ihr und Dr. Kicklighter zur Verfügung gestellt hatte, war bereits konzentriert und pelletiert, wobei das viröse Material mit Harz dispergiert worden war. Die so entstandenen winzigen harten Kügelchen waren in Röhrchen gefüllt worden, die man in Watte gepackt und sicher in einem Metallcontainer verstaut hatte, der das Warnsymbol für gefährliches biologisches Material trug.

Die NIH hatten viele gute Elektronenmikroskopisten, die große Erfahrung damit hatten, Muster vorzubereiten und nach Pathogenen zu suchen. Annie nahm ihre Dienste gern in Anspruch, weil sie nur äußerst ungern selbst die Suche nach

Virenfährten unter dem Mikroskop durchführte. Das Mikroskop war nämlich ein recht klapprig wirkendes Ding etwa von der Größe einer altertümlichen Telefonzelle und jeweils in einem eigenen Raum untergebracht – normalerweise im Kellergeschoss. Da absolut stabile Bedingungen erforderlich waren, hatte man den Raum dick isoliert und auf Streben ausbalanciert. Und genau damit hatte Annie ihre Schwierigkeiten. Es war ein toter Raum mit der Atmosphäre wie unter einer Glasglocke. Sich darin aufzuhalten war, wie lebendig begraben zu sein.

Sie legte ihre Sachen in ihrem Büro ab und brachte die umständliche Prozedur hinter sich, die entsprechende Schutzkleidung für den Umgang mit infektiösen Stoffen anzulegen. Nachdem das erledigt war, legte sie eines der virösen Kügelchen zurecht und schabte mit einer speziellen Schneideapparatur, die mit einer Diamantklinge ausgestattet war, eine Reihe von winzigen, Ångström-dicken Scheibchen davon ab, die dann automatisch in eine Flüssigkeit fielen. Jetzt kam der kniffligste Teil – nämlich das winzige runde Plättchen aufzuheben, das unters Mikroskop gelegt werden sollte, und das viröse Muster darauf zu bekommen. Dieses Plättchen war eine winzige Scheibe, zwei Millimeter im Durchmesser, ungefähr so groß wie ein Stecknadelkopf. Es kam darauf an, den leicht erhabenen Rand dieses Plättchens mit einer Präparierpinzette zu packen und eines der in der Flüssigkeit treibenden Scheibchen virösen Materials damit so zu »erwischen« oder »rauszulöffeln«, dass das Scheibchen gut an der Oberfläche mit dem Sichtraster haftete. Sie starrte auf die Virusproben, die in der Flüssigkeit dahin trieben, und suchte nach einer, die golden schimmerte. Die goldenen waren nämlich immer die dünnsten und somit besten Scheibchen. Je dünner, desto höher die Wahrscheinlichkeit, dass es gelang, ein erkennbares viröses Muster aus dem ansonsten verwirrenden Haufen sichtbaren Materials zu isolieren.

Zwei Proben hingen über den Plättchenrand und mussten

entsorgt werden. Eine dritte riss ein, als Annie versuchte, sie noch in der Flüssigkeit auf das Raster zu manövrieren. Und dann musste sie ausgerechnet in dem Augenblick husten, als es ihr gerade gelingen wollte, ein wunderbar goldenes Scheibchen auf das Raster zu befördern. Natürlich rutschte es weg, und sie brauchte drei weitere Versuche, bis sie eines erwischte. Meine Güte, sie hatte diese Grippe wirklich satt!

Und nun würde sie sehen, wie diese Grippe wirklich aussah. Sie fixierte das Raster in der »Schachtel«, schob diese ins Mikroskop und schaltete es ein. Sie brauchte fast eine Stunde, bis sie gefunden hatte, was sie suchte, und als sie die Vergrößerung noch besser einstellen wollte, konnte sie es wieder eine ganze Weile nicht finden. Als sie es endlich wieder lokalisiert hatte, runzelte sie die Stirn.

Das Influenzavirus ähnelt einem runden Ball mit einer Vielzahl von Stacheln und Noten auf seiner Oberfläche. Die Stacheln sind die Antigene, Hämaglutinin und Neuraminidase, die sich an die Schleimhaut der Atemwege heften. Bei jeder Virusvariante sehen diese Stacheln anders aus. Wenn das Immunsystem durch frühere Infektionen oder Impfung für eine besondere Variante sensibilisiert ist, erkennt das Immunglobulin des Körpers die Stacheln und reagiert, indem es sich an sie bindet und so neutralisiert. Doch bei diesem Virus, das sie da vor sich hatte, sahen die Stacheln irgendwie ... seltsam aus. Sie waren anders als bei allen Grippeviren, die sie bisher gesehen hatte. Sie wirkten fast *schleimig* – irgendwie klebrig und undeutlich, als wären die Oberflächenproteine mit einem zähen Gel überzogen.

Sie runzelte die Stirn. Häufig konnte man, solange man am Mikroskop saß, nicht genau erkennen, was man da eigentlich sah. Ein Ausdruck war oft hilfreich, um ein deutlicheres Bild zu bekommen. Neuere Apparate waren an Computer angeschlossen, die es erlaubten, ganze Bilderserien zu speichern, die dann koloriert und verschiedenen optischen Manipulationen unterworfen werden konnten, sodass die einzelnen Bilder deutlicher wurden. Die Benutzerzeit an solchen Geräten war strikt rationiert, wie die Benutzerzeiten für Hochleistungsteleskope. Annie arbeitete jedoch mit einem älteren Gerät, das lediglich Glasplattennegative erstellte, die dann, wie jedes herkömmliche Negativ, mit Hilfe eines Vergrößerungsgerätes belichtet werden konnten. Sie machte mehrere Abzüge – wohl wissend, dass das CDC auch einen Abzug haben wollte –, hängte die meisten davon zum Trocknen auf und ging mit einem der noch nassen Abzüge zurück in ihr Büro. Sie wollte ihn mit den Bildern von A/Peking/2/82 vergleichen, die sie aus einer Computerdatenbank abrufen konnte.

Sie loggte sich in die zentrale Datenbank der NIH ein und klickte sich ins Bildarchiv für Influenzaviren. Nachdem sie den Suchbegriff eingegeben hatte, wartete sie, bis sich das graphische Schaubild auf dem Monitor aufgebaut hatte, was enervierend langsam vonstatten ging, da ihr Computer veraltet und ziemlich lahm war. Als A/Peking/2/82 endlich voll zu sehen war, schüttelte sie den Kopf. Es war zwar mit ihrem Abzug identisch – aber doch nicht das gleiche. Das Bild auf dem Monitor war klar und deutlich, ohne das verschwommene Aussehen seines Gegenstücks. Aber die *Struktur* war die gleiche. Sie verstand das nicht. Sie tippte etwas ein und ließ das Computerbild ausdrucken.

Ozzie hatte ihr auch Dias von Immunfluoreszenztests mit dem Virus gegeben. Auf diese Weise wurden die meisten Grippevarianten identifiziert. Man setzte den Antikörpern von bekannten Varianten Proben aus, die zuvor radioaktiv markiert worden waren, um sie fluoreszierend zu machen. Wenn dann die Antikörper einer bestimmten Variante auf die Antigene dieser Variante trafen, leuchtete das Virus unter einem Fluoreszenzmikroskop hell auf, wie ein Neonlicht.

Hier jedoch geschah etwas Eigenartiges. Einige wenige viröse Partikel leuchteten auf, doch nur schwach, längst nicht so hell wie normalerweise. Außerdem hätten es viel mehr Partikel sein müssen. Als wäre ein Großteil der Viren für die Antikörper unsichtbar, und selbst wenn sie sichtbar waren, zeigte sich eine wesentlich schwächere Wirkung.

Sie rannte beinahe zu Doctor Ks Büro, wo sie die Sache erörterten und dann abwechselnd unter dem Fluoreszenzmikroskop Ozzies Proben in Augenschein nahmen. Doctor K wollte ganz sicher sein, dass das erste Dia nicht anomal war. Aber hier bot sich das gleiche Bild – keine dichte Wolke aus hellen Sternchen, sondern nur vereinzelte, schwach leuchtende Punkte.

»Das gibt's doch gar nicht«, sagte er. »Als würde irgendetwas die Rezeptoren daran hindern, sich an die Antigene zu binden.«

Die bekannten Antikörper waren markiert, und die sichtbare fluoreszierende Reaktion trat ein, wenn sie die virösen Antigene aufspürten, auf die sie spezialisiert waren. In diesem Fall waren die Antigene zwar da, doch die Antikörper fanden sie nicht.

»Genau«, sagte Annie, »und wissen Sie was, ich glaube, es ist dieses ... klebrige Zeug. Es stößt die B-Zellen ab.«

»Kein Wunder, dass die Leute so lange krank bleiben. Und sie meinen, jemand hat es manipuliert, um die Abwehrreaktion zu unterdrücken?«

»Zumindest um sie zu verzögern. Ich meine, wir sehen diese schwachen Reaktionen, also vielleicht brauchen die B-Zellen nur länger.«

»Stimmt.«

»Das erinnert mich an Masern«, sagte Annie plötzlich. Bei Masern handelte es sich um ein weiteres Ribonukleinsäurevirus, das strukturelle Ähnlichkeit mit dem Grippevirus hatte. Und wie die Grippevariante, mit der sie es hier zu tun hatten, störte das Masernvirus die Lymphozytenproduktion von Immunglobulin.

Nachdem sie und Doctor K noch ein Konferenztelefonat mit Ozzie und anderen CDC-Mitarbeitern geführt hatten, war Annie erschöpft. Unaufhörlich musste sie gähnen. Jetzt war ihr klar, warum diese Grippe sich so hinschleppte. Ihre körpereigene Abwehr wurde unterdrückt, ganz wie bei Menschen, die an Aids erkrankt waren.

Dr. Kicklighter telefonierte schon wieder, als Annie schließlich ihre Tasche packte. Sie klopfte auf den Türrahmen und winkte ihm kurz zu, bevor sie ging. Er winkte zurück, ohne sich nach ihr umzuschauen. Sie hatten darüber gesprochen, dass er vielleicht gebraucht würde, um dem FBI bestimmte Dinge klarzumachen, und er hatte sich einverstanden erklärt – wenn auch nur widerwillig. Er war eher aufgeregt über die wissenschaftlichen Implikationen des manipulierten Virus und weniger besorgt über dessen mögliche Bedeutung für die Pläne, die der »Tempel« mit der Spanischen Grippe hegte.

»Es ist erstaunlich«, hörte sie ihn ins Telefon sagen. »Als würde das Virus Teflon absondern, verstehen Sie? Ich würde liebend gern wissen, wie das erreicht wurde, denn wenn man diesen Prozess umkehren könnte, wäre es möglich, die Immunreaktion zu *verstärken* ...«

Annie war todmüde, als sie zu ihrem Wagen ging, und trotz des warmen Abends zitterte sie vor Kälte. Lichtkegel ergossen sich von den Straßenlampen. Sie hörte das Brausen des Verkehrs drüben auf der Wisconsin Avenue und dem Beltway. Sie hatte all ihre Energie im Labor aufgebraucht, und der Weg über den riesigen und fast völlig leeren NIH-Parkplatz kam ihr sehr lang vor. Sie war froh, als sie endlich ihren Honda erreichte. Sie wollte nur noch nach Hause und ins Bett.

Sie wollte gerade in die Straße einbiegen, die Richtung Wisconsin Avenue führte, als der Wagen gegen ihren stieß. Der Aufprall war so wuchtig, dass ihr Körper nach vorn geschleudert wurde. Metall knirschte gegen Metall. Der Sicherheitsgurt wirkte wie ein Gummi, und als er seine größtmögliche Ausdehnung erreicht hatte, riss er ihren Körper heftig zurück in den Sitz.

Oh ... *nein,* dachte sie, das hat mir gerade noch gefehlt. Sie putzte sich die Nase und löste müde den Sicherheitsgurt, um auszusteigen und sich den Schaden anzusehen, der sicherlich nicht unerheblich war. Ihr würde die mühselige Prozedur – Versicherungsnummern austauschen und eventuell auf die Polizei warten – wohl nicht erspart bleiben.

Der junge Mann, der den Unfall verursacht hatte, war schon aus seinem Wagen gestiegen und betrachtete ihr eingedrücktes Heck mit bekümmerter Miene. Er hatte eine Baseballmütze mit dem Schirm nach hinten auf dem Kopf. »Mannomann«, sagte er und schüttelte traurig den Kopf. »Mein Dad reißt mir den Kopf ab.« Die Stoßstange hatte einen Knick, und das Nummernschild hing nur noch an einer Ecke fest. Splitter des geborstenen Rücklichts lagen auf dem Asphalt. »Es tut mir so leid, Ma'am. Ich hab bloß ...« Sie stand an der Nahtstelle der beiden Wagen – sein schwarzer Kleintransporter überragte ihren kleinen Civic. Das linke Hinterrad wurde anscheinend von dem Kotflügel blockiert.

Er trat neben sie. »Meinen Sie, wir sollten die Polizei holen?«

»Ich denke schon«, sagte Annie.

Ein großer Wagen von U-Haul hielt neben ihnen. Ein rothaariger Mann lehnte sich aus dem Fenster. »Kann ich irgendwie helfen?«

Ohne eine Antwort abzuwarten, stieg er aus und kam zu ihnen. »Donnerwetter«, sagte er zu dem jungen Mann. »Du hast sie ja ganz schön gerammt.«

»Ja, ich –«

Und dann schlang der Fahrer des Kleintransporters seine Arme um ihre Schultern, presste sie an sich und drückte ihr einen feuchten, süßlich riechenden Lappen auf Mund und Nase. Mit weit aufgerissenen Augen sah sie, dass die Ladetür des U-Haul-Wagens aufgestoßen wurde. Sie geriet in Panik, wand sich und versuchte zu kämpfen, doch in Sekundenschnelle war sie im Innern des Transporters. Und mit ihr noch jemand anders. Und dann schloss sich die Tür, und das Licht in ihrem Kopf erlosch.

Der eine Cop war groß und der andere klein – wie Pat und Patachon, und Frank fragte sich, wer im Ernstfall wohl den guten und wer den bösen Bullen spielen würde.

»Sind sie versichert?«, fragte der Große, der gerade das Türschloss inspizierte.

Frank bejahte.

»Dann empfehle ich Ihnen, das Schloss auszutauschen. Sie liegen sowieso ganz sicher über der Selbstbeteiligung, und in den meisten Fällen übernehmen sie auch die Kosten dafür. Sie sollten sich wirklich ein besseres Schloss anschaffen.«

Er reichte Frank einen Zettel mit der Nummer des Polizeiberichts. »Falls Sie irgendwie die Seriennummern rauskriegen können – ich meine von den Computern –, rufen Sie uns bitte an. Obwohl Sie ihre Schätzchen vermutlich nie wiedersehen werden. Die schlachten die aus wie Autos. Nächste Woche um diese Zeit ist Ihr Motherboard schon in Hongkong und Ihre Festplatte in Mexiko.« Er nickte seinem Partner zu, und die beiden strebten in Richtung Tür.

»Das war's schon?«, fragte Carlos. »Mehr machen Sie nicht? Sie nehmen Fingerabdrücke. Sie sprechen mit Frank. Sie fragen ihn, was passiert ist. Und was ist mit mir? Ich will eine Aussage machen. Und sollten diese Männer jemals gefasst werden, erstatte ich sogar eine Anzeige wegen Körperverletzung.«

Frank war gelangweilt, die Cops waren gelangweilt, aber Carlos blieb in seinem Zustand höchster Erregung.

Der große Cop warf Carlos einen Blick zu. »Wie bitte?«

»Ich will, dass ein Phantombild gezeichnet wird. Ich will, dass die Beschreibung der Männer an die Presse gegeben wird. Ich wäre gern persönlich bei der Gegenüberstellung dabei. Ich bin ein Belastungszeuge.«

Der Große sah Carlos an. »Gucken Sie sich gern Krimis im Fernsehen an, Mister ...?«

»Carlos«, schaltete Frank sich ein. »Ich glaube, die Officer haben –«

»Rubini«, sagte Carlos mit Nachdruck und ohne auf Frank zu

achten. »Ich heiße Carlos Rubini. Und Sie verhalten sich, als wäre das hier ein ganz normaler Einbruch gewesen, aber dem ist *nicht* so. Es war ein Entführungsversuch. Ein schweres Verbrechen. Ein *Kapital*verbrechen, wenn ich nicht irre. Sie müssen etwas unternehmen. Ich als Bürger bin mit Ihren Maßnahmen nicht zufrieden. Sehen Sie sich den Mann doch an.«

Carlos zeigte mit den Fingern auf Frank. Er hatte sich gewaschen, sah aber trotzdem aus wie nach einer Schlägerei. Sein rechtes Auge war blau unterlaufen, und bei dem Treppensturz waren die frisch verheilten Nähte an Finger und Daumen wieder aufgerissen. Das war das größte Problem. Er konnte die Blutung einfach nicht stoppen. Er hatte ein Badetuch um die Hand gewickelt, mittlerweile schon das dritte, und auch das war bereits völlig durchtränkt.

Der große Cop warf Frank einen Blick zu, als wollte er sagen, *der Typ ist ja ein echter Hauptgewinn.* »Mir scheint«, sagte er dann, »dass Mr. Daly diese Mistkerle bei einem Einbruch überrascht hat. Von Waffen war jedenfalls bislang nicht die Rede, daher gehen wir von folgender Situation aus: Einer der Männer trug gerade Diebesgut zum Wagen, der – aufgrund der hier herrschenden Parkplatznot und des Umstands, dass schon eine ganze Reihe anderer Fahrzeuge in zweiter Reihe parkten – ein gutes Stück entfernt stand. Einbrecher B ist also damit beschäftigt, die Beute zum Wagen zu schleppen, während Einbrecher A noch hier drin ist und überlegt, was als nächstes mitgehen soll, als Mr. Daly nach Hause kommt. Der Mann drinnen versteckt sich im Wandschrank. Ich denke, so wird es gewesen sein. Und als Mr. Daly zum Telefon geht, um die Polizei zu verständigen, outet der Typ sich sozusagen. Mr. Daly?«

Frank zuckte die Achseln. »Klingt ungefähr richtig.«

Carlos runzelte die Stirn und holte tief Luft. »Das ist *nicht* richtig. Warum haben sie dann bitte schön Franks Unterlagen gestohlen?«

Der kleine Cop hatte per Handy telefoniert, und als er fertig war, blickte er misstrauisch drein. »Die Zentrale sagt, dass wir hier vor ein paar Tagen schon einen Einsatz hatten. Irgendwas mit Drogen. Hat das was damit zu tun?«

»›Irgendwas mit Drogen‹«, schnaubte Carlos empört. »Dieser Mann wird vergiftet, beinahe umgebracht, und jetzt diese Unterstellungen!«

Der Kleine erwiderte achselzuckend, dass er keineswegs irgendwas unterstellen wollte.

»Das will ich auch hoffen«, zischte Carlos.

»Die haben Ihre Unterlagen und Ihren Computer mitgenommen«, sagte der Kleine. »Sie sagen, Sie sind Reporter?«

Frank nickte.

»Dann ... arbeiten Sie vielleicht an etwas, das ... jemanden *beunruhigen* könnte?«

Frank wollte, dass sie gingen. Die Cops, Carlos, alle. Er wollte Annie anrufen und hören, was sie im Labor herausgefunden hatte, und dann wollte er zu ihr fahren und an der Sache arbeiten, die er für Gleason schrieb. Er schüttelte den Kopf. »Nein«, sagte er. »Ich arbeite nur an einem Artikel über die Grippe.«

Als die Polizisten weg waren, brachte Carlos seine Enttäuschung mit seiner quiekenden, durchdringenden Stimme zum Ausdruck. »Wirklich, Frank – du *weißt,* dass das kein normaler Einbruch war. Eins kann ich dir sagen: Ein Volk bekommt die Regierung, die es verdient hat.« Er drohte mit dem Finger. »Du solltest eine solche Schlampigkeit nicht durchgehen lassen. Wie sollen die sich denn je ändern?«

Frank versuchte ein Lächeln. »Tut mir leid, Carlos. Und ich bin dir wirklich für deine Hilfe dankbar. Wenn du nicht genau im richtigen Moment gekommen wärst ... Egal, ich bin jedenfalls ziemlich fertig.«

»Ich werde mit der Hausverwaltung sprechen, dass ein neues Schloss an der Haustür angebracht werden soll. Unterstützt du mich dabei?«

»Absolut.«

»Es gefällt mir nicht«, sagte Carlos, »dass hier jeder einfach so reinspazieren kann.« Er deutete auf Franks Hand. »Soll ich dich zur Notaufnahme fahren? Ich glaube, das muss genäht werden.«

»Ist nicht nötig. Meine Freundin kann mich später hinfahren.«

Annies Telefon war besetzt. Frank spritzte sich etwas Wasser ins Gesicht und wischte das Blut sorgfältig mit einem Waschlappen ab. Dann kippte er eine halbe Flasche Wasserstoffperoxid über die Hand und sah zu, wie rosa Schaum um die Schnitte herum aufbrodelte. Er wickelte Gaze darum und befestigte sie mit Klebeband.

Annies Telefon war noch immer besetzt, also ging er zum Wagen und fuhr zu ihrer Wohnung. Wenn sie nicht zu Hause war, würde Indu ihn schon reinlassen. Auf sein Klopfen hin kam tatsächlich Indu an die Tür. Sie zog den Vorhang beiseite und spähte hinaus, dann öffnete sie ihm rasch.

»Annie ist nicht hier, Frank«, sagte sie, und auf ihrer Stirn standen Sorgenfalten. »Ehrlich gesagt, bin ich etwas beunruhigt. Bitte«, fügte sie hinzu, trat beiseite und ließ ihn herein.

»Beunruhigt?«, sagte er. »Wieso?«

Im hellen Licht der Diele sah sie ihn zum ersten Mal richtig. »Ach du je, was ist denn mit dir passiert?«

Er ignorierte die Frage. »Wieso bist du wegen Annie beunruhigt?«

Auf Indus glattem braunen Gesicht malte sich unsichere Besorgnis ab. »Die Polizei hat angerufen, wegen ihrem Auto.«

»Was ist mit ihrem Auto?«

»Sie haben es auf dem NIH-Parkplatz gefunden – *verlassen*.«

Frank hatte auf einmal das Gefühl, alle Luft sei aus dem Raum gewichen. »Verlassen«, sagte er.

»Na ja, sie haben gesagt, der Wagen habe einen Unfall mit Blechschaden gehabt. Aber – Annie – warum hat sie keinen Abschleppwagen geholt? Sie würde ihr Auto nicht einfach so da stehenlassen, Frank. Ich mache mir Sorgen, dass sie verletzt worden ist, vielleicht liegt sie im Krankenhaus.«

»Wann war das?«

»Die haben vor rund einer halben Stunde angerufen.«

Die nächste Stunde verbrachte er am Telefon. Zuerst versuchte er es bei sämtlichen Krankenhäusern. Annie war in keiner Notaufnahme. Dann rief er die verschiedenen Polizeireviere an. Bei keinem war ein Unfall gemeldet worden. Der NIH-Sicherheitsdienst hatte den Wagen entdeckt und die Polizei verständigt.

»Jetzt mache ich mir aber wirklich Sorgen, Frank. Was ist, wenn sie – ich weiß nicht, irgendwo herumirrt, unter Schock oder so.« Sie stockte, und dann hellte sich ihr Gesicht auf. »Vielleicht ist sie ja bei *dir* zu Hause – meinst du, das könnte sein?«

Er rief an. Nein, sie war nicht da, aber vielleicht hatte sie eine Nachricht hinterlassen. Während des Kampfes war der Hörer vom Telefon gefallen. Falls sie angerufen hatte, während die Leitung besetzt war, war sie mit seiner Voicemail verbunden worden. Er rief dort an und tippte die Nummer für seine Mailbox ein. Die neutrale Frauenstimme teilte ihm mit, dass er drei Nachrichten hatte. Die ersten beiden waren von Annie – ihre nervösen Anrufe aus Atlanta, in denen sie irgendwas von Archivgrippe und Tests erzählte. Er hatte vergessen, sie zu löschen.

Der dritte Anruf war erst eine halbe Stunde alt, und als er ihn abhörte, sträubten sich ihm die Nackenhaare. Die Stimme war mechanisch verfälscht, ein elektronisches Leiern, das mit einem unmenschlichen Timbre durchs Telefon drang.

»Vermissen Sie etwas?« Dann kam ein Lachen – Ratta-Ta-Ta-Ta. Und dann eine hämische Parodie auf Annies Nachricht vom Vorabend. *»Ach, Frank, ich wünschte, du wärst hier, ich spreche so ungern auf Band.«* Wieder dieses Ratta-Ta-Ta-Ta. *»Ein Vorschlag. Wollen Sie Ihre Freundin wiedersehen? Dann wandeln Sie im Licht, Kumpel.«*

»Was ist?«, sagte Indu, als er den Hörer auflegte. »Hat sie angerufen? Was hast du denn?«

»Ich glaube, sie ist entführt worden.«

»Was?« Ihre großen braunen Augen unter den zusammengezogenen Brauen blickten verstört. Aber er war schon aufgesprungen und auf dem Weg zur Tür. *»Frank!* Wo willst du hin?«

Er hielt gerade so lange inne, um die entsetzte Indu zu bitten, Annie als vermisst zu melden, dann rannte er zum Wagen. Er sprang in den Saab und betätigte den Anlasser, aber der Motor sprang nicht an. Scheiße! Seine beiden verletzten Finger vergessend, schlug er vor lauter Frust mit voller Wucht auf das Armaturenbrett. Ein stechender Schmerz schoss durch seine Hand, gefolgt von einem dumpfen Pochen, das ihn eine Sekunde lang tief in den Sitz drückte.

Und dann war er auf der Straße und rannte. Die Straßen waren belebt, wie immer, und er wich erschreckten Yuppies, verdutzten Jugendlichen und besorgt dreinblickenden Frauen aus, überquerte verkehrsreiche Straßen mit jähen Ausweichmanövern, Schwenks und gefährlichen Zwischensprints. Vor »McDonald's« hob ein Bettler die Hand wie ein Verkehrspolizist. »He!«

Frank konnte an nichts anderes denken, als dass er sein Telefon erreichen musste, bevor wieder jemand anrief, um eine Nachricht zu hinterlassen. Sein Voicemailsystem verfügte nämlich über die technische Raffinesse, dass es die Nummer des jeweiligen letzten Anrufers zeigte. Gott sei Dank hatte er, als er von Annies Apparat aus anrief, aufgelegt, bevor das System sich einschaltete. Er hetzte die Treppe hinauf, und die Nummer war noch in der Anzeige. Eine 914er Vorwahl.

Er wollte zu seinem Computer, um die Nummer in seinem Telefonverzeichnis auf CD-ROM zu suchen. Und dann fiel ihm wieder ein, dass er ja keinen Computer mehr hatte.

Carlos zögerte lange, bevor er Frank hereinließ, doch dann öffnete er mürrisch die Tür. Carlos war nämlich der ultimative Computerfreak, und innerhalb von zwei Minuten hatte er die Nummer für Frank rausgesucht. »Ein Anschluss in Poughkeepsie«, sagte Carlos mit seiner schrillen Stimme. »Im Staat New York. *Martin Kramer Assodates.* Kennst du die?«

»Allerdings«, sagte Frank. »Ich kenne den Typen.« Frank dachte zurück an ihren gemeinsamen Lunch bei »Fernacci's«. *Zwei Spinner,* hatte Kramer über die Bergmans gesagt. *Sie waren bigott. Paranoid. Dass sie nicht unter den Teppich geguckt und nach Landminen gesucht haben, war alles.*

»Willst du die Adresse haben?«, fragte Carlos.

»Nein, danke«, sagte Frank. »Ich weiß, wo der wohnt.«

28

Er überlegte, ob er das FBI verständigen sollte, doch nach der Katastrophe von Waco hegte er nicht gerade großes Vertrauen in dessen Fähigkeiten zur Lösung von Geiselnahmen. Er wollte es anders versuchen.

Eine halbe Stunde später verschloss er mit Heftklammern einen wattierten Umschlag. Darin befand sich die Diskette aus dem Kühlschrank mit sämtlichen Informationen zum »Tempel«, der Spanischen Grippe und Luc Solange. Beigefügt war ein Memo, das er hastig auf Carlos' Computer heruntergetippt hatte und in dem er Informationen zusammenfasste, die *nicht* auf der Diskette waren – darunter auch Annies Aussagen über die *WRMMs*, ihre Vermutung, dass die Grippeepidemien der letzten Zeit Verteilertests gewesen waren, ihre Entfrühung und seine eigenen Pläne. Da er Gleasons unerbittliche Skepsis kannte, gab er zusätzlich seinen Voicemailcode an, damit der FBI-Mann sich die Drohnachricht des »Tempels« selbst anhören konnte. Frank hatte sie natürlich nicht gelöscht.

Carlos (der Bürger) Rubini gelobte feierlich, den Umschlag am nächsten Morgen in Gleasons Büro abzugeben. Carlos war ganz aus dem Häuschen vor Begeisterung, als Frank beteuerte, je weniger er wisse, desto sicherer sei es für ihn. Carlos sollte unbedingt darauf bestehen, dass Gleason den Umschlag persönlich in Empfang nahm. Falls Gleason nicht da wäre, sollte Carlos klarstellen, dass die Sache von höchster Dringlichkeit sei, eine

Frage der nationalen Sicherheit, und dass der Umschlag sofort an Gleason weitergeleitet werden müsste.

»Verlass dich drauf, Frank«, sagte Carlos mit leuchtenden Augen. »Ich sorge dafür, dass Mr. Gleason die Sachen kriegt. Hab doch gewusst, dass das kein einfacher Einbruch war. Mir macht man so schnell nichts vor.«

Nachdem er sich derart abgesichert hatte, erwog Frank, über die Staatsgrenze nach Virginia zu fahren und sich eine Waffe zu besorgen. Aber er verwarf die Idee. Schließlich konnte ihm eine Waffe nur dann etwas nützen, wenn seine rechte Hand einsatzfähig war. Und schon allein das Auto fahren würde ihm Probleme bereiten.

Außerdem beschloss er, nicht mit dem Saab zu fahren. Was, wenn der irgendwo unterwegs endgültig den Geist aufgab? Zudem war ein Automatikwagen leichter zu bedienen. Also nahm er ein Taxi zum Bahnhof, mietete sich bei Budget einen Wagen und fuhr los. Nach Norden.

Als er Delaware erreichte, peitschte dichter Regen auf die Frontscheibe. Die Seitenfenster beschlugen immer wieder. Der Wagen schlitterte über Wasserpfützen. Ihn trieb das irrationale Gefühl an, dass Annie, solange er ihr folgte und ihre Rettung plante, unversehrt bleiben würde. Es war reines Wunschdenken, aber es hielt ihn aufrecht, während er unbeirrt weiter durch den Regen Richtung Norden raste.

Er kämpfte gegen die Bilder an, was ihr wohl zugestoßen sein mochte. Er kämpfte gegen Benny Sterns Stimme in seinem Kopf an. *Das einzige, was sie nicht versucht haben, war, mich umzubringen. Aber sie hätten mich erledigt, wenn ich für sie nicht bloß ein kleines Ärgernis gewesen wäre.* Er drehte die Musik aus dem Radio auf volle Lautstärke und konzentrierte sich aufs Fahren. Dann und wann donnerte ein dicker Sattelschlepper vorbei, ließ Wasser auf die Frontscheibe prasseln, sodass er so gut wie nichts mehr sah. Fast genoss er es, wenn er in solchen Situationen zusammenschreckte, weil es ihn von seinen Ängsten ablenkte: Er fuhr blind durch einen lärmenden Tunnel, jagte durch den Regen.

Gegen vier Uhr morgens erreichte er Lake Placid. Endlich hatte es aufgehört zu regnen. Dann war er auch schon auf der anderen Seite der Stadt, fuhr durch die ländliche Gegend, in der er an nur wenigen Häusern vorbeikam. Die älteren standen dicht an der Straße; die neueren lagen zurückgesetzt am Ende langer Zufahrten. Einmal beleuchteten seine Scheinwerfer ein Rudel Rehe in einem Feld, dicht am Straßenrand. Sie standen reglos da, während er näher kam, und dann sprangen sie in die Dunkelheit davon. In keinem der Häuser brannte Licht. Er sah keine Verandaleuchten, nicht das blaue Flimmern eines Fernsehers, gar nichts. Die Landschaft schimmerte unter einem vollen Mond, der das hügelige Terrain seltsam geisterhaft leuchten ließ. Seitdem er die Stadt hinter sich gelassen hatte, war ihm kein einziger Wagen mehr begegnet. Die Leere bedrückte ihn. Ich bin allein auf der Welt, dachte er. Alle anderen sind tot.

Er kam an dem weißen, mit Schindeln verkleideten Haus vorbei, in dem das Besucherzentrum des »Tempels« untergebracht war. Dahinter sah er das Tor zum Anwesen. Er bog von der Straße ab und ließ den Wagen auf eine Grasböschung holpern. Er wusste, dass die Straße, die zum Anwesen hinaufführte, vom Tor und Wachhaus aus zu beobachten war – also wurden die Wagen, die hinein- und hinausfuhren, überwacht; er hatte jedoch noch keine Mauer entdecken können.

Er besaß noch nicht einmal einen groben Plan. Irgendwo, in gebührendem Abstand vom Tor, würde er in den Wald gehen. Und dann? Er wusste es nicht. Er würde nach Annie suchen. Sie finden. Und nach Hause bringen.

Er trabte an der Straße entlang, durch Adrenalin und Nervenanspannung so auf Hochtouren, dass er sogar das Blut in den Ohren rauschen hörte. Er verließ die Straße und suchte sich einen Weg zwischen den Bäumen. Das Mondlicht war hell, die Bäume silbern und schwarz.

Es war ein Hochwald, ein gut gepflegter Wald, sodass er dank Mondlicht und den weit auseinanderstehenden Bäumen gut vorankam. Der Boden war mit Tannennadeln bedeckt, federnd und weich unter seinen Schritten. Es war so still, dass er das Surren und Knistern der Insekten hören konnte, oder vielleicht waren es Vögel, und dann und wann das Rascheln eines Tieres.

Nach einer Weile wurde der Baumbestand dichter und dunkler. Er ging nun langsam, tastete sich voran. Tiefhängende Zweige streiften ihn, griffen jäh aus der Dunkelheit, packten mit harten Fingern nach seinem Gesicht. Und dann befand er sich unversehens auf einer Lichtung, die nicht bloß eine Lichtung war, sondern auch ein Parkplatz. Kies knirschte unter seinen Schuhen. Der Mond stand tief, doch in seinem letzten Schein sah er Autos, die im schwachen Licht ganz farblos wirkten und in einer ordentlichen Reihe an den Seiten des Rechtecks abgestellt worden waren. Sie sahen bösartig und hart gepanzert aus, wie eine Schlachtreihe aus schwarzen Käfern. Er sah auf die Uhr. Die Leuchtdioden zeigten 5:10 an. Jenseits des Parkplatzes sah er einen Kiespfad, der sich zwischen den Bäumen verlor.

Er folgte diesem Pfad, und kurz darauf trat er auf eine weitere Lichtung, diesmal eine Wiese. Am Horizont sah er einen schwach hellen Streifen, einen zart aprikosenfarbenen Schimmer, entweder der erste Schein der Morgendämmerung oder der Abglanz irgendeiner hellerleuchteten Stadt. Er passierte einen Teich und Tennisplätze. Dann Gebäude – eine Ansammlung weißer Häuser und dahinter größere Umrisse, bei denen es sich, wie er beim Näherkommen feststellte, um alte Backsteingebäude mit Schlafsälen handelte.

Ein *Campus.* Fast hätte er das Wort laut ausgesprochen, so erleichtert war er, endlich das einordnen zu können, was ihm im Dunkeln so geheimnisvoll erschienen war. Ein *Campus.* Das half ihm, sich zu orientieren, damit waren die Dinge wieder auf Normalmaß zurechtgerückt. Jetzt fiel ihm auch ein, dass Stern davon gesprochen hatte. Eine alte Privatschule oder etwas in der Art. Der Pfad führte jetzt den Hang hinauf und weitete sich zu einem Weg. Als er den Hügelkamm erreichte, fiel sein staunender Blick auf einen Komplex aus hochmodernen Glas- Stahl-Bauten: eine Fabrik, ein Lager, Bürogebäude. Das Ganze überaus elegant, groß, sauber und offensichtlich sehr teuer – ein kleines Industriegebiet versteckt im Wald. Und aus den Gebäuden kamen Geräusche, die völlig anders waren als die im Wald: ein Summen von Maschinen, ein schwaches metallisches Klappern. Teile des Komplexes waren erhellt, arbeiteten – und von allem schien ein seltsam kühles, fluoreszierendes Glühen auszugehen. Zwischen den einzelnen Gebäuden verliefen Straßen. Zwei große Laster standen vor der Laderampe des Lagerhauses. Auf den weißen Seiten der Lkws prangten eine untergehende Sonne und der Schriftzug ECO-VITA.

Bis jetzt hatte er noch kein einziges menschliches Wesen entdeckt, doch er spürte, dass sie da waren, dass sie im Innern dieser Anlage arbeiteten. *Und dort ein Virus produzierten?* Obwohl Tom Deer beteuert hatte, die Herstellung eines Virus sei ungefähr so schwierig, wie sich selbst ein Fass Bier zu brauen, musste er sich eingestehen, dass er insgeheim doch gehofft hatte, der »Tempel« wäre dieser Aufgabe nicht gewachsen und würde daran scheitern. Angesichts der Größe und der Qualität dieser Anlage hier erstarb diese Hoffnung in ihm.

Jenseits der modernen Gebäude konnte Frank einen weiteren Baumbestand ausmachen. Und dahinter, hoch oben auf dem Berg, stand ein großes Haus, zu dem eine gewundene Zufahrtsstraße hinaufführte, die von altmodischen Kugellampen gesäumt wurde. Eine Villa.

Chez Solange.

Um den Gebäudekomplex zu umgehen, musste er wieder zurück in den Wald. Als er die Anlage schließlich hinter sich gelassen hatte, war der Himmel schon fast hell. Nun konnte er sich schneller bewegen, und schon bald befand er sich kurz vor dem Wald zwischen Fabrik und Villa. Es war ein alter Wald aus Tigerschwanzfichten mit Stämmen so gerade wie Bleistifte. Hier, so nah an der Villa, waren die unteren Aste gekappt worden, sodass er wie unter einem Baldachin gehen konnte. Es gab kein Unterholz; er kam sich vor wie in einer Parklandschaft. Frank lehnte sich gegen einen Baum, um zu verschnaufen.

Ein surrendes Geräusch ließ ihn aufblicken. Es war ein Geräusch, das er auf seinem Weg durch das Anwesen oft gehört hatte, ein Vogel, ein großer Käfer, einer der nächtlichen Klänge. Deshalb blickte er eher instinktiv nach oben. Er erwartete eigentlich nicht, irgendwas zu sehen. Aber er sah etwas.

Und was er da sah, ließ ihm fast das Herz stillstehen. Es war ein winziges rotes Lämpchen an einer Überwachungskamera. Die Kamera bewegte sich leicht, als er zu ihr aufblickte, eine mechanische Winkelkorrektur. Sie schwenkte mit einem leisen Surren nach rechts, stoppte, stellte sich ein, schwenkte nach links.

Verzweiflung überkam ihn.

Er wusste nicht, ob diese Geräte Infrarotsensoren oder Überwachungskameras waren, aber er wusste, dass das surrende Geräusch ihn die ganze Zeit über begleitet hatte. Er war überwacht worden, seit er das Grundstück betreten hatte.

Dennoch, Überwachungskameras waren wirkungslos, wenn niemand auf sie achtete. Außerdem würde er nicht zum Wagen zurückkehren, das war so sicher wie das Amen in der Kirche. Er würde Annie finden und sie hier rausholen. Es musste eine Möglichkeit geben.

Er hatte vor, einen großen Bogen um die gepflegte Anlage der Villa zu machen, um ihre sorgfältig ausgeleuchtete und schön angelegte Zufahrt. Er hatte vor, sich am Waldrand entlangzubewegen, wo das Licht besser war, und zwischen den Bäumen hindurch hinter die Villa zu gelangen. Dort wollte er sich ein wenig umsehen.

Doch plötzlich stand er in gleißendem Licht, geblendet. Eine Frauenstimme sagte: »Treten Sie bitte auf die Lichtung, und zwar so, dass wir Ihre Hände sehen können.«

Man legte ihm Hand- und Fußfesseln an und warf ihn in einen kleinen Raum, in dem sich nichts befand außer einer in die Decke eingelassenen Lampe und einer Toilette in der Ecke.

Es war unmöglich zu sagen, wie lange er in dem Raum war,

weil er nichts hatte, um die verstreichende Zeit irgendwie abzuschätzen. Er meinte, mindestens vierundzwanzig Stunden, aber sicher war er nicht. Der schwache Lichtstreifen um die Tür blieb immer gleich. Jedenfalls war er lange genug in dem Raum, um sehr hungrig und durstig zu werden. Lange genug, um etliche Male wegzudämmern und jedes Mal in einem Zustand desorientierter Benommenheit zu erwachen, der ihm allmählich immer angenehmer erschien, als bei vollem Bewusstsein zu sein. Lange genug, um allmählich zu befürchten, man könnte ihn vergessen haben oder, noch schlimmer, dass man ihn einfach in diesem Raum krepieren lassen wollte.

Und dann öffnete sich die Tür, und aus dem blendenden Licht traten zwei bewaffnete Männer. Sie gaben ihm Wasser und führten ihn in einen anderen Raum, der sich krass vom ersten unterschied.

»Darf ich Ihnen eine Erfrischung anbieten?«, fragte Solange. »Sie sehen aus, als könnten Sie eine Kleinigkeit gebrauchen.«

Sie saßen einander gegenüber, an einem langen Eichenholztisch, der auf einem schönen alten Buchara-Teppich stand, in einem Raum, der ein wahres Meisterwerk in Holz war. Er hatte eine kunstvolle Kassettendecke, Bücherregale vom Fußboden bis zur Decke, rollbare Bibliotheksleitern, und an einer Wand standen niedrige Schränke, über denen sich Sprossenfenster erhoben. Unter einem wunderbar gemeißelten Kaminsims züngelte fröhlich ein Feuer. Es gab zwei Türen in dem Raum, darüber fächerförmige Oberlichter aus bernsteinfarbenem Glas. Jede Tür wurde von einem Mann und einer Frau flankiert, die jeweils Bluejeans und ein weißes Hemd trugen. Sie hielten Waffen in der Hand, die, so fand Frank, aussahen wie Ingram-Maschinenpistolen. Es waren sehr kleine Waffen, schwarz, kompakt, effizient wirkend. Keine der Wachen hatte ihn auch nur eines Blickes gewürdigt. Sie waren so teilnahmslos wie die Beefeater vor dem Londoner Tower.

Frank war seit über einer Stunde in diesem Raum, an einen

Stuhl gefesselt. Schließlich war Solange gekommen und hatte sich gesetzt.

»Wo ist Annie?«, fragte Frank.

Solange lehnte sich zurück, sodass sein Stuhl leicht nach hinten kippte und auf zwei Beinen balancierte. Frank konnte es ihm nicht gleichtun. Seine Hände waren zwar frei, aber seine Beine waren mit dicken Plastikriemen, die Schnappschnallen hatten, an die Stuhlbeine gebunden, und zwar so, dass seine Oberschenkelmuskulatur so angespannt war wie ein Eisenband. Infolgedessen saß er die ganze Zeit über leicht nach vorne gebeugt da, um die Spannung zu lockern. Vor Solanges Ankunft hatte der Stuhl in der Mitte des Raumes gestanden, und Frank war gezwungen gewesen, einen kontinuierlichen, prekären Balanceakt zu vollführen. Wenn er sich nämlich nicht vorbeugte, wurde der Schmerz in seinen Oberschenkeln unerträglich. Wenn er sich aber zu weit vorbeugte, würde er mit dem Stuhl umkippen und aufs Gesicht fallen.

Als Solange eintrat, wurde der Stuhl zum Tisch getragen – eine riesige Erleichterung für Frank, denn nun konnte er sich vorbeugen, ohne befürchten zu müssen, das Gleichgewicht zu verlieren.

Auf dem Tisch zwischen den beiden Männern standen ein Servierbrett mit Käse und Obst, eine Karaffe Wein und zwei leere Gläser. Solange goss Wein in eins der Gläser, schwenkte es, roch daran und nahm schließlich einen kleinen Schluck, den er genüsslich im Mund rollen ließ. Er sah Frank an, und gespielte Sorge kräuselte seine buschigen Augenbrauen. »Sie wollen wirklich nichts?«, sagte er. »Das ist wirklich ein vorzüglicher Rotwein.«

»Wo ist sie?«, fragte Frank.

»An Ihrer Stelle würde ich nicht nein sagen, Frank«, sagte Solange. »Man sollte die Dinge genießen, solange man kann.«

»Und Sie sollten sich verpissen.«

Solange verzog das Gesicht, dann schüttelte er nachsichtig den Kopf, als wäre Frank ein trotziges Kind. Ein Schlückchen Wein, ein Seufzer. Dann sprang er auf und schlenderte zum Kamin hinüber. Er hatte einen Gang wie eine Raubkatze, tänzelnd auf den Fußballen. Er stellte den Ofenschirm beiseite, kniete sich nieder und arrangierte geschickt die Holzscheite mit dem gusseisernen Kaminbesteck. Bald schoss ein Funkenregen in die Höhe, und das Feuer, das nur noch geglimmt hatte, loderte erneut auf. Solange legte das Kaminbesteck wieder an Ort und Stelle, rückte den Ofenschirm zurecht und betrachtete sein Werk. Ohne den Kopf zu wenden, hob er auffordernd eine Hand, und eine der Wachen, ein sommersprossiger Bursche, der so jung war, dass die Ingram in seinen Händen aussah wie ein Spielzeug, trat näher. Solange sagte etwas, und der Bursche verließ das Zimmer.

Solange kehrte an seinen Platz gegenüber Frank zurück und setzte sich. Er schob den Wein beiseite, verschränkte die Hände und stützte das Kinn darauf. Er betrachtete Frank neugierig forschend.

»Sie interessieren mich, Frank. Warum sind Sie hergekommen? Ich meine – was haben Sie sich dabei gedacht? Wir sind ja nicht *undankbar*, aber ... wirklich!« Seine Augen funkelten angriffslustig.

Frank sagte nichts.

»Wirklich keinen Wein? Er würde Sie entspannen.«

Die Tür öffnete sich, und Frank wandte sich um, weil er hoffte, es wäre Annie. Aber es war ein dünner, beinahe skelettöser Mann, der im Türrahmen stehen blieb. Solange ging zu ihm hinüber, und die beiden unterhielten sich kurz. Der Dünne ging wieder, und Solange kehrte zum Tisch zurück. Einen Augenblick lang saß er regungslos da, dann schien er einen Entschluss zu fassen. Er trommelte mit den Fingern auf den Tisch, nahm sein Weinglas und leerte es in einem Zug. »Also, Frank«, sagte er, »ich habe da ein paar Fragen, die Sie sicherlich nicht beantworten möchten, aber ... wie Sie sich bestimmt vorstellen können, gibt es ein paar Dinge, die ich einfach wissen muss. Zum Beispiel: wie viel von dem, was Sie herausgefunden haben, weiß inzwischen das FBI? Hmmmm? Wie viel?«

Solange war jetzt aufgestanden und ging auf und ab. Seine ungewöhnliche Stimme wurde lauter. »Weiß Gleason von den Verteilertests? Weiß er, dass Sie hier sind. Sie und Dr. Adair?«

Frank blickte auf.

»Wenn man nämlich Dr. Adair glauben darf –«

»Ich bringe Sie um«, sagte Frank. »Was habt ihr mit ihr gemacht?«

»Mit *ihr gemacht*? Nun, wir haben sie natürlich verhört. Und ich muss zugeben, dass sie *jeden* erdenklichen Anreiz hatte, die Wahrheit zu sagen. Aber man kann ja nie wissen.« Auf einen Wink von ihm kamen die Wachen zu Frank. Sekunden später stand er, seine Beine waren frei, und man band ihm die Hände auf den Rücken.

Solange steckte sich eine Traube in den Mund und stand auf. »Gehen wir«, sagte er. »Das ist ein Zehntausend-Dollar-Teppich, und ich will ihn nicht versauen.«

Ein Fahrstuhl brachte sie drei Stockwerke tiefer, und dann gingen sie einen langen Korridor entlang. Die Wände bestanden aus grobem Zement und der Boden aus einem gummiartigen elastischen Material. Franks Beine hatten sich erholt, obwohl sie sich noch immer wackelig und schwach anfühlten. »Dieser Boden wurde ausschließlich aus recycelten Reifen hergestellt«, sagte Solange. »Er ist sehr strapazierfähig und, wie Sie merken, angenehm zu begehen. Ist Ihnen eigentlich klar, wie viele ausrangierte Reifen es gibt? Ganze Berge.«

Der ist komplett wahnsinnig, dachte Frank und versuchte nicht darüber nachzugrübeln, was Solange damit gemeint hatte, er wolle den Teppich »nicht versauen«, oder was wohl am Ende des langen Korridors lag. Er wollte nicht mit diesen Leuten in einen kleinen Raum gehen.

»Beim Recycling«, fuhr Solange fort, »reicht es nicht, den Leuten einfach einen gewissen Pfandbetrag zu erstatten, den sie beim Kauf gezahlt haben – einem gewissen Prozentsatz der Käufer ist dieses Geld nämlich scheißegal. Andererseits, wenn man den Betrag so hoch ansetzt, dass jeder motiviert ist, ihn sich zurückzuholen, werden die Armen benachteiligt. Es ist auch keine Alternative, hohe Müllgebühren zu verlangen, denn dann wird der einfach *illegal* irgendwo hingekippt, hab ich Recht?«

»Also ... was dann?«, hörte Frank sich selbst fragen. »Sie stellen dieses Zeug hier her?« Ich glaube, ich drehe durch, dachte Frank. Was kommt als nächstes? Ein Vortrag über Abgaskatalysatoren?

»O ja«, erwiderte Solange. »Wir haben die Technik revolutioniert – der Prototyp wurde hier entwickelt. Die Rechte haben wir an PetroChem. verkauft.« Er hielt inne. »Ich wünschte, wir hätten Zeit für eine Besichtigung«, sagte er. »Ich würde Ihnen gern die Anlagen zeigen.«

Sie betraten einen weiteren Korridor, und Solange öffnete eine Tür zur Linken. Einen Moment später befanden sie sich alle in einem kleinen Raum mit Betonwänden und einem Abfluss im Boden. Es wirkte seltsam, dass mitten in diesem Zimmer ein schwarzer Metallgartentisch stand, um den vier passende Sessel aus demselben Material gruppiert worden waren. In einer Ecke ein doppeltes Spülbecken. Zusammengerollt auf dem Boden lag ein Wasserschlauch. Neben dem Spülbecken war eine verschlossene Tür.

Die Wachen stießen Frank in einen der Sessel. Solange fuhr sich mit der Hand durchs Haar. Dann nickte er abrupt, und einer seiner Untergebenen sagte etwas in ein rundes Gitter, das neben der Tür in die Wand eingelassen war. Kurz darauf öffnete sich die hintere Tür, und zwei stämmige Männer kamen herein, die Annie zwischen sich stützten.

»Annie!« Der Name entfuhr Frank unwillkürlich.

Die Gestalt, die schlaff zwischen den beiden Männern hing, hob nicht einmal den Kopf. Sie war offensichtlich vollgepumpt mit Drogen, das konnte er sehen, als die Männer sie näher heranführten. Ihre Augen waren glasig und blicklos, ihre Füße bewegten sich kaum. Sie ließen sie in einen Sessel sinken, und ihr Kopf fiel auf die Brust.

»Sie haben sie unter Drogen gesetzt«, sagte Frank und kam sich selbst dabei töricht vor.

Solange zog übertrieben die Augenbrauen hoch. »Ja. Nun ja, Sie wissen doch, wie das ist.« Er neigte den Kopf zur Seite und setzte ein irres, groteskes Lächeln auf. »Manchmal willst du Action«, sang er zur Melodie eines Werbespots für Schokoriegel. »Manchmal eben nicht.«

»Sollen wir die Plastikplanen holen?«, fragte einer der Männer. Er stellte zwei Flaschen Pepsi, einen Flaschenöffner und eine Keksdose auf den Tisch. Frank starrte die Flaschen an, dachte, dass Solange wieder den guten Gastgeber spielen wollte und wie eigenartig das doch war. Es waren schwere Glasflaschen, leicht trüb mit winzigen Kratzern. Pfandflaschen.

»Nein«, sagte Solange und lehnte sich an die Wand. »Wir spritzen den Boden ab, wenn wir fertig sind.«

Plötzlich wurde Franks Sessel nach hinten gekippt. Dann stopfte man ihm einen nassen Lappen in den Mund. Einer der Wachmänner hielt die geöffnete Pepsiflasche mit einem Finger zu und schüttelte sie kräftig. Frank sah gerade noch, dass Solange lächelte.

Dann trat der Mann auf ihn zu, hielt ihm die Flasche unter die Nase, und ein Strahl schäumender Kohlensäure spritzte durch Franks Nasenlöcher bis in seine Nebenhöhlen. Frank zappelte unkontrolliert, als der Schmerz ihm durch den Kopf schoss und jede Zelle seines Körpers in Panik geriet. Er ertrank. Er starb. Er erstickte.

Und dann wurde der Sessel wieder aufgerichtet, und die Cola lief ihm aus der Nase. Er war völlig fertig. Annie weinte.

»Mitten rein in die Zentrale!«, rief Solange lachend. »Peng!« Er begann, auf und ab zu gehen, und sprach in liebenswürdigem Tonfall. »Diese Methode gefällt mir aus folgenden Gründen, Frank«, sagte er und zählte sie an den Fingern einer Hand ab. »Erstens erfordert sie keine hochmoderne Technik. Zweitens verbraucht sie keine natürlichen Rohstoffe. Drittens ist sie nicht nachweisbar. Viertens verursacht sie keine dauerhaften Schäden. Fünftens? Man kann sie zigmal wiederholen, und sie verliert nie ihre Durchschlagskraft.« Seine Hände sanken herab, und er atmete tief durch. »Und jetzt sagen Sie mir etwas zu Gleason. Weiß er, dass Sie hier sind? Weiß er von den Verteilertests?«

Frank fixierte ihn wortlos.

Solange zuckte die Achseln, und Franks Sessel wurde zum zweiten Mal nach hinten gekippt. Der Lappen landete wieder in seinem Mund, und sein Kopf explodierte erneut. Dann war er wieder in der Senkrechten, schniefend, und bebte am ganzen Körper. Er sah, wie seine Beine krampfhaft zuckten – wie die Beine eines Frosches im Labor. Galvanische Reaktion. Annies Kopf hing schlaff auf ihrer Brust, und ihre Augen waren geschlossen.

»Also«, sagte Solange. »Ich hatte Sie nach Gleason gefragt.«

Einer der Wachleute zog ihm den Lappen aus dem Mund, aber Frank sagte nichts.

»Sie sind ein schwieriger Fall, Frank.« Solange seufzte und nickte den Wachmännern zu. Frank sah, wie der Mann die Flasche erneut aufschüttelte.

Solange hob eine Hand und neigte den Kopf Richtung Annie. »Nein«, sagte er. »Sie ist dran.«

Das Blut schoss Frank in den Kopf. »Lasst sie in Ruhe.«

»Ach ... die Gabe der Sprache.« Solange trat an den Tisch und öffnete die Keksdose. Er nahm einen kleinen, durchsichtigen Plastikbeutel heraus und faltete ihn auseinander. Frank sah das Wort *Safeway*.

»Eine Zweitverwendung des Beutels«, sagte Solange. »Wird sogar noch höher geschätzt als Recycling.«

Komplett wahnsinnig, dachte Frank und beobachtete entsetzt, wie einer der Wachmänner eine kleine Spraydose in die Hand nahm. In einer raschen, gut abgestimmten Choreographie sprühte er Annie etwas ins Gesicht – als würde er ein Insekt besprühen –, und Solange stülpte ihr den Beutel über den Kopf, schlang die Griffe um ihren Hals und zog sie fest zu.

Frank wollte aufspringen, aber wurde von hinten zurückgezogen und in seinen Sessel gedrückt –

Während Annie aus ihrer Apathie hochschreckte. Aber da ihre Hände auf dem Rücken zusammengebunden waren, hatte sie keine Möglichkeit, den Beutel abzunehmen, der sich bei jedem panischen, röchelnden Atemzug entsetzlich aufblähte und wieder angesogen wurde. Sie zuckte, warf den Kopf von rechts nach links, versuchte den Beutel abzuschütteln, biss hinein. Ihr Gesicht rötete sich von dem Zeug, mit dem sie sie besprüht hatten.

»Aber *hallo*«, sagte Solange leise lachend. »Pfefferspray.«

Wie lange das so weiterging – die Kohlensäure, die in Franks Nebenhöhlen zischte, Annie, die Beutel, das Pfefferspray –, konnte Frank nicht sagen, doch am Ende standen beide Flaschen leer auf dem Tisch. Es mochten zehn Minuten gewesen sein; es mochten zwei Stunden gewesen sein. Schmerz, so erfuhr er, war eine Landschaft mit ganz eigenen Dimensionen, wo vertraute Zeiteinteilungen wirkungslos waren.

Natürlich »redete« er, und später fragte er sich, warum er sich so lange geziert hatte. Aber es spielte keine Rolle. Die Fragen nahmen kein Ende, und wenn Solange einer Antwort nicht recht traute, landete der Lappen wieder in Franks Mund, und die Pepsi schoss ihm durch die Nase.

Und dann, als Frank schon nicht mehr daran glaubte, hörte Solange auf. »Es reicht«, sagte er scharf, als wollte er die anderen zurechtweisen. Er trat neben Frank und drückte ihm die Schulter. »Es ist vorbei«, sagte er. »Keine Schmerzen mehr. Das war's. Es ist vorbei.«

Frank wusste, dass er bei Solanges Berührung hätte Widerwillen empfinden müssen, doch stattdessen empfand er *Dankbarkeit*. Das hätte nicht sein dürfen. Aber er empfand sie nun mal.

»Holt ihnen frische Sachen«, befahl Solange. »Und sagt dem Doc, er soll ihnen irgendwas gegen die Schmerzen geben.« Und dann war er weg.

Eine halbe Stunde später wurden sie durch die Flure geführt wie zwei seltsam zurückhaltende Hausgäste. Man brachte sie in den ehemaligen Ballsaal der Villa, einen großen Raum mit schimmerndem Holzboden und gewölbter Decke, der in ein großes Büro umgewandelt worden war. An den Wänden hingen Graphiken, Karten, Satellitenfotos. Es gab Schreibtische, Computer, Telefone und Reihen von Aktenschränken. Das Pferdelogo war praktisch allgegenwärtig.

Frank und Annie wurden, die Hände auf dem Rücken gefesselt, zu einem Schreibtisch geführt, an dem Solange saß und an einem Computer arbeitete. Er sah nicht auf, als sie näher kamen. Sie blieben stehen und warteten. Über Frank, an einer der korkbezogenen Wände, hingen verblasste Fotografien von Weizenfeldern, die aus der Luft aufgenommen worden waren. Auf jedem Bild war ein Kreis gezogen und in diesen Kreis ein Keil gezeichnet worden. Auf jedem Bild wirkte der Weizen irgendwie geschädigt – entweder war er von einer Krankheit befallen, oder er litt unter Dürre. Die Stärke der Schädigung variierte, von ein paar braunen Flecken auf einem ansonsten gesund wirkenden Getreidefeld bis hin zu einem Feld, das zu einem dunklen Fleck zusammengefallen war, als wäre es geschmolzen. Auf jedem Foto stand ein Datum, und auf den Rändern waren handschriftliche Anmerkungen. Frank betrachtete die Notizen.

Puccina Graminus 272 – 4017/9
Puccina Graminus 181 – 2022/7
Puccina Graminus 101 – 1097/3
Puccina Graminus 56 – 6340/7

Solange hörte auf zu arbeiten und schaltete seinen Computer ab. Er schaute zu Frank und Annie auf und lächelte sie warmherzig an. »Ach, da sind Sie ja. Sie sehen schon viel besser aus.«

»Was ist Puccina Graminus?«, fragte Annie. Ihre Stimme hörte sich seltsam an, fand Frank, irgendwie mechanisch. Das war die Wirkung der Tranquilizer; er nahm an, dass er sich ähnlich anhören würde. Jedenfalls fühlte er sich seltsam, nicht gerade ruhig, aber eigentümlich losgelöst, als spielte er, er selbst zu sein.

»Getreideschwarzrost«, sagte Solange. Er deutete auf die Fotos. »Das sind relativ frühe Feldversuche. Wir sind wie Pferdezüchter. Wir versuchen, die schnellste und beste Variante von Puccina Graminus zu kreieren. Bislang ist sechsundfünfzig unser Derbysieger, aber es ist ja noch nicht aller Tage Abend. Neben dem Schwarzrost arbeiten wir auch mit verschiedenen Mais- und Reisschädlingen. Das sind die wichtigsten Pflanzen für die Welternährung.«

Annie runzelte die Stirn und warf Frank einen raschen Blick zu. Trotz ihrer hohlen Stimme, trotz der deutlichen Spuren ihrer Qual machte ihm die wache Lebendigkeit in ihren Augen neuen Mut. Ansonsten sah sie aus, als wäre sie etliche Tage auf einem Rettungsfloß getrieben. Ihre Haut war rissig und gerötet, sie hatte Blasen an den Lippen und rotgeränderte Augen. »Aber warum?«, fragte sie. »Warum machen Sie das?«

»Um das Gleichgewicht wiederherzustellen«, erwiderte Solange. »Um für Mutter Natur etwas in die Waagschale zu werfen, gegen eine Spezies, die dieses Gleichgewicht zuungunsten aller anderen aus den Fugen gebracht hat. Sie sind Wissenschaftlerin. Sie sollten das verstehen. Die ›grüne Revolution‹ ernährt mit ihrem Hybridweizen und widerstandsfähigen Mais und Reis eine Population, die den Planeten zerstört. Wir brauchen sie nicht. Und die Natur will sie nicht.«

»Also erschaffen Sie Seuchen und Hungersnöte«, sagte Annie.

Solange antwortete ihr nicht. Stattdessen sah er auf die Uhr und sprang auf. »Zeit zu gehen«, sagte er, und der ganze seltsame Zug – Annie und Frank in Fesseln, die schweigenden und allgegenwärtigen Wachen – folgte dem lebensprühenden Solange zum Aufzug.

»Sie erwähnten Hungersnöte und Seuchen«, sagte Solange. »Aber warum denn nicht? Wenn es natürlich ist, dass ein Mensch einen Impfstoff gegen Grippe entwickelt, warum ist es dann unnatürlich, wenn ein anderer eine Supergrippe entwickelt? Wenn wir Zeit hätten, würde ich Ihnen liebend gerne vor Augen führen, warum es notwendig ist. Ich würde Ihnen die Zahlen zeigen, die Prognosen, den Schaden, den die Erde erleiden wird. Dann würden Sie einsehen, dass es notwendig ist, eine Spezies zu stoppen, die sich unkontrolliert vermehrt. Sie würden es einsehen, und Sie würden zu uns kommen. Und Sie könnten im Labor nützliche Arbeit leisten, das bezweifle ich nicht – obwohl« – er runzelte die Stirn – »ich eigentlich keine rechte Aufgabe für Frank bei uns sehe. Aber« – er klatschte in die Hände – »dafür ist jetzt keine Zeit.«

Franks Herzschlag beschleunigte sich, als sie in den Fahrstuhl stiegen und er sah, dass einer der jungen Burschen das dritte Untergeschoss drückte. Das war die Etage, in der sie gefoltert worden waren. Und wirklich, sie gingen wieder denselben Korridor entlang. Annies Schritte wurden schneller, als sie zu dem Raum kamen, und Frank merkte, dass er die Luft anhielt. Aber Solange ging daran vorbei, führte sie durch zwei grüne Sicherheitstüren mit Drahtverglasung hindurch und bog dann in einen kurzen Gang ein. Einer der Wachleute zog ein Schlüsselbund aus der Tasche, schloss zwei separate Schlösser auf und öffnete die schwere Tür. Solange trat ein, und die anderen folgten.

Sie befanden sich in einem quadratischen Zimmer mit Schlackensteinwänden und einem geharkten Kiesboden – wie in einem Zen-Garten. Es gab zwei Rattansessel und zwischen ihnen einen kleinen Rattantisch, auf dem eine Vase mit einem einzelnen Fliederzweig stand. Eine komplette Wand wurde von einer weißen Emaildoppeltür eingenommen, und auf beiden Türflügeln prangte das weiße Pferd vor der großen blauen Erde.

»Bitte nehmen Sie Platz«, sagte Solange und deutete auf die Sessel. Sie setzten sich. Auf ein Nicken von Solange hin richteten die Wachen ihre Pistolen auf Frank und Annie.

»Ich bitte um Verzeihung für diese Dramatik«, sagte Solange,

»aber viele neigen nun mal dazu, sich furchtbar *aufzuregen*. Wir haben gelernt, uns darauf einzurichten.«

Annie warf Frank einen verängstigten Blick zu, dann starrten sie beide auf die Waffen, bis Solange das merkte und versuchte, sie zu beruhigen. »Oh, keine Sorge, wir werden Ihnen ein paar Stunden Zeit lassen, um zu meditieren und Ihren Geist zu reinigen, bevor wir Sie in unsere Bertha hier stecken«, sagte er und tätschelte die Emailtür, als wäre sie die Flanke eines preisgekrönten Ochsen. »Sie hat eines unserer hartnäckigsten Probleme mit Leuten wie Ihnen gelöst. Ich wünschte nur, wir hätten sie bereits für die Bergmans gehabt.« Er zog die Tür auf. Der Raum, in dem sie sich befanden, war so rein und schlicht, dass Frank sich wunderte, als er sah, dass das Innere dieses übergroßen Kühlschranks, oder was immer es war, ziemlich dreckig aussah, voller Ruß und Schmutzstreifen und mit Ascheflocken auf dem Boden.

Frank überlegte krampfhaft, was Solanges Worte zu bedeuten hatten. Was meinte er mit »für die Bergmans«?

»Das ist eine Mikrowellenkammer«, sagte Solange. »Im Prinzip verkocht sie alle flüssigen Bestandteile, und dann folgt eine rapide Austrocknung. Am Ende bleibt von Ihnen nur ein Häufchen Ruß.« Er griff hinter sich, strich mit dem Finger über die Innenwand und zeigte ihnen einen dunklen, öligen Fleck. »Tja, das hier ist Ihr Freund Ben Stern.«

Obwohl Frank spürte, dass ihn die Tranquilizer in den Sessel drückten, obwohl er das Gefühl hatte, sich wie durch Wasser zu bewegen, obwohl die Waffen auf ihn gerichtet waren, sprang Frank auf und stürzte sich auf Solange. »Du psychotischer Scheißkerl«, sagte er.

Solange duckte sich zur Seite und schlug zu, fest. Und noch mal. Seine Schläge waren kraftvoll, und Frank, die Hände auf dem Rücken gebunden, hatte keine Möglichkeit, sich zu wehren. Schließlich bekam er einen Haken in die Magengrube, und er sackte zusammen. Die Wachen stießen ihn zurück in den Sessel.

Solange lachte, ein langes, glucksendes, aufrichtig amüsiertes Lachen. Schließlich hörte er auf und schüttelte den Kopf. »Da verabreiche ich ihm eine Dröhnung, die einen *Ochsen* ruhig stellen würde, und er legt sich mit mir an.« Er seufzte. »Sehr beeindruckend.«

»Warum machen Sie das?«, fragte Annie. Sie sprach mit der angestrengten Intonation eines Schlaganfallopfers, jedes Wort einzeln artikulierend.

Solange blickte verdutzt drein. »Ich hab Ihnen doch schon erklärt, dass es sich um ein Entsorgungsproblem handelt.«

»Nein!«, sagte Annie. »Ich meine die Spanische Grippe. Den Getreideschwarzrost.«

Erneut sah Solange verblüfft aus. »Weil ich der Erste Reiter bin. Haben Sie denn gar nicht aufgepasst?«

»Wovon reden Sie eigentlich?«, wollte Frank wissen.

Solange sah ihn an. »Die *Offenbarung*.« Und dann fing er an zu sprechen, aber mit einer anderen Stimme, einer Stimme, die kraftvoll und nuanciert war. Der Stimme eines Predigers.

> *»Dann sah ich: Das Lamm öffnete das erste der sieben Siegel; und ich hörte das erste der vier Lebewesen wie mit Donnerstimme rufen: Komm! Da sah ich* EIN WEISSES PFERD; *und der, der auf ihm saß, hatte einen Bogen. Ein Kranz wurde ihm gegeben, und als Sieger zog er aus, um zu siegen.«*

Die Wachen blickten verzückt.

»Gott sendet mich aus zu siegen, zu siegen, fürwahr, eine Spezies zu besiegen, die Amok läuft, die außer Kontrolle gerät, eine Spezies, die ihr irdisches Paradies zerstört.«

Frank konnte sich nicht zurückhalten. Er wandte sich an die Wachen. »Glaubt ihr diesen Scheiß etwa?« Dann sah er Solange an. »Sie sind der durchgeknallteste Dreckskerl, den ich je in meinem Leben gehört habe!« Und dann fing er an zu lachen. Er konnte sich nicht zurückhalten. Er war so verängstigt, dass er entweder lachen oder weinen musste.

Solange starrte ihn an, und für einen Moment glaubte Frank, dass er ihn auf der Stelle umbringen würde. Aber als Solange gerade einen Schritt auf ihn zukam, klingelte ein Handy in seiner Tasche. Das Geräusch war so unerwartet und unpassend, dass es sich geradewegs in Franks Kopf hineinzubohren schien. Verärgert riss Solange das Telefon aus der Tasche.

»Ja«, sagte er ungeduldig. »Was ist?«

Er lauschte, ungefähr eine volle Minute lang, und im Verlauf dieser Minute konnte Frank förmlich sehen, wie Solange das Interesse an allem im Raum, an ihm, an Annie verlor. Es war, als wäre seine Aufmerksamkeit greifbar gewesen, und ihre plötzliche Abwesenheit hinterließ bei Frank ein seltsames Verlassenheitsgefühl. Solange runzelte die Stirn, nahm das Telefon vom Ohr, schob die Antenne wieder hinein und schritt zur Tür, ohne sie noch eines Blickes zu würdigen. »Gehen wir«, sagte er.

»Und was ist mit *denen*?«

Solange zuckte die Achseln. »Darüber sollen sie sich den Kopf zerbrechen«, antwortete er.

Frank hörte, wie die Riegel sich schlossen, erst der eine, dann der andere.

Da der Boden mit Kies bestreut war, dauerte es eine Weile, bis sie die ziemlich stabile Vase zerbrochen hatten. Als es ihnen endlich gelang, war es relativ leicht, die Stricke zu zerschneiden. Doch sie mussten leider feststellen, dass es keine Möglichkeit gab, aus dem von außen verriegelten Raum zu gelangen.

Sie konnten nichts anderes tun, als einander zu halten. Frank erklärte Annie, dass er versuchen würde, den nächstbesten, der zur Tür hereinkam, zu überrumpeln. Sie hätten das Überraschungsmoment auf ihrer Seite, und vielleicht könnte er dem Wachmann die Waffe entreißen. Oder so was in der Art. Es war nicht viel, aber es war tatsächlich das Einzige, was sie tun konnten.

Dann schliefen sie aneinandergeschmiegt auf dem Boden.

Annie träumte von Stern und wimmerte im Schlaf.

Frank träumte von Carlos.

Und er träumte noch immer, als er ein Geräusch hörte, das wie ferner Donner klang, eine Serie von dumpfen Schlägen, die das Neonlicht flimmern und die Tür erbeben ließen. Zuerst glaubte er, es gehöre zu seinem Traum. Entweder das, oder er fing schon an zu halluzinieren. Aber auch Annie hörte es und erwachte und starrte ihn an. Sie fragten sich, ob vielleicht die pharmazeutischen Labors in die Luft flogen.

Doch dann hörten die Geräusche auf, und schon bald nickten sie wieder ein.

Plötzlich dröhnte eine lautsprecherverstärkte Stimme um sie herum. »WEG VON DER TÜR!«

Die Männer, die hereingestürmt kamen, trugen kugelsichere Westen, auf deren Rücken in übergroßen Buchstaben FBI stand. Sie hatten Helme und Gasmasken aufgesetzt und waren schwer bewaffnet. Sie waren keineswegs freundlich und verstanden nicht, dass Frank und Annie Opfer waren und nicht »Tempel«-Angehörige, die sich sozusagen im Allerheiligsten versteckt hatten.

Es dauerte eine ganze Weile, bis sie den Männern das begreiflich machen konnten.

Auch Neal Gleason war, als sie ihm schließlich gegenüberstanden, nicht gerade froh, sie zu sehen, geschweige denn sichtlich erfreut, dass sie überlebt hatten.

Gleasons blaue Augen waren blutunterlaufen, und er sah aus wie jemand, der seit Tagen nicht mehr geschlafen hat.

»Anscheinend haben Sie die Nachricht erhalten«, sagte Frank.

»Irgendwer hat sie gewarnt«, sagte Gleason. »Die müssen einen Informanten bei der Polizei von Lake Placid haben. Die waren nämlich die Einzigen, die von unserer Aktion wussten.«

»Wer ist ihnen entwischt?«, fragte Frank.

»Solange«, sagte Gleason. »Solange und sein Team für Sondereinsätze.«

29

Er saß in dem Büroraum der Villa und wachte über Annie, der man Schlaftabletten verabreicht hatte. Er wollte natürlich an der Story arbeiten, aber das war unmöglich. Schließlich war er nicht Victor Hugo. Er brauchte einen Computer oder wenigstens eine Schreibmaschine. Oder auch nur ein Telefon. Dann könnte er den Artikel sogar *diktieren*.

Doch das Telefon in dem Raum war tot, und an das im Flur ließ man ihn nicht ran. Ein Sicherheitsbeamter saß vor dem Büroraum, mit einem Funkmikro am Ohr und einer Uzi auf dem Schoß, und achtete darauf, dass ohne Neal Gleasons Einverständnis niemand hier aus oder ein ging.

Es dauerte eine Weile, aber schließlich bekam Frank doch eine Erklärung zu hören – wenngleich eine ziemlich unbefriedigende. »Ich bin zu Ihrem Schutz hier«, sagte der Beamte mürrisch. *»Okay?«*

»Nein«, erwiderte Frank. »Das ist nicht okay. Ich will keinen Schutz, verdammt. Ich will einen Laptop.«

Aber genau darum ging es natürlich. Gleason wollte nicht, dass er einen Artikel schrieb – zumindest während Solange noch auf freiem Fuß war. Also blieb ihm nichts anderes übrig, als Däumchen zu drehen, auf und ab zu tigern, aus dem Fenster zu starren und sich das Treiben draußen anzusehen.

Und das war seltsam bedrückend, ein surreales Tableau, das, wenn es von Bosch gemalt worden wäre, vielleicht »der zerstörte Garten der Lüste« hätte heißen können. Ein Hubschrauber war auf der Wiese neben dem Teich gelandet, und seine Rotorblätter kreisten gemächlich, während Männer des Einsatzkommandos mit Schäferhunden das Gelände absuchten. Elitesoldaten in Schutzanzügen eilten in den Labortrakt und wieder hinaus und sahen dabei aus wie eine Reklame für Intel, während FBI-Agenten in identischen Windjacken einen großen weißen Transporter mit Computern und Akten beluden. Ansonsten schien der Campus menschenleer, da die »Templer« in ihren Unterkünften bleiben mussten, bis sie verhört wurden.

Schließlich hatte Frank genug von dem Anblick, und er setzte sich an einen mit kunstvollen Schnitzereien verzierten Schreibtisch, der in einem Erker des großen Raumes stand. Seine vier Löwentatzenfüße ruhten auf einem wunderschönen alten Kelim. Ein Neunzehn-Zoll-Monitor von Toshiba stand auf der Schreibtischplatte, jedoch ohne dazugehörigen Computer.

Es wäre schön gewesen, mal einen Blick auf Solanges Festplatte werfen zu können, dachte Frank. Aber vielleicht fand er ja noch etwas anderes ... einen Notizblock, eine Diskette, einen Kalender – irgendwas.

Er zog nacheinander die Schreibtischschubladen auf und schaute hinein. Aber da war nichts. Ein paar Kugelschreiber und Bleistifte, Büroklammern, ein leeres Notizbuch und ein Packen Papier für Laserdrucker. Ein Stadtplan von New York, eine Schere, einige Heftzwecken und unbeschriftete Karteikarten.

Er faltete den Stadtplan auseinander und betrachtete ihn. Nichts, dachte er. Keine Markierungen oder Nadeleinstiche. Keine eingezeichneten Linien. Bloß ein Stadtplan. Seufzend lehnte er sich im Sessel zurück und schloss die Augen.

So blieb er eine ganze Weile sitzen, und dann plötzlich, voller Energie oder einfach nur gelangweilt, setzte er sich auf. Er schob den Stadtplan vom Schreibtisch, nahm sich ein Blatt Papier und fing an zu schreiben. *Wer sagt denn eigentlich, dass ich nicht doch Victor Hugo bin?*

Nachdem er etwa fünfzehn Minuten gearbeitet hatte, las er

sich durch, was er geschrieben hatte – ein halbes Dutzend Variationen des einleitenden Absatzes. Okay, dann bin ich eben nicht Victor Hugo, dachte Frank. Ich bin der Schriftsteller in *Shining*, der von Jack Nicholson gespielt wird. Er knüllte die Seiten zusammen und warf sie in den Papierkorb.

Solanges Papierkorb. Der noch halb voll war.

Arbeitete das FBI wirklich so nachlässig? Hatten sie tatsächlich den Papierkorb übersehen?

Allem Anschein nach ja.

Er stand auf, schüttete den Inhalt des Korbes auf die Schreibtischplatte und fing an, ihn durchzusehen. Viel war es nicht. Ein Ausdruck des jüngsten *Wöchentlichen Reports zur Morbidität und Mortalität*. Die ersten zwei Seiten eines Essays mit dem Titel »die Politik der Dystopie«. Zusammengeknüllte gelbe Haftzettel mit Notizen wie »Nikki anrufen«, »Dienstag Intvw. mit *Futurist*« und »Belinda wg. Rekrutierungslisten fragen«. Er fand eine leere Flasche Evian, eine zerknautschte Packung Salmiakpastillen und Schnipsel eines Schwarzweißfotos.

Das Bild war dreimal in der Mitte durchgerissen worden. Auf dem Schreibtisch zusammengelegt, ergaben die acht Stücke das Foto eines kleinen Häuschens. Oder kein Haus – eher eine Baubude. Oder so etwas wie eine Baubude. Was immer es war, es stand mitten in einem industriellen Niemandsland, so gesichtslos wie eine Zementplatte. Diese trostlose Umgebung hätte irgendwo in Yonkers oder Washingtons Anacostia liegen können, in East L.A. oder der Southside von Chicago. Schwer zu sagen. Und noch schwerer war es, Mutmaßungen darüber anzustellen, welche Bedeutung diese Hütte für Solange haben mochte (wenn sie überhaupt eine hatte).

Er war noch immer in die Betrachtung des Fotos versunken, als ein FBI-Beamter mit ein paar Geflügelsalatsandwiches und ein paar Dosen Mineralwasser hereinkam. »Wenn ich mal eben Ihre Aussage und die Ihrer Freundin aufnehmen könnte«, sagte er, »kommen wir vielleicht schneller voran.«

»Soll das heißen, dass wir dann gehen können?«

»Das muss Neal entscheiden«, sagte der FBI-Agent, »aber ehe wir nicht ihre Aussagen haben, tut sich bestimmt nichts.«

Also weckte er Annie – es war schließlich schon später Nachmittag –, und als sie soweit war, erzählten sie dem Mann alles, was sie wussten. Zumindest das meiste davon. Als Frank die Organisation »Chosen Soren« erwähnte, hörte der Beamte nämlich plötzlich auf, sich Notizen zu machen. Mit einem Seufzer steckte er die Kappe auf seinen Stift, stand auf und sagte, er sei sofort wieder da.

Tatsächlich dauerte es ganze zwei Stunden, bis jemand kam, und dieser Jemand war eine beleibte, modisch gekleidete Frau mit einem Diplomatenkoffer von Hermes und einer rauen Stimme. »Janine Wasserman«, stellte sie sich vor und reichte Frank und Annie die Hand. »Ich helfe dem FBI.«

»Das ist nett von Ihnen«, antwortete Frank, »aber ich hatte gehofft, Gleason zu sprechen. Wir würden uns gern verabschieden.«

»Oh, Sie können sich bald auf den Weg machen«, sagte sie. »Aber bis dahin können Sie mir hoffentlich etwas über die Nordkoreaner erzählen.« Mit einem Lächeln spazierte sie zu einem grünen Ledersessel hinüber und setzte sich. »Würden Sie mir bitte Näheres erzählen? Ich kann Ihnen versichern, es ist für eine gute Sache.«

Frank und Annie sahen einander an. Schließlich sagte Frank: »Da gibt es eigentlich nicht viel zu erzählen. Wir glauben, dass sie Solange finanzieren.«

»Ach *ja*? Nun, ich könnte mir vorstellen, dass sie das tun, aber ... wieso glauben Sie das?«

»Es gibt einen Zollbericht über koreanisches Geld, das aus Japan geschickt wird. Und es macht Sinn. Ich meine, dass die Nordkoreaner gern –«

»Wirklich?«, unterbrach Wasserman. »Haben Sie diesen Bericht? Ich würde ihn mir gerne mal ansehen.«

»Nein.«

Sie legte die Stirn in Falten. »Sie haben ihn nicht? Oder –«

»Nein, wir haben ihn nicht«, sagte Annie.

»Aber Sie haben *ihn gesehen*«, schlug Wasserman vor.

Frank schüttelte den Kopf.

Die Frau zog die Augenbrauen hoch. »Dann ...? Ich glaube, ich verstehe nicht ganz.«

»Man hat uns davon erzählt«, sagte Frank.

Nylon raschelte, als Wasserman die Beine übereinander schlug. »Verstehe«, sagte sie. »Dann handelt es sich also um ein Gerücht.«

»Richtig.«

»Nun ja«, bemerkte Wasserman, »manche Gerüchte sind wahr. Das hängt vermutlich von den Quellen ab, auf die man sich bezieht. Von wem reden wir in diesem Fall?«

»Ich glaube, diese Quelle ist tot«, sagte Frank. »Ein Washingtoner Doktorand namens Ben Stern. Solange hat ihn umgebracht.«

»Okaa-aay«, erwiderte Wasserman. »Zumindest *vorläufig*. Aber ... eigentlich verstehe ich das nicht so recht. Warum sollten die Nordkoreaner Solange ›finanzieren‹? Sie haben nicht gerade Devisen im Überfluss, um damit herumzuspielen.«

»Möchten Sie meine *Meinung* hören?«, fragte Frank.

»Mmmm.«

Frank zuckte die Achseln. »Nun, meiner *Meinung* nach besteht da ein gemeinsames Interesse.«

Wasserman runzelte die Stirn. »Das leuchtet mir nicht so ganz ein«, sagte sie. »Ich meine, da liegen doch Welten zwischen. Was könnten diese beiden Parteien denn gemeinsam haben?«

Frank überlegte kurz, doch Annie warf ein: »Fragen Sie das, weil Sie die Antwort wissen wollen oder weil Sie wissen wollen, ob *wir* die Antwort kennen?«

»Oooh!«, sagte Wasserman. »Eine gute Frage. Ich weiß nicht.«

»Haben Sie eine Visitenkarte?«, fragte Annie.

Die massige Frau bewegte sich unruhig in ihrem Sessel. »Nein«, sagte sie mit einem Anflug von Bedauern in der Stimme. »Die habe ich leider nicht.«

Frank stieß entnervt die Luft aus.

»Hören Sie«, sagte Wasserman und beugte sich zu ihnen vor. »Ich mache Ihnen einen Vorschlag. Wenn Sie heute Abend noch hier rauskommen wollen, werden Sie sich bemühen, kooperativ zu sein.«

»›Wenn Sie heute Abend noch hier rauskommen wollen‹ – wer *sind* Sie überhaupt, verdammt noch mal?«, fragte Frank. »Und was geht hier eigentlich vor? Sind wir verhaftet?«

Wasserman erwog die Frage. Schließlich antwortete sie: »Nein. Wenn ich das richtig verstanden habe, sind Sie nicht ›festgenommen‹ im engeren Sinne des Wortes. Es handelt sich eher um präventiven Gewahrsam.«

»Präventiver Gewahrsam!«, entfuhr es Annie.

»Und was heißt das?«, wollte Frank wissen.

»Um ehrlich zu sein«, sagte Wasserman und strich die Falten ihres Rockes glatt, »es handelt sich um einen nationalen Notstand. Der Präsident hat es um drei Uhr siebzehn heute Morgen offiziell bekannt gegeben.«

Frank sank zurück in die Polster der Couch und stöhnte ungeduldig auf. »Und warum werden wir festgehalten?«

»Darüber müssen Sie mit Neal sprechen. Er hat das Sagen, wenn es um inländische Angelegenheiten geht.«

»Aber wir haben doch nichts getan«, sagte Annie mit plötzlich tränenfeuchten Augen.

»Das glaube ich Ihnen aufs Wort«, antwortete Wasserman. »Und ich bin sicher, dass Neal die Dinge schon klären wird. Aber wie Sie sich gewiss denken können, haben wir wenig Zeit – also sollten wir jetzt wieder zum Thema kommen, das wäre bestimmt am besten. Einverstanden?«

Annie nickte.

»Wir sprachen vorhin von einem ›gemeinsamen Interesse‹«, sagte Wasserman und sah dabei Frank an.

»Richtig«, erwiderte Frank. »Und ich will Ihnen sagen, was ich denke: Ich denke, Solange und die Nordkoreaner wären begeistert – *beide* wären sie begeistert –, wenn Amerika in die Knie gehen würde.«

»Okaaay ... rein theoretisch betrachtet ...«

»Und Solange kann dafür sorgen. Und man kann ihn negieren!«

Wasserman blickte ehrlich verwirrt drein. »Warum sagen Sie das?«

»Weil er ein ›Spinner‹ ist. Sie sind alle Spinner. Und deshalb ist alles, was sie sagen oder tun, aus jedem Kontext herausgelöst. Es *hat* keinen Kontext. Sobald man sagt, dass eine ›Sekte‹ das und das gemacht hat, verliert das fragliche Ereignis jedwede politische Bedeutung, die es ansonsten gehabt hätte.«

»Warum?«

»Weil eine Sekte im Prinzip ein Zusammenschluss einsamer Irrer ist«, antwortete Frank. »Ich meine, das denken zumindest die Leute. Und weil sie irre sind, wird das, was sie tun, als irrational eingestuft. Daher haben ihre Handlungen keine kohärente Bedeutung. Was wiederum nichts anderes heißt, als dass man sich nicht näher mit ihnen beschäftigen muss. Man kann sie einfach ›negieren‹.«

Wasserman nickte nachdenklich. »Mal angenommen, Sie haben recht. Warum sollte denn Nordkorea eine Epidemie auslösen wollen, die die Hälfte der Menschen in diesem Land töten würde?«

»Weil das Land zusammenbrechen würde, wenn so viele Menschen sterben. Unsere höchste Priorität – unsere einzige Priorität – wäre, die Toten zu begraben. Oder sie zu verbrennen. Und selbst wenn wir noch eine funktionsfähige Regierung hätten, kann ich mir nicht vorstellen, dass sie Truppen ins Ausland in den Krieg schicken würde. Ich denke, wir würden bleiben, wo wir sind. Wir würden Holz hacken und Krematorien bauen.«

Wasserman schwieg eine Weile. Dann fragte sie: »Sie haben eben einen Krieg im Ausland erwähnt?«

»Ich dachte dabei daran, dass Nordkorea den Süden überfällt.«

»Und Sie haben vor, darüber zu schreiben?«

Frank rieb sich die Bartstoppeln am Kinn. »Ich weiß nicht«, sagte er. »Vielleicht.«

Wasserman nickte. »Vielleicht auch nicht. Sie können es nicht beweisen.«

»Stimmt«, sagte Frank. »Ich kann es nicht beweisen.«

»Und eigentlich spielt es ohnehin keine Rolle«, fügte Wasserman hinzu und erhob sich.

Annie sah sie schockiert an. »*Es spielt keine Rolle?* Wie können Sie so etwas sagen?«

»Weil Mr. Daly Recht hat. Solange *ist* negierbar. Und betrachten Sie doch einmal die Alternativen. Falls Solange Erfolg hat, ist die Frage nach der Verantwortung rein akademisch. Die Hälfte der Menschen in diesem Land wird sterben, und Sie haben Recht – ich glaube kaum, dass wir unter diesen Umständen eine Regierung hätten, die sich für auswärtige Angelegenheiten interessiert.«

»Okay. Und wenn er scheitert?«, fragte Frank.

»Tja, dann ist er einfach nur ein Irrer. Selbst wenn Sie nachweisen könnten, wo das Geld herkam, das er erhalten hat – und ich glaube nicht, dass Sie das könnten –, was würde das beweisen? Dass es aus Nordkorea kam? Wohl kaum. Sie könnten höchstens nachweisen, dass es von koreanischen Arbeitern in Japan kam. Worauf viele Menschen sagen würden: Na und? Vielleicht hat Solange viele koreanische Anhänger. Vielleicht sind die ja auch verrückt.«

»Und was wollen Sie mir damit sagen?«, fragte Frank.

Wasserman antwortete mit einem gleichgültigen Achselzucken: »Nur dass Sie sich vorsehen sollten. Am Ende steht in Wahrheit die Glaubwürdigkeit des Frank Daly auf dem Spiel. Und seien wir ehrlich, ich kann mir nicht vorstellen, dass Sie gern als ein weiterer Journalist mit einer Verschwörungstheorie dastehen möchten – selbst wenn Sie Recht haben. Oder irre ich mich?«

Bevor er etwas erwidern konnte, machte sie auf dem Absatz kehrt und *ging*.

Kurz darauf kam Gleason in die Villa und fragte Frank und Annie, ob sie ihn nach New York begleiten wollten.

»Haben wir eine andere Wahl?«, fragte Frank.

»Klar«, antwortete Gleason. »Sie können hier bleiben, wenn Sie möchten. Außerdem gibt es nicht weit von hier ein Motel. Wir würden dann jemanden vor der Tür postieren. Aber ich glaube nicht, dass es Ihnen dort gefallen würde, und wenn Sie mitkommen, kann ich Sie im Auge behalten – und Sie sind näher am Geschehen. Und das wollen Sie doch, oder?«

Im Hubschrauber war es laut, und der Flug schien endlos. Als sie landeten, war ihnen, als wären sie nicht nur durch den Raum, sondern auch durch die Zeit gereist.

Governors Island, eine Insel und ein Stützpunkt der Küstenwache, der um die Jahrhundertwende gebaut und ein Jahr zuvor geschlossen worden war, liegt zur Brooklynseite hin in New Yorks oberer Bucht, wo Hudson und East River zusammenfließen. Keine anderthalb Kilometer trennen die Insel von Manhattan, und doch hat sie so gut wie nichts mit der belebten, lärmenden, hellerleuchteten Stadt gemein, die die meisten Menschen kennen. Hier findet sich eine Oase aus Schindelhäusern, segelnden Möwen und salzigem Wind.

Frank und Annie verbrachten die Nacht unbewacht in einem Gästehaus rund hundert Meter von den Docks entfernt. Es gab kein Telefon, aber dafür war die Aussicht von der Veranda atemberaubend, ein Panorama, das sich von der Freiheitsstatue bis zur Brooklyn Bridge erstreckte, und dazwischen Manhattan.

Am nächsten Morgen trafen sie sich mit Gleason auf der Kommandobrücke der *Chinquateague*, eines gut dreißig Meter langen Boots der Küstenwache, auf dessen Deck ein 25-mm-Maschinengewehr installiert war.

»Die Sache ist die«, sagte Gleason, während er durch ein Präzisionsfernglas die Reihe von Frachtern beobachtete, die darauf warteten, in die Bucht fahren zu können. »Wir wissen, was er tun wird. Oder was er meint, was er tun wird.« Er stockte einen Moment. »Andererseits, wenn man es mal von seiner Warte aus betrachtet, er *weiß*, was wir wissen. Also warum sollte er es tun?« Er reichte Annie das Fernglas, kniff mit Daumen und Zeigefinger seine Augenlider zusammen und gähnte.

Eine sanfte Brise spielte mit der Flagge am Heck des Schiffes, aber ansonsten war es ein perfekter Tag für einen »biologischen Zwischenfall« – feucht, warm und bedeckt.

»Er wird es tun«, sagte Frank, »weil er größenwahnsinnig ist. Solche Menschen sind bekanntermaßen nicht sonderlich flexibel.«

Gleason nickte. »Das denke ich auch. Ich glaube, er wird es tun, um zu beweisen, dass er es kann.«

Annie war nicht so überzeugt. »Und wenn er auf Plan B ausweicht?«, fragte sie.

Gleason blickte verständnislos. »Was ist Plan B?«

Annie schüttelte den Kopf. »Ich weiß nicht. Aber ich wette, er hat einen. Er hat Tests in Kalifornien und Wisconsin und noch anderswo durchführen lassen – und immer hat er dieselbe Grippevariante benutzt.«

»Und was zum Teufel sagt uns das?«, fragte Gleason.

»Dass er Verteilermethoden getestet hat – und nicht das Virus selbst.«

Gleason sah einen Moment beunruhigt aus, doch dieser Moment ging schnell vorüber. »Na schön, aber wir sind ihm weit voraus. Wir haben unsere eigenen Tests gemacht – in den fünfziger Jahren. Und ich kann Ihnen sagen, wie die Ergebnisse waren. Wenn man die maximale Infektionsrate erreichen will, hat man drei Möglichkeiten: Boot, Flugzeug, U-Bahn.«

»Und diese Möglichkeiten sind abgesichert, stimmt's?«, fragte Frank.

Der FBI-Mann nickte. »Allerdings«, sagte er. »Die sind abgesichert.«

Frank blickte skeptisch.

»Wir haben die Luftkorridore über New York und Washington für kleine Flugzeuge geschlossen. Dasselbe gilt für die Wasserwege. Sie werden keine Motorboote auf dem Hudson oder East River sehen – auch nicht auf dem Potomac. Nicht, bis das hier vorbei ist, und vielleicht sogar nie mehr.«

»Was ist mit den großen Schiffen?«, fragte Annie und deutete mit dem Kinn auf die Warteschlange der Frachter.

»Sie kommen erst in den Hafen, wenn sie durchsucht wurden und wir ein Team an Bord geschickt haben.«

»Und die U-Bahnen?«, fragte Frank.

»Wir haben Leute auf jedem Zug.«

»Was ist mit Pkws?«, fragte Annie. »Oder einem Lastwagen? Wenn sie das Virus mikroverkapselt haben, könnte es einfach durch den Katalysator aus dem Auspuff entweichen. Sie müssten bloß damit rumfahren, und keiner würde was merken.«

Gleason dachte darüber nach.

»Meine Güte«, sagte Frank und sah Annie an. »Du könntest richtig gefährlich sein.«

»Ich glaube nicht, dass sie das machen«, beschloss Gleason. »Damit hätten sie nicht die Tiefenwirkung, die sie haben wollen. Nicht mit einem Wagen. Sie brauchen ein Boot oder ein Flugzeug. Irgendwas, das überall hingelangt. Ein U-Bahnsystem wäre gut.«

»Und die Wasserversorgung?«, fragte Frank.

Gleason schüttelte den Kopf. »Nein. Es ist ein Mythos, dass man einfach was ins Trinkwasser geben könnte. Das hätte nämlich nicht die nötige Verteilerwirkung. Und man hat mir gesagt, dass man nicht unbedingt infiziert wird, wenn man es trinkt. Es ist ein Virus der Atemwege.«

»Was ich nicht begreife, ist«, warf Frank ein, »wieso Sie meinen, dass Sie damit fertig werden, ohne dass jemand was merkt. Ich meine, schon allein die Piloten –«

»Oh, die werden was merken, klar. Einige Leute werden was merken. Aber in den Medien werden Sie nichts darüber finden.«

»Warum nicht?«

»Weil heute Morgen sämtliche Sender und Printmedien des Landes ein Fax oder einen Telefonanruf bekommen haben.«

»Dann haben wir jetzt also eine Zensur?«

Gleason verzog das Gesicht. »Nicht mehr als während des Golfkrieges. Außerdem betrifft sie nur diese Sache, und sie ist nur vorübergehend«, sagte er. Auf Franks finstere Miene hin wurde der FBI-Mann ausführlicher. »Hören Sie, wir leben im zwanzigsten Jahrhundert. Genauso gut könnte ich sagen, wir leben in einem vollbesetzten Theater. Wenn da einer anfängt und ›Feuer‹ schreit –«

»Und was, wenn es wirklich ein Feuer gibt?«, fragte Frank.

»Dann werden wir damit fertig«, sagte Gleason.

»Okay«, sagte Frank. »Dann werdet damit fertig. Wozu braucht ihr *uns* dann noch? Ich meine, wenn ich die Story nicht bringen darf.«

»So einfach ist das nicht«, sagte Gleason.

»Warum nicht?«

»Weil es das Internet gibt«, warf Annie mit trostloser Stimme ein.

Gleason neigte den Kopf, sodass es halb wie ein Nicken, halb wie eine Verbeugung aussah. »Das ist ein großes Problem«, sagte er.

Frank beobachtete eine Möwe, die über dem Maschinengewehr am Bug ihre Kreise zog. »Und wie geht es jetzt weiter?«, fragte er. »Wie lange warten wir hier?«

Gleason zuckte die Achseln. »Das hängt ganz von Solange ab«, sagte er.

30

Staten Island

Susannah war es nicht gewöhnt, große Transporter zu fahren, aber der Mietwagen von U-Haul ließ sich leicht lenken. Er hatte Automatikgetriebe und eine tolle Rundumsicht. Was gut war, denn seit dem Boxkampf hatte sie Probleme mit den Augen. Hinter ihrer herzförmigen Sonnenbrille war das rechte Auge fast völlig zugeschwollen und das linke blutunterlaufen und irgendwie trübe. Der Doktor hatte gesagt, es würde wieder in Ordnung kommen, aber noch nicht so bald. Es würde wohl eine Weile dauern.

Währenddessen saß Stephen in seinem Kindersitz und gurgelte fröhlich.

Sie dagegen hatte Angst. Nicht so sehr wegen ihres Vorhabens oder davor, was passieren würde, wenn es schief ging – sondern davor, irgendwas falsch zu machen. Sie hatte besondere Instruktionen von Solange bekommen, und Gott stehe ihr bei, wenn sie Mist baute.

Sie war schon vor fast einer Stunde am Dock angekommen, ungefähr eine Minute nach dem Ablegen der Fähre. Das war nicht etwa Pech, sondern genau so geplant gewesen. *Als Erste rauf, als Erste wieder runter*, hatte Solange gesagt, als wäre das ganz besonders wichtig.

Also hatte sie neunundfünfzig Minuten gewartet, und dann, als sich die Sperre hob, fuhr sie langsam vor, bis der Wagen tief im Innern der Fähre war. Im Rückspiegel konnte sie den Wagen des Franzosen sehen, mit Vaughn und Belinda auf der Rückbank.

Sie war richtig nervös. Dabei hätte sie das gar nicht sein müssen. In vielerlei Hinsicht war ihr Job der einfachste. Tatsächlich musste sie überhaupt nichts machen, außer sie bekamen irgendwelche Schwierigkeiten. *Dann kommt dein Einsatz*, ma chère. *Du bist Plan B.*

Toll, dachte sie. Ich bin Plan B. Sonst ist keiner Plan-irgendwas, außer Plan A, vermute ich mal. Aber ich bin Plan B. Sie kniff die Augen zusammen, weil sie sich mit Tränen füllten, was sie in letzter Zeit häufig taten. Draußen hörte sie Fährleute irgendwas rufen und dann die Bootssirene – ein tiefes heulendes *Tuuuut.* Der Boden fing an zu beben und die Wände, und auf einmal rumpelten sie vorwärts. Dann wurde es ruhiger, und sie nahmen Fahrt auf, wurden immer schneller. Sie konnten es spüren.

Wie auf ein Stichwort hin stiegen Vaughn und Belinda aus dem Wagen hinter ihr und gingen zu dessen Kofferraum, wo die Ingrams verstaut waren. Sie trugen die T-Shirts, die Solange entworfen hatte, damit die »Templer« einander sofort erkannten, ganz gleich, wie verwirrend die Situation auch werden mochte. Die T-Shirts waren toll – blutrot, mit einer primitiven, indonesischen *Mudman*-Maske vorne drauf und darüber:

DIE SANFTMÜTIGEN

Sie wünschte, sie hätte auch eins ... aber eigentlich doch nicht. Weil es so noch besser war. Sie war etwas Besonderes. Sie war Plan B. Normalerweise hätte sie sich ausgeschlossen gefühlt, aber diesmal nicht. Weil Solange nämlich auch kein T-Shirt trug. Also war er auch Plan B.

Hinter ihr quietschte die Tür des U-Haul-Wagens, als jemand, vermutlich Saul, sie nach oben rollte. Dann wackelte der Transporter, und sie hörte, wie sie das Zerstäubergerät rauszogen.

Sie stieg aus dem Wagen und ging um ihn herum auf die andere Seite. Nachdem sie die Beifahrertür geöffnet hatte, nahm sie

Stephen aus dem Kindersitz, setzte ihn sich auf die Schulter und strebte Richtung Oberdeck. »Toi, toi, toi«, sagte sie, als sie an dem grinsenden Solange vorbeikam.

Und dann war sie draußen, und es war irgendwie herrlich, in der frischen und feuchten Brise. Es waren viele Leute an Deck, die meisten lächelten, und drinnen waren auch viele. »Guck mal«, sagte sie zu Stephen und zeigte mit dem Arm, »das ist eine *große* Stadt! Siehst du die große Stadt? Wo ist die große Stadt? *Oh!* Da ist sie!«

Ein alter Schwarzer mit einer Schuhputzerkiste lächelte ihr zu, wandte sich dann an einen Typen, der aussah wie ein Banker, tippte mit der Fingerspitze an seine Mütze und sagte: »Kann ich Ihnen helfen, Sir? Ihre Schuhe sehen ein bisschen schmuddelig aus.« Eine Band fing an, im großen Hauptraum zu spielen. Irgendwer warf irgendwem einen Ball zu. Kinder rannten kreischend übers Deck.

Sie stand an der Reling, zeigte Stephen die Freiheitsstatue, als sie leise von irgendwo in der Mitte des Bootes eine Maschinenpistolensalve hörte. Eine Frau schrie auf, eine zweite Maschinenpistole kam ins Spiel, und die Menschen fingen an, hin und her zu rennen, als könnten sie tatsächlich irgendwohin. Dann hörten die Schreie auf, und die Fähre kam fast zum Stillstand, und ihre Freunde tauchten wie aus dem Nichts auf und sahen einfach unglaublich toll aus.

Saul und der Franzose, Vaughn und Belinda, Veroushka und Avram. Vielleicht noch vier, fünf andere – und alle trugen sie Ingrams. Außer Saul, der das Zerstäubergerät zum Bug zerrte, und dem Franzosen, der einen Elektrobohrer trug.

»Alle Mann nach drinnen«, befahl Veroushka.

»Dalli, dalli!«, schrie Antonio und richtete seine Ingram auf eine dicke Frau und ihre Familie.

»Bewegung, los«, brüllte Jane. »Seid ihr taub?«

Zuerst vereinzelt, dann zu zweit und zu dritt und in Zehnergrüppchen drängten sich die Passagiere in den großen Innenraum.

Susannah fand es toll, dabei zu sein. Sie fand es toll, zu etwas zu gehören, vor dem sich alle anderen fürchteten. Sie lachte, als der Franzose an ihr vorbeiging, sich dann umdrehte und mit dem akkubetriebenen Bohrer auf sie zielte, als wäre es eine Ingram. Dann riss sie die Augen auf und blickte erschreckt, als der Bohrer *Surr-Surr* machte anstatt *Ratta-Ta-Ta*.

Lustig …

Doch plötzlich wurde die Lage für einen kurzen Augenblick brenzlig. Dieser Typ mit dem Bürstenhaarschnitt packte Jane an den Haaren, riss sie nach hinten und warf sie zu Boden – blitzschnell – und hielt auf einmal die Maschinenpistole in der Hand. Mein Gott, dachte Susannah, der versteht was davon.

Aber dann stellte sich heraus, dass er das doch nicht tat. Veroushka ließ ihre Waffe fallen und hob die Arme hoch in die Luft – »Nicht schießen!«, schrie sie. Woraufhin der Typ sich umdrehte, und genau in dem Moment kam Antonio aus dem Hauptraum und feuerte seine Ingram mit einer schwungvollen Bewegung von links nach rechts ab, sodass dem Typen fast der Kopf abgetrennt wurde.

Er blieb eine scheinbar endlos lange Zeit schwankend stehen, die Hände schlaff an den Seiten, den Kopf auf der Brust, während eine Frau wenige Meter entfernt mit einem Loch im Hals zu Boden rutschte. Dann gab Veroushka dem Typen einen kleinen Stups, und er fiel um wie ein Baum.

Die Leute schrien und weinten, als Veroushka Antonio eine Kusshand zuwarf und ihre Waffe aufhob. »Schnauze, verdammt!«, brüllte sie, als fühlte sie sich beim Fernsehen gestört. Und das Erstaunlichste war, dass sie gehorchten. Sie hielten die Schnauze, verdammt.

Solange war auf dem oberen Deck, beobachtete das Ganze mit einem leisen Lächeln, hatte alles total unter Kontrolle. Susannah wich einem Blutrinnsal aus und zog Stephen näher an sich. »Igittiigitt!«, flüsterte sie, als sie etwas Klebriges unter den Schuhsohlen spürte.

»Sieh mal da«, sagte Annie und zeigte mit der Hand.

Frank blinzelte. »Wo?«

»Da, die Fähre. Die hat angehalten.«

Frank blickte angestrengt. »Du hast Recht«, sagte er, dann korrigierte er sich. »Nein, hat sie nicht. Sie fährt wieder.« Er hob ein Fernglas an die Augen und richtete es auf das Boot. Einen Moment lang wunderte er sich. Er hatte mit vielen Menschen an Deck gerechnet, aber er sah nur rund ein Dutzend. Er versuchte, das Fernglas schärfer einzustellen, aber die Fähre war zu weit weg, um viel erkennen zu können. Das einzige, was er sah, waren Formen und Farben. Hauptsächlich Rot.

»Tragen die auf der Fähre Uniformen?«

»Wer?«

»Na die Leute, die dort arbeiten.«

»Das glaube ich nicht«, meinte Annie.

»Weil –«

Plötzlich kam Gleason zusammen mit dem Kommandeur des Schiffs, einem Lieutenant namens Horvath, die Treppe hinaufgestürmt. »Wir haben ein Problem«, sagte Gleason.

»Womit?«, fragte Frank.

»Mit der Fähre«, antwortete Horvath, nahm das Telefon und bellte Befehle an seine Mannschaft hinein. Irgendwo unter ihnen fing eine Glocke an zu läuten, und eine Sirene heulte dreimal kurz auf.

»Was ist damit?«, fragte Annie, während die Schiffsmotoren ansprangen und das Boot vom Dock ablegte. »Was ist passiert?«

»Sie haben sie entführt.«

Annie starrte ihn an. »Sie können sie nicht den Hudson rauffahren lassen«, sagte sie. »Ich meine, das ist völlig ausgeschlossen.«

Die *Chinquateague* glitt von der Anlegestelle, wendete und nahm Fahrt auf. Frank lehnte am Steuerpult des Schiffes und versuchte, das Fernglas ruhig zu halten. »Sie haben ein Maschinengewehr oder etwas in der Art am Bug«, sagte er. »Wie eine Wasserkanone.«

»Das ist eine Zerstäuberapparatur«, sagte Gleason, der gerade eine Nummer in sein Handy tippte. Er drehte sich weg, sprach in drängendem Tonfall ins Telefon – »Jetzt, jetzt sofort« –, klappte es wieder zu und steckte es weg.

»Wie wollen Sie sie aufhalten?«, fragte Frank, während das Boot der Küstenwache über das Wasser jagte.

»Wenn ich muss«, sagte Gleason, »versenke ich sie.«

»Das können Sie doch nicht machen«, sagte Annie. »Da sind ein paar hundert Menschen an Bord!«

Der FBI-Mann ignorierte sie und sprach den Lieutenant an. »In zwanzig Minuten ist ein Kampfhubschrauber hier. Können Sie sie aufhalten?«

Der Lieutenant sah verunsichert aus. »Ich weiß nicht«, sagte er. »Ich könnte sie wohl rammen, wenn es nicht anders geht, aber ... Wissen Sie, was ich wirklich machen kann? Ich kann sie von dem Zerstäuber abhalten. Ich kann dafür sorgen, dass sie keine Gelegenheit haben, das Ding einzusetzen.«

»Tun Sie das!«, sagte Gleason und telefonierte schon wieder, als der Lieutenant anordnete, die Abdeckung von dem 22-mm-Gewehr zu entfernen.

Saul hat es richtig *erwischt*, dachte Susannah. Er war gerade dabei, die Zerstäubervorrichtung einzustellen, als das Schiff von der Küstenwache in ungefähr hundert Meter Entfernung einen halsbrecherischen Schwenk machte. Dann fing der Bulle an, über Megaphon mit ihnen zu quatschen, als wäre er ihr Vater, ganz vernünftig und ruhig –

Bis Vaughn und Veroushka an die Reling traten und ihre Magazine auf sie leerschossen. Mann, war das cool, dachte Susannah, wie das Glas auf der Brücke zersplitterte, das Megaphon nur noch *arrrrrp* machte und die Bullen oder Marineinfanteristen, oder was immer sie waren, in alle Richtungen auseinanderhechteten.

Bloß dass es dann doch nicht so cool war, weil es Saul nämlich daraufhin erwischte, richtig *erwischte* – und dabei hatte er doch gar nichts gemacht. Er stand bloß in dem Moment neben dem Zerstäubergerät und sah sich die Show an, und die Cops ballerten mit dieser Kanone los oder was das war, und, mein Gott, sägten ihn damit fast in zwei Hälften. *Ich meine, wirklich!* Und den anderen auch, der da bei ihm stand, nur dass er nicht tot war. Er blutete nur.

Und dann wurde die Fähre gestoppt, und dabei geriet sie mächtig ins Schwanken, und die Passagiere wurden seekrank, saßen auf dem Boden im Hauptraum, ganz still und jämmerlich.

Wovor hatten *die* denn bloß Angst? Susannah wunderte sich. Schließlich lag der Druck doch wohl auf ihr und ihren Freunden. Wenn man rausschaute, sah man ein paar Polizeiboote, zwei Feuerwehrboote und ein Boot von der Küstenwache. Und das war noch nicht alles. Genau vor ihnen war ein mattschwarzer Hubschrauber, der wie eine Libelle auf der Stelle schwebte und die Mündungen seiner Bordgeschütze genau auf ihren Bug gerichtet hatte. Sie fragte sich, wie lange er da so in der Luft hängen konnte, bevor ihm der Treibstoff ausging und er ins Wasser plumpste. Aber das war eigentlich auch egal: Vermutlich hatten sie auch Taucher.

Sie stand auf der Brücke mit Veroushka und Solange und lauschte dem Franzosen. Er marschierte hin und her, ein Handy ans Ohr gepresst, und stritt mit dem Typen vom FBI, dem Unterhändler.

»Hören Sie«, sagte Gleason ins Telefon. »Damit Ihnen eins klar ist, das Boot fährt auf keinen Fall den Hudson rauf. Eher lasse ich es versenken. Vielleicht ist Ihnen der Hubschrauber aufgefallen. Der ist genau zu diesem Zweck da. Wenn Sie das kapiert haben, lässt sich über alles andere reden. Also, sagen Sie was.«

Der FBI-Mann ging auf und ab, während er lauschte, und sah dabei Annie und Frank an.

»Ich bin froh, dass Sie das anschneiden«, sagte Gleason. »Und ich werde Ihnen sagen, was ich machen kann. Sie haben mehr Geiseln, als Sie brauchen. Sie wollen sie doch auch gar nicht, weil sie ein logistisches Problem darstellen.« Er hörte einen Moment zu, dann redete er weiter. »Wir könnten ein Geschäft machen. Sie lassen Frauen und Kinder frei, ich sorge dafür, dass Sie was zu essen bekommen – was meinen Sie? Pizza. Was Sie wollen!«

Gleason lauschte kurz, dann klappte er das Handy zu.

»Was hat er gesagt?«, fragte Annie.

»Er denkt darüber nach.«

»Los geht's, *ma chère*.«

Susannah zögerte. »Stephen auch?«, fragte sie.

»Natürlich Stephen auch«, sagte Solange. »Würdest du Stephen denn hier zurücklassen? Sehe ich aus wie ein Verrückter?« Dann nahm er die Tasche mit den Virusampullen und warf sie sich über die Schulter. »Etienne«, sagte er und drehte sich zu dem Franzosen um, »wenn du mit ihm redest – geh ihm ordentlich auf die Nerven, ja? Mach die Sache nicht zu einfach, sonst wird er misstrauisch. Und mach ihm klar, dass am Dock nur ein Krankenwagen sein darf. Besteh darauf. Sonst nichts.«

Der Franzose – seinen Namen hatte sie nie erfahren – nickte. »*Bien*, aber ... was, wenn sie uns nicht andocken lassen?«, fragte er mit seinem ulkigen französischen Akzent.

Solange lachte spöttisch. »Er *will*, dass ihr andockt. Da ist es für euch riskanter. Also verhandle mit ihm. Sag ihm, dass ihr den Zerstäuber gegen einen Flug nach Kuba austauscht. Wenn du ihm den anbietest, gibt er dir alles, was du willst.«

»Und danach?«

Solange zuckte die Achseln. »Ihr seid alle geimpft. Fliegt nach Kuba.« Der Franzose blickte skeptisch. »Verstehst du denn nicht?«, lachte Solange und tippte bei jedem Wort auf das T-Shirt des Franzosen. »Ihr besitzt das Erdreich, du Idiot! Die Erde gehört *euch*, Mann!«

»Nehmen Sie's mir nicht übel«, sagte Gleason, als Frank und Annie in das Motorboot umstiegen. »Ich habe getan, was ich tun musste.«

»Sie meinen wirklich, es ist vorbei?«, fragte Frank.

Gleason deutete auf die Fähre, die gerade am Dock festmachte. »Ja. Es ist so gut wie gelaufen, da bin ich sicher. Sonst würde ich Sie jetzt nicht ans Ufer lassen.«

»Stimmt«, sagte Frank und versuchte, nicht allzu skeptisch auszusehen.

»Wir tauschen Pizzas gegen Menschen ein«, sagte Gleason mit Nachdruck. »Auf so einen Handel würde ich mich jederzeit wieder einlassen.«

»Wer würde das nicht?«, fragte Annie.

»Passen Sie auf: In zehn Minuten werden jede Menge Frauen und Kinder von Bord kommen. Und danach? Dann verhandeln wir wegen der Zerstäuberkanone. Sie sehen also, die Sache ist praktisch erledigt.«

Wenn *Sie* dann mal nicht erledigt sind, dachte Frank und winkte, als das Motorboot ablegte und Kurs aufs Ufer nahm.

Annie sah ihn an. »Das läuft alles zu glatt«, sagte sie.

»Ich weiß.«

»Also, was meinst du, was sie vorhaben? Vom Dock aus sprühen?«

Frank schüttelte den Kopf. »Gleason wird sie nicht in die Nähe des Apparates lassen. Eher schneidet er sie in Stücke.«

»Was dann?«

»Ich weiß nicht. Irgendwas.« In der Gegend um das World Trade Center gingen die Lichter an. Im Osten erstreckte sich die Brooklyn Bridge über den Fluss wie ein monochromer Regenbogen. Wie von Gleason angeordnet, setzte das Motorboot sie an einem Pier in der Nähe der alten Anlegestelle ab, ungefähr einen Häuserblock von der Polizeiabsperrung entfernt, die an der Kreuzung von South Street und Broad Street begann.

»Wo willst du jetzt hin?«, fragte Annie.

»Nirgendwohin. Ich will bloß die Fähre beobachten.«

Susannah verstaute Stephen sicher in seinem Kindersitz, startete den U-Haul-Transporter und fuhr an. *Als Erste rauf, als Erste wieder runter*, dachte sie und verstand zum ersten Mal, warum es so wichtig war, dass der U-Haul-Wagen das erste Auto auf der Fähre war. Solange hatte wirklich an alles gedacht.

Als der Transporter von der Fähre auf die Straße rollte, konnte sie sehen, wie die anderen Frauen und Kinder aufs Dock drängten. Das Gebiet um die Anlegestelle war fast völlig menschenleer, nur ein Sanitäter stand neben einem Krankenwagen und dirigierte alle zu dem Erste-Hilfe-Zelt im nahen Battery Park.

Susannah bog auf die State Street, sah die Straßensperre weiter vorn und wich nach rechts auf die Water Street aus. Die Straße war leer, doch weiter vorn sah sie die Lichter der Polizeiwagen, und instinktiv wollte sie ihnen ausweichen. Daher bog sie nach links, doch dann gab es keine Abbiegemöglichkeit mehr. Drei Streifenwagen mit eingeschaltetem Blaulicht blockierten die Kreuzung vor ihr. Auf den Bürgersteigen dahinter drängten sich viele Menschen, einschließlich eines Fernsehteams, um einen Blick auf die Fähre zu erhaschen.

Susannah fuhr langsamer. Hielt an. Kurbelte ihr Seitenfenster runter, als ein Cop auf sie zukam.

»Alles in Ordnung?«, fragte er.

»Ja.«

Der Polizist schaute zu Stephen hinüber. »Wie geht's dem kleinen Mann?«

»Oh, der ist wohlauf«, sagte Susannah. »Wir wollen jetzt nur noch nach Hause. Es war ganz schön beängstigend.« Sie strich Stephen übers Haar. »Und es war ein langer Tag, wissen Sie – mit dem Umzug und so.«

»Haben Sie irgendwelche Papiere bei sich?«

»Natürlich«, antwortete Susannah und kramte in ihrer Handtasche, bis sie ihr Portemonnaie gefunden hatte. Sie nahm ihren Führerschein heraus und reichte ihn dem Cop. Der warf einen Blick darauf und gab ihn ihr zurück.

»Stört es Sie, wenn ich mal einen Blick in den Laderaum werfe?«, fragte er.

Susannah schüttelte den Kopf. »Wie Sie möchten«, sagte sie. Sie beobachtete im Rückspiegel, wie er an dem Transporter entlangging. Dann verschwand er aus ihrem Gesichtsfeld, und einen Moment später hörte sie das Quietschen der Aluminiumtür, die der Cop hochschob. Auf der Kreuzung waren rund ein Dutzend weitere Polizisten, und alle sahen sie angespannt aus. Sie entspannten sich erst, als die Tür laut scheppernd wieder runtergezogen wurde.

Der Cop kam zurück. »Wir hatten nicht erwartet, dass irgendwelche Fahrzeuge von der Fähre kommen würden«, sagte er.

Susannah gestikulierte betont hilflos. »Die haben gesagt, ich könnte vom Schiff runter. Also bin ich in den Transporter gestiegen. War das falsch?«

Der Cop schmunzelte. »Nein. Das war nicht falsch. Wir waren bloß überrascht.« Dann nahm sein Gesicht einen besorgten Ausdruck an. »Ist Ihr Mann auf der Fähre?«

Susannah schüttelte den Kopf. »Nein. Wir wollten uns bei der Mietwagenfirma treffen.«

»Gut. Aber ich denke, man wird Ihnen ein paar Fragen stellen wollen. Deshalb machen Sie jetzt bitte folgendes: Sie biegen links in die Bridge Street ein, das ist gleich da vorn, und fahren dann bis zum Park. Da steht ein Erste-Hilfe-Zelt hinter dem Denkmal – Sie können es gar nicht verfehlen. Sagen Sie dem Beamten dort, wer Sie sind – dass Sie von der Fähre kommen. Ansonsten kriegen Sie nämlich einen Strafzettel.«

Susannah nickte, mit raschen, kleinen, ruckartigen Kopfbewegungen. Das Herz klopfte ihr in der Brust wie ein Specht gegen einen abgestorbenen Baum.

Frank und Annie standen hinter der Polizeiabsperrung und beobachteten die Fähre, als der Wagen von U-Haul angefahren kam. Sie sahen zu, wie der Polizist mit dem Fahrer sprach und dann um den Transporter herumging, um einen Blick in den Laderaum zu werfen. Annies Hand auf Franks Arm verkrampfte sich.

»Was ist?«, fragte er geistesabwesend.

»Der sieht aus wie der, in dem ich gewesen bin«, sagte sie.

Frank wusste zunächst nicht, was sie meinte, doch dann verstand er. Sie sprach von dem Transporter, mit dem sie entführt worden war. »Na ja«, sagte er, »er hat jedenfalls dieselbe Größe.« Er versuchte, einen besseren Blick auf den Fahrer zu bekommen, der jetzt wieder mit dem Polizisten sprach.

»Das meine ich nicht«, beharrte Annie. »Ich meine, er sieht *wirklich* so aus wie der, in dem ich gewesen bin.«

Er hörte die Dringlichkeit in ihrer Stimme und wandte sich zu ihr um. »Was willst du damit sagen?«

»Er hat dieses Motiv drauf– genau wie der andere.«

Frank sah zu dem U-Haul-Wagen hinüber, der gerade von dem Polizisten über die Kreuzung gewinkt wurde. Er wollte das Gesicht des Fahrers sehen, aber er stand auf der falschen Straßenseite.

Annie hatte jedenfalls Recht mit dem »Motiv«. Auf der Seite des Wagens war eine Flamenco-Tänzerin oder so etwas in der Art aufgemalt. Sie hielt einen Fächer vors Gesicht, doch ihren Augen sah man an, dass sie lachte.

Dann war der Wagen an ihm vorbei, und er sah, dass er ein New Yorker Nummernschild hatte – was doch eigentlich nicht zusammenpasste. Wenn dieser Transporter von U-Haul in New York vermietet worden war, hätte er Wolkenkratzer als Logo haben müssen. Oder einen riesigen Apfel oder dergleichen. Aber keine Señorita. Instinktiv setzte er sich in Bewegung und ging neben dem Wagen her. Dann verfiel er in leichten Trab, wobei er Annie hinter sich herzog. Der Transporter blinkte, als wollte er links abbiegen, tat es aber nicht: Als er die Bridge Street erreichte, beschleunigte er und fuhr einfach geradeaus weiter.

»He!«, schrie der Polizist und warf die Arme in die Luft.

Und in diesem Augenblick wusste Frank, was er zu tun hatte. Er wusste nicht wieso, aber plötzlich verstand er den Scherz, und ihm war klar, dass er diesen Transporter erwischen musste.

»Das ist die Spanische Dame«, sagte er. »Sie sieht aus wie eine Señorita, aber –«

»Schon verstanden«, unterbrach Annie ihn und versuchte, mit ihm Schritt zu halten.

Als sie die nächste Ecke erreichten, hielt Frank hektisch links und rechts nach einem Taxi Ausschau. Dann entdeckte er eine schwarze Limousine, die vor einem Restaurant auf der Stone Street stand. Der Chauffeur saß vorne auf dem Kotflügel und las Zeitung. Frank ging an dem Wagen vorbei, und als er die Schlüssel im Zündschloss stecken sah, wies er Annie an, auf der Beifahrerseite einzusteigen und die Tür von innen zu verriegeln.

»Aber –«

»Tu es einfach«, sagte er und sah zu, wie sie sichtlich widerwillig seiner Aufforderung Folge leistete. Die Tür fiel zu.

»He!«, rief der Chauffeur, als er von dem Geräusch aufschreckte. »He, Lady! Was machen Sie denn da? Das ist doch nicht Ihr Wagen!« Aufgebracht rutschte er vom Kotflügel runter und kam an die Beifahrertür, die gerade von Annie verriegelt wurde. »Raus da!«, kommandierte er und klopfte ans Fenster. »Sie dürfen da nicht einfach rein!«

»Entschuldigen Sie bitte«, sagte Frank, ging zur Fahrerseite und öffnete die Tür. »Lassen Sie mich mit ihr reden.« Dann stieg er ein, zog die Tür hinter sich zu und drehte den Schlüssel im Zündschloss. Der Motor der Limousine heulte auf. Der Chauffeur brüllte: *»Du Arsch-loo ...?!«* Und der Wagen raste los.

Im Rückspiegel sah Frank, wie der Chauffeur die Straße entlangrannte und nach der Polizei rief. Dann bogen sie um eine Ecke, und er war weg.

Die ganze Aktion hatte keine Minute gedauert, aber trotzdem war es pures Glück, dass sie den U-Haul-Wagen wiederentdeckten – und dass es der richtige Transporter war. Vielleicht hatte sich der Fahrer in dem Straßengewirr rund um das World Trade Center verfahren, oder vielleicht fuhr er auch einfach nur langsam. Jedenfalls erspähten sie den Wagen nach rund einer Minute etwa einen Block vor ihnen, wie er die Fulton Street Richtung Franklin Delano Roosevelt Drive entlangrumpelte.

Die Ampeln waren allesamt gegen sie, wurden immer dann rot, wenn Frank sich der Kreuzung näherte, aber das war eigentlich egal. Er sehnte sich förmlich nach einer Polizeisirene, aber natürlich war weit und breit kein Cop in Sicht.

Allerdings war die Limousine mit einem Autotelefon ausgestattet, und Frank sagte zu Annie, sie solle Gleason anrufen.

»Wie denn?«, fragte sie. »Ich weiß seine Nummer nicht.«

»Ruf ihn einfach an«, sagte er. »Ruf das FBI in Washington an. Sag ihnen, das ist ein Notfall. Sag ihnen, es geht um Solange. Das wird sie überzeugen. Und dann dasselbe mit der Küstenwache. Irgendwer wird dich dann schon weitervermitteln.«

»Und wie kriege ich die Nummern raus?«, fragte sie.

Frank stöhnte auf. »Fünf-fünf-fünf, eins-zwei –«

»Aber wie sollen sie uns zurückrufen? Wir sitzen in einem gestohlenen Wagen.«

Er atmete einmal tief durch und sagte: »Du telefonierst nicht gerne, oder?«

»Das ist mein voller Ernst!«, erwiderte Annie trotzig. »Wie sollen sie uns zurückrufen?«

»Wir reden hier vom FBI«, sagte Frank. »Da darf man wohl davon ausgehen, dass sie einen Anruf zurückverfolgen können, oder? Die könnten wahrscheinlich deine DNS übers Telefon analysieren, wenn du lange genug dranbleibst.«

Mit zutiefst misstrauischer Miene nahm sie den Hörer und fing an zu wählen, wobei sie das Gerät beäugte, als handele es sich um eine Schlange.

Währenddessen fuhr Frank weiter oder versuchte es zumindest. Unter der Hochstraße behielt er den Transporter im Auge, dann folgte er ihm die Auffahrt hinauf. Inzwischen waren etliche Wagen zwischen ihnen. Der Verkehr auf dem Franklin Delano Roosevelt Drive war dicht und zähflüssig, und der U-Haul-Wagen war rund hundert Meter vor ihnen.

»In welche Richtung fährt er?«, fragte Annie, eine Hand über den Hörer gelegt.

Frank schüttelte den Kopf. »Richtung Harlem oder Bronx ...«, antwortete er und schaltete das Radio ein. Er hatte sofort einen Nachrichtensender drin, aber es kam nichts über die Fähre nach Staten Island, den »Tempel« oder irgendwas im Zusammenhang damit. Sie passierten die Williamsburg Bridge.

»Das war Gleason«, bemerkte Frank und deutete auf das Radio. »Wenn es nach dem FBI ginge, bräuchte man eine Sondererlaubnis, um den Wetterbericht zu verlesen.«

Sie ließen die Lower East Side hinter sich und dann den Midtown Tunnel. Als sie am UNO-Gebäude vorbeifuhren, sah Frank eine Chance, etwas dichter aufzuschließen, doch ein Motorradfahrer, der sich vor ihn drängte, machte ihm einen Strich durch die Rechnung. Kurz darauf setzte der Transporter den Blinker und bog vom Highway auf die 96th Street, gefolgt von Frank und Annie.

Aber erneut ließen die Ampeln sie im Stich. Der Mietwagen rollte noch bei Gelb über die Kreuzung, aber Frank und Annie schafften es nicht mehr. Eine Flut von Autos kreuzte ihren Weg und –

»Gottverdammich!«, fluchte Frank, schlug mit den Handflächen aufs Lenkrad und ließ sich in den Sitz zurücksinken.

Als die Ampel endlich auf Grün schaltete – und Frank kam es so vor, als wäre eine Stunde vergangen –, trat er das Gaspedal bis zum Anschlag durch, ohne die leiseste Ahnung zu haben, wohin sie nun fahren sollten. Eine Querstraße weiter bog er rechts ab und fuhr Richtung Harlem.

»Wieso Harlem?«, fragte Annie.

»Wieso nicht?«, fragte er zurück. Er schaute abwechselnd nach links und rechts, immer in der Hoffnung, irgendwo den Transporter zu entdecken.

Drei oder vier Minuten vergingen auf diese Weise, und dann reichte ihm Annie mit einem triumphierenden Blick das Autotelefon. »Ich hab ihn«, sagte sie.

»Gleason?«, fragte Frank.

»Ich hoffe für Sie, dass es wichtig ist«, erwiderte der FBI-Mann. »Wir haben hier alle Hände voll zu tun.«

»Ich glaube, von der Fähre ist jemand entwischt.«

Am anderen Ende herrschte einen Moment Schweigen, und dann:

»Was soll das heißen?«

Frank erzählte ihm von dem U-Haul-Transporter.

»Und Sie verfolgen ihn?«, fragte Gleason. »Wo sind Sie?«

»Ich habe ihn in Harlem verloren«, sagte Frank. »Aber er muss irgendwo hier in der Gegend sein. Oder er war es zumindest. Ich bin jedenfalls an der Kreuzung 122nd und ... Third Avenue.«

»Ich bitte die New Yorker Polizei um Unterstützung.«

»Ich weiß nicht, ob das Virus in dem Transporter ist oder nicht.«

»Aber ich weiß es.«

»Was soll das heißen. Sie wissen es?«

»Wir haben eine Analyse der Stimme des Burschen gemacht, mit dem ich verhandele.«

»Und?«

»Es ist nicht Solange.«

Frank blinzelte aufgeregt. »Was? Wer ist er dann?«, fragte er.

»Was spielt das schon für eine Rolle, wer er ist? Irgendein Franzmann! Wen interessiert's? Auf jeden Fall ist es nicht Solange.«

»Geben Sie mir Ihre Nummer«, sagte Frank. »Für den Fall, dass wir den Transporter finden.« Gleason gab sie ihm, und sie legten auf.

»Solange ist frei«, sagte er. »Sie haben mit dem Falschen ›verhandelt‹.«

Annie schlug verzweifelt die Augen gen Himmel.

Fünf Minuten später sahen sie den Transporter. Er parkte in der Nähe der Kreuzung von Madison Avenue und 132nd Street. Frank hielt hinter ihm. Er sagte Annie, sie solle Gleason anrufen und ihm mitteilen, wo sie den Wagen gefunden hatten. Dann stieg er aus und ging vorsichtig um den Transporter herum zur Fahrertür.

Hinterm Steuer saß eine Frau und stillte ihr Baby. Er erkannte sie sofort wieder: das madonnenhafte Biest, das ihm zwei Wochen zuvor seine Chakras durcheinander gebracht hatte, indem sie ihm diesen Dreckskram aufs Lenkrad geschmiert hatte, der ihn sozusagen wie eine kleine Alice nicht ins Wunderland, sondern durch den Spiegel gejagt hatte.

»Allerliebst«, sagte er, riss die Tür auf, griff ins Wageninnere und zog den Schlüssel ab.

»Ihr seid zu spät«, sagte sie, ohne die Augen von dem Baby zu nehmen oder irgendein Interesse an Frank zu zeigen.

»Wo ist er hin?«

»Verpiss dich.«

Fast hätte er sie aus dem Transporter gezerrt, doch dann gewann sein Sinn für Prioritäten die Oberhand, und er knallte stattdessen die Tür zu. Dann ging er nach hinten, wo Annie wartete.

»Die Polizei ist unterwegs«, sagte sie.

Frank nickte, packte den Griff der Transporterhecktür und riss sie scheppernd nach oben. Ein Blick bestätigte seine Erwartungen: Eine doppelte Wand hatte einen ungefähr sechzig Zentimeter tiefen Raum zwischen Führerhaus und Ladefläche verborgen. Ein Teil dieser Wand stand auf, so wie Solange sie zurückgelassen hatte.

»Da war er drin«, sagte Frank.

»Wer hat den Wagen gefahren?«, wollte Annie wissen.

»Erinnerst du dich noch an das Luder, das behauptet hat, ich hätte das Licht angelassen?«

»Die!?«

Frank nickte. »Sie stillt gerade Junior.«

»Aber ... wo ist Solange? Was hat er vor?«

»Dasselbe, was er auf der Fähre machen wollte.«

»Aber wie? Wie kann er das jetzt noch?«

»Ich weiß nicht«, sagte Frank kopfschüttelnd und sah sich um. Sie befanden sich mitten in einer trostlosen Gegend der Stadt. Er sah ausgebrannte Gebäude. Einige wenige Hochhäuser und ein paar mit Graffiti besprühte Neubauten. Etliche Mietskasernen. Ein unbebautes Grundstück. Alle dreißig bis vierzig Meter stiegen kleine Dampfsäulen aus der Straßendecke, quollen wirbelnd aus den Kanalschächten.

Dampf.

Frank wandte sich zu Annie um. »Wo sind noch mal die Studenten krank geworden?«

»Welche Studenten?«

»Als sie die Verteilertests gemacht haben.«

Sie versuchte, sich zu erinnern. »Madison. Die University of Madison. Warum?«

»Weil wir nie herausgefunden haben, welches Verfahren angewendet wurde.«

»Nun ja, sie müssen ein Boot benutzt haben, irgendwo. Oder ein Flugzeug.«

Frank schüttelte den Kopf. »Aber wie kommt es dann, dass in Madison nur Studenten erkrankt sind?«

»Es waren aber nicht nur Studenten«, korrigierte Annie. »Dozenten sind auch krank geworden.«

»Aber im Großen und Ganzen waren die Fälle auf den Campus beschränkt gewesen, richtig?«

Annie nickte.

»Also, wie kommt das?«

»Ich weiß es nicht«, sagte Annie.

»Aber ich glaube, ich weiß es«, sagte Frank nachdenklich. »Es lag an dem Verfahren, das sie angewendet haben.«

»Und welches war das?«, fragte Annie.

Frank nickte in Richtung auf den Nebel, der aus dem nächstgelegenen Kanaldeckel drang.

»Dampf?«, fragte sie.

»Todsicher«, erwiderte Frank. »Krankenhäuser und Universitäten nutzen Dampf. Zum Heizen, aber auch für ihre Klimaanlagen. Und die Hälfte der Gebäude in dieser Stadt werden mit Dampf beheizt. Vielleicht sogar noch mehr.«

»Aber ... das ist ein geschlossenes System«, wandte Annie ein. »Der Dampf gerät doch nicht in das Belüftungssystem der Häuser. Er erhitzt nur die Heizkörper –«

»Er wird *überall* abgelassen«, sagte Frank mit Nachdruck. »Nicht in den Gebäuden, aber auf dem Weg zu den Gebäuden. Er wird an jeder Straßenecke dieser Stadt abgelassen. Sieh dich doch mal um.«

Sie tat es. Überall sah sie kleine Dampffähnchen. Schließlich fragte sie: »Woher weißt du das?«

»Mein Vater hat in einem Heizwerk gearbeitet«, erklärte Frank. »In Kerwick. Während der Sommerferien habe ich dort gejobbt.«

»Aber ...« Annie sah ihn verwirrt an. »Wie kriegt Solange das Virus in die Leitungen?«

»In jedem Heizwerk gibt es eine Stelle, wo Chemikalien zugesetzt werden – zum Entmineralisieren. Die gehen direkt ins System.«

»Aber sind die Werke denn nicht bewacht?«

Frank nickte. »Doch, das sind sie.« Unvermittelt wirkte er verunsichert. »Es ist ja bloß eine Theorie. Und überhaupt – ich sehe kein Heizwerk hier in der Nähe, du etwa?«

Sie blickten sich um. Es gab nichts, was auch nur annähernd so aussah wie ein Heizwerk. Bloß Slums.

Annie nickte in Richtung Führerhaus. »Was sagt *sie* denn eigentlich?«

»›Verpiss dich‹«, antwortete er, und als er ihren verstörten Gesichtsausdruck sah, fügte er hinzu: »Das war ein Zitat. Keine Aufforderung.« Sein Blick glitt erneut über die Straße, suchte nach Solange. Er wusste, dass er hier irgendwo in der Nähe war. Er musste hier sein.

Aber da war nichts. Ein paar Kneipen. Ein freies Grundstück mit einem Maschendrahtzaun drum herum und einer Art Hütte oder Blockhaus. Eine unscheinbare Kirche. Der Neubaukomplex, dessen Rasenflächen so abgetreten waren, dass sie nur noch aus hartem Boden bestanden. Kinder beim Seilspringen.

Solanges Papierkorb. Die Hütte war dieselbe wie auf dem Foto, das er aus Solanges Papierkorb gefischt hatte. Das zerrissene Bild.

»Er ist da drin«, sagte Frank und zeigte auf das Häuschen.

Annie runzelte die Stirn. »Woher weißt du das?«, fragte sie.

Frank überging die Frage. »Behalte du unsere Mutter Teresa im Auge«, erwiderte er und rannte los.

Die Hütte war ein quadratisches Rechteck aus Schlackensteinen, das in der Mitte des freien Grundstücks stand, umgeben von einem Maschendrahtzaun, der oben mit Stacheldraht gesichert war. Frank ging am Zaun entlang, suchte nach der Öffnung, von der er wusste, dass sie da war, und als er sie fand, schlüpfte er hindurch.

Er näherte sich der Hütte, als ginge er durch ein Minenfeld – schließlich rechnete er jeden Moment damit, dass Solange das Feuer auf ihn eröffnete. Aber es passierte nichts dergleichen. Ein aufgebrochenes Schloss lag auf dem Boden, und die Tür war angelehnt. Als Frank eintrat, stellte er fest, dass die Hütte leer war.

Aber jetzt wusste er, wo er war, und er wusste auch, was die Hütte für eine Funktion hatte. Sie war ein ungeheiztes Gebäude, das über einem vertikalen Schacht erbaut war, über dessen Leiter die Wartungsmannschaften in den unterirdischen Bauch der Stadt einstiegen. Dabei musste es sich um ein faszinierendes, wenngleich unsichtbares Labyrinth aus Katakomben und Tunneln handeln, aus Gewölben und Kaminen, Abwasserkanälen und Schächten, die den Zugang zu allen Arten von Versorgungsleitungen ermöglichten – Strom und Gas, Wasser und Dampf, Kabel und Telefon. Frank wusste das, weil alle Dampfleitungssysteme mehr oder weniger gleich aussahen. Außerdem hatte einer der Installateure in Kerwick früher für die New Yorker Stadtwerke gearbeitet. Ebenso wie die Stadt selbst war das System legendär groß und kompliziert, und der Bursche kam immer richtig ins Schwärmen, wenn er davon erzählte. Frank meinte schon fast, seine Stimme zu hören. *In New York* ...

Der Eingang zum Schacht lag unter einer Metallplatte im Boden. Als Frank die Platte anhob, schreckte er vor dem brackigen Gestank zurück, der ihm entgegenschlug. Trotzdem setzte er sich und steckte die Beine in den Schacht. Und dann, mit aller Vorsicht, die ihm seine Angst gebot, begann er angewidert seinen Abstieg, Sprosse für Sprosse.

Für ihn war es die schlechteste aller möglichen Welten – eine Mischung aus Höhenangst und Klaustrophobie. Der Schacht war gerade so breit wie seine Schultern, nur spärlich erhellt, und er stank widerlich. Frank hatte keine Ahnung, wie tief er hinunterführte – ob zehn Meter oder dreißig, aber so oder so, es wäre ein gefährlicher Sturz. Und die Leiter war glitschig, fühlte sich schleimig an unter seinen Händen und ölig unter seinen Schuhen. Zweimal rutschte er ab. Zweimal hielt er sich mit Mühe fest.

Und dann war er auf dem Boden und lauschte seinem wild pochenden Herzen, während er am Ende eines langen, feuchten Tunnels stand, der ihn – lächerlicherweise – an einen alten Horrorfilm erinnerte. *Das Ding.* Wo sich am Ende herausstellte, dass das Monster eine Karotte ist.

Konzentrier dich, ermahnte er sich. Du willst dich doch hier unten nicht umbringen lassen. Du willst dich hier unten nicht mal verlaufen.

Langsam setzte er sich in Bewegung. Und dann, als seine Augen sich an das Dämmerlicht gewöhnt hatten, beschleunigte sich sein Schritt, weil das Gefühl, nur wenig Zeit zu haben, seine Angst in den Hintergrund drängte. Er musste Solange erreichen, bevor Solange das Heizwerk erreichte.

Zum Glück musste er nicht lange rätseln, in welche Richtung er gehen sollte. Der Tunnel war schnurgerade. Es gab zwar rechts und links eine Hand voll Seitengänge, doch er sah rasch, dass es allesamt Sackgassen waren – also gab es keine Entscheidungen zu treffen.

Er trabte jetzt, platschte durch Wasserpfützen, voller Angst, dass er vielleicht schon zu spät sein könnte. Aber auf diese Weise machte er ziemlich viel Lärm, und ihm ging der Gedanke nicht aus dem Kopf, dass er ein toter Mann war, falls Solange ihn hörte.

Und einen Moment lang glaubte er wirklich, er sei ein toter Mann. Eine Salve aus einer Maschinenpistole ratterte durch den Tunnel und übertönte das Wassertröpfeln, das ihn überall umgab. Er erstarrte, wartete auf den Schmerz und begriff dann erst, dass er nicht verletzt war. Entweder hatte Solange ihn verfehlt, oder er hatte auf etwas anderes gezielt.

Frank spähte angestrengt in die Dunkelheit. Er konnte Solange hören, und nach ein paar Schritten konnte er ihn auch sehen. Solange hatte Frank den Rücken zugewandt und rüttelte an der Eisentür zum Kraftwerk, deren Schloss er gerade durchlöchert hatte. Die Ingram lehnte neben ihm auf dem Boden an seinem Rucksack, und Frank hörte, wie er auf Französisch fluchte, während er an der Tür zerrte.

Er hatte keine Zeit mehr, lange zu überlegen. Solange musste nur zu der Kesselspeisepumpe gelangen, und das wäre das Ende. Ganz gleich, wie viele Wachen vor dem Heizwerk waren, im Inneren befanden sich höchstens zwei oder drei Arbeiter. Mehr brauchte man nicht pro Schicht, um ein Heizwerk in Gang zu halten.

Was bedeutete, dass es nichts zu entscheiden gab. Es stand auf Messers Schneide, für ihn und für Solange. Also sprintete er los, lief auf Zehenspitzen, wünschte, er wäre noch so schnell wie damals in der High School. Es lagen noch rund zwanzig Meter zwischen ihnen, als Solange seine Schritte hörte, sich umdrehte und Frank sah, der auf ihn zugestürmt kam, wie jemand, auf dessen Stirn MAGIRUS-DEUTZ hätte stehen sollen.

Zu weit, dachte Frank. Ich bin zu spät.

Solange bückte sich nach der Ingram und richtete sich blitzschnell wieder auf, die Finger auf dem Lauf. Er brauchte bloß eine Sekunde, *weniger als eine Sekunde*, um die Waffe von einer

Hand in die andere zu wechseln, nach dem Abzug zu tasten, den Lauf anzuheben, abzudrücken –

Schmerz durchzuckte Frank, und es knallte zweimal laut, als er sich gegen Solange warf. Die Maschinenpistole fiel Solange aus den Händen, und die Luft entwich stoßartig aus seinem Mund, als er rückwärts gegen die Wand flog und sein Hinterkopf dumpf auf dem Beton aufschlug. Frank machte einen Schritt zurück und warf sich mit einer schwungvollen rechten Geraden erneut gegen ihn, die eine ganze Zahnreihe aus Solanges Mund fegte. Dann schlug er erneut zu, wieder und wieder, bis er es leid war und seine Stirn mit voller Wucht auf Solanges Nasenrücken krachen ließ.

Der Guru war stehend k.o., als Frank seine Faust in den roten Brei in der Mitte von Solanges Gesicht rammte, sodass Blut durch die Luft spritzte. Dann wirbelte er herum, packte ihn bei den Haaren und schlug Solanges Gesicht gegen die Türkante. Einmal, zweimal, noch mal. Solange taumelte zurück, als suchte er nach einer Stelle, wo er umkippen könnte. Frank half ihm dabei, indem er mit der Handkante, so fest er konnte, auf die Verdickung in Solanges Nacken schlug. Er hörte ein Knacken, als würde man einen Eisstiel zwischen zwei Fingern zerbrechen, und Solange schlug lang hin.

Jetzt hörte Frank die Polizisten. Sie kamen durch den Tunnel gelaufen. Und zwei Installateure standen mit offenem Mund in der Tür. Frank machte einen Schritt zurück, brauchte etwas Platz, um mit voller Wucht gegen Solanges Brust zu treten – doch da merkte er, dass etwas nicht stimmte. Er war schwächer, als er hätte sein sollen, und aus irgendeinem Grund bekam er kaum Luft. Und seine Brust war nass. *Völlig durchnässt.* Er blickte nach unten.

Mein Gott, dachte er. *Ich sterbe ...*

Epilog

Und tatsächlich wäre er fast verblutet.

Er war zweimal in die Brust getroffen worden, und eine der beiden Kugeln hatte Gewebe und eine ganze Reihe von Blutgefäßen zerfetzt, bevor sie nur wenige Millimeter von seinem Rückgrat entfernt stecken blieb. Fast eine Woche lang lag er auf der Intensivstation des Columbia Presbyterian Hospital, atmete durch eine Sauerstoffmaske und wurde künstlich ernährt. Nach zwei Operationen hatte schließlich ein Arzt erklärt, Frank befinde sich auf dem Wege der Besserung, woraufhin er in ein Einzelzimmer der VIP-Station verlegt wurde.

Was gut und schlecht zugleich war. Gut, weil das Zimmer groß, hell und hübsch eingerichtet war, mit Couch und Sitzgarnitur vor einer breiten Fensterfront. Wie geschaffen für Annie, falls ihm je erlaubt würde, Besuch zu empfangen. Aber es war auch schlecht, weil das Zimmer kein Telefon hatte. Und es war befremdlich, weil er wusste, dass seine Krankenversicherung niemals die Kosten für eine solche Unterbringung übernehmen würde – im Leben nicht –, und weil er wusste, dass das Krankenhaus das ebenso gut wusste wie er. Außerdem war er keine *Very Important Person* – außer vielleicht für Annie.

Und trotzdem ... da lag er nun.

Er fragte seinen Arzt, was dahinter steckte, aber der sagte lediglich: »Machen Sie sich darüber keine Gedanken. Betrachten Sie es als Beförderung.«

»Okay«, erwiderte Frank, »aber kriege ich dann auch ein Telefon, zusammen mit meiner Beförderung?«

Das brachte den Chirurgen ins Stocken. »Äh, nein«, sagte er, »noch nicht.«

»Und Besucher?«

»Natürlich. Bald. Wenn Sie etwas zu Kräften gekommen sind.«

Zunächst war es ihm auch gar nicht unlieb, weil er mit Schmerzmitteln vollgestopft war und ohnehin die Hälfte der Zeit nicht wusste, wo er war. Doch nach vier oder fünf Tagen begriff er allmählich, dass irgendwas nicht stimmte oder, besser gesagt, dass sich irgendwas zusammenbraute. Und vermutlich hätte er noch im Rollstuhl einen Fluchtversuch unternommen, wenn der Doktor nicht eines Morgens zur Tür hereingekommen wäre und gesagt hätte: »Hier ist jemand, der Sie sprechen möchte.«

Frank lächelte, setzte sich auf und lehnte sich vorsichtig gegen die Kissen, weil die Wundnähte in seiner Brust noch immer äußerst empfindlich waren. Doch sein Lächeln erstarb, als er sah, dass es nicht Annie war, die ihn besuchen kam. Es war ein Colonel von der Air Force, und er hieß Fitch. »Taylor Fitch«, sagte er und hielt Frank die ausgestreckte Hand hin.

»Hi«, sagte Frank, plötzlich argwöhnisch. Sie reichten sich die Hand, und Frank fragte: »Was ist los?«

»Nun«, sagte der Colonel und nahm ein Blatt Papier aus seinem Diplomatenkoffer, »bevor wir unsere kleine Unterhaltung beginnen, würde ich mir wünschen, dass Sie das hier unterschreiben. Eine reine Formalität.« Er reichte Frank das Blatt und holte mit hoffnungsvoller Miene einen Kugelschreiber aus seiner Tasche.

Frank warf einen Blick auf das Papier. Es war eine Erklärung, dass er sich zur Verschwiegenheit verpflichten würde. »Ohne mich«, sagte er, »vielen Dank«, und reichte es zurück.

Der Colonel verstaute das Blatt wieder in seinem Diplomatenkoffer. Dann seufzte er, aber nicht sonderlich bekümmert. »Es ist eigentlich auch egal.«

Frank zuckte die Achseln. »Ich bin Journalist. Ich werde dafür bezahlt, dass ich über Dinge schreibe. Und es ist eine gute Story.«

Fitch nickte. »Das kann man wohl sagen – eine verdammt gute Story. Keine Frage.« Dann runzelte er die Stirn. »Aber Sie können sie nicht veröffentlichen.«

Frank musterte ihn. »Kennen wir uns eigentlich?«, fragte er.

Fitch schüttelte den Kopf. »Nein.«

»Aber Ihr Name kommt mir bekannt vor.«

Zum ersten Mal schien sich beim Colonel Unbehagen breitzumachen. »Möglich«, sagte er ausweichend. »Ich war früher selbst mal Journalist.«

Frank schüttelte den Kopf. »Nein, irgendwo anders her«, erwiderte Frank.

»Nun«, sagte Fitch. »Das tut nichts zur Sache. Ich –«

Frank wandte den Kopf Richtung Fenster und überlegte angestrengt. »Er stand auf einer Liste.«

»Wer?«

»Ihr Name.« Er dachte weiter nach, und dann fiel es ihm wieder ein. »Jetzt weiß ich! Sie sind mit Annie und Gleason von Hammerfest zurückgeflogen.«

»Mit wem?«

»Neal Gleason.«

»Kenne ich nicht«, sagte Fitch.

»Ja, klar«, erwiderte Frank und unterdrückte das leise Lachen, das seine Brust wie eine Rasierklinge zu durchschneiden drohte. »Ich glaube nicht, dass einer von uns Mr. Gleason wirklich *kennt*. Ich glaube auch nicht, dass einer von uns sonderlichen Wert darauf legt. Aber neben ihm haben Sie gesessen.« Er hielt kurz inne und sah seinen Besucher vielsagend an. »Ich hatte vor, Sie aufzusuchen, aber – ich hatte alle Hände voll zu tun. Ist das eine echte Uniform oder bloß ein Kostüm?«

Fitch grinste. »Ich bin Reserveoffizier.«

Frank schaute erneut weg. »CIA, richtig?«

Fitch zuckte die Achseln. »Ich möchte Ihnen was zeigen«, sagte er und holte diesmal eine Art Rundbrief aus seinem Diplomatenkoffer. Er reichte ihn Frank und sagte: »Ich habe die entsprechende Seite oben eingeknickt.«

Frank betrachtete die Titelseite: *The Federal Register.* Er schlug Seite dreizehn auf. »Soll ich das lesen?«, fragte er.

»Nur damit Sie verstehen, worauf ich hinauswill«, antwortete Fitch.

Unter der Überschrift »Erklärung des nationalen Notstandes« war eine Mitteilung des Präsidenten der Vereinigten Staaten an den Kongress abgedruckt.

> Da die Aktionen und politischen Schritte der Regierung der Demokratischen Volksrepublik Korea eine ständige Bedrohung der nationalen Sicherheit, der Außenpolitik und der Wirtschaft der Vereinigten Staaten darstellen, wird entsprechend der Notstandsgesetze {50 U.S.C. 1622 (d)} der nationale Notstand ausgerufen ...

Frank sah seinen Besucher an. »Und?«

»Ich versuche nur, Ihnen eine Menge Ärger zu ersparen.«

»Wie das?«

»Nun, bevor ich das genauer erkläre, möchte ich Ihnen versichern, dass wir alle Ihnen ungeheuer dankbar sind. Das meine ich ganz aufrichtig.«

»Danke.«

»Aber Sie müssen auch begreifen, dass eine Erklärung dieser Art dem Präsidenten, und in der Folge dann auch mir, ganz besondere Befugnisse verleiht.«

»Welche wären das?«

»Also, im Prinzip können wir so ziemlich machen, was wir wollen. Bei allem, was mit Nordkorea zu tun hat, ist die Verfassung so ziemlich aufgehoben. Falls erforderlich – und ob dem so ist, entscheiden dann wir – könnten wir Eigentum einziehen, Truppenverbände losschicken, das Kriegsrecht ausrufen. Das *Habeas-Corpus-Prinzip* löst sich in Luft auf, was bedeutet, dass wir jede Person festhalten könnten, so lange wir wollen – ohne je

Anklage zu erheben.« Er hielt inne und sah sich um. »Gefällt Ihnen Ihr Zimmer?«

»Ja«, sagte Frank. »Es ist ganz hübsch.«

Fitch lächelte. »Gut. Ich bin froh, dass es Ihnen gefällt. Aber das ist noch nicht alles. Wenn es nicht anders geht, könnten wir Reiseerlaubnisse verweigern und falls nötig sogar eine Zensur verhängen.«

»Wer ist ›wir‹?«

»Die Regierung der Vereinigten Staaten.«

Frank blickte skeptisch.

»Ich weiß, was Sie denken, aber das können Sie nachschlagen. In der Verfassung sind Maßnahmen für den Fall des nationalen Notstandes vorgesehen – sie selbst ist diesen Maßnahmen untergeordnet. Artikel neun, Absatz eins. Soll ich es Ihnen aufschreiben?«

»Nein«, sagte Frank. »Ich glaube, das wird nicht nötig sein.«

»Das Komische daran ist, dass wir die meiste Zeit rund ein halbes Dutzend solcher Fälle haben. Iran, Irak, Angola, Libyen und so weiter – bei allen handelt es sich um einen nationalen Notstand. Roosevelt hat sogar einen nationalen Notstand erklärt, der dreiundvierzig Jahre bestand – kein Witz! Von 1933 bis 1976. Also nimmt das eigentlich niemand so besonders wichtig, es sei denn, irgendein armes Würstchen – wie Sie – lehnt sich zu weit aus dem Fenster. Und dann kriegt er Schwierigkeiten.« Fitch schwieg kurz, seufzte. »Wie fühlen Sie sich?«

»Mir geht's gut«, sagte Frank.

Fitch nickte. »Gut. Na, jedenfalls«, schloss er, »ist es überall das gleiche. Jedes Land hat gewisse Bestimmungen für Fälle dieser Art. In Frankreich nennt man das ›Belagerungszustand‹. In England –«

»Worauf wollen Sie hinaus?«

»Das ist ganz einfach: Wenn Sie diese Story an irgendwen verkaufen, kriegen Sie jede Menge Ärger. Erstens glaubt Ihnen sowieso keiner, und selbst wenn, keiner würde es drucken. Das garantiere ich Ihnen.«

Frank sah ihn an. »Sind Sie vielleicht Lektor bei *Reader's Digest* oder so was in der Art? Ich meine –«

Fitch lachte leise auf. »Sehr witzig«, sagte er. Und dann erstarb sein Lächeln. »Hören Sie, ich weiß, was Sie denken. Sie denken, wir können Sie nicht aufhalten –«

»Oha«, unterbrach Frank ihn. »Kommt jetzt die Stelle, wo Sie mir sagen, dass Sie mich umbringen werden?«

Fitch blickte schockiert. »Natürlich nicht! Sie sind ein Bürger der Vereinigten Staaten.«

»Was dann?«

»Jetzt kommt die Stelle, wo ich Ihnen sage, dass Sie nichts beweisen können.«

»Blödsinn«, sagte Frank. »Einige Menschen sind umgekommen. Sie wurden auf der Fähre getötet –«

Fitch schüttelte den Kopf. »Einige Irre haben versucht, die Fähre zu entführen. Na und?«

»Ich bin angeschossen worden. Luc Solange –«

»War in Polizeigewahrsam, als Sie angeschossen wurden.«

Frank starrte ihn an.

»So was passiert doch alle naselang«, sagte Fitch. »Sie waren schließlich in *Harlem*.« Lächelnd nahm er einen Zeitungsausschnitt aus seinem Koffer. »Der ist eine Woche alt«, sagte er, »aber ich dachte, es würde Sie trotzdem interessieren ...«

JOURNALIST IN NEW YORK ANGESCHOSSEN

23. Mai (New York) – Frank Daly, ein Reporter der *Washington Post*, wurde gestern Abend in Harlem Opfer eines Raubüberfalls. Der Journalist, der zur Zeit für ein Jahr von der *Post* beurlaubt ist, liegt mit schweren Schussverletzungen im Columbia Presbyterian Hospital. Sein Zustand wurde als kritisch beschrieben. Ein Polizeisprecher erklärte, dass es noch keine Spur von den Tätern gibt.

Frank blickte auf. »Erstaunlich«, sagte er.

Fitch lächelte ein wenig dümmlich. »Wir sind schon ziemlich

gut, wenn es drauf ankommt.« Dann wurde er wieder ernst. »Frank, das Problem, so wie wir es sehen, ist folgendes: Nordkorea ist ein psychopathischer Staat. Und derzeit sind die Leute da verzweifelt und haben nichts mehr zu verlieren. Wenn die sich je dazu entschließen sollten, Japan mit Milzbrand oder Pockenviren anzugreifen, könnten sie das in null Komma nichts. Dafür brauchten sie bloß Wetterballons einzusetzen oder auch nur die Leute, die sie schon vor Ort in Tokio haben. Außerdem haben wir einige amerikanische Bataillone in der Gefahrenzone stationiert, knapp außerhalb der EMZ. Die Sache ist also die: Wir wollen sie nicht zum Äußersten treiben, verstanden?«

»Meine Ohren sind ganz gut«, sagte Frank.

»Und aus *Ihrer* Sicht stellt sich die Situation nicht viel besser dar. Sie haben keine Virenprobe oder irgendwas Vergleichbares. Und Sie haben auch keine Zeugen. Wenn Sie nun also überall was von toten Norwegern und der Spanischen Grippe rumerzählen, bringt Sie das nicht weiter – es sei denn, wir beschließen. Sie irgendwo weit weg zu bringen. Was wir selbstverständlich tun könnten.«

»Da wäre Annie Adair«, sagte Frank.

»Was ist mit ihr?«

»Sie ist eine Zeugin.«

Fitch schlug sich mit der flachen Hand gegen die Stirn. »Stimmt ja«, sagte er. »Sie hat alles gesehen, nicht wahr? Dann könnten Sie die Story also doch ins Internet bringen oder im Ausland veröffentlichen – und Sie hätten tatsächlich eine Zeugin. Daran hatte ich gar nicht gedacht! Nur ... ach ja, jetzt fällt es mir wieder ein: Sie hat sich per Unterschrift zur Verschwiegenheit verpflichtet! Also klappt das wohl doch nicht.« Er setzte sich auf die Bettkante. »Denn eines kann ich ihnen sagen: Wenn Sie Dr. Adair in Ihrer Geschichte erwähnen, serviert Gleason sie ab. Und sie kriegt kein Bein mehr auf den Boden.«

Wenn man vom Teufel spricht ... Ungefähr dreißig Minuten nachdem Fitch gegangen war, wurde Annie hereingelassen.

»Ich warte schon seit Tagen da draußen«, schimpfte sie, »und dann kommt dieser *General* und spaziert einfach –«

»Das war kein General. Der Mann ist Colonel.«

»Colonel? Als ich ihn kennen lernte, war er noch CIA-Agent.«

»Ich weiß. Er war mit auf dem Flug von Hammerfest.«

Sie küsste ihn sanft auf den Mund und setzte sich neben ihn.

An diesem Abend wurde ein Telefon in seinem Zimmer angeschlossen, und Annie brachte ihm eine Zeitung vom Krankenhauskiosk.

VERHAFTETE SEKTENMITGLIEDER
KURZ VOR DER AUSWEISUNG?

7. Juni (Havanna) – Zwei Wochen nach ihrer Ankunft in Kuba kämpfen acht amerikanische Sektenmitglieder gegen ihre Auslieferung aufgrund von Entführungs- und Mordanklagen aus ihrer Beteiligung an der abstrusen Geiselnahme an Bord der Staten-Island-Fähre im letzten Monat.

In einem Interview mit Agence France Press erklärte Belinda Barron, die Sprecherin der festgenommenen Anhänger des »Tempels des Lichts«, sie und ihre Freunde seien nach Kuba geflohen, um »religiöser Verfolgung« zu entgehen.

»Für die Geschehnisse an Bord der Fähre«, sagte Barron Journalisten gegenüber, »sind Polizei und FBI verantwortlich. Sie haben überreagiert. Wir haben lediglich ein ›Guerillatheater‹ inszeniert, mehr nicht. Es sollte eine gewaltlose Demonstration gegen die Wasserverschmutzung sein – und die Cops haben daraus ein Blutbad gemacht ...«

In den folgenden Wochen verbrachte Frank aufgrund seines, wie die Ärzte sagten, »geprellten« Rückgrats jeden Morgen mehrere Stunden mit Bewegungstherapie. Die übrige Zeit durchforstete er die Zeitungen nach Spuren der ganzen Geschichte.

NORDKOREA UNTERZEICHNET WAFFENABKOMMEN

Humanitäre Hilfe an Inspektionen gebunden

2. Juli (Pjöngjang) – Nach monatelangen Verhandlungen mit nordkoreanischen Spitzenpolitikern erklärten Vertreter der Vereinten Nationen gestern, dass ein Abkommen erreicht wurde, in dem Waffeninspektionen als Vorbedingung für humanitäre Hilfe in dem völlig verarmten Land akzeptiert wurden.

George Karalekis, der amerikanische Leiter der UN-Waffeninspektoren, die in der nordkoreanischen Hauptstadt erwartet werden, erklärte, sein Team werde unverzüglich in den Diamantbergen nach Laboratorien zur Herstellung biologischer Warfen suchen.

»Uns liegen unbestätigte Berichte vor, dass die Nordkoreaner an solchen Waffensystemen arbeiten«, sagte Karalekis Reportern gegenüber. »Natürlich sind wir äußerst besorgt über eine solche Entwicklung ...«

Ein zweiter Artikel erschien an dem Tag, als Frank aus dem Krankenhaus entlassen wurde. Er stand auf Seite drei der *Times*, unter einem Foto der jungen Frau, die den U-Haul-Transporter von der Fähre gefahren hatte:

DREI SEKTENMITGLIEDER UND EIN PRIVATDETEKTIV WEGEN MORDES AN EHEPAAR VOR GERICHT

20. Juli (Albany) – Drei Sektenmitglieder und ein Privatdetektiv aus Poughkeepsie hörten gestern unbeteiligt zu, während die Staatsanwaltschaft ihnen schauerliche Morde und Verstümmelungen zur Last legte. Susannah Demjanuk, 23, wirkte sehr aufgewühlt, während sie vor Gericht aussagte, sie und die anderen hätten »auf Befehl« gehandelt, als sie das Ehepaar Harold und Martha Bergman zu Beginn dieses Jahres ermordeten und die Leichname zerstückelten. »Luc hat uns gesagt, was wir machen sollten«, bezeugte Demjanuk, »und wir haben's gemacht.« Aufgefordert, diesen »Luc« zu identifizie-

ren, zeigte sie unter Tränen auf den Guru des »Tempels des Lichts«, Luc Solange, und sagte: »Da sitzt er, am Tisch der Verteidigung. Der mit der Halsstütze und dem Gipskorsett.« Die Verteidigung des Angeklagten bezeichnete Demjanuks Aussage als die »Phantastereien einer psychisch labilen Frau, die kein Recht hat, den ersten Stein zu werfen«.

Anscheinend wurde damit auf Demjanuks Rolle im Zusammenhang mit dem »Mikrowellen«-Mord an dem Washingtoner Doktoranden Benjamin Stern, 28, angespielt. Stern hatte in seinem Rundbrief *Armageddon Watch* kritische Berichte über den »Tempel« veröffentlicht. Er war im April dieses Jahres verschwunden. Demjanuk sagte heute Nachmittag aus, dass die Bergmans aus ihrem Haus in Rhinebeck, New York, entführt und im Laderaum eines U-Haul-Transporters ermordet worden waren. Zum Zeitpunkt ihres Todes hatten die beiden eine gerichtliche Verfügung beantragt, die Leiche ihres Sohnes Leonard exhumieren zu dürfen, der als Mitglied des »Tempels des Lichts« bei einem Unfall auf hoher See ertrunken war.

Neben Solange sind weiter angeklagt: Martin Kramer, 44, aus Poughkeepsie, Thomas Reckmeyer, 26, und Vaughn Abelard, 25. Ein viertes Sektenmitglied, gegen das in diesem Fall Anklage erhoben wurde, Etienne »der Franzose« Moussin, 29, wird in Kuba vermutet.

Ansonsten gab es in diesem Monat keine interessanten Meldungen mehr, außer man zählte die aus der *Post* mit:

FRANK DALY UND ANNIE ADAIR
WOLLEN IN KÜRZE HEIRATEN

Zu diesem Zeitpunkt hatte er schon zweihundert Seiten des Buches geschrieben.

»Wovon handelt es denn?«, fragte Annie über seine Schulter, während er eifrig tippte.

»Hab ich dir doch gesagt«, antwortete er und sah zu ihr auf. »Es ist ein Roman. Ein Thriller.«

»Aber wovon handelt er denn nun?«

»Tja«, sagte er, »er handelt von ... diesem Journalisten ...« Er tippte ein paar Worte, dann wandte er sich wieder ihr zu. »Diesem *unverschämt gut aussehenden* Journalisten ...«

»Ach ja?« Sie blickte skeptisch.

»Und einer Frau.«

»Und wie ist die so?«

»Sie ist groß.«

»Nur ›groß‹!?«

»Nein. Sie ist auch ... genial ... und hinreißend. Absolut hinreißend.«

»Und wie ist die Handlung?«

»Tja«, sagte er, »da ist so ein Eisbrecher.«

Sie musterte ihn argwöhnisch. »Und?«

»Und sie ist da drauf, weil – na ja, sie ist eben Wissenschaftlerin. Und er sitzt in so einem billigen Hotel fest, irgendwo in Russland ...«

„Gewohnt brillant – schlaflose Nächte garantiert!
FREUNDIN

In einem Bunker unterhalb von Washinton, D.C., trifft sich eine Gruppe von Männern, um eine junge Frau zum Tode zu verurteilen. Das Opfer ist Faith Lockhart, eine Lobbyistin, die aussagen will, was sie über Bestechungen in Washington weiß. Aus diesem Grund steht sie unter dem Schutz des FBI. Als beim Attentat auf Faith ihr Bewacher getötet wird, entkommt sie mit Hilfe des Privatdetektivs Lee Adams. Auf der gemeinsamen Flucht vor den Profi-Killern decken die beiden eine unglaubliche Verschwörung auf. Aber kann Faith ihrem Begleiter wirklich trauen?

„Gnadenlos gut.“ HAMBURGER ABENDBLATT

ISBN 3-404-14715-4

BASTEI
LÜBBE

In einem abgelegenen italienischen Bergdorf geht ein weltberühmter Wissenschaftler zur Beichte. Er hat nur noch kurze Zeit zu leben und bekennt eine Sünde, die so entsetzlich ist, daß der Pfarrer ihm die Absolution verweigert.
Wenig später ereignet sich in Washington eine furchtbare Tragödie: Eine junge Frau und ihr kleiner Sohn werden auf grausamste Weise getötet. Bei seiner Jagd nach den Mördern stößt der Bruder der Toten, Joe Carpenter, auf eine Reihe ähnlicher Fälle, die sich wie ein blutiges Band über die halbe Welt ziehen. Opfer sind stets kleine Jungen und ihre alleinerziehenden Mütter. Die Spur führt Carpenter zu »Umbra Domini«, einer sektenähnlichen Organisation konservativer Katholiken – und in das dunkelste Geheimnis moderner Medizintechnologie ...

ISBN 3-404-12875-3

BASTEI LÜBBE

Wenn der Mensch der Natur gebieten kann, gibt es keine Sicherheit mehr diesseits von Eden

Ein kleines, verschwiegenes Tal in Kalifornien. Hier lebt seit den sechziger Jahren eine Hippie-Kommune. Nun aber soll ihr Dorf einem Stausee weichen. Doch die ›Kinder von Eden‹ wollen sich nicht aus ihrem Paradies vertreiben lassen und greifen in ihrer Not zu einem wahnwitzigen Plan: Sie drohen der Regierung, ein Erdbeben stattfinden zu lassen, das entsetzliche Folgen haben wird. Niemand nimmt ihre Ankündigung ernst. Nur die junge FBI-Agentin Judy Maddox, die bereits auf der Abschussliste ihrer Vorgesetzten steht, hat ihre Zweifel und versucht, die Katastrophe zu verhindern. Aber dann überschlagen sich die Ereignisse …

›Gut recherchiert und nervenaufreibend spannend.‹

Brigitte

ISBN-3-404-14535-6

BASTEI
LÜBBE

Ulrike und Klaus Beckmann haben es geschafft: Sie sind Inhaber einer erfolgreichen Computer-firma und führen mit ihrem vierjährigen Sohn Jonas ein glückliches Vorzeige-Familienleben.
Doch von einem Tag auf den anderen fallen Schatten auf ihr Glück: In der Firma geschehen merkwürdige Dinge, zu Hause belästigt sie nachts ein anonymer Anrufer. Und dann kommt Jonas aus dem Kindergarten nicht nach Hause …
Geht es den Entführern wirklich um Geld? Hauptkommissarin Susanne Breugel zweifelt daran. Und während sie um das Leben des Kindes kämpft, stößt sie auf eine sorgsam verschüttete Spur in die Vergangenheit. Eine Spur aus Herzblut …

3–404–14636–0

BASTEI LÜBBE